MONICA McCARTY

Der Highlander, der mein Herz stahl

Buch

Der stolze Highlander Erik MacSorley ist ein brillanter Seemann und Verführer, der keinen Sturm scheut und noch nie von einer Frau abgewiesen wurde. Bis er eines Tages die schöne Ellie aus den Fluten vor der irischen Küste rettet. Und gleich einem Irrtum erliegt: denn die junge Frau ist keinesfalls das Kindermädchen, für das er sie hält, nein, sie ist die Tochter des mächtigsten Adligen Irlands und damit Verbündete von König Edward. Schlimmer ist für Erik jedoch, dass sie keinerlei Interesse an ihm zeigt und sein Charme sie offenkundig kaltlässt. Und obwohl er mit aller Verführungskunst um die temperamentvolle Lady wirbt, Ellie macht klar, dass es für sie mehr als einen gutaussehenden Mann braucht, um sie zu beeindrucken. Das wiederum ist eine Herausforderung, der der eigensinnige Erik nicht widerstehen kann …

Autorin

Monica McCarty studierte Jura an der Stanford Law School. Während dieser Zeit entstand ihre Leidenschaft für die Highlands und deren Clans. Sie arbeitete dennoch mehrere Jahre als Anwältin, bevor sie dieser Leidenschaft nachgab und zu schreiben anfing. Heute lebt sie mit ihrem Mann und ihren Kindern in Minnesota.

Von Monica McCarty bei Blanvalet lieferbar:

Mein ungezähmter Highlander (37035) · Der geheimnisvolle Highlander (37061) · Stolz und Leidenschaft (37403) · Der verbannte Highlander (37540) · Schottisches Feuer (37608) · Mein geliebter Highlander (37870)

Monica McCarty

Der Highlander, der mein Herz stahl

Roman

Aus dem Amerikanischen
von Anke Koerten

blanvalet

Die Originalausgabe erschien 2010 unter dem Titel »The Hawk«
bei Ballantine Books, an Imprint of The Random House
Publishing Group, a division of Random House, Inc., New York

MIX
Papier aus verantwortungsvollen Quellen
FSC® C014496

Verlagsgruppe Random House FSC-DEU-0100
Das FSC®-zertifizierte Papier *Münchner Super*
für dieses Buch liefert Mochenwangen.

1. Auflage
Deutsche Erstausgabe August 2012 bei Blanvalet Verlag,
einem Unternehmen der
Verlagsgruppe Random House GmbH, München

Umschlagmotiv: © Johannes Wiebel | punchdesign, unter Verwendung
von Motiven von Elenamiv / Shutterstock und von
Vittorio Dangelico via Agentur Schlück GmbH
Redaktion: Sabine Wiermann
LH · Herstellung: sam
Satz: DTP Service Apel, Hannover
Druck und Bindung: GGP Media GmbH, Pößneck
Printed in Germany
ISBN: 978-3-442-37872-2

www.blanvalet.de

Die Highlander-Garde
Winter 1306-1307

Mit Bruce bereiten sich auf den Western Isles auf den Kampf vor:

Tor »Chief« MacLeod: Führer der Kampftruppe und Meister im Schwertkampf.

Erik, genannt »Hawk«, der Falke, MacSorley: Seemann und Schwimmer.

Gregor »Arrow«, der Pfeil, MacGregor: meisterlicher Bogenschütze.

Zur Rekrutierung von Söldnern mit Bruces Brüdern in Irland:

Eoin »Striker«, der Faustkämpfer, MacLean: Stratege der Piratenkampfweise.

Ewen »Hunter«, der Jäger, Lamont: Fährtenleser und Menschenjäger.

Begleiter und Beschützer der Königin und ihrer Damen im nördlichen Schottland:

Lachlan »Viper«, die Viper, MacRuairi: Experte für heimliches Eindringen und Herausholen.

Magnus »Saint«, der Heilige, MacKay: Bergführer und Waffenschmied.

William »Templar«, der Tempelritter, Gordon: Experte für Alchemie und Sprengkörper.

Robert »Raider«, der Angreifer, Boyd: Meister im Einzelkampf.

Alex »Dragon«, der Drache, Seton: Meister im Dolch- und Nahkampf.

Vorwort

I*m Jahre des Herrn dreizehnhundertsechs.* Drei Monate nach seiner Krönung zum König von Schottland zu Scone Abbey erweist sich Robert Bruces verzweifelter Griff nach der Krone als Fehlschlag. Der kurzlebige Aufruhr wird vom englischen König Edward, dem grausamen »Schottenhammer«, erbarmungslos niedergeschlagen.

Wegen der Ermordung seines Rivalen vom Papst exkommuniziert, vom mächtigsten König der Christenheit gejagt sowie von zwei Dritteln seiner Landsleute, die nicht für ihn ins Feld ziehen wollten, im Stich gelassen, kämpft Bruce nun nicht nur um die schottische Krone, sondern um sein Leben. Zwischen ihm und der Niederlage stehen nur die zehn Krieger seiner geheimen Highlander-Garde.

Verloren im Nebel der Vergangenheit und fast vergessen lebt die Legende einer geheimen, von Bruce persönlich auserwählten Abteilung von Elitekriegern aus den finstersten Winkeln der Highlands und Western Isles weiter, einer schlagkräftigen Streitmacht, die ihresgleichen sucht. In einer geheimen Zeremonie aneinandergeschmiedet, bilden sie eine Phantom-Truppe, erkennbar nur an ihren außerordentlichen Fähigkeiten, an ihren Decknamen und am Tatoo auf ihrem Arm, das einen Löwen zeigt.

König Edwards Schreckensherrschaft aber steht erst am Anfang. Sein gefürchtetes Drachenbanner verheißt Gnadenlosigkeit. In den nun kommenden dunklen Tagen haben diese Elite-Kämpfer ihre größte Herausforderung zu bestehen. Nichts Geringeres als die Freiheit einer Nation steht auf dem Spiel.

PROLOG

König Hood, er schleicht verstohlen durchs Moor,
Und meidet Stadt und Dorf
Ginge er Englands Baronen ins Netz,
Sie würden ihn Englisch lehren
Mit aller Gewalt, seinem Mut zum Trotz.
Noch wird er gesucht
Landauf, landab.

Politische Lieder aus England, übersetzt von Thomas Wright

Rathlin Island, drei Meilen vor der irischen Küste.
In den Iden des September 1306

Robert Bruce schloss die Augen wie ein Feigling und nicht wie ein König. Er wollte die Bilder auslöschen, doch hörten sie nicht auf, ihn zu verfolgen, und blitzten vor seinen Augen wie die Szenen eines Albtraums auf, immer wieder.

Schwerter, in einer endlosen Todeswoge klirrend und schlagend. Vom Himmel dichter Pfeilhagel, der den Tag zur Nacht macht. Lauter Hufschlag der mächtigen englischen Schlachtrösser, alles zertrampelnd, das sich ihnen in den Weg stellt. Der Silberglanz der Kettenhemden dunkel vor Blut und Dreck. Entsetzen und Angst auf den Gesichtern seiner Getreuen, die dem Tod ins Auge blicken. Und der Geruch … eine ekelerregende Mischung aus Blut, Schweiß und Übelkeit, die Nase, Lungen und Gebein durchdringt.

Er hielt sich die Ohren zu, doch ließen sich Geheul und Todesschreie nicht zum Verstummen bringen.

Einen Augenblick lang befand er sich wieder auf dem blutigen Schlachtfeld von Methven, dem Ort der schrecklichen Niederlage. Wo Ritterlichkeit ihn fast das Leben gekostet hätte.

Doch es war kein Albtraum. Bruce schlug die Augen auf, nicht um dem Zorn Edwards von England zu begegnen, sondern jenem Gottes. Der Lärm kam nicht von den Schwertern, sondern vom Gewitter. Vom Himmel hagelten nicht Pfeile, es prasselte eisiger Regen herab. Nicht Todesschreie waren es, die heulten, sondern der Wind. Und das ständige Hämmern kam nicht von Hufen, sondern von den Hammerschlägen des Bootsmannes auf seinen Schild, um den Rhythmus der Ruderer zu steigern.

Aber die Angst … die Angst war die gleiche. Er konnte es den Mienen der umstehenden Männer ansehen. Das Wissen, dass sie alle sterben würden. Nicht auf einem blutigen Schlachtfeld, sondern auf einem gottverfluchten Schiff mitten auf der sturmbewegten See, wie ein Geächteter auf der Flucht aus seinem eigenen Königreich.

»King Hood«, der vermummte König, so nannten ihn die Engländer. Der geächtete König. Umso demütigender, weil es die Wahrheit war. Weniger als eine Hundertschaft Männer in zwei *birlinns* war von der stolzen Streitmacht geblieben, der er einst zugetraut hatte, sie würde das mächtige englische Heer besiegen können.

Und jetzt … was für ein Anblick. Kein halbes Jahr nach seiner Krönung waren sie zu einem zerlumpten Haufen Geächteter zusammengeschrumpft, auf einem vom Sturm hin und her geworfenen Schiff zusammengedrängt, einige so elend, dass sie sich nur verzweifelt festhielten, andere bibbernd und weiß vor Angst, während sie um ihr Leben Wasser schöpften.

Ausgenommen die Highlander. Die hätten auch nicht den Teufel gefürchtet, wenn er persönlich die Pforte der Hölle öffnen würde, um sie zu empfangen.

Und keiner war furchtloser als der Mann, dem ihr Überleben anvertraut war. Am Heck stehend, während der Regen über sein Gesicht strömte, gepeitscht von Winden in Sturmstärke, kämpfte er mit den Segeltauen – wie ein heidnischer Meergott, bereit, es mit allem aufzunehmen, was die Natur ihm aufzwang.

Wenn jemand sie aus dieser Hölle retten konnte, war es Eric MacSorley – oder Hawk, der Falke, wie man ihn nannte, seit er zur Highlander-Garde gestoßen war, zu Bruces geheimem Elite-Team der besten Kämpfer des Landes. Der kühne Seemann war wegen seiner Geschicklichkeit im Schwimmen und Segeln ausgewählt worden, doch besaß er auch enormen Mut und stellte sich jeder auch noch so gewagten Herausforderung.

An diesem Morgen hatte MacSorley sie vor der Nase der englischen Truppen aus Dunaverty Castle herausgeschmuggelt. Und jetzt versuchte er, die schmale, sechzehn Meilen breite Meeresstraße zwischen Kintyre in Schottland und der irischen Küste im schlimmsten Sturm zu überwinden, den Bruce je erlebt hatte.

»Festhalten, Jungs«, übertönte der wilde Clanführer das Tosen des Sturms. Sein Grinsen war das eines Irren.

»Jetzt kommt es ganz dicke.«

Wie die meisten Highlander hatte auch MacSorley einen Hang zum Tiefstapeln.

Bruce hielt den Atem an, als der Wind das Segel erfasste, das Schiff anhob wie ein Kinderspielzeug und es über aufragende hohe Wellen trug, um es auf der anderen Seite in die Tiefe zu schleudern. Einen schrecklichen Herzschlag lang neigte das Schiff sich gefährlich zur Seite, und er glaubte schon, das wäre es gewesen – nun wäre der Augenblick des endgültigen Kenterns gekommen. Aber wieder einmal setzte der Seemann die Naturgesetze mit einer raschen Bewegung der Segeltaue außer Kraft, und das Schiff lag wieder aufrecht da.

Aber nicht lange.

Wieder kam der Sturm mit aller Macht über sie. Woge um Woge wie hohe, steile Klippen, die sie mit jedem krachenden Anprall zum Kentern zu bringen drohten, grausame Winde, die gegen die Segel schlugen und die Wasser aufwühlten, dichte Regenwände, die den Schiffsrumpf schneller füllten, als man das Wasser ausschöpfen konnte. Sein Herz sank mit jedem Ächzen und Knacken, während die wilde See gegen die Planken schlug und er sich jedes Mal fragte, ob dies die Woge war, die das Schiff zerbrechen lassen und ihn aus seinem Elend befreien würde.

Ich hätte es nie tun sollen. Ich hätte nie gegen die Macht Englands und seinen starken König aufbegehren sollen. Im wirklichen Leben war es nicht David, der Goliath besiegte. Im wirklichen Leben wurde David vernichtet.

Oder endete tot auf dem Grund eines stürmischen Meeres.

Der Highlander jedoch war nicht bereit, die Niederlage hinzunehmen. Voller Zuversicht stand er am Steuer, unnachgiebig wie der Sturm, ohne das leiseste Anzeichen von Zweifel, dass er siegreich bleiben würde. Und doch war es ein Zweikampf des Willens, den er nicht gewinnen konnte. Die Naturkraft war zu stark, auch für den halb gälischen, halb nordischen Spross der berüchtigtsten Seeräuber, die die Welt je gesehen hatte – der Wikinger.

Bruce hörte ein haarsträubendes Krachen, dann erst die Stimme des Seemannes:

»Achtung …!«

Zu spät.

Ein rascher Blick in die Höhe, und er sah, dass ein Teil des Mastes direkt auf ihn heruntersauste.

Dunkelheit umgab ihn, als Bruce die Augen aufschlug. Einen Augenblick lang wähnte er sich in der Hölle. Über seinem Kopf konnte er nur eine Wand scharfer schwarzer Steine ausmachen, glänzend vor Feuchtigkeit. Ein Geräusch zu seiner Linken weckte seine Aufmerksamkeit. Er drehte sich um, und in seinem Kopf explodierte der Schmerz, er sah Sterne, die sich mit ihren Zacken wie Messer in seinen Kopf zu bohren schienen.

Als seine Sicht sich klärte, konnte er Bewegung sehen. Männer – seine Männer – schleppten sich über den steinigen Strand und brachen an einem gewölbten Eingang zusammen, am Eingang einer Höhle, wie es aussah.

Also doch nicht tot.

Er wusste nicht, ob er Freude empfinden sollte. Ein Tod im Wasser war vermutlich jenem vorzuziehen, den Edward ihm bereiten würde, wenn er sie zu fassen bekam.

So weit also war es gekommen. Sein Königreich war auf die feuchte schwarze Wölbung einer einsamen Höhle in den Klippen zusammengeschrumpft.

Eine Bewegung knapp über seinem Kopf verriet, dass sogar sein Anspruch auf dieses elende Königreich nicht unbestritten war. Eine große schwarze Spinne lauerte an der Wand über ihm. Vergeblich bemüht, von einem Felsband zu einem anderen zu springen, fand sie auf der feuchten Oberfläche keinen Halt, rutschte immer wieder ab und baumelte an einem einzigen seidenen Faden im Wind hilflos hin und her. Zum Versagen verdammt, versuchte sie immer wieder ihr Netz zu weben und schaffte es nicht.

Ein Gefühl, das er kannte.

Er hatte geglaubt, schlimmer könne es nach zwei verheerenden Niederlagen auf dem Schlachtfeld nicht kommen. Er hatte ansehen müssen, wie seine Freunde und Parteigänger in Gefangenschaft gerieten, war von seiner Frau getrennt worden und hatte unter beschämenden Umständen aus seinem Königreich fliehen müssen. Er hätte es besser wissen müssen. Nun hatte die Natur ihm fast den Todesstoß versetzt, was die englischen Armeen nicht geschafft hatten.

Aber wieder hatte er den Teufel um seinen Preis betrogen, diesmal dank der todesmutigen Segelmanöver MacSorleys. Wie die Spinne wussten auch diese Highlander nicht, wann man aufgeben musste.

Er aber wusste es.

Er war am Ende. Die See hatte sie diesmal zwar verschont. Seine Sache aber war verloren, und mit ihr Schottlands Chance, das Joch der englischen Tyrannei abzuschütteln.

Hätte er auf Methven auf den Rat seiner Garde gehört, wäre es vielleicht anders gekommen. Aber Bruce hatte sich hartnäckig an seinen ritterlichen Ehrenkodex geklammert und ihren Rat missachtend Sir Aymer de Valences Versprechen geglaubt, den Kampf erst am Morgen zu beginnen. Der englische Kommandant hatte sein Wort gebrochen und mitten in der Nacht angegriffen. Sie waren aus der Burg getrieben worden. Viele seiner größten Mitkämpfer und Freunde waren umgekommen oder in Gefangenschaft geraten.

Die Ritterlichkeit war wahrlich tot. Bruce würde es niemals vergessen. Die alte Art der Kriegführung war dahin. Seine nur halbherzige Zustimmung zu der von den Highlandern geübten Piraten- oder Partisanentaktik, als seine Garde gegründet worden war, war ein Fehler gewesen. Hätte er sich ohne Vorbehalte darauf eingelassen und auf den ritterlichen Ehrenkodex gepfiffen, wäre es nicht zur Katastrophe von Methven gekommen.

Die Spinne versuchte es abermals. Diesmal schaffte sie es beinahe, die Spanne zwischen den Felsen mit ihrem silbernen Faden zu überbrücken, wurde aber im letzten Moment durch einen plötzlichen Windstoß um den Triumph gebracht. Bruce seufzte enttäuscht, von den hoffnungslosen Bemühungen der Spinne sonderbar gefesselt.

Vielleicht weil er eine gewisse Übereinstimmung zwischen ihnen erkannte.

Auch nach der Niederlage von Methven hatte Bruce noch zu hoffen gewagt. Dann war er in Dail Righ auf die MacDougalls getroffen und hatte abermals einen verheerenden Schlag hinnehmen müssen. Die darauf folgende Verfolgungsjagd hatte ihn gezwungen, sich von Frau, Tochter, Schwestern und der Countess of Buchan zu trennen – von der Frau, die ihm vor kaum einem halben Jahr so beherzt die Krone aufs Haupt gedrückt hatte.

Er hatte die Frauen mit Nigel, seinem jüngsten Bruder, unter dem Schutz der Hälfte seiner kostbaren Highlander-Garde nach Norden geschickt und gehofft, bald wieder zu ihnen zu stoßen. Doch waren er und der Rest der Armee zur Flucht nach Süden gezwungen worden.

Die Frauen sind in Sicherheit, beruhigte er sich. Gott stehe ihnen bei, wenn sie Edward in die Hände fielen. Das Drachenbanner machte sogar aus Frauen Geächtete, an denen man sich ungestraft vergehen konnte. Die Männer würden ohne Gerichtsverhandlung hingerichtet werden.

Nach Dail Righ hatte Bruce in den Bergen und in der Heide Zuflucht gesucht und war der Gefangennahme durch MacDougall dank Gregor »Arrow« MacGregor entkommen, einem Highlander-Gardisten, der ihn durch Lennox nach Kintyre und Dunaverty Castle in Sicherheit brachte.

Es war nur eine kurze Atempause. Drei Tage zuvor war die englische Armee eingetroffen und hatte einen Belagerungsring um die Burg gezogen. MacSorley hatte sie nur mit größter Mühe lebend herausgeschafft.

So viele Fehlschläge. Zu viele.

Die Spinne war an ihrem Faden hinaufgeklettert und schien zu einem neuerlichen Versuch bereit. Bruce verspürte eine Anwandlung irrationaler Wut und hätte sie in diesem Augenblick am liebsten mit der Faust zerdrückt.

Siehst du denn nicht, dass der Kampf verloren ist?

Ihm fiel ein, welche Gedanken ihm auf dem Schiff durch den Kopf gegangen waren. Er war so dumm wie diese Spinne gewesen, als er glaubte, Edward von England besiegen zu können. Er hätte es gar nicht versuchen sollen. Er hätte jetzt mit Frau und Tochter in seinem Haus in Carrick sein können, von der Verwaltung seiner Güter in Anspruch genommen, anstatt um sein Leben zu laufen und zuzusehen, wie seine Freunde und Anhänger für ihn starben.

Es war ein Leben, das ihm zum Glück genügt hätte, wäre da nicht seine unerschütterliche Überzeugung gewesen, dass die Krone ihm gehörte. Er war der rechtmäßige König Schottlands.

Aber was machte das jetzt noch aus? Er hatte alles aufs Spiel gesetzt und verloren. Nun stand er mit leeren Händen da.

O Gott, wie müde er war. Am liebsten hätte er die Augen geschlossen, wäre eingeschlafen, um den Albtraum hinter sich zu lassen. Als er den Kopf drehte, fiel sein Blick auf Hawk, der mit dem Anführer der Highlander-Garde, Tor MacLeod, bekannt als Chief, am Ufer ein Gespräch führte. Gemeinsam kamen die zwei Furcht einflößenden Krieger auf ihn zu.

Der Schlaf musste warten.

Seine Geheimgarde war der einzige Lichtblick in den vergangenen Monaten gewesen. Die Kampftruppe hatte seine Erwartungen weit übertroffen. Aber auch sie hatte gegen die katastrophalen Nachwirkungen seiner verhängnisvollen Fehlentscheidung bei Methven nichts ausrichten können.

Als die Krieger näher herangekommen waren, sah Bruce Spuren der Mattigkeit in ihren kampfgestählten Zügen. Es wurde auch Zeit. Anders als die anderen schienen die Highlander von der Serie der Niederlagen, die sie aus Schottland vertrieben hatte, nicht entmutigt. Gegen schwankende Gemütslagen immun, schien nichts sie aus der Ruhe bringen zu können. Obschon er ihre Entschlossenheit und Widerstandskraft schätzte, empfand er seinen eigenen Frust dagegen als Schwäche.

»Wie geht es Eurem Kopf?«, fragte MacSorley.

»Ihr habt einen ordentlichen Schlag abgekriegt.«

Der Mast, fiel Bruce ein. Er rieb seitlich seinen Kopf und massierte die große Beule, die sich gebildet hatte.

»Ich werde es überleben.« Im Augenblick jedenfalls.

»Wo sind wir?«

»Auf Rathlin«, sagte MacLeod, »an unserem Ziel, sicher und relativ heil.«

MacSorley zog eine Braue in die Höhe.

»Hattet Ihr Zweifel?«

Bruce schüttelte den Kopf. Inzwischen hatte er sich an die Scherze des Highlanders gewöhnt.

»Und die übrigen Männer?«, fragte er.

»In Sicherheit«, erwiderte Tor.

»Sie haben Schutz in einer nahen Bucht gefunden, da diese Höhle nur etwa ein Dutzend Mann aufnehmen kann. Ich habe Hunter und Striker beauftragt, morgen Proviant von der Burg zu holen. Seid Ihr sicher, dass Sir Hugh uns seine Hilfe nicht versagen wird?«

Bruce zog die Schultern hoch.

»Der Lord of Rathlin steht treu zu Edward, doch er ist auch mein Freund.«

Tors Mund wurde zu einem grimmigen Strich.

»Wir können nicht riskieren, länger hierzubleiben. Wenn die

Engländer merken, dass wir nicht mehr auf Dunaverty sind, werden sie die ganze Flotte auf uns hetzen. Wegen Eurer Bindungen an Irland werden sie dort zuerst nachsehen.«

Die Familie hatte seit Jahren Landbesitz in Antrim an der irischen Nordküste. Und seine Frau Elizabeth de Burgh war die Tochter des mächtigsten Earls von Irland. Doch sein Schwiegervater, der Earl of Ulster, war ein Mann Edwards.

»Sobald ich die Vorräte habe, brauchen wir nur einen oder zwei Tage zur Reparatur der Schiffe«, sagte Hawk.

Bruce nickte. Er hätte Befehle erteilen sollen, war aber nicht fähig, das überwältigende Gefühl der Sinnlosigkeit abzuschütteln, das ihn niederdrückte.

Welche Rolle spielte das alles?

Aus dem Augenwinkel nahm er wahr, wie die Spinne wieder von der Felskante glitt.

»Seht Ihr diese Spinne?« sagte er, auf die Wand zu seiner Rechten deutend. Die Männer nickten ausdruckslos. Bruce war sicher, dass sie sich fragten, ob er den Verstand verloren hätte.

»Ich warte schon eine ganze Weile, dass sie endlich aufgibt. Es ist ungefähr das sechste Mal, dass ich beobachte, wie sie die Distanz zu überwinden sucht und immer wieder ins Nichts fällt.« Er schüttelte den Kopf.

»Möchte wissen, wie oft sie es noch versucht, bis ihr klar wird, dass es nicht klappt.«

Hawk grinste ihn an.

»Jede Wette, dass es eine Highland-Spinne ist, Euer Gnaden, und dass sie es so lange versucht, bis sie es schafft. Für uns Highlander gibt es kein Aufgeben. Wir sind ein hartnäckiger Schlag.«

»Meint Ihr nicht eher eigensinnig und stur?«, erwiderte Bruce spöttisch.

Hawk lachte.

»Auch das.«

Bruce konnte ihm seine Bewunderung nicht versagen, weil der Seemann auch in der aussichtslosesten Lage nicht den Humor verlor. Meist war es Hawks gute Laune, die die anderen aufmunterte und weitermachen ließ, heute aber schaffte es nicht einmal der hünenhafte Nordmann, Bruce aus seinem Zustand der Hoffnungslosigkeit zu reißen.

»Schlaft ein wenig, Sire«, sagte Tor, »für uns alle war es ein langer Tag.«

Bruce nickte, zu müde, um zu widersprechen.

Licht kitzelte seine Lider, milde Wärme liebkoste Bruces Wange wie eine sanfte, mütterliche Umarmung. Er öffnete die Augen einem Sonnenstrahl, der die Höhle erhellte. Ein neuer Tag war hell und sonnig heraufgedämmert, ein scharfer Kontrast zu der Weltuntergangsstimmung des Tages zuvor.

Es dauerte einen Augenblick, bis er den Schlaf abgeschüttelt hatte und sein Blick sich klärte. Er schaute zu den Felsen über sich auf und stieß eine Verwünschung aus.

Verdammt will ich sein …

Zwischen zwei Felsvorsprüngen spannte sich über etwa zwölf Zoll das prächtigste Spinnennetz, das er je gesehen hatte. Die feinen Seidenfäden glitzerten und funkelten wie eine prächtige Krone fein miteinander verbundener Diamanten in der Sonne.

Sie hatte es geschafft. Die kleine Spinne hatte ihr Netz gewoben.

Er lächelte. Einen Moment konnte er ihren Triumph nachempfinden.

Methven. Dal Righ. Tod und Gefangennahme seiner Freunde. Die Trennung von seiner Frau. Der Sturm. Vielleicht war es doch nicht Gottes Vergeltung, sondern eine Prüfung.

Und die Spinne eine Sendbotin Gottes.

Er bemerkte, dass sich ein Stück weiter der Seemann rührte, und rief ihm zu:

»Ihr habt recht behalten.« Er deutete nach oben.

Hawk benötigte einen Moment, um zu begreifen, was Bruce meinte, doch als er das Netz sah, grinste er.

»Ach, hat sie es doch geschafft. Eine gute Lektion an Ausdauer, meint Ihr nicht auch?«

Bruce nickte nachdenklich.

»Allerdings. Nach einem Fehlschlag darf man nicht aufgeben. Eine Lebensregel.«

Eine, die er vergessen hatte.

Er wusste nicht, ob es die Spinne oder das Heraufdämmern eines neuen Tages war, doch es spielte keine Rolle. Die schwarze Hoffnungslosigkeit des Vortages lag hinter ihm, er fühlte sich für den vor ihm liegenden Kampf frisch gestärkt. Mochte Edward ihn noch so oft bezwingen, solange noch Atem in ihm war, würde Robert Bruce weiterkämpfen.

King Hood, der König, der sich verbergen musste, war der rechtmäßige König von Schottland und würde sein Reich zurückerobern.

»Ihr habt einen Plan, Sire?«, fragte Hawk, der die Veränderung in ihm spürte.

Bruce nickte.

»Allerdings.« Nach kurzer Pause lieferte er dem kühnen Seemann jene Art forscher Äußerung, die dieser schätzen würde.

»Ich will gewinnen.«

Hawk grinste. »Jetzt sprecht Ihr wie ein Highlander.«

Bruce würde sich Zeit lassen. Die nächsten Monate würde er im Nebel verschwinden und sich zwischen den hunderten Inseln an der Westküste verlieren. Er würde seine Streitmacht um sich scharen, um es von Neuem zu versuchen. Immer wieder.

Bis es ihm glückte.

1

Rathlin Sound, vor der Nordküste Irlands
Lichtmess-Tag, 2. Februar 1307

Erik MacSorley konnte einer Herausforderung niemals widerstehen, auch einer unausgesprochenen nicht. Ein Blick auf das Fischerboot, das von der englischen Galeere verfolgt wurde, und er wusste, dass es heute Nacht nicht anders sein würde.

Er hätte das Schiff ignorieren und seine Mission fortsetzen sollen, die erforderte, dass er ungesehen am englischen Patrouillenschiff vorbeischlüpfte, um nach Dunluce Castle zu gelangen, wo er mit den irischen Söldnern zusammentreffen würde.

Aber wo wäre da der Spaß geblieben?

Nach über vier Monaten des Versteckspiels, einem Hüpfen von einer Insel zur anderen, das ihnen nur kurze Vorstöße aufs Festland gestattete, um Bruces Pachtzins einzuheben und gelegentliche Erkundungsmissionen zu wagen, verdienten Erik und seine Leute ein klein wenig Aufregung.

Er war so brav wie ein Mönch zur Fastenzeit gewesen (bis auf das schöne Geschlecht, aber ein Keuschheitsgelübde hatte er nicht abgelegt, als er Bruces Highlander-Garde beigetreten war), hatte sich bei den wenigen Gelegenheiten, bei denen er seit dem Sturm und der Flucht aus Dunaverty Castle hatte aktiv werden müssen, von Ärger ferngehalten und hatte eine für ihn unnatürliche Zurückhaltung geübt. Da nun Devil's Point praktisch in Pinkelweite lag, Flut war und er starken Rückenwind hatte, war die Versuchung zu groß, um eine Gelegenheit vorbeigehen zu lassen.

Mit neunundzwanzig gab es für Erik keinen Wind, den er nicht beherrschen konnte, keinen Mann, der ihm auf oder im Wasser gewachsen war, kein Schiff, das er nicht austricksen konnte, oder, dachte er mit spitzbübischem Schmunzeln, keine Frau, die ihm widerstehen konnte.

An diesem Abend würde es nicht anders sein. Der dichte Nebel machte die Nacht perfekt für ein Wettrennen, zumal er an der tückischen Küste von Antrim blindlings navigieren konnte.

Sie hatten die Nordwestecke von Rathlin Island auf dem Weg südwärts nach Dunluce Castle an der Nordküste Irlands eben umschifft, als sie unweit Ballentoy Head das englische Patrouillenschiff sichteten. Seitdem die Engländer vor Kurzem Dunaverty Castle eingenommen und festgestellt hatten, dass Bruce aus Schottland entwichen war, hatte die feindliche Flotte ihre Aufklärungsfahrten im North Channel verstärkt und jagte den flüchtigen König.

Aber Erik gefiel es gar nicht, wenn sich ein Aufklärer so nahe bei seinem Ziel herumtrieb. Um zu verhindern, dass die Engländer seine Pläne durchkreuzten, musste er sie irgendwohin lotsen, wo sie keinen Ärger machen konnten. Außerdem konnten die Fischer ein wenig Hilfe gebrauchen, wie es aussah.

Englische Hunde. Die heimtückische Ermordung von MacLeods Clanleuten stand ihm noch deutlich vor Augen. Und die wagten, *ihn* als Piraten zu beschimpfen.

Er gab Befehl, die Segel zu hissen.

»Was soll das?«, stieß Sir Thomas Randolph gedämpft hervor, »man wird uns sichten.«

Erik schüttelte seufzend den Kopf. Bruce stand in seiner Schuld. Als Mitglied einer Elite-Truppe war es nicht seine Aufgabe, Kindermädchen für den aufgeblasenen Neffen des Königs zu spielen. Der König würde eine oder zwei Burgen zusätzlich zu den Ländereien in Kintyre herausrücken müssen, die er ihm zurückzugeben versprochen hatte, wenn Bruce seine Krone zurückgewonnen und Edward Langbein nach England zurückgedrängt hatte.

Randolph war dem ritterlichen Ehrenkodex und seinen ritterlichen »Pflichten« so sehr verhaftet, dass Alex Seton – einziger Ritter (und Engländer) in der elitären Highlander-Garde – neben ihm geradezu locker wirkte. Nach zwei Monaten, in denen Erik Randolph »trainiert« hatte, empfand Erik neuen Respekt vor Setons Partner Robbie Boyd. Erik hatte so viel über Regeln und Ehre zu hören bekommen, dass es ihm für sein ganzes verdammtes Leben reichte. Randolph ging ihm, der eigentlich sehr verträglich war, zunehmend auf die Nerven.

Erik zog eine Braue übertrieben langsam in die Höhe.

»Das ist genau der Punkt, wenn wir sie vom Kurs abbringen wollen.«

»Aber verdammt, Hawk, was ist, wenn sie uns erwischen?«, sagte Randolph, der Erik mit seinem *nom de guerre,* seinem Kampfnamen, anredete.

Auf einer Mission wurden Decknamen benutzt, um die Identität der Highlander-Garde nicht preiszugeben, doch als Seemann konnte Erik nicht anders, als Außenstehende mit hineinzuziehen. Er brauchte Männer als Ruderbesatzung, und da die anderen Mitglieder der Highlander-Garde verstreut agierten, hatte er sich an seine eigenen Leute vom Clan der MacSorleys gehalten. Die Handvoll Männer, die Erik auf dieser geheimen Mission begleitet hatten, waren seine vertrautesten Sippenangehörigen und gehörten zu seinem persönlichen Gefolge. Sie würden ihn bis zum Tod verteidigen.

Bislang war das berüchtigte »Hawk«-Segel nicht mit den Gerüchten in Verbindung gebracht worden, die sich landauf, landab um Bruces angebliche Geheimarmee rankten, doch wusste er, dass sich das jeden Moment ändern konnte.

Die in Hörweite Randolphs sitzenden Ruderknechte lachten schallend über dessen absurde Vermutung.

»Ich habe kein Rennen verloren seit …« Erik wandte sich fragend an seinen Ersten Offizier Domnall, der mit einem Schulterzucken reagierte.

»Wenn ich das wüsste, Captain.«

»Seht Ihr«, sagte Erik mit überlegenem Grinsen zu Randolph, »kein Grund zur Besorgnis.«

»Aber was ist mit dem Silber?«, zeigte der junge Ritter sich beharrlich.

»Wir können nicht riskieren, dass es den Engländern in die Hände fällt.«

Das Geld – im Wert von fünfzig Pfund –, das sie mit sich führten, war für die Söldner bestimmt. Kleine Spähtrupps hatten es im Lauf des Winters von Bruces Pächtern in Schottland eingesammelt. Die nächtlichen Überfälle hatten nur dazu gedient, die Gerüchte von Bruces Phantom-Garde zu nähren. Dank wichtiger Informationslecks des feindlichen Lagers hatten MacSorley und die anderen Gardisten es geschafft, unentdeckt nach Schottland und wieder heraus zu gelangen. Erik glaubte, die Quelle zu kennen.

Bruce hoffte, die Stärke seiner Streitmacht mit Söldnern auf das Dreifache zu steigern. Ohne diese zusätzlichen Kämpfer war es dem König unmöglich, die englischen Garnisonen in den schottischen Burgen anzugreifen und sein Königreich zurückzuerobern.

Es war Eriks Aufgabe, sie dorthin zu bringen. Während der Zeitpunkt des Angriffs näher rückte, rechnete Bruce damit, dass

Erik die Anwerbung der Söldner sicherte und sie an der englischen Flotte vorüber rechtzeitig für den am fünfzehnten Februar geplanten Angriff – in weniger als zwei Wochen – nach Arran schaffte.

»Immer mit der Ruhe, Tommy, mein Junge«, sagte Erik, wohl wissend, dass der Widerspruchsgeist des jungen Edelmannes, dessen Schwert fest an seine Kehrseite geschnallt war, durch diese Ermahnung noch wachsen würde.

»Ihr redet wie ein altes Weib. Das Einzige, das sie erwischen werden, ist unser Kielwasser.«

Randolph schürzte die Lippen so heftig, dass sie weiß wurden und einen starken Gegensatz zu seinem geröteten Gesicht bildeten.

»Ich heiße Thomas«, knurrte er, »Sir Thomas, wie Ihr verdammt gut wisst. Unsere Befehle lauten, die Söldner zu holen und sie zu meinem Onkel zu bringen, ohne dass die englischen Patrouillen von unserer Anwesenheit etwas mitbekommen.«

Ganz so einfach war es nicht, aber den gesamten Plan kannte nur eine Handvoll Menschen, und Randolph gehörte nicht zu ihnen. Es war nicht vorgesehen, dass die Söldner jetzt schon zu Bruce stießen, es ging nur um die nächste Zusammenkunft.

So war es sicherer. Wollte Bruce auch nur die kleinste Chance gegen die schlagkräftige englische Armee haben, war es unumgänglich, sich einen Überraschungseffekt zu sichern.

Nach vielen Jahren, die er als Söldner in Irland gekämpft hatte, wusste Erik, dass man mit Informationen vorsichtig umgehen musste. Die meisten Söldner brachten nur für Bares Loyalität auf, und die McQuillans waren ein wilder Haufen – vorsichtig ausgedrückt.

Der König würde ihnen Einzelheiten ihres Planes erst anvertrauen, wenn es unbedingt erforderlich war, den Ort des Zusammentreffens sowie Zeit und Ort des Angriffs eingeschlossen. Erik sollte die Iren zwei Nächte vor dem Angriff in Empfang nehmen und sie sodann persönlich nach Rathlin geleiten, wo Bruce die gesamte Armee um sich scharen würde. In der Nacht darauf sollte Erik die gesamte Flotte zur Insel Arran bringen, von der aus Bruce am fünfzehnten Februar seinen Angriff gegen das schottische Festland führen wollte.

Der Zeitpunkt war von größter Bedeutung, da Bruces Truppen aus zwei Richtungen vorrücken sollten. Bruce selbst würde bei Turnberry angreifen, seine Brüder am selben Tag im Süden bei Galloway.

Da die Zeit knapp war, und sie sich nur bei Nacht fortbewegen konnten, durften sie sich keinen Fehler leisten.

»Ich kann keine Überraschungen gebrauchen, Tommy. Auf diese Weise sichern wir uns ab.«

Nichts würde seiner Mission in die Quere kommen, aber ein wenig Spaß durfte dabei schon herausschauen.

»Es ist tollkühn«, protestierte Randolph wütend.

Erik schüttelte den Kopf. Der Bursche war wirklich hoffnungslos.

»Tommy, wirf nicht mit Worten um dich, die du nicht verstehst. Du würdest Tollkühnheit nicht als solche erkennen, wenn sie dich in den Hintern beißt. Tollkühn ist es nur, wenn die Möglichkeit bestünde, dass sie uns fassen, was sie – wie du eben gehört hast – nicht tun werden.«

Seine Männer hissten das Rahsegel. Die schweren Wollfasern des mit Tierfett imprägnierten Segeltuchs entfalteten sich laut knatternd im Wind und enthüllten den Furcht einflößenden schwarzen Seefalken auf weiß-golden gestreiftem Hintergrund, ein Anblick, bei dem er unweigerlich von Erregung erfasst wurde.

Wenig später hörte er einen Schrei übers Wasser hallen. Erik wandte sich mit ungerührtem Grinsen seinem missbilligenden Gefährten zu.

»Sieht aus, als wäre es zu spät, Junge. Man hat uns gesichtet.« Er nahm die zwei Schoten, wappnete sich gegen den Windstoß und rief seinen Männern zu:

»Sollen die englischen Köter nicht nur ihren Schwänzen nachjagen. Auf nach Benbane, Burschen.«

Die Männer lachten über seinen Scherz. Für einen Engländer war »Schwanz« ein schmähliches Schimpfwort. Verdammte Feiglinge.

Das Segel füllte sich mit Wind, und das *birlinn* flog dahin, fegte über die Wellen wie ein Vogel im Flug und machte dem Falkenwappen des Segels und der Figur am Schiffsbug alle Ehre.

Je schneller sie dahinflogen, desto heißer brauste das Blut durch Eriks Adern. Seine Muskeln strafften sich, bebten vor roher Energie und hielten das Boot in einem spitzen Winkel zum Wasser. Der Wind riss an seinem Haar, besprühte sein Gesicht und füllte seine Lungen wie ein Elixier. Dieses rasend schnelle Gleiten war unglaublich. Elementar. Freiheit in ihrer reinsten Form.

Er hätte sich nicht lebendiger fühlen können. Ja, dafür war er geboren.

In den nächsten Minuten waren die Männer ganz still, während Erik das Boot in Position manövrierte und direkt Kurs auf Benbane Head nahm, den nördlichsten Punkt von Antrim. Seine Clanleute kannten ihn gut genug, um zu wissen, dass er es so geplant hatte. Es war nicht das erste Mal, dass er die Flut und tückische Felsenriffe zu seinen Gunsten nutzte.

Ein Blick über die Schulter zeigte ihm, dass seine List geglückt war. Die englische Patrouille hatte die Fischer vergessen und nahm die Verfolgung auf.

»Schneller«, übertönte Randolph das Tosen des Windes, »sie holen auf.«

Der Junge wusste, wie man jemandem den Spaß verderben konnte. Erik musste jedoch widerstrebend zugeben, dass die englische Galeere näher herangekommen war als erwartet. Der Captain verstand sein Geschäft – und hatte Glück. Der Engländer hatte einen Windschwall genutzt, der stärker war als jener, dem Erik sich anvertraut hatte, und steigerte die Geschwindigkeit dank seiner Ruderknechte. Eriks Ruder waren noch ungenutzt. Er würde sie später brauchen.

Das bisschen englisches Glück bekümmerte ihn nicht sonderlich – hin und wieder fand sogar ein blindes Huhn ein Korn.

»So soll es sein, Tommy. Ich möchte sie so nahe haben, dass ich sie in die Klippen befördern kann.«

Devil's Point war ein Felsvorsprung, der wie ein Steinfinger an der Küste westlich Benbane Head an der Nordküste Irlands ins Meer ragte. Es war Flut, der Felsen war nun unsichtbar, bis es zu spät war. Sein Plan sah vor, die Engländer zwischen sich und das Land zu drängen, sodass nicht sein Schiff von den scharfen Klippen in Stücke gerissen wurde. Im letzten Moment wollte Erik sie dicht an sich herankommen lassen, dann scharf nach Westen knapp am Felsenriff vorbei wenden und den Kurs exakt halten, während er die Engländer dem Teufel entgegenlenkte.

Eines jener waghalsigen Manöver, die er im Schlaf ausführen konnte.

»Felsen?«, sagte Randolph mit angstvollem Unterton, »aber wie wollt Ihr bei diesem Nebel etwas sehen?«

Erik seufzte. Wenn der Bursche nicht endlich lernte, Ruhe zu bewahren, würde ihn sein Herz im Stich lassen, ehe er dreiundzwanzig wurde.

»Ich sehe genug. Vertraut mir, mein furchtloser junger Ritter.«

Die dramatisch hohen Felsen der Küste tauchten vor ihnen auf. An klaren Tagen wirkten die majestätischen, dunklen, von smaragdgrünen Hügelkuppen gekrönten Felswände atemberaubend, an diesem Abend aber waren die aufragenden dunklen Gebilde gespenstisch und bedrohlich.

Er warf einen Blick zurück und zog eine Braue hoch. Sein Blick verriet einen Anflug von Bewunderung. Der englische Köter hielt sich gar nicht so übel. Tatsächlich war er so gut, dass Eriks Zeitplan über den Haufen geworfen wurde. Parallel zur Küste zu segeln würde nicht klappen; er musste sie direkt auf das Riff zuführen und erst im letzten Moment wenden – direkt in den Wind.

Der englische Captain mochte gut sein …

… aber Erik war besser.

Ein breites Lächeln legte sich um seinen Mund. Es würde noch spaßiger werden, als er geahnt hatte.

Da sein Vetter Lachlan »Viper« MacRuairi im Norden bei den Frauen war, und Tor »Chief« MacLeod als persönlicher Leibwächter des Königs auf dem Festland gebunden war, hatte Erik schon länger keinen richtigen Wettstreit mehr ausgetragen. Mit einem Engländer aber hätte er ihn am allerwenigsten erwartet.

Es war so dunkel und verhangen, dass man den genauen Verlauf der Küste nicht erkennen konnte. Erik aber wusste, dass sie ganz nahe war. Er spürte es. Das Blut brauste rascher durch seine Adern, als er sich die Gefahr der nächsten Augenblicke ausmalte. Wenn etwas schiefging oder wenn er sich in seinen Berechnungen geirrt hatte, würden nicht nur die Engländer zur Küste schwimmen müssen.

Er drehte sich zu Domnall um, der für das Ruder am Heck zuständig war.

»Jetzt!« Es war der Befehl, gegen den Wind steuerbords zu kreuzen.

»Los, wir schicken die englischen Hunde direkt in die Hölle!«

Die Männer reagierten mit begeistertem Johlen.

Augenblicke später knatterte das Segel, und das Schiff drehte scharf steuerbords: Devil's Point lag direkt voraus.

Er hörte das scharfe Schnappen des Segels hinter sich, als die Engländer ihrem Beispiel folgten und das jähe Wendemanöver gekonnt durchführten.

Die Engländer waren direkt hinter ihnen, beinahe in Reichweite ihrer Langbogen.

Es war fast so weit …

»Haltet an … im Namen Edwards, durch Gottes Gnade König von England!«, rief hinter ihnen eine Stimme auf Englisch.

»Ich diene keinem König außer Bruce«, erwiderte Erik auf Gälisch.

»*Airson an Leomhann!*« Er brüllte den Schlachtruf der Highlander-Garde: Für den Löwen.

Die Stimmenkakophonie hinter ihnen ließ erkennen, dass jemand seinen Ruf verstanden hatte.

»Verräter!«, erklang es.

Ohne den Rufen Beachtung zu schenken, konzentrierte er sich voll und ganz auf den schmalen Streifen schwarzen Wassers, der vor ihm zu sehen war.

Auf dem Schiff herrschte höchste Anspannung. Nur ein kleines Stück noch. Ein paar hundert Fuß. Er nahm die Klippen an der Küste zur Linken scharf ins Visier, suchte nach dem scharfen Grat, der seinen Bezugspunkt markierte, doch der Dunst behinderte ihn und erschwerte ihm die Sicht.

Ich bin blind, ermahnte er sich.

Seine Männer rutschten beklommen auf ihren Bänken hin und her, in Erwartung seines Befehls die Hände an den Rudern.

»Was ist los?«, fragte Randolph ein wenig schrill. Er spürte die Spannung.

»Ruhig, Jungs«, sagte Erik, ohne den Ritter zu beachten.

»Wir sind fast da …«

Erik schlug das Herz heftig in seiner Brust, stark und stetig. Jetzt kam die echte Nervenprobe. O Gott, wie er das liebte! Alle Instinkte waren auf die drohende Gefahr ausgerichtet, drängten ihn, das Schiff zu wenden, doch er zuckte nicht mit der Wimper. *Noch nicht …*

Noch ein paar Fuß, und der englische Captain – erfahren oder nicht – konnte dem felsigen Bett, das Erik ihm bereitet hatte, nicht mehr entkommen.

Gerade wollte er den Befehl geben, als die Katastrophe hereinbrach. Ein Riesenbrecher, ein richtiger Wellenberg, erhob sich wie ein Schlangenrachen über ihnen und krachte steuerbords gegen das Schiff, drängte sie näher zur Küste hin und verzögerte sein präzise berechnetes Manöver, das ihn um den Felsvorsprung führen sollte, um weitere zwanzig Fuß.

Fluchend hielt er die Segeltaue fest. Die Klippen waren zu nahe. Schon konnte er das verräterische weiße Schaumband der Wellen ausmachen, die sich an der Spitze der unter Wasser liegenden Felsen brachen.

Nun war für die geplante kühne Wende kein Platz mehr. Seine einzige Chance, den Felsen zu entgehen, war ein höchst riskantes Manöver direkt in den Wind.

Sehr interessant. Sein Puls schlug schneller. Für Augenblicke wie diese, die Können und Nerven auf die Probe stellten, lebte er.

»Jetzt!«, brüllte er. »Legt euch in die Riemen, Jungs!«

Domnall agierte entsprechend am Steuer, und die Männer tauchten die Ruder zu einer jähen Wende ein, während Erik das Segel mit aller Kraft scharf am Wind hielt, um sie aus der Gefahrenzone zu bringen.

Er hörte laute Stimmen auf dem Schiff hinter sich, war aber völlig auf die vor ihm liegende, fast unmögliche Aufgabe konzentriert. Wasser und eigener Schwung drängten sie zu den keine zehn Fuß backbords dräuenden Felsen. Die Männer ruderten stärker und nutzten jede Unze ihrer aufgesparten Energie. Energie, über die die englischen Ruderknechte nicht mehr verfügten.

Der Kiel glitt knapp an der Spitze des Felsenriffes vorbei.

Ein paar Fuß mehr …

Aber die Klippen zur Linken kamen immer näher – und wurden höher – während das *birlinn* auf die Katastrophe zuschoss. Er hörte Randolph abwechselnd fluchen und beten, ließ aber in seiner gespannten Aufmerksamkeit nicht nach.

»Rascher!«, rief er seinen Männern zu. Seine hervortretenden Armmuskeln brannten von der Anstrengung, die Taue zu halten.

»Fast geschafft …«

Er hielt den Atem an, als das Boot an der Spitze des Vorsprungs vorüberglitt und alle seine Sinne auf die Geräusche unter der Wasserlinie gerichtet waren. Dann hörte er das leise Schürfen. Das unverkennbare Geräusch von Fels an Eiche, das den meisten Seeleuten Angst eingejagt hätte. Erik aber blieb ruhig. Das Geräusch dauerte einige Sekunden an, verstärkte sich aber nicht. Sie hatten es geschafft.

Ein breites Grinsen zeigte sich auf seinem Gesicht. Ja, so sollte es sein! Noch mehr Erregung als in dem Sturm, in den sie auf der Flucht aus Dunaverty geraten waren.

»Geschafft, Leute!«

Jubel erhob sich. Ein Jubel, der noch lauter wurde, als sie hinter sich einen Schreckensschrei hörten, dem ein lautes Krachen folgte, als das englische Schiff gegen den Fels prallte.

Er überließ die zwei Taue einem seiner Männer und sprang auf eine als Bank dienende Kiste. Sein Lohn war der freie Blick auf die englischen Seeleute, die sich auf den Klippen, die eben ihr Boot in Stücke gerissen hatten, verzweifelt in Sicherheit brachten. Der Wind trug ihm ihre Flüche zu.

Er verbeugte sich mit einer dramatisch-schwungvollen Handbewegung.

»Grüßt Eddie von mir, Jungs.«

Die neue Welle von Flüchen, die sich daraufhin erhob, reizte ihn zu noch lauterem Lachen.

Er sprang herunter und versetzte Randolph einen Schubs in den Rücken. Der arme Junge sah ein wenig grün aus.

»*Das* war jetzt riskant.«

Der junge Ritter sah ihn mit einer Mischung aus Bewunderung und Ungläubigkeit an.

»Ihr habt ein höllisches Glück, Hawk. Aber eines Tages wird es Euch im Stich lassen.«

»Ja, vielleicht habt Ihr recht.« Erik zwinkerte ihm mit Verschwörerblick zu.

»Aber heute Nacht nicht.«

Das glaubte er jedenfalls.

»Beim Gebein St. Columbans, Ellie! Wann hast du zum letzten Mal richtig Spaß gehabt? Du bist richtig langweilig geworden.« Matty betonte Letzteres mit der übertriebenen Dramatik einer Achtzehnjährigen, sodass es sich anhörte, als hätte Ellie sich mindestens mit Lepra angesteckt.

Ellie ließ sich von den auf ihrem Bett verstreuten Stoffbahnen nicht ablenken und antwortete ihrer jüngeren Schwester automatisch:

»Ich bin nicht langweilig, und du sollst nicht fluchen.« Sie hob ein Stück hellblaue Seide an ihre Brust.

»Was hältst du davon?«

»Siehst du!« Matty warf verzweifelt die Hände in die Höhe.

»Genau das meine ich. Du bist nur ein paar Jahre älter als ich und benimmst dich wie mein Kindermädchen. Dabei war die alte sauertöpfische Bertha lustiger als du. Und Thomas sagt ständig ›beim Gebein St. Columbans‹ und niemand verwehrt es ihm.«

»Ich bin *sechs* Jahre älter, und Thomas ist keine Lady.« Ellie rümpfte beim Anblick ihres Spiegelbilds die Nase und warf das Blau auf den wachsenden Haufen unpassender Farben. Die momentan so beliebten hellen Pastelltöne waren für ihr dunkles Haar und ihre dunklen Augen nicht günstig.

Matty, der Pastellfarben hervorragend standen, kniff ihre großen blauen Augen zusammen. Mathilda de Burgh ärgerte sich über alle Maßen, wenn man ihr die Freiheiten, die ihr Zwillingsbruder genoss, praktisch vor die Nase hielt. Wenn sie ihr reizendes Kinn entschlossen vorschob, sah sie aus wie ein störrisches Kätzchen.

»Du weißt genau, dass dies ein lächerlicher Grund ist.«

Ellie zog die Schultern hoch, weder zustimmend noch missbilligend.

»So ist es eben.«

»Es muss nicht so sein.« Matty nahm ihre Hand und sah sie flehend an. Ihrem seidigen Blondhaar, der Porzellanhaut, den roten, geschwungenen Lippen und den großen blauen Augen konnte man nur schwer widerstehen, aber Ellie hatte ausreichend Erfahrung darin. Bis auf einen waren alle ihre Geschwister auffallend hübsch, mit hellem Haar und hellen Augen. Sie und Walter waren die einzigen mit der dunklen normannischen Färbung ihres Vaters.

Eine heiße Woge der Traurigkeit übermannte sie. Jetzt war sie die einzige Dunkelhaarige.

»Deshalb wird es heute Abend so lustig sein«, bohrte Matty hartnäckig weiter.

»Es ist das einzige Mal, dass wir mit den Männern schwimmen dürfen. Es ist deine letzte Chance. Nächstes Jahr wirst du schon bei deinem jungen Ehemann in England sein.« Sie ließ einen verträumten Seufzer folgen.

Ellies Magen hob sich ein wenig wie immer, wenn die Rede auf ihre bevorstehende Heirat kam, doch unterdrückte sie das plötzliche Unbehagen.

»Der Jungfrauensprung ist nichts für Damen unseres Standes.«

Das klang selbst in ihren eigenen Ohren zu tugendhaft und züchtig. Sie biss sich auf die Lippen. So wie das heidnische Julfest dem Weihnachtsfest gewichen war, hatte auch der uralte nordische »Jungfrauensprung« (später Mädchensprung genannt, um die Kirche nicht zu verstimmen), bei dem die Heiden dem Meergott Aegir junge Mädchen geopfert hatten, dem Fest Maria Lichtmess weichen müssen – dem Tag, der die Weihnachtszeit beendete. Die Kirche sah das heidnische Fest nicht gern, unternahm aber nicht den Versuch, es zu verbieten. Vielleicht weil man wusste, dass jeder Versuch zum Scheitern verurteilt sein würde.

An jedem zweiten Februar um Mitternacht sprangen die Mädchen aus der Gegend in die eiskalte See und rannten dann zurück ans Ufer, um sich an den riesigen Feuern (anstatt wie im hohen Norden in Saunas) zu wärmen. Jenes Mädchen, das es am längsten im kalten Wasser aushielt, wurde zur Eisprinzessin gekrönt. Ellie hatte die Krone die letzten drei Male gewonnen. Walter pflegte zu scherzen, dass sie ein verzaubertes Robbenweibchen sein müsste, da sie sich in kaltem Wasser so wohl zu fühlen schien.

»So hast du aber nicht immer gedacht.« Matty schüttelte den Kopf und starrte Ellie an wie eine Fremde.

»Ich verstehe es nicht … du warst ganz närrisch aufs Schwimmen und auf den Mädchensprung.«

»Das war, ehe …« Ellie verstummte und schluckte. Ihre Kehle war wie zugeschnürt.

»Ich war doch noch ein Mädchen. Jetzt trage ich Verantwortung.«

Matty schwieg einen Augenblick, als Ellie sich wieder den Stoffen auf dem Bett widmete. Sie waren für die Gewänder bestimmt, die sie in ihrem neuen Leben am Hof König Edwards als Gemahlin seines ehemaligem Schwiegersohns Ralph de Monthermer tragen würde.

»Das ist nicht fair«, sagte Matty dann leise.

»Du bist nicht die Einzige, die sie vermisst. Auch mir fehlen sie sehr. Aber weder Mutter noch Walter hätten gewollt, dass man sie ewig betrauert.«

Das Fieber, das zwei Jahre zuvor die Hallen von Dunluce Castle heimgesucht hatte, hatte nicht nur ihren neunzehnjährigen Bruder hinweggerafft, sondern auch ihre Mutter Margaret, Countess of Ulster. Ellie – damals zweiundzwanzig – hatte das Fieber noch um etwas anderes gebracht: um das lebensfrohe junge, nach Abenteuer dürstende Mädchen, das sie damals gewesen war. Als älteste unverheiratete Tochter hatte Ellie die meisten Pflichten ihrer Mutter als Countess übernommen, und dazu gehörte die Beaufsichtigung ihrer jüngeren Geschwister.

Und was für ein Beispiel würde sie abgeben, wenn sie sich halbnackt im Meer vergnügte?

Es war das erste Mal, dass sie wieder auf Dunluce Castle weilten, seitdem Mutter und Bruder – Erbe des Earls – gestorben waren. Eigentlich hätte sie ihren Verlobten auf Carrickfergus, der Hauptfestung des Earl of Ulster, treffen sollen, König Edward aber hatte sie stattdessen hierher befohlen. Obwohl Ellie von ihrem Vater nicht ins Vertrauen gezogen worden war, vermutete sie, dass es etwas mit der nicht enden wollenden Jagd nach Robert Bruce zu tun hatte.

In den strahlenden Augen ihrer Schwester standen Tränen, und Ellie nahm Matty spontan in die Arme.

»Ich weiß, dass du sie auch vermisst.« Ellie seufzte.

»Und du hast recht. Sie würden nicht wollen, dass wir ewig um sie trauern.«

Matty schob sie von sich. Sie lächelte wieder, ihre Tränen waren versiegt.

»Das heißt also, dass du kommen wirst?«

Ellie kniff argwöhnisch die Augen zusammen. *Raffiniertes Ding.* Ihre Schwester war so unnachgiebig wie ihr Patenonkel König Edward.

»Sag wenigstens, dass du es dir überlegen wirst«, warf Mattie ein, ehe Ellie einen Einwand vorbringen konnte.

Ellie hatte überhaupt nicht die Absicht, es sich zu überlegen, aber Matty war nicht die Einzige, die wusste, wie man erreicht, wenn man etwas will. Die fünf kleinen Geschwister, die ihrer Obhut anvertraut waren und ein Nein nicht gern hörten, verstanden es nicht weniger raffiniert, ihre Wünsche durchzusetzen. Ellie hatte sich ihrer Taktik anpassen müssen, um zu überleben.

»Also gut, ich werde darüber nachdenken.«

Mattys Augen wurden groß.

»Wirklich?« Sie klatschte aufgeregt in die Hände.

»Es wird so lustig …«

»Ich *denke darüber nach*«, betonte Ellie, »wenn du mir bei der Auswahl der Stoffe hilfst, die verarbeitet werden sollen.«

Sie selbst brachte nicht die geringste Begeisterung für diese Aufgabe auf. Matty hatte ein Auge für Farben, das Ellie mit Sicherheit abging. Aber es steckte mehr dahinter, wie sie wusste. Etwas stimmte nicht mit ihr. Wie sonst war das Gefühl des Unbehagens zu erklären, das sie unweigerlich erfasste, wenn sie an ihre Heirat dachte? Eine Heirat, auf die sie sich nach allen objektiven Maßstäben freuen sollte.

Ungeachtet seiner alles andere als vielversprechenden Anfänge war ihr Verlobter einer von Edwards hochgeschätzten Edelleuten sowie sein einstiger Schwiegersohn. Ralph de Monthermer hatte sich in Edwards Tochter Joan of Acre verliebt und sie heimlich geheiratet. Als dies ruchbar geworden war, hatte Edward Ralph – damals nur ein schlichter Ritter – in den Tower geworfen und ihn nur dank der Intervention des Bischofs von Durham nicht hinrichten lassen.

Schließlich hatten Ralph und sein erboster Schwiegervater sich versöhnt, und Ralph hatte zu Lebzeiten Joans sogar die Titel Earl of Gloucester and Hereford erhalten. Da nun Bruce auf der Flucht war, wollte Edward sich der Unterstützung ihres Vaters versichern und hatte deshalb eine Verbindung mit seinem ehemaligen Schwiegersohn vorgeschlagen, um seine Dankbarkeit zu zeigen.

Ralph sah gut aus und war sehr nett. Groß und breitschultrig wirkte er sehr eindrucksvoll und galt als idealer Ritter. Alles in allem ein Mann, der viel Bewunderung erregte.

Wie kam es also, dass ihr Magen rebellierte, dass ihr Herz wild flatterte und ihr der kalte Schweiß ausbrach, wenn sie in einem Raum mit ihm war?

Und warum verspürte sie diese sonderbare Unruhe in sich, je näher der Hochzeitstag heranrückte? Eine Unruhe, die in ihr den Wunsch weckte, etwas Verrücktes zu tun, etwa mit bloßen Füßen durch den Sand zu laufen oder Schleier und Haarnadeln herauszureißen und den Wind in den Haaren zu spüren.

Oder sich in die eisige See zu stürzen.

Aber ihre irrationalen Gefühle änderten nichts an den Tatsachen. Sie würde den Mann heiraten, den ihr Vater für sie bestimmt hatte, so wie Matty es auch einmal tun musste. Sie waren Töchter des Earl of Ulster; und die Stimme ihres Herzens spielte bei diesen Entscheidungen keine Rolle.

In den nächsten Minuten verwarf Matty aus dem Haufen kostbarer Tuche und Damaste noch gnadenloser alles, was ihr nicht zusagte. Nur wenig fand Gnade vor ihren Augen. Und zu guter Letzt blieb ein noch viel kleinerer Stapel in Dunkelbraun, Grün, Rost und tiefem Gold übrig. Grelle Farben oder Pastelltöne waren nicht darunter.

Ellie seufzte mit einem sehnsüchtigen Blick auf den Haufen, in dem Rosa, Blautöne, Gelb und Rot prangten.

»Ich werde die unscheinbarste Dame bei Hof sein«, sagte sie finster.

Matty zog die Brauen zusammen.

»Du bist wunderschön. Die Herbsttöne bringen die goldenen Untertöne deiner Haut und die grünen Pünktchen in deinen Augen zur Geltung.«

Ein Mundwinkel hob sich. Grüne Pünktchen?

»Ich habe braune Augen.«

Matty zog einen trotzigen Schmollmund.

»Ein schönes, leuchtendes Nussbraun.«

Braun soll mir recht sein, dachte Ellie. Sie wusste, dass Gegenargumente nichts fruchteten. Ihre Geschwister versuchten ständig, ihr das Gefühl zu geben, sie wäre etwas Besonderes, und fassten es als persönlichen Affront auf, wenn jemand darauf anspielte, dass es Ellie am strahlenden Aussehen der Familie fehlte. In einer normalen Familie hätte sie als passabel hübsch gegolten, ihre Familie aber war nicht normal. Es erstaunte sie immer wieder – und andere offenbar auch – wie zwei so außergewöhnlich aussehende Menschen wie ihre Eltern ein so gewöhnlich aussehendes Kind wie sie hatten hervorbringen können.

Aber ihr unspektakuläres Aussehen störte ihre Geschwister weit mehr als sie selbst. Sie hatte sehr früh gelernt, dass Schönheit keine Garantie für Glück war, wie das Beispiel ihrer Mutter zeigte.

Sie gab sich mit Mittelmaß zufrieden, ihre Familie aber weigerte sich, sie anders als besonders zu sehen.

Matty beobachtete sie, als könnte sie ihre Gedanken lesen.

»Ich wünschte, du könntest dich mit meinen Augen sehen. Du bist viel schöner als wir alle zusammen. Deine Schönheit leuchtet von innen.« Eine Schönfärberei, wie sie im Buch steht, dachte Ellie.

»Du bist lieb, großzügig, süß …«

»Und langweilig«, warf Ellie ein, der das Lob ihrer Schwester unangenehm war.

Matty lächelte.

»Und langweilig. Aber nicht mehr lang. Vergiss nicht, du hast versprochen, darüber nachzudenken. Sag doch, dass du kommen wirst. Du wirst sehen, es wird ein Riesenspaß.« Sie lächelte spitzbübisch.

»Vielleicht wird dein stattlicher Verlobter auch da sein.«

Ellie erbleichte. Bloß nicht. Sie brachte in Gegenwart dieses Mannes keine zwei Worte heraus, dann brach ihr kalter Schweiß aus.

Matty sah sie sonderbar an.

»Ich weiß nicht, was mit dir los ist, Ellie. Du tust so, als wäre dir die Heirat zuwider. Ralph ist jung *und* sieht gut aus.« In ihre Augen trat ein verträumter Blick.

»Dunkles Haar, grüne Augen …« Sie sprach nicht weiter.

Ralph hatte grüne Augen? Das war Ellie gar nicht aufgefallen.

»Du hast großes Glück.«, fuhr Matty fort, »an deiner Stelle würde ich ihn mir sofort schnappen. Ich werde wahrscheinlich einen Mann abkriegen, älter als Vater, mit schlechtem Atem, teigiger Haut und Gicht.« Sie sah sie neugierig an.

»Gefällt er dir nicht?«

»Natürlich gefällt er mir«, erwiderte Ellie automatisch, obwohl ihr Herzschlag panisch flatterte. Was gefiel ihr nicht an ihm?

»Sicher wird er einen wundervollen Ehemann abgeben.«

»Und einen Vater«, sagte Matty, die den Kopf schräg legte.

»Macht dir das Sorgen? Wie viele Kinder hat er? Zehn?«

»Acht.« Fünf Mädchen, den jungen Earl und noch zwei Jungen. Alle unter zwölf. Für sie nicht ungewohnt. Sie schüttelte den Kopf.

»Nein, ich mag Kinder.«

Matty beugte sich zu ihr und gab ihr einen Kuss auf die Wange.

»Und sie können sich wie wir glücklich schätzen, dich zu haben.« Sie wackelte spitzbübisch mit ihren zart gewölbten Brauen.

»Das heißt aber nicht, dass du zuerst nicht ein wenig Spaß haben dürftest.«

Ellie verdrehte die Augen und scheuchte ihre Schwester aus der kleinen Kammer.

»Hinaus mit dir! Ich muss vor dem Abendbrot nach der kleinen Joan und nach Edmond sehen.«

»Wir sehen uns abends«, sagte Matty mit schlauem Blick.

Ihre Schwester war ganz schön eigensinnig. Sie tat so, als täte Ellie nichts als essen, beten und sich um die jüngeren Geschwister zu kümmern.

Ellie biss sich auf die Lippen. Es kam der Wahrheit sehr nahe. War sie zu ernst geworden? War sie – sie schluckte schwer – *langweilig*?

Was war aus dem Wildfang geworden, der viel schwamm und

die Gegend durchstreifte? Der Herausforderungen liebte? Der von Abenteuern träumte? Der einmal glaubte, es wäre das Allergrößte, einmal jede Insel zwischen hier und Norwegen zu erkunden?

Wie lange das her war. Vielleicht zu lange. Träume ändern sich. Menschen ändern sich.

Jetzt war sie vierundzwanzig, mit einem mächtigen englischen Edelmann verlobt und praktisch die Countess des mächtigsten Edelmannes von Irland.

Sie konnte wohl kaum wie ein Bauernmädchen das Land durchstreifen.

Mochte es sich noch so verlockend anhören.

2

Eriks gute Stimmung, nachdem er die Engländer in die Klippen gelotst hatte, währte nicht lange. Als er und seine Männer sich der Burg näherten, wusste er sofort, dass etwas nicht stimmte. Mitternacht war längst vorbei, Dunluce aber war hell erleuchtet. An der Nordküste flammten zwei große Feuer wie die Scheiterhaufen, die den Krieger auf dem Weg nach Walhalla begleiteten.

»Was ist das?«, fragte Randolph, dem die Feuer auch aufgefallen waren.

Erik schüttelte den Kopf und blickte blinzelnd in die Dunkelheit. Sie waren zu weit entfernt, als dass er es deutlich hätte sehen können, doch hätte er geschworen, dass im Wasser Menschen schwammen.

»Die Dorfbewohner, wie es aussieht«, sagte Domnall.

Plötzlich erhellte sich Eriks Miene, als ihm das Datum einfiel.

»Ja, es sind Leute aus dem Dorf«, sage er.

»Zumindest die Dorfmädchen.«

Randolph sah ihn fragend an.

»Der Mädchensprung«, erklärte er.

Randolph runzelte die Stirn.

»Der heidnische Brauch? Ich wusste nicht, dass die Iren noch immer die heidnischen Feste feiern.«

»Auf den Inseln schon. Es handelt sich um einen Einweihungsritus. Aber in Wahrheit ist es für die jungen Leute ein Vorwand, ein wenig Spaß zu haben. Es ist ganz harmlos.«

Die Miene des jungen Ritters verriet Missbilligung.

»Es ist ungehörig.«

Erik lachte.

»Genau. Deshalb ist es ja so lustig. Und wenn Ihr die Wirkung kalten Wassers auf das Hemd eines Mädchens nicht würdigen könnt, ist Euch nicht zu helfen.«

Ein Mundwinkel Randolphs zuckte nach oben.

»Vielleicht könnte ich einen gewissen Reiz darin entdecken.«

Erik schlug ihm lachend auf den Rücken.

»Schon besser. Vielleicht gibt es für Euch doch Hoffnung, Sir Tommy.«

Das Segel war wieder eingeholt worden, damit sie möglichst unentdeckt blieben, auch hielt Erik das Boot in einer gewissen Distanz zur Küste, um von der Burg aus nicht gesichtet zu werden. Auf einer mächtigen, dreieckigen, hundert Fuß senkrecht ins Meer abfallenden Felsenklippe gelegen, bot Dunluce Castle einen Anblick von einzigartiger Dramatik. Eine schmale Holzbrücke über dem tiefen Abgrund hinter der Burg bildete die einzige Verbindung zum Festland.

Unter der Burg befand sich eine große Höhle, von den Einheimischen Nixen-Höhle genannt, die sich fast dreihundert Fuß von einem Ende zum anderen durch den Fels erstreckte, im Süden von See aus zugänglich, im Norden über ein Felsband von der Landseite her. Mit einer über fünfzig Fuß hohen Deckenwölbung glich sie einem riesigen unterirdischen Palast. Der leichte Zugang vom Meer her machte sie zu einem idealen Ort für ein Treffen mit den McQuillans, ehemaligen Schotten, die als Söldner nach Irland gekommen waren und als Verwalter von Dunluce für den Earl of Ulster geblieben waren. Diese wilden Krieger aber verdingten sich noch immer als Söldner … für einen gewissen Preis.

Erik steuerte das *birlinn* um die Ausläufer der Felsen, die den Höhleneingang schützten.

»Aufgepasst, Jungs«, stieß er gedämpft hervor. Der Mädchensprung erklärte zwar die ungewöhnliche nächtliche Aktivität, aber irgendetwas lag hier in der Luft und bewirkte, dass sich ihm die Nackenhaare sträubten.

Als das Boot durch den von schroffen Zacken gesäumten Eingang glitt, sah er mit einem Auge zu der Burg hoch über ihm, während das andere auf das rückwärtige Ende der langen Höhle fixiert war. Er wusste, dass sie von oben her nicht zu sehen waren, und obwohl man ihm keine übertriebene Vorsicht vorwerfen konnte, hatte ihm ein Gefühl für drohende Gefahr mehr als einmal den Kragen gerettet.

Momentan raubte Dunkelheit ihnen die Sicht. Dann aber sah er aus dem schwarzen Nichts flackernde orange Lichtsplitter vom anderen Ende der Höhle herantreiben. Drei lange Wellen. Eine Pause. Zwei kurze. Dann dasselbe noch einmal.

Es war das richtige Signal, er entspannte sich aber erst, als sie so nahe herangekommen waren, dass er die ungeschlachte Gestalt und die Züge Fergals, des obersten Gefolgsmannes der McQuillans, erkannte. Seine Miene wurde ungewohnt ernst. Fergal war nicht derjenige, den er erwartet hatte. Kein willkommener Ersatz.

Fergal McQuillan war ein übler Halunke, der seine eigene Mutter für Geld nicht nur töten, sondern sich daran auch noch ergötzen würde.

Als Erik Jahre zuvor an seiner Seite gekämpft hatte, hatte ihn Fergals Blutrausch, der sich nicht auf den Kampf beschränkte, abgestoßen, obwohl er Kampflust und Feuer in der Schlacht zu schätzen wusste. Aber er musste den Mann nicht mögen. Fergal mochte ein Schuft sein, doch wusste er mit dem Schwert umzugehen, und im Moment brauchte er alle Kämpfer, die er kriegen konnte. Der Chief – Tor MacLeod – hatte zu Bruce einmal gesagt, dass man sich schmutzig machen müsse, um den Sieg zu erringen. Wie wahr.

Solange Fergal und die übrigen McQuillans ihr Wort hielten, würde es keine Probleme geben.

Fast an Land angelangt, sprang Erik über die Bordwand und watete durch das knietiefe Wasser an das steinige Ufer.

Er begrüßte den McQuillan-Krieger, indem er dessen Unterarm mit festem Griff umfasste. Nachdem er einige der anderen Männer, die er namentlich kannte, begrüßt hatte, nahm er die nötige Vorstellung vor, als Randolph und Domnall ihn eingeholt hatten. MacQuillan schien über irgendetwas aufgebracht – etwas, das Erik nicht gefallen würde, wie er argwöhnte.

»Ich hatte deinen Chief erwartet«, sagte Erik gleichmütig und zwang sich zu einem Lächeln, das seine Augen nicht erreichte.

Fergal schüttelte den Kopf. Er war kahl, und sein Kopf wies eine sonderbar konische Form auf, die wegen seiner flachen Züge, des feisten Nackens und seines struppigen roten Barts umso auffallender wirkte.

»Die Pläne wurden geändert«, sagte der Krieger.

»Er konnte nicht kommen. Ulster ist eingetroffen, in der Burg wimmelt es von Engländern. Seine Abwesenheit könnte auffallen.«

Eriks Augen verengten sich unmerklich. Seine Instinkte hatten ihn nicht getrogen. Sie waren mitten in ein Hornissennest gesegelt. Falls es eine Falle war, würde Fergals missgestalteter Kopf für seinen Körper nicht mehr zu lang sein. Zwei Sekunden – mehr brauchte es nicht, um den Griff seiner Streitaxt zu erfassen und diese zu schwingen. Und er musste sich eingestehen, dass ihm der Vorwand nicht ungelegen gekommen wäre.

Halb in Erwartung, englische Truppen über das Felsband herunterströmen zu sehen, warf Erik einen Blick an Fergals Schulter vorbei, ehe er den Krieger mit einem kalten Blick ansah.

»Ich dachte, dein Chief hätte gesagt, Ulster würde auf Carrickfergus sein.«

»Das dachten wir auch, aber er ist unerwartet gekommen, auf Edwards Befehl hin.« Fergal spuckte nach Nennung des Namens des Königs aus.

»Auch de Monthermer – oder der Earl of Atholl, wie er sich jetzt nennt – ist da.«

Ach … hochinteressant. Damit war erklärt, wieso die englische Patrouille sich so nahe an der Burg herumtrieb. De Monthermer befehligte die größte – und erfahrenste Galeerenflotte in Edwards Marine. Obwohl der Engländer Bruce schon einmal zu Hilfe geeilt war, konnte Erik nicht damit rechnen, dass sich dies wiederholen würde.

Was zum Teufel trieb de Monthermer hier? Ehe er fragen konnte, erläuterte Fergal:

»Es geht um eine Verbindung mit einer der Töchter Ulsters.«

Erik nickte finster. Falsche Informationen waren im Krieg nicht selten, diese Art »Irrtum« aber konnte ihn und seine Männer das Leben kosten. Eine falsche Bewegung, und ihre Köpfe würden auf Piken gespießt Schottlands Burgen zieren. Wahrhaft schmückende Zierrate, doch hing Erik an seinem Kopf.

»Ihr müsst schleunigst verschwinden«, drängte Fergal, der Panik nahe.

»Englische Patrouillen-Schiffe liegen hier überall auf der Lauer.«

»Das wissen wir«, sagte Erik ruhig.

»Wir sind einem Boot begegnet« – in gewisser Weise – »ein paar Meilen von hier.«

»Gib mir das Geld, und wir sind fertig miteinander.«

Randolph, der es sichtlich eilig hatte wegzukommen, griff unter seine Rüstung, um den Beutel hervorzuholen, den er um seine Mitte befestigt trug, doch Erik hinderte ihn mit ausgestreckter Hand daran.

»Noch nicht. Ich bin dafür, dass wir die Sache entspannter angehen. Wir werden uns beeilen, aber zuvor gilt es noch, ein paar Einzelheiten zu klären.«

Fergal platzte heraus:

»Es ist keine Zeit dafür. Die Engländer …«

»… sind ein verdammter Krampf im Arsch«, schloss Erik mit vertraulichem Augenzwinkern.

»Ich weiß.« Hornissennest oder nicht, er hatte eine Mission zu erfüllen. Und solange keine Angreifer über den Felssims herunterströmten, ließ er sich nicht zur Eile drängen.

»Missverständnisse können wir hier nicht gebrauchen. Stimmt's, Fergal?«

Fergal schüttelte den Kopf.

Erik nahm Randolph den Beutel ab und wog ihn in seiner Hand. Fergal sah es mit gierigem Blick.

»Die Hälfte wie vereinbart jetzt gleich, den Rest, wenn die dreihundert Mann zu Bruce stoßen.«

»Wir müssen nur wissen, wann und wo.«

»Unweit von Fair Head gibt es einen Strand. Kennst du ihn?«

Fergal nickte verständnislos. »Ja.«

»Dort sollt Ihr Euch in der Nacht des Dreizehnten mit euren Männern einfinden.«

Ein skeptischer Ausdruck huschte über das flache Gesicht des Iren.

»Bruce will den Angriff von Irland aus starten?«

Erik schüttelte den Kopf.

»Ich werde euch selbst zum König bringen.« Fair Head war jener Ort auf dem irischen Festland, der Rathlin am nächsten lag, wo Bruce das Zusammentreffen vorsah.

Fergals Miene versteinerte sich, als ihm klar wurde, dass Erik ihn über den Plan im Dunkeln lassen wollte. Erik, der auch dem Chief der McQuillans misstraute, brachte Fergal noch viel weniger Vertrauen entgegen.

»Das ist gegen die Vereinbarung«, äußerte der Ire heftig.

Erik trat einen Schritt vor. Er überragte Fergal, der stämmig und feist und ebenso tückisch wie ein Keiler war, um mindestens einen Fuß. Und wer der bessere Kämpfer war … beide wussten, dass daran kein Zweifel bestehen konnte. Nur eine Handvoll Männer hatten die Chance, Erik mit Schwert oder Streitaxt zu besiegen, und Fergal gehörte nicht zu ihnen.

Trotz der Drohgebärde der Bewegung lächelte Erik unbeirrt.

»Also, Fergal«, sagte er selbstsicher, »ich kann mich gut an das Gespräch erinnern, das ich vor einigen Wochen mit deinem Chief hatte, genau hier in dieser Höhle, und es ist genau das, worauf wir uns geeinigt haben. Die Hälfte jetzt, die zweite Hälfte bei dem Treffen mit Bruce. Wozu also weitere Informationen?«

Fergals Augen flackerten im Fackelschein. Er begriff, was Erik meinte.

»Ich möchte wissen, wohin ich gehe.«

»Wenn es soweit ist, wirst du es wissen. Das sind die Bedingungen. Jetzt hängt alles von euch ab«, sagte Erik mit lässigem Schulterzucken und hielt ihm den Beutel entgegen.

Der Ire schnappte sich den Beutel und steckte ihn in seinen *cotun.*

»Ja … der Strand unweit Fair Head am Dreizehnten. Wir werden zur Stelle sein«, sagte er mit der Begeisterung eines in die Ecke gedrängten Hundes.

»Seht zu, dass auch *Ihr* da sein werdet.«

Ein lautes Aufspritzen von Wasser hinter ihm schnitt Eriks Antwort ab. Instinktiv fuhr er herum, die Streitaxt bereits in der Hand. Auch die anderen Männer hatten ihre Waffen gezogen.

»Was war das?«, fragte Fergal mit erhobener Fackel.

Erik spähte in die Dunkelheit.

»Keine Ahnung.«

Der Ire wandte sich an zwei seiner Leute.

»Seht nach«, befahl er.

Das war nicht gut, ganz und gar nicht.

Ellie wusste, dass sie in der Klemme saß, kaum dass sie aus dem Wasser stieg und die Männer mit Fackeln über das Felsband die Höhle heruntereilen sah. Ursprünglich hatte sie zurück zum Strand schwimmen wollen, doch war das Wasser kälter, als sie es in Erinnerung hatte – entweder dies oder sie wurde schon alt – deshalb entschloss sie sich, durch die Höhle zurück zum Strand zu laufen.

Wenn man es recht bedachte, hatte sie bis zu diesem Zeitpunkt ihren Spaß gehabt. Matty hatte sich so gefreut, sie zu sehen. Allein ihre erstaunte Miene zu sehen, war das Abenteuer wert. Und sobald sie ihren Mantel abgeworfen hatte und ins Wasser gesprungen war, hatte Ellie gespürt, wie sehr ihr das Schwimmen gefehlt hatte. Das Gefühl der Freiheit war trotz des eiskalten Wassers überwältigend.

Vielleicht hätte sie die Männer ignorieren und einfach entlang der Felsrampe weitergehen sollen, um zu der Gruppe am Strand zurückzukehren und ihre Siegeskrone zu fordern, doch war es ihr nicht geheuer, mitten in der Nacht klatschnass in einem Hemd ohne verhüllenden Mantel eine Gruppe wüst aussehender Krieger passieren zu müssen.

Deshalb hatte sie rasch in der eisigen See Zuflucht gesucht, mit der Absicht, ungeachtet der Kälte den Weg zurückzuschwimmen, den sie gekommen war. Und nun war ihr durch die Ankunft des Bootes der Fluchtweg abgeschnitten.

Ein Blick auf die Männer im *birlinn*, und ihr Herzschlag drohte auszusetzen. Trotz der Dunkelheit hatte sie genug gesehen.

Lieber Gott, die Wikinger sind da!.

Mächtige Krieger mit langem, blondem, unter stählernen Nasenhelmen hervorquellendem Haar, gehüllt in Pelzumhänge, bis auf die Zähne bewaffnet und … stark. Ausgeschlossen, sich schwimmend an ihnen vorbeizuschwindeln. Sie saß in der Falle, eindeutig.

Sie flüchtete sich die Seitenwand der Höhle entlang in die Finsternis und schaffte es, sich auf eine kleine scharf gezackte Felsenklippe zu ziehen, ehe sie erfror – obwohl die kalte Nachtluft nicht besser war. Ihr ganzer Körper bebte vor Kälte. Ihre Zähne klapperten, und ihr nasses Haar fror in Eissträhnen um ihre Schultern. Sie zog die Füße unter sich, so gut es auf der schrägen, rissigen Oberfläche möglich war, schlang die Hände um die Knie und rollte sich gegen die Eiseskälte zu einer Kugel zusammen.

Lange konnte sie es so nicht aushalten. Sie betete darum, dass die Männer ihre Sache rasch erledigten. Sie hörte ihre Stimmen, konnte aber nicht verstehen, was gesprochen wurde. So oder so – egal, was hier vor sich ging, es stand fest, dass sie nicht hier hätte sein sollen.

Was würde schlimmer sein – erfrieren oder gefunden werden? Keine der Alternativen erschien ihr im Moment erstrebenswert.

Sie hätte sich nie überreden lassen dürfen. Auch hätte sie sich nicht so weit von der Gruppe entfernen sollen – warnte sie nicht ständig die jüngeren Kinder davor? –, doch sie hatte siegen wollen, und sie liebte diese Höhle.

Warum, ach warum hatte sie zugelassen, dass Matty ihr so zusetzte? Langeweile bedeutete Sicherheit. Langeweile war Wärme. Sie hätte jetzt in ihrem hübschen, kuscheligen Bett voller Felle liegen können, anstatt mit tauben Fingerspitzen auf einer Klippe in einer dunklen Höhle voller grässlicher Wikinger zu hocken, die Gott weiß was vorhatten.

Ihr war zu kalt, und sie war zu verängstigt, um neugierig zu sein. Aus Angst vor Entdeckung wagte sie nicht einmal, den Kopf hinter ihrem steinigen Versteck hervorzuschieben und einen Blick zum Strand zu werfen.

Wenn sie sich nur beeilen würden. Ihr Zähneklappern war so laut, dass sie befürchtete, gehört zu werden, und sie wusste nicht, wie lange sie es noch auf dem glitschigen Stein aushalten konnte, wenn sie doch nicht einmal …

Oooh-oh.

Ihre Füße rutschten unter ihr weg. Sie schwankte, versuchte, sich zu fangen, aber es war zu spät. Ein lautes Aufklatschen, und sie landete im Wasser. Der Kälteschock und das Aufflammen von Panik ließen ihr Herz verzweifelt schlagen. Sie widerstand dem natürlichen Drang, an die Oberfläche zu schießen, stattdessen hob sie vorsichtig den Kopf.

Vielleicht hatte man sie nicht gehört?

Aber ein Blick zum Ufer zeigte ihr, dass ihr dieses Glück nicht beschieden war. Zwei Männer sprangen ins Wasser und schwammen auf sie zu. Sie tauchte wieder unter und schwamm mit aller Kraft davon.

Es reichte nicht.

Sie fror und war vom Schwimmen ermüdet, außerdem hatten die Männer den Schwung auf ihrer Seite. Einer bekam ihren Fußknöchel zu fassen. Sie versetzte ihm einen Tritt, er aber zog sie zu sich, leicht wie einen Fisch an der Angel. Nie wieder würde sie einen Hering auf ihrem Teller ansehen können wie bisher.

Ein Arm schlang sich um ihre Taille. Der brutale Krieger zog sie höchst unsanft an sich und schwamm mit ihr an die Oberfläche.

Kaum zu Atem gekommen, stieß der Rohling einen wüsten Fluch aus.

»Es ist ein Mädchen!«, rief er den anderen zu.

Es folgte ein Moment stummer Überraschung, ehe eine raue Stimme befahl:

»Bringt sie her!«

»Verdammt, saukalt hier drinnen«, schimpfte der Mann in ihr Ohr. Sein wütender Ton verriet, dass er ihr die Schuld an Nässe und Kälte gab, die er erdulden musste.

»Loslassen!«, schrie sie, »weißt du nicht, wer ich bin? Mein Vater …«

Eine harte, schwielige Hand, die auf ihren Mund drückte, verhinderte, dass sie seinen Namen aussprach.

»Pst«, warnte er sie.

»Du hast dir schon jede Menge Ärger eingehandelt, also sei still, damit du uns nicht die gesamte Wachmannschaft auf den Hals hetzt.«

Sie erstarrte. Der Ton gefiel ihr nicht. Der Krieger zerrte sie an das steinige Ufer und warf sie ohne weitere Umstände einem Kahlköpfigen vor die Füße, der ihr – dem Himmel sei Dank – bekannt vorkam. Sie zerbrach sich ihr erfrorenes Gehirn, das sich leider nur langsam regte. War er einer der Krieger ihres Vaters? Dann würde er ihr gewiss helfen.

Bei einem bekannten Gesicht würde sie sicher auf mehr Verständnis stoßen als bei einer Bootsladung Nordmänner – oder nicht? Ihr schauderte.

Sie wollte eben zu ihrer Rechtfertigung ansetzen, als sie in die Augen des Kahlköpfigen blickte. Die Worte erstarrten auf ihrer Zunge. Ohne zu fragen, wusste sie, dass er ihr nicht helfen würde. Der Mann war bar aller Gefühle. Seine kalten, ausdruckslosen Augen waren die eines Reptils.

»Was hast du gehört? Warum spionierst du uns nach?«, fragte er scharf.

»N-nichts. Ich habe nicht spioniert.« Ihre Zähne klapperten immer noch.

»Ich … schwöre … ich war schwimmen.«

»Sie muss von dem Fest am Strand kommen«, sagte eine tiefe Stimme hinter ihr. Wie die anderen sprach er Gälisch. In seinem warmen, heiseren Ton lag etwas Beruhigendes.

Sie nicke bekräftigend, da ihre Zähne so klapperten, dass sie nicht sprechen konnte, und wagte einen Blick in seine Richtung.

Ungeachtet der Umstände blieb ihr die Spucke weg!

Allmächtiger!

Sie zwinkerte, doch er war kein Phantom. Der Nordmann konnte es in puncto umwerfender Schönheit mit ihren Geschwistern aufnehmen. Mit Ausnahme einer Strähne, die ihm in die Stirn fiel, war sein dunkelblondes Haar kurz gehalten und reichte ihm nur bis an die Ohren. Anders als die anderen Männer war er bartlos, und die glatten harten Linien seines perfekt geformten Gesichts lagen offen zutage. Eine breite glatte Stirn, stark ausgeprägte Wangen, ein kantiges Kinn und eine stolze Nase, die in Anbetracht seines Berufes überraschenderweise einigermaßen gerade war. Um seine Augenfarbe zu erkennen, war es zu dunkel, doch sie wusste, dass es Blau sein musste. Leuchtendes Blau. Ozeanblau. Ein die Seele durchdringendes Blau.

Rasch wandte sie den Blick ab, damit er sie nicht dabei ertappte, wie sie ihn anstarrte. Du liebe Güte! Sie hatte gedacht, Männer wie ihn gäbe es nur in Sagen und Mythen.

Ein wahres Prachtexemplar, aber zweifellos ein Pirat – ein großer, unglaublich muskulöser Pirat. Ein Mann, gebaut um zu erobern, zu plündern und Gott weiß was zu tun, das Wikinger taten. Ein Mann, der eine Spur der Verwüstung hinterließ. Er konnte sie mit einer riesigen eisernen Faust zermalmen.

Der Reptilienmann sprach nun wieder.

»Wir können nicht riskieren, dass sie uns an Ulster verrät.«

Ihr Herz sank, als sie den Namen ihres Vaters vernahm. Was immer man hier machte, man wollte nicht, dass ihr Vater davon erfuhr. Ganz klar, wenn sie sagte, wer sie war, würde das ihr Problem nicht lösen. Im Gegenteil, ihre Lage würde sich verschlimmern.

Was also sollte sie tun? Ihre Hände verkrampften sich in ihrem nassen Hemd. Ihr gebührte der Siegespokal dafür, zur falschen Zeit am falschen Ort zu sein. Sie musste mit einer Erklärung herausrücken, doch hatte die Kälte ihr Gehirn lahmgelegt.

Sie unterdrückte ihr Zähneklappern und sagte:

»Bitte, das alles ist ein Irrtum. Ich war schwimmen und bin zufällig hierher geraten.« Sie kämpfte sich auf die Füße und zwang sich, ruhig zu wirken. Vernünftig. Selbstsicher. Nicht zu Tode erschrocken. *Überlege. Tu so, als wüsstest du, was du tust. Sprich mit Autorität.*

»Meine Freunde werden sich fragen, wo ich bin. Sie werden mich suchen …« Entschlossen ging sie los, doch wurde ihr der Weg von einer Mauer wüst wirkender Iren vertreten. Ihr Lächeln geriet ins Wanken, und sie musste sich zwingen, forsch und zuversichtlich zu klingen.

»Lasst mich gehen, dann könnt Ihr Eure Sache zu Ende bringen …«

Der Kahle ignorierte sie und sagte zum Nordmann:

»Wir müssen sie töten.«

Alles Blut, das ihr noch geblieben war, schoss ihr in die Füße. Ihr Atem stockte. Sie versuchte sich weiszumachen, dass er es nicht ernst meinen konnte, aber ein Blick in das grausame Gesicht des Kriegers verriet ihr das Gegenteil.

Erik fluchte. Das lief gar nicht gut. Seine klare, einfache Mission hatte eben eine üble Wendung genommen.

Hoffentlich fiel das Mädchen nicht in Ohnmacht. Das arme Ding sah total verängstigt aus. Kein Wunder. Aber was trieb sie hier in der Höhle? War sie tatsächlich vom Strand bis hierher geschwommen? Um diese Jahreszeit kaum zu glauben, doch sie schien es ernst gemeint zu haben.

Dennoch, er glaubte nicht, dass es von Bedeutung war. Wer immer sie war und was immer sie tun mochte, sie war eben in eine sehr schlimme Situation gestolpert.

Leider hatte Fergal nicht unrecht. Falls sie etwas gehört hatte, bedeutete dies eine eventuelle Gefährdung seiner Mission. Nichts – und niemand – durfte verhindern, dass er die Söldner für Bruce sicherte. Man konnte das Mädchen nicht gehen lassen.

Aber töten? Mit allen Fasern seines Körpers wehrte er sich gegen die Vorstellung, einem Mädchen etwas anzutun.

Erik *liebte* Frauen. Alle Frauen. Er liebte ihren Duft. Ihre weiche Haut. Die Art, wie ihr langes seidiges Haar über seine Brust fiel, wenn sie sich neben ihm oder auf ihm an ihn schmiegten. Er liebte ihr glockenhelles Lachen, ihre Verspieltheit, und er hörte ihnen gern zu, wenn sie redeten.

Er liebte alles an ihnen, aber am meisten liebte er ihre üppige Weiblichkeit. Große, reife Brüste, die man in den Händen wiegen und zwischen denen man das Gesicht begraben konnte, gerundete Hüften und runde Hinterteile, die er unter sich halten konnte, und weiche Schenkel, die sich um seine Mitte legten, wenn er langsam in den weiblichsten aller Orte eindrang.

Er seufzte. Ja, Mädchen waren schöne Geschöpfe. Jedes einzelne. Man musste sie nur aufmerksam ansehen.

Doch er musste zugeben, dass trotz der zusätzlichen Einblicke, die das nasse Hemd gewährte, an dem Mädchen vor ihm nicht viel dran war. Sie war ein schmächtiges kleines Ding. Mittelgroß und so schlank, dass sie fast knochig wirkte. Jede Wette, dass sie total durchnässt nicht mehr als neunzig Pfund wog. Gar nicht sein Typ. Erik bevorzugte Frauen mit mehr Fleisch auf den Knochen. Üppig und gerundet, damit man sich festhalten konnte, und nicht gertenschlank. Er war schließlich ein großer Mann und wollte niemanden erdrücken.

Er hatte nur einen raschen Blick auf ihr Gesicht werfen können, doch war sein Auge nicht gefesselt worden. Das war keine den Fluten entstiegene Venus, so viel stand fest. Mit dem dunklen angeklatschten Haar erinnerte sie ihn eher an eine halb abgesoffene Katze – durchnässt, elend, erfroren.

Aber Mumm hatte sie, das musste man ihr lassen. Er bewunderte die Art, wie sie beherzt versucht hatte, einfach davonzumarschieren. Trotz ihrer Jugend war ihr Auftreten gebieterisch und befehlsgewohnt. Wer immer sie sein mochte, er vermutete, dass sie zu den Frauen gehörte, die etwas zu sagen hatten. Wie seine alte Kinderfrau, die ihn herumkommandiert hatte. Die Erinnerung bewirkte, dass er die Stirn runzelte. Ada hatte er nie herumkriegen können – sein einziger Misserfolg in einer ansonsten lückenlosen Erfolgsserie.

Alle möglichen Pannen hätte Erik sich vorstellen können, niemals aber wäre er auf den Gedanken gekommen, ein Mädchen könnte in das Treffen hineinplatzen. Er wusste, dass er etwas tun musste, etwas, was ihm nicht gefallen würde.

Was für ein Schlamassel! Er strich mit den Fingern durch sein frisch geschorenes Haar. Die meisten Männer hielten ihr Haar der Läuse wegen kurz, von denen es im Lager wimmelte. Da ihm der praktische Haarschnitt gefiel, hatte er beschlossen, ihn beizubehalten.

Das Mädchen hatte nach Fergals grimmiger Ankündigung ihre Sprache wiedergefunden. Sie hielt sich erst gar nicht damit auf, den Iren um Gnade anzuflehen – was für ihren Verstand sprach – und wandte ihr schmales, bleiches Gesicht ihm zu.

»Bitte, das könnt Ihr nicht tun. Ich habe nichts getan. Ich habe nichts gehört. Ich schwöre, dass ich niemandem etwas sagen werde. Aber lasst mich gehen.«

Er wollte ihr glauben. Aber leider spielte das keine Rolle. Er konnte das Risiko nicht eingehen. Nicht nur seine Mission stand auf dem Spiel. Sich Ulster zum Feind zu machen, war das Allerletzte, was er wollte.

Bruces Beziehung zu seinem Schwiegervater war komplex. Auf den ersten Blick stand Ulsters Loyalität zu Edward außer Frage. Bruce vermutete aber, dass sie in den letzten Monaten nur deshalb einer Festnahme entgangen waren, weil Ulster jeden Beweis ihrer Anwesenheit geflissentlich übersehen hatte. Nicht übersehen konnte der Earl aber, dass sie vor seiner Nase Kämpfer rekrutierten – zumal die verdammten Engländer in unmittelbarer Nähe waren.

Randolph trat vor.

»Natürlich werden wir nicht …«

»Er hat recht.« Erik unterbrach Randolph mit einem scharfen warnenden Blick. Der ritterliche junge Narr würde noch alles ruinieren. Das Mädchen ignorierend, wandte Erik sich an Fergal.

»Wir können nicht riskieren, sie laufen zu lassen.«

Das Lächeln, das sich nun auf Fergals Gesicht breitmachte, ließ Ellies Blut in den Adern erstarren. Ganz klar, der Bursche freute sich, das Problem zu beseitigen.

Erik seufzte. Er brauchte den Schurken und zwang sich, seinen Widerwillen nicht zu zeigen, indem er ihm den Kopf abschlug, obschon die Versuchung groß war.

Das Mädchen stieß einen Laut aus, halb Aufschrei, halb entsetztes Wimmern, und wich vor ihnen zurück. Erik aber packte ihr Handgelenk, ehe einer von Fergals Leuten sie fassen konnte. Als sie versuchte, sich loszumachen, festigte er seinen Griff und hoffte inständig, er würde ihr keinen Knochen brechen. Er hatte schon Schmetterlinge mit mehr Substanz in der Hand gehalten.

»Ich kümmere mich darum«, sagte er. Ehe Fergal einschreiten konnte, sah Erik ihn vielsagend an und setzte hinzu:

»*Nachdem* meine Männer und ich uns ein wenig amüsiert haben.«

Fergal kniff seine schwarzen runden Krähenaugen zusammen.

»Aber meine Männer haben sie gefunden.« Er musterte das zitternde Mädchen von Kopf bis Fuß.

»So wie sie aussieht, lohnt es sich nicht.«

Erik übergab das Mädchen Domnall und pflanzte sich vor Fergal auf.

»Meine Leute sind schon eine ganze Weile auf See«, log Erik.

»Im Moment geben sie sich mit allem zufrieden. Außerdem könnt Ihr dann sicher sein, dass die Tat nicht Euch angelastet werden kann. Denkt an die Umstände, die Euch erspart bleiben. Wir werfen sie draußen ins Wasser, und niemand wird etwas erfahren.« Erik wandte sich wieder Domnall zu. Das Mädchen war totenblass.

»Gib ihr ein Plaid.« Er zwang sich zu einem Lachen.

»Wir wollen dafür sorgen, dass sie lange genug am Leben bleibt, um für uns von Nutzen zu sein.«

Die Art, wie Fergal sich über das Gestrüpp an seinem Kinn strich, verriet, dass er mit dieser Lösung ganz und gar nicht einverstanden war. Und Erik wollte mit dem Mann, den er als Kämpfer für Bruce gewinnen wollte, wegen eines verdammten Mädchens nicht in Streit geraten.

Da ertönte vor der Höhle ein Ruf.

»Ellie!«

Das Mädchen versuchte zu schreien, Domnall aber konnte ihr den Mund zuhalten.

»Man sucht dich«, sagte Erik, »du musst hier weg, ehe man dich sieht.«

Fergal schien damit nicht zufrieden, wusste aber, dass er keine Wahl hatte. Jetzt war keine Zeit für Streitigkeiten.

Erik ging ans Wasser und sprang ins Boot.

»Am Dreizehnten«, mahnte er, »enttäusche mich nicht.« Die Drohung wurde lässig ausgesprochen, doch der stählerne Blick aus Eriks Augen kündete von Vergeltungsmaßnahmen.

Fergal kam zur Besinnung und verlor etwas von seiner Kampflust. Er kannte Erik gut genug, um zu wissen, wozu er imstande war. Hinterging er ihn, drohte ihm unbarmherzige Verfolgung.

Der Ire nickte und verschwand in der Dunkelheit.

Erik und seine Männer folgten seinem Beispiel und schlichen sich so leise, wie sie gekommen waren, aus der Höhle, leider mit einem zusätzlichen Passagier.

Aber nicht für lange. Sobald es möglich war, wollte Erik das Mädchen loswerden.

3

Die Stimme ihrer Schwester löste die Tränen, die Ellie zurückgehalten hatte, während die gemeinen Schufte offen über Vergewaltigung und Mord gesprochen hatten. Sie flossen ihr nun ungehindert über die Wangen.

»Matty!«, versuchte sie zu rufen, worauf der Griff ihres Peinigers fester wurde und eine große, fleischige Hand (sicher keine allzu saubere) sich auf ihren Mund legte.

Sie wehrte sich vergeblich gegen den Griff. Wie der teuflische Wikingercaptain, der vorhin ihr Handgelenk festgehalten hatte, war dieses ungeschlachte Ungeheuer völlig unbeweglich. Leichter wäre es gewesen, Stahl zu biegen oder eine Granitwand durchzuschlagen.

»Pst …«, raunte der Mann ihr ins Ohr.

»Wir tun dir nichts, aber du musst still sein.«

Er hatte eine sanfte, beruhigende Stimme, und der Blick, den sie erhascht hatte, als er ihre Hand packte, hatte ihr einen jovialen, väterlich wirkenden Typ gezeigt, aber konnte er denn wirklich erwarten, sie würde ihm glauben, nachdem sie gehört hatte, wie sein Captain eiskalt davon gesprochen hatte, sie zu vergewaltigen und dann ihren Körper auf See zu »versenken«? Sie glaubte es nicht.

Sie biss ihn fest in die Hand und wurde mit einem erstaunten Grunzen belohnt. Sein Griff aber lockerte sich nicht, und ihr Widerstand brachte ihr nur einen festeren Griff ein – einen, der ihr Zähneklappern unterband. Dank des großen Plaids und seines fest um sie geschlungenen Arms, hatte Ellie nicht mehr das Gefühl zu erfrieren. In einem Augenblick wie diesem ein kleiner Trost.

Ihr Herz zog sich vor Angst und Verzweiflung zusammen. Das konnte nicht sein. Wie in einem grässlichen Albtraum war sie von Seeräubern entführt worden – von den schlimmsten Piraten überhaupt, den Wikingern.

Lautlos schluchzend, frierend, voller Angst, so hilflos hatte sie sich noch nie gefühlt. Die Rettung war nur einen Ruf entfernt, doch sie konnte nur hilflos mit ansehen, wie das Boot hinaus auf die offene See glitt und ihre Schwester, ihre Familie und ihr Zuhause von der dunklen, nebligen Nacht verschlungen wurden.

Wann würde sie sie wiedersehen? Würde es denn ein Wiedersehen geben?

Sie schwor sich, dass sie niemals wieder auch nur eine einzige Zehe ins Wasser tauchen würde, sollte sie diese Situation überleben. Sie würde Ralph mit lächelndem Gesicht heiraten, ihre törichten Bedenken vergessen und ein beispielhaftes Leben als seine Lady und hingebungsvolle Mutter seiner Kinder – aller acht – führen, mochte es auch noch so ruhig und langweilig sein.

Wie lange würde es dauern, bis ihre Familie ihr Verschwinden bemerkte und mit der Suche begann? Trotz des dicken Plaids fror sie nun wieder, als ihr ein schrecklicher Gedanke kam. Vielleicht würde man gar nicht nach ihr suchen, weil man glaubte, sie wäre ertrunken, und nicht ahnte, dass sie entführt worden war.

Mit einem jähen, von dieser furchtbaren Aussicht befeuerten Kraftaufwand nahm sie den Kampf gegen den Mann, der sie festhielt, wieder auf, und schaffte es diesmal, einen Arm so weit zu lockern, dass sie ihm den Ellbogen fest in den Magen rammen konnte.

Er gab einen harten, gutturalen Ton von sich und lockerte seinen Griff so lange, dass sie ihn in die Hand beißen und sich losreißen und aufspringen konnte. Sie machte einen Schritt zur Bordwand, mit der Absicht ins Wasser zu springen und zu schwimmen, auf die Lichter der Burg zu, die in der Ferne sichtbar waren.

Ihre Flucht fand ein jähes Ende, als ihre Vorwärtsbewegung unsanft blockiert wurde. Ein langer, muskulöser Arm legte sich wie ein Haken um ihre Taille und riss sie grob zurück, gegen eine sehr breite – und sehr feste – Brust. Ihre Füße baumelten in der Luft.

Sie schnappte nach Luft, vor Schreck und vor noch etwas …

Ein intensiver Eindruck. Einen Augenblick lang erstarrte sie und versuchte, das überwältigende Gefühl der Machtlosigkeit zu begreifen, das über sie gekommen war. Ohne hinzusehen wusste sie, wer es war. Ebenso wusste sie, dass sie sich niemals aus dem eisernen Kerker seines Griffes befreien konnte. Seine Muskeln waren wie aus Stein. Und jeder Zoll seines Körpers schien mit ihnen bedeckt. Wie eine in ihre Haut eingebrannte Landkarte spürte sie die harten Erhebungen und Konturen seines Körpers, der sich gegen sie presste. Noch nie war sie einem Mann so nahe gewesen, und die damit verbundene Intimität war beunruhigend. Und warm. Sein Körper schien Hitze auszustrahlen. Ihr Zittern hörte auf.

Er lachte leise in ihr Ohr, und der warme, heisere Laut hallte in ihrem Rücken nach und schickte ein sonderbares Prickeln über ihr Rückgrat. Die feine Andeutung von Gewürzen durchschnitt den salzigen Meergeruch.

»Man möchte meinen, du wärest für einen Abend genug geschwommen«, murmelte er neckend, ehe er sich an den Mann wandte, der sie festhielt.

»Das kleine Ding macht dir wohl Schwierigkeiten, Domnall?«

Du lieber Gott, diese Stimme! Tief und heiser, mit einem Anflug von spöttischer Lausbüberei. Jene Art Stimme, die einen einhüllte und nicht mehr losließ. Jene Art Stimme, die geeignet war, Geschichten am Feuer zu erzählen, Verse vorzutragen oder – mit diesem Gesicht wahrscheinlicher – Frauen in Versuchung zu führen. Ein Stimme, die bezauberte, die verführte und bewirkte, dass auch eine vernünftige Frau ihren Kopf verlor.

Sie wollte alles verwetten, was sie besaß – was im Moment ein eisiges Hemd und ein geborgtes Plaid waren –, dass er das dazu passende verheerende Lächeln besaß.

Zum Glück war sie gegen solchen Unsinn immun. Der Glanz seiner männlichen Schönheit würde verblassen – so war es immer. Von einer Schar geradezu umwerfend gut aussehender Geschwister ständig umgeben zu sein, hatte seine Vorteile.

Als er sie endlich hinstellte und sie zu sich umdrehte, wurde sie nicht enttäuscht. Sein Grinsen war genauso unwiderstehlich, wie sie es erwartet hatte. Sogar ihr Herz – das sich schon vor Jahren gegen solche Versuche verhärtet hatte – tat einen kleinen unregelmäßigen Schlag. Doch dieses blonde, blauäugige Äußere, das an einen goldenen Gott denken ließ, konnte sie nicht täuschen. Mochte sein Lächeln noch so ungezwungen sein, auf seinem großen, unanständig muskulösen Kriegerkörper stand die Bezeichnung »erbarmungsloser Barbar«.

Ohne seinen schützenden Griff spürte sie wieder den kalten Wind durch das Plaid dringen, das sie nun dicht über den Kopf zog und am Hals festhielt.

»Dieses kleine Gespenst hat scharfe Knochen«, stöhnte der ältere Krieger und rieb seinen Bauch.

»Und Zähne.«

Das Grinsen des Captains wurde breiter und enthüllte tiefe Grübchen zu beiden Seiten des Mundes, ein Aufblitzen von extrem weißen ebenmäßigen Zähnen und das Blitzen eines Zwinkerns in den Augen. Es war blendend, und angesichts der Umstände völlig absurd. Was für ein kaltherziges Ungeheuer war er, dass er sie trotz allem, was er plante, necken und anlächeln konnte?

Er vollführte eine übertriebene Verbeugung.

»Meinen herzlichen Glückwunsch. Es geschieht nicht oft, dass einer meiner Leute von einem so« –, sein Blick glitt über sie hinweg, und er musste sich sichtlich ein Lachen verkneifen – »entzückenden Gegner überwältigt wird.«

Das war verrückt. Wollte er sie mit seinem Charme umbringen? Was für ein grausames Spiel spielte er? Den jungenhaften Vergewaltiger? Den großmütigen Mörder?

Sie hielt es nicht länger aus. Die Angst holte sie wieder ein. Tränen strömten ihr über die Wagen.

»Tut es nicht«, flehte sie.

»Ich schwöre, dass ich nichts gehört habe.« Sie sah mit feuchten Augen zu ihm auf. Der eisige Wind rötete ihre Wangen.

»Bitte, tut mir nichts.«

Alle Anzeichen der Unbeschwertheit glitten aus seinem Gesicht. Sie spürte, dass er nicht oft ernst war, jetzt aber war er es. Sein Blick traf intensiv auf ihren. *Sie müssen blau sein*, dachte sie absurderweise.

»Du hast von mir oder meinen Leuten nichts zu befürchten, Mädchen. Wir werden dir nichts tun.«

Seine Stimme war so sanft und aufrichtig, doch flossen ihre Tränen heftiger, brannten in ihrer Kehle und füllten ihre Nase. Sie wünschte sich verzweifelt, ihm glauben zu können, sich an eine winzige Hoffnung zu klammern, egal wie fadenscheinig.

»Aber ich habe gehört, was Ihr gesagt habt«, brachte sie erstickt heraus.

Er kniff seinen Mund zu einem Strich zusammen. Wie alles an ihm waren seine Lippen auffallend wohlgeformt, groß und weich und wirkten köstlich aufreizend.

»Das war notwendig. Mein Freund war nicht so gnädig gestimmt. Hätte ich nicht gesagt, was ich sagte, hätte er dich nicht gehen lassen.«

Ellie wagte es nicht zu glauben. Sprach er die Wahrheit?

»Dann werdet Ihr mich zurückbringen?« Ihr Ton verriet Hoffnung.

»Leider kann ich das nicht. Zumindest nicht gleich jetzt.«

Die in ihr aufgekeimte Hoffnung sank in sich zusammen.

»Aber warum nicht?« Dann traf sie die Erkenntnis wie ein Schlag. Wie die anderen wollte er nicht riskieren, dass sie etwas belauscht hatte und es verraten konnte.

»Ich schwöre, dass ich nichts gehört habe. Ich weiß nichts von dem, was hier vorgeht.« Obwohl die Situation natürlich sofort an Seeräuberei und Schmuggel denken ließen.

»Ich werde niemandem etwas sagen, aber bringt mich zu meiner Familie … bitte.« Wieder erfasste sie ein Zittern.

»Man wird sich schon Sorgen um mich machen.«

Sie suchte im dunstigen Mondschein nach Anzeichen von Nachgiebigkeit in seinen Zügen, doch sein Entschluss war so fest und unnachgiebig wie alles andere an ihm.

Er stand steif vor ihr, als wären ihm ihre Bitten peinlich.

»Glaube mir, Mädchen. Deine Anwesenheit ist mir so wenig genehm wie dir. Ich fürchte aber, wir müssen aus der Situation das Beste machen. Du hast mein Wort, dass ich dich zu deiner Familie bringe, sobald es die Lage gefahrlos zulässt.«

Er bedachte sie wieder mit einem Lächeln, das verwirrend auf sie wirken sollte, doch nahm sie es kaum wahr. Frust braute sich in ihr zusammen. Das war nicht fair. Sie wusste wirklich nichts. Warum glaubte er ihr nicht?

»Und ich soll dem Wort eines nordischen Piraten Glauben schenken?«

Verwundert zog er auf die Anschuldigung hin eine Braue hoch, dann lächelte er, als hätte sie etwas gesagt, das ihn belustigte.

»Nur zum Teil nordisch.«

Also von den Inseln. Das hätte ihr seine Sprache verraten müssen. Er war *Gall-Gaedhil*: ein teils nordischer, teils gälischer Inselbewohner. Aber ganz und gar Pirat. Die Inselbewohner waren für Seeräuberei ebenso berüchtigt wie ihre nordischen Vorväter. Ihr fiel auf, dass er im Hinblick auf seine Tätigkeit nicht widersprochen hatte.

»Und da mein Wort das Einzige ist, das du hast«, setzte er hinzu, »musst du dich leider darauf verlassen.«

Sie schäumte innerlich, wusste aber, dass es stimmte.

»Wie heißt du, Mädchen? Wartet ein Ehemann auf dich?«

Sie stutzte und sah ihn aufmerksam an. Warum stellte er diese Frage? Wollte er wissen, ob er Lösegeld für sie verlangen konnte oder ob er sie – Gott behüte – zur Heirat zwingen konnte?

»Ich heiße Ellie«, sagte sie zurückhaltend. Er hatte sicher gehört, wie Matty nach ihr gerufen hatte.

»Ich bin unverheiratet. Wie ich schon gesagt habe, war ich mit der Gruppe am Ufer. Es ging um den Mädchensprung.«

Sein Blick flackerte, und sie fragte sich, ob er versucht hatte, sie auszutricksen.

»Du kommst also aus dem Dorf?«

Das Blut von Irlands mächtigstem Edelmann floss in ihren Adern, sodass sie fast automatisch ihr Kinn anhob und ein verächtliches »natürlich nicht« andeutete. Sie wusste jedoch, dass sie auf der Hut sein musste. Sie wollte nicht preisgeben, wer sie war, obwohl ihr klar war, dass ihr hoher Rang einen gewissen Schutz bedeutete und diese Schurken eher auf Distanz halten würde.

Plötzlich fiel ihr die Antwort ein.

»Ich bin Kindermädchen der Kinder des Earls.« Eine geachtete Position und mehr oder weniger die Wahrheit, dachte sie spöttisch. Sein Kindermädchen liebte doch jedermann, oder?

Ein sonderbarer Ausdruck glitt über seine Züge, und er nickte und gab sich mit ihrer Erklärung mit erschreckender Leichtigkeit zufrieden. Aber in ein Plaid gehüllt, nur mit einem schlichten Hemd gekleidet, ihrer kostbaren Gewänder und edlen Geschmeide beraubt, sah sie nicht edler aus als ein … Pirat.

Ein lachhafter Gedanke, wie sie wusste, aber ihr fiel auf, dass an ihm tatsächlich etwas Edles war. Etwas an der stolzen Haltung seiner Schultern, an seiner gebieterischen Art und dem hochmütigen Blitzen seiner Augen. Sie schüttelte diese gedankliche Entgleisung ab. Was für ein lächerlicher Gedanke … sicher eine Folge der langen Nacht. Immerhin handelte es sich um den Schurken, der sie eben entführt hatte.

Er löste die Spange an seinem Hals und ließ den schweren pelzgefütterten Umhang von den Schultern gleiten.

»Hier«, sagte er, »du musst ja schon halb erfroren sein.«

Das stimmte, doch setzte seine Fürsorglichkeit sie in Erstaunen. Offensichtlich war sie von einem charmanten *und* galanten Piraten entführt worden.

Ellie hatte ihren Stolz, war aber nicht auf den Kopf gefallen. Sie nahm den Mantel mit einem knappen Nicken entgegen und kuschelte sich in die tiefen Falten. Sofort fühlte sie sich wie im Himmel. Sie war zwar immer noch nass, doch spendete der Umhang erstaunliche Wärme. Sie verkniff sich einen Seufzer, um ihm keine Genugtuung zu gönnen.

»Kann ich mich darauf verlassen, dass du Ruhe gibst, oder soll Domnall dich fesseln?« Das boshafte Aufblitzen in seinen Augen weckte in ihr den Eindruck, dass er auf Letzteres hoffte.

Ellie verbarg ihren Unmut und begegnete seinem spöttischen Grinsen mit demselben abgeklärten und gelangweilten Blick, mit dem sie auch ihre Brüder ansah, wenn diese sie ärgern wollten. Mit einem hochmütigen Blick erwiderte sie die Herausforderung:

»Kann man Euch trauen?«

Ein Mundwinkel hob sich zu einem frechen Grinsen.

»Man wird sehen.« Einer spöttischen Verbeugung ließ er ein ebenso spöttisches »Mylady« folgen, ehe er zurück zum Heck stolzierte und dort seinen Posten wieder einnahm.

Ellie wurde wieder an die unbequeme Kiste neben dem älteren Krieger niedergezogen, den er Domnall genannt hatte. Nicht mehr in Gefahr, zu einem menschlichen Eiszapfen zu werden und seit Stunden, wie ihr vorkam, wieder warm, starrte sie hinaus in den trüben schwarzen Dunst und sah mit an, wie sich das Boot mit jedem Ruderschlag von ihrer Heimat entfernte.

Ihre Angst hatte sich verringert, nicht aber die Verzweiflung.

Konnte sie ihm glauben? Würde er ihr wirklich nichts antun? Würde er sie zu ihrer Familie zurückbringen? Ihm schien es ernst zu sein, und sie wünschte sich verzweifelt, ihm glauben zu können.

Sie beobachtete ihn verstohlen unter ihren gesenkten Wimpern hervor. Er schien in eine Auseinandersetzung mit einem dunkelhaarigen jungen Krieger begriffen, von dem sie glaubte, dass er ihr in der Höhle zu Hilfe hatte kommen wollen. Etwas an dem jungen Mann unterschied ihn von den anderen. Es waren nicht nur seine dunklen Haare. Er war der Einzige, der ein Kettenhemd trug und nicht den viel leichteren *cotun,* das von den gälischen Kriegern bevorzugte Waffenhemd.

Immer wieder glitt der Blick des jungen Kriegers in ihre Richtung und ließ erkennen, dass es bei dem Streit um sie ging – was nichts Gutes bedeutete. Wer konnte wissen, welch ruchlosen Plan der Captain der Piraten gegen sie ausheckte.

Sie richtete sich auf. Entschlossenheit gab ihr Halt. Ein hübsches Gesicht und teuflischer Charme würden sie nicht narren. Der Mann war ein Pirat und offenbar in üble Machenschaften verwickelt. Ganz klar, man konnte ihm nicht trauen.

Ihr Blick wanderte zu dem dunklen Horizont vor ihr. Sie beobachtete alles aufmerksam und wartete auf ein Zeichen. Wenn sich eine Gelegenheit zur Flucht ergab, wollte sie bereit sein.

Sein Gespräch mit dem Mädchen hatte Erik nachdenklicher gemacht, als er zugeben wollte. Dass sie ihn für einen Piraten hielt, kümmerte ihn nicht – man hatte ihn schon schlimmer beschimpft, zudem steckte in dieser Charakterisierung ein Quäntchen Wahrheit. Tatsächlich war ihre diesbezügliche Meinung sogar hilfreich. Hielt sie ihn für einen Piraten, würde sie ihn nicht mit Bruce in Verbindung bringen.

Auch war es nicht ihre anfängliche Angst vor ihm, die er unter diesen Umständen sowohl verstand und auch für gerechtfertigt hielt.

Nein, was ihm Kummer machte, war ihre Reaktion auf ihn – oder besser gesagt, das Fehlen einer solchen. Sie war völlig immun gegen seine Versuche, ihr die Angst zu nehmen. Er hatte getan, was er immer getan hatte, seitdem er auf den Knien seiner Mutter auf und ab gehopst war und diese und seine fünf älteren Schwestern sein Lächeln und seine Grimassen mit entzückten Ausrufen quittierten.

Dreierlei wusste Erik ganz sicher: wie man ein Boot segelt, wie man kämpft und wie man Mädchen gefällt. Es war etwas, womit er rechnen konnte wie mit Fischen im Wasser und Vögeln am Himmel. So wie er Frauen liebte, liebten sie ihn. So war es eben.

Er hatte ihr also ein Lächeln geschenkt, das jeden Widerstand hätte dahinschmelzen lassen sollen. Hatte freundlich mit ihr geredet und geduldig ihre Fragen beantwortet. Aber sie hatte seine Bemühungen kaum wahrgenommen, Bemühungen, die mühelos hätten sein sollen und es meist waren.

Er legte die Stirn in Falten. Es geschah nicht oft, dass er sich so große Mühe machte, um ein Mädchen zu betören, und eine so jämmerliche Schlappe war ein wenig beunruhigend.

Vielleicht war es eine sonderbare, für Kindermädchen typische Konstellation. Ihre Stellung hatte ihn nicht überrascht. Das passte zu dem forschen, sachlichen Selbstvertrauen, das ihm schon zuvor aufgefallen war. Und als sie ihn mit gönnerhaftem Lächeln hochmütig angesehen hatte, hatte sie ihn an Ada – diesen alten Drachen – erinnert.

Etwas an dem Mädchen hatte ihn nervös gemacht, und er würde erleichtert sein, wenn er sie wieder loswurde. Das hatte er versucht, Randolph klarzumachen.

»Ich bringe sie zurück, wenn es sicher ist«, wiederholte Erik leise. Sie waren aus Dunluce entkommen, durften sich aber noch nicht in Sicherheit wähnen. Die Männer de Monthermers waren überall.

»Und jetzt ist es nicht sicher«, setzte er hinzu und hob hervor, was auf der Hand lag.

Randolph reckte trotzig sein Kinn.

»Es ist nicht recht. Ich habe mich nicht auf die Seite meines Onkels geschlagen, um unschuldige Mädchen zu entführen. Diese Untat macht uns zu den barbarischen Seeräubern, als die die Engländer uns hinstellen.«

Erik sah ihn mit durchdringendem Blick an.

»Wäre es Euch lieber, ich hätte sie McQuillan und seinen Leuten überlassen?«

Der junge Ritter war sichtlich verärgert.

»Natürlich nicht. Ich hätte darauf bestanden …«

Erik lachte über diese Naivität.

»Ihr hättet bestehen können, soviel Ihr wollt, kaum wären wir aus der Höhle verschwunden, hätte man dem Mädchen die Kehle durchgeschnitten. Ich habe sie auf die einzige Art hinausgeschafft, die mir möglich war.«

Randolph lief rot an.

»Warum setzen wir sie nicht irgendwo an der Küste ab, wenn wir sie nicht zurückbringen können? Soll sie allein nach Hause finden.«

»Glaubt mir, ich hätte es getan, wenn es möglich gewesen wäre. Ich habe ebenso wenig Interesse, ein Mädchen mitzuschleppen wie Ihr, doch bin ich nicht gewillt, wegen eines Mädchens unsere Mission aufs Spiel zu setzen, und die Chance Eures Onkels, zurückzufordern, was ihm geraubt wurde, zu gefährden. Seid Ihr es?«

»Sie hat gesagt, sie hätte nichts gehört …«

»Ich weiß, was sie gesagt hat, aber was ist, wenn sie lügt?« Erik ließ die Frage nachklingen, dann schüttelte er den Kopf.

»Ich werde dieses Risiko nicht eingehen.«

»Was also habt Ihr mit ihr vor?«

Zum Teufel, wenn er das wüsste. Es war geplant, dass er mit Bruce und den anderen auf Finlaggan, der Burg seines Vetters auf Islay, zusammentreffen sollte, um Bericht zu erstatten und den Angriff vorzubereiten. Wenn aber das Mädchen wirklich keine Ahnung von ihren Plänen hatte, würde sie mit einem Schlag alles wissen, wenn sie Bruce sah. Wenn er sie aber andererseits zum König mitnahm, konnte er sie umso eher aus seiner Obhut entlassen, und das erschien ihm momentan sehr verlockend.

Er blickte prüfend über die Wasserfläche und sah nichts außer Dunst und Finsternis. Still war es. Fast zu still. Die englischen Boote mussten irgendwo da draußen lauern.

»Im Moment überlege ich nur, wie wir den englischen Patrouillen entwischen können. Nachher werde ich mir über das Mädchen den Kopf zerbrechen.«

»Mir gefällt das nicht«, erwiderte Randolph eigensinnig.

Erik warf einen Blick zu seinem unwillkommenen Passagier, dessen schlanke Gestalt völlig in dem Pelzumhang verschwand. Auch bei näherer Betrachtung hatte sich ihre Erscheinung nicht verbessert. Sie war nicht unschön, aber auch nicht schön, sondern irgendwo in der Mitte. Ganz sicher nicht der Typ, der sein Blut normalerweise in Wallung brachte. Dass es trotzdem geschehen war, musste daran liegen, dass ihr halb nackter Körper sich an ihn gedrückt hatte. Für ein so knochiges Ding war sie erstaunlich weich gewesen.

Während er sie ansah, verspürte er ein sonderbares Kitzeln im Kreuz und ein Prickeln auf der Haut. Er runzelte die Stirn. Dasselbe war passiert, als er sie an sich gedrückt gehalten hatte.

Und das war vielleicht die Reaktion, die ihn am meisten beunruhigte. Sie war ihm ganz und gar nicht geheuer.

Dieses eine Mal waren er und Bruces junger Neffe sich einig.

»Mir auch nicht, Junge, mir auch nicht.«

Kurz darauf gefiel sie ihm noch viel weniger.

Erik hatte eben den Befehl gegeben, auf Kurs Ost zu drehen und Islay direkt anzusteuern, entschlossen, dem Mädchen die Augen zu verbinden und sie an Bord zu lassen, bis er Bruce Bericht erstattet hatte, als er hinter sich ein Segel sichtete.

Aber nicht das war für ihn Grund zur Sorge. Mit gerefftem Segel war sein Boot im schweren Mantel von Dunkelheit und Nebel fast unsichtbar. Sollte das andere Schiff sie sichten, konnte Erik immer noch Segel setzen und ihm entkommen.

Nein, das einzelne Segel hinter ihm war keine Bedrohung. Aber die drei weißen Punkte, die vor ihnen aus der Nacht praktisch heraussprangen, parallel zur Küste segelten und schnell auf sie zukamen – die konnte er nicht ignorieren.

Er stöhnte. Diese lange Nacht drohte noch länger zu werden. Schliefen denn die verdammten Engländer nie? Ein verdammtes Hornissennest, dachte er wieder. Trotz des verheißungsvollen Beginns entpuppte sich die »kleine« Fahrt nach Dunluce zu einem richtigen Krampf im Arsch.

Drei Schiffe vorne, eines hinten, die irische Küste zur Rechten – ihm blieb kein anderer Ausweg als nach Norden, direkt in den Wind, wenn er den Feinden entkommen wollte.

Er sah zu den vor ihm sichtbaren Segeln. Es war noch Zeit. Solange sie sich still verhielten, konnten sie entkommen …

Still. Ach, verdammt. Sein Blick schoss eine Sekunde zu spät zu dem Mädchen. Er vernahm Domnalls erschrockenen Fluch, dem ein leises Aufklatschen folge.

Erik überlegte nicht, er reagierte nur und sprang ihr nach – voll bekleidet und bewaffnet. Er kämpfte nicht gegen die Schwerkraft an, als das Wasser seine Rüstung erfasste, und wartete ein paar Sekunden, bis er sein Gleichgewicht hatte. Den Schock des kalten Wassers nahm er kaum wahr. Es traf ihn wie mit Eisspitzen und durchdrang ihn bis ins Gebein. Sein einziger Gedanke war es, sie zu packen, ehe sie laut schreien und die Engländer auf sie aufmerksam machen konnte.

Er folgte der Richtung, die sie genommen hatte. Als er sie nicht sofort fand, schoss er zurück an die Oberfläche. Die Wellen tanzten auf und nieder, doch konnte er sie nirgends sehen. Wo zum Teufel steckte sie?

Das lästige Mädchen ließ ihn sein kühnes und galantes Vorgehen bereuen, mit dem er ihren knochigen Hals gerettet hatte. Er würde ihr diesen eigenhändig umdrehen, wenn er sie erwischte.

Er sah zurück zu seinen Männern, die über die Bordwand gebeugt hingen und ebenfalls angestrengt in die Dunkelheit starrten.

»Seht ihr etwas?« rief er.

Sie schüttelten die Köpfe.

Fluchend tauchte er wieder unter. Das dumme Ding würde absaufen. Warum hatte sie nicht auf ihn gehört?

Weil sie Angst hat.

Vor mir.

Eine Erkenntnis, die ihn verwirrte. Dass ein Mädchen vor ihm davonlief, daran war er nicht gewöhnt.

Er tastete in der Dunkelheit des Wassers um sich und hoffte, ein Bein, einen Arm oder ein dickes Haarbüschel zu finden. Nichts. Er kam wieder hoch, da er wusste, dass sie ihren Atem nicht so lange anhalten konnte.

Es stimmte.

Ein erstaunlich lauter Schrei durchschnitt die dunkle Nachtluft.

»Hilfe!« rief sie aus vollem Hals.

»Hier herüber, bitte helft mir. Piraten haben mich entführt!«

Keine Rede von töricht. Er hatte sie unterschätzt. Anstatt davonzuschwimmen, wie die meisten es getan hätten, war sie unter dem Boot hindurchgetaucht und auf der anderen Seite, wo niemand nachsah, wieder an die Oberfläche gekommen. Sie war eine starke Schwimmerin und mindestens hundert Fuß weit gekommen, ehe sie um Hilfe rief. Ihre Leistung hätte ihm Bewunderung abgenötigt, wenn sie ihm nicht so viel Ärger eingehandelt hätte.

Hatte man sie schon gehört? Wieder stieß sie einen so markerschütternden Schrei aus, dass er zusammenzuckte. Verdammt, jetzt musste halb Irland sie gehört haben. Bislang aber hatten die Engländer ihren Kurs nicht geändert.

Er tauchte wieder unter und schwamm mit aller Kraft auf sie zu. Wenn man sie noch nicht gehört hatte, würde es bald der Fall sein. Für diese Nacht musste ihr die Aufregung reichen, er war gewillt, damit nun Schluss zu machen.

Leider war das nicht so einfach. Sein nasser *cotun* und die schweren Waffen behinderten ihn, als er gegen die starke Strömung ankämpfte, sodass es länger als erwartet dauerte, bis er sie erreicht hatte. Und dann war es zu spät.

Als Erik auftauchte, hörte er Rufe von den Schiffen im Osten. Alle drei hielten nun auf sie zu.

Man hatte sie gesichtet.

Das Vergnügen war vorbei. Er musste das Mädchen packen und schleunigst mit ihr zurück zum Boot schwimmen. Das lästige Kindermädchen war noch immer ein paar Fuß außer seiner Reichweite. Sie schwamm mit aller Kraft und schrie gleichzeitig. Aber sie wurde matter. Kein Wunder. Die Kälte zehrte auch an seiner Kraft, da nützte ihm auch sein intensives Training nichts.

Eben wollte er sie packen, als er Domnall rufen hörte:

»Captain, hinter Euch!«

Er drehte sich um und sah etwa zwanzig Fuß hinter sich einen Kopf im Wasser auf und ab hüpfen und Arme verzweifelt um sich schlagen.

Beim Allmächtigen, würden die Abenteuer dieser Nacht nie ein Ende nehmen?

Randolph, dieser verdammte Narr, hatte offenbar beschlossen, den edlen Ritter zu spielen und das Mädchen zu retten, doch hatte er die Strömung und das Gewicht der schweren Rüstung unterschätzt. Eine Welle überspülte ihn, er tauchte nicht wieder auf.

Domnall hatte das Boot gewendet und hielt auf ihn zu, Erik aber war näher. Ein rascher Blick zu dem Mädchen hin zeigte, dass sie nicht mehr schwamm und schrie, offenbar bemüht, Kräfte zu sparen. Ihre Blicke trafen in der Dunkelheit aufeinander, und seine Pulse schlugen höher. Er hätte geschworen, in ihren Augen einen stillen Hilfeschrei zu lesen, den ihr eigensinniger Mund nie geäußert hätte.

Alle Instinkte drängten ihn, das stumme Flehen zu erfüllen, doch zwang er sich, rational zu denken. Sie hatte Zeit, die der Neffe des Königs nicht mehr hatte.

Er schwamm schneller als jemals zuvor, tauchte tief, bis durch den Druck seine Lungen zu bersten und seine Ohren zu explodieren drohten.

Von seinem Kettenpanzer beschwert, sank Randolph wie ein Stein. Erik konnte ihn kaum einholen. Und als er ihn endlich hatte, benötigte er jede Unze Kraft, um ihn an die Oberfläche zu holen. Der Grünschnabel von Ritter schien das Gewicht von drei Highlander-Kriegern zugelegt zu haben.

Als sie dem feuchten Grab entkommen waren, hatte Domnall zum Glück das Boot gewendet und konnte Randolphs leblosen Körper aus dem Wasser hieven. Seine Männer würden das Wasser aus ihm herauspressen – und ihm zugleich etwas Vernunft einflößen.

Sofort glitt Eriks Blick auf der Suche nach dem Mädchen über das dunkle, brodelnde Wasser. Aus dem Augenwinkel konnte er sehen, dass die englischen Segel schon gefährlich nahe waren.

»Wo ist sie?«, stieß er zwischen tiefen Atemzügen hervor, mit denen er die Luft einsog.

Domnall schüttelte den Kopf.

»Ich habe sie aus den Augen verloren.«

Erik wollte es nicht glauben, Wut und Enttäuschung tobten in ihm, während er intensiv in die Dunkelheit starrte. Sie hatte ihnen nicht nur die Engländer auf den Hals gehetzt, das verdammte Mädchen war dabei auch ums Leben gekommen.

4

Ellies Triumph war von kurzer Dauer. Die Aufwallung von Befriedigung, die sie erlebte, als sie ihren Häschern entkommen war und die englischen Patrouillenboote alarmiert hatte, fand in der eisigen Umarmung der stürmischen See rasch ein Ende.

Es war eine Ironie des Schicksals, dass weder Kälte noch Erschöpfung oder die starken Strömungen sie bezwangen, sondern etwas viel Unheilvolleres. Der kleine Krampf setzte an ihrer Seite ein, strahlte dann durch den ganzen Körper aus und schnitt wie ein Messer mit einem gemeinen Schnitt die Kontrolle über ihre Muskeln ab. Eben hatte sie noch Wasser getreten, und im nächsten Moment konnte sie sich nicht mehr rühren.

Einen Augenblick lang glaubte sie, es wäre alles gut. Der Piratencaptain schwamm ihr in unfassbarem Tempo hinterher. Als ihre Blicke sich trafen, hatte sie etwas gesehen. Pirat oder nicht, sie war sicher, dass er sie nicht sterben lassen würde.

Dann aber sah sie den anderen Mann. Ein zweiter Mann war ins Wasser gesprungen und schlug hinter ihm wild um sich. Als der Captain wieder in ihre Richtung sah, wurde ihr klar, was er tun würde. Er musste sich zwischen ihr und dem anderen entscheiden.

Sein Mann gewann.

Sie konnte es ihm nicht verargen. Sie hatte sich selbst in diese Lage gebracht.

Oben bleiben. Er wird dich holen.

Aber ihre Zeit war abgelaufen.

Einige Augenblicke, nachdem er unter Wasser verschwunden war, drehte ihr Magen sich um, und ihre Gliedmaßen verkrampften sich, als hätte ein Blitz sie getroffen. Unfähig, sich zu wehren, wurde sie vom Wasser hinuntergezogen.

Sie erwartete den Weg in den Himmel, der in hellem Lichterglanz erstrahlen würde, erwartete die glücklichen Erinnerungen, die nun auf sie einstürmen würden, das Gefühl des Friedens, das sie überkommen sollte. Aber während das Wasser ihre Lungen füllte, bis sie brannten, als die Panik einsetzte und ihre Augen sich in der nassen Schwärze weiteten, dachte sie nur, dass es eine grässliche Todesart war.

Zumal sie kaum die Möglichkeit gehabt hatte zu leben.

Erik richtete den Blick auf die brodelnden Wellen. So leicht wollte er nicht aufgeben. So lange konnte sie doch nicht unter Wasser bleiben.

Domnall streckte ihm die Hand entgegen, um ihn an Bord zu ziehen, aber Erik schüttelte ihn ab.

»Eine Minute noch.« Aus dem Augenwinkel sah er etwas Helles – eine Hand? – im Dunkel aufblitzen.

»Dort!«, rief er aus, »hast du das gesehen?«

»Es ist keine Zeit mehr, Captain«, rief Domnall zurück und deutete nach vorne.

»Wir müssen hier weg. Sie sind fast da.«

Domnall hatte recht, aber er konnte sie nicht einfach im Stich lassen – auch wenn sie es verdient hätte, weil sie ihnen die Engländer auf den Hals gehetzt hatte. Die Erinnerung an ihren Blick ließ ihn nicht los. Wenn er sie nicht fand, würde dieser Blick – das stumme Flehen – ihn für immer verfolgen.

»Die Segel hoch«, sagte er zu Domnall, »seid bereit.« Eine interessante Nacht versprach noch interessanter zu werden.

Er schwamm in die Richtung, wo er die Bewegung gesehen hatte. Ein plötzlicher Energieschub verlieh seinen matten Gliedern Kraft. Er tauchte unter den Wellen durch, fischte unter Wasser, bis seine Hartnäckigkeit belohnt wurde und seine Finger sich in einem wässrigen Klumpen langen Haares verfingen. Gleich darauf schlang sein Arm sich um ihre Mitte, und er schoss zurück an die Oberfläche.

Sie drehte ihm den Rücken zu, doch konnte er zu seiner großen Erleichterung hören, wie sie spuckte und nach Luft schnappte. Er hatte sie noch rechtzeitig erreicht. Er hielt sie so eng an sich gedrückt, dass er ihren rasenden Herzschlag spürte, das köstliche Gewicht ihrer kleinen Brüste auf seinem Arm, während ihre Brust unter ihren schweren Atemzügen heftig wogte.

»Ruhig«, beschwichtigte er sie, und sein Mund streifte ihr Ohr.

»Du bist in Sicherheit, *tè bheag.«* Kleines. Das Kosewort entschlüpfte ihm unwillkürlich.

Sie schmiegte sich wie ein Kind in seine Arme, und als er sie seinen Männern übergab, geschah es mit einem gewissen Zögern.

Als Domnall das Mädchen ins Boot zerrte, sah Erik zu den näher kommenden Schiffen hin. Die Engländer waren schon fast da. Eine Minute – vielleicht nur Sekunden – und sie befanden sich in Reichweite der englischen Pfeile. Noch ein paar Minuten, und die Boote hätten sie umzingelt.

Nordwärts in den Wind zu segeln, kam nun nicht mehr in Frage. Die Galeeren verfügten über große Ruderkraft. Und Erik hatte keinen Raum, um im Zickzack gegen den Wind zu segeln. Auch hatte er keine Zeit zu wenden und die Richtung anzusteuern, aus der sie gekommen waren, um ihnen auf diese Weise zu entkommen. Und im Süden lag Irland mit seiner felsigen Küste.

Die Engländer, die vorausahnten, was sie für seine einzige Chance hielten, verteilten sich nun auf Pfeilfluglänge um ihn herum. Versuchte er, zwischen ihnen hindurch zu manövrieren, würde über sein Boot ein Pfeilregen aus zwei Richtungen niedergehen. Die Galeere zu seiner Rechten hatte sich ein wenig mehr der Küste genähert und würde jeden Versuch unterbinden, sie zu umfahren.

Eriks Möglichkeiten schwanden rasch dahin. Die englischen Galeeren versammelten sich um ihn, wobei das mittlere Schiff ein wenig zurückblieb, während die anderen zwei vorrückten, um die Schlinge um ihn zuzuziehen. Er aber hatte nicht die Absicht zu bleiben und auf sein Ende zu warten.

Er griff nach den Händen eines seiner Männer und stemmte sich über die hölzerne Reling. Kaum hatten seine Füße das Deck berührt, als er auch schon Befehle schrie und die Segeltaue ergriff. Man warf ihm einen Pelz um die Schultern, aber die Kälte war im Moment sein kleinstes Problem.

Er spürte das erregende Knistern der Energie im Boot, als die Männer kapierten, was er vorhatte. Es war kühn und gewagt – selbst nach seinen Maßstäben.

Nichts kann sich mit einem direkten Überraschungsangriff messen, dachte er mit erwartungsvollem Lächeln. Der schnellste Ausweg aus dieser Situation war es, sich mitten in die Falle zu wagen, die man ihnen zu stellen gedachte. Er musste dort sein, ehe die zwei äußeren flankierenden Schiffe den Kurs ändern und ihm den Weg abschneiden konnten.

Es würde ganz eng werden, aber enge Situationen machten das Leben lebenswert. Er spürte einen starken Windstoß im Rücken und lächelte. Die Götter waren mit ihm.

Was für eine Nacht! Und sie war noch nicht vorbei. Das Blut brauste in Erwartung des Kommenden heftig durch seine Adern. Alle seine Sinne waren auf die vor ihm liegende Aufgabe konzentriert. Er bewegte seine Hände, um die groben Hanfseile gut in den Griff zu bekommen, und gab dem Segel etwas Spielraum. Die Taue ruckten heftig, als das Segel sich unter dem Wind blähte und er die Füße fest in den Boden stemmte, während das *birlinn* pfeilschnell auf das mittlere feindliche Schiff zuschoss. Da er das mittlere Boot als Ziel ansteuerte, gerieten sie außer Reichweite der Bogenschützen der anderen zwei Schiffe. Blieben nur die Pfeile des mittleren Schiffes, gegen die sie sich schützen mussten.

Randolph hob kurz den Kopf, es reichte aber, dass er einen Blick in die Runde werfen und sehen konnte, was vorging. Er schlotterte vor Kälte, und seine Stimme war schwach und heiser, nachdem er fast ertrunken war.

»Was macht er da?«

Erik war erleichtert, als er hörte, dass das Mädchen sich erholt hatte und antworten konnte.

»Wenn ich mich nicht irre«, sagte sie, »will er es mit drei englischen Galeeren aufnehmen.«

Randolph schüttelte den Kopf.

»Ihr irrt Euch sicher nicht. Das ist ganz nach seinem Geschmack.«

Der völlig durchnässte Ritter legte den Kopf wieder auf die Knie, völlig gleichgültig gegenüber den Vorgängen um ihn herum. Die heikle Situation, in der sie sich befanden, hatte auch ihre Vorteile – man musste sich das ununterbrochene Gejammer des Jungen nicht die ganze Nacht anhören.

Erik spürte den Blick des Mädchens auf sich.

»Wollt Ihr uns alle töten?«

Er riss seinen Blick sekundenlang vom englischen Ziel los und schenkte ihr ein unbekümmertes Lächeln.

»Nicht wenn sie als Erste blinzeln.«

Was meinte er mit »zuerst blinzeln«?

Ellies Augen wurden groß, als ihr die Erkenntnis dämmerte. Nein … doch nicht im Ernst …

Es war sein Ernst. Ein Blick auf sein teuflisches Grinsen, und sie wusste, dass es genau das war, was er beabsichtigte. Anstatt sich zu ergeben – wie jeder vernünftige Mensch, der in die Ecke getrieben wurde – wollte der Piratencaptain eine frontale Attacke wagen, direkt auf die englische Galeere zusteuern und sie zwingen, ihm auszuweichen. Es war ein lebensgefährlicher Zweikampf, eine aus der Not geborene, typisch männliche Mutprobe, die zeigen sollte, wer die besseren Nerven hatte.

»Das kann nicht Euer Ernst sein«, stammelte sie.

Eriks Grinsen gab ihr unmissverständlich zu verstehen, dass es sehr wohl sein Ernst war.

»Aber wenn sie nicht rechtzeitig ausweicht? Wir werden im Wasser landen.«

Er zuckte mit den Schultern.

»Das ist nicht schlimmer als das, was sie mit uns vorhaben. Außerdem«, fuhr er augenzwinkernd fort, »können meine Männer schwimmen.«

Was für die Engländer vermutlich nicht zutraf. Einer der ironischen Aspekte der Seefahrt war es, dass die meisten Seeleute nicht schwimmen konnten.

Er würde es durchziehen.

Es war tollkühn. Es war gewagt. Es war aggressiv und dreist, Eigenschaften, die für ihn typisch waren, wie sie mutmaßte. Ellie starrte ihn mit einer Mischung aus Unglauben und widerwilliger Bewunderung an. Wer war dieser Mann? Er war entweder verrückt oder ein Draufgänger – wahrscheinlich aber beides. Allein wie er aussah – er lächelte, als genösse er die Situation, obwohl ihm Tod oder Gefangenschaft drohten. Breitbeinig dastehend, die Arme angezogen, jeden Muskel seines Köpers angespannt, um die Kraft des Windes zu bändigen, wirkte er dennoch völlig entspannt und beherrscht – als befänden sie sich auf einem schönen Nachmittagstörn um die Inseln.

Sie beobachtete ihn und wusste ohne einen Schatten des Zweifels, dass er niemals klein beigeben würde. Selbstvertrauen und Befehlsgehaben entströmten jedem Zoll seines muskulösen hünenhaften Körpers, der sechseinhalb Fuß messen musste. Lieber würde er mit Glanz und Gloria untergehen, als sich zu ergeben. Sie konnte nur beten, dass der englische Captain über weniger Kühnheit verfügte.

Alles ging rasend schnell vor sich, und doch vergingen die Sekunden mit quälender Langsamkeit. Von ihrem Standpunkt am Heck konnte sie nur in stummem Entsetzen zusehen, wie der Engländer immer näher herankam.

Da Domnall am Ruder stand, hatte man sie auf den Boden zwischen zwei Ruderknechte platziert und sie angewiesen, sich ruhig zu verhalten. Der Mann, der bei dem Versuch, sie zu retten, fast ertrunken wäre – derselbe dunkelhaarige Krieger, der schon zuvor für sie eingetreten war – lag zusammengerollt ihr gegenüber auf dem Boden.

Sie biss sich in einem Anflug von Schuldbewusstsein auf die Unterlippe. Sogar im dunstigen Mondlicht konnte man sehen, dass es nicht gut um ihn stand. Sein Gesicht war von wächsernem Grau, er zitterte wie Espenlaub. Die anderen hatten ein paar Decken um ihn gelegt, für mehr war keine Zeit gewesen. Wie sie waren die Insassen des Bootes von dem Drama gefesselt, das sich vor ihren Augen abspielte. Anders als sie aber schienen sie es richtig zu genießen. Es war klar, dass sie ihrem Captain völlig vertrauten – auch wenn er riskierte, sie in den Tod zu schicken.

»He, Captain, was meint Ihr – wird er sich vollpissen, ehe er uns Platz macht oder nachher?«

»Er ist ein verdammter Engländer«, kam die trockene Antwort, »ich setze auf beides.«

Damit löste er wahres Sperrfeuer von Scherzen und Wetten aus, ob der Engländer nach links oder rechts ausweichen würde, oder ob das englische Boot bei dem Versuch zu wenden und ihre Verfolgung aufzunehmen kentern würde.

Ellie würde Männer nie verstehen: Wie konnte man in einem Moment wie diesem scherzen und wetten? Auch angesichts des Todes, der sie auf den Meeresgrund schicken würde, würden sie noch wetten, wer als Erster unten ankommen würde. Sie umklammerte den Rand seiner Decke und des Fells, das man ihr wieder hastig um die Schultern geworfen hatte, als sie aus dem Wasser aufgetaucht war. Gleich war es so weit …

Die Boote schlossen mit alarmierender Geschwindigkeit die Reihen.

Dann hörte sie überdeutlich eine Männerstimme auf Englisch:

»Los …« Und nach einer kurzen Pause:

»Pfeile ab!«

Der Piratencaptain war bereit.

»Deckung, Jungs!«

Um sie herum hoben die Männer ihre Schilde über die Köpfe und bildeten einen Schutzschirm aus Holz und Leder gegen den englischen Pfeilhagel. Ein grausiges dumpfes Dröhnen ließ sie zusammenzucken, aber sie war erleichtert, als sie merkte, dass es nur das Geräusch eines auf Holz und nicht auf Knochen auftreffenden Pfeils war.

Trotz des Angriffs wurde ihr Boot nicht langsamer. Es schoss dahin. Schneller. Immer näher. Ihr Puls raste ebenso schnell.

War den Engländern klar, dass *sie* es waren, die angegriffen wurden? Sie hatte nicht den Eindruck.

Dieselbe englische Stimme hallte über das Wasser, diesmal lauter.

»Stopp! Ihr steht unter Arrest!«

Der Piratencaptain lachte, ein tiefes, heiseres Lachen, das ihr Schauer über den Rücken jagte.

»Und Ihr seid mir im Weg.«

»Weicht aus«, forderte der Engländer, wenn auch in einem Ton, der Unsicherheit erkennen ließ.

Ein paar Pfeile kamen noch in ihre Richtung, der Piratencaptain aber gab kein Zoll breit nach. Er hielt seinen Kurs stetig und sicher, auch wenn er sich ducken musste, um einem Pfeil auszuweichen, der seinem Kopf gegolten hatte.

»Los, Jungs, meine kleine Schwester kann besser zielen.«

Sein Ton war völlig gelassen, während sie so verängstigt war, dass sie sogar vergessen hatte, wie sehr sie fror und wie elend sie sich fühlte.

Wenige Sekunden später hörte man wieder den Engländer:

»Ausweichen, sagte ich! Ausweichen!« Dann mit wachsender Panik … fluchend … wütend.

»Jetzt!«

Ihr Herzschlag setzte aus. Anspannung, dick und schwer wie der Nebel, legte sich um sie. Die Angreifer waren fünfzig Fuß entfernt und kamen schnell näher. Sie sah den Bug der englischen Galeere allzu deutlich direkt vor sich. Nur mehr wenige Fuß. Dem englischen Boot blieben ein paar kurze Sekunden zum Ausweichen. Und wenn der Pirat sich geirrt hatte? *Wenden, ihr englischen Idioten! Wenden!*

Sie konnte nicht hinsehen.

Sie konnte einfach nicht hinsehen.

Mit einem Auge sah sie den tödlichen Kollisionskurs, mit dem anderen den Mann am Ruder. Der große Wikinger zeigte keinen Schimmer von Furcht. Sein Lächeln blieb unverändert. Er zuckte mit keiner Wimper.

Das taten die Engländer.

Als sie glaubte, es keine Sekunde länger auszuhalten und die Spannung ihr den Atem nahm, hörte sie den Ruf, der den Befehl zum Ausweichen gab, und sah den Bug der englischen Galeere nach rechts vorübergleiten.

Die Piraten jubelten, als ihr *birlinn* an der Galeere mit den fassungslosen Engländern vorüberglitt.

Geschafft! Sie empfand ein Hochgefühl, dass sie einen Augenblick lang am liebsten in den Jubel eingestimmt hätte. Bis ihr einfiel, dass die Engländer für sie die Rettung bedeutet hätten, und dass sie es gewesen war, die sie alarmiert hatte.

Und es war noch nicht gelaufen. Die Anspannung der nächsten Minuten war fast ebenso stark, als die englischen Galeeren wendeten und die Verfolgung aufnahmen. Der Captain des mittleren Bootes, der den Zweikampf verloren hatte, schaffte die Wende, ohne zu kentern – zur großen Enttäuschung einiger Piraten. Hätten die Engländer geahnt, wie gering diese »barbarischen« Inselbewohner ihre seemännischen Fähigkeiten einschätzten, wäre es für den Stolz der Marine ein schwerer Schlag gewesen.

Nach Ellies Berechnung machten jetzt vier Galeeren Jagd auf sie. Das einzelne Schiff, das hinter ihnen gesegelt war, hatte rechtzeitig aufgeholt, um Zeuge der Beinahe-Kollision zu werden, ohne Hilfe bieten zu können. Da es aber mit seinem Kurs richtig lag, hatte es jetzt Vorsprung vor den anderen und war dasjenige, das sich am schwierigsten abschütteln ließ.

Die englische Galeere war größer, mit mindestens doppelt so vielen Ruderknechten besetzt, doch hatte der Pirat den Wind auf seiner Seite. Und sie spürte, dass er nicht die Absicht hatte, ihn loszulassen.

Sie sah voller Staunen zu, als er die Segel immer dichter an den Wind stellte und das Boot immer schneller über die Wellen glitt. Sie hatte keine Ahnung, wie er bei diesem Tempo in der Dunkelheit mit nur nebelverhangenem Mondschein navigieren konnte, doch er schien genau zu wissen, wohin es ging.

Sie drehte sich um. Die Galeeren hinter ihnen waren zurückgefallen, hatten die Verfolgung aber nicht aufgegeben.

Und dann, als hätte er ihn herbeigerufen, spürte sie, wie der Wind auffrischte und immer stärker wurde. Er lehnte sich zurück und setzte jeden einzelnen seiner beeindruckenden Muskeln, mit denen er großzügig ausgestattet war, gegen die Kraft des Windes ein. Ellie spürte, dass sie jemanden vor sich hatte, der allein mit der Natur einen Kampf ausfocht, den er gewinnen würde. Das schwere quadratische Segel war so straff gespannt und füllte sich mit so viel Luft, dass sie schon glaubte, es würde zerreißen.

Unvorstellbar, welcher Kraftaufwand nötig war, um eine solche Aufgabe zu bewältigen. Seine Arme waren … unglaublich. Eine sonderbare innere Regung weckte in ihr den Wunsch, ihre Hand um die Wölbung zu legen und zuzudrücken, um festzustellen, ob sein Arm so steinhart war, wie er aussah. Der Impuls entsetzte sie. Was war nur mit ihr los?

Sie schossen wie der Blitz über die Wellen. Schneller, als sie es jemals für möglich gehalten hatte.

Es war Furcht einflößend.

Es war erregend.

Es war das Aufregendste, was ihr jemals im Leben begegnet war. Nie hatte sie ähnlich empfunden. Die Aufwallung von Hochgefühl, das erregende Herzklopfen, dieser irre, wilde Ritt über die Wellen in einem Wahnsinnstempo. Sie wollte schreien, brachte aber nur ein Lachen heraus, als der Wind durch ihr Haar fuhr und ihr Gesicht mit Gischt besprühte, ihr Tränen in die Augen trieb und ihre Lungen mit Luft füllte.

Sie fror wieder, doch war dies plötzlich unwichtig. Inmitten dieses Wahnsinns und zum ersten Mal seit Wochen – seit Jahren – konnte Ellie atmen.

Plötzlich neigte sich das Boot steuerbords. Sie musste sich festhalten, damit sie nicht über das Deck schlitterte.

»Alle Mann backbords!«, rief der Captain in den Wind.

Die Männer folgten dem Befehl und setzten ihr Gewicht backbords ein, doch spürte Ellie, dass das Boot sich trotz der einseitigen Belastung immer mehr hob. Der dunkelhaarige Mann, der ihr zu Hilfe hatte eilen wollen, schien sich nur mit Mühe festhalten zu können, sodass einige Ruderer nun ihm zu Hilfe kamen – die er nur widerwillig in Anspruch nahm.

Er schüttelte sie ab, als er Ellies Blick bemerkte, und sie schaute rasch weg, um ihn nicht noch mehr in Verlegenheit zu bringen.

Das Boot schoss über eine hohe Woge und plumpste so heftig in das Wellental, dass ihr die Luft wegblieb. Lieber Gott, wie lange würde er diese Taue gegen eine so große Naturkraft halten können? Seine Arme mussten brennen. Sie wagte einen Blick, er aber wirkte unbekümmert und schien unempfindlich gegen die schier übermenschliche Anstrengung.

Das Herz schlug ihr wild in der Brust. Es war, als würden sie senkrecht zur Wasseroberfläche stehen. Die schwarzen Wogen waren direkt unter ihr. Hätte sie ihre Finger von der Reling zu lösen vermocht, sie hätte ins Wasser greifen können.

Es war zu viel für ihr Herz.

»Langsamer! Wir sind zu schnell!« rief sie.

»Ihr werdet uns kentern lassen!«

Sicher konnte sie nicht sein, doch glaubte sie zu sehen, wie die Augen des Piraten in der Dunkelheit funkelten. Das weiße Strahlen seiner Zähne aber ließ keinen Zweifel zu. Mit nachlassender Angst wurde Ellie sich ihres Fehlers bewusst. *Wage es ja nicht, einen Draufgänger zu zügeln.* Ihre Warnung war für ihn eine Herausforderung.

»Halte dich ganz fest«, rief er ihr hörbar belustigt zu.

Der dunkelhaarige Ritter warf ihr einen Blick zu und schüttelte den Kopf, wie um zu sagen »Was hast du dir dabei gedacht?«.

Der Captain nahm das Segel noch dichter an den Wind. Ihr Herz tat einen Sprung. Sie hätte geschworen, dass das Boot von den Wellen abhob und sie dahinflogen. Sie schwebten über dem Meer wie ein Vogel im Flug.

So etwas hatte sie noch nie erlebt – es war beängstigend und erregend zugleich.

Erst als sie schon glaubte, sie würden die schottische Küste rammen, wurde er langsamer und befahl Domnall, auf Nordkurs zu gehen. Mit einer geschickten Lockerung der Taue ließ der Captain das Boot wieder flach aufs Wasser sinken. Die Männer konnten an ihre Ruder zurück.

»Sieht aus, als hätten wir sie abgehängt, Captain«, rief ein Junge von nicht mehr als sechzehn Jahren, der als Bootsführer diente.

»Gut.«

Ellie merkte, dass sie in ihrer Erregung die Verfolger ganz vergessen hatte, doch der Junge hatte recht. Mit einer Kombination von Geschwindigkeit und gekonntem Manövrieren, wie sie sie noch nie gesehen hatte, war der Pirat vier englischen Galeeren entwischt.

Ihr Blick glitt zurück zum Piratencaptain, der seinen Männern half, das Segel einzuholen, damit der *birlinn* wieder zum Geisterschiff werden und in der Nacht verschwinden konnte. Sie wollte sich nicht beeindrucken lassen, und doch war sie beeindruckt. Dieser großspurige Pirat mit dem frechen Grinsen und der nicht zu erschütternden Selbstsicherheit musste einer der größten Seefahrer in einem Königreich von Seefahrern sein, wie es die West Highlands waren.

Ein Jammer, dass die Insel und ihre Bewohner so ungezähmt waren. Ihr Schwager konnte Männer wie diese Piraten gebrauchen, wenn er sich Hoffnungen machte, die schottische Krone von Edward zurückzugewinnen. Aber Roberts Sache schien verloren. Ellie hatte seit Monaten nichts mehr von ihrer Schwester gehört; sie betete darum, dass Beth in Sicherheit war.

Ihre Nackenhaare prickelten, als stünde sie unter Beobachtung. Ihren Blick vom Captain lösend, stellte sie fest, dass der junge dunkelhaarige Pirat sie beobachtete. Sie war froh, dass es dunkel war und ihr Erröten unsichtbar blieb, weil man sie ertappt hatte, wie sie den Captain anstarrte, doch musste man ihr ihre Gedanken deutlicher angesehen haben, als ihr klar war.

»Es ist nicht nur Können, sondern auch Glück«. sagte er trocken und in perfektem aristokratischem Französisch.

»Dergleichen habe ich noch nie gesehen. Er könnte in einem Dreckloch landen und süß duftend heraussteigen.«

In seinem Ton lag etwas, das ihre Aufmerksamkeit fesselte.

»Ihr mögt ihn nicht?« Sie versuchte leise zu sprechen, obwohl um sie herum die Männer lärmten, die noch immer den Sieg bejubelten.

Er sah sie an, als hätte sie den Verstand verloren.

»Natürlich mag ich ihn. Alle mögen ihn. Es ist unmöglich, ihn nicht zu mögen.«

Ellie legte den Kopf schräg, von seiner Antwort verwirrt, bis ihr etwas dämmerte: Er war eifersüchtig. Irgendwie verständlich. Der dunkelhaarige Pirat war zwar groß, schlank und auf seine Art gut aussehend, doch war er jung und konnte nicht hoffen, es mit dem kraftstrotzenden, göttlichen goldenen Seefahrer in der Blüte seiner Männlichkeit aufzunehmen.

Überlebensgroß, schön wie die Sünde, mit so viel unverschämter Arroganz und so viel Charisma ausgestattet, dass seine Männer ihm auch in den Tod folgen würden, verströmte der Captain der Piraten Leidenschaft und Energie. Eine geradezu magnetische Kombination, von der Menschen angezogen wurden wie Motten vom Licht. Als würde durch seine Nähe etwas von seinem goldenen Glanz auf seine Umgebung abfärben.

Wie es wohl sein würde, ihn zu küssen?

Heilige Muttergottes, woher kam das? Der Gedanke war aus dem

Nichts gekommen. Sie konnte sich nicht erinnern, jemals an so etwas gedacht zu haben. Das einzige Mal, als Ralph versucht hatte, sie zu küssen, war ihr fast übel geworden.

Beunruhigt von der Richtung, die ihre Gedanken genommen hatten, wechselte sie das Thema.

»Fühlt Ihr Euch besser?«

»Ja. Ich friere, bin durchnässt und fühle mich elend, aber so geht es Euch wohl auch.«

Er sah ein wenig besser aus, obwohl sie bezweifelte, dass er es eingestehen würde, wenn das Gegenteil der Fall gewesen wäre. Seine Haut hatte noch immer eine ungesunde Färbung, aber sein Zittern hatte aufgehört. Wenn man unterhalb der Reling auf dem Deck saß, spürte man den Wind nicht.

»Wie heißt Ihr?«, fragte sie.

Seine Miene wurde wachsam, und er zögerte, ehe er antwortete:

»Thomas.«

»Nehmt es mir nicht übel, Thomas, aber Ihr seht nicht aus wie ein Pirat und redet auch nicht so. Ihr gehört also nicht zu denen, oder?«

Er machte den Mund auf und rasch wieder zu. Sein Blick ging zu dem Captain, ehe er sich aufrichtete und erwiderte:

»Ich stamme nicht von den Inseln, aber ich bin bei ihnen.«

Sie runzelte die Stirn. Merkwürdig, dass ein junger Mann edler Herkunft – nicht nur seine Sprechweise, sondern auch seine feine, kostbare Rüstung ließen darauf schließen – sich einer Bande gälischer Piraten angeschlossen hatte. Da sie spürte, dass er zu der Sache nichts weiter sagen würde, sagte sie:

»Danke, dass Ihr mir in der Höhle geholfen habt – und dass Ihr mir nachgeschwommen seid.«

Er rutschte hin und her, als wäre ihm ihre Dankbarkeit peinlich.

»Wenn ich wieder einmal ein Mädchen vor dem Ertrinken zu retten versuche, werde ich zuerst meine Rüstung ablegen. Mir war nicht klar, wie schwer sie sein kann« – er ließ ein halbes Lächeln sehen – »und wie kalt das Wasser ist.«

Er schüttelte sein dunkles Haar, das strähnig gefroren war wie ihres. Er wollte mehr sagen, wurde aber von einem scharfen Husten unterbrochen, der immer härter und tiefer wurde, als müsste er noch immer Wasser aus seinen Lungen pressen. Als sein Husten nicht aufhören wollte, bekam Ellie es mit der Angst zu tun und legte eine Hand auf seinen gepanzerten Rücken. Sie war keine Heilerin, aber der Husten klang nicht gut. Er musste rasch an Land, sich wärmen und trocknen – was auch ihr nun himmlisch erschien. Der Pelz war zwar warm, er aber hatte richtig vermutet, dass sie fror, durchnässt war und sich höchst unbehaglich fühlte.

Schließlich hörte er auf zu zittern, und sie entfernte verlegen ihre Hand.

»Verzeiht«, sagte sie, »ich wollte niemandem etwas antun.« Ihre Kehle wurde eng, als die Schrecken der Nacht in ihr hochkamen.

»Ich wollte nur eine Chance, nach Hause zu gelangen.«

Er sah sie mitfühlend an.

»Er wird Euch nichts antun. Er hatte es ernst gemeint, als er gesagt hat, dass er Euch nach Hause bringen wird, wenn er es gefahrlos bewerkstelligen kann.«

Erstaunt stellte sie fest, dass sie ihm glaubte. Obwohl es keinen Sinn ergab, hatte der Piratencaptain ihr das Leben gerettet. Welcher Pirat setzte sein Leben für eine unwichtige Gefangene aufs Spiel? Und doch hatte er ihr das Leben gerettet – zweimal, wenn man ihm glauben konnte, was passiert wäre, wenn er sie in der Höhle zurückgelassen hätte.

»Wann wird das sein?«

»Das weiß ich nicht«, gestand Thomas.

Das reichte ihr nicht. Sie musste nach Hause, musste ihre Familie wissen lassen, dass sie wohlauf war. Sie konnte ja nicht ewig herumsegeln. Sie sollte heiraten, um Himmels willen. In ihrer Ungeduld vergaß sie passenderweise, dass ihr an der Heirat nicht viel lag.

Sie drehte sich um, um den Piratencaptain zu fragen, was er mit ihr vorhatte, als sie innehielt und es sich anders überlegte. Er machte ein finsteres Gesicht, und etwas an seiner Miene beunruhigte sie. Von der Erregung der Jagd völlig hingerissen, hatte sie kurzzeitig ihre prekäre Lage vergessen. Sie biss sich auf die Lippen. Vermutlich war er wütend auf sie, weil sie ihm mit ihrem Fluchtversuch so viel Ärger gemacht hatte.

Vielleicht sollte sie mit ihren Forderungen warten.

Aber ehe sie sich umdrehen konnte, winkte er sie mit dem gekrümmten Finger zu sich, vermutlich eine oft ausgeführte Geste.

Ihr Rückgrat wurde stocksteif. Diese arrogante Geste hatte etwas an sich, das ihren Widerspruch reizte. Vor ihr stiegen Bilder eines sarazenischen Sultans auf, in seinem Zelt lagernd, von der Wahl seiner nächsten Konkubine in Anspruch genommen. Sie mochte seine Gefangene sein, nur vorübergehend und unwillig, aber seine Sklavin war sie nicht. Auch war sie keine Frau, die nach seiner Pfeife tanzte. Sogar Edmond, ihr jüngster Bruder, hatte bessere Manieren – und der Sechsjährige war viel anbetungswürdiger als dieser überhebliche, zu groß geratene Wikinger, der noch dazu viel zu gut aussah. *Halb-Wikinger,* korrigierte sie sich.

Mit einer scharfen Kopfbewegung drehte sie sich um.

Erst als sie aus dem Augenwinkel erspähte, dass er auf sie zukam, wurde ihr klar, dass sie einen Fehler gemacht hatte. Ein Blick in sein Gesicht, und ihr Blut erstarrte ihr in den Adern. Ihr dummer Trotz hatte seinen Zorn entfacht, und die Verwandlung vom charmanten Schuft zum erbarmungslosen Wikinger hätte nicht erschreckender sein können. Mit seinem blonden Haar und den eisigen nordischen Zügen war er jeder Zoll ein kalter und herzloser Barbar.

Sie verspürte das starke Verlangen, sich zu bekreuzigen. Ein Angstschauer überlief ihren Rücken. Was würde er ihr antun?

Sie spürte ihn hinter sich. Gleich würde sie es wissen.

Es war Zeit, dass sie sich klarmachte, ob sie es wollte oder nicht.

5

Erik hatte sich daran ergötzt, die Abenteuer der Nacht mit seinen Männern nachzuspielen, als er einen Blick zu Ellie hinwarf und sah, dass das Mädchen mit Randolph sprach. Seine gute Stimmung verdampfte wie Wasser auf Saunasteinen.

Er konnte nur hoffen, dass Randolph seine fünf Sinne beisammen hielt und nichts von Bruce verlauten ließ. Je weniger sie wusste, desto besser. Das Mädchen hatte ihm schon genug Ungelegenheiten bereitet. Was ihm in Erinnerung rief, dass er und das Kindermädchen Ellie noch eine unerledigte Sache zu regeln hatten. In seine Augen trat ein gefährlicher Schimmer.

Als sie sich umwandte und seinen Blick auffing, winkte er sie zu sich. Er staunte nicht schlecht, als sie ihn direkt ansah und sich umdrehte. Es war so unwahrscheinlich, dass sie nicht nur seine Aufforderung ignorierte (seiner Erfahrung nach – die sehr groß war – liebten Frauen dieses kleine Krümmen des Fingers), sondern ihn auch noch abtat. Wäre da nicht diese Kopfbewegung gewesen, hätte er angenommen, sie hätte ihn nicht gesehen (ungeachtet der Tatsache, dass ihr Blick direkt auf ihm geruht hatte).

Seine Wut flammte auf wie Feuer an trockenen Spänen. Normalerweise bedurfte es etwas, das einem Akt Gottes gleichkam, um Erik in Rage zu bringen, aber das kleine Kindermädchen hatte es mit einer simplen, wenn auch spektakulären Kopfbewegung geschafft. Sie hatte ihr kleines, spitzes Kinn gehoben, ihn von oben herab angesehen und ihre gefrorene Matte welligen dunklen Haares so hochmütig aus der Stirn geworfen, als wäre sie die verdammte Königin von England.

Er war es nicht gewohnt, dass ihn eine Frau einfach abtat oder dass man seinen Befehlen nicht gehorchte, und beides passte ihm gar nicht. Was bildete sich dieses kleine unscheinbare Ding ein? Unfreiwilliger Passagier oder nicht, er war der Captain dieses Schiffes. Er hatte hier das Sagen, und sie tat gut daran, sich daran zu halten. Er würde nicht dulden, dass ein anmaßendes Kindermädchen sein Schiff in Unordnung brachte. Sie hatte für eine Nacht schon genug Ärger gemacht.

Sie waren dem Scharmützel mit den Engländern nicht gänzlich ungeschoren entkommen. Einer seiner Getreuen war von einem Pfeil in den Arm getroffen worden – nichts Ernstes, doch musste die Wunde versorgt werden –, und Randolph schien an den Nachwirkungen seines Tauchabenteuers zu leiden, das beinahe tödlich geendet hätte.

Da er nicht riskieren wollte, die Engländer zu Bruce auf Islay zu führen, hatte Erik sich entschlossen, eine der zahlreichen kleinen Inseln an der schottischen Küste zwischen der Spitze von Kintyre und dem Ayrshire anzusteuern. Dort konnte er sich um seine Männer kümmern und warten, bis die Engländer ihrer Suche überdrüssig wurden, ehe er wieder zu Bruce und den anderen stieß.

Er hätte Domnall das Mädchen holen lassen sollen. Aber er war so wütend, dass er selbst zu ihr stürmte.

Er wartete, dass sie sich umwandte, sie aber saß da, als wüsste sie nicht, dass er direkt hinter ihr stand. Und doch war sie sich seiner Nähe bewusst. Er sah es an dem leichten Steifwerden ihres Rückens und dem stockenden Atem – ein Stocken, das sonderbar erotisch wirkte.

Plötzlich verlegen, räusperte er sich.

Ihre königliche Wendung des Kopfes bewirkte, dass sich seine Nacken- und Schultermuskeln verspannten.

»Ich habe dich aufgefordert, zu mir zu kommen«, sagte er.

Sie legte den Kopf schräg und sah ihn an.

»Ach? Hmm … ist mir nicht aufgefallen.«

Er knirschte mit den Zähnen, bis es schmerzte. Dieses Mädchen hatte etwas an sich, das seine sonst unerschütterliche gute Laune störte. Drohend trat er einen Schritt näher.

»Wenn ich wieder rufen sollte, wirst du hören, verdammt«, sagte er leise, ganz dicht vor ihr aufragend.

»Habe ich mich klar ausgedrückt?«

Sie riss die Augen auf und nickte.

Plötzlich wurde Erik zweierlei klar: Sie war nicht so selbstsicher, wie sie wirkte. Und er jagte ihr keine Angst ein. Er fluchte leise und trat einen Schritt zurück. Was war nur in ihn gefahren? Noch nie hatte er versucht, eine Frau mit seiner Größe einzuschüchtern.

Sein Zorn verpuffte so jäh, wie er aufgeflammt war. Er schüchterte Frauen nicht ein; das hatte er nicht nötig. Ganz klar, er war die Sache falsch angegangen. Lächelnd setzte er sich ihr gegenüber auf eine Kiste.

»Du brauchst mich nicht so anzuschauen. Ich werde dich nicht fressen.«

Sie sah ihn wachsam an. Ein Mundwinkel zuckte.

»Ach, ich dachte eher an ein heidnisches Götzenopfer.«

Er lachte. Sein nordisches Blut ging dem Mädchen nicht aus dem Kopf.

»Sei versichert, dass ich ganz zahm bin.« Ihr Lächeln verriet, dass sie ihm nicht glaubte, und er grinste. Kluges Kind.

»Wenn du mich schon für schlimm hältst, solltest du erst meine Vettern sehen.«

Neben den MacRuairis wirkten selbst ihre Wikinger-Vorfahren zivilisiert. Als sein Vetter Lachlan sich der Highlander-Garde anschloss, war er so erstaunt wie alle anderen auch. Lachlans Kriegsname Viper kam der Wahrheit sehr nahe. Lachlan besaß das Herz und die Moral einer Schlange – mit anderen Worten, er besaß nichts von beidem. Erik fragte sich, wie er sich oben im Norden hielt. Er hatte nicht schlecht gestaunt, als sein Bastard-Vetter sich freiwillig angeboten hatte, die Damen zu begleiten, als sie sich von ihnen trennen mussten. Wie er selbst war auch Lachlan auf See geboren worden. So lange auf Land bleiben zu müssen, musste seinen Vetter in den Wahnsinn treiben – wenn es Bella MacDuff nicht vorher schon schaffte. Die streitbare Countess of Buchan, die alles riskiert hatte, um Bruce zu krönen, hatte ihre Verachtung für MacRuairi sehr deutlich zum Ausdruck gebracht.

Das Mädchen schauderte zusammen.

»Danke, lieber nicht.«

Er wartete, bis sie ihn anschaute.

»Du hast nichts zu befürchten. Mir war es ernst, als ich gesagt habe, dass du bei mir in Sicherheit bist.«

Ihre Blicke trafen sich, und er spürte, dass sie ihm glaubte.

Sie senkte den Blick und befingerte den Pelz um ihre Füße.

»Ich habe gedacht, Ihr wäret nach allem, was geschehen ist, ziemlich wütend auf mich.« Unter ihren Wimpern hervor blickte sie ihn an und sagte scheu:

»Ich danke Euch für meine Rettung. Ich habe einen Krampf bekommen und konnte mich nicht rühren.«

Ach so. Nun, er hatte sich schon gefragt, was passiert war.

»Du hast sehr übereilt gehandelt. Die englischen Schiffe hätten dich nicht rechtzeitig erreicht. Wäre ich ein paar Minuten später bei dir angekommen, wärest du ertrunken.«

Sie zog eine zarte Braue hoch.

»*Ihr* wollt *mir* vorwerfen, ich hätte übereilt gehandelt?«

Er grinste wenig reumütig.

»Es ist nicht übereilt, wenn man weiß, wie es ausgeht. Ich hatte Rückenwind. Habe ihn immer.«

Sie tat seine offene Prahlerei ab, indem sie die Augen verdrehte.

»Wie konntet Ihr so sicher sein, dass der englische Captain Eure Herausforderung annehmen und nicht einfach warten würde, bis Ihr in Reichweite seiner Bogenschützen gekommen wäret?«

Sein Blick verriet einen Anflug von Hochachtung. Hätte das Mädchen das Schiff gesteuert, wäre es den Engländern vielleicht besser ergangen. Die Engländer hätten warten sollen. Damit hätten nicht nur die anderen Schiffe Zeit gehabt, ihnen zu Hilfe zu eilen, sondern der Einsatz sämtlicher Bogenschützen hätte Eriks Mannschaft weitaus mehr Opfer zugefügt.

»Das machte der stolze Hochmut der Engländer«, gab er lächelnd zurück.

»Er wird ihnen immer wieder in die Quere kommen.«

»Und wie steht es mit stolzem Piratenhochmut?«, fragte sie schalkhaft.

Er lachte schallend.

»Mit dem muss man ebenfalls immer rechnen.«

Das Mädchen erwies sich als erstaunlich unterhaltsam. Es war für ihn ungewohnt, dass Frauen ihn herausforderten. Meist überschlugen sie sich, um ihm zu Gefallen zu sein. Er studierte ihr bleiches Gesicht, halb in Erwartung, eine Veränderung festzustellen. Doch dasselbe bleiche, unscheinbare Gesicht erwiderte seinen Blick. Er freute sich jedoch, dass die Angst aus ihren Augen verschwunden war.

Er konnte nicht widerstehen und forderte seinerseits nun sie heraus.

»Du kannst mich nicht hinters Licht führen.«

Sie sah ihn fragend an.

»Nein?«

Er schüttelte den Kopf.

»Nein.« Ihm war ihre Miene nicht entgangen, als sie über die

Wellen gefegt waren. Zum ersten Mal hatte sie nicht ausgesehen, als wäre ihr Mieder zu fest geschnürt. Er stieß seine Füße zurück und verschränkte die Arme.

»Du hattest dabei deinen Spaß.«

Trotz der Dunkelheit blieb ihm nicht verborgen, dass sie errötete.

»Ich hatte große Angst«, widersprach sie. Seinen Blick festhaltend, gestand sie lächelnd:

»Aber aufregend war es schon. So schnell war ich noch nie in Bewegung – bei Tag nicht und schon gar nicht bei Nacht.« Ihr Blick fiel auf sein Gesicht, und er hatte das merkwürdige Gefühl, sie könne durch ihn hindurch sehen. Er musste sich zwingen, nicht verlegen hin und her zu rutschen.

»Wer seid Ihr?« fragte sie nachdenklich.

Er zögerte einen Moment und überlegte, was er sagen sollte.

»Für meine Männer bin ich Hawk … Falke.«

»Das erklärt das Segel.«

»Ja, und den Bug.« Er deutete auf die Holzschnitzarbeit, obwohl man in der Dunkelheit nichts sehen konnte.

»Wie bei den Drachenschiffen«, sagte sie schaudernd.

Er grinste – also wieder die Wikinger.

»Es soll Seeungeheuer und andere Untiere abwehren.«

»Und was wehrt Euch ab?«

Er lachte auf. Das Mädchen war wirklich amüsant.

Sie legte den Kopf schräg. Der Mondschein tauchte ihre Züge in ein geisterhaftes Licht.

»Mich wundert, dass ich noch nie von Euch gehört habe.«

»Warum auch? Ich bin ein ganz gewöhnlicher Pirat, der sich auf die einzige ihm bekannte Art sein Leben verdient.«

Der Laut, den sie von sich gab, ließ vermuten, dass sie sich von seiner gespielten Bescheidenheit nicht täuschen ließ.

»Als Pirat vergeudet Ihr Eure Talente. Habt Ihr jemals erwogen, Eure Geschicklichkeit legal zu nutzen?«

»Für wen?« Er behielt sie aufmerksam im Auge. Hatte sie doch etwas gehört?

»Etwa für König Edward?«

Sie zuckte mit den Schultern.

»Unter anderem. Mein Schwager ...« Sie unterbrach sich so jäh, dass er sich fragte, was ihr wohl auf der Zunge gelegen hatte.

»Viele würden einen Mann mit Eurem Geschick gut bezahlen.«

Das Mädchen verbarg etwas, darauf hätte er sein Schiff verwettet. Aber zu verbergen hatte auch er etwas.

»Ich weiß deinen Rat zu schätzen«, sagte er lachend.

»Aber ich ziehe die Freiheit vor und möchte nur mir selbst verpflichtet sein.«

»Ihr seid also nicht vermählt?«

Er widerstand der Versuchung, ihr ein definitives »zum Teufel nein«, entgegenzuschleudern. Stattdessen zwinkerte er ihr neckisch zu.

»Noch nicht, aber ich bin auf der Suche – falls du dich bewerben möchtest.« Sie machte große Augen, aber ehe sie eine Erwiderung über die Lippen brachte, setzte er hinzu:

»Aber ich muss dich warnen, die Konkurrenz ist groß.«

Er war enttäuscht, dass sie die Miene nicht verzog. Stattdessen glitt ihr Blick auf eine Art über sein Gesicht, die ihm vage unangenehm war.

»Kann ich mir denken.« Sie bedachte ihn mit dem perfekten herablassenden Kindermädchen-Lächeln.

»Aufgesetzter Charme kann amüsant sein ... für eine gewisse Zeit.«

Erik runzelte die Stirn. Aufgesetzt? Was meinte sie mit aufgesetzt? Er hatte versucht, sie in Rage zu bringen, und sie hatte es irgendwie geschafft, dass *er* in die Defensive gegangen war. Für ihn eine ungewohnte Position, die ihm ganz und gar nicht zusagte.

Das Mädchen benahm sich so gar nicht, wie zu erwarten war.

Sein schockiertes Schweigen nutzend, sagte sie:

»Bitte, Ihr seid doch ein vernünftiger Mensch. Wenn Ihr mich schon nicht zurückbringt, könntet Ihr mich doch einfach gehen lassen. Ich finde den Rückweg allein …«

»Leider geht das nicht«, unterbrach er ihre Bitte.

»Aber warum nicht?« protestierte sie.

»Ich schwöre, dass ich nichts von dem gehört habe, was Ihr und Eure Leute gesprochen habt. Warum wollt Ihr mir nicht glauben?«

Er war gegen ihr Flehen nicht so unempfänglich, wie er es gern gewesen wäre. Da er es hasste, Frauen etwas zu verweigern, schaute er sie scharf an, damit sie aufhörte.

»Dein Flehen ist nutzlos. Ich werde meine Absicht nicht ändern. Ich bringe dich zurück, sobald es sicher ist – und nicht eher.«

Ihre Augen blitzten in der Dunkelheit, sie schürzte die Lippen.

»Das ist lächerlich. Das ist Wahnsinn. Wisst Ihr denn, wohin Ihr segelt?«

»Natürlich weiß ich das verdammt gut.« Als ob er sich jemals hätte verirren können.

Man sah ihr an, dass sie ihm nicht glaubte.

»Ihr könnt doch nicht die ganze Nacht auf See bleiben. Irgendwo müsst Ihr anlegen. Es dämmert schon, und die Engländer werden Euch suchen. Außerdem« – sie deutete auf Randolph – »muss Euer Mann versorgt werden.«

Muss. Erik mochte es nicht, wenn man ihm sagte, was er tun musste, zumal wenn ein kleines Mädchen es sagte, das er mit einer Hand über seinen Kopf hochstemmen konnte. Das Kindermädchen Ellie würde lernen müssen, dass nicht sie es war, die das Sagen hatte. Trotz des leisen Befehlstons ihrer Worte, der bewirkte, dass er am liebsten mit den Zähnen geknirscht hätte, lächelte Erik.

»Danke für die Erinnerung.«

Vermutlich würde er sie jetzt so aufbringen, wie er es vorhin gewollt hatte – zehnmal so stark. Sie konnte versuchen, was sie wollte, aber niemals würde sie es schaffen, ihn zu dirigieren. Trotzdem war es amüsant zu sehen, wie sie es versuchte.

Sie runzelte die Stirn.

»Welche Erinnerung?«

»Wir hatten ein Abkommen.« Er schüttelte in gespieltem Ärger den Kopf.

»Ich tue das nur ungern, da wir uns erst kurz kennen. Aber für dich mache ich eine Ausnahme.« Er stand auf und gab Domnall einen Wink.

»Lege ihr Fesseln an.«

Ihr empörtes Schnaufen bereitete ihm jene Befriedigung, die er brauchte, um sicher zu sein, dass er nicht mehr in der Defensive war. Ja, die Welt war wieder in Ordnung.

Aufgeblasener … arroganter … *Pirat!*

In ihrem ganzen Leben war Ellie noch nie so unwürdig behandelt worden. Geknebelt und gefesselt wie eine gewöhnliche Gefangene! Sie wusste nicht, ob bei ihr Wut oder das Gefühl der Demütigung überwog. Da spielte es keine Rolle, dass die Leinenfesseln nur lose gebunden waren oder dass sie ihre Strafe verdient hatte – der verdammte Pirat hätte es nicht so genießen sollen. Sein breites Lächeln und die Art, wie sich Fältchen um seine Augen legten, wenn er sie ansah, verrieten ihr, dass er jede einzelne Minute genoss.

Galant, ha! Er war ein verabscheuungswürdiger Schuft, und sie tat gut daran, dies nicht zu vergessen.

Die nächste Stunde verbrachte Ellie fast zur Gänze damit, ihm die ewige Verdammnis zu wünschen – wobei sie aus einem eindrucksvollen Vorrat an Flüchen schöpfte, den sie im Laufe ihres jahrelangen Zusammenlebens mit ihren Brüdern angelegt hatte – ehe schließlich ihr Zorn vom Schlaf bezwungen wurde.

Als sie erwachte, umgab sie Wärme, und sie spürte ein sanftes Wiegen wie in den Armen ihrer Mutter. Mit einem zufriedenen Seufzer rieb sie ihre Wange an dem haarigen Wollplaid, atmete leichten Myrtenduft ein und kuschelte sich an die harte Brust …

Sie riss die Augen auf. Sie war kein Kind mehr. Ihre Mutter war tot; sie hatte nach Rosen und nicht nach Myrten geduftet, und ihre Brust war nicht hart gewesen.

Ellie fuhr auf. Ihr erster Instinkt war sich loszumachen, doch gelang es ihr nicht, sich aus dem Griff zu befreien, der sie wie ein Schraubstock festhielt.

»Wenn du nicht wieder ein kaltes Bad nehmen willst«, ließ sich eine tiefe Stimme gedehnt vernehmen, »schlage ich vor, dass du dich ruhig verhältst und mir keinen Grund lieferst, dich fallen zu lassen.«

Der Pirat. Natürlich. Wer sonst würde sie halten, als wäre es sein Recht, sie so unverschämt zu berühren? Einen Arm hatte er unter ihre Beine geschoben, den anderen um ihren Rücken gelegt und ihren Kopf an seine Brust gedrückt, als wäre sie ein Baby. Aber wie seine Hand ihren Arm umfasste … seine Finger waren der Rundung ihrer Brust gefährlich nahe. Und ihr Körper reagierte auf seine Nähe, wie sie verlegen feststellte. Ihre Brustwarzen waren harte Spitzen unter dem dünnen Hemdenstoff – keine Folge der Kälte, wie sie wusste.

Schlimmer noch als die Nähe seiner Hand war der Umstand,

dass ihre Kehrseite gegen eine sehr deutliche Ausbuchtung unterhalb seines Magens stieß. Sie versuchte, nicht daran zu denken, aber immer wenn er einen Schritt vorwärts machte, stieß ihr Körper höchst intim gegen ihn. Er fühlte sich … härter an als erwartet, doch war die Berührung zu kurz, und sie verspürte das sonderbare Verlangen, die Reibung zu verstärken und sich an ihn zu schmiegen.

Dieser Verrat ihres Körpers trieb ihr die Hitze in die Wangen. Obwohl es noch dunkel war, drückte sie ihr Gesicht an seine Brust und wagte nicht, ihn anzusehen, aus Angst, er würde ihre Reaktion bemerken. Der Umstand, dass ihm wahrscheinlich gar nicht auffiel, wie ihre Körper sich berührten, machte alles nur noch demütigender. Zweifellos hatte er Frauen in dieser Stellung – und in vielen anderen Stellungen – oft gehalten, während sie noch nie einem Mann so nahe gewesen war.

Sie fühlte sich wie ein albernes, errötendes Mädchen – das sie ja war. Da sie aber noch nie so empfunden hatte, war es doch ein Schlag gegen ihren weiblichen Stolz. Sie hatte sich gegen ein so gänschenhaftes Benehmen für gefeit gehalten. Und ganz bestimmt war sie zu klug, um dem Charme eines unverbesserlichen Spitzbuben, wie er es war, zum Opfer zu fallen.

Aber sie konnte nicht bestreiten, dass der Pirat eine gewisse Anziehungskraft besaß. Thomas hatte recht: Man konnte nicht anders als ihn mögen. Er war attraktiv, witzig und aufregend. Doch hatte er sich so lange auf sein blitzendes Lächeln verlassen, dass er sich vermutlich niemals die Zeit nahm, jemanden richtig kennenzulernen – oder zuzulassen, dass jemand so nahe an ihn herankam, dass er ihn kennenlernen konnte. Für ihn war das Leben ein Spiel. Es gab nichts, was er ernst nahm. Er flirtete – sicher sehr gekonnt –, doch würde es darüber hinaus nichts geben.

Ihrem Körper schien dies aber nicht so klar zu sein wie ihrem

Verstand. Es ergab keinen Sinn. Zweifellos fühlte sie sich von seinem Äußeren angezogen. Aber viele Männer – Ralph eingeschlossen – sahen blendend aus, ohne dass ihr das zuvor besonders aufgefallen wäre. Es war verwirrend, die Reaktionen des eigenen Körpers nicht zu beherrschen. Gottlob waren es nur ein paar Schritte bis ans Ufer.

Der geringe Tiefgang des *birlinn* gestattete es, das Boot leicht ans Ufer zu bringen und nötigenfalls über kurze Wegstrecken über Land zu ziehen. Wie das Langschiff der Wikinger, das dem *birlinn* der West Highlands als Modell gedient hatte, war es so gebaut, dass es in flachen Gewässern rasch an- und ablegen konnte und so das ideale Schiff für schnelle Angriffe und Überfälle darstellte. Für Seeräuber eben.

Sie war erleichtert, als er sie sanft auf dem steinigen Strand hinstellte.

»Mylady«, sagte er neckend und mit einer höflichen schwungvollen Handbewegung.

Ihr Mund zuckte ob dieser Parodie, trotz der Tatsache, dass er weit entfernt von einem galanten Ritter war und sie ihm eigentlich zürnte.

Plötzlich umfasste sie ihre Handgelenke.

»Ihr habt die Fesseln gelöst«, stellte sie erstaunt fest.

»Du kannst es wohl kaum erwarten, dass ich sie wieder anlege? Ich dachte, ich warte damit, bis wir unter uns sind – wenn du aber darauf bestehst …«

Ihre Haut prickelte vor sonderbarer Hitze auf die unmissverständlich sinnliche Andeutung hin. Die einzige Erklärung, die ihr einfallen wollte, war, dass sie noch immer unter den Nachwirkungen des nahen Körperkontaktes litt.

Sie tat, als hätte sie seine Bemerkung überhört und zwang sich zu einer völlig gelassenen Miene.

»Wo sind wir?«

Als er merkte, dass sie auf seine Flirtversuche nicht einging, verschwand sein gewinnendes Lächeln. Fast war es, als würde sein Gesicht sich verdüstern.

»Dort, wo die Engländer dich nicht hören, falls du wieder das Verlangen verspürst, wie ein Klageweib zu kreischen.«

»Ich …« Sie hielt inne, als ihr aufging, dass er sie nur reizen wollte. Ihr kleines Lächeln sagte ihm, dass er sich etwas Besseres einfallen lassen müsste, wenn er ihr eine Reaktion entlocken wollte. Neugierig blickte sie um sich. Eine sichelförmige Bucht, von Felsenklippen begrenzt. Das alles sah sie undeutlich durch den Schleier der Dunkelheit. Ein Gelände wie dieses war an der Westküste sehr häufig anzutreffen. Sie wünschte, sie wäre nicht eingeschlafen. Dann hätte sie sich vielleicht besser zurechtfinden können. Sie tippte auf eine der kleinen Inseln entlang der schottischen Küste.

Sie hob ihr Kinn und sah ihn an.

»Habt Ihr mich zu Eurem geheimen Seeräubernest gebracht?«

Um seinen Mund zuckte es.

»So ähnlich. Die Menschen hier sind mir treu ergeben, also versuche erst gar nicht, sich bei ihnen über deine … Notlage zu beklagen.«

»Ihr meint, meine Entführung.«

»Nenne es, wie du willst, aber widersprich mir nicht.« Sein harter Ausdruck passte nicht zu seinem scherzhaften Ton von vorhin.

»Halte dich im Hintergrund und tue, was man dir sagt, dann wird es hier keine Probleme geben.«

»Klingt perfekt«, sagte Ellie trocken.

Ihr Ton gefiel ihm gar nicht.

»Verwechsle meine Nachsicht nicht mit Schwäche. Der Umstände wegen bin ich sanft mit dir umgegangen. Ich weiß, dass du Angst hattest, aber wenn du noch einmal so etwas versuchst, wirst du es bereuen. Es liegt an dir, wie angenehm sich dein Aufenthalt gestaltet.«

Ellie bezweifelte es keinen Moment. Unter der gewinnenden Fassade bemerkte sie die kalte, harte Schicht aus Stahl. Sie ahnte, dass er trotz seiner scheinbar unerschütterlichen Gelassenheit keiner war, mit dem man sich anlegen sollte – und sie wollte nicht wieder gefesselt werden.

Er deutete auf die Männer, die dem dunkelhaarigen Krieger ans Ufer halfen.

»Du hast schon genug Ärger gemacht.«

Von Reue erfasst, biss sie sich auf die Lippen.

»Wohin bringt Ihr ihn?«

Er zeigte auf die Felsen.

»Dort ist eine Höhle, in der er wieder zu Kräften kommen kann. Ich schicke nach jemandem …«

»Das dürft Ihr nicht!«

Er erstarrte, und die freundliche Maske verschwand wieder. Seine Kinnlinie verhärtete sich, sodass ihr Herz einen kleinen Sprung machte.

»Ich bin keiner deiner Schützlinge, Schwester Ellie. Du wirst mir nicht sagen, was ich tun kann und was nicht. An Bord dieses Schiffes gibt es nur einen Captain. Je eher dir das klar wird, desto besser werden wir miteinander auskommen.«

Ellie beeilte sich, seinen verletzten Stolz zu beschwichtigen. Männer waren in diesen Dingen erschreckend zart besaitet.

»Ich wollte Eure Männlichkeit nicht bedrohen …«

Sie glaubte ein Knurren zwischen knirschenden Zähnen zu hören, ehe er sie unterbrach:

»Du hast nichts bedroht, am allerwenigsten meine Männlichkeit. Ich habe nur gesagt, wie es sein wird.«

Sie legte den Kopf schräg und studierte ihn.

»Einmal hatte ich einen Jagdhund, der so war.«

Er schüttelte den Kopf, als hätte er nicht richtig gehört.

»Was?«

»Immer wollte er beweisen, dass er das Sagen hatte, und hat sich mit jedem Hund angelegt, der daherkam.«

Er hielt ihren Blick fest und brach in Gelächter aus.

»Mädchen, du machst mir Spaß.« Sie furchte die Stirn. Komisch hatte sie eigentlich nicht sein wollen.

»Aber es gibt einen entscheidenden Unterschied.«

»Und der wäre?«

Er schenkte ihr einen jener Blicke, bei denen schon mehr als eine Frau weiche Knie bekommen hatte, und stand viel dichter bei ihr als nötig. So dicht, dass sie einen Hauch seiner warmen Männlichkeit mitbekam.

»Ich brauche nichts zu beweisen«, sagte er.

Unter der Kraft seines auf ihr liegenden eindringlichen Blickes stockte ihr der Atem. Seine heisere Stimme vibrierte in ihr wie eine dunkle Liebkosung und drohte ihr, falls sie widersprechen sollte. Sie konnte nicht. Er hatte recht. Er brauchte nichts zu beweisen. Macht und Autorität entströmten ihm so laut und klar wie Trommelschlag. Oder war dies ihr Herzschlag?

Ellie, die spürte, dass ihre Sinneswahrnehmungen unter dem Schlafmangel gelitten hatten, griff ihr ursprüngliches Thema wieder auf und hoffte, dass man ihr ihre Verwirrung nicht ansehen würde.

»Ich wollte ja nur *zu bedenken geben«,* betonte sie, »dass eine Höhle nicht ausreichend ist. Thomas braucht etwas, das ihm Wärme und Schutz vor Nässe bietet. Gibt es nicht in der Nähe ein Haus oder eine Hütte, wohin man ihn bringen könnte?«

»Bist du heilkundig?«

Sie dachte an ihren Bruder und verspürte einen harten Klumpen in ihrer Brust. Keine Rede davon. Die Stunden, die sie an seinem Krankenbett verbracht hatte, hatten nichts gebracht. Sie schüttelte den Kopf und hoffte, in der Dunkelheit würde man ihre feuchten Augen nicht sehen.

»Nein, aber ich habe schon oft Menschen mit Wechselfieber gesehen und kenne die Symptome. Je eher man ihn behandelt, desto besser.«

Ihr Bruder hatte sich eigensinnig geweigert, die Symptome zu erkennen, und als er sich zu Bett hatte bringen lassen, hatte er schon vor Fieber geglüht. Ellie und ihre Mutter hatten ihn Tag und Nacht gepflegt, viel zu spät, wie es sich zeigte.

»Bitte«, sagte sie und griff nach seinem Arm. O Gott, wie ein Fels! Die festen Muskeln spielten unter ihren Fingerspitzen. »Könnt Ihr ihn nicht irgendwo hinbringen?«

Erik war sich ihrer Hand auf seinem Arm allzu deutlich bewusst. Der sanfte Druck ihrer Finger brannte sich durch das Leder seines *cotun*. Als er sie ansah, verschob sich etwas unbehaglich in seiner Brust. Das Mädchen schien aufrichtig besorgt. Tatsächlich war sie den Tränen nahe.

Er hasste es, wenn Frauen weinten. Der Anblick war ihm so unangenehm, dass er sich wand wie ein Bursche in Festtagskleidung.

Es gab viele Plätze, wo er Randolph unterbringen konnte. Er kannte die Insel gut.

Wie schon seinerzeit William Wallace, so hatten auch Robert Bruce und seine Getreuen die strategische Lage von Spoon Isle im North Channel genutzt, nicht nur als Versteck, sondern als Aussichtspunkt. In Sichtweite der Spitze von Kintyre war Edward Bruce vergangenen September hier stationiert gewesen und hatte Wache gehalten, nachdem Erik Robert Bruce von Dunaverty Castle weggebracht hatte.

Obschon Erik auf Unterstützung der Inselbewohner rechnen konnte, hatte er bis zum Morgen warten wollen, bis er die Dorfbewohner – größtenteils Fischer und ihre Familien – von seiner Ankunft und seiner misslichen Lage in Kenntnis setzen wollte. Er nahm aber an, dass er seine Leute an einen Ort in der Nähe bringen konnte.

Er runzelte die Stirn. Da das Mädchen zur Herrschsucht neigte, war es ein schlechtes Beispiel, wenn er ihr so nachgab. Allerdings musste er zugeben, dass sie recht hatte: Randolph sah nicht gut aus. Auch das Mädchen musste sich wärmen und trocknen. Überdies würde er friedlicher mit seinen Männern am Feuer schlafen können, wenn sie nicht in der Nähe lag. Sein Körper fühlte sich noch immer verdammt unbehaglich.

Sie vom Boot an den Strand zu tragen, war keine gute Idee gewesen. Es hatte ihm gar nicht gefallen, wie sie sich in seinen Armen angefühlt hatte. Verdammt, so war ihm eine Frau nicht mehr unter die Haut gegangen, seit er ein Junge von dreizehn gewesen war und eines der Dorfmädchen ihm anmutig angeboten hatte, ihn in die Freuden des Fleisches einzuführen.

Dass ein unscheinbarer kleiner Spatz sein Verlangen so erregen konnte – das in letzter Zeit eingestandenermaßen nachgelassen hatte – war ein wenig verwirrend. Besonders wenn ihre durchdringenden Augen ihn ansahen und er eine Andeutung von geduldiger Toleranz darin las.

Es war unnatürlich. Ja, das war es. Unnatürlich. Frauen *mochten* ihn immer. Was zum Teufel also war los mit ihr?

Die beunruhigenden Gedanken abschüttelnd, sagte er:

»In der Nähe ist ein Platz, aber …«

»O danke!« sagte sie, ehe er den Satz beenden konnte und sah mit strahlendem Lächeln zu ihm auf.

Das störte ihn. Im Augenblick sah sie, wenn schon nicht hübsch, so doch annehmbar aus. Sie sollte öfter lächeln.

Er zog sein *cotun* zurecht. Das merkwürdige Gefühl in der Brust war noch immer spürbar.

»Aber ich möchte dein Wort, dass du keinen Fluchtversuch unternimmst oder Megs Güte ausnützt, indem du ihre Hilfe suchst. Ihr werdet nicht verraten, wie es kam, dass du zu uns gestoßen bist.«

»Meg?« Ihre Hand glitt von seinem Ärmel, und kurzzeitig wünschte er sie sich dort zurück.

»Ich soll mitgehen?«

»Du brauchst Schlaf. Dort hast du es angenehmer. Aber wenn du lieber neben mir in der Höhle schlafen willst …«

Im Normalfall hätte er diesen Satz mit anzüglicher Betonung ausgesprochen, da er aber wusste, dass dies auf taube Ohren stoßen würde, sparte er sich die Mühe.

»Nein«, sagte sie rasch. Zu rasch für sein Gefühl.

Ihm entging nicht, dass sie seine Frage mit einer eigenen abgebogen hatte. Er hatte es versäumt, sich zuvor ihr Wort zu sichern, wollte aber ein zweites Mal nicht so nachlässig sein.

»Ich möchte dein Wort, Ellie.«

Sie nickte – zögernd.

»Ich gebe Euch mein Wort. Heute Nacht werde ich nichts tun.«

Seine Augen wurden schmal.

»Oder am Morgen. Solange wir hier sind.«

Sichtlich verärgert über seine Einschätzung ihrer Wahrhaftigkeit, rümpfte sie die Nase. »Sehr gut. Ihr habt mein Wort.«

Seine Augen hielten ihre fest und durchschnitten die Dunkelheit.

»Ich möchte nicht bereuen müssen, dass ich dir vertraut habe.«

Ihre Augen weiteten sich ein wenig, und sie nickte. Die Drohung in seinem Ton war ihr offenbar nicht entgangen.

Er drehte sich um und erteilte seinen Männern Befehle. Neben Ellie, Randolph, den zwei Männern, die ihn trugen, und seinem Anverwandten Duncan, der eine Pfeilwunde abbekommen hatte, nahm er noch einen Mann mit.

Obwohl er gewillt war, Ellie zu trauen, war das Mädchen viel zu klug, als gut war. Der Mann, den er vor dem Haus als Wache zu postieren gedachte, würde dafür sorgen, dass sie ihr Wort hielt.

Bei einem Fluchtversuch würde sie ohnehin nicht weit kommen, aber er wollte kein Risiko eingehen, da Bruce und seine Garde-Kameraden fest auf ihn zählten und Erik seine Verpflichtung sehr ernst nahm.

Ursprünglich hatte er sich nur auf Geheiß seines Vetters Angus Og MacDonald, Lord of the Isles, der das Land seines Clans von den MacDougalls zurückhaben wollte, auf Bruces Seite geschlagen, doch musste er dem Kriegerkönig ehrliche Bewunderung zollen. Wenn jemand Edward die Stirn bieten konnte, war es Bruce. Die Loyalität, die er seinem Vetter entgegenbrachte, hatte er auf Bruce und seine Gefährten der Highlander-Garde übertragen.

Ein Fehlschlag war undenkbar. Nichts durfte sich seiner Mission in den Weg stellen. Und ganz gewiss kein knochiges, passabel hübsches Kindermädchen, das dazu neigte, für Ärger zu sorgen.

6

Mathilda de Burgh hatte noch nie so elend ausgesehen. Ihre flachsfarbigen Engelslocken waren verfilzt, schlaff und wirr vom Meerwasser; ihre großen babyblauen Augen waren gerötet und vom stundenlangen Weinen so geschwollen, dass sie fast zwischen den Lidern verschwanden; und ihre kleine Stupsnase lief ständig.

Wie spät war es? Es musste bald dämmern. Ellie war seit Stunden verschwunden, und noch immer gab es keine Nachricht von ihr. Matty war der Gedanke unerträglich, dass ihre Schwester nicht mehr bei ihr war, womöglich ertrunken bei dem Jux eines törichten Mädchens.

Ihrem Jux.

Alles meine Schuld. Warum hatte sie ihre Schwester gedrängt? Wie hatte sie so grausam sein können nach allem, was Ellie in den letzten Jahren für sie getan hatte? Was machte es denn aus, dass Ellie über Nacht zu alt und gesetzt für ihre Jahre geworden war? Sie war die großzügigste, liebste Schwester, die Matty sich denken konnte. Sie hatte nach dem erschütternden Fiebertod von Mutter und Bruder die Familie zusammengehalten und die Geschwister in ihre Obhut genommen.

Matty saß mit ihrem Vater und zweien ihrer übrig gebliebenen Brüder, John und ihrem Zwilling Thomas, im Gemach des Earls, noch immer in den Pelzmantel gehüllt, den sie nach ihrem Bad im Meer angelegt hatte. Die jüngsten Kinder schliefen noch immer, gemütlich und warm in ihre Betten gekuschelt, und hatten keine Ahnung von dem Albtraum, der sie beim Erwachen erwartete.

Nur das Knistern des Feuers, der Wind, der an den Fensterbalken rüttelte, und hin und wieder ihr Schnüffeln durchbrachen die schreckliche Stille. So ernst hatten sie seit dem Tod ihrer Mutter und ihres Bruders nicht mehr ausgesehen. Ihr Vater würdigte sie kaum eines Blickes.

Er gab ihr die Schuld. Alle gaben ihr die Schuld. Mit gutem Recht. Neue Tränen brannten in ihren Augen. Sie hatte Ellie nur lachen sehen wollen; nie hatte sie gewollt …

»Es tut mir leid«, sagte sie, nicht mehr imstande, das Schweigen zu ertragen.

Einen Augenblick lang sagte niemand ein Wort. Schließlich bekam John Mitleid mit ihr.

»Matty, es ist nicht deine Schuld. Es war ein Unfall.«

Richard de Burgh, als Earl of Ulster der mächtigste Edle Irlands, richtete seine glänzenden, dunklen Augen auf sie. Mit achtundvierzig war er noch immer ein gut aussehender Mann, doch zeigte sein Antlitz die Spuren der Anstrengung des Abends.

Ihr Vater war kein Mensch, dem oft Prüfungen auferlegt worden waren. Von Kindesbeinen an äußerst standesbewusst, hatte er immer auf seine Rechte gepocht und war damit aufgewachsen, dass alles nach seinem Kopf ging. Und wenn es nicht der Fall war – als ihre Mutter starb oder als der Gemahl ihrer Schwester, Robert Bruce, gegen den König rebellierte – konnte er unberechenbar reagieren. Wankelmütig. Matty hätte es besser wissen müssen, als seine Aufmerksamkeit auf sich zu lenken. Sie hatte seinem allgemeinen Groll Richtung und Ziel gegeben.

»Was hast du dir dabei gedacht? Wie konntest du nur so verantwortungslos sein? Wie konntest du Pflicht und Stellung vergessen? Durch die Gegend zu streifen wie eine … eine Bäuerin. Und deine Schwester zu verleiten …«

»Ich wollte sie ja nur aufheitern, da sie in letzter Zeit so bekümmert war. Ich dachte, die Aussicht auf die Hochzeit würde ihre Laune heben, doch sie wurde immer ernster.«

Ihr Vater biss die Zähne zusammen.

»Ellie ging es gut.«

Die vorgebliche Blindheit ihres Vaters erregte Mattys Zorn.

»Es ging ihr nicht gut! Aber du wolltest es nicht sehen, da sie alles so eingerichtet hat, dass du es nicht sehen musstest.«

Ihr Vater zuckte zurück.

»Mathilda, das reicht«, gab er aufgebracht von sich.

»Ich glaube, für heute hast du genug gesagt – und getan.«

Matty biss sich auf die Lippen und nickte. Sie war zu weit gegangen. Ellie war die Einzige, von der ihr Vater Kritik akzeptierte – und zwar, weil sie ihre Kritik so diplomatisch vorbrachte, dass er sie meist gar nicht als solche erkannte.

Alle blickten zur Tür, als Ralph hereinstürzte. Mattys Puls flatterte ein wenig, wie schon vom ersten Mal an, als sie ihn gesehen hatte. Wie war es nur möglich, dass Ellie ihn nicht heiraten wollte? Hätte Matty sich den perfekten englischen Ritter zusammenträumen können, er wäre genauso ausgefallen wie Ralph de Monthermer. Groß und schlank, mit dichtem dunklen Haar und klaren grünen Augen, war er hübsch, stark und ehrenhaft durch und durch. Der Umstand, dass er einmal alles für die Liebe aufs Spiel gesetzt hatte, indem er die Tochter des Königs heimlich geheiratet hatte, steigerte nur die romantische Aura, die ihn umgab.

Einen kurzen Moment trafen sich ihre Blicke, dann wandten sich beide ab.

»Ich bringe Neuigkeiten«, sagte er. Mattys Herzschlag drohte auszusetzen. Er hielt nur einen Moment inne, doch kam es ihr wie eine Ewigkeit vor, als sie wartete, ob die Nachricht gut oder schlecht war.

»Eine Frau wurde unweit von hier von einigen meiner Männer gesichtet. Offenbar war sie ins Wasser gesprungen und hatte um Hilfe rufen wollen, doch hat man sie wieder eingefangen, ehe meine Leute sie erreichen konnten.«

»War es Ellie?«, fragte Matty, die es kaum zu glauben wagte.

Wieder blickte Ralph sie an und hielt nur einen Moment ihren Blick fest, aber lange genug, dass sie den Funken Mitgefühl in seinen Augen sehen konnte.

»Sie muss es gewesen sein. Zeitpunkt und Beschreibung passen.«

Mary schloss die Augen und äußerte ein Dankeswort. Auch ihren Vater hörte sie murmeln: »Gott sei Dank«. Die echte Erleichterung in seinem Ton erstaunte sie. Der Earl liebte alle seine Kinder, zeigte aber seine väterlichen Gefühle nur selten. War ihm der Tod ihrer Mutter und seines Sohnes nähergegangen, als sie geahnt hatte? Oder war es deswegen, weil es um Ellie ging? Sie war der Anker für sie alle.

Rasch machte seine Erleichterung Wut Platz.

»Wieder eingefangen? Was heißt das?«, fragte er heftig.

»Von wem?«

Ralphs Kinn spannte sich.

»Ich weiß es nicht. Das Segel soll das Bild eines Falken getragen haben.«

Beide Männer sahen einander an, und Matty wusste, dass dies einen besonderen Grund hatte.

»Der Mann, über den Gerüchte in Umlauf sind?«, fragte ihr Vater.

Ralph nickte.

»Edward wird erfreut sein«, sagte ihr Vater.

»Er sucht ihn seit seiner Flucht aus Dunaverty.«

Matty machte große Augen. Auch John und Thomas waren entsetzt, als angedeutet wurde, dass ihr Schwager mit den Entführern Ellies unter einer Decke steckte.

»Robert würde sich nie dazu hergeben«, sagte sie vehement.

»Niemals würde er Ellie etwas antun.«

Keiner der Männer nahm ihren Ausbruch zur Kenntnis. Ob

man ihr beipflichtete oder nicht, spielte keine Rolle. Ralph war einmal ein enger Freund Bruces gewesen. Die Gefühle ihres Vaters für seinen Schwiegersohn waren schwerer einzuschätzen. Offen seine Partei ergreifen würde er nie, doch fragte sie sich manchmal, ob er insgeheim seinen Erfolg herbeiwünschte. Aber sowohl Ralph als auch ihr Vater waren Männer Edwards, die ungeachtet ihrer persönlichen Gefühle ihre Pflicht tun würden. Und falls Robert etwas damit zu tun hatte …

Ein Schauer überlief sie. Der Zorn ihres Vaters würde sich mit jenem Edwards messen können.

»Wie sind sie entkommen?«, fragte John.

Ralphs Blick verhärtete sich, seine Lippen wurden weiß vor unterdrückter Wut. In knappem Stakkato beschrieb er die Konfrontation auf See und die Verfolgung durch seine Männer.

»Dieses Falkenboot war von vier Galeeren umzingelt und konnte entkommen?«, fragte Thomas ungläubig.

Matty wollte ihn mit einem Blick zum Schweigen bringen. Zu spät.

»Sieht so aus«, sagte Ralph steif.

Matty konnte ihm ansehen, dass sein Stolz einen schweren Schlag abbekommen hatte. Da Ralph an die seinem Kommando unterstehende Galeerenflotte hohe Ansprüche stellte, nahm er das Versagen seiner Männer persönlich. Sie ging einen Schritt auf ihn zu und zügelte sich dann. Es war nicht ihre Aufgabe, ihn zu beschwichtigen.

»Koste es, was es wolle«, sagte ihr Vater in erbarmungslosem Ton, jeder Zoll der mächtigste Earl Irlands, »Ihr müsst ihn finden.«

7

Sie *waren* blau. Blitzendes Blau. Wie der Ozean an einem Sonnentag.

Darauf war Ellie gefasst gewesen. Was sie aber nicht vorausgesehen hatte, waren die Grübchen. Zwei. Zwei perfekt angeordnete Vertiefungen beiderseits des unverbesserlichen Grinsens. In Kombination mit dem dichten, sonnengebleichten Haar, den weißen Zähnen und der goldenen Sonnenbräune, die eigentlich schon verblasst hätte sein müssen …

Verärgert schürzte sie die Lippen. Es war lächerlich. Kein Mann hatte das Recht, so gut auszusehen – zumal wenn seine Persönlichkeit ebenso anziehend wirkte. Mit so viel ungerecht verteilten Gaben konnte doch kein Mensch umgehen. Und er schaffte es locker.

Natürlich war Ellie nicht die Einzige, der dies auffiel.

Seit dem Moment, als sie an die Tür des alten Langhauses geklopft hatten, stand Hawk – wie Meg ausgerufen und ihn auf eine Art willkommen geheißen hatte, die keinen Zweifel an der Natur ihrer Beziehung ließ – im Mittelpunkt der Aufmerksamkeit.

Die Aufregung hatte sich für den Rest der Nacht gelegt, war aber wieder aufgeflammt, als er am Morgen wieder durch die Tür hereingeschlendert war. Hatte er denn nichts zu tun? Gold erbeuten? Kleine Länder erobern? Noch mehr unschuldige Frauen entführen?

Offenbar nicht. Es sah aus, als hätte er alle Zeit der Welt für seine Anbeterinnen. Der kleine Raum war bis zum Gebälk mit Besucherinnen gefüllt. Seine Ankunft hatte sich rasch herumgesprochen, und seither war das Klopfen an Megs Tür nicht verstummt.

Ellie hatte von Meg erfahren, dass sie sich auf einer kleinen Insel vor der schottischen Küste auf der Höhe von Kintyre befanden. Ellie hätte es nicht gewundert, wenn die sieben Frauen, die sich um Megs Feuer scharten, die Hälfte der unverheirateten weiblichen Inselbevölkerung ausgemacht hätten – wenngleich sie nur vermutete, dass alle ledig waren.

»Klar, du hast mir gefehlt, Liebes. Wie hätte ich den leckeren Pie vom letzten Mal vergessen können?«, hörte sie ihn sagen.

»Es war das Süßeste, das ich jemals gekostet habe.« Ellie brauchte nicht hinzusehen, um zu wissen, dass seine Augen spitzbübisch blinzelten, und doch tat sie es.

»Oder das Zweitsüßeste.«

Seine Worte waren an niemanden im Besonderen gerichtet, doch ließ er sie im Raum stehen, als wären sie für jede Anwesende persönlich gemeint.

Ellie musste zugeben, dass er Talent besaß. Ihn zu beobachten war so, als würde man einem Meister bei seinem Handwerk zusehen. Er strahlte Charisma aus. Es troff von ihm wie Öl. Er verteilte Komplimente mit echter Aufrichtigkeit, war untadelig aufmerksam und behandelte jede Frau wie eine Prinzessin. Es war einleuchtend, warum alle ihn liebten.

Warum also schmerzte ihr ganzer Kieferbereich samt den Zähnen vom Zuhören, während die Frauen ihn umschwärmten? Wie ein Sarazene inmitten seines Harems hatte er die Frauen, die an seinen Lippen hingen, um seinen Sitz geschart. Ein Arm lag lässig um Megs Schulter, während eine andere Frau vorgab, auf der Armlehne zu hocken, während sie in Wahrheit seinen halben Schoß einnahm.

Dabei überließ er es nicht allein den Frauen, Liebesbeweise zu zeigen. Noch nie hatte Ellie so viel Klapse und lange »Begrüßungsküsse« gesehen. Es musste sich um die gastfreundlichste Insel Schottlands handeln!

Als Ellie spürte, dass sie die Stirn runzelte, widmete sie sich Brot und Käse, die Meg ihr zum Frühstück gereicht hatte. Es ging sie nichts an, wen er anfasste, solange es nicht sie war. Wenn jemand Grund zur Klage hatte, war es Meg, die aber schien die Konkurrenz nicht zu stören.

Von ihrem Platz am Tisch auf einer Seite der kleinen Halle beobachtete Ellie verstohlen die Gruppe. Nach der Begrüßung der Nacht zuvor war sie sicher gewesen, dass Meg seine Geliebte war. Der hübsche Rotschopf schien wie geschaffen für diese Rolle. Ein paar Jahre älter als Ellie, hatte sie ein breites, einladendes Lächeln, rosige Backen und die größten Brüste, die Ellie je gesehen hatte. Ihre üppige Sinnlichkeit war alles, was sie selbst nicht war. Verglichen mit ihr kam sie sich vor wie eine alte Trockenpflaume. Aber wenn sie die beiden jetzt beobachtete, war sie nicht mehr so sicher, was die Natur ihrer Beziehung betraf. Er behandelte Meg mit der gleichen unbekümmerten guten Laune wie alle anderen.

Er war so aufreizend *nett.* Und doch wurde Ellie den Eindruck nicht los, dass seine Umgänglichkeit ihm nur als Maske diente, um alle auf Distanz zu halten. Diese Menschen, die ihn gut zu kennen glaubten, kannten ihn überhaupt nicht.

Sogar sein Name war ein Rätsel. »Hawk«, Falke, nannten ihn sogar die Frauen. Und er passte zu ihm. Der Name des Raubvogels, der frei und wild über der See dahinfliegend aus dem Hinterhalt auf sein Opfer herunterstößt, passte perfekt zu dem Piraten.

Sie stocherte in ihrem Essen und belauschte den Meister bei der Ausübung seiner Kunst. Hinter dem trägen Grinsen verbarg sich ein sehr aufmerksamer Mensch. Er erkundigte sich nach Mauras neuer Frisur, nach Deirdres neuem Kleid und ob die Beinverletzung von Bessies Söhnchen nach seinem Sturz vom Baum letztes Jahr verheilt war. Er ließ es sich angelegen sein, allen eine persönliche Frage zu stellen, aber jeden Versuch, *ihm* Fragen zu stellen, wehrte er mit einem Grinsen und einem Scherz ab, meist mit einem anzüglichen. Und das alles mit einer Meisterhaftigkeit, dass Ellie sich fragte, ob die Frauen überhaupt merkten, was er machte.

Ihre Neugierde war geweckt. Sie wollte wissen, was sich hinter dem goldenen Lack verbarg.

»Na, stimmt etwas nicht, Ellie?«, fragte er.

Eine Vielzahl neugieriger Gesichter wandten sich ihr zu. Sie staunte, dass er ihre Anwesenheit überhaupt bemerkt hatte, da seine Aufmerksamkeit anderweitig so stark beansprucht war.

»Heute Morgen scheinst du nicht so vergnügt wie sonst«, setzte er unschuldig und mit lustigem Blitzen seiner blauen Augen hinzu.

Ellie kniff die Augen zusammen. Sie war zu erschöpft, um ihn gebührend zu ignorieren. Auch hatte sie ihm die kleine Geschichte vom Vorabend nicht verziehen, die er Meg aufgetischt hatte und die ihre Anwesenheit erklären sollte.

»Ich bin bester Laune«, grollte sie. *Für jemanden, der nach einer Entführung durch Wikinger nur zwei Stunden schlafen konnte.*

Er sah sie an, als müsste er sich ein Lachen verbeißen.

»Ja, das sehe ich.«

Zähneknirschend musste sie sich zu einer freundlicheren Miene zwingen, als er – in lautem – Flüsterton den anderen Frauen erklärte, warum sie am Morgen so griesgrämig war.

Seine Stichelei war umso schmerzhafter, als sie ins Schwarze traf. Sie hatte immer schon Probleme damit gehabt, früh aus dem Bett zu kommen (wie ihre Mutter es großzügig formuliert hatte), und heute waren die Umstände nicht sehr günstig gewesen. Meg war schon bei Tagesanbruch auf den Beinen gewesen und hatte gekocht, und nachdem sie ihr geholfen hatte, sich um Thomas und Duncan – den Mann mit der Pfeilwunde – zu kümmern, war Ellie vor ein paar kurzen Stunden auf ihrer provisorischen Liegestatt vor dem Feuer niedergesunken.

Sie sagte sich, dass sie dankbar sein musste, weil er sie wieder zu vergessen schien und sich wieder seinen Anbeterinnen widmete.

»Wie lange wollt Ihr diesmal bleiben?«, fragte eine der Frauen.

Diese Frage ließ Ellie aufhorchen.

»Bis ich mich von Megs köstlichen Kochkünsten losreißen kann.« Er wandte sich an ihre Gastgeberin.

»Das Stew von heute Morgen war sehr lecker. Meine Männer wissen deine Mühe zu schätzen … wie ich auch.«

Meg lief vor Freude rosig an.

»Es war keine Mühe. Ich habe einfach etwas zusammengemischt.«

Im Morgengrauen, wollte Ellie wenig anmutig hinzufügen. Und wieder war er einer Frage ausgewichen.

Er erhob sich so langsam aus seinem Stuhl, als fiele es ihm schwer, sich zu trennen. Obschon der Raum recht groß war – etwa zwanzig mal fünfzig Fuß – ließen Größe und breite Schultern des Wikingers ihn plötzlich viel kleiner erscheinen. Der Mann dominierte alles um sich herum.

»Leider muss ich zurück zu meinen Männern«, sagte er bedauernd. Die zu erwartenden Proteste wehrte er mit einer raschen Handbewegung ab.

»Ich bin nur gekommen, um Meg für ihre Gastfreundschaft zu danken und dafür, dass sie sich um meine Männer gekümmert hat.«

Duncan und Thomas hatten gleich am Morgen hartnäckig darauf bestanden, sich wieder zu den anderen ans Ufer zu gesellen.

Ellie war der Meinung, dass sie noch Ruhe gebraucht hätten – wie sie selbst auch – und hatte sie zum Bleiben gedrängt, ein Ansinnen, das die beiden als Beleidigung auffassten.

Auch Meg hatte sie bei sich behalten wollen.

»Der Jüngere hat mir gar nicht gefallen. Behaltet ihn im Auge. Männer können fürchterliche Dickschädel sein.« Sie bedachte Hawk mit einem vielsagenden Blick.

»Seid Ihr sicher, dass ich mir nicht Eure Hände ansehen soll?«

Er grinste.

»Wenn ich das zulasse, werden Stunden vergehen, ehe ich wieder zu meinen Leuten komme.«

Meg versetzte ihm einen Klaps, und alle lachten – bis auf Ellie. Nahm er denn gar nichts ernst? Und was war mit seinen Händen los?

Schon im Gehen hielt er inne, als hätte er etwas vergessen – offenbar sie.

»Bist du sicher, dass es keine Mühe macht?« sagte er. Er bezog sich auf Ellie, als wäre sie gar nicht vorhanden.

Meg schüttelte den Kopf.

»Ich freue mich über Gesellschaft.«

Hawk bückte sich und gab der kurvenreichen Rothaarigen einen Kuss auf die Wange.

»Ich stehe in deiner Schuld, Liebes.«

Megs Grübchen zeigten sich.

»Und ich werde mit Freuden die Schuld eintreiben.«

»Schlimmes Mädchen«, sagte er mit einem Klaps auf ihr Hinterteil.

Sein Blick blieb an Ellie hängen.

»Mach keinen Ärger«, befahl er ihr wie einem Kind.

Sie widerstand dem lächerlichen Impuls, ihm die Zunge herauszustrecken.

Guter Gott, was war nur mit ihr los? Keine vierundzwanzig Stunden in seiner Gesellschaft, und sie benahm sich wie ihre fünfjährige Schwester Joannie.

Ihre Blicke trafen sich einen Moment zu lange. Er runzelte die Stirn, doch als er wieder Meg ansah, lächelte er.

»Lass sie arbeiten. Sicher gibt es etwas, das sie kann.« Sein Ton verriet erhebliche Zweifel.

Ellies Ärger flammte auf. Sie wollte erwidern, dass sie sehr viel konnte, verbiss sich aber die Antwort und versagte es sich, den Köder zu schlucken. Wenn er merkte, wie sehr er sie aufbrachte, würde es ihn nur ermutigen. Und in Wahrheit war sie gar nicht sicher, ob ihre damenhaften Fertigkeiten Megan und ihrem kleinen Hauswesen von Nutzen sein konnten.

Ellie konnte das Gesinde auf der Burg anleiten, Saubermachen und die Küche beaufsichtigen, Viehhaltung und Feldarbeit überwachen, doch hatte sie selbst nie Brot gebacken, ein Stew gekocht, frische Binsen gestreut, Wäsche gewaschen, eine Kuh gemolken oder selbst Gerste geerntet. Es war ziemlich demütigend, als ihr klar wurde, dass ihre Kenntnisse außerhalb der Burg unbrauchbar waren.

Sobald er gegangen war, dauerte es nicht lange, und der Raum leerte sich. Eingedenk Hawks Anweisung half Ellie Meg, die Teller, Schüsseln und Tassen vom Frühstückstisch abzuräumen.

»Danke«, sagte Ellie, als sie fertig waren.

»Das Essen war köstlich.« Wiewohl nicht so verfeinert wie das, was sie gewohnt war, hatte ihr das einfache Essen überraschend gut gemundet. Ebenso hatte sie Gefallen an der Einrichtung gefunden. Megs Zuhause war zwar klein und sehr ländlich, aber auch gemütlich, sauber und ordentlich.

»Ich möchte Euch wie der Captain Dank für die Aufnahme sagen.«

Meg ergriff ihre Hand und drückte sie mütterlich.

»Armes Mädchen. Hawk wird dich nach Hause bringen, ehe du dich versiehst.« Sie lachte.

»Jede Wette, dass du es dir zweimal überlegst, ehe du dich wieder auf einem Boot versteckst. Immerhin hast du jetzt etwas zu erzählen, wenn du nach Hause kommst.«

Ellies Gesicht rötete sich vor Verlegenheit. Am liebsten hätte sie protestiert und die Wahrheit gesagt, fühlte sich aber durch ihr Versprechen gebunden. Sie hatte ihn wieder zum Teufel gewünscht, als er nach ein paar geflüsterten Worten Meg eine Erklärung für ihre Anwesenheit geliefert hatte.

Der Pirat hatte bekümmert den Kopf geschüttelt.

»Das Mädchen glaubt, verliebt zu sein, und als ich gesagt habe, ich müsste fort – …« Er ließ ein hilfloses Achselzucken folgen, als würde ihm dergleichen immer wieder passieren – »hat sie vor Kummer fast den Verstand verloren und sich unter den Segeln auf meinem Boot versteckt. Und als einer meiner Leute sie entdeckt hat, war es für eine Umkehr zu spät. Bis ich sie nach Hause zurückbringen kann, übernehme ich für sie die Verantwortung.«

Die ganze Zeit über hatten ihre Blicke Dolche geschleudert – was seine Belustigung nur steigerte. Der arrogante Schuft konnte von Glück reden, dass sie keinen Dolch in der Hand gehabt hatte.

Meg aber sah ihn an, als wäre er eben als strahlender Held auf einem Schimmel erschienen.

»Natürlich musst du das.« Sie sah Ellie an und schüttelte den Kopf.

»Ach, armes Lämmchen.«

Sie hatte die verwirrte Ellie an sich gezogen und mit so viel Mitgefühl umarmt, dass diese nicht mehr den Mut hatte zu widersprechen.

Ellie wusste nicht, was ärger war: seine Geschichte oder die Tatsache, dass Meg sie bereitwillig geschluckt hatte.

Meg beobachtete sie jetzt und deutete den Grund für ihre Verlegenheit falsch.

»Es braucht dir nicht peinlich zu sein. Hawk gehört zu den Männern, bei denen auch vernünftige Frauen ihren Verstand verlieren.«

»Ach? Ihr auch?«, platzte Ellie heraus und riss erschrocken die Augen auf, als ihr klar wurde, was sie gesagt hatte.

»Ich meine, ich konnte nicht umhin zu bemerken …« Sie nagte an ihrer Unterlippe, wohl wissend, dass sie alles nur schlimmer machte.

Anstatt beleidigt zu sein, lachte Meg nur.

»Eine Zeit lang vielleicht. Als ich meinen Colin verloren habe …«

Sie sprach nicht weiter, ihre Augen wurden feucht. Gleich darauf lächelte sie wieder.

»Hawk verdanke ich, dass ich mich wieder lebendig fühle, und deshalb werde ich ihn immer lieben. Aber die Liebe, die Ihr meint, nein …« – sie schüttelte den Kopf – »die gibt es nur einmal – wenn man Glück hat.«

Ellie dachte an Ralph. *Und wenn man nicht Tochter eines Earls ist.*

Diese Art Liebe würde sie vielleicht nie kennenlernen, den Schmerz des Verlusts hingegen kannte sie. Sie ergriff Megs Hand und drückte sie mitfühlend. Die Geste schien ihr Gegenüber zu verwundern, Ellie aber spürte, dass sie sie auch zu schätzen wusste.

»Ich weiß, dass du das jetzt nicht hören willst«, sagte Meg freundlich, »aber Hawk wollte dich nicht kränken.«

Ellie sagte nichts – was hätte sie auch sagen sollen? Meg war offenbar der Meinung, sie wäre in ihn verliebt. Das arme, Mitleid erregende und unscheinbare Kindermädchen, das den unerreichbaren nordischen Gott verträumt anhimmelt.

»Er liebt Frauen, und sie lieben ihn. Wer sich mehr erwartet, handelt sich viel Kummer ein.«

»Warum?« Ellie konnte sich die Frage nicht verkneifen.

Meg lächelte mitleidig.

»Er liebt Frauen zu sehr, um sich für eine zu entscheiden.«

Das brauchte Meg ihr nicht zu sagen. Ellie hatte es vom ersten Augenblick an gewusst. Er war wie ihr Vater: Total von der Tatsache eingenommen, von allen geliebt zu werden, fasste er zu niemandem tiefere Zuneigung. Sich in einen Mann wie den Captain zu verlieben, würde nur zu lebenslanger Kümmernis führen. Das arme Mädchen, das dies vergaß, tat ihr jetzt schon leid.

Es war fast dunkel, als Erik den Felsabhang hinaufstieg, um zu der kleinen Erhebung dahinter zu gelangen. Als er sich dem Kamm näherte, konnte er die weichen Rauchwolken sehen, die aus Megs Anwesen vor ihm aufstiegen.

Er ärgerte sich noch immer über sich, weil er zugelassen hatte, dass Ellie ihn aufgebracht hatte. Was ging es ihn an, was sie dachte? Aber das kleine Kindermädchen hatte seine Missbilligung so laut geäußert, dass man sie nicht nur in Megs kleiner Halle hören konnte, sondern in ganz Schottland.

Trotzdem … er hätte sie nicht aufziehen sollen. Nicht, wenn sie so müde ausgesehen hatte.

Es war nicht sein Stil, so unbedacht mit einem Mädchen umzugehen, aber sie benahm sich nicht wie die Mädchen, die er kannte. Ihre Reaktionen verwirrten ihn – reizten ihn. Er konnte sich nicht besinnen, dass dies einer Frau jemals gelungen war.

Ach was, er würde diesen kleinen Zankteufel bald los sein. Noch einen Tag oder zwei, und sie würden die Insel verlassen können. Eile war nicht nötig. Er konnte warten, bis die Jagd abgeblasen war.

Er und Domnall waren auf den Gipfel des Wood Hill gestiegen, um einen weiten Überblick über die umliegenden Wasserwege zu haben, und was sie gesehen hatten, war schlimmer als erwartet. Die gesamte englische Flotte musste sich im Kanal versammelt haben. Soweit er es beurteilen konnte, hatten die Engländer sich an allen wichtigen Kreuzungen positioniert und ihm alle Wege abgeschnitten: nach Norden zu den Isles, nach Süden zur Insel Man und nach Westen nach Rathlin und Irland.

Er bezweifelte nicht, nötigenfalls aus der Umzingelung ausbrechen zu können, doch waren sein Bestreben, das Mädchen loszuwerden, und sein Wunsch, zu Bruce und den anderen zu gelangen, keine Gründe, eine Gefangennahme zu riskieren oder die Engländer zu Bruce zu führen. In der Zwischenzeit wollte er eine Möglichkeit finden, eine Nachricht an den Chief – den Anführer der Highlander-Garde – zu schicken und ihn vor der Gefahr zu warnen. Bruce würde bald auf Rathlin eintreffen.

Geduld gehörte nicht zu Eriks hervorstechendsten Tugenden, und er argwöhnte, dass die nächsten Tage im Schneckentempo vergehen würden. Schon machte sich Rastlosigkeit bei ihm bemerkbar.

Am oberen Klippenrand angekommen blieb er stehen, um die Bucht unter sich zu beobachten. Alles schien normal. Ein paar kleine Fischerboote waren über den Hafen verstreut, aber alle Zeichen seiner Anwesenheit waren getilgt. Er und seine Männer hatten das *birlinn* in die Höhle geschleppt und es den Blicken eventuell vorbeikommender Patrouillenschiffe entzogen.

Die Engländer würden versuchen, sie zu finden, mussten aber, da es Dutzende kleiner Inseln zwischen Irland und Schottland gab, Hilfe in Anspruch nehmen. Es gab hier zu viele Verstecke. Solange die Dorfbewohner den Mund hielten, waren sie sicher – einer der Gründe, weshalb er hier Zuflucht gesucht hatte. Bevor MacDougall es sich angeeignet hatte, war Spoon Island Besitz der MacSorleys gewesen. Die Inselbewohner sahen Erik immer noch als ihren rechtmäßigen Herrn an. Und das würde er wieder sein, wenn Bruce seine Krone zurückgewann.

Erik hielt auf das alte, aus Steinen erbaute und mit Stroh gedeckte Langhaus zu. Seine Anwesenheit war nicht nötig, er wollte aber nach Ellie sehen. Es ist meine Pflicht, sagte er sich. Bis er sie nach Hause brachte oder sie Bruce übergab, trug er für sie die Verantwortung.

Er hob seine Hand, um Duncan zu begrüßen, dem er den Wachdienst während seiner Erholungszeit übertragen hatte, straffte die Schultern wie vor einem Kampf und trat durch die Tür.

Ach, zum Teufel.

Angesichts des friedlichen Anblicks, der sich ihm bot, war jeglicher Rest an Ärger vom vergangenen Morgen vergessen. Das kleine Kindermädchen schlief zusammengekuschelt im Sessel vor dem Feuer, um die Schultern eine Decke, die Füße unter sich gezogen. Das frische *leine*, das sie trug, und die feuchten dunklen Strähnen, die sich sanft um ihr Gesicht ringelten, verrieten, dass sie gebadet hatte. In der feuchtheißen Luft lag noch schwacher Lavendelduft.

Sie sah nun nicht mehr aus wie eine ersoffene Katze.

Ihr Haar war schön. Dicht und glänzend hing es in frisch gekämmten Wellen wie ein schwerer üppiger Zobelumhang um ihre Schultern. Er sah es und wusste, dass es sich wie ein seidiger Schleier auf seiner Haut anfühlen würde.

In Ruhestellung war sie nicht mehr die Frau, die ihm so viel Probleme bescheren konnte. Er betrachtete das kleine Gesicht, das ihn mit so viel Gleichgültigkeit angesehen hatte. Eine Schönheit würde sie nie sein, dennoch hatte ihr Gesicht etwas Ansprechendes. Die Wärme des Feuers hatte ihre bleichen Wangen mit sanftem Rosa gefärbt. Das eigensinnige Kinn entspannt, die geschürzten Lippen leicht geöffnet, die allzu scharfsichtigen Augen geschlossen … so sah ihr Gesicht weicher … jünger … und viel verletzlicher aus.

Er verspürte ein unangenehmes, einem Reuegefühl verdächtig ähnliches Stechen in der Brust. Trotz der Misshelligkeiten, die sie verursacht hatte, waren diese nicht ihre Schuld. Seine auch nicht, was aber nicht bedeutete, dass er sich nicht dafür verantwortlich fühlte, sie sobald als möglich sicher nach Hause zu bringen.

Ihre langen Wimpern flatterten, und sie schreckte auf. Als sie ihn vor sich stehen sah, stieg ihr Röte in die Wangen.

»Was macht Ihr hier?«

Hastig streckte sie die Beine aus und gestattete ihm einen Blick auf zwei zierliche, perfekt gewölbte Füße. Klein und weiß, mit winzigen Zehen, waren sie absolut anbetungswürdig. Viel zu anbetungswürdig für ein herrisches Kindermädchen. Er starrte sie einen Moment zu lange an, und sie steckte rasch die Füße wieder unter die Decke.

Unerklärlich verärgert, fühlte er sich wie ein kleiner Junge, der mit der Hand im Honigtopf ertappt wurde. Sein Mund bildete eine strenge Linie.

»Wo ist Meg?«

Er war ungern mit ihr allein. Fast hätte ihn dieser wunderliche Gedanke zum Lachen gereizt – er konnte sich nicht besinnen, sich in der Nähe einer Frau jemals unbehaglich gefühlt zu haben.

»Sie wollte nach einer der Frauen im Dorf sehen. Mhairi heißt sie. Ihr Kind soll bald kommen.«

Er sagte nichts und starrte sie nur an, als wäre sein Unbehagen irgendwie ihre Schuld.

»Soll ich ihr etwas ausrichten?«, fragte sie aufmunternd, sichtlich ebenso darauf erpicht, ihn loszuwerden, wie er sie.

Er schüttelte den Kopf.

»Nein, ich rede später mit ihr.«

Er machte auf dem Absatz kehrt, sie aber hielt ihn auf.

»Geht es Thomas besser?«

Ihr besorgter Ton ließ ihn die Stirn runzeln.

»Es geht ihm gut.« Er machte eine Pause.

»Bist du nicht auch neugierig, wie es Duncan geht?«

Sie begegnete seinem Blick.

»Warum sollte ich Euch nach Duncan fragen, wenn ich doch nur die Tür öffnen müsste, um ihn selbst zu fragen?«

Er zog wenig reuig die Schultern hoch, obwohl er sah, wie sehr sie sich ärgerte.

»Er brauchte Beschäftigung, bis seine Schulter verheilt.«

»Und mir nachzuspionieren war das Einzige, was Euch einfiel? Ich dachte, wir hätten ein Abkommen?«

»Das haben wir. Duncan ist meine Versicherung, dass du es einhältst.«

Ihre Augen wurden schmal.

»Was ist mit Euren Händen los?«

Dieser plötzliche Themenwechsel traf ihn unerwartet.

»Nichts.«

Sie stand auf und ging zu ihm, das eigensinnige Kinn so entschlossen vorgeschoben, wie er es nicht mochte.

»Lasst mich sehen.«

Schon wollte er sagen, dass es sie nichts anginge, als sie seine Hand gepackt hatte. O Gott, wie weich ihre Finger waren. Und so verdammt klein. Sie konnte sein Gelenk ja kaum zur Hälfte umfassen. Seine Fantasie ging sofort zu einem anderen Körperteil über, und er stellte sich diese Finger um etwas Dickes und Pulsierendes geschlungen vor.

Hitze flammte in ihm auf, und anstatt sich ihr zu entziehen, ließ er zu, dass sie seine Hand umdrehte und er ihr seine blutigen, zerfetzten Handflächen präsentierte.

Er wünschte, er hätte es nicht getan, als er ihr entsetztes Stöhnen hörte und ihre empörte Miene sah.

»Wie ist das passiert?«

Er tat ihre Besorgnis mit einem Schulterzucken ab.

»Die Taue. Es ist nichts. Das passiert immer wieder.« Er liebte die Verbindung mit dem Segel und trug niemals Handschuhe.

»Es sieht schrecklich aus. Tut es weh?«

»Nein«, kam automatisch die Antwort.

Sie kniff die Augen zusammen. »Lasst mich raten: große, muskelbepackte Piraten kennen keinen Schmerz?«

Er grinste zum ersten Mal seit Betreten des Langhauses.

»Muskelbepackt? Ich hätte nicht gedacht, dass dir das aufgefallen ist.«

»Ich bin nicht blind«, erwiderte sie aufgebracht. Ihre Augen blitzten im flackernden Feuerschein. Er hatte sie für braun gehalten, aus der Nähe aber sah er grüne und goldene Pünktchen. Ungewöhnlich und sehr hübsch. Dann machte sie die Wirkung zunichte, indem sie sagte:

»Ich würde auch einen stolzierenden Pfau bemerken, der sein Rad schlägt.«

Erik war so schockiert, dass es ihm die Rede verschlug – was ganz selten vorkam. Es wollte ihm keine rasche Antwort über die Lippen kommen. Hatte sie ihn eben mit einem verdammten Pfau verglichen? Erst mit einem Hund, dann mit einem Vogel? Er war einer der gefürchtetsten Krieger in den Highlands, persönlicher Gardist eines Königs, Gefolgsmann und Angehöriger eines der mächtigsten Führer der Western Isles und Chieftain eines uralten Clans.

Das leise Prickeln der Irritation steigerte sich zu einem vollen Stich.

»Auch von Eurem männlichen Tapferkeitsgetue bin ich nicht beeindruckt«, sagte sie.

»Versucht ja nicht, mich abzulenken.«

Er dachte an etliche Möglichkeiten, genau dies zu tun. Die Hitze des Feuers und die Andeutung des Duftes von Lavendel, der stärker geworden war, je näher er an sie herankam, wirkten sehr sonderbar auf ihn.

Unschuldige Mädchen waren nicht sein Stil. Er flirtete gern, war aber wählerisch, was seine Bettpartnerinnen betraf. Er bevorzugte erfahrene Frauen, die etwas von Lust verstanden und nicht in den Fehler verfielen zu glauben, sie wären verliebt. Aber sein Körper schien nicht auf ihn zu hören.

Sie untersuchte seine Hand und strich mit dem Finger über die aufgeschürften Stellen. Er hielt ganz still und ließ sich nicht anmerken, dass ihr Tasten und Prüfen höllisch schmerzte.

»Hier drinnen sind noch immer Sandkörner«, klagte sie ihn an.

»Und Fasern vom Tau.« Sie schaute zu ihm auf, als wäre er ein unverbesserliches Kind und kein Mann, größer als sie und etwa doppelt so schwer.

»Wisst Ihr nicht, dass sich die Wunden entzünden können?«

»Ich werde mich später darum kümmern.«

»*Ich* werde mich jetzt darum kümmern.« Sie hob ihr Kinn und starrte ihn an.

»Ihr werdet nicht eher gehen, bis ich etwas auf die Wunden getan habe.«

Er schüttelte den Kopf. Es ging schon wieder los. Das wurde zur schlechten Gewohnheit – eine, die er ihr abgewöhnen musste, sobald sie seine Hand losgelassen hatte.

»Ich wusste gar nicht, dass es Euch kümmert«, zog er sie auf.

Sie ignorierte ihn – was sie viel zu oft tat – und zog ihn zum Stuhl.

»Hinsetzen«, befahl sie.

Diesen Ton musste er ihr auch abgewöhnen. Aber nachdem sie sich ein paar Minuten an ihm zu schaffen gemacht hatte, fand er, dass es gar nicht so übel war, sich herumkommandieren zu lassen. Daran konnte man sich gewöhnen. Und sie war sich seiner Nähe viel mehr bewusst, als er wissen sollte.

Während sie hin und her lief und alles Nötige zusammensuchte, spürte er ihre wachsende Nervosität, da sie merkte, dass er sie beobachtete. Eine Nervosität, die sich steigerte, als sie vor ihm stand und sich leicht zwischen seine Knie schob.

Er fühlte sich ein wenig wie Bruces Spinne mit ihrem Netz. Sie war in der Falle und wusste es nicht.

Ihr Bein streifte seinen Schenkel, und er hörte, wie sie scharf einatmete. Ihre Hände zitterten, als sie die Schüssel mit warmem Wasser auf den Tisch neben dem Stuhl stellte. Sie waren einander so nahe, dass er erkennen konnte, wie der Puls an ihrem Hals sich beschleunigte.

Er lächelte. Schon besser. Das kleine Kindermädchen war gegen ihn nicht völlig unempfindlich. Sie so verlegen zu sehen, machte fast den Ärger wett, den sie verursacht hatte … fast.

Er selbst war nicht ganz unbeteiligt – zumal wenn sie sich vorbeugte, um seine Hand ins warme Wasser zu legen. Und ihr Haar nach vorne fiel und ihn streifte wie ein dichter seidiger Schleier. Er senkte den Kopf ein wenig, atmete den schweren blumigen Duft ein und kämpfte gegen das Verlangen an, sein Gesicht in den dunklen Flechten zu vergraben und sich von der unglaublichen Weichheit in einer gebauschten seidigen Wolke überspülen zu lassen.

Verdammt, der heiße, dämmerige Raum spielte ihm Streiche. Er rutschte auf seinem Sitz hin und her, und sie blickte beunruhigt von ihrer Tätigkeit auf.

»Ist etwas? Habe ich Euch wehgetan?«

Er schüttelte den Kopf.

»Aber gar nicht.« Es war eher ein beharrliches Pochen. Er konnte nicht widerstehen, sie aufzuziehen.

»Ihr könnt mich jederzeit anfassen.«

Als sie ihm ein kleines Lächeln schenkte und nur nickte, glaubte er, sie hätte den zweideutigen Ton überhört – bis sie seine Hand unsanft drückte.

Er zuckte zusammen.

»Autsch.« Der kleine Teufelsbraten hatte es absichtlich getan. »Das hat geschmerzt.«

Sie hob ihre großen, braunen Augen mit den grünen Pünktchen zu ihm und zwinkerte unschuldig. Ihm war noch gar nicht aufgefallen, was für dichte, dunkle Wimpern sie hatte.

»Ach? Ihr seid nicht so hart, wie es den Anschein hat. Ich werde vorsichtiger sein.«

Seine Augen wurden schmal. Er durfte sie nicht aufziehen, ehe sie nicht fertig war. Aber es zeigte sich, dass Neckerei nicht nötig war. Seine Nähe reichte aus, um sie zu erschüttern.

Sie sah ihn nicht an, doch sah er, wie sich die Röte auf ihren Wangen vertiefte, als sie Sand und Schmutz aus seinen Wunden wusch und seine Hände mit einem frischen Leinentuch abtrocknete.

Ihre entschlossene Miene sollte ausdrücken, dass er nicht auf sie wirkte, doch die winzigen weißen Linien um ihren Mund verrieten sie. Er spürte die von ihr ausgehende Spannung und wusste, dass alle ihre Instinkte die höchste Alarmstufe erreicht hatten. Er hätte gewettet, dass jedes ihrer Nackenhaare sich sträubte.

Ja, schon viel besser. Diese Reaktionen verstand er. Er hatte wieder festen Boden unter den Füßen. *Seinen* Boden.

Er musste sich ein Lächeln verkneifen, als sie sich, nach dem Salbentiegel greifend, den sie auf den Regalen entdeckt hatte, vorbeugte und ihre Brust zufällig seine Schulter streifte. Sie zuckte zurück, als hätte er sie verbrannt – als wäre ihr verspannter Körper noch nie mit einem Mann in Berührung gekommen.

War es das? Er legte die Stirn in Falten. Ihm erschien es als Vergeudung, dass ein Mädchen ihres Alters – sie musste fast Mitte zwanzig sein – noch nie die Berührung eines Mannes erlebt hatte. Anstatt sich um fremde Kinder zu kümmern, war sie alt genug, um inzwischen ein paar eigene Sprösslinge zu hüten. Worauf wartete sie?

Ihr dunkler Kopf war in voller Konzentration gesenkt, während sie kühlende Salbe auf seine Wunden auftrug und sorgfältig Leinensteifen zwischen Daumen und Zeigefinger über seine Handfläche wickelte, damit er die Finger frei bewegen konnte. Er konnte nicht umhin, seinen Schenkel an ihren zu drücken, und seine Genugtuung war groß, als ihre Finger mit dem letzten Knoten an seiner zweiten Hand kämpften.

Ein kleiner Schubs, und sie würde auf seinem Schoß sitzen.

Es war verlockend – verdammt verlockend. Er war so heiß, wie schon seit Langem nicht mehr.

Kaum war sie fertig, versuchte sie, mit einer Drehung davonzukommen.

»So, das wär's«, sagte sie mit übertriebener Munterkeit, als würde ihr Körper sich nicht nach ihm verzehren.

»Fertig.«

Er packte ihr Handgelenk und hielt sie fest, noch nicht bereit, sie gehen zu lassen.

»Danke«, sage er erstaunlich heiser.

»Gern geschehen.« Sie wich seinem Blick aus.

Sie wollte den Kopf abwenden, er aber fasste nach ihrem Kinn und zwang sie, ihn anzusehen. Sie öffnete die Lippen, und der Puls an ihrem Hals schlug an seiner Hand wie die Flügel eines Falters.

Er war nicht sicher, was er vorhatte, dachte nur immer wieder, wie sehr es ihm gefiel, sie verwirrt zu sehen. Und dass er sie noch mehr verwirren wollte. Und was für ein Jammer es war, in ihrem Alter noch nie von einem Mann berührt worden zu sein.

»Lasst mich los«, brachte sie bebend heraus.

Das arme Ding war so fahrig wie ein Mädchen, das noch nie geküsst worden war.

Ach, verdammt. Sie *war* wahrscheinlich noch nie geküsst worden. Sein Blick fiel auf ihren Mund. Ein hübscher Mund, wenn er nicht schmal vor Missbilligung war – rosig und voll mit einer weichen, sinnlichen Wölbung. Es wäre ein Verbrechen, einen Mund wie diesen unberührt zu lassen. Zum Teufel, eigentlich würde er ihr einen Gefallen tun. Amüsiert zog er einen Mundwinkel hoch. Man konnte es auch Christenpflicht nennen.

Er konnte ja nur dieses eine Mal eine Ausnahme von seiner Regel »sich nie mit jungen Mädchen abgeben« machen.

Er ließ seinen Daumen über die allzu eigensinnige Spitze ihres Kinns gleiten und machte sie mit einer sanften Liebkosung nachgiebiger. Ihre Haut fühlte sich fast unwirklich an, weich und samten wie Sahne.

Sie machte große Augen.

»W-was macht Ihr da?«

Lächelnd ließ er den Daumen über ihre weiche volle Unterlippe gleiten. Als ihr Atem stockte, fuhr es ihm heiß in die Lenden.

»Ich werde dich küssen.«

Ihre Pupillen verdunkelten sich. Ihr Atem schien zu stocken.

»Warum?«, stieß sie schrill hervor.

Ihre Augen tasteten sein Gesicht so intensiv ab, dass er sich nicht vorstellen konnte, dass sie bemerken würde, wie sein Schenkel näher kam und sie näher zu seinem Schoß schob.

Er legte eine seiner verbundenen Hände um ihre Taille und ließ sie auf der sanften Wölbung ihrer Hüfte ruhen.

»Du bist noch nie geküsst worden, oder, Ellie?«

Stumm schüttelte sie den Kopf, zu benommen, um zu lügen.

Er zog ihr Gesicht näher zu sich, strich wieder mit dem Daumen über ihren Mund und registrierte wohlgefällig, dass ihr Mund erbebte und ihre Lippen sich öffneten.

Eine Einladung, zu süß, um ignoriert zu werden, und er streifte mit seinem Mund über ihren. Sanft. Leicht. Kaum eine Berührung. Sie sollte sich an das Gefühl gewöhnen.

Das hatte er schon Hunderte Male getan, und doch zerbarsten seine Sinne förmlich bei dem Kontakt. Sein Magen sackte ab. Wie konnte man so weiche Lippen haben und so süß schmecken? Er wollte in diese Lippen sinken. In sie.

Er zog sich zurück, ein wenig perplex, und starrte in ihre halb geschlossenen Augen. Ja, so sollte sie aussehen. Die Augen, weich und verträumt, eine Flehende, seiner Berührung harrend. Nicht leidenschaftslos und unzugänglich.

Seine Stirn legte sich in Falten. Merkwürdig, wie heftig sein Herz in seiner Brust hämmerte und wie sehr er sich wünschte, sie zu küssen.

Wieder nahm er ihren Mund in Besitz, steigerte den Druck und verweilte beim tieferen Auskosten.

Süß? Verdammt, ihr Mund war wie warmer Zucker und schmolz unter ihm förmlich dahin.

Er küsste sie heftiger, bewegte hungrig seinen Mund über ihre Lippen, und alle Christenpflicht war vergessen. Sein einziger Gedanke galt ihrer samtenen Haut, ihren weichen süßen Lippen, ihrem Geschmack nach Honig und dem verlockenden Duft ihrer Haut. Er hatte das Gefühl, in einen köstlichen, sinnlichen Strudel gezogen zu werden und in flüssiger Sehnsucht zu ertrinken.

Unglaublich, dass er bei einem Kuss dermaßen in Hitze geriet.

Sein Schwanz war so hart wie ein verdammter Stachel. Er suchte ein wenig Erleichterung, indem er sie an sich zog und sie ganz auf seinen Schoß setzte. Doch das Gefühl ihres Hinterteils, das sich auf seine Erregung drückte – nur durch dünnen Stoff getrennt – steigerte nur seine Pein und weckte in ihm das Verlangen nach mehr. Nach viel mehr.

Sie gab einen leisen Laut von sich, als sie seine Härte spürte, die sich so intim an sie drückte. Halb war es ein erstauntes Seufzen, halb etwas Tieferes, das auf eine Sinnlichkeit schließen ließ, die er nicht bei ihr vermutet hätte, die er aber zu gern erkunden wollte.

Die Verbände an seiner Hand hinderten ihn nicht daran, mit seinen Fingern in ihr Haar zu fassen, ihren Kopf zurückzuneigen und ihren Mund voll an seinen zu bringen.

Nur einmal schmecken, gelobte er und drängte ihre Lippen auseinander.

Herrgott. Der erste Vorstoß seiner Zunge in ihren Mund entlockte ihm ein Stöhnen purer Lust.

Sie erschrak ob dieser unerwarteten Invasion, aber ehe sie abrücken konnte, streichelte er sie erneut. In einer kühnen, verführerischen Liebkosung glitt seine Zunge um ihre. Dies wiederholte er immer wieder, bis er spürte, wie sie an ihm zerschmolz.

So mochte er es. Warm und in seinen Armen schmelzend. Heiße Haut, kurzer Atem, der Körper reif für seine Berührung. War sie für ihn feucht? Schoss ihr Hitze zwischen die Beine? Waren die vollen Lippen ihrer Weiblichkeit angeschwollen? Bebend? Nach seiner Berührung lechzend?

Was zum Teufel war mit ihm los? Er kannte Verlangen … aber dies war … mehr. Etwas an diesem Mädchen war anders, obwohl er nicht wusste, was. Die Hitze, die ihn erfasst hatte, steigerte sich. Erfasste ihn vollends. Nicht nur in seinen Lenden.

Plötzlich unsicher, wollte er sich losmachen – und hätte es getan, wenn er nicht das zögernde Tasten ihrer Zunge gespürt hätte. Diese unschuldige Reaktion bewirkte etwas in ihm. Es war, als ob diese kleine Bewegung in ihm einen Brand entfacht hätte.

Anstatt sich zurückzuziehen, zog er sie näher an sich und nahm sie fester in die Arme. Ihre Brustspitzen drückten sich an seine Brust, als er den Kuss vertiefte und seine Zunge kreiste und tanzte. O Gott, wie gut sich das anfühlte.

Und sie reagierte, indem sie seinen Streichen mit ihren begegnete, erst zögernd, dann mit mehr Selbstvertrauen, als sein Stöhnen sie herausforderte. Am liebsten hätte er seinen männlichen Stolz herausgeschrien, als sie ihre Arme um seinen Hals legte. Was ihr an Erfahrung fehlte, machte sie mit Intensität wett. Was für eine Vergeudung, eine Leidenschaft wie diese zu unterdrücken, bis sie dahinwelkte und starb. Das Mädchen war ein Naturtalent.

Ihre Reaktion übte auf ihn eine seltsame Wirkung aus. Seine Beherrschung entglitt ihm. Sein Kuss wurde hitziger. Feuchter. Sündiger. Er küsste sie, plünderte ihren Mund aus, als wolle er ihr die Sinne rauben.

Sie war so verdammt heiß und verging in seinen Armen. Er konnte nicht genug von ihr bekommen. Seine Hand fand die kleine Rundung ihrer Brust, die anders war als die weichen Fleischpolster, die er gewohnt war, aber fest und voll und gerade so groß, dass sie in seine Handfläche passte. Er wollte sie drücken und kneten, die kleine Knospe ihrer Spitze zwischen die Finger nehmen und drücken, bis sie hart wurde, doch das wilde Flattern ihres Herzens unter seiner Hand ließ ihn langsamer vorgehen.

Er reizte sie mit Lippen und Zunge, bis sie das Gewicht seiner Hand, die sie umfasste, vergaß. Dann drückte er zu, ganz sanft, und ließ den Daumen um die Spitze kreisen, bis sie stöhnte und sich ihm entgegenwölbte.

Sein einziger Gedanke war es, seinen Mund ihren Nacken hinuntergleiten zu lassen, ihr *leine* am Hals aufzureißen, die kleine Knospe mit seiner Zunge zu liebkosen und sie tief in seinen Mund einzusaugen.

Sein Körper stand in Flammen, sein Herz pochte, das Blut toste in seinen Ohren. Er wusste, dass er knapp davor stand, etwas Tollkühnes zu tun. Er wollte in ihr sein, wollte spüren, wie sie um ihn herum auseinanderbrach. Es war alles, woran er denken konnte.

Urplötzlich flog die Tür krachend auf.

Ellie sprang wie versengt von seinem Schoß. Erik fühlte sich, als hätte ihm jemand einen Eimer kaltes Wasser über den Kopf gekippt.

Zum Teufel, was soll das?

Er wusste nicht, ob er den Kuss oder die Unterbrechung meinte. Er war wie betäubt. *Betäubt!*

Automatisch fasste er nach dem Griff seines Dolches an seinem Gürtel, ließ ihn aber los, als er sah, dass es Domnall und Duncan waren, die einen reglosen Randolph hereinschleppten.

Als er darum kämpfte, das Blut abzukühlen, das noch immer durch seine Adern toste, wurde sein Verstand wieder klar.

»Was ist passiert?«

Domnall sah ihn neugierig an – er hatte offenbar etwas von den Vorgängen mitbekommen. Ellie war nicht Eriks Typ, wie beide wussten. Knochige, unscheinbare kleine Vögelchen waren nicht seine typischen Bettgespielinnen.

»Er ist zusammengebrochen. Er fühlt sich an, als würde er vor Fieber glühen.«

Ellie gab einen Laut des Bedauerns von sich.

»Legt ihn hierher.« Sie geleitete die Männer zu dem in die Wand eingebauten Bett, wieder ganz das umsichtige Kindermädchen – als wäre sie nicht eben in seinen Armen dahingeschmolzen.

Erik fluchte und fuhr sich mit der Hand durch das Haar, ratlos, ob er Randolph oder sich selbst zürnte. *Jemand* war von dem Kuss erschüttert worden, aber es schien festzustehen, dass nicht sie es war.

8

Ellie!«

Sie zuckte zusammen, als das laute Dröhnen von Hawks Stimme den Frieden des sonnigen Wintertages durchbrach und sie so erschreckte, dass sie fast den Stapel frischer Wäsche in ihren Armen fallen gelassen hätte. *O Gott, was habe ich jetzt angestellt?*

In den ungefähr achtundvierzig Stunden, seitdem sie den Verstand verloren und ihm erlaubt hatte, sie zu küssen, schien er sie zu ignorieren oder sie wegen irgendeines begangenen Fehlers anzufahren.

Er hatte gesagt, sie solle sich nützlich machen, doch hatte er Einwände gegen alles, was sie machte. Bot sie Meg Hilfe an, wenn sie den Männern das Essen brachte, sagte er, sie stünde nur im Weg (tatsächlich war die Höhle ein Schweinestall, und sie hatte nur *vorgeschlagen*, die Männer sollten selbst aufräumen). Versuchte sie, einer der Frauen aus dem Dorf bei der Näharbeit zu helfen, beschuldigte er sie, sie wolle nur deren Mitgefühl wecken, um leichter fliehen zu können (das war seine Behauptung, wandte sie ein; er konnte ihr kaum zum Vorwurf machen, dass sie ihre Lage zu verbessern suchte). Er hatte ihr sogar verboten, Thomas zu pflegen, solange er fieberte, aus Angst, dass sie etwas hören würde, das sie nicht hören sollte (wer konnte wissen, welche wichtigen Geheimnisse Diebe hatten?). Gottlob war Thomas seit gestern fieberfrei, und obwohl er noch schwach war, sah es aus, als würde der junge Pirat sich wieder erholen.

»Ellie!«, rief er wieder, sodass sie wieder die Schultern bis zu den Ohren hochzog.

Auf eine erneute unangenehme Begegnung gefasst, richtete sie sich kerzengerade auf und drehte sich langsam um, gerade rechtzeitig, um ihn vom Klippenrand aus über die Grasfläche stürmen zu sehen. Ein Blick in sein finsteres Gesicht, und sie erwog zu der nur ein paar Dutzend Fuß entfernten Tür loszulaufen.

Ob er auch so laut brüllen würde, wenn Meg und Thomas sich im selben Raum befanden? Da ihn aber Duncans Gegenwart auf der anderen Seite des Gartens nicht zu stören schien, hatte sie ihre Zweifel.

Die ungewöhnlich gute Laune des Piratencaptains galt allen, nur ihr nicht. Sogar Thomas war es aufgefallen, und er hatte zu ihr gesagt, er hätte noch nie erlebt, dass Hawk so kurz angebunden mit einem Mädchen umsprang. Ellie hätte sich diebisch darüber gefreut, wenn dies nicht bedeutet hätte, dass sie gezwungen war, die volle Wucht seines Unmuts zu ertragen.

Meiner Treu, er bot einen imponierenden Anblick! Sein Mund bildete einen schmalen Strich, seine Augen leuchteten in strahlendem Blau. Seine helle nordische Ausstrahlung konnte sich binnen eines Herzschlags verdunkeln und eisig und gefühllos werden. Obwohl sie nun nicht mehr befürchtete, er würde ihr etwas antun, war es doch etwas einschüchternd, wenn ein zorniger, riesiger Pirat einen anbrüllte.

Sie legte die frisch gewaschene Wäsche auf einen Stein und stand da und sah ihn an. Das Blitzen seiner Waffen und der Glanz der in seinen schwarzen *cotun* aus Leder eingearbeiteten Stahlplättchen brachten sie dazu, in den Sonnenschein zu blinzeln. Er war schon eine blendende Erscheinung, auch ohne die Rüstung, wie er sicher wusste.

Er stand nur einen Fuß von ihr entfernt, und ihr Körper, der vor Empfindungen förmlich überströmte, verriet sie. Musste er so gut riechen? Und wie ein Rammbock gebaut sein? Wie sollte sie klar denken können, wenn sie seine warme Haut riechen konnte, die den schwachen Gewürzduft seiner Seife verströmte, und sie nur daran denken konnte, wie stark seine Arme sich anfühlten, wenn sie um sie lagen, wie hart seine Brust an ihren Brüsten gewesen war?

»Hast du mich nicht rufen gehört?«, fragte er ungehalten.

Sie hielt seinen Blick fest. Diesmal wenigstens wandte er sich nicht ab. Das Stechen in ihrer Brust war noch da, wenn auch nicht mehr so heftig. Sie sagte sich, dass sein abweisendes Verhalten und sein Ausweichen, nachdem er sie geküsst hatte, nicht schmerzten.

»Ich glaube, die ganze Insel hat es gehört«, erwiderte sie munter.

Seine blauen Augen glänzten mit so viel Wärme wie der stählerne Beidhänder, den er auf den Rücken geschnallt trug – keine Rede von dem heißen Blick, als er sie geküsst hatte, ein Blick, bei dem sie weiche Knie bekam.

Sie wollte nicht daran denken. Ihr Blick aber fiel auf seine Lippen, und die Erinnerung an die leidenschaftlichen Empfindungen, die dieser allzu perfekte Mund bewirkte, war allzu deutlich.

Nicht im Traum hätte sie gedacht, ein Kuss könnte so sein und der Drang des Verlangens so stark. Auch hätte sie nie gedacht, dass sie sich mit allen Fasern ihres Seins etwas so heftig wünschen konnte.

Sein Mund war so weich und warm gewesen und hatte sie mit jeder gekonnten Liebkosung von Lippen und Zunge verführt. Er hatte nach Dunkelheit geschmeckt, nach Whisky und nach verbotenen, nie ausgesprochenen Wonnen.

Die Gewalt ihrer Reaktion hatte sie erschüttert. Sie hatte geglaubt, gegen Fleischeslust immun zu sein. Aber so hatte sie nie zuvor empfunden. Noch nie hatten ihre Sinne sie dermaßen überwältigt. Nur ein kleiner Vorgeschmack, und sie war trunken vor Verlangen gewesen. Und sie hatte reagiert. Hatte seinen Kuss erwidert. War in seiner Umarmung versunken. War an ihm dahingeschmolzen. Hatte sich noch mehr Nähe gewünscht. War sich des Druckes seiner Männlichkeit an ihrer Kehrseite allzu bewusst gewesen. Und als er mit der Hand ihre Brust umfasst hatte …

Die Erinnerung daran, wie leicht sie in die Falle der Verführung getappt war, ließ sie schaudern. Was hatte sie sich dabei gedacht?

Verstimmt, weil sie an das Geschehen dachte, das zu vergessen sie sich gelobt hatte – und das zu vergessen ihm so leichtgefallen war –, machte sie sich nicht die Mühe, ihre Ungeduld zu verbergen.

»Wollt Ihr etwas von mir? Ich bin beschäftigt.«

Seine Augen verengten sich zu drohenden Spalten.

»Kann ich mir denken. Gibt es einen bestimmten Grund, weshalb ich feststellen musste, dass meine Männer nicht wie befohlen trainieren, sondern halbnackt in der Höhle ums Feuer sitzen?«

Sie konnte sich ein achtloses Schulterzucken nicht versagen, obwohl sie wusste, dass es ihn noch mehr aufbringen würde.

»Ich weiß es nicht. Ich habe vorgeschlagen, sie sollten mit ihren Schwertern später üben und stattdessen zuerst schwimmen, weil ich gehofft habe, sie würden nachher ein wenig sauberer sein.«

Er sah aus, als würde er im nächsten Moment explodieren. Wirklich, sie hätte sich darüber nicht so freuen sollen.

»Ihr habt meinen Männern befohlen zu schwimmen?«

»Ich habe es vorgeschlagen«, berichtigte sie ihn in ihrem sachlichsten Ton.

»Es erschien mir als praktische Lösung. Ich habe gesehen, dass ihr Leinenzeug schmutzig war und angeboten, es zu waschen. Leider konnte ich das Wollzeug nur ausbürsten.«

Die Einflüsse, denen die Western Isles im Laufe der Zeit ausgesetzt waren, spiegelte sich in der Vielfalt der Kleidung der Männer wider, die das traditionelle gegürtete *leine,* die Plaids und *cotuns* der Gälen trugen, daneben nordische Beinkleider und farbige Tuniken sowie ritterliche Kleidungsstücke wie Leinenhemden und wollene – oder in edlerer Version – lederne Beinlinge. Nur Thomas trug ein Panzerhemd und einen Beinschutz, doch der schwarze *cotun* aus Leder und die mit Metall verstärkten Beinlinge des Captains wirkten ebenso vornehm. Offenbar war Piraterei ein lukrativer Erwerb.

»Das ist die erste Hälfte«, sagte sie, auf den Stapel auf dem Stein deutend.

»Der Rest wird am Nachmittag fertig.« Sie ließ ihren Blick über ihn gleiten und atmete seinen schweren maskulinen Duft tief ein. Dann rümpfte sie die Nase, als röche sie etwas Unangenehmes, obgleich es nicht der Fall war.

»Wenn Ihr Euer Zeug auf den Haufen legt, werde ich dafür sorgen, dass man Euch die Sachen sauber zurückbringt.«

Sein Gesicht wurde so finster, dass sie fast bereute, ihn gereizt zu haben. Fast. Aber so wie er sie in ein wachsweiches, hilfloses Häufchen Sehnsucht verwandelt und dann so getan hatte, als wäre der Kuss nie geschehen, holte sie sich ihre Genugtuung, wo immer es möglich war.

Der Kuss, der sie völlig aus dem Gleichgewicht gebracht hatte, hatte ihm nichts bedeutet. Zweifellos hatte er dergleichen Hunderte Male mit zahllosen anderen Frauen erlebt. Auch jetzt stand er da, ungerührt, als hätte er alles vergessen, während ihr Körper gegen die Erinnerung an seine Berührung zu kämpfen hatte.

Seine Reaktion – oder das Ausbleiben einer solchen – war genau der Grund, sich von ihm fernzuhalten. Niemals nahm er etwas ernst, nichts vermochte diese gewinnende Hülle zu durchdringen. Auch sie nicht.

Sie benahm sich wie eine Närrin, wenn sie nur daran dachte. Er hatte sie nur geküsst, weil sie ihm leid tat. War es nicht schon demütigend, als Mitleid erregend zu erscheinen, so war es noch viel ärger, wie rasch sie ihm verfallen war. Offenbar umfasste ihre Widerstandskraft gegen sein hübsches Gesicht nicht seinen talentierten Mund.

Es war nichts, sagte sie sich. Er hätte es nicht klarer zeigen können. Eine Frau, die anders darüber dachte – die einem einzigen Kuss zu viel Gewicht beimaß –, handelte sich nur Enttäuschung und ein gebrochenes Herz ein.

Sie hatte nicht die Absicht, dem tragischen Beispiel ihrer Mutter zu folgen. Schenkte sie einem Mann ihr Herz, dann nicht jemandem, der es wegwerfen würde. Ihr Vater hatte zu freigebig geliebt, um seine Gefühle auf eine Frau zu beschränken, dem Mann vor ihr nicht unähnlich. Aber warum dachte sie an solche Dinge? Die Liebe war nichts für sie.

Er warf einen Blick auf den Wäschestapel.

»Das alles hast du allein gemacht?«

Sie versuchte ihr Erröten zu verhindern – wenig erfolgreich.

»Ein paar Frauen aus dem Dorf haben mir ihre Hilfe angeboten.« Als sie gesehen hatten, welchen Schwierigkeiten sie sich gegenübersah, hatte sich bei ihnen Mitleid geregt.

Er presste die Lippen zusammen, dass sie weiß wurden.

»Zeig mir deine Hände.«

In der Hoffnung, ihn abzulenken, machte sie eine Kopfbewegung von der Art, die er hasste, und bückte sich nach dem Wäschestapel.

»Ich muss die Sachen …«

Er hatte seine Verbände entfernt, und als seine Hand sich um ihr Gelenk schloss, rang sie um Atem, so tief empfand sie die Berührung. Ihre Haut prickelte wie unter dem Einschlag winziger Blitze.

»Deine Hände, Ellie«, knurrte er leise und in einem Ton, der ihr Schauer über den Rücken jagte.

»Jetzt.«

Sie presste die Lippen zusammen. Er war nichts weiter als ein großer Tyrann. Sie wollte ihm ihre Hand entziehen, aber er zwang ihre Handfläche auf und stieß ein wüstes Schimpfwort aus.

»Es ist nichts.« Sie riss ihre Hand weg.

»Und Ihr solltet nicht solche Wörter gebrauchen. Das lässt auf einen schwachen Charakter schließen.«

Falls sie gehofft hatte, ihr mahnender Ton würde ihn ablenken, hatte sie sich geirrt.

»Allmächtiger, was hast du gemacht? Deine Hände sind ja wund und mit Blasen übersät, als hättest du sie in Lauge eingeweicht und dann damit auf Steine geschlagen.«

Sie schob ihr Kinn vor, zu verlegen, um zu gestehen, dass sie die Laugenmenge um das Zehnfache überschätzt hatte, bis Meg sie korrigierte. Es war übrigens allein seine Schuld.

»Ihr habt ja gesagt, ich solle aushelfen.« Sie tippte mit dem Finger auf seine Brust, doch war das so, als würde man Granit eindellen wollen.

»Also beklagt Euch nicht, wenn ich es tue.«

Er blickte auf ihre Hand hinunter, und sie zog sie hastig zurück.

»Zum Küchenmädchen wollte ich dich nicht machen. Jede Wette, dass du noch nie im Leben Wäsche gewaschen hast.«

Ihre Wangen glühten.

»Was macht das schon aus? Ich habe gesehen, dass etwas gemacht werden musste, und ich habe es gemacht.« Zugegeben, mit etwas Hilfe.

Ein Unheil verkündendes Zucken zeigte sich an seiner Kinnpartie. Dieses Anzeichen von Gereiztheit faszinierte sie – ein kleiner Sprung in der unbekümmerten Fassade.

»Also … du wirst es nicht wieder tun. Deine Tage als Wäscherin sind vorbei.«

»Warum? Was kann das Euch schon ausmachen?«

Seine Miene verhärtete sich, als wäre ihm ihre Frage zuwider. Der Mann war es zu sehr gewohnt, sich durchzusetzen. Jede Wette, dass man an den Fingern einer Hand abzählen konnte, wie oft er sich mit einem »Nein« hatte abfinden müssen.

»Weil ich die Verantwortung dafür trage, dass du wohlbehalten zu Hause anlangst. Ich will vermeiden, dass du behaupten kannst, ich hätte dich zu Schwerarbeit gezwungen.«

Sie wusste, dass es ein Spiel mit dem Feuer war, doch sie konnte sich ein Lachen nicht versagen.

»Und ich dachte, Wikinger hielten sich gern Sklaven.« In seinen Augen flammte es auf, doch ehe er antworten konnte, fuhr sie fort:

»Was kümmert es Euch, was andere denken? Ihr seid *Pirat.*«

Sie forderte seinen Widerspruch geradezu heraus. Er mochte wie ein Pirat aussehen, aber er handelte nicht wie ein solcher – oder zumindest nicht so, wie sie sich einen Piraten vorstellte. Piraten waren ruchlos und unmoralisch – plündernder Abschaum der See – und nicht liebenswürdige Spitzbuben, die Gefangene retteten (zweimal), die versprachen, sie nach Hause zu bringen und sich dann besorgt zeigten, wenn ihre Hände ein wenig aufgeraut waren.

Etwas stimmte da nicht. Aber was sonst hätte er in der Höhle zu tun gehabt? Und warum ergriff er vor den Engländern die Flucht?

Er begegnete der Herausforderung in ihrem Blick mit einem finsteren Starren und trat einen Schritt näher, fast so, als wüsste er, wie sehr es sie erschüttern würde, wenn ein sechseinhalb Fuß großer, starker Krieger vor ihr aufragte.

»Hast du Zweifel, Ellie?« *Lady Elyne*, hätte sie fast korrigiert. Nur ihre Familie nannte sie Ellie, und sie hatte sich an die Intimität in seiner tiefen, rauen Stimme noch nicht gewöhnt.

»Ich dachte, das hätten wir schon entschieden?«

Sie widerstand dem Drang zurückzutreten. Warum musste er so groß sein? Und wer hatte so breite Schultern und so muskulöse Arme? Kampfgestählt …? Das glaubte sie nicht. Vermutlich hatte er sich sein Äußeres mit Absicht antrainiert, um Frauen so zu imponieren, dass sie weiche Knie bekamen.

Sie musste den Kopf in den Nacken legen, um seinem Blick zu begegnen.

»Wir? Ich habe es getan«, berichtigte sie. Wütend, weil er es fertigbrachte, sie zu verwirren, atmete sie tief durch.

»Für einen Piraten scheint Ihr ungewöhnlich edle Anwandlungen zu haben. Und warum hat einer der Fischer Euch *taoiseach* genannt?« Es war das gälische Wort für Anführer.

Hätte sie ihn nicht so aufmerksam beobachtet, wäre ihr das harte Aufblitzen in seinem Auge entgangen, ehe er es hinter einem trägen Grinsen tarnte.

»Lass mich raten … war es der alte Magnus? Der vergisst meist seinen eigenen Namen.« Er hielt inne.

»Ich glaube zu wissen, was diesen plötzlichen Sinneswandel bewirkt hat.«

Sie zog eine Braue hoch.

»Ach?«

Er nickte.

»Ja.« Sein Blick glitt zu ihrem Mund. Hitze durchdrang sie wie ein feuriger Schwall.

»Ich glaube, du fragst dich, wie es kommt, dass du den Kuss eines Piraten genießen konntest.«

Zornige rote Flecken ließen ihre Wangen erglühen.

»Ich habe nicht …«

Sein Blick ließ ihren Protest verstummen. Ein Wort mehr, und er würde ihr das Gegenteil beweisen.

Sie errötete noch mehr, und er fuhr fort:

»Deshalb bist du überzeugt, ich müsste etwas anderes sein.«

Scham überflutete sie. Hatte er recht? Vernebelte jener Kuss ihre Sicht und ließ sie nur sehen, was sie sehen wollte?

Nein! An ihm war mehr, dessen war sie sicher. Sah er schon nicht aus wie ein Pirat, so traf dies auf Thomas in noch größerem Maß zu. Sie hatte ihr bisheriges Leben inmitten von Rittern verbracht und spürte, dass Thomas vom ritterlichen Ehrenkodex geprägt war.

Hawk – wie war übrigens sein richtiger Name? – wollte sie mit seiner Nähe verwirren. Er hatte es geschafft. Sie stand so nahe, dass sie seine Bartstoppeln sah, die einen Schatten auf die harten Linien seines Kinns warfen, um die Augen die dünnen Linien vom Lachen und den langen Tagen in der Sonne, das dunkle V-förmige Stückchen Haut über der Öffnung seines *cotun* und die weiche, sinnliche Wölbung seines unglaublichen Mundes wenige Zoll vor ihr.

Ihr Blick blieb an seinem Mund hängen.

Sie merkte, dass er reglos dastand und jeder Muskel in seinem

Körper erstarrt war. Ihre Blicke trafen sich. Sie erschrak, überrascht von der rohen Intensität in seinen Augen. Er sah sie an, als … als hielte er sich mittels eines ganz dünnen Seils zurück. Aber wovor? Davor, sie zu erwürgen? Nein, er war wütend, doch daneben war noch etwas anderes, das sie nicht erkennen konnte. Etwas Heißes und Intensives. Etwas, das bewirkte, dass sie sich sonderbar fühlte – unruhig –, als würde ihre Haut ihr nicht mehr passen. Die intime Stelle zwischen ihren Beinen prickelte.

Von der Reaktion ihres Körpers peinlich berührt, senkte sie ihren Blick.

Seine Fäuste schlossen und öffneten sich an seiner Seite, als kämpfe er um Beherrschung. Mit Erfolg.

»Du solltest nicht Wäsche waschen oder dich um andere Dinge kümmern. Meine Leute sind meine Sache.«

Ihr Blick schoss nach oben. Ging es darum? War er wütend, weil sie sich auf sein Territorium vorgewagt hatte? Sie hatte nur helfen wollen.

»Sehr gut. Nächstes Mal können Eure Leute in verdreckten Sachen herumlaufen und mit ihrem Gestank die Engländer auf schnellstem Weg anlocken. Was kümmert es mich? Ihr könnt meinetwegen mit all den anderen Halunken bis zum Jüngsten Tag in einem englischen Verlies schmachten.«

Er kniff die Augen zusammen, als wolle er sich auf einen Streit einlassen, besann sich aber anders. Er ließ sein verheerendes Lächeln aufblitzen, wieder ganz der gewinnende, verwegene Spitzbube. Diesmal kümmerte es sie nicht. So war es sicherer.

»Sieh doch«, äußerte er gedehnt und mit blitzenden blauen Augen, »es ist gar nicht so schwer, vernünftig zu sein.«

Sie schnaubte wenig damenhaft.

»Als ob Ihr mitreden könntet, wenn es um Vernunft geht«, gab sie leise von sich.

»Was war das, Ellie? Ich habe das nicht richtig gehört.«

»Nichts«, sagte sie störrisch.

»Aber sagt mir, was ich tun soll, während ich auf den unbekannten Tag warte, an dem Ihr geruhen werdet, mich nach Hause zu bringen.«

Er zog die Schultern hoch und wandte sich zum Gehen.

»Du bist ja ein kluges Kind. Sicher wird dir etwas einfallen. Thomas geht es schon besser. Warum kommandierst du nicht ihn eine Weile herum?«

»Ich kommandiere nicht ...« Sie hielt zähneknirschend inne. Ein Protest lohnte nicht. Er war unmöglich.

Nun war sie es, die die Fäuste ballte, als sie ihm nachblickte und er pfeifend davonging – der Teufel sollte ihn holen!

Eines Tages würde sie sehen, wie dieses arrogante, unwiderstehliche Grinsen aus seinem viel zu hübschen Gesicht gewischt wurde. Und dann würde sie vielleicht entdecken, was er verbarg.

Zwei Tage nach seinem Wortwechsel mit Ellie im Garten pfiff Erik wieder. Er schlenderte den Pfad zu Megs kleinem Anwesen entlang – nicht um nach dem Mädchen zu sehen, wie er sich versicherte, sondern um zu sehen, wie es Randolph ging.

Da Randolph erkrankt war, hatte Erik keine andere Wahl, als auf Spoon zu bleiben, anstatt auf Islay zu Bruce zu stoßen. Aber nach so vielen Monaten auf der Flucht war Erik es nicht mehr gewöhnt, so lange an einem Ort zu bleiben, und er empfand Unruhe – zumindest war es der Grund, den er sich selbst zurechtlegte.

Von den Bewohnern des Langhauses hatte er überraschend wenig gehört. Nicht dass er es beklagt hätte. Nein, er war hocherfreut, dass der kleine Zankteufel endlich Vernunft angenommen hatte und seinen Männern nicht mehr in die Quere kam und ihm bei jeder Gelegenheit Grund zum Streit lieferte.

Er hatte ohnehin genug um die Ohren. So hatte er die englische Galeere im Auge behalten müssen, die am Tag zuvor die Insel angelaufen hatte, um einige Inselbewohner nach dem Verbleib eines Falken-Schiffes zu befragen. Zum Glück waren die Engländer am Südende der Insel gelandet und hatten das Gebiet nur flüchtig durchsucht. Als sie wieder abzogen, hatten sie außer wüsten Drohungen nichts zurückgelassen.

Ja, er hatte allen Grund, zufrieden zu sein. Nicht nur, dass die Engländer fort waren und das Mädchen sich endlich fügsam zeigte, die Hochstimmung, die einer erfolgreichen Mission stets folgte, beflügelte ihn noch immer.

Verdammt, er fühlte sich so großmütig, dass er zugab, zu heftig auf ihre Waschaktion reagiert zu haben. Der Mief in der Höhle war nicht mehr so schlimm. Aber sein Zorn war groß gewesen, als er nach der Rückkehr von einer Erkundungsaktion auf der anderen Seite der Insel seine Männer splitternackt und schamhaft in der Höhle versteckt angetroffen hatte. Das herrische kleine Kindermädchen hatte einige der gefürchtetsten Krieger Britanniens – seine Krieger – so eingeschüchtert, dass sie ihr ihre Kleidung ausgehändigt hatten. Er hatte ihre Einmischung satt.

Sie war eine Gefangene, um Himmels willen – wenn auch keine typische –, und sie tat gut daran, sich wie eine solche zu benehmen. Ein wenig Unterwürfigkeit war angebracht … zunächst einmal.

Aber Ellie benahm sich nicht so, wie sie es hätte tun sollen. Das war ja das Problem. Wenn sie es täte, würde er vielleicht nicht mehr an sie denken.

Es war verrückt. Ein mageres, unscheinbares Kindermädchen war nicht der Typ Frau, an den er Zeit und Gedanken verschwendete – mochte ihr unschuldiger Kuss auch sein Blut in Wallung gebracht haben.

Niemals würde er eine Ehe mit jemandem erwägen, der nicht Reichtum und Ansehen seines Clans steigerte, und die Frauen, die er für das Bett wählte, waren keine jungen Mädchen, und sie waren … nun, hübscher – und mit viel größeren Brüsten ausgestattet. Mit ihrer schimmernden Haut, der ungewöhnlichen Augenfarbe, den langen schwarzen Wimpern und den reizvollen Brustspitzen, die sich in seiner Hand so köstlich zu Perlen verhärteten, entsprach sie ihm in keinem Punkt.

Doch als er die feste kleine Wölbung in der Hand gehalten hatte … da hatte er nicht das Gefühl gehabt, etwas zu vermissen. Tatsächlich war es ein unglaubliches Gefühl gewesen. Das hieß aber nicht, dass er interessiert war.

Womit nicht erklärt war, warum er verdammt nahe daran gewesen war, sie im Garten wieder zu küssen. Ihre Nähe genügte, und sein Körper salutierte. Es war lächerlich, um nicht zu sagen, unbehaglich.

Nicht, dass es ihm zu denken gab. Nach fast einer ganzen Woche ohne Frau machten sich bei ihm wohl Mangelerscheinungen bemerkbar. Diesen war leicht abzuhelfen. Sobald er nach Randolph gesehen hatte, würde er sich schließlich zu den anderen im Alehaus gesellen.

Mit diesem glücklichen Gedanken und einigen anderen überquerte er die grasige, von der Winterkälte gebräunte Erhebung. Er runzelte die Stirn, erstaunt, als er sah, dass Duncan nicht auf seinem Posten war.

Er hatte seinem Angehörigen aufgetragen, sie zu überwachen, nicht so sehr, um ihre Flucht zu verhindern – sie wäre nicht weit gekommen –, sondern um dafür zu sorgen, dass ihr bei einem eventuellen Fluchtversuch nichts zustieß. Unter seiner Aufsicht würde sie nicht von den Klippen stürzen. Solange sie in seiner Obhut war, fiel sie in seine Verantwortung. Eine Verantwortung, die er nach jenem Kuss lieber seinem Vetter übertragen hatte.

Aber sein lästiger Gast – und seine ebenso lästigen Gedanken – würden bald hinter ihm liegen. Obwohl die Engländer noch in beträchtlicher Stärke in diesem Gebiet vertreten waren, wusste Erik, der schon oft genug von den englischen Bastarden gejagt worden war, dass sie schließlich aufgeben würden. Und wenn nicht, nun, er konnte sie nötigenfalls umgehen. Bis zu dem Treffen mit den McQuillans, die sie nach Rathlin bringen sollten, war noch viel Zeit.

In der Zwischenzeit hatte er einen Weg gefunden, Bruce eine Nachricht zukommen zu lassen. Da die Burg seines Vetters Angus Og MacDonald auf Dunaverty nur zwei Meilen von Spoon entfernt war, bot es sich geradezu an – noch dazu war es die schnellste und direkteste Lösung. Eine Ironie des Schicksals wollte es, dass Dunaverty jene Burg war, aus der Erik vor vier Monaten Bruce herausgeholt hatte. Obschon die Festung im Moment in englischer Hand war, hatte sein Vetter dort noch immer Vertraute. Wenn er es schaffte, Angus Og eine Nachricht zuzuspielen, würde dieser einen Weg finden, sie Bruce zu übermitteln.

Angus Og verfügte über ein riesiges Netzwerk von Leuten entlang der Westküste. Erik musste es wissen. Fast ein Jahrzehnt hatte er als Gefolgsmann seines Vetters, des Lord of Islay und eines der mächtigsten Männer der Western Isles, gedient, ehe Bruce ihn für die Highlander-Garde gewonnen hatte.

Erik hatte den Dienst bei dem Mann, der so viel für ihn getan hatte, nur zögernd aufgegeben. Als Siebenjähriger wäre Erik nach dem Tod seines Vaters den Machenschaften seiner manipulativen, landgierigen Anverwandten, der MacDougalls, die vorgaben, ihm beizustehen, ausgeliefert gewesen. Angus Og war es, der seine Hand über ihn und seine Familie gehalten und ihm gezeigt hatte, was Loyalität bedeutete. Angus Og war es, der aus ihm einen Mann gemacht hatte.

Sein Vetter hatte aber darauf bestanden, dass er sich Bruce anschloss, und Erik schuldete ihm zu viel, als dass er nicht getan hätte, wie ihm geheißen. Auch war es eine Möglichkeit, die Ländereien wiederzugewinnen, die ihm nach dem Tod seines Vaters von den MacDougalls geraubt worden waren.

Der Machtkampf zwischen den zwei einflussreichen Stämmen der Nachfahren Somerleds – den MacDonalds und den MacDougalls – bestimmte die Politik der West Highlands. Im Moment waren die MacDougalls, die sich auf Edwards Seite geschlagen hatten, im Vorteil, das würde sich aber ändern, wenn Bruce seine Krone wieder zurückgewonnen hatte. John MacDougall of Lorn leiden zu sehen, würde ebenso befriedigend sein wie der Anblick Edwards, den man mit eingekniffenem englischem Schwanz mit einem Tritt nach England befördern würde.

Erik hätte versuchen können, die Nachricht per Boot zu überbringen, aber schwimmen war viel einfacher – einfacher für ihn zumindest. Die Wachen unterhalb der Burg würden nach einem Boot Ausschau halten, mit einem Schwimmer aber würden sie nicht rechnen.

Er grinste. Unerwartet. Gefährlich. Extrem. So wie er es liebte.

Und es hatte geklappt. Letzte Nacht hatte er die zwei Meilen zwischen Spoon Island und Dunaverty schwimmend zurückgelegt und einem der Männer seines Vetters eine Nachricht übermittelt.

Als Erik sich der Tür von Megs Haus näherte, hörte er das gedämpfte Grollen von Duncans Gelächter, in das sich das viel höhere, fast mädchenhaft glockenhelle Lachen einer Frau mischte. Es war nicht Meg, wie er instinktiv wusste, sondern Ellie.

Etwas an dem Klang behagte ihm nicht. Mit einem flüchtigen Klopfen stieß er die Tür auf.

Und blieb wie angewurzelt stehen.

Duncans Hände lagen um Ellies Taille, um sie hoch in die Luft zu heben, während sie etwas von den großen Vorratsborden holte, die entlang der Deckenbalken an der Kante der Decke eingebaut waren. Aber Erik konnte nur die Augen seines Anverwandten sehen, die an ihrer Kehrseite hafteten, deren erstaunlich wohl geformte Rundung sich allzu deutlich in dem geborgten alten, von langer Verwendung abgetragenen Hemd abzeichnete.

Ellie und Duncan erschraken ob der Unterbrechung. Duncans Griff lockerte sich, und Ellie schrie auf, als er sie fast fallen ließ, Duncan aber schaffte es, sie in seinen Armen aufzufangen, ehe sie auf dem Boden landete.

Verdammt passend, dachte Erik, dessen Nerven aufs Höchste gereizt waren.

Ellies erstaunte Miene wich Belustigung, als sie Duncans Blick begegnete. Wieder brachen sie in Gelächter aus, Eriks Anwesenheit völlig ignorierend.

»Vielleicht hätten wir doch die Leiter nehmen sollen«, sagte sie. Plötzlich trat ein besorgter Ausdruck in ihren Blick.

»Ist Euer Arm noch heil?«

Duncan lachte.

»Mein Arm ist tadellos, Mädchen, wie ich schon gesagt habe, könnte ich ein kleines Ding wie dich mit einem Arm heben – verletzt oder nicht. Du musst mir eine zweite Chance geben, es dir zu beweisen, sonst wird mein Stolz irreparabel verletzt.« Er blinzelte ihr zu.

»Außerdem macht es viel mehr Spaß als eine Leiter.«

Fast tat Erik sein Anverwandter leid, da er wusste, dass Ellie sich auch bei weitaus raffinierteren Flirtversuchen unzugänglich zeigte, als es die matten Versuche seines Vetters waren. In Erwartung ihres Rüffels erlebte er stattdessen einen Schock, als er sah, dass ihr mädchenhafte Röte in die Wangen stieg.

Erik wäre verblüfft gewesen, doch er konnte an nichts anderes denken, als Ellie aus den Armen seines Vetters zu reißen und dann mit seiner Faust durch Duncans schiefes Grinsen zu fahren.

Er sah den anderen aus zusammengekniffenen Augen an. Seine Mutter behauptete, es gäbe eine Ähnlichkeit zwischen den Vettern, er aber sah sie nicht. Duncans Haar war dunkler, und Erik war mindestens um zwei Zoll größer und sehr viel muskulöser als sein um drei Jahre jüngerer Verwandter.

Endlich fiel Ellie ein, dass er da war. Sie sah ihn an – ganz kurz – dann nickte sie Duncan in Eriks Richtung zu.

»Vielleicht sollten wir hören, was Euer Captain will, ehe wir es wieder versuchen?«

Duncan hatte es offenbar nicht eilig, sie auf die Füße zu stellen – bis er Eriks Blick begegnete. Mit einem erstaunten Stirnrunzeln stellte er sie zögernd auf den Boden.

Erik spürte, wie sein Blut sich abkühlte – geringfügig.

»Wollt Ihr etwas, Captain?«

Erik unterdrückte den unerklärlichen Zorn, den er seinem Vetter gegenüber hegte.

»Warum bist du nicht auf deinem Posten?«, herrschte er ihn an.

Ellie trat vor ihn, und Erik hätte gelacht, wenn die schützende Geste ihn nicht so sehr gereizt hätte.

»Es war meine Schuld«, sagte sie.

»Meg hat mich gebeten, Thomas beim Aufwachen eine Tinktur zu verabreichen, und ich konnte die Rosmarinzweige nicht erreichen, die von der Decke hängen. Deshalb habe ich Duncan gebeten, mir zu helfen und die Leiter von draußen zu bringen.«

Duncan grinste sie anerkennend an.

»Und ich habe gesagt, dass wir keine Leiter brauchen.«

Seit wann war aus seinem streitbaren Vetter ein Schelm geworden?

»Duncan war mir eine große Hilfe«, sagte Ellie.

Erik konnte sein eigenes Zähneknirschen hören. *Kann ich mir denken.*

»Leider wird Duncan unten im Lager gebraucht.«

Sein Vetter zog eine Braue hoch, als durchschaue er Eriks Lüge.

»Ach?«

Eriks Miene musste ihn überzeugt haben.

»Der Rosmarin muss warten, Mädchen«, entschuldigte Duncan sich, »aber ich komme zurück.«

Den Teufel wirst du tun. Wenn er nicht einmal seinem eigenen Vetter zutrauen konnte, sich zu beherrschen, würde er selbst über das Mädchen wachen. Er war schließlich für Ellie verantwortlich. Ein Kuss bedeutete noch lange nicht, dass er sich nicht beherrschen konnte. Es hatte ihn nur überrascht, dass ein so gewöhnliches Mädchen ihn so … heiß machen konnte. Nun, daran musste das Gefühl der Neuheit schuld sein, das sich rasch verflüchtigen würde.

Doch als die Tür sich hinter Duncan schloss, wirkte der Raum plötzlich sehr klein. Ellie trat vor das Feuer und beobachtete ihn, doch hielt sie Distanz, als spüre auch sie die merkwürdige Energie in dem Raum. Dies steigerte nur die in ihm brodelnde Unruhe, da er die Rundung ihrer Brüste und Hüften sehen konnte, die sich gegen das Licht abzeichnete.

Er musste ihr etwas zum Anziehen verschaffen. Ein netter, fester Wollkittel würde reichen.

»Ist etwas?«, fragte sie.

Als er merkte, dass er ein finsteres Gesicht machte, zwang er sich zu einer gleichmütigen Miene.

»Nein.«

»Möchtet Ihr etwas?«

Dich. Wütend über den störenden Gedanken, sagte er knapp:

»Ich möchte nach Thomas sehen. Wo ist er?«

Ellie zeigte auf das entgegengesetzte Ende des Raumes, den Bereich, wo Bettnischen in die Wand eingebaut waren.

»Er ruht. Meg sagt, das wäre für ihn das Beste.« Seine Frage vorausahnend sagte sie:

»Mhairi hat gestern in der Nacht ihr Kleines bekommen, und Meg ist gegangen, um nach ihr zu sehen. Ein Junge. Sie haben ihn Alastair genannt.«

»Ein guter Name.« *Der Name meines Vaters.* Viele Inselbewohner ehrten ihre Clan-Führer, indem sie ihre Kinder nach ihnen nannten. Nach Jahren der MacDougall-Herrschaft berührte ihn die Geste.

Sie beobachtete ihn nachdenklich.

»Ihr seht anders aus«, sagte sie schließlich.

»Noch nie habe ich Euch ohne Rüstung gesehen.«

Verlegenheit war etwas, was Erik noch nie zuvor erlebt hatte, doch unter dem ruhigen Blick ihrer braunen Augen, denen nichts entging, war er nahe daran. Er hatte gebadet und sich umgezogen, da er sich für seine Schwimmtour am ganzen Körper mit Tranfett eingerieben hatte – und gewiss nicht wegen etwas, das sie gesagt hatte.

»Leider, leider gab es heute kein Gold zu erbeuten und keine Jungfrauen zu retten«, sagte er grinsend.

»Auch Seeräuber nehmen sich ab und zu einen freien Abend.«

Sie zog einen Mundwinkel hoch.

Ein Anfang, nahm er an.

Sie trat ein paar Schritte näher, und er erlebte einen kleinen Schock, als sie den Ärmel seiner farbigen dunkelroten Seidentunika zwischen die Finger nahm.

»Schön ist das«, sagte sie voller Bewunderung. Einen merkwürdigen Augenblick lang sah auch sie schön aus, als er im Schein des Feuers in ihr Gesichtchen hinunterblickte. Er verspürte ein merkwürdiges Gefühl in der Brust, als wäre die Tunika plötzlich zu eng geworden.

»Die Stickerei ist erlesen.«

»Meine Schwester hat sie für mich angefertigt«, sagte er rau.

»Ihr habt eine Schwester?«

»Nicht *eine,* sondern fünf.«

»Jüngere?«

Er schüttelte den Kopf.

»Alle sind älter.«

»Und Brüder?«

»Es gibt nur mich.«

»Ach«, sagte sie und nickte, als hätte sie plötzlich etwas begriffen.

Ihr Ton gefiel ihm nicht.

»Was?«

Sie zuckte mit den Schultern.

»Ach, nichts. Es erklärt nur einiges.« Ehe ihm eine Antwort einfiel, erlebte er abermals einen Schock, als sie die Hand hob und eine Haarlocke an seiner Schläfe wegschnipste. Unter ihrer Berührung hielt er den Atem an, und sein Körper erstarrte – sein *ganzer* Körper. Er roch sie wieder. Hunderte Frauen benutzten Seife mit Lavendelduft – warum roch sie an ihr anders? Und dieses lange, seidenweiche Haar … er verspürte den Wunsch, sein Gesicht darin zu vergraben und zu fühlen, wie es sich über seine Brust ergoss.

Frauen berührten ihn immerzu. Er registrierte es kaum. Nun aber nahm er es wahr. Sein ganzer Körper nahm es wahr. Gott, er bekam keine Luft. Hitze sammelte sich in seinen Lenden, sein Puls dröhnte hart und schnell. Es fehlte nicht viel, und er hätte den Arm um ihre Taille gelegt und sie an sich gezogen. Fast konnte er ihre Brustspitzen spüren, wie sie über seine Brust glitten.

Ahnungslos, in welchen Aufruhr seine Sinne gerieten, sagte sie leichthin:

»Da ist etwas in Eurem Haar.« Sie entfernte ihre Hand, worauf sein Denkvermögen wieder einsetzte, und zerrieb das Etwas zwischen den Fingern.

»Irgendetwas Schwarzes, Fettiges.«

»Wahrscheinlich Ruß vom Lagerfeuer«, sagte er freundlich.

Sie rümpfte die Nasse.

»Wie Ruß sieht es nicht aus.« Sie sah ihn so eindringlich an, dass er schon glaubte, sie würde ihm weitere Fragen über den Ruß stellen, stattdessen aber sagte sie lächelnd:

»Ihr tragt Euer Haar so kurz. Ich dachte, Highlander würden Haupt- und Barthaar gern wachsen lassen – wie Eure Wikinger-Vorfahren.«

Er lachte.

»Manche tun es ja.« Er rieb sein Kinn.

»Ich mag nicht, wenn es juckt.« Ehe er sich zurückhalten konnte, fragte er:

»Gefällt es dir nicht?«

Sie verdrehte die Augen, da ihr nicht klar war, dass seine Frage ernst gemeint war. Und er hatte es ernst gemeint, wie ihm aufging, unsicher, was er davon halten sollte.

»Wenn Ihr mir ein Kompliment entlocken wollt, müsst Ihr es geschickter anfangen. Soweit ich es beurteilen kann, habt Ihr schon mehr davon zu hören bekommen als die meisten Menschen in ihrem ganzen Leben.«

Er ertappte sich bei einem Grinsen. Sie hatte ins Schwarze getroffen, doch aus irgendeinem Grund wollte er wissen, was sie dachte.

»Und du bist für ein so junges Mädchen viel zu zynisch. Sag mir, wie bist du in den Haushalt des Earls geraten? Du bist für eine Kinderfrau viel zu jung.«

Sie senkte den Blick.

»Meine Mutter …«, ihre Stimme wurde weich, »ich bin eingesprungen, als …«

Als sie starb. Er nickte. Es wurde oft so verfahren. Obwohl nicht vererbbar wie viele wichtige Positionen in vornehmen Haushaltungen, wurde die Stellung als Kinderfrau sehr oft auf diese Weise weitergereicht.

»Das tut mir leid, Mädchen. Wie lange ist das her?«

Ihre Schultern bebten, und er verspürte den überwältigenden Drang, sie in die Arme zu nehmen und zu trösten. Ein Drang, viel beunruhigender als die Lust, die er Augenblicke zuvor empfunden hatte. Bei den meisten Frauen hätte er nicht gezögert, aber bei dem Gedanken, Ellie zu berühren, regte sich bei ihm Wachsamkeit – es war, als würde man eine Flamme zu nahe an Pergament halten.

»Kommenden Mai werden es drei Jahre.« Sie sah ihm in die Augen, und er spürte, wie sich bei der Andeutung von Verletzlichkeit hinter der sachlichen, kompetenten Fassade in seinem Inneren etwas zusammenkrampfte.

»Es war ein Fieber.«

Er nickte und ließ sich nichts von dem in seinem Inneren tobenden Kampf anmerken.

Er war erleichtert, als sie schließlich wegblickte, und er konnte wieder klarer denken.

»Rand –«, er unterbrach sich. Verdammt, beinahe wäre es ihm entschlüpft.

»Geht es Thomas besser?«

Sie nickte.

»Er isst nicht viel, sollte aber in ein paar Tagen wieder auf den Beinen sein.«

»Da bin ich aber froh.« Eine gute Nachricht. Er konnte darauf verzichten, mit Bruces krankem und fieberndem Neffen auf Rathlin einzutreffen.

»Er wollte schon heute wieder zu Euch, aber Meg hat gedroht ihn anzubinden, wenn er versuchen würde aufzustehen.«

»Das wäre bei ihm glatte Verschwendung«, sagte Erik trocken. Zu seiner Verwunderung lachte sie, anstatt ihn zurechtzuweisen.

Ihre Blicke trafen sich kurz, ehe er wegblickte, instinktiv vor der Verbindung und der Intimität geteilten Verständnisses zurückschreckend.

Er betrat unsicheren Boden. Persönliche Gespräche wie diese führte er nicht. Er unterhielt. Er brachte die Menschen zum Lachen. Alle erwarteten es von ihm. Alle, nur sie nicht.

Gottlob trat just in diesem Moment Meg ein und störte die merkwürdige Strömung zwischen ihnen. Megs Anwesenheit brachte ihn wieder ins Gleichgewicht. Intime Gespräche waren nicht sein Ding.

Den Rest des Abends unterhielt Erik die Damen – und Randolph, als dieser erwachte – mit lustigen Geschichten aus seinem Vorrat von Abenteuern auf hoher See.

Sogar Ellie schien sich gut zu unterhalten. Aber ein- oder zweimal ertappte er sie, wie sie ihn unauffällig mit ihrem aufmerksamen Blick studierte, der weit mehr von ihm zu erfassen schien, als ihm recht sein konnte, und er hatte dabei das Gefühl, dass er sie irgendwie enttäuschte.

Unerklärlich war ihm, warum es ihn störte.

Bis zur Ale-Schenke schaffte er es nie. Nach dem Abendessen bezog er Duncans Posten vor dem Haus. Er trug die Verantwortung für das Mädchen. Es war seine Pflicht. Und für die Zeit, die sie bei ihm verbrachte, würde er es sein, der über sie wachte.

Es war nichts, womit er nicht umgehen konnte.

9

Finlaggan Castle, Islay

Beim Kreuz des Erlösers, wo steckt er?« Robert Bruce schlug mit der Faust auf den Tisch, dass die sorgfältig auf der grob gezeichneten Karte aufgestellten Markierungszeichen über den Boden verstreut wurden.

»Mittlerweile hätten wir von ihm hören müssen.«

Auf diesen seltenen Ausbruch hin schwiegen die in der Ratskammer Versammelten erschrocken. Sie bildeten den Inneren Kreis des Königs – oder das, was von ihm übrig war.

Von Bruces einst großer ritterlicher Gefolgschaft waren nur Neil Campbell, James Douglas, Robert Hay, James Stewart und sein Bruder Edward noch an seiner Seite. Von seiner hochgerühmten Highlander-Garde waren nur Tor »Chief« MacLeod, Gregor »Arrow« MacGregor und der kürzlich eingetroffene Robbie »Raider« Boyd übrig.

Alle Versammelten standen unter der Wirkung der Hiobsbotschaft, die Boyd gebracht hatte.

Bruces Augen brannten, der frische Schmerz war fast unerträglich. Sein geliebter Bruder Nigel war tot, ebenso sein teuerster Freund und Retter in der Schlacht von Methven, Sir Christopher Seton. Auch der loyale Earl of Atholl. Seit zweihundert Jahren der erste Earl, der in Schottland hingerichtet worden war.

Seton war von MacNab am Loch Doon verraten worden, wo er nach der Schlacht Zuflucht gesucht hatte. Kurz nach Bruces Flucht aus Schottland waren Nigel und der Earl in Berwick enthauptet worden, nachdem sie auf Kildrummy Castle mit Boyd gefangen genommen worden waren. Boyd, dem die Flucht gelungen war, hatte ihnen die Schreckensmeldung überbracht. Es war die erste Nachricht von seinen Freunden und seiner Familie, die Bruce erreicht hatte, seitdem er aus Dunaverty geflohen und in die dunkle Welt der Western Isles entkommen war. Fast empfand er das Verlangen, in die Dunkelheit zurückzukehren, aus Angst, was ihn als Nächstes erwartete.

Frau und Tochter sind in Sicherheit, sagte er sich. Sie mussten es sein.

Aber du lieber Gott, sein Bruder! Von seinen vier Brüdern war ihm der hübsche Schalk Nigel immer der liebste gewesen. Er ähnelte ihrem verschwundenen Seefahrer – kühn, wagemutig, und immer mit einem Scherz auf den Lippen. Ein Mann, den die Frauen umschwärmten und dem die Männer nacheiferten.

MacLeod blickte ihn ruhig an.

»Es wird einen Grund für Hawks Abwesenheit geben. Er wird Nachricht schicken, wenn es ihm möglich ist. Es ist noch genug Zeit.«

Aber sie hatten seit einer Woche nichts von MacSorley gehört. Der Seefahrer sollte nach dem Zusammentreffen mit den Iren auf Islay zu ihnen stoßen, und bis zum Zangenangriff, der ihm sein Königreich zurückerobern sollte, war es nur noch eine Woche. Bruces Brüder Thomas und Alexander waren in Irland in Warteposition, um die südliche Attacke auf Galloway zu beginnen, während Bruce seine Leute auf Arran für die Nordattacke auf Turnberry sammeln musste.

»Wie könnt Ihr nur so verdammt ruhig bleiben?«, herrschte er ihn an.

»Meine Brüder haben Truppen für den Angriff im Süden aufgeboten, wo aber bleiben meine Söldner? Wir sollten in wenigen Tagen die Armee auf Rathlin zusammenziehen.« Von Rathlin ging es dann nach Arran.

»Wie kann ich einen Angriff ohne Truppen beginnen?«

»Sie werden zur Stelle sein.«

Durch MacLeods Adern floss Eis. Die steinerne Miene des Highlanders verriet nie auch nur einen Funken Gefühl.

»Wie könnt Ihr so verdammt sicher sein?«

»Weil ich Hawk kenne. Ihr könnt mit ihm rechnen. Auch wenn er die irischen Söldner selbst schwimmend nach Arran bringen müsste, würde er es tun.«

»Warum hören wir dann nichts von ihm?«

»Wir werden von ihm hören«, sagte MacGregor als Echo der Zuversicht seines Captains.

»Sicher hat er sich irgendwo vergraben und wartet, bis er eine Nachricht übermitteln kann. Im Kanal wimmelt es vor Engländern. Vorsicht ist angebracht.«

»Hawk?«, sagte Bruce ungläubig.

»Der weiß gar nicht, was Vorsicht ist.«

»Ich habe selbst einige Zeit gebraucht, Euch zu finden, Sire«, bemerkte Boyd.

»Und wie?«, fragte Bruce. Sein Überleben hing von einigen wenigen Auserwählten ab, die wussten, wo er sich aufhielt – von den Männern in diesem Raum und anderen Mitgliedern der Highlander-Garde. Sogar sein Freund William Lamberton, Bischof von St. Andrews, würde ihn jetzt nicht finden. Noch ein Mensch, von dem er hoffte, dass er in Sicherheit war.

Der mächtige Krieger begegnete seinem Blick.

»Ein gemeinsamer Freund«, sagte er mit einem düsteren Aufglimmen in seinen Augen.

Bruce nickte. Er verstand den Grund von Boyds Wut. Arthur Campbell erwies sich als noch nützlicher, als Bruce geahnt hatte – nur würde es ihm keiner der Highlander-Garde danken.

Campbell hatte die Garde verlassen müssen, nachdem er an einer Prüfung »scheiterte« und nun als Ritter in die Dienste des Feindes getreten war. So sah es jedenfalls aus. In Wahrheit war er ein Spitzel, der für Bruce den Feind ausspionierte.

Bruce hatte es für wichtig gehalten, die Wahrheit vor den meisten geheim zu halten – vor allem vor den meisten Mitgliedern der Highlander-Garde. Rückblickend war es wahrscheinlich ein Fehler gewesen, doch an die enge Bruderschaft der Garde musste Bruce sich erst gewöhnen.

»Und von meiner Gemahlin kein Wort?«

Boyd schüttelte betrübt den Kopf.

»Nein, Sire. Nicht seit die Damen vor den Engländern aus Kildrummy geflohen sind.«

Boyd und sein Partner in der Highlander-Garde, der junge englische Ritter Alex »Dragon« Seton, waren geblieben, um Nigel zu helfen, für die Frauen Zeit für die Flucht zu gewinnen. Boyd und Seton waren gefangen genommen worden und hatten vor der Hinrichtung – mit Hilfe – entfliehen können. Als Alex erfahren hatte, dass sein Bruder in Loch Doon verraten worden war, hatten sie sich getrennt.

»Sie sind in guten Händen, Sire«, sagte Boyd.

Bruce nickte. Er hoffte, Lachlan MacRuairi – Viper – und zwei anderen Mitgliedern der Garde trauen zu können, die die Frauen begleiteten: William Gordon, bekannt als Templar, und Magnus MacKay, bekannt als Saint.

»Wie auch Euer Neffe«, warf MacLeod ein. Er bezog sich auf Randolph, der mit Hawk gesegelt war.

O Gott, wie er es hoffte. Alles hing davon ab, dass Hawk ihm die Männer rechtzeitig brachte. Weitere Misserfolge durfte es nicht geben. Sein Maß an knappen Fluchten war ausgeschöpft. Auch eine Katze hatte nur ein paar Leben.

MacGregor, für sein hübsches Gesicht fast ebenso bekannt wie für sein Geschick als Bogenschütze, grinste.

»Wenn ich Hawk richtig kenne, sitzt er vermutlich irgendwo am Strand und unterhält die weibliche Hälfte des Dorfes oder der Insel, auf der er sich verbirgt.«

»Bis wir davon hören, werden es drei Viertel der Weiblichkeit sein«, sagte Boyd trocken.

Bruce lächelte zum ersten Mal, seitdem sie auf Islay eingetroffen waren und nicht wie geplant Hawk angetroffen hatten, sondern Boyd, der sie erwartete. »Ihr habt wohl recht.«

Unruhe vor der Tür weckte seine Aufmerksamkeit. MacLeod ging nachsehen, und als er gleich darauf in Begleitung eines jungen Fischers wieder eintrat, zeigte sich auf seinem Gesicht ein Ausdruck, der einem Lächeln ähnelte.

»Was ist?« fragte Bruce.

Der wilde Highlander-Chief sah ihn an.

»Eine Nachricht ist eingetroffen.«

Der Fischer wurde nach vorne geschoben. Von den Anwesenden sichtlich eingeschüchtert, sprach er nur stockend.

»Kleine Verzögerung. Männer gesichert. Alles nach Plan.«

Der Fischer wurde hinausgebracht, und Bruce gab Anweisung, ihm eine Stärkung zu gönnen und für seine Mühe zu entlohnen.

Wieder ungestört und unter sich, wandte Bruce sich an seinen Bruder – an einen der drei, die ihm geblieben waren.

»Edward, du und Raider sollt nach Arran segeln und das Gebiet um Broderick erkunden – vor allem Lochranza Castle. Wir anderen segeln wie geplant nach Rathlin und erwarten dort Hawk.«

»Seht Ihr, Sire«, sagte MacGregor, »kein Grund zur Sorge.«

Beim heiligen Kreuz, betete Bruce, und hoffte, dass es stimmte. Nicht nur seine, sondern die Zukunft eines ganzen Volkes hing von dem gerühmten Seefahrer ab.

10

Ellie vergrub ihren Kopf tiefer in dem Kissen, um das grässliche Geräusch zu ersticken. Doch das herzhafte Lachen durchdrang die weiche Schafwollfüllung mit Leichtigkeit.

O Gott, wie spät mochte es sein?

Sie hob den Kopf und öffnete ihre Augen einen Spalt breit, nur um sie sofort zu schließen, als ein heller Sonnenstrahl durch die Bettvorhänge drang und ihren Schädel wie ein spitzer Dolch durchstach.

Sie stöhnte. Morgen. Schon.

Mit einem schweren Seufzer fügte sie sich in das Unvermeidliche. Zeit zum Aufstehen. Sie brachte ihre Morgentoilette und ihre Gebete hinter sich und bemühte sich sodann, das Lachen und die Stimmen zu ignorieren, die aus der Küche am anderen Ende des Hauses drangen. Es sah Duncan nicht ähnlich, am Morgen so laut zu sein. Was konnte um diese unheilige Zeit gar so lustig sein?

Obwohl sie nicht in einem eigenen Raum standen, waren die zwei Betten an der westlichen Wand doch durch eine zwischen zwei Pfosten angebrachte hölzerne Trennwand abgeteilt und boten mehr Ruhe vor den häufigen Besuchern als die Nischen an der Wand gegenüber, wo Thomas schlief.

Mit gewaschenem Gesicht, gekämmtem Haar und geputzten Zähnen fühlte Ellie sich ein klein wenig besser, als sie hinter der Trennwand hervortrat, um sich dem Tag zu stellen. Als sie aber die Quelle des Gelächters entdeckte, war sie versucht, sofort kehrtzumachen und ihren Kopf ein wenig länger im Bett zu vergraben.

Duncan war es nicht. Der Piratencaptain hatte die edle Tunika vom Abend zuvor mit seiner Kampfkluft vertauscht. Er saß auf einem von Megs Stühlen, die langen, von Leder umhüllten Beine ausgestreckt, ein breites Lächeln in seinem allzu fröhlichen Gesicht.

Wie konnte man am Morgen schon so munter aussehen? Sie fühlte sich bis weit in den Vormittag hinein wie eine verhärmte alte Vettel.

Er zog eine Braue hoch. »Sieh mal an, wer endlich aufgewacht ist. Wir dachten schon, du würdest den ganzen Tag verschlafen.«

Ihrer Einschätzung nach war der Tag noch schmerzlich jung. Es konnte nicht lange nach Tagesanbruch sein. Die Tage wurden zwar schon länger, doch lugte die Wintersonne erst nach acht über den Horizont.

»Guten Morgen, Ellie«, sagte Meg ebenso aufgeräumt.

»Willst du dein übliches Frühstück?«

Ellie nickte dankbar und ließ sich auf eine Bank am Tisch sinken.

»Danke, Meg, das wäre wunderbar.«

Sie hatte an dem einfachen Frühstück großen Gefallen gefunden: frisches Brot, weiche Eier, ein paar Scheiben Räucherfleisch oder geräucherter Hering, dazu ein spezielles Gebräu aus Wasser mit Gewürzen, ein Geheimrezept Megs, das Ellie sich unbedingt verschaffen wollte – wenn sie es nur fertiggebracht hätte, rechtzeitig aufzustehen und bei der Zubereitung zuzusehen.

»Wo ist Duncan?«, fragte sie, brach ein Stück Brot ab und kaute langsam, die leckere Kombination von geröstetem Hafer und Gerste auskostend.

Der Blick des Captains wurde unmerklich schärfer.

»Sein Arm ist schon so gut verheilt, dass er wieder seinen Pflichten nachkommen kann. Ich fürchte, dass du dich in den nächsten Tagen mit mir abfinden musst.«

Angst trieb ihren Puls in die Höhe.

»Das ist sicher nicht nötig«, sagte sie hastig.

»Ich brauche kein Kindermädchen. Ihr habt mein Wort …«

»Einerlei«, unterbrach er sie mit einem vielsagenden Blick in Megs Richtung.

»Du stehst unter meinem Schutz, bis ich dich deiner Familie übergebe.«

Ellie war sofort klar, dass ihr ein Fehler unterlaufen war. Sie hatte vergessen, dass Meg nicht wusste, dass sie gegen ihren Willen festgehalten wurde, ein Umstand, der Ellie selbst fast entfallen wäre, wären da nicht die Sorge um ihre Familie und deren Ängste gewesen, die diese um sie ausstehen musste. Die letzten Tage waren schrecklich aufregend und – wenn sie an den Kuss dachte – so erregend gewesen, dass der Gedanke an Langeweile gar nicht aufkommen konnte. Außerdem vermittelte ihr das Zusammensein mit Meg einen Blick in eine neue Welt, so ganz anders als das behütete Leben voller Privilegien und Pflichten, das sie kannte.

Die Ironie, die darin lag, entging ihr nicht. Obwohl in Gefangenschaft, hatte sie noch nie so viel Freiheit genossen. Von Verantwortung. Von Pflichten und Erwartungen. Von Gedanken an die Zukunft. Und sie empfand Schuldgefühle, weil sie es so sehr genoss.

Wenn sie ehrlich zu sich selbst sein wollte, musste sie sich eingestehen, dass es etwas mit dem Mann zu tun hatte, der ihr gegenübersaß. *Er* war aufregend, und es genügte seine Nähe, um ihr Herz ein wenig schneller schlagen zu lassen. Er war wie ein goldener Gott – nicht wegen seiner hellen Haare und seines schönen Gesichtes, sondern wegen der Kraft seiner Persönlichkeit. Sie wurde von ihm angezogen wie eine Motte vom Licht und würde sich hüten, ihm zu nahe zu kommen.

Natürlich schäkerte er für sein Leben gern, nahm nichts ernst und trug als Markenzeichen sein keckes Grinsen, Ausdruck übertriebener Selbstsicherheit, zur Schau, zuweilen aber fragte sie sich, ob es da nicht etwas Tieferes gab und er vielleicht, anders als ihr schwächlicher Vater, zu echten Gefühlen fähig war.

Am Abend zuvor hatte sie geglaubt, einen Blick darauf erhascht zu haben. Sie hatte eine echte Verbindung gespürt, als die Rede auf ihre Familien kam. Einen Moment hatte sie sogar erwogen, ihm die Wahrheit zu sagen, da sie es hasste, ihn zu belügen. Dann aber war Meg gekommen, und er war wieder zu dem scherzenden, unterhaltenden Charmeur geworden, den man gern um sich hatte, den man aber nie ernst nehmen konnte.

Sie konnte ihn nett finden, wusste aber, dass dies nicht bedeutete, dass sie ihm blind vertrauen konnte. Er war in etwas verstrickt, und nach allem, was sie in der Höhle mitbekommen hatte, hing es mit ihrem Vater zusammen. So war es einfacher.

Sie verstand allerdings nicht, warum er sich so plötzlich zu ihrem Leibwächter aufgeschwungen hatte. Ihr fiel ein, dass er am Abend zuvor über Duncan verärgert gewesen war, und hoffte, dass es nicht ihre Schuld war. In den letzten Tagen hatte sie Duncan lieb gewonnen. Er erinnerte sie an ihren Bruder John, der sich kürzlich seine Sporen verdient hatte und nur mehr über Krieg und Kämpfe sprach.

Leider konnte sie beim besten Willen am Captain nichts finden, was sie an einen ihrer Brüder erinnert hätte, und ihn ständig um sich zu haben, würde nicht annähernd so einfach sein.

Was hatte er vor?

Sie sah ihn argwöhnisch an.

»Wie Ihr wollt«, sagte sie mit achtlosem Achselzucken.

»Hoffentlich habt Ihr es bequem auf Eurem Felsen.«

Natürlich würde er es nicht so einfach machen. Er lehnte sich zurück, und als er die Arme verschränkte, traten seine Muskeln in einer Zurschaustellung roher männlicher Kraft hervor. Ihr Magen sackte ab. Guter Gott! Sie nahm einen Schluck von der Brühe und benetzte ihren plötzlich wie ausgedörrten Mund, gegen das Flattern in ihrem Bauch aber gab es kein Gegenmittel.

»Ich muss etwas erledigen«, sagte er.

»Ich dachte, du würdest mir vielleicht Gesellschaft leisten.«

Allein? Mit ihm? Das glaubte sie nicht. Sie wollte nicht mittun, wenn er Unfug machte.

»Heute leider nicht«, sagte sie mit gespieltem Bedauern, wobei sie sich bewusst war, dass Meg sie beobachtete.

»Ich muss nach Thomas sehen, während Meg ihre Pflichten erfüllt.« Die beträchtlich waren, nach allem, was Ellie sehen konnte – sie musste sich nicht nur um ihr eigenes Anwesen kümmern, sondern war auf der ganzen Insel als Heilkundige und Hebamme unterwegs.

»Hat es nicht geheißen, Thomas müsse sich ausruhen?«, hob er hervor.

»Das stimmt«, räumte sie ein.

»Der Bursche kommt wieder auf die Beine«, warf Meg ein.

»Ihr zwei könnt ruhig gehen und euren Spaß haben.«

Ellie lächelte Meg matt zu. Sie tat so, als wäre sie dankbar, während sie nach einer charmanten Ablehnung suchte.

»Es ist ein schöner Tag«, lockte der Captain wie jemand, der einem Kind eine Süßigkeit hinhält.

»Ich dachte, du würdest gern mehr von der Insel sehen.«

Er saß da und ließ sein arrogantes, gar nicht so harmloses Grinsen aufblitzen, wohl wissend, was er tat. Verflixter Kerl … sie dermaßen in Versuchung zu führen. Wie konnte er wissen, dass es sie ungemein reizte, die Insel zu erkunden? Er hatte einfach richtig geraten. Der Gedanke, so leicht zu durchschauen zu sein, wäre zu demütigend gewesen.

Ellies Vernunft kämpfte mit ihrer Abenteuerlust. Sie konnte entweder bleiben und noch ein Dutzend Partien Backgammon mit Steinen spielen, wenn Thomas erwachte, oder die Chance nutzen, etwas von der Insel zu sehen, was sie sich sehnlich wünschte.

Der Kampf währte nicht lange.

»Wie könnte ich widerstehen?«, sagte sie spöttisch.

Sein Grinsen war so unverbesserlich wie er selbst.

»Du kannst es nicht.«

»Wann gehen wir?«

»Sobald du angezogen bist.«

Sie blickte stirnrunzelnd an ihrem geborgten *leine* hinunter. Was redete er da? Der Kittel war zwar alt, als Bekleidung aber einwandfrei – unzählige irische und schottische Frauen trugen ihn tagtäglich.

»Hawk ist so umsichtig«, sagte Meg.

»Sieh her, was er für dich mitgebracht hat.« Sie zeigte auf etwas, das zusammengefaltet neben ihr auf der Bank lag und wie ein grünes wollenes Übergewand aussah.

»Er hat gedacht, du könntest frieren.«

Verwundert über seine Fürsorge zog Ellie die Brauen zusammen. Wieder fragte sie sich, was er im Schilde führte.

»Danke«, sagte sie. Meg hatte ihr großzügig das traditionelle *leine* aus grobem Leinen geborgt, das sie über ihrem ruinierten Hemd tragen konnte, dazu eine Strumpfhose und ein Paar alter Lederslipper, doch das körpernahe Wollgewand – wenngleich nicht annähernd so fein, wie sie es gewohnt war – kam ihrer gewohnten Kleidung näher.

»Woher habt Ihr das?«

Er und Meg wechselten einen Blick, und seine Mundwinkel zuckten.

»Leider … Piratengeheimnis.«

Beutestücke von einer seiner Kaperfahrten? Sie kniff die Augen zusammen und versuchte auszuloten, ob er es im Ernst gesagt hatte. Da sie argwöhnte, dass er sie nur aufziehen wollte, griff sie begierig nach dem Gewand und verschwand hinter der Trennwand.

Als sie sich wenig später wieder zeigte, fühlte sie sich wieder so normal wie seit Tagen nicht mehr. Das Gewand passte ihr um Mitte und Brust – nicht unerwartet – in der Länge aber nur knapp. Ellie hätte am liebsten eine Drehung vollführt, begnügte sich aber mit einem kurzen Nicken.

»Gehen wir?«

Sie sagten Meg Lebewohl und verließen das Langhaus, um sich landeinwärts nach Süden zu wenden.

Er hatte recht. Es war ein herrlicher Tag. Sonnig, wolkenlos und angenehm kühl. Vom grasigen Moorland stieg noch Nebel in Dunstschwaden auf. Die Luft wurde von einer köstlichen, salzigen Seebrise erfrischt. Im Gehen hob sie ihr Gesicht der Sonne entgegen und kostete die sanfte, warme Liebkosung auf ihrer Haut aus.

Einen Moment lang fühlte sie sich wieder wie das Mädchen, das über die grünen irischen Fluren wanderte, bis sein Schuhwerk vor Schmutz starrte und sein Kleid zerknittert und mit Grasflecken übersät war. Sie hatte jeden Augenblick genossen.

Wie lange das her war. Sie spürte einen Anflug von Sehnsucht und Bedauern und wusste doch, dass es kein Zurück gab. Auch diese Tage der Freiheit würden bald ein Ende haben.

Seite an Seite gingen sie in einem Schritt dahin, der für sie angenehm war, ihm aber sicher zu langsam sein musste. Er schien es nicht eilig zu haben. Nie schien er es eilig zu haben.

»Wohin gehen wir?« fragte sie.

Er schenkte ihr ein geheimnisvolles Lächeln.

»Du wirst schon sehen.«

Sie machte den Mund auf, um eine Antwort zu fordern, hielt aber inne. Sie war ziemlich sicher, dass er ihr nichts verraten würde, außerdem war sie so froh, Luft und Sonne zu genießen, dass es sie nicht kümmerte, wohin sie gingen. Im Augenblick war ihr alles recht.

Aus dem Augenwinkel warf sie ihm einen Blick zu. Sogar die Sonne schien ihn zu umarmen, ließ die blonden Strähnen in seinem Haar und den satten Bronzeton seiner Haut glänzen und tauchte ihn in einen warmen, goldenen Schein, der einen fast blendete.

Den Wind im Rücken, hatte er einmal gesagt. Er hatte recht. Wie musste man sich fühlen, wenn man so bevorzugt worden war? Wenn man mit so unerschütterlichem Selbstvertrauen durchs Leben ging? Er war nicht nur mit einem hübschen Gesicht, einem kraftvollen Körper und nach allem, was sie gehört hatte, mit außerordentlichem Kampfgeschick ausgestattet, er war zudem noch lustig, charmant und sehr liebenswert.

Es musste nett sein. Aber vielleicht auch ein wenig einsam? Es war so einseitig. Die Menschen umdrängten ihn, weil er ihnen etwas geben konnte – mit Worten oder Berührungen –, was aber bekam im Gegenzug er? Vielleicht war es das, was sie anders machte: Sie wollte nichts von ihm.

»Mich wundert, dass Ihr Euch so lange von Euren Männern trennen könnt. Habt Ihr denn nichts zu tun? Mit Eurem großen Schwert um Euch zu schlagen beispielsweise?«

Sein Mund verzog sich spöttisch.

»Sei versichert, dass ich mit meinem Schwert nicht herumschlage.« Ihre Wangen wurden heiß, als ihr aufging, dass er nicht seine Waffe meinte, sondern etwas ganz anderes.

»Ich wollte nicht …«, stammelte sie.

Er lachte. Sie in Verlegenheit zu bringen, war für ihn ein Riesenspaß.

»Hast du mich beobachtet, Ellie?«

»Natürlich nicht!«, protestierte sie, wobei ihre Wangen noch röter wurden. Er wusste, dass sie log – dieser Teufel.

Nun war es nicht so, als hätte sie nach ihm Ausschau gehalten. Sie war am Tag zuvor nur in die Nähe des Klippenabsturzes geraten, hatte zufällig hinab zum Ufer geblickt, wo die Männer ihr Lager aufgeschlagen hatten, und hatte gesehen, wie er mit Schwert, Streitaxt und Kriegshammer übte. Bis sie sich gefasst hatte, war sie wie hypnotisiert von den wilden Hieben gewesen, die als »Training« galten, und hatte gestaunt, welche Kraft hinter jeder Bewegung steckte.

Die strengen Regeln unterworfenen Zweikämpfe der Ritter waren ihr vertraut, der ungezügelte, gnadenlose Kampfstil der Highlander, der nichts Zivilisiertes an sich hatte, war ihr jedoch völlig fremd und reizte ihre Neugierde. Dabei überging sie geflissentlich die Tatsache, dass diese einer eindrucksvollen Gestalt im Besonderen gegolten hatte.

Er schien zufrieden, schweigend dahinzugehen, obschon er hin und wieder auf ein Anwesen hinwies und seinen Besitzer nannte oder sie auf eine interessante Pflanze oder schöne Aussicht aufmerksam machte. Es war angenehm. Viel zu angenehm, so als ob es ihr genügen würde, lange Zeit neben ihm zu gehen.

Dieser abwegige Gedanke versetzte sie jäh in die Wirklichkeit zurück. Beim Himmel, sie musste nach Hause, ehe sie völlig den Verstand verlor.

»Für wie lange habt Ihr Euren Aufenthalt geplant?«, platzte sie heraus.

»Vorsicht, Mädchen«, sagte er mit seinem strahlenden Lächeln, »oder du kränkst meine zarten Gefühle, indem du mich glauben lässt, dass dir nichts an meiner Gesellschaft liegt.«

Sie verdrehte die Augen.

»Gebt Euch keine Mühe«, sagte sie.

»Spart Euch Euer unwiderstehliches Grinsen für jemanden, der es zu schätzen weiß.«

Aus seinen blauen Augen funkelte Belustigung.

»Unwiderstehlich? Das meinst du?«

Er war wirklich unverbesserlich. Nicht auszudenken, wie er als Junge gewesen sein musste. Seine ehemalige Kinderfrau tat ihr leid.

»Für die meisten Frauen, könne ich mir denken.«

»Aber an dich völlig vergeudet?« Er schüttelte den Kopf.

»Du bist eine Frau, die man nur schwer beeindrucken kann, Schwester Ellie.«

»Das nicht, doch bin ich gegen gewisse Späße unempfänglich.«

»Ach?« In seinen Augen blitzte es herausfordernd.

»Gestern warst du nicht so unempfänglich.«

Sie zwang sich zu einem gelassenen Ton, der durch ihren rasenden Puls Lügen gestraft wurde.

»Das war ein Fehler«, räumte sie vorsichtig ein.

»So nennst du das?«, forderte er sie sarkastisch heraus.

Seine Arroganz war unerträglich. Für ihn war sie ein armes, unscheinbares Kindermädchen, das für die momentane Aufmerksamkeit eines Mannes, wie er es war, dankbar sein musste. Nie sollte er erfahren, wie sehr es sie traf. Wie sie auch jetzt, in der Sonne zu ihm aufschauend beim Anblick seines spöttisch verzogenen Mundes nur daran denken konnte, dass seine Lippen sich unglaublich angefühlt hatten. Diese Schwäche war demütigend.

Er war seiner so sicher. Nun, sie war auch selbstsicher und würde sich nicht so einfach vereinnahmen lassen.

Sie brachte ihren überlegensten und gleichmütigsten Gesichtsausdruck zustande.

»Wir beide wissen, dass es nichts war. Eine natürliche Folge der Nähe, der späten Stunde und der Hitze des Raumes. Ihr hättet auch ein anderer sein können.«

Er blieb stehen und packte ihren Arm. Bis auf einen gespannten Zug um den Mund blieb seine Miene gleichmütig.

»Sehr beruhigend, mit welcher Abgeklärtheit du die Situation siehst.«

Sein Ton verriet eine gewisse Härte. Ihre Haut spannte sich vor Hitze.

»Wir beide sind erwachsen. Ihr braucht nicht zu befürchten, dass ich Euch ins Visier genommen habe.« Sie lachte nervös.

»Es ist sehr unwahrscheinlich, dass ich einem Mann wie Euch erliege.«

Sein Kinn wurde hart, seine blauen Augen durchbohrten sie.

»Ach? Wirklich?«, sagte er gedehnt und mit gefährlichem Unterton.

Lege dich nie mit einem Draufgänger an. Sofort war ihr klar, dass sie einen Fehler gemacht hatte, und sie versuchte ihm beizubringen, dass sie es nicht als Herausforderung gemeint hatte. Sie hatte nur vernünftig reagiert, er aber hatte es als Kritik aufgefasst.

»Ich habe nur gemeint, dass wir zu verschieden sind. Seht uns doch an.« Die Unterschiede hätten offensichtlich sein sollen.

»Sicher bin ich nicht der Typ, den Ihr üblicherweise küsst.«

»Du glaubst mich so gut zu kennen?«

»Ich kenne Euren Typ. Leichtsinnig, charmant, unerschütterlich. Frauen lieben Euch, und Ihr erwidert diese Liebe. Ihr liebt sie alle. Das Leben ist für Euch ein einziger Scherz, und Ihr nehmt nichts ernst.«

»Irrtum«, sagte er mit dunkler Stimme, »manche Dinge nehme ich *sehr* ernst.«

Dabei sah er sie an, dass ihr Herz ein wenig schneller schlug. Als wollte er ihr zeigen, was er meinte, und sie glaubte nicht, dass es diesmal bei einem einfachen Kuss bleiben würde. Diesmal war er viel gefährlicher. Intensiv. Aufgebracht. Brutal männlich. Ihr

Herz tat einen komischen kleinen Sprung, als sie reglos dastand und wusste, dass sie zurücktreten sollte, ihre Füße aber nicht bewegen konnte.

»Weisst du, was ich glaube, Ellie? Ich glaube, dir hat der Kuss richtig gefallen. Ich glaube, dass du mehr wolltest. Viel mehr. Ich glaube, du wolltest einmal loslassen und das Leben erleben. Ich glaube, dass du so lange Verantwortung getragen, deine Gefühle unterdrückt und völlig vergessen hast, wie man Spaß und Lust genießen kann.«

Sie schnappte nach Luft, so nahe war er der Wahrheit gekommen. War es denn so klar erkennbar? Sie spürte ein schreckliches Stechen hinter den Augen.

»Ihr glaubt also, ich wäre eine vertrocknete alte Jungfer, die ein wenig Aufregung gebrauchen kann, und habt Euch meiner erbarmt?«

Seine Augen blitzten. Er trat einen Schritt näher, und die Wärme seines Körpers überflutete sie.

»Mitleid war es nicht, was ich empfunden habe.«

Ihr Magen sackte ab. *Lust.* Das war es, was er meinte, und diese Erkenntnis ließ ihre ohnehin schon beanspruchten Nerven vor Hitze prickeln. Die Vorstellung, dass er jemanden wie sie begehren konnte, war für sie unerklärlich. Männer wie er hatten für sie keinen zweiten Blick übrig.

Sie versuchte seine Nähe zu ignorieren, doch sein großer, muskulöser Körper ragte im hellen Sonnenschein über ihr auf, und seine ausgeprägte Männlichkeit schien sie förmlich einzuhüllen. Als er seine Hand auf ihre Hüfte legte, fühlte es sich an wie ein Brandmal. Eine Inbesitznahme.

Ihr Herz pochte heftig. O Gott, er würde sie wieder küssen. Einen tollkühnen Augenblick lang – ehe Klugheit und Selbsterhaltungstrieb siegten – wünschte sie es sich. Doch er durfte nicht wissen, wie intensiv ihr Körper auf ihn reagierte. Er würde es nur gegen sie benutzten. Sie wollte kein Spiel werden. Eine Herausforderung. Noch eine Frau, die ihm zu Füßen fiel. Noch eine in einer langen Reihe von Eroberungen eines Wikinger-Räubers.

Wiewohl alle Instinkte forderten, sie solle sich ihren Sinnen ergeben, zwang sie sich, kühn vor ihm zu stehen und sich nicht anmerken zu lassen, wie stark seine Wirkung auf sie war. Wie ihr Körper in seiner Nähe erbebte.

»Es ist nicht nötig, dass Ihr mir sagt, wie ich mein Leben führen soll. Wer seid Ihr, dass Ihr Euch ein Urteil erlaubt? Ein Mann, der mit einem Lächeln alles zu einem Scherz werden lässt, damit er keine echten Bindungen eingehen muss.«

Sein Kinn trat so stark hervor, dass sie schon befürchtete, zu weit gegangen zu sein.

»Du weißt nicht, was du sagst.«

Sie wusste es. Ihr Leben lang war sie von Perfektion umgeben gewesen und kannte die vernichtende Wirkung, die folgte, wenn man sich in diese verliebte.

»Für Euch ist alles leicht. Die Menschen mögen Euch, ohne dass Ihr Euch bemühen müsst. Warum auch nicht? Ihr seid hübsch, witzig, charmant – unglaublich liebenswert. Es kommt alles so natürlich, dass Ihr Euch um nichts Tieferes bemühen müsst.«

»Wer sagt, dass ich Tieferes möchte? Vielleicht bin ich völlig glücklich so wie ich bin.«

Sie schaute zu ihm auf. Ein Mundwinkel hob sich in der Andeutung eines Lächelns.

»Das meine ich ja.«

Er war nicht der Typ, der ihr das Herz stehlen konnte. Sie wollte eine tiefe Beziehung. Er nahm nichts ernst, während sie alles ernst nahm. Sie fühlte sich zu ihm hingezogen, doch die Eigenschaften, die sie anzogen – die Aufregung, das Wilde und Ungezähmte – waren genau die, die für sie falsch waren. Ließe sie es zu, würde er ihr nur das Herz brechen.

Erik war so wie er war vollkommen glücklich. Er brauchte keine Ermahnungen eines verklemmten kleinen Kindermädchens mit großen braunen Augen und besserwisserischem Mund, der seiner Erinnerung nach zufällig auch der zum Küssen verlockendste Mund war.

War es denn sein Fehler, wenn man ihn mochte?

Warum musste sie bei allem so verdammt ernsthaft sein? Konnte sie nicht alles lockerer sehen und ihren Spaß haben?

Er wusste gar nicht, warum er so wütend war. *Es ist sehr unwahrscheinlich, dass ich einem Mann wie Euch erliege.* So hatte es angefangen. Tatsächlich hätte er froh sein sollen, dass sie sich nicht einbildete, in ihn verliebt zu sein. Aber etwas an der Art, wie sie es gesagt hatte – so sachlich – weckte in ihm das Gefühl der Unvollkommenheit. Als hätte sie ihn an einer unsichtbaren Kinderstuben–Messlatte gemessen und er wäre zu kurz geraten. Es war lächerlich … lachhaft … verrückt. Noch nie im Leben hatte er Erwartungen nicht entsprochen.

Und musste sie so verdammt *vernünftig* klingen? Er war derjenige, der die Stimme der Vernunft vertrat: »es ist nichts Ernstes«, »es ist nur natürlich« – das waren *seine* Worte. Er war derjenige, der den Schlag mildern sollte, der versuchen sollte, sie schonend auf die Zurücksetzung vorzubereiten.

Er kniff die Augen zusammen, als er den zarten Puls an ihrem Hals flattern sah. Vielleicht war sie doch nicht so unbeteiligt, wie sie ihn glauben machen wollte.

Vielleicht war sie überhaupt nicht unbeteiligt.

Er war versucht, es zu beweisen – verdammt versucht. Er verspürte den perversen Drang, gegen ihren Widerstand anzukämpfen, immer wieder, bis sie es aufgab und die neugierige, abenteuerlustige Frau zum Vorschein kam, die er hinter der herrischen Fassade vermutete. Er wollte beweisen, dass sie anders war.

Dabei war er gar nicht sicher, ob er herausfinden wollte, wohin das führte – vielleicht, weil er genau wusste, wohin es führen würde. Dazu, dass sie unter ihm lag. Oder – da er Ellie kannte – eher sie auf ihm.

Ach, zum Teufel. Er bewegte sich unbehaglich. Feste kleine Brüste. Eine Taille, so schmal, dass er sie mit den Händen umfassen konnte. Langes dunkles Haar, das ihr auf die Schultern fiel, während sie ihn hart ritt, vermutlich sogar versuchte, die Führung völlig an sich zu reißen. Das einmal gewonnene Bild ließ sich schwer aus dem Bewusstsein tilgen.

Aber das konnte niemals klappen. Er mochte anspruchslose Frauen, und Ellie mit ihren durchdringenden Augen und bohrenden Fragen würde mehr fordern, als er geben wollte. Verdammt, er liebte sein Leben, so wie es war.

Er ließ ihren Arm fallen und trat einen Schritt zurück.

»Ende der Woche brechen wir auf.«

Das Treffen mit den McQuillans war für den Dreizehnten geplant, ob Randolph wieder genesen war oder nicht.

Sie hielt seinen Blick lange fest, und er hätte einen Monat lang auf Frauen verzichtet – oder zumindest ein paar Tage – wenn er gewusst hätte, was ihr durch den Kopf ging. War sie enttäuscht, dass er sie nicht geküsst hatte? Oder war sie nur enttäuscht von ihm?

Nach einer peinlichen Pause fragte sie:

»Wohin werdet Ihr mich bringen?«

Er wusste, worauf ihre Frage abzielte, doch er konnte sie nicht nach Hause bringen. Noch nicht.

»Komm«, sagte er und führte sie den Pfad entlang, »es ist nicht mehr weit.«

Sie gingen noch etwa eine Viertelstunde, dann wurde die Brise schärfer und brachte Seeluft mit sich. Nun war auch schon ihr Ziel vor ihnen in Sicht. Er wusste nicht, ob ihr klar war, dass sie die kleine Insel überquert hatten, die in der Nord-Süd-Richtung weniger als eine Meile maß und von Osten nach Westen wenig mehr.

Ellie erblickte eine massive gewölbte Felsformation am Klippenrand und drehte sich aufgeregt zu ihm um.

»Gehen wir dorthin?«

»Ja.« Ihre Begeisterung entlockte ihm ein Lächeln. Die Wölbung war nicht nur ein großartiger Anblick, es war auch der ideale Aussichtspunkt, um die Seewege im Süden und Westen ungehindert zu überblicken und die Positionen der Engländer zu erkunden. Nahe diesem Punkt hatte vor einigen Tagen die englische Galeere geankert.

»Kann ich ganz hinaufklettern?«, fragte sie.

Sie musste bereits eine gewisse Wirkung auf ihn ausgeübt haben, da er nur halb versucht war, ihr eine frivole Antwort zu geben.

»Wenn du glaubst, dass du es schaffst. Es ist gefährlicher, als es von hier aus aussieht.«

Sie bedachte ihn mit einem verächtlichen Blick und legte die Distanz zur Klippe praktisch laufend zurück. Ein paarmal drohte ihm das Herz stillzustehen, während sie die Klettertour mit erstaunlicher Behändigkeit bewältigte.

»Wunderschön!« Sie drehte sich mit einem Ausdruck reinster Freude und Erregung zu ihm um.

Und dann stockte sein Herzschlag.

Sie war wunderschön. Strahlend. Ihre Züge hatten sich nicht verändert, und doch war etwas anders. Es war, als sähe er sie jetzt zum ersten Mal. Alles an ihr. Nicht nur die Summe ihrer Züge oder die Größe ihrer Brüste, sondern etwas ganz anderes. Etwas Reales und Wichtiges.

Ellie mochte herrschsüchtig, fordernd und viel zu ernsthaft sein, doch sie war auch ein kluges, empfindsames, großmütiges junges Mädchen, das jäh aus seiner gewohnten heimatlichen Umgebung gerissen worden war. Das die schwierigen Umstände mit erstaunlicher Anpassungsfähigkeit gemeistert hatte. Das nicht weinte und klagte, sondern seine Situation mit stiller Entschlossenheit und klarem Kopf hinnahm. Und das nichts dabei fand, ihn zur Rede zu stellen wie einen unartigen Schuljungen.

Verdammt, so sehr sie ihn Nerven kostete, so sehr bewunderte er sie.

Unangenehm berührt von der Richtung, die seine Gedanken nahmen, sagte er:

»Das hast du wohl schon öfter gewagt?«

Sie lächelte.

»Das ist schon lange her.«

Jede Wette, dass es gar nicht so lange her war. In ihren geröteten Wangen und leuchtenden Augen war noch immer eine Andeutung des Mädchens von einst zu erkennen.

Sie sah ihn aus dem Augenwinkel an.

»Ihr werdet lachen, aber als Mädchen war mein größter Ehrgeiz, jede Insel zwischen Irland und Norwegen kennenzulernen.«

Er sah sie lange an.

»Ich finde das gar nicht lachhaft.« Er hatte für dieses Verlangen vollstes Verständnis. Zu viel Verständnis. Sie waren einander ähnlicher, als er wissen wollte. Sie besaß Abenteuergeist. Auch er kannte die Erregung, die es bedeutete, neue Orte zu erkunden, neue Dinge zu sehen, die enge Welt, in der er lebte, zu erweitern. Auf einem Fels wie diesem zu stehen und sich zu fühlen, als befände er sich am Rand der Welt, und sich zu fragen, wer die Menschen waren, die vor ihm hier gestanden hatten.

Er musste sich abwenden. Diese merkwürdigen inneren Regungen behagten ihm nicht.

Sie standen hoch oben auf der natürlichen Wölbung und blickten über die weite blaue Fläche hinaus.

»Es ist so still«, sagte sie in gedämpftem Ton. Der Wind verfing sich in einer Haarsträhne und wehte sie ihr ins Gesicht, ehe sie sie erfasste und hinter ihr Ohr steckte.

Sie hatte recht. Bis auf ein paar kleine Fischerboote war kein Schiff zu sehen. Er fragte sich schon, ob die Engländer endlich aufgegeben hatten.

Im nächsten Moment wurde seine Frage beantwortet, als im Süden in der Ferne ein Segel als weißer Punkt auftauchte. Sie waren also noch da. Sie lagen nicht auf der Lauer, wie sie es normalerweise taten, sondern machten richtig Jagd. Er musste sie mehr aufgebracht haben, als ihm klar gewesen war.

Ellie hatte nichts gesehen. Ihr Blick war auf den Westen fixiert.

Sie zeigte in die Ferne.

»Ist das …?« Er hörte die Aufwallung von Gefühl in ihrem Ton heraus.

Er sah sie an und nickte.

»Ja, das ist die Küste von Antrim.«

Irland. Ihre Heimat.

»So nahe«, sagte sie sehnsüchtig.

Er hätte sie nicht ansehen sollen. Über ihr kleines, herzförmiges Gesicht glitt ein Ausdruck so tiefer Betrübnis, dass er sie sofort in die Arme nehmen und alles tun wollte, nur um diesen Ausdruck zu vertreiben.

»Du vermisst deine Familie?«, hörte er sich fragen.

»Sie hält mich für tot«, sagte sie mit bebendem Kinn. In seiner Brust brannte es.

»Sie hat schon so viel durchgemacht.«

»Deine Mutter?«

Sie nickte und hielt die Tränen zurück.

»Und mein ältester Bruder.«

Verdammt, das hatte er nicht gewusst.

Erik fasste einen Entschluss. An den Umständen konnte er nichts ändern – zumindest nicht, ehe der Angriff gestartet war –, doch er konnte ihre Sorge und Betrübnis ein wenig lindern. Er musste in dieser Nacht ohnehin nach Dunaverty. Es konnte nicht schaden.

»Was wäre, wenn ich ihnen Nachricht schicke, dass du in Sicherheit bist?«

Sie schnappte nach Luft und drehte sich ungläubig mit großen fragenden Augen um.

»Ist das Euer Ernst?«

Er nickte ernst.

»Unter einer Bedingung.«

Wachsamkeit trat in ihren Blick, und er fragte sich, was ihr durch den Kopf gehen mochte.

»Welche Bedingung?«

»Dass du versuchen wirst, den Rest unserer Zeit auf der Insel nach Herzenslust zu genießen und Spaß zu haben.«

Sie sah ihn entgeistert an.

»Das könnte ich nicht.«

Er schwieg dazu und begnügte sich damit, eine Braue hochzuziehen.

Sie zog die Brauen zu einem zarten V zusammen.

»Warum ist es für Euch von Bedeutung?«

Erik wusste es nicht, er wusste nur, dass es so war. Er wollte sie lächeln sehen. Er wollte sie glücklich sehen.

»Es geht um dein Wohl, nicht um meines. Also, abgemacht?«

Sie legte den Kopf schräg und studierte ihn so aufmerksam, dass er das Gefühl bekam, sie könne durch ihn hindurchsehen. Er widerstand dem unerklärlichen Drang, sich vor Verlegenheit zu winden. Für ihn war es ungewohnt, dass Menschen ihn so anschauten – unter die Oberfläche. Ihr musste gefallen, was sie gesehen hatte, weil ein breites Lächeln ihr Gesicht erhellte.

»Wann könnt Ihr die Nachricht schicken?«

Er erwiderte ihr Lächeln.

»Ist heute Nacht früh genug?«

Es musste besser gewesen sein, als sie erwartet hatte, da sie ganz plötzlich ihre Arme um ihn schlang.

»Danke«, flüsterte sie am Leder seines *cotun.* Er hätte geschworen, die Weichheit ihres Atems an seiner Haut zu spüren und wie er sich als warmer Schein über ihn verbreitete.

Als er auf die kleine Person hinuntersah, die sich an ihn schmiegte, auf ihr Satinhaar, das wie glänzendes Mahagoni in der Sonne schimmerte, den langen Schwung dunkler Wimpern auf der samtweichen, an seine Brust gedrückten Wange, spürte er, dass sich in seinem Inneren etwas verschob. Der Drang, sie zu beschützen überkam ihn wie eine große Woge.

»Gern geschehen«, sagte er und schlang seine Arme um ihren schmalen Rücken mit einem Gefühl, das man nur als Befriedigung beschreiben konnte. Es war merkwürdig, aber bei all den Frauen, die er vorher in seinen Armen gehalten hatte, hatte sich keine wie diese angefühlt.

11

Der erste Schock war immer das Schlimmste. Die scharfe Kälte, die seine Lungen unwillkürlich nach Luft schnappen ließ und jede Empfindung aus seinem Körper sog, das überwältigende Gefühl des Frierens, das bis in die Knochen drang, und dann die lähmende Lethargie, die den Anschein weckte, in seinem Inneren hätte sich alles zum Kriechtempo verlangsamt.

An die ersten Sekunden nach dem Eintauchen in das winterliche Meer würde Erik sich nie gewöhnen können – daran konnten auch eine noch so gute Kondition oder Mengen von Robbenfett nichts ändern. Sobald aber der Schock nachließ und er zu schwimmen anfing, gewann sein Verstand die Oberhand, und er vergaß die Temperatur, völlig konzentriert auf die Schwimmstöße, auf regelmäßige Atemzüge und auf die vor ihm liegende Mission.

Nicht viele würden es wagen, auf offener See mit tückischen Strömungen zu schwimmen, zumal nachts und bei Temperaturen, bei denen die meisten Menschen in weniger als einer Stunde das Bewusstsein verloren hätten. Zum Glück für Bruce war Erik nicht wie die meisten Menschen.

Seine Fähigkeiten auf und im Wasser waren es vor allem, die Bruces Interesse an ihm geweckt hatten. Die Highlander-Garde war just für diese Art scheinbar aussichtsloser Missionen unter extremen Bedingungen geschaffen worden. Bruce hatte die größten Krieger in jeder Disziplin der Kriegführung handverlesen und sie zu einer einzigen Elitekampftruppe zusammengeschweißt – eine trügerisch einfache Idee, die tatsächlich revolutionär war. Noch nie zuvor waren Männer aus verschiedenen Clans zu einer einzigen Truppe zusammengefasst worden, nicht durch Blutsbande vereint, sondern durch ein gemeinsames Ziel: Schottland von der englischen Tyrannei zu befreien und die Krone für Robert Bruce, einen Mann der Königskrone würdig, zurückzugewinnen.

Durch die Garde hatte Erik ein Zielbewusstsein erlangt, wie er es nie gekannt hatte. Er wusste, dass das, was er tat, nicht nur wichtig war, sondern viele Menschenalter im Gedächtnis bleiben würde.

Wenn ihnen der Sieg beschieden war.

Erik machte sich nichts vor. Bruces Situation war verzweifelt. Edward von England war auf Blut aus. Wollte Bruce sein Königreich gewinnen, bedurfte es nicht nur sorgfältiger Planung und tapferer Krieger, es bedurfte auch einer großen Portion Glück. Etwas, an dem es Erik nie gemangelt hatte.

Als die schützende Bucht hinter ihm lag und er ins offene Meer gelangte, wurden die Strömung stärker und der Wellengang höher, sodass er mehr Energie und Konzentration aufwenden musste. Er folgte dem Mondstrahl über das schwarze Wasser, dankbar für den relativ klaren Himmel, wohl wissend, dass sich dies in kürzester Zeit ändern konnte. Eine Spruchweisheit der Inselbewohner besagte, dass man nur ein paar Minuten warten müsste, wenn einem das Wetter nicht behagte. Zum Glück für ihn waren die letzten Tage trocken geblieben, und diese Nacht schien es nicht anders zu sein.

Herrgott, wie gern er draußen in der Dunkelheit war. Dieser Friede. Die Einsamkeit. Die Herausforderung, es mit der Natur in ihrer allmächtigen Majestät aufzunehmen. Sich bis an die Grenze zu treiben, und dann die Euphorie im Blut zu verspüren, wenn man es geschafft hatte – nichts kam dem gleich.

Eine halbe Stunde später blickte Erik zur mächtigen Festung Dunaverty auf. Ähnlich Dunluce Castle auf einem massiven Felsen gelegen, erhob Dunaverty sich auf einem Landvorsprung an der Südspitze von Kintyre, ein strategisch wichtiger und immer schon für Befestigungsanlagen genutzter Punkt.

Einst eine bedeutsame Hochburg seiner nordischen Vorfahren, war die Festung von ihrem gemeinsamen Ururgroßvater Somerled, dem mächtigen König der Isles, dem Eriks Clan seinen Namen MacSorley, Söhne des Somerled, verdankte, an seinen Vetter Angus Og übergegangen. Das kleine Kindermädchen würde es wahrscheinlich sehr passend finden, dass Somerled in Anspielung auf die Wikinger »Sommerfahrer« bedeutete.

Die lange Stecke und das kalte Wasser hatten seine Kräfte erschöpft, doch als Erik seinem Ziel immer näher kam, geriet sein Blut unter einem erneuten Energieschub in Wallung. Jetzt wurde es wirklich gefährlich.

Vor ihm lag die Seepforte der Burg. Wie beim letzten Mal war er von Kopf bis Fuß mit schwarzem Robbenfett eingeschmiert. Es bildete nicht nur eine Isolation gegen die Kälte, es half ihm auch, mit der Nacht zu verschmelzen, sodass er wie schon einmal unentdeckt unterhalb der Pforte durchschlüpfen konnte. Die Pforte diente dazu, ein Boot abzuhalten, und nicht einen einzelnen Schwimmer.

Die Engländer hatten erst nach monatelanger Belagerung die Burgmauern einnehmen können; er würde weniger als eine Minute benötigen.

Nach einem tiefen Atemzug tauchte er in die Grabesschwärze ein. An diesem Punkt war das Wasser höchstens zehn Fuß tief, und er brauchte nur Sekunden, um den Felsboden zu berühren, den er sich als Richtungsweiser nahm und sich weitertastete, bis er wusste, dass die Stäbe hinter ihm lagen. Erst dann tauchte er auf – vorsichtig und lautlos.

Er öffnete die Augen und sah Fackelschein und das höhlenartige Gewölbe tief im Inneren von Dunaverty Castle. Er war angekommen.

Aber er war nicht allein.

Reglos und mit angehaltenem Atem wartete Erik, bis ein einzelner Wachposten seine Runde an der Pforte vorüber gemacht hatte. Wieder war das Glück auf seiner Seite. Der Engländer schenkte dem Wasser unter ihm kaum einen Blick. Warum auch? Die Pforte war geschlossen. Falls es nicht plötzlich Schiffe gab, die untertauchen konnten – Erik entlockte dieser lächerliche Gedanke ein Lächeln – hatte der Posten nichts zu befürchten. Dachte er zumindest.

Erik wartete, bis die Fackel in der Ferne verschwand. Dann stemmte er sich aus dem Wasser auf die steinerne Fläche hoch, die als Dock diente.

Der Schwall kalter Luft fühlte sich auf seiner Haut an wie Eissplitter. Er war versucht, den von seinem Vetter Lachlan »Viper« MacRuairi perfektionierten »stillen Tod« – einen Dolchstich in den Rücken und in die Lunge – anzuwenden, um sich wärmende Kleidung zu verschaffen, verzichtete jedoch darauf, da ihm bewusst war, dass sein Kommen und Gehen unentdeckt bleiben musste. Bruce wollte, dass die Highlander-Garde im Verborgenen agierte, nicht nur der Tarnung wegen, sondern auch, um die Angst in den Herzen der Feinde zu steigern.

Nackt bis auf das schwarze Fett auf seiner Haut und den um seine Mitte befestigten Dolch lief Erik die Treppe hinauf, durch den feucht-dumpfen Tunnel in die unteren Gewölbe der Burg. Sich dicht an die Wände haltend, blieb er im Dunkeln, während er der Küche zustrebte.

Wie beim letzten Mal begegnete er niemandem.

Allmählich wurde es wärmer, wie sein zitternder Körper deutlich registrierte, ein Zeichen, dass er seinem Ziel nahe war. Als er sich unter dem steinernen Türbogen der Küche duckte, traf ihn ein willkommener Hitzeschwall von den Küchenfeuern, die die ganze Nacht über am Brennen gehalten wurden. Im Halbdunkel ließ er den Blick durch den Raum wandern. Vor dem Feuer konnte er die in ein Plaid gehüllte Gestalt eines schlafenden Mannes ausmachen. Erleichtert atmete er auf.

Seamus MacDonald war einer der besten Köche der Highlands. Angus Og, der nur ungern auf ihn verzichtete, hatte sich schließlich der Einsicht beugen müssen, dass der Alte nützlicher sein würde, wenn er für die Engländer kochte. Der Großteil des Gesindes in der Burg setzte sich aus Angus' Leuten zusammen. Die Engländer hatten Soldaten und Waffen mitgebracht, für die täglich anfallenden Arbeiten aber beschäftigten sie Einheimische. Die hochmütigen, an feudale Strukturen gewöhnten Ritter rechneten nicht damit, dass die »Bauern« ihnen gefährlich werden konnten. Sie wussten nicht, dass viele Positionen in den vornehmen Haushaltungen der Highlands mit viel Prestige verbunden waren.

»Seamus«, flüsterte er und stieß den Mann mit dem Fuß an.

Wohl wissend, dass es gefährlich war, einen schlafenden Highlander zu wecken, trat Erik zurück, ein kluger Schritt, da der alte Mann, den Dolch in der Hand, wie ein Jüngling von zweiundzwanzig aufsprang.

Erik lächelte in der Dunkelheit.

»Ich dachte, du hättest mich erwartet.«

Mürrisch wie die meisten Köche, wie Erik aus Erfahrung wusste, sah der Mann ihn finster an.

»Warum glaubst du wohl bin ich hier, anstatt in meinem bequemen Bett zu schlafen?« Sein Blick glitt über Eriks Körper und Haar, die geschwärzt waren.

»Guter Gott, du siehst ja aus wie aus dem Morast gezogen.« Er warf Erik ein Plaid zu.

»Bedecke dich, ehe du jemanden mit diesem Ding umbringst.«

Erik grinste. Er war im Leben in keiner Hinsicht zu kurz gekommen.

»Die Mädchen haben keine Einwände.«

Der Alte meckerte verächtlich.

»Was brauchst du heute?«

Seamus hatte für Scherze noch nie viel übrig gehabt.

»Gibt es schon Nachricht von unserem Freund?«

Der Koch schüttelte den Kopf.

»Noch nicht.«

»Aber du konntest meine Nachricht übermitteln?«

»Mein Vertrauensmann hat sich gleich am nächsten Morgen auf den Weg gemacht. Wenn etwas passiert wäre, hätte ich es erfahren.«

Erik nickte. Lieber hätte er gehört, dass die Botschaft Bruce erreicht hatte, aber im Moment musste er sich damit begnügen.

»Muss ich noch viele Nächte auf dem Boden schlafen?«, fragte Seamus.

»Vielleicht noch einige. Ich möchte noch einmal wiederkommen, ehe ich mich wieder empfehle.«

»Vorsicht, Junge, die Engländer suchen unseren Freund, aber auch dich. Auf deinen Kopf wurden zweihundert Goldstücke ausgesetzt.«

Erik heuchelte Enttäuschung.

»Was … nicht mehr?«

Seamus' Mund zuckte nicht einmal. Es war ein Vermögen. Nicht so viel wie die dreihundert, die man auf Wallace ausgesetzt hatte, aber mehr als für jeden anderen mit Ausnahme von Bruce.

»Darüber reißt man keine Witze, Junge. Seltsame Dinge gehen vor.«

»Du machst dir zu viel Sorgen, Alter.« Er sah die Besorgnis im Gesicht seines Freundes und seufzte.

»Versprochen … ich werde vorsichtig sein. Glaube mir, ich möchte das Innere eines englischen Verlieses ebenso wenig zu sehen bekommen wie du.« Er hielt inne.

»Bis dahin habe ich noch ein Anliegen.«

»Eine Botschaft?«

»Ja, aber diesmal nach Irland. Hast du jemanden?«

Seamus' Brauen zogen sich zusammen wie zwei pelzige graue Raupen. Er strich sich über den langen, struppigen Bart.

»Ja. Um was geht es?«

»Ich muss jemanden im Haus Ulsters erreichen.«

»Ist es für unseren Freund?«

Erik schüttelte den Kopf, nicht weiter erstaunt, dass Seamus glaubte, es handle sich um eine Nachricht, die Bruce jemandem in der Familie seiner Frau zukommen lassen wollte.

»Das ist eine lange Geschichte. Dem Seneschall des Earls soll gemeldet werden, dass Ellie, das Kindermädchen, in Sicherheit ist und bald nach Hause zurückkehren wird.«

Erik sah dem Alten an, dass er seine Neugierde zügelte, da er wusste, dass Fragen zu nichts führten. Plötzlich runzelte Seamus die Stirn.

»Was ist denn?« fragte Erik.

»Könnte der ungewöhnliche Jagdeifer der Engländer mit dem Mädchen zu tun haben?«

Erik überlegte und tat dann die Frage rasch ab. Selbst wenn man das verschwundene Kindermädchen mit der Frau in Verbindung brachte, die im Wasser um Hilfe gerufen hatte, würden die Engländer sich wegen eines unbedeutenden irischen Mädchens auf keine größere Suchaktion einlassen.

»Nein.« Er schüttelte den Kopf.

»Man ist hinter mir her.«

»Na, ich möchte gar nicht wissen, was du angestellt hast, um ihren Zorn zur Raserei zu steigern.«

Erik beschränkte sich auf ein Lächeln.

»Wie lange wird es dauern?«

Seamus zog die Schultern hoch.

»Einen Tag, höchstens zwei.«

»Gut.« Er schlug Seamus auf den Rücken.

»Leg dich aufs Ohr, Alter. Wenn möglich, komme ich in ein paar Tagen wieder.« Er nahm das Plaid von seinen Schultern.

»Hier, nimm das«, sagte er und reichte es dem Alten. Er hätte es ohnehin ablegen müssen, ehe er wieder ins Wasser sprang. Sinnlos, ein gutes Plaid wegen ein paar Minuten zusätzlicher Wärme zu opfern.

Seamus, der ihn gründlich musterte, schüttelte den Kopf.

»Beim ersten Mal, als ich dich so sah, hast du mir einen schönen Schrecken eingejagt. Ich dachte schon, ein Sendbote des Teufels wollte mich holen.«

Erik lachte leise.

»Noch nicht, Alter. Dir bleiben noch ein paar Jährchen, um die Torheiten der letzten sechzig gutzumachen.«

Seamus schnaubte.

»Sechzig? Ich bin neunundvierzig, du Arsch.«

Erik lachte und machte sich davon.

Er hatte den Tunnel zur Hälfte hinter sich gebracht, als er ein prickelndes Unbehagen spürte – die erste Ahnung, dass etwas nicht stimmte. Noch ehe er etwas hörte, wusste er, dass sich jemand näherte. Er griff nach dem Dolch, den er um die Mitte befestigt trug, blieb an die Wand gedrückt stehen und horchte. Gleich darauf bestätigte das leise Grollen ferner Stimmen, was seine Instinkte ihm bereits verraten hatten.

Aber anstatt eines einzelnen Postens, wie es zu erwarten gewesen wäre, näherten sich mindestens ein Dutzend Mann von der Seepforte her. Eine Galeere musste angelegt haben.

Verdammt, der Zeitpunkt hätte nicht ungelegener sein können.

Im Normalfall hätte Erik nicht zweimal überlegt, es mit einem Dutzend englischer Krieger aufzunehmen. Sein Training hatte ihn darauf vorbereitet. Nur die Tatsache, dass er nackt und nur mit einem Dolch bewaffnet war, verschaffte den Engländern eine Chance im Kampf.

Doch er konnte nicht, verdammt. Obwohl es ihm zutiefst widerstrebte, einer Herausforderung auszuweichen, wollte er den Engländern seine Anwesenheit nicht preisgeben, indem er einen Leichenhaufen zurückließ, der eine Erklärung forderte – nicht wenn es sich vermeiden ließ. Damit wäre Dunaverty nicht nur als Informationsquelle verloren, es würde auch eine Woche vor dem Angriff unerwünschte Aufmerksamkeit auf ein Gebiet lenken, das Arran viel zu nahe lag.

Da es im engen Tunnel kein Ausweichen gab, schlich Erik zurück, um sich irgendwo in den Küchengewölben zu verbergen, bis der Trupp verschwunden war.

Zumindest sah sein Plan es vor.

An sich ein guter Plan, nur übersah er, als er sich geduckt in den ersten Vorratsraum schlich, bei seiner hastigen Umschau den Jungen, der sich zwischen den Säcken und Fässern von Mehl, Hafer und Gerste versteckt hatte. Er horchte so angestrengt auf die Worte der näher kommenden Krieger, dass er die Bewegung hinter sich zu spät wahrnahm.

Er fuhr herum. Der Junge öffnete den Mund zu einem Schrei und stieß in der Dunkelheit mit einem Messer heftig zu.

Erik reagierte fast zeitgleich, presste dem Jungen eine Hand auf den Mund und drückte ihn mit dem Unterarm gegen die Wand.

Das geschah so rasch, dass er den Schrei beinahe erstickte, aber nicht so rasch, dass er den Schnitt quer über seinen Bauch hätte verhindern können.

Der scharfe Schmerz ließ Erik zusammenzucken. Er spürte Feuchtigkeit, Blut, das aus der Wunde floss, gab aber keinen Laut von sich.

Die Augen des Kleinen wurden groß, als ihre Blicke sich in der Dunkelheit trafen.

Erik konnte es nicht fassen. Ein Knabe von nicht mehr als sieben oder acht – vermutlich mit der Aufgabe befasst, die Ratten von den Vorräten zu verscheuchen – hatte ihn nicht nur angesprungen, sondern ihn sogar verwundet. Er durfte gar nicht daran denken, wie knapp er einer Kastration entgangen war.

Erik war nur froh, dass die anderen Mitglieder der Garde ihn nicht sehen konnten. Das Gespött hätte kein Ende genommen, zumal von Seiten Setons und MacGregors, die häufig Opfer seiner Sticheleien wurden – selbst verschuldet, weil sie es ihm zu leicht machten. Seton, weil er ein verdammter Engländer war, und MacGregor seines hübschen Gesichts wegen.

»Was war das?«, hörte Erik von jenseits der Tür. Er erstarrte zur Reglosigkeit. Das kleinste Geräusch konnte das Ende bedeuten.

Seinen Blick fest auf den Jungen gerichtet, schüttelte er in stummer Warnung, keinen Mucks von sich zu geben, den Kopf.

Die Augen des Jungen wurden noch runder. Viel zu erschrocken, um etwas zu tun, starrte der Bengel Erik an, als hätte er ein Gespenst vor sich.

Geht endlich weiter, trieb Erik die Soldaten im Tunnel stumm an.

Vergeblich.

Im nächsten Moment hörte er den Befehl einer herrischen Stimme:

»William, sieh nach.«

Erik packte den Jungen und huschte mit ihm lautlos hinter die Tür. Er konnte nur hoffen, William würde nicht zu gründlich nachsehen.

Die Tür flog auf. Mit angehaltenem Atem hielt er den Jungen fest wie in einem Würgegriff, damit dieser keinen Laut von sich geben konnte. Williams schwere Atemzüge waren durch das Holz der Tür zu hören. Gleich darauf wurde es hell im Vorratskeller, als eine Fackel in den Raum gehalten wurde.

Mit angespannten Muskeln war er bereit, den Jungen wegzustoßen und zu kämpfen. Ein Teil von ihm – jener, der es nicht gewohnt war, eventuelle Folgen in Betracht zu ziehen – hoffte auf diesen Vorwand.

»Hier ist nichts«, sagte der Soldat auf der anderen Seite der Tür, »war wohl eine Ratte.«

Die Tür schloss sich, aber Erik wartete, bis die Schritte verhallten, ehe er den Jungen losließ.

»Nicht schreien, Junge«, flüsterte er auf Gälisch, »ich möchte dir nichts antun.«

Langsam nahm er die Hand vom Mund des Kleinen. Der Junge flüchtete sich sofort in die hinterste Ecke des kleinen Raumes und versteckte sich hinter einem großen Fass.

»Bitte, ich werde brav sein«, wimmerte er mit zitternder Stimme.

»Nimm mich nicht mit in die Hölle. Ich werde meiner Mutter folgen, das verspreche ich.«

Eriks erster Impuls war es, das erschrockene Kind zu beruhigen. Dann aber fielen ihm Seamus' Bemerkungen ein, und er wusste, dass die Angst des Jungen das Problem lösen würde, das ein Augenzeuge darstellte. Wenn der Junge berichtete, was er gesehen hatte, würde man seine Geschichte als kindliche Fantasie abtun. Manche Männer hätten nicht gezögert, den Jungen zu töten, aber für Erik war die Tötung Unschuldiger eine Grenze, die er nicht überschritt. Wie Ellie hatte sich der Junge nur zur falschen Zeit am falschen Ort befunden.

Im geisterhaftesten Ton, der ihm zu Gebote stand, sagte er:

»Schließe die Augen, rühre dich nicht und gib bis morgen keinen Ton von dir, oder ich komme wieder. Verstanden?«

Der Junge sagte nichts, Erik aber war ziemlich sicher, dass er verzweifelt nickte.

Er erwog, etwas zu suchen, um seine Wunde zu verbinden, wusste aber, jeder Verband würde im Wasser abgehen. Nachdem er sich vergewissert hatte, dass der Tunnel leer war, trat Erik hinaus. Da er wusste, dass Geschichten über eine Phantom-Armee sich bereits landauf landab verbreiteten, konnte er nicht widerstehen, dem Jungen noch eine Warnung mitzugeben.

»Sag den Engländern, sie sollen aus Schottland verschwinden oder den Preis dafür bezahlen. Wir werden sie alle fassen.«

Der Junge schnappte nach Luft, was ihm verriet, dass er die Gerüchte gehört haben musste. Bruce, der wusste, dass Angst eine höchst wirkungsvolle Waffe sein konnte, hatte die Verbreitung der Gerüchte über seine Phantom-Armee von Marodeuren gefördert, die nicht rasten und ruhen würde, bis auch der letzte Engländer aus Schottland hinausgejagt war.

So gut wie sicher, dass der Junge bis zum Morgen nicht einmal zwinkern würde, wollte Erik doch kein Risiko mehr eingehen und lief durch den Tunnel zum Dock – diesmal ungehindert. Er hielt seine Hand über seine Bauchwunde, um das Blut so gut es ging zu stillen. Als er anhielt, um sie im Fackelschein zu untersuchen, sah er mit Erleichterung, dass sie zwar stark blutete, aber nicht sehr tief zu sein schien. Das Salzwasser würde freilich höllisch brennen, doch nach wenigen Minuten im kalten Wasser würde er völlig gefühllos sein und nichts mehr spüren.

Er hoffte nur inständig, dass nicht zu viele Haie in der Nähe waren. Mit Haien zu kämpfen, hatte ihm als Junge zwar Spaß gemacht, seitdem ihm einer aber einmal fast die Hand abgebissen hatte, war es damit vorbei. Erik kannte keine Angst, eine Begegnung mit einem großen Hai bei Nacht kam diesem Gefühl aber verdammt nahe.

Gottlob ohne Hai-Begegnungen schleppte Erik sich vierzig Minuten später aus dem Wasser und wurde sofort von seinen Männern umringt, ehe er das Ufer erreichte. Der Blutverlust und das lange Schwimmen hatten ihn so geschwächt, dass er einem Zusammenbruch nahe war. Aber er hatte es geschafft.

Beim Anblick der Schnittwunde spielte Domnall verrückt und wollte sofort Meg holen lassen, Erik aber wollte nicht, dass sie – sie beide – geweckt wurden. Ellie brauchte ihren Schlaf. Wurde sie zu früh geweckt, war sie grantig wie ein gereizter Bär. Die Wunde hatte bis zum nächsten Tag Zeit.

Er freute sich schon, Ellie sagen zu können, dass seine Mission von Erfolg gekrönt worden war – größtenteils, wenn auch in nächster Zeit ein weiterer Ausflug nach Dunaverty wegen seiner beinahe erfolgten Entdeckung zu riskant war.

Sie brauchte ein wenig Spaß, und er würde ihn ihr bieten.

Ellie vertilgte den letzten Rest der Köstlichkeit – altes Haferbrot, das Meg mit Zucker bestreut über Nacht in die Röhre geschoben hatte und das nun herrlich knusprig war –, als jemand an die Tür pochte.

In der Meinung, es wäre Hawk, staunte sie nicht schlecht, als Duncan eintrat. Er erwiderte ihren Morgengruß und wandte sich dann rasch an Meg, die eben Thomas ein Tablett gebracht hatte.

»Meg, wir brauchen dich unten im Lager. Du bekommst die Chance, eine Wunde zu nähen.«

Meg lächelte.

»Ich hole meine Sachen.«

»Hat der Captain Euch heute so früh trainieren lassen?«, fragte Ellie. Meg war schon zweimal gerufen worden, um Wunden zu versorgen, die die Männer beim »Training« abbekommen hatten.

Duncan grinste. Wie die meisten anderen zog er sie gern auf, da sie immer so spät aufstand.

»Für uns ist es schon fast Mittag. Aber nein, wir haben nicht trainiert. Es geht um den Captain.«

Sie sprang von ihrem Stuhl auf, ehe es ihr bewusst war.

»Was ist passiert?« Ihr Puls raste vor Angst. Er hatte vergangene Nacht ihrer Familie eine Botschaft zukommen lassen wollen. War etwas passiert?

»Ist er verletzt?«

Duncans merkwürdiger Blick verriet ihr, dass sie übertrieben reagiert hatte. Sie zwang ihr rasendes Herzklopfen zur Ruhe. *Was stimmt mit mir nicht?*

»Nein, Mädchen, es ist nur ein Kratzer.«

Ellie konnte sich vorstellen, was »nur ein Kratzer« für so abgebrühte Krieger wie Hawk und seine Männer bedeutete. Gebrochene Gliedmaßen und aus dem Leib quellende Eingeweide vor Augen, folgte sie Meg und Duncan den Weg hinunter zum Ufer, wo die Männer ihr Lager aufgeschlagen hatten.

Sie war dankbar, dass niemand eine Bemerkung darüber machte, dass sie sich ihnen einfach angeschlossen hatte. Sie war nicht sicher, es erklären zu können, nur musste sie mit eigenen Augen sehen, dass er unversehrt war. Nur die Möglichkeit, dass er verletzt worden war, weil er ihr einen Gefallen tun wollte, war der Grund ihrer Besorgnis.

Es erklärte aber nicht ihr heftiges Herzklopfen und das Gefühl der Enge in ihrer Brust.

Eine Gruppe von Männern hatte sich um das Feuer im Hintergrund der Höhle geschart. Als Meg kam, machten sie Platz und gaben den Blick auf den Captain frei. An einen niedrigen Felsblock gelehnt, lag er auf einem Plaid ausgestreckt da.

Ellies Knie wurden weich. Nicht weil er so bleich unter den breiten schwarzen Schmutzstreifen war, die seine Haut bedeckten, auch nicht wegen des großen diagonal verlaufenden Schnittes auf seinem Leib, sondern weil seine Brust bloß war. Seine sehr breite, sehr muskulöse, sehr nackte Brust. Ihr Blick fiel auf das locker um seine Mitte gewickelte Plaid, und ihr Mund wurde trocken. Es stand zu vermuten, dass der Rest von ihm ebenso unbekleidet war.

Lieber Gott. Ihre Handflächen wurden feucht, ihr Magen flatterte nervös. Er war prachtvoll. Muskulös, aber schlank. Der breite Schild seiner Brust war wie gemeißelt und hart wie die Felswand der Höhle hinter ihm. Seine Arme strotzten vor Muskelsträngen; sein Bauch war flach und gerippt, durchzogen von schmalen, festen Stahlbändern. Wie es aussah, hatte er keine Unze überflüssiges Fleisch an sich.

Tief in ihr musste ein urzeitlicher weiblicher Instinkt schlummern, der bei übertriebener Zurschaustellung von körperlicher Stärke aufflammte. Sie musste nicht beschützt werden, falls sie aber jemals Schutz brauchte, war er der Mann, den sie an ihrer Seite haben wollte. Auf dem Schlachtfeld musste er großartig sein.

Sein Blick tauchte in ihren. Hielt sie fest. Ließ nicht zu, dass sie sich umdrehte. Der Bewusstseinsstrom zwischen ihnen wurde stärker; sie hätte ihn nicht unterbrechen können, selbst wenn sie es gewollt hätte.

Etwas war im Gange, wenn sie auch nicht wusste, was. Als wären einen Augenblick lang Verstellung und Selbstgefälligkeit von ihnen abgefallen und sie stünden sich nur als Mann und Frau gegenüber. Nicht als Pirat und Gefangene. Nicht goldener Gott und nur passabel hübsche Frau. Nicht der Mann, der vor dem Gesetz floh, und die Tochter des Earls, verlobt mit einem der mächtigsten Männer Englands. Einen Moment lang war das alles ohne Bedeutung.

Noch nie hatte er sie so eindringlich angesehen. So ernst. Schon fürchtete sie, er könnte sie durchschauen. Er könnte ihre Besorgnis, ihre Furcht und ihre sehr weibliche Reaktion auf seine Nacktheit erkennen.

Das war kein Mann, dem alles gleichgültig war. Dies war ein Mann tiefer Sehnsüchte und wilder Intensität. Ein Mann, für den sie ernsthafte Gefühle entwickeln konnte.

Der Gedanke störte – und ängstigte – sie.

Sie spürte ein starkes Ziehen in der Brust und musste sich zwingen, hinter Meg zu gehen und nicht dem Drang nachzugeben, sofort an seine Seite zu eilen und sich zu überzeugen, dass ihm nichts fehlte.

»Na, was hast du diesmal angestellt?«, fragte Meg besorgt.

Endlich ließ sein Blick sie los, wieder verbarg die Maske unbekümmerter Liebenswürdigkeit seine Gedanken.

»Ach, ein wenig Ärger mit einem Messer. Sieht nicht ernst aus, aber Domnall hat darauf bestanden, dass du dich darum kümmerst. Ich habe zu ihm gesagt, dass die Mädchen scharf auf Narben sind, aber du kennst ja seinen Eigensinn.«

Domnall schnaubte.

»Ich möchte deinen stinkenden Leichnam nicht über alle Inseln schleppen müssen, das ist alles.«

Erik wandte sich lachend an Ellie, die wohl erbleicht sein musste.

»Lass dich nicht durch seine Großsprecherei täuschen, Mädchen. Er meint kein einziges Wort ernst.«

»Lass mich sehen, wie nahe du an der Pforte des Todes warst«, sagte Meg.

Sie kniete neben ihm nieder, um die Wunde zu untersuchen, und Ellie stellte sich hinter sie.

Der »Kratzer« war ein hässlicher, gezackter Schnitt von etwa fünf Zoll Länge, der von unterhalb der Rippen zur unteren linken Seite führte. Die Wunde war mit Sand und irgendeinem schwarzen Fett verklebt. Dasselbe Fett hatte sie zuvor in seinem Haar bemerkt. Die großen Schmierflecken verrieten, dass er von Kopf bis Fuß damit eingeschmiert gewesen war, das meiste war aber abgespült oder abgewischt worden.

Er war geschwommen, dachte sie bei sich. Und er hatte es schon zuvor getan. Was führte er im Schilde? Wieder regte sich bei ihr das Gefühl, dass er mehr war als ein gewöhnlicher Pirat.

Meg blickte über die Schulter.

»Ellie, komm und hilf mir.«

Ihr Augen weiteten sich erschrocken, alles in ihr sträubte sich. Ihn zu berühren, war das Letzte, was sie wollte.

Sie rührte sich nicht von der Stelle.

»Ellie?«, ließ Meg sich wieder vernehmen.

Da alle – auch Hawk – sie ansahen, zwang sie sich, sich neben Meg hinzuknien.

»Was soll ich tun?«

»Reinige die Wunde mit diesem Tuch so gut es geht, während ich Nadel und Sehne bereit mache. Und während ich nähe, musst du die Wundränder zusammendrücken.«

Ellie schluckte schwer und nickte. Sie tauchte das Tuch in das kühle Wasser, das Meg aus einem Krug in eine kleine Schüssel gegossen hatte, und ging daran, den Schnitt zu säubern, wobei sie es vermied, seine nackte Haut mit den Fingern zu berühren, als sie das schwarze Fett und den Seesand entfernte. Doch sie war sich schmerzlich seiner festen Muskeln darunter bewusst – und seiner Augen, die sie ansahen. Fast war es, als könnte auch er die Anspannung spüren und sei sich der Berührung ihrer Hände allzu bewusst.

»Leg deine Hände hierher«, sagte Meg und zeigte es ihr.

Ellie atmete tief durch und legte die Handflächen beiderseits der Wunde auf – eine ruhte sanft auf seinen Rippen, die andere tief auf seiner Hüfte. Sie hätte geschworen, ein scharfes Zischen zu hören, als ein Hitzeschwall unter ihren Händen aufflammte.

Er zuckte unter der Berührung zusammen, und sie zog ihre Hand zurück.

»Verzeiht, hat es weh getan?«

Er wollte den Kopf schütteln, sagte dann aber.

»Ja. Es sticht etwas mehr, als ich gedacht habe.«

Eine kleine Falte zeigte sich zwischen Ellies Brauen.

»Ich will versuchen, vorsichtiger zu sein.«

Wieder berührte sie ihn, und obwohl er nicht zusammenzuckte, spürte sie, dass er Schmerz empfand. Um seinen Mund lag ein harter Zug, jeder Muskel war angespannt.

Auf sie schien es die gegenteilige Wirkung zu haben. Sie spürte Hitze und Energie unter ihren Händen und sehnte sich danach, sie weiter über ihn gleiten zu lassen. Um die Kraft zu prüfen, die sich unter ihren Fingerspitzen wölbte. Ihre Finger über die festen Muskelstränge , die seinen Bauch säumten, zu spreizen. Ihre Finger unter den Rand des Plaids zu schieben …

Ein leiser, gequälter Laut entrang sich seiner Kehle, er rührte sich unruhig, fast als wüsste er, was sie dachte. Aber Meg zupfte scharf an der Sehne, als sie die Nadel durch seine Haut stach, und Ellie war nun klar, dass dies der Grund sein musste.

»Danke, Ellie«, sagte Meg wenig später. Sie sah Hawk mit merkwürdiger Miene an.

»Jetzt schaffe ich es allein.«

Ellie, die ein erleichtertes Aufatmen unterdrückte, ließ die Wundränder los und versteckte die Hände in ihren Röcken. Auch der Captain schien entspannter.

Um die peinliche Stille zu brechen, fragte Ellie:

»Wie ist das passiert?«

Domnall stöhnte.

»Ach, Mädchen, das frage ihn lieber nicht.«

Hawk bedachte ihn mit einem vorwurfsvollen Blick und stürzte sich in eine lange, dramatische Geschichte – wie er im Verlauf einer mitternächtlichen Schwimmtour auf eine Schar von zwanzig der größten englischen Halunken gestoßen war, die er je gesehen hatte (natürlich in voller Rüstung und bis an die Zähne bewaffnet), die es auf eine Galeere voller Nonnen und Waisen unterwegs zur heiligen Insel Iona abgesehen hatten. Eine Ruchlosigkeit dieses Ausmaßes konnte er kaum ignorieren (wohl kaum, dachte sie, da Piraten ja für ihre Menschenfreundlichkeit bekannt waren) und war an Bord gesprungen, um den Bedrängten beizustehen und die Halunken – mit nur einem Dolch bewaffnet – zu besiegen. Als er zur Rettung eines der Kinder geschritten war, das die Engländer über Bord werfen wollten, hatte einer der Gegner ihm eine Wunde beigebracht, ehe Hawk ihn erledigen konnte.

Als er mit seiner Geschichte fertig war, hatte auch Meg die Wundnaht geschafft und sah ihn mit einem an Heldenverehrung grenzenden Blick an.

»Eine bemerkenswerte Geschichte«, sagte Ellie. Waisen *und* Nonnen? Etwas zu dick aufgetragen, aber sehr unterhaltsam.

»Aber stimmt sie auch?«

Domnall hüstelte, um sein Lachen zu verbergen, und Hawk sah ihn scharf an.

»Das Mädchen durchschaut dich, Captain«, sagte Domnall, als er sich das Lachen verbissen hatte.

»Hätte nicht gedacht, dass ich das erlebe.«

»Na?«, bohrte Ellie weiter.

Hawk zog die Schultern hoch.

»Ich glaube kein Wort davon«, sagte sie schnippisch.

»Wenn sich Piraterie nicht mehr lohnt, solltet Ihr eine Laufbahn als Barde ins Auge fassen.«

Er grinste ohne Bedauern.

»Es waren die Waisen, stimmt's?«

»Unter anderem. Auch die zwanzig Mann. Niemand kann nur mit einem Dolch ausgerüstet zwanzig Mann bezwingen.«

Domnall furchte die Stirn.

»Der Captain kann es.« Sie sah den älteren Mann an und erwartete ein Lächeln zu sehen, er aber schien es ernst zu meinen.

»Er hat es zuvor schon getan.«

»Hast du nichts zu tun, Domnall?«, sagte Hawk streng.

»Ich dachte, du wolltest Teile der Takelung erneuern.«

Ellie konnte es nicht fassen. Der große Aufschneider war verlegen. Er tischte geradezu lächerlich detaillierte Geschichten über seine Taten auf, kam aber die Wahrheit heraus, übte er sich in Bescheidenheit.

Es war … faszinierend. Unerwartet. Sogar charmant.

Ellie versuchte noch immer, die Tatsache zu verarbeiten, dass er allein zwanzig Mann erledigt hatte – wie war das nur möglich? –, als Domnall und die anderen sich zum Gehen wandten.

Meg blicke mit fragender Miene von Ellie zum Captain und wieder zurück. Peinlich berührt vom scharfen Blick der Frau, sagte Ellie:

»Ich muss zurück und nach Thomas sehen.«

Meg schüttelte den Kopf.

»Bleib doch. Ich kümmere mich um Thomas.« Sie neigte den Kopf in Hawks Richtung, sprach aber, als wäre er nicht da.

»Sorge dafür, dass er mindestens eine Stunde nicht aufsteht – bis die Salbe, die ich auf die Naht aufgetragen habe, eintrocknen konnte.«

So etwas wie die klebrige, leimartige Substanz hatte Ellie noch nie gesehen, doch nach den Stichen auf Duncans Arm zu schließen, schien die Salbe ein wahres Wundermittel für die Wundheilung zu sein.

Er stöhnte.

»Eine Stunde? Ich habe so viel zu tun.«

»Das kann warten«, sagte Meg energischer, als Ellie sie je zu ihm sprechen gehört hatte. Vielleicht war sie von ihm doch nicht so geblendet, wie Ellie geglaubt hatte.

Meg ging, ehe Ellie sich einen Einwand ausdenken konnte. Zumindest waren sie nicht ganz allein. Ein paar Männer hielten sich noch im hinteren Teil der Höhle auf.

Sie setzte sich ihm gegenüber auf einen Stein und versuchte es sich gemütlich zu machen, was nicht einfach war, da ihr gesamtes Gesichtsfeld von seiner eindrucksvollen Brust beherrscht wurde. Wer hätte gedacht, dass Muskeln so … fesselnd sein konnten …

Sie versuchte, ihn nicht anzustarren, das war aber leichter gesagt als getan. Sie hob ihren Blick zu seinem Gesicht, dabei fiel ihr Blick auf etwas an seinem Oberarm. Es sah aus wie ein Zeichen, da aber noch schwarzes Fett darauf verschmiert war, konnte man es nicht deutlich sehen.

»Was ist das?«, fragte sie und deutete auf seinen Oberarm.

Seine Miene wurde unmerklich unbeweglich.

»Nichts.« Sein Plaid über die Schulter schiebend, bedeckte er den Arm.

»Eine alte Narbe.«

Eine solche Narbe hatte sie noch nie gesehen. *Er verbirgt etwas.* So wie sie selbst, ermahnte sie sich, doch standen die Geheimnisse plötzlich wie eine Mauer zwischen ihnen. Von dem überwältigenden Drang erfüllt, sie niederzureißen und ihn richtig kennenzulernen, vergaß sie einen Moment lang, dass die Mauer auch sie schützte.

»Sie muss von einer Brandwunde stammen«, sagte sie.

Er sah sie verwundert an, sie aber trotzte ihm mit ihrem Blick und gab ihm zu verstehen, dass sie seine Lüge durchschaut hatte.

»Der Ruß. Er bedeckt Euch über und über.«

Er hielt ihren Blick fest, sagte aber nichts. Wohl um nicht wieder lügen zu müssen.

»Wollt Ihr mir nicht sagen, was wirklich geschehen ist?«, fragte sie leise.

»Wie Ihr verletzt wurdet?«

Wieder sagte er nichts, was auch eine Antwort war. Er wollte sich ihr nicht anvertrauen. Mehr als diesen brüchigen Waffenstillstand, den sie geschlossen hatten, gab es nicht. Mehr wollte er nicht. Sie hätte eigentlich nicht so enttäuscht sein dürfen.

»Ein Siebenjähriger hat mich angefallen.«

»Was Ihr nicht sagt«, höhnte sie und schüttelte den Kopf ob der lächerlichen Erklärung. Er konnte wirklich nicht ernst bleiben.

»Sagt mir nur eines … geschah es wegen meines Anliegens?«

»Nein«, erwiderte er eisern, »es hatte nichts mit dir zu tun. Ein kleiner Schnitt, mehr ist es nicht. Ich war nie in echter Gefahr.«

Sie spürte nun, dass er die Wahrheit sagte und empfand unendliche Erleichterung. Diese merkwürdigen und widersprüchlichen Gefühle, die sie ihm entgegenbrachte, verwirrten sie, doch wusste sie eines: Sie wollte nicht, dass er verletzt wurde.

Ihr Vater würde seinen Kopf auf einer Pieke aufgespießt sehen wollen, falls er seiner je habhaft würde. Sie verdrängte den grauenhaften Gedanken. Dazu würde es nicht kommen. Irgendwie würde sie ihn schützen können.

»Seid Ihr sicher?«

Er lächelte.

»So leicht entkommst du deinem Versprechen nicht. Wäre da nicht Megs Salbe, würde ich dich jetzt festhalten.«

Ihr Herz schlug aufgeregt.

»Heißt das ...?«

»Ja, deine Nachricht ist auf den Weg gebracht.«

Ellie sank vor Erleichterung zusammen. Sie hatte das Gefühl, eine schwere Last wäre von ihr abgefallen. Ihre Familie würde sich noch immer Sorgen machen, aber wenigstens wissen, dass sie am Leben war.

»Danke«, sagte sie mit glühendem Blick.

»Bedanke dich nicht zu früh, Mädchen«, sagte er mit teuflischem Augenzwinkern. Es war nicht jenes leichtsinnige Blinzeln, das man einfach abtun konnte, sondern etwas Verbotenes, Verheißungsvolles.

»Die nächsten Tage bist du mein.«

Mein. Ihr Herz tat einen komischen kleinen Salto. Allein die Art, wie er es sage, jagte ihr Schauer der Hitze und Erregung durch die Adern.

Es ist ohne Bedeutung, sagte sie sich. Aber zum ersten Mal im Leben fragte Ellie sich, ob sie sich nicht mehr zugetraut hatte, als sie bewältigen konnte.

Herrgott, wie gern er sie verwirrte. Ein Blick auf ihre weichen, errötenden Wangen, und Erik empfand tiefe Befriedigung. Eigentlich schrecklich, dass ihm ihr Unbehagen Vergnügen bereitete, aber sie hatte ihn tagelang gepeinigt – es war nur recht und billig, dass er sich revanchierte.

Sie konnte es abstreiten, soviel sie wollte, aber Ellie war weit davon entfernt, ihm gegenüber gleichgültig zu sein. Das hatte ihm ihr Gesicht verraten, als sie in die Höhle stürzte, zutiefst besorgt um ihn. Doch als sie seine Brust gesehen hatte, hatte sich ihr Ausdruck verändert.

Mit bewundernden weiblichen Blicken hatte Erik reichlich Erfahrung, konnte sich aber nicht besinnen, dass er jemals körperlich darauf reagiert hätte. Er verspürte wieder eine Woge der Befriedigung, diesmal aber viel tiefer – und viel härter.

Aber nicht annähernd so hart, wie er unter ihrer Berührung geworden war. Erik runzelte die Stirn. Er hatte sich gefühlt, als würde er aus seiner verdammten Haut fahren. Ihre Hände auf seiner Brust, dann tiefer auf seinem Leib, ihre Finger nahe an seinem Schwanz – er war vor Verlangen fast wahnsinnig geworden. Er hatte danach gelechzt, sie auf sich zu ziehen.

Sicher hatten alle Anwesenden seine Reaktion bemerkt – nur Ellie nicht. Aber gespürt hatte sie es auch. Dies und ihre neugierigen Blicke auf die unteren Bereiche des Plaids hatten seine Qual nur gesteigert.

Sein Verlangen nach dem kleinen Kindermädchen ließ sich immer weniger ignorieren, und da er nun wusste, dass es um sie ähnlich stand …

Ob er seine Absicht, die nächsten Tage mit ihr zu verbringen, nicht überdenken sollte? Aber sobald das Tagestraining erledigt war, hatte er bis zum Treffen mit den McQuillans wenig zu tun, und sie verdiente ein wenig Vergnügen. Möglich, dass die Situation ihm lästig wurde, aber sie würde ihm nie entgleiten.

Sie stand auf und machte sich mit dem Feuer zu schaffen, nicht weil es nötig gewesen wäre, sondern um etwas zu tun zu haben, wie er argwöhnte. Als sie ihren Sitz auf dem Stein wieder einnahm, hatte sie sich wieder gefasst und sah ihn auf ihre sachliche, direkte Art an, an die er sich allmählich gewöhnte.

Sie wusste nun, wie es um ihn stand, und sie würde sich davon nicht beirren lassen. Es hätte ihn ärgern sollen, stattdessen fand er es seltsam entspannend, jemanden zu haben, der nichts von ihm erwartete. Sie plauderte und flirtete nicht, wie man es erwartet hätte, was bedeutete, dass sie sich schließlich über alles Mögliche unterhielten, so auch über persönliche Dinge.

Wenn sie nur nicht so naseweis und aufmerksam gewesen wäre. Unglaublich, dass sie die Tätowierung auf seinem Arm bemerkt hatte. Er wusste, dass sie bereits argwöhnte, dass er nicht das war, was er behauptete; er konnte nur ahnen, was sie denken würde, wenn sie sähe, dass er den aufrechten Löwen – Symbol des schottischen Königs, ein Zeichen, das alle Mitglieder der Highlander-Garde trugen – auf seinem Arm eintätowiert hatte. Wie lange noch, und sie würde seine Beziehung zu Bruce und dem Aufstand erraten?

Nicht lange, darauf hätte er seinen Kopf verwettet.

Sie sah ihn mit ihren großen, grün-gesprenkelten braunen Augen an und zog eine zarte Braue hoch.

»Also … habt Ihr immer schon Pirat werden wollen, oder ist Eure Vorliebe für die Rettung von Waisen und Nonnen jüngeren Datums?«

Er lachte auf. Er hätte wissen müssen, dass sie sich nicht so leicht von einer Spur abbringen ließ.

»Du weißt ja, es liegt mir im Blut.«

»Ach ja, ich erinnere mich«, sagte sie und ließ ihren Blick rasch über sein Gesicht gleiten, ehe sie ihm wieder in die Augen sah.

»Aber warum glaube ich, dass mehr dahintersteckt, als Ihr zugeben wollt? Was macht einen Mann wie Euch zum Gesetzlosen?«

Einen Mann wie Euch. Ihr Glaube an ihn – ungeachtet dessen, was er ihr gesagt oder nicht gesagt hatte – war ihm nicht geheuer.

Die Lüge, die ihm anfangs als richtig erschienen war, befriedigte ihn nicht mehr. Sie kam ihm nun schlecht vor.

Doch es war sicherer, wenn sie von seiner Beziehung zu Bruce nichts wusste – nicht nur besser für seine Mission, sondern für ihre eigene Sicherheit. Edward achtete in seiner Raserei nicht darauf, wen er unter seinem Absatz zertrat.

Die ganze Wahrheit konnte er ihr nicht sagen, es konnte aber gewiss nicht schaden, wenn sie einen Teil erfuhr.

»Die üblichen Gründe, denke ich. Das Land meines Clans wurde gestohlen. Wir haben getan, was wir tun mussten.«

Er erwartete, sie würde gegen seine Einleitung Einwände erheben, sie starrte ihn jedoch nur nachdenklich an.

»Wie gestohlen?«

Da er sich auf unsicheres Terrain begab, wählte er seine Worte sehr vorsichtig.

»Mein Vater ist gestorben, als ich noch klein war. Einer aus meiner Sippe wollte sich diese Tatsache zunutze machen. Er gab vor, zu meinem Wohl zu handeln, forderte meinen Besitz aber für sich.« John of Lorn – dieser gierige MacDougall-Bastard – glaubte, er könnte alle Inseln beherrschen, ob das Land einem anderen gehörte oder nicht.

»Er hätte mich getötet, wenn nicht ein anderer Anverwandter mich in seine Dienste genommen hätte. Ihm verdanke ich alles.«

Sie sah ihn so eindringlich an, dass er befürchtete, er hätte zu viel gesagt.

»Auch wenn Ihr anfangs in diese Lebensform hineingezwungen wurdet, müsst Ihr doch einsehen, dass es nicht immer so weitergehen kann.«

»Wie meinst du das?«

Sie zeigte auf den Schnitt auf seinem Bauch.

»Ich kann mir nicht vorstellen, dass Piraten lange leben. Eines Tages werden Eure Verfolger Euch schnappen.«

Wenn sie die Wahrheit geahnt hätte! Seine Situation war noch schlimmer. Er konnte binnen einer Woche tot sein.

Sie standen im Begriff, mit ein paar hundert Mann einen Angriff gegen die volle Streitmacht der schlagkräftigen englischen Armee zu führen. Selbst wenn sie Erfolg hatten, gab es keine Garantie, dass die Schotten sich um Bruces Banner scharen würden – sie hatten es zuvor nicht getan, und damals war Bruces Position viel stärker gewesen.

Nach rationaler Einschätzung waren Bruce und seine Anhänger zum Scheitern verurteilt. Aber Erik glaubte noch immer, dass ein Sieg möglich war. Sie würden einen Kampfstil anwenden, den Edward – den auch sonst kein Mensch – nie zuvor gesehen hatte. Highland-Stil. Piratenstil. Edward würde gar nicht wissen, womit er es zu tun hatte.

»Ich bin ein sehr guter Pirat«, sagte er mit einem Augenzwinkern.

Sie ließ einen scharfen Laut hören, der verdächtig nach Schnauben klang.

»Das bezweifle ich nicht. Aber gewiss wollt Ihr mehr vom Leben, als von Insel zu Insel gejagt werden, wo Euch wenig mehr als eine Höhle und ein oder zwei Frauen erwarten?«

Ihm genügte es, doch würde er jetzt sicher zu hören bekommen, warum es nicht genügte. Vermutlich würde er die Frage bereuen.

»Was zum Beispiel?«

»Eine Ehe. Familie. Liebe.«

Er grinste verschmitzt.

»Davon habe ich jede Menge.«

Sie verdrehte die Augen.

»Das ist nicht dasselbe.«

Es ging wieder los. Sie wusste alles besser. Natürlich würde er heiraten … irgendwann, doch würde er es tun, um die Macht seines Clans zu stärken. Wenn er sich zu seiner Frau hingezogen fühlte und sie gern mochte, würde es vielleicht erfreulicher sein, aber nötig war es nicht. Seine Eltern waren seiner Erinnerung nach gut miteinander ausgekommen, obwohl es sich anfangs keineswegs um eine Liebesehe gehandelt hatte.

Er wölbte eine Braue. »Und du bist Expertin? Ich wusste nicht, dass du eine solche Romantikerin bist, Ellie.« Sein Blick glitt über sie und blieb an ihrem Mieder hängen.

»Was verbirgt sich hinter der stachligen Kindermädchen-Fassade?«

»Das geht Euch nichts an«, gab sie steif und mit anbetungswürdig geröteten Wangen zurück.

»Und ich bin keine Romantikerin. Aber ich weiß zumindest, dass es einen Unterschied zwischen Liebe und Lust gibt, wenngleich mich nicht wundert, dass Ihr ihn nicht kennt.«

Er kniff den Mund zusammen. Er hörte die leichte Geringschätzung in ihrem Ton heraus und stellte sich vor, dass das kleine Kindermädchen ihm wieder die Leviten lesen wollte. Er hatte die Nase voll von ihrer Kritik und Nörgelei. Sein Leben war schön. Er war ja nicht derjenige, der unbefriedigt wie eine Nonne zur Fastenzeit war.

»Und was ist mit dir, Ellie? Was willst du?«

Völlig verblüfft zuckte sie zusammen – als hätte sie eine so grundlegende Frage nie überlegt. Als sie aber darüber nachdachte, schien die Antwort sie nicht sehr glücklich zu machen. Das wehmütige Lächeln, das ihren Mund umspielte, versetzte ihm einen Stich. Er verspürte das seltsame Verlangen, sie in die Arme zu nehmen und sie vergessen zu lassen, was sie traurig stimmte.

Sie sah ihn nicht an und richtete den Blick unverwandt auf die glosenden Torfstücke.

»Es spielt keine Rolle, was ich möchte.«

»Natürlich spielt es eine Rolle«, sagte er leise.

»Es ist dein Leben. Du kannst darüber entscheiden.«

Seine Worte zeigten die gegenteilige Wirkung wie beabsichtigt. Anstatt sie zu ermutigen, bewirkten sie, dass sie die Schultern hochzog und ihre braunen Augen vor Zorn grün aufflammten.

»Das sagt sich so leicht. Ihr haltet Euch nicht an Regeln. Ihr seid ein Gesetzloser ohne Verantwortung, Ihr habt keine Verpflichtungen, kein Pflichtgefühl. Ihr tut, was Ihr wollt, wann Ihr wollt.«

Sie konnte nicht falscher liegen. Keine Verpflichtungen? Er war nicht nur dafür verantwortlich, Bruces gesamte Streitmacht zu sichern, es war auch seine Aufgabe, sie durch den schwer bewachten North Channel nach Arran zu schaffen, von wo der Angriff ausgehen sollte.

Nichts war ihm wichtiger als Treue. Treue zu Bruce. Treue zur Garde. Treue und die Pflicht seinem Clan gegenüber, sein Land wiederzugewinnen. Es war der Grund für seine Anwesenheit hier und warum er von den Engländern gejagt wurde. Es war der Grund, weshalb er Bruce in den Kampf ohne Rücksicht auf den Ausgang folgen würde. Es war der Grund, weshalb seine Mission nicht scheitern durfte. Er glaubte nicht nur an Bruces Recht auf die Krone, er glaubte an den Menschen Bruce. Ein Scheitern war undenkbar.

Bruce und Eriks Kameraden von der Garde rechneten mit ihm, und er würde eher sterben, als sie im Stich zu lassen.

Er wäre wütend gewesen, hätte er nicht den Neid in ihrem Ton herausgehört. Sie wollte das, von dem sie glaubte, er hätte es: Freiheit. Was immer auf ihr lasten mochte, sie glaubte keinen Ausweg zu haben.

Er sah sie prüfend an, sah das Fluidum von Autorität, ihr stilles Vertrauen, die elegante Haltung ihres Kinns, die königliche

Anmut ihrer Haltung. Von Kopf bis Fuß das zimperliche, züchtige Kindermädchen. Was fehlte? Da war etwas, was er nicht zu benennen vermochte, doch spürte er, dass an Ellie mehr war, als man auf den ersten Blick sah.

Was verbarg sie? Und was kümmerte es ihn? Die Geheimnisse seines kleinen Kindermädchens waren für seine Mission ohne Bedeutung. Ihn sollte nur kümmern, dass nichts – sie eingeschlossen – seine Mission gefährdete.

Er schüttelte den Kopf. Wie schaffte sie es nur, dass jedes Gespräch zu einer ernsten Sache wurde? Er würde es sich in den nächsten Tagen zur Aufgabe machen, ihr nicht nur hin und wieder ein Lächeln zu entlocken, sondern ihr auch zu zeigen, dass man nicht alles so verdammt ernst nehmen musste.

»Ich tue nicht immer, was ich will«, sagte er rundheraus und sah sie dabei an.

Zum Teufel damit. Er hatte es satt, gegen diese merkwürdige Anziehungskraft anzukämpfen, die zwischen ihnen vibrierte – zumal er vorhin in ihrer Miene Verlangen gelesen hatte. Hatte er das Begehren aus seinem Körper getilgt, würde diese seltsame Faszination, die das Mädchen auf ihn ausübte, ein Ende haben. Die Tatsache, dass sie unverheiratet war, störte ihn nicht. Er konnte sich beherrschen.

»Täte ich es, hätte ich mich nicht mit einem Kuss begnügt, und hätte die letzten Tage ganz sicher nicht außer Haus geschlafen – allein.«

Auf ihr scharfes Atemholen hin, das seiner kühnen Erklärung folgte, durchfuhr ihn die heiße Erregung der Vorfreude. Er fasste es als Zustimmung auf.

»Ihr sollt nicht solche Dinge sagen«, gab sie tief errötend zurück.

»Warum nicht? Ich begehre dich. Und weißt du was?«

Sie sah ihn wachsam an.

»Du begehrst mich auch.«

»Da irrt Ihr Euch«, sagte sie hastig und wandte den Blick ab.

»Ich weiß, dass es nur schwer in Euren arroganten Schädel geht, aber Ihr wirkt nicht auf alle unwiderstehlich.«

Das werden wir ja sehen. Er lächelte. Sollte sie sich ruhig noch eine Weile an ihre kleine Lüge klammern. Er hatte ihr eben den Fehdehandschuh hingeworfen und freute sich zu beobachten, wie sie mit sich rang, um ihn nicht aufzuheben – noch mehr aber freute er sich auf den Augenblick, wenn sie ihn doch aufheben würde. Denn Erik MacSorley zweifelte keinen Moment daran, dass sie es tun würde.

12

Ralph de Monthermer war ein geduldiger Mensch. Geduld hatte er in dem Monat gelernt, den er im Tower verbracht hatte, der Entscheidung Edwards harrend, ob er geköpft werden sollte, da er das an Hochverrat grenzende Verbrechen begangen hatte, die Tochter des Königs ohne dessen Erlaubnis zu heiraten.

Damals und jetzt war Ralphs Geduld belohnt worden.

Seit Tagen schon suchte er nach Lady Elyne und dem berüchtigten Falken-Schiff – sehr darauf bedacht, nichts von einer vermissten Frau verlauten zu lassen, damit dieser Schurke sie nicht als Geisel benutzen konnte – und hatte nichts vorzuweisen als vom Wind gegerbte Haut, einen schmerzenden Rücken und ebensolche Arme.

Ständig waren ihm kampflustige Barbaren in die Quere gekommen. Er wusste, dass die Inselbewohner den Gejagten schützten. Ein einzelnes Schiff inmitten der zahllosen Inseln an der Westküste Schottlands zu finden war, als würde man eine Stecknadel auf dem Meeresboden suchen.

Aber jetzt gab es wenigstens eine Nachricht.

Heute Morgen hatte man Finn, dem Seneschall des Earls, die Nachricht überbracht, dass »Ellie, das Kindermädchen« in Sicherheit sei und bald nach Hause zurückkehren würde. Es musste Lady Elyne sein. Da sie klug war, hatte sie gewiss rasch erkannt, dass es sicherer war, wenn sie ihre wahre Identität nicht preisgab. Der Bote war verschwunden, ehe man ihn eingehender befragen konnte, aber Ralph war ihm den ganzen Tag auf den Fersen geblieben. Es war nur eine Frage der Zeit, bis man Lady Elyne und den Gesetzlosen, der sie festhielt, finden würde.

Ralph sprang über die Reling auf die Anlegestelle, überließ es seinen Leuten, die Galeere zu sichern, und blieb nicht eher stehen, bis er das eiserne Tor von Dunluce Castle durchschritten hatte. Er riss seinen stählernen Helm vom Kopf und warf ihn einem der Männer zu, die herbeieilten, um ihm zu Diensten zu sein. Er fuhr sich mit den Fingern durch sein zerrauftes Haar und ließ sich den schweren Umhang abnehmen, den er über der Rüstung und dem ritterlichen Wappenrock trug.

Doch er war nicht nur Ritter. Der König hatte ihn wieder zum Earl gemacht. Es war ein Titel, den er schon zuvor innegehabt hatte, den er aber nach dem Tod seiner Gemahlin hatte ablegen müssen. Er verspürte einen Stich im Herzen, der Schmerz war noch immer da. Er hätte alles gegeben, was er besaß – Titel, Besitztümer, Leben – wenn er nur Joan wiedergehabt hätte. Aber Joan war tot, und er war Earl of Atholl – ein schottischer Besitz, verwaist seit der Hinrichtung des ehemaligen Earls, der die tödliche Entscheidung getroffen hatte, sich Bruce anzuschließen.

Ralph verzog das Gesicht. Edwards Blutrausch und seine Härte waren ihm widerwärtig. Sein Wüten gegen Bruce – der ihm wie ein Sohn gewesen war – und dessen Getreue kannte kein Erbarmen. Ralph wollte nicht daran denken, wie grausam der König vorgehen würde, um den Aufruhr niederzuwerfen. Ihm standen Szenen bevor, die er jetzt schon fürchtete.

Mit klirrendem Kettenhemd betrat er die Halle. Da die Nachricht von seiner Rückkehr ihm vorausgeeilt war, erwarteten der Earl und seine Familie ihn bereits in der Halle. Und mit ihnen diejenige, der er nicht hatte begegnen wollen.

Obwohl sehr darauf bedacht, sie nicht anzublicken, wusste er, dass Lady Mathilda anwesend war. Sein feuriges Blut verriet es ihm. Der Reiz, den das Mädchen – anders als seine Schwester, mit der er verlobt war – auf ihn ausübte, war ihm ein Ärgernis. Es war falsch, dass er sich zu ihr hingezogen fühlte. Nicht nur, weil er ihrer Schwester versprochen war, sondern weil seit Joans Tod erst sechzehn Monate vergangen waren. Die Reaktion seines Körpers erschien ihm als Verrat an der Frau, die er aus ganzem Herzen geliebt hatte.

Lady Elyne war die bessere Wahl. Sie war nicht wild und lebhaft, sondern ruhig und gesetzt. Sie würde ihn bei Hof nicht in Verlegenheit bringen, indem sie impulsiv äußerte, was immer ihr durch den Kopf ging, mochte es noch so charmant sein, und sie würde seinen Kindern eine liebevolle Mutter sein. Am wichtigsten aber, sie würde ihn die Liebe, die er für seine Frau empfunden hatte, nicht vergessen lassen.

»Habt Ihr sie gefunden?«, wollte Ulster von ihm wissen, kaum dass er den großen Saal betreten hatte.

Ralph spürte das Gewicht von Lady Mathildas Blick auf sich, sah aber nicht in ihre Richtung. »Noch nicht. Aber wir sind nahe dran.« Alles wartete auf eine nähere Erklärung.

»Ich habe den Boten zu einem Boot verfolgt, das heute Morgen aus Kintyre gekommen und in Ballycastle eingetroffen ist.«

Sie hatten Glück gehabt. Der Bote hatte seine Spuren nicht sorgfältig verwischt – wiewohl er wohl nicht geahnt hatte, dass zwei Earls mit voller Kraft hinter ihm her waren, als er eine Botschaft bezüglich eines Kindermädchens überbrachte. Viel »Überredung« war nicht nötig gewesen, um die Leute zum Reden zu bringen, als Ralph mit einer Flotte schwer bewaffneter englischer Krieger angelangt war.

Ulster zeigte sich wenig beeindruckt.

»Die Botschaft könnte von überallher kommen.«

Ralph nickte.

»Ja, aber das glaube ich nicht. Ich denke, dass sie in der Nähe sind. Der König hat recht behalten.«

König Edward war überzeugt, dass Bruce etwas im Schilde

führte. Aus diesem Grund hatten Ralph und Ulster ihre Flotten schleunigst an die Ayrshire-Küste Schottlands bringen müssen. Sie sollten ganz früh am Morgen auslaufen.

»Warum?«, fragte Ulster, »was habt Ihr gefunden?«

»Das Fischerboot stammt aus einem Dorf unweit Dunaverty Castle. Als ich den Kommandant der Garnison befragt habe, hat er etwas Interessantes erwähnt. Er hat gesagt, es hätte nichts Ungewöhnlicheres als die typischen Gespenstererscheinungen gegeben.«

»Was hat das mit Ellie zu tun?«, fragte Lady Mathilda.

Nun konnte er ihrem Blick nicht mehr ausweichen. Er wappnete sich, was nicht verhinderte, dass es ihn wie ein Blitz durchfuhr, als sich ihre Augen trafen. Sie hatte versucht, ihre widerspenstigen goldenen Locken zu bändigen und auf ihrem Kopf aufzutürmen, doch umgaben noch immer lockere Strähnen ihr Gesicht und den langen Hals, der wie aus Elfenbein war. Ihre großen, babyblauen Augen waren noch rot vor Anstrengung, aber nicht mehr von Tränen verschwollen. Ein köstlicheres Geschöpf war für ihn nicht vorstellbar. Er verbarg seine Reaktion unter der schweren Bürde seiner Schuld – wohin sie gehörte.

Als er antwortete, verriet sein Ausdruck nur brüderliche Besorgnis.

»Zuerst war ich nicht sicher, dass es etwas mit Lady Elyne zu tun haben könnte. Highlander sind abergläubisch; überall sehen sie Gespenster und Feen. Dann aber sind mir Geschichten von einer Bande von Phantom-Marodeuren eingefallen, die in den letzten Monaten hin und wieder in der Gegend um Turnberry und Ayr gesichtet wurden.«

»Ihr glaubt, diese Phantome stehen in Verbindung zu Bruce und seinen Leuten?«, fragte Ulster.

»Ja, es wäre möglich.« Er berichtete von seinem Verhör des

kleinen Küchenjungen, der behauptet hatte, den angeblichen Geist von Angesicht zu Angesicht gesehen zu haben.

»Falls dieser Geist die Quelle der Botschaft ist, muss er sich in der Nähe der Burg befinden. Zumindest müsste hier die Suche beginnen.«

»Glaubt Ihr, dass er Euch zu Bruce führen wird?«, fragte John.

»Der König ist dieser Meinung«, sage Ralph. Die Befehle des Königs waren klar: Man folge dem Falkenschiff und findet Bruce.

»Das alles kümmert mich nicht«, sagte Lady Mathilda, »solange Ihr Ellie findet.«

Das leise Flehen in ihrem Ton gab ihm zu verstehen, dass er nicht versagen durfte – nicht konnte. Sie rechnete mit ihm. Er würde Lady Elyne finden und sie wohlbehalten nach Hause bringen, koste es, was es wolle.

Und damit würde er eine Tür schließen, die nie wirklich offen gestanden hatte.

13

Wohin gehen wir heute? Werde ich endlich die Höhle zu sehen bekommen, von der Ihr mir berichtet habt?«

Ellie achtete darauf, dass ihr Ton weder Erregung noch Neugierde verriet, doch nach zwei gemeinsam verbrachten Tagen ließ Hawk sich nicht so leicht täuschen. Sie konnte Gelassenheit heucheln so viel sie wollte, er wusste, dass sie ihren Spaß hatte.

Zu viel davon. Sein Abenteurergeist und seine kühne Natur waren ansteckend. Er brachte sie zum Lachen, neckte sie und zog sie auf, bis sie nicht anders konnte, als es ihm gleichzutun. Sein unkompliziertes Wesen machte ihn zum angenehmen Begleiter.

Wie lange war es her, dass sie sich so sorglos gefühlt hatte? Seit sie so glücklich gewesen war?

Matty hatte recht gehabt. Nach dem Tod von Mutter und Bruder hatte sie vergessen, was Lebensfreude war. Wie man lächelte. Wie man sich entspannte. Wie man barfuß lief, im Sand und mit im Wind wehendem Haar. Wie sollte sie jetzt, da sie das alles wieder erlebt hatte, in das reglementierte Leben zurückkehren, das sie erwartete?

In eine Ehe, die ich nicht möchte.

Das war es. Zum ersten Mal hatte sie dem eine Stimme verliehen, was ihr Körper ihr schon lange hatte zu verstehen geben wollen. Sie wollte Ralph de Monthermer nicht heiraten. Vermutlich hatte sie die unwillkommene Selbsterkenntnis der Frage des Captains zu verdanken.

Hawk irrte sich. Sie hatte keine Wahl. Sie war die Tochter des Earls of Ulster.

Wenn die Zeit gekommen war, würde sie fortgehen und nicht zurückblicken. Sie würde ihre Pflicht erfüllen, aber bis dahin würde sie jeden nur möglichen Glücksmoment herausschlagen. An jenen zukünftigen langen, einsamen Tagen, wenn sie in einem Turmzimmer sitzend nur Handarbeiten als Ablenkung haben würde, sollte sie etwas haben, an das sie sich gern erinnerte. Sie verspürte einen scharfen Stich in ihrer Brust und befürchtete, zu viele Erinnerungen würden dem Mann an ihrer Seite gelten.

Ich begehre dich. Nachdem er es laut ausgesprochen hatte, fiel es ihr viel schwerer, ihr eigenes Verlangen zu ignorieren. Die letzten Tage waren sie einander geflissentlich ausgewichen, doch standen seine Worte noch immer gewichtig und belastend zwischen ihnen.

Es war ihr unbegreiflich, wie sie sich zu jemandem hingezogen fühlen konnte, der so völlig unpassend für sie war. Waren die unerwiderte Liebe ihrer Mutter und ihr gebrochenes Herz schon Abschreckung genug, so kam in ihrem Fall noch dazu, dass er ein Geächteter war. Ein Mann auf der Flucht, in ständiger Gefahr, für den die Zukunft nur den Strick oder das Beil des Henkers bereithielt.

Ihr Körper schien auf Vernunft nicht hören zu wollen, solange aber ihr Herz es tat, war das alles, was zählte.

»Nein, heute nicht die Höhle«, sagte er.

Ellie schürzte die Lippen. Sie wollte ihre Enttäuschung nicht zeigen.

»Langsam frage ich mich, ob diese Unterwasserhöhle tatsächlich existiert.«

Er lächelte.

»Es gibt sie, aber heute habe ich eine andere Überraschung«, sagte er, holte mit dem Arm aus und schleuderte einen Stein weit hinaus auf die unter ihnen liegende See.

»Das sollt Ihr nicht tun«, schalt sie ihn automatisch, »Eure Wunde wird aufgehen.«

»Meine Wunde ist in Ordnung, und ich dachte, du würdest dich endlich nicht mehr aufführen wie ein Kindermädchen.«

»Wenn Ihr Euch nicht mehr wie ein störrisches Kind aufführt, werde ich mich nicht wie ein Kindermädchen benehmen«, erwiderte sie spitz.

»Nur weil ich offenbar die einzige Frau auf dieser Insel bin, die Euch nicht für unfehlbar hält …«

»Nicht nur auf dieser Insel.«

Sie verdrehte die Augen.

»Ihr seid unmöglich. Los, nur weiter so. Reißt die Wunde auf. Ihr habt ja zwei Frauen zur Hand, die nur darauf warten, Euch zu bedienen.«

Er schüttelte den Kopf.

»Ich wusste, dass du wütend warst. Ich habe schon gesagt, ich wusste nicht, dass sie auftauchen würden.«

Am Abend zuvor hatte Meg einen Korb mit Lebensmitteln vollgepackt, den Ellie ins Lager zu Hawk bringen sollte. Sie war just in dem Moment angekommen, als drei andere Frauen, die dieselbe Idee gehabt hatten, ebenfalls dort eintrafen.

»Ich war nicht wütend; ich war froh, wieder zu meinem Spiel mit Thomas zurückzukommen.«

Lügnerin. Nach dem vergnüglichen Tag, an dem sie einige Höhlen im Süden der Bucht (wo er die angebliche Unterwasserhöhle erwähnt hatte) erkundet hatten, war sie unerklärlich enttäuscht gewesen. Damit nicht genug, hatte eine der Frauen – eine hübsche, füllige Blondine – ihm zur Begrüßung einen langen Kuss gegeben. Dass er ihn nicht erwidert hatte, spielte keine Rolle. Er hatte die Frau aber auch nicht von sich gestoßen.

Ellie hatte sich eiligst davongemacht. Mochte sie auch noch so viel Spaß haben, der heiße Klumpen in ihrer Brust war eine harte Erinnerung, dass alles nur vergänglich und nichts von Bedeutung war. Das sollte sie nicht aus den Augen verlieren.

Wie oft hatte sie gesehen, dass ihre Mutter versuchte, ihr Herzweh zu verbergen, wenn ihr Vater Augen für andere Frauen hatte. Er kann nicht anders, pflegte ihre Mutter mit gespielter Munterkeit zu sagen. Sieh doch, wie gut er aussieht. Die Frauen lieben ihn.

Sie hatte das Interesse des Captains momentan gefesselt, doch es würde nicht von Dauer sein. Sie argwöhnte, dass eine Verweigerung für ihn neu war und einen Antrieb darstellte. Er war ein Kämpfer und sie eine Herausforderung. Wäre sie klüger gewesen, wäre sie ihm wie alle anderen verfallen.

Ein Teil ihres Wesens fragte sich, ob sie kurzen Prozess machen sollte, da auch er vielleicht die Verbindung spürte.

»Du und der Junge … ihr scheint ja viel gemeinsam zu haben«, sagte er.

»Allerdings«, pflichtete sie ihm bei und fragte sich, warum seine Miene so angespannt wirkte. Thomas und sie teilten viele Interessen – Schach, Backgammon, Lyrik, Falknerei. Sie war überzeugt, dass er ein Edelmann war. Thomas aber wich ihren Fragen fast so geschickt aus wie sein Captain.

»Er mag es nicht, wenn man ihn ›Junge‹ nennt. Thomas ist ein erwachsener Mann.«

»Stimmt das?«

Sein Ton hatte etwas Stählernes an sich, das ihr Schauer der Erregung über den Rücken jagte. Er bedachte sie mit einem Seitenblick, ehe er wieder einen Stein schleuderte. Als er zusammenzuckte, sprang sie besorgt auf ihn zu.

»Was ist? Schmerzt es?«

Er ließ ein Lächeln aufblitzen, das wenig Reue erkennen ließ. »Nein, ich wollte nur sehen, ob du Besorgnis erkennen lässt.«

Ellie schüttelte den Kopf. Er war wirklich unverbesserlich. Es störte sie nicht mehr. Aber das würde sie ihn nicht merken lassen.

»Tut das noch einmal, dann ist es ernst.«

Er lächelte nur – nach ihrem Geschmack ein wenig zu selbstgefällig.

»Nun, macht dich die Überraschung nicht neugierig?«

»Was würde mir Neugierde nützen, wenn ich doch *weiß*, dass Ihr mir nichts sagt, auch wenn ich noch so oft frage.«

»Es gibt andere Arten der Überredung, Ellie.«

Nun war sein Ton so, dass ihr heiß wurde und ihre Knie zitterten. Es fiel ihr immer schwerer, dieser seltsamen, knisternden Spannung zwischen ihnen zu widerstehen. Als sie so dastand, ganz nahe bei ihm, wurde die Spannung fast überwältigend.

Er führte sie mit seinen Augen in Versuchung und verführte sie mit seiner Nähe. Es war so einfach, ihn zu berühren. Sich zu ihm zu beugen und die Hand an seine unwahrscheinlich harte Brust zu pressen, deren Umrisse und Flächen sie lebhaft vor Augen hatte, seine Wärme unter ihren Fingern zu spüren. Sie wollte ihn wieder schmecken, wollte seinen Mund spüren, wie er sich über ihre Lippen bewegte.

Warum also nicht? Er ermutigte sie offen. Und alle anderen Frauen taten es.

Genau dies war das Problem. Sie wollte nicht wie eine von vielen sein, und bei einem Mann wie ihm war mehr nicht zu erwarten. Zuweilen aber fragte sie sich, ob …

Sie hielt in Gedanken inne. »Ob« war eine gefährliche Frage, die zu stellen sie sich nicht leisten konnte.

Warum machte sie sich überhaupt Gedanken darüber? Ob sie es wollte oder nicht, sie war verlobt.

Die Aufforderung übergehend sagte sie:

»Und wann wollt Ihr mir diese Überraschung zeigen?«

»In wenigen Stunden.« Er wies hinauf zum leicht dunstigen Himmel, der für Februar in den letzten Tagen bemerkenswert klar gewesen war.

»Sieht nach einem sonnigen Tag aus.«

Er hatte recht. Und als sie später entdeckte, was seine Überraschung war, war sie dankbar dafür.

Sie stand eng an ihn gedrückt da – ihre Absicht, ihn nicht zu berühren, war vergessen – und spähte über den steil abfallenden Rand einer zwanzig Fuß hohen Klippe in die tief unter ihnen tosende See.

»Das kann nicht Euer Ernst sein. Das ist Eure Überraschung?«

Er schüttelte grinsend den Kopf.

»Die Überraschung kommt nachher und ist mein voller Ernst.«

Obschon es relativ warm war, schauderte sie zusammen.

»Es ist mitten im Winter.«

»Kaltes Wasser hat dich unlängst nicht abgehalten.«

Sie lachte laut auf, den Blick auf den tief blauen Tümpel in der Tiefe richtend. Unglaublich, dass Lichtmess nur neun Tage zurücklag.

»Ihr seht, was es mir eingebracht hat. Ganz abgesehen davon, dass es zwei Tage gedauert hat, bis ich mich wieder richtig warm gefühlt habe.«

Er grinste.

»Diesmal wird es nicht so lange dauern, das verspreche ich.«

Die Art, wie er es sagte, reizte ihre Neugierde. Sie sah ihn nachdenklich an, er aber saß nur mit einem wissenden Schimmer im Blick da.

Unwiderstehlich, dachte sie. Beinahe.

»Los, Ellie. Du schwimmst doch so gern«, sagte er. Woher konnte er das wissen?

»Du musst; du schwimmst wie eine Nixe.«

Ihre Wangen wurden heiß. Das Kompliment gefiel ihr sehr – zumal wenn es von einem Meisterschwimmer kam, wie er einer war.

Er legte seine Waffen ab, schob sie unter einen Stein, wo man sie vom Pfad aus nicht sehen konnte, dann entledigte er sich seiner Kleidung und warf sie achtlos zur Seite. Sie war so gebannt, dass sie nicht einmal den Drang verspürte, sie zusammenzulegen.

»Wo bleibt deine Abenteuerlust?«

Sie brachte keine Antwort über die Lippen. Ihr Puls raste, als sie zusah, wie er sich auszog. Der Mann kannte keine Scham. Warum sollte er auch, mit einem Körper wie eine fein geschliffene Waffe? Er hob die schlichte Tunika, die er unter seinem *cotun* trug, und sie wusste, dass als Nächstes die Hose aus Leinen drankommen würde.

»Nicht!«, rief sie in einem Ausbruch mädchenhafter Angst (und angeborenem Selbsterhaltungstrieb).

Als er grinste, wusste sie, dass er sie nur auf die Probe hatte stellen wollen. *Unverbesserlich.* Aber wenigstens war sie nicht gezwungen, sich gegen seine nackte Brust und … mehr zu behaupten.

Er lachte, ein heiserer Laut, der ihr durch und durch ging.

»Wie du willst«, sagte er achselzuckend.

»Du kannst dich aufs Zuschauen beschränken, wenn die Angst zu groß ist.«

Sie sah ihn finster an.

»Ich habe keine …«

Donnerwetter! Sich vom Klippenrand abstoßend vollführte er einen Salto in der Luft, verschwand einen Augenblick lang und tauchte mit jener mühelosen Eleganz ein, die verriet, dass er sein Leben lang von Klippen gesprungen war.

Minutenlang stand sie da, klopfte mit dem Fuß, spähte über den Ozean in die Ferne, blickte dann zum Himmel empor, alles, um nicht den Mann sehen zu müssen, der unter ihr im Wasser schwamm.

Wie immer patrouillierte ein stetiger Strom von Booten auf den Wasserwegen – darunter eine Anzahl von englischen Galeeren. Auf ihrer Wanderung auf der Insel hatte sie sich an den Anblick gewöhnen können, doch kam es ihr so vor, dass es mehr waren als üblich. Sie empfand das Kribbeln einer bösen Vorahnung. Was ging da vor sich? Zuweilen fiel es einem schwer, sich daran zu erinnern, dass es eine Welt jenseits dieser Insel gab.

Sie blickte hinunter auf das Schwert, das er unter einen Stein geschoben hatte. Das Metall blitzte in der Sonne, sodass sie die Augen zusammenkneifen musste, um die Inschrift unterhalb des Griffes zu lesen. Da sie wusste, dass es unter Kriegern üblich war, Schwerter mit einem eingravierten Motto zu schmücken, zog sie die Klinge so weit hervor, dass sie den Rest lesen konnte: *dìleas an còmhnaidh*. Allzeit getreu. Sie überlegte. Ein merkwürdiger Wahlspruch für einen Schürzenjäger und Piraten. Eher hätte sie etwas wie »Blutsäufer« oder »Kopfabschneider« erwartet.

Sie vernahm ein Planschen und blickte in die Tiefe. Der verdammte Kerl schien einen Mordsspaß zu haben.

Ihr Zögern dauerte ganze fünf Minuten.

Sie murmelte einige der Lieblingsflüche ihrer Brüder und ließ das Plaid von den Schultern gleiten, schlüpfte aus den geborgten Schuhen, aus Strumpfhose und Kittel und legte die Sachen ordentlich zusammen.

Nur mit dem Hemd bekleidet, in dem sie angekommen war, bewegte sie sich Schritt um Schritt weiter, bis ihre Zehen an den Rand stießen. Sie schauderte zusammen – nicht nur, weil sie ein Windstoß traf. Ihr Herz flatterte wie Schmetterlingsflügel. Sie hoffte, dass es wie ein Ritt auf einem Pferd sein würde, da sie dies seit mindestens fünf Jahren nicht mehr getan hatte.

Mit geschlossenen Augen und nach einem tiefen Atemzug ließ sie sich vornüber fallen.

Einen Augenblick lang fühlte sie sich von einem Luftpolster getragen. Einen langen Herzschlag war sie schwerelos, ehe der Luftzug während des Falles an ihr vorübersauste. Sie machte einen Katzenbuckel, drehte sich mit an die Brust angezogenen Knien und vollführte einen Salto, ehe sie die Hände ausstreckte, als ihr Köper sich zum Eintauchen streckte und sie auf dem Wasser auftraf.

Der Kälteschock durchdrang sie bis zu den Knochen. Sie tauchte ein paar Fuß, kam hoch und durchbrach aufspritzend die Wasserfläche.

Er war an ihrer Seite, ehe sie wieder zu Atem gekommen war. Sie grinste aufgeregt, erstaunt über seinen wilden Gesichtsausdruck. Er hatte wieder seinen beängstigenden Wikinger-Blick, nur war sein triefendes Gesicht unter den glatt angeklatschten Haaren blass.

»Was soll das, zum Henker? Du hättest einfach nur springen sollen. Du hättest dir deinen verdammten Hals brechen können!«

Sie lachte, was seinen Zorn noch steigerte.

»Das war ein Spaß. Seit Jahren habe ich das nicht mehr gemacht.« Sie warf ihm einen Blick zu. »Und ich muss darauf bestehen, dass in meiner Gegenwart nicht geflucht wird.«

Sie hörte noch die Serie von Kraftausdrücken hinter sich, als sie von ihm wegtauchte und nur knapp seinem Zugriff entging.

Ihm schwimmend zu entkommen, war jedoch unmöglich. Er holte sie nach wenigen Schwimmstößen ein, schlang einen Arm um ihre Taille und zog sie an sich. Gemeinsam tauchten sie wieder auf.

Sie hatte das Gefühl, an einer großen Steinmauer zu haften. Eine Mauer mit Unmengen von steinharten Muskeln. Sie unternahm keinen Versuch, sich zu lösen; Gegenwehr war zwecklos. Sie spürte allzu deutlich die Kraft des Körpers, der sich so intim an sie drückte. Die Beine verschlungen, die Brüste an seine Brust gepresst, fühlte sie sich … vollkommen.

Als ihre Blicke sich trafen, blieb ihr die Luft weg. Das war es, warum die Frauen ihn so liebten. Er verlieh ihnen das Gefühl, der wichtigste Mensch auf der Welt zu sein. Der *einzige* Mensch.

»Na, für heute war es genug Vergnügen«, sagte er leise und in barschem Ton.

»Wo bleibt Eure Abenteuerlust?« Sie konnte es sich nicht verkneifen, seine Neckerei zu erwidern.

»Nach diesem Sprung hat sie sich wieder in mein Herz zurückgezogen«, sagte er trocken.

Ihr Mund zuckte, doch er hörte sich so aufgebracht an, dass sie lieber darauf verzichtete, das Schicksal herauszufordern, indem sie ihn wieder auslachte. Nicht aus dieser Nähe. Nicht wenn sie ziemlich sicher war, was ihre Neckerei bewirken konnte.

Er begehrte sie. Sie konnte ihn hart an ihrem Leib spüren, und das weckte ihre Wachsamkeit. Ihre Vernunft kämpfte mit den allzu spürbaren Regungen ihres Körpers. Viel Kampf war das nicht – nicht wirklich.

Er sah auf sie hinunter, mit verbissenem Blick, hart und abweisend. Ihr Atem stockte, als seine rauen Fingerspitzen ihre Wange streiften. Sie hätte geschworen, dass seine Augen sich mit Zärtlichkeit füllten. Im Unklaren über seine Absichten konnte sie die ganze Zeit über keinen Atemzug tun, während er eine feuchte Strähne hinter ihr Ohr steckte. Sein Daumen verweilte einen quälenden Augenblick lang und zeichnete die Linie ihres Kinns nach.

Das Herz schlug ihr wild in der Brust. Er musste es fühlen, musste wissen, was er ihr antat.

Natürlich wusste er es. Er hatte es Tausende Male getan.

Aber warum sah er sie so … so eindringlich an. Zärtlich. Als wäre sie etwas Besonderes.

Sie war nichts Besonderes, mochte er auch so tun als ob. Das machte er bei allen. Es bedeutete gar nichts.

Aber der Bick seiner Augen …

Sie war so verwirrt und wollte das, von dem sie verzweifelt wusste, dass sie es nicht durfte. Seine Augen suchten ihre, als wollten sie eine Antwort auf eine Frage, die nicht zu beantworten war. Sie spürte, wie sein Arm sie fester umfasste, als er sie noch enger an sich zog.

Sie wusste, dass er sie küssen würde. Und sie hinderte ihn nicht daran. Sie wollte seinen Mund spüren, wollte wissen, ob er so unglaublich war wie in ihrer Erinnerung.

Er war es.

Es fühlte sich richtig an. Als sollte es so sein. Als wäre ihr Mund ausschließlich zu diesem Zweck geschaffen: sich mit seinem zu vereinen.

Seine Lippen waren warm und seidenweich, übten sanften Druck aus, streiften sie als sanfte Liebkosung, hielten sie einen langen Herzschlag fest, ehe sie sich lösten.

In seiner Kürze lag seine verheerende Wirkung. Sie wollte so viel mehr. Ein einzige Kostprobe nur war es, die die Erinnerung an die Leidenschaft wachrief, die zuvor zwischen ihnen aufgeflammt war. Leidenschaft, lodernd, voller Spannung und bereit, sich Bahn zu schaffen.

Als er sie losließ, sank ihr Herz klaftertief. Ihr Körper lechzte nach Kontakt, doch der Moment war dahin.

»Warum macht Ihr das?«, platzte sie heraus.

Er schüttelte belustigt den Kopf.

»Muss denn alles einen Grund haben?«

»Ja«, kam automatisch ihre Antwort.

Er lachte.

»Kannst du nicht einfach entspannt den Augenblick genießen und etwas tun, weil dein Gefühl dir sagt, dass es richtig ist?«

Leidenschaft um der Leidenschaft willen? Sehnsucht um der Sehnsucht willen? Eine Vorstellung, die ihr völlig fremd war, ihren Pflichten und ihrer Position zuwider. Natürlich konnte sie nicht … oder doch?

»Komm«, sagte er, »jetzt zeige ich dir lieber die Überraschung. Mal sehen, wie schnell du schwimmen kannst. Um die Wette ans Ufer.«

»Ein Wettschwimmen wird das wohl nicht«, sagte sie, noch immer bemüht, ihre durcheinandergeratenen Gedanken zu sammeln.

»Ich konnte sehen, wie Ihr schwimmt.«

Er zog einen Mundwinkel hoch.

»Ich lasse dir einen Vorsprung.«

Er gewann trotzdem. Ellie schleppte sich neben ihm ans Ufer, zitternd und erschöpft nach der Anstrengung. Die winterliche Sonnenwärme vermochte nicht, ihre erfrorenen Glieder zu durchdringen.

Sie schlang die Arme um sich und rieb sich, um wieder ein Gefühl in die Gliedmaßen zu bekommen.

»Anstatt eines Vorsprungs werde ich beim nächsten Mal darauf bestehen, dass Ihr Eure Beine nicht benutzt.«

Er lachte nur, und sie hatte das Gefühl, dass er trotzdem gewinnen würde.

»Du bist schnell«, sagte er, »für ein …«

»Sprecht es nicht aus«, warnte sie drohend, wobei die Wirkung durch ihr Zähneklappern zunichte gemacht wurde.

»Meine Brüder haben sehr rasch gelernt, diesen Fehler zu vermeiden. Ich bin nur ein Mädchen, bin aber sehr erfinderisch, wenn es um Rache geht.«

Er sah sie abschätzend an, und sein Blick glitt an ihrer spärlich bekleideten Gestalt auf eine Art hinunter, die ihr kaltes Blut erwärmte und ihre prickelnde Haut spannte. Ihre Brustspitzen traten unter dem nassen Hemd wie Perlen hervor.

»Das bezweifle ich nicht«, sagte er.

Abrupt erfasste er ihre Hand, um sie zurück zur Klippe zu führen.

»Springen wir wieder?«, fragte sie.

»Verdammt …« Er hielt inne.

»Nein. Möchtest du die Überraschung nicht sehen?«

Sie blickte um sich. »Wo ist sie?«

»Direkt vor dir.«

Sie blickte wieder um sich und sah zunächst nur die ausgedehnte Fläche des Sandstrandes, der auf einer Seite sanft zu einer grasbewachsenen Erhebung anstieg, auf der anderen zur Felsenklippe.

Und dann sah sie es. Etwa fünfzig Fuß vom Ufer entfernt, zwischen Hügel und Klippe stand eine kleine Hütte, auf den ersten Blick kaum auszumachen, bis auf die schmale Holztür und die aufsteigende Rauchwolke. Zu klein, um als Haus durchzugehen, schienen Dach und Wände aus Lehm und Rasenziegeln mit dem Hügel zu verschmelzen.

»Was ist das?«, fragte sie.

»Ich habe doch versprochen, dass du es warm haben würdest. Hier haben sich meine Vorfahren im Winter nach dem Schwimmen getroffen.«

Ihre Augen waren groß vor Staunen.
»Eine Sauna?«

Er nickte, erstaunt, dass sie es so rasch erraten hatte.

»Ach, du kennst das?«

Sie schüttelte den Kopf.

»Nein, aber ich wollte immer schon eine sehen.« Sie lief ihm nach und versuchte zu übersehen, wie das Leinen seiner nassen Tunika und Hose an seinem kraftvollen Körper klebte und das Muskelspiel seiner Beine deutlich hervortrat.

Als er die Tür öffnete, traf der Hitzeschwall sie wie der Blasebalg eines Schmiedes.

»Rasch.« Er schob sie hinein.

»Lass die Luft nicht entweichen.«

Er bücke sich unter dem Türstock, und sie folgte ihm rasch hinein.

Die Hitze war überwältigend. Erstickend. Es war, als wäre sie direkt in einen brennenden Scheiterhaufen getreten. Zuerst bekam sie kaum Luft. Feuchter Dampf drang heiß in die Lungen. Ihre eisige Haut erwärmte sich sofort und kribbelte angenehm.

Nach dem hellen Sonnenlicht mussten ihre Augen sich erst an das Halbdunkel gewöhnen. Sie blickte sich in dem kleinen Raum um, der einer runden Erdhöhle glich. Die Decke war niedrig – weniger als sechs Fuß, schätzte sie, da Hawk nicht aufrecht stehen konnte – und die Wände nicht weiter als acht Fuß voneinander entfernt. Der Boden war mit großen, flachen Steinen ausgelegt, alles andere aber sah aus, als wäre es in die Erde gehauen. Links war ein Steinofen, auf dem sich Steine türmten. Vor ihr, der Tür gegenüber, waren zwei Bänke in die Wand eingebaut – die eine in normaler Sitzhöhe, die andere ein wenig höher. An der Tür standen ein paar große Wassereimer.

»Wofür sind die da?«, fragte sie.

Er schüttelte den Kopf.

»Wie ungeduldig. Du solltest bis zum Schluss warten, aber ich kann es dir gleich zeigen, wenn du möchtest.« Sie nickte.

»Stell dich hierher.« Er führte sie in die Mitte des Steinbodens zu einer kleinen Öffnung.

»Schließe die Augen.«

»Warum?«

»Soll ich es dir zeigen oder nicht?«

Sie schloss die Augen mit einer Grimasse. Ihre Sinne waren sofort entflammt, als sie ihn dicht neben sich spürte. Was er wohl vorhatte? Teils hoffte sie …

»Fertig?«, fragte er. Sie hörte verhaltenes Lachen aus seiner Frage heraus und argwöhnte schon …

Zu spät. Im nächsten Moment wurde ein Eimer mit kaltem Wasser über ihr ausgegossen.

Einen Augenblick lang starr vor Schreck, ließ sie das Wasser an sich herunterrinnen. Die kleine Öffnung zu ihren Füßen war offenbar ein Abfluss. Hinter ihrem Haarvorhang hörte sie ihn kollern vor Lachen.

»Verzeih«, sagte er, »ich konnte nicht widerstehen.«

Sie strich die Haare zurück und prustete ärgerlich, worauf er noch lauter lachte. Ihr dämmerte, wie lächerlich sie aussehen musste und konnte nicht anders als mit ihm zu lachen.

Als der Schock vorüber war, spürte sie, wie erfrischend das Wasser sich angefühlt hatte. Noch erfrischender würde es wirken, wenn man eine Zeitlang in der Hitze gesessen hatte. Sie drückte ihre Haare aus und schüttelte ihr Hemd aus. Wenigstens waren Haar und Haut nicht mehr mit Salz verkrustet.

Sie beäugte den anderen Eimer.

»Darf ich?«, fragte sie.

Er grinste. »Er gehört dir.«

Er war schwerer, als er aussah, und sie musste ihn über seinen Kopf heben. Gleich darauf ergoss sich ein dichter Schwall wie ein Frühlingswasserfall über ihn. Er schüttelte sein Haar und bespritzte sie mit Wasser, dann strich er es aus dem Gesicht. Erstaunlich, wie prächtig er auch triefnass aussah.

»Ach, das tut gut.« Er zeigte auf die niedrigere der zwei in die Erdwand eingelassenen Bänke.

»Setz dich. Noch ein paar Minuten, und du wünschst dir den nächsten Eimer.«

Er hatte recht. Ihre Haut war schon trocken, während es bei Haar und Hemd länger dauerte. Sie tat, wie ihr geheißen und setzte sich auf eine der Bänke, gar nicht erstaunt, als er sich neben sie setzte. Es war seltsam entspannend, in freundschaftlichem Schweigen neben ihm zu sitzen und die reinigende Hitze zu genießen. Als es zu heiß wurde, schüttete er Wasser auf die Steine, und der Raum füllte sich mit wundervollem kühlendem Dampf.

Feuchtigkeit sammelte sich hinter dem schweren Gewicht ihres Haares. Sie fasste es zu einem Knoten zusammen, steckte diesen hinter dem Kopf fest und lehnte sich an die zweite Bank. So hätte sie einschlafen können. Sie seufzte völlig zufrieden.

»Der wahre Himmel. Ich möchte nie wieder fort.«

Er lachte leise.

»Die Steine werden bald abkühlen. Aber ein paar Stunden bleiben uns noch.«

Sie schlug die Augen auf. Sie glaubte etwas aus seinem Ton herauszuhören.

»So ernst habe ich es nicht gemeint«, sagte sie.

Sein Blick, der sie dahinschmelzen ließ, verriet ihr, wie sie die nächsten Stunden am liebsten verbringen würden.

»Ich schon.«

Sein Blick hielt sie fest, und sie empfand ein merkwürdiges Gefühl. Sie war sich des Augenblicks so intensiv bewusst, dass ihr ganzer Körper prickelte.

»Habt Ihr mich hergebracht, um mich zu verführen?«

Ihre Direktheit schien ihn zu amüsieren.

»Soll ich?«

»Nein.« Sie schüttelte den Kopf mit mehr Entschiedenheit, als sie empfand.

»Ich kann nicht.«

Das amüsierte Blitzen in seinen Augen wich einem Funkeln anderer Art. Stählerner Entschlossenheit. Sie hatte das schreckliche Gefühl, dass der Verführungstanz der letzten Tage zu Ende war.

Er hatte sich nicht gerührt. Sein Rücken lehnte noch immer an der Bank, entspannt, wie es aussah. Warum hatte sie dann den Eindruck, sie hätte eine eingerollte, zum Angriff bereite Schlange vor sich? Als er sich zu ihr beugte, schlug ihr Herz so heftig, dass es zu zerspringen drohte.

»Warum nicht? Bist du nicht neugierig, Ellie?«

Sie schüttelte den Kopf. Er sah aus wie der Raubvogel, dessen Namen er trug, und sie kam sich vor wie ein leckerer Hase.

Sein Blick glitt über ihren Körper und blieb an ihren Brüsten hängen. Ihre Brustspitzen wurden unter dem Gewicht seines schweren Blickes hart. Seine Augen verdunkelten sich gefährlich. Sie wusste, was er tun würde, und wartete hilflos, nicht imstande Atem zu holen, bis er es tun würde.

Als er ihren Arm mit dem Handrücken streifte, war es kaum eine Berührung. Ihr Atem stockte, da ihre Lungen ihr den Dienst versagten.

Ihr Herz hämmerte wild, ihre Sinne waren heiß entflammt, als er über die Kurve ihrer Hüfte strich, bis zur Taille, und zur sanften Wölbung ihrer Brust.

O Gott. Ihr ganzer Körper bebte vor Erwartung.

Ihr Atem löste sich endlich in flachen, kurzen Atemzügen.

Sie spürte die Wärme seiner Hand durch den dünnen Stoff ihres Hemdes. So nahe. Sie wimmerte, und ihren Körper überlief ein Schauer, als er schließlich die Stelle berührte, wo sie seine Berührung ersehnte, und mit dem Finger die pulsierende Spitze ihrer Brust umkreiste.

»Ich kann dir Lust bereiten, *tè bheag*. Mehr, als du dir erträumt hast.«

Jetzt spürte sie es. Die Schenkel gegen das Kribbeln zusammengepresst, gegen die Feuchte, während ihre Brüste schwer und heiß wurden und ihre Brustwarze sich gegen seine große Hand drückte.

Seine verführerisch leichte Berührung machte sie wahnsinnig. Verlangen züngelte in ihrem Körper mit Flammen aus flüssiger Hitze. Sie war heiß. Ruhelos. Gierig. Alle Nervenenden forderten die verheißenen Wonnen. Sie wollte seine Hände überall, zupackend, greifend, leidenschaftlich.

Sie wollte der Versuchung erliegen.

Lust um der Lust willen. Nicht mehr. Konnte sie alles andere vergessen und dieses Erlebnis nur genießen?

Genau dies tat er. Er machte Frauen schwach vor Verlangen. Aber sie war nicht wie andere Frauen. Sie war zu vernünftig, um sich hinreißen zu lassen.

Er musste ihren inneren Kampf gespürt haben. Seine Hand legte sich um ihre Brust, umfasste sie, drückte sie leicht, während er ihre Brustspitze zwischen Zeigefinger und Daumen rieb.

»Lass zu, dass ich es dir zeige, Ellie. Genieße die Wonne, die ich dir schenken kann. Nur einen kleinen Vorgeschmack«, sagte er.

»Ich höre sofort auf, wenn du möchtest.« Sein Blick hielt ihren fest.

Sie wusste nicht warum, aber sie vertraute ihm. Oder ihr Verlangen war so groß, dass sie gern alles glauben wollte.

Sie traf eine Entscheidung. Diesmal wollte sie ihren Verstand nicht bemühen. Es war ja nicht so, dass sie Gefahr lief, ihr Herz zu verlieren. Sie war gescheit genug, Gefühle außen vor zu lassen. Dies war ihre Chance, von der Leidenschaft zu kosten, etwas, das sie im Ehebett nicht finden würde.

Es war schlecht. In Gottes Augen eine Sünde. Sie schwor aber, für den Rest des Lebens tugendhaft zu sein, wenn ihr nur dieser Moment vergönnt war. Dies alles würde bald vorbei sein. Diese idyllischen Tage würden vergessen werden. Sie würde nach Hause zu ihrem Vater zurückkehren und Ralph heiraten, wie es ihre Pflicht war. Aber jetzt wollte sie das.

Sie wollte ihn.

Das Warten war eine Folter. Ihre kurzen Atemstöße machten ihn wahnsinnig. Erik konnte spüren, wie ihre Leidenschaft unter der Oberfläche brodelte und ausbrechen wollte. Herrgott, sie zerbrach praktisch unter seinen Fingerspitzen.

Sein Atem kam hart und schwer, als er ihre Brüste umfasste, ihren kleinen Nippel zu einer festen Knospe drückte, die er in seinem Mund spüren wollte, an seiner Zunge, während er daran sog und lutschte.

Er war steinhart. Die vergangenen Tage hatten ihm schwer zu schaffen gemacht. Ihr nahe zu sein. Sie zu berühren. Sie zu riechen. Sie aufblühen zu sehen wie eine Blume in der Sonne. Aber verdammt, es war ihr Anblick in der Sauna, der sein Verlangen zu neuen Höhen geführt hatte. Es gab nichts Erotischeres als Ellie, die auf der Bank ruhte. Mit geschlossenen Augen, geröteten Wangen, das Gesicht von feuchten Haarsträhnen umrahmt. Sie sah aus wie eine Frau, die eben nach allen Regeln der Kunst geliebt worden war.

Er konnte sich nicht zurückhalten. Seine Geduld – die nie sehr ausgeprägt gewesen war – war erschöpft. Er wollte sie, und sie wollte ihn.

Warum war sie so fest entschlossen, ihm Widerstand zu leisten?

Er war es nicht gewöhnt, dass ihm etwas verweigert wurde, aber Ellie tat es praktisch ständig. Das Verlangen, das zwischen ihnen aufgeflammt war, war nicht mehr beherrschbar. Er konnte kaum an etwas anderes denken.

Sogar seine Mission war in den Hintergrund gedrängt worden, obwohl der Angriff in wenigen Tagen erfolgen sollte. Vielleicht war es die Dringlichkeit, die ihn jetzt antrieb – das Wissen, dass die Zeit mit Ellie sich dem Ende zuneigte.

Wenn ihm sein Verlangen ungewöhnlich stark erschien, wusste Erik, dass daran nur die Umstände schuld waren. Für ihn war es ungewohnt, sich so lange um eine Frau zu bemühen, die ihm gefiel, und nicht erhört zu werden. Er war es nicht gewohnt, nicht zu bekommen, was er wollte, und fand es erstaunlich, wie viel Spaß er trotzdem hatte.

So lange – nämlich seit der Ausbildung, die er mit der Highlander-Garde auf Skye gemacht hatte – war er noch nie ohne Frau gewesen. Aber das war nicht freiwillig gewesen, sondern eine Folge eines Mangels an Gelegenheit. Er runzelte die Stirn. Er wusste, dass dies diesmal nicht der Grund für seine Enthaltsamkeit gewesen war. Er hätte ausreichend Gelegenheit gehabt, seine Spannung zu erleichtern. Warum hatte er es nicht getan?

Weil er nur sie wollte.

Er verdrängte diese unangenehme Erkenntnis, ehe sie richtig

Gestalt annahm. Das konnte es nicht sein. Das Mädchen gefiel ihm – er bewunderte es sogar – doch es war nicht anders als die anderen.

Herrischer vielleicht. Klüger und weniger geneigt, alles zu glauben, was aus seinem Mund kam. Und ganz entschieden frustrierender. Aber nicht besonderer als andere Frauen, mit denen er ins Bett hatte gehen wollen. Sobald er die Spannung ein wenig erleichtert hatte, würde alles wieder ins Lot kommen.

Er hielt ihren Blick so lange fest, dass es wie eine Ewigkeit schien, und doch waren es nur ein paar Augenblicke. Als sie nickte, wurde er von einer Aufwallung purer männlicher Befriedigung erfasst. Er wollte sie in die Arme nehmen, sie aber wehrte ab.

»Warte.«

Er hielt inne.

Bitte, jetzt keine Bedenken.

»Ihr werdet doch nicht …«

Sie war zu verlegen, um die Frage ganz auszusprechen, doch er ahnte, was sie fragen wollte.

Wider Willen fand er es amüsant. Sie schien in Sorge um seine Beherrschung. Die Vorstellung, dass Leidenschaft ihn dermaßen überwältigen konnte – besonders mit einer unerfahrenen Jungfrau – war so lächerlich, dass er schmunzelte.

»Du wirst trotzdem Jungfrau sein«, versprach er. Ihre Tugend würde für einen Ehemann intakt bleiben.

Er kniff die Augen zusammen. Hatte sie einen Bestimmten im Sinn? War dies der Grund für ihren Widerstand?

Er verspürte einen Stachel des Zorns, als ihm aufging, wie wenig er über sie wusste. Er war versucht, sie zu befragen, aber es ging ihn nichts an. Doch hieß das nicht, dass er nicht die feste Absicht hatte, jeden anderen Mann aus ihrem Bewusstsein zu löschen.

Er konnte es kaum erwarten, sie zum Schreien zu bringen. Nach ihm. Nur nach ihm.

Er beugte sich über sie und küsste sie wieder, und als sie ihre Arme um seinen Nacken legte und sich ihm hingab, verspürte er einen scharfen Stich in der Brust.

Endlich.

14

Als er sie in die Arme nahm und seinen Mund auf ihren drückte, glaubte Ellie, in ihrem Inneren wäre etwas geborsten. Die Gefühle, das Verlangen, die Leidenschaft, die sie gezügelt hatte, brachen sich in einer Aufwallung von Hitze und Gefühl Bahn.

Jede Unsicherheit, die sie empfunden haben mochte, war geschwunden. Sie wollte es. Mehr als sie in ihrem Leben etwas gewollt hatte. Für Reue war später Zeit. Im Moment fühlte sich das alles viel zu gut an.

Er fühlte sich gut an. Nie würde sie vergessen, wie weich seine Lippen waren. Die würzige Wärme seines Atems. Die unglaubliche Härte seines Körpers. Die Hitze seiner Haut. Sie wollte in ihm versinken und ihn nie wieder loslassen. Sie wollte so tun, als könnte dies für immer sein. Als müsste ihr nicht ein einziger Kuss für ein ganzes Leben genügen.

Seine sanften, aber beharrlichen Lippen drängten sie zu der Erwiderung, die sie nur allzu gern gab. Sie erwiderte seinen Kuss mit der Glut unschuldiger Leidenschaft, die sich in ihr von Anfang an aufgebaut hatte.

Er schien zufrieden, sich Zeit zu lassen. Sie mit jeder Berührung, jeder Liebkosung vor Erwartung in den Wahnsinn zu treiben. Er hatte Wonne versprochen, und er schenkte sie ihr. Aber nicht schnell genug.

Sie wusste, dass er es zuvor schon getan hatte – zweifellos öfter, als sie wissen wollte. Seine Beherrschung und Besonnenheit verrieten es ihr. Sie wollte seine Leidenschaft kosten. Wollte die ganze Kraft seines Verlangens nach ihr fühlen. Wollte wissen, dass sie in dem Wahnsinn, der sie im Griff hatte, nicht allein war.

Er beugte sich über sie, als sie auf der Bank ruhte, doch war dies nicht genug. Sie lechzte nach Kontakt, musste das Gewicht seines großen, harten Körpers spüren, der sie niederdrückte. Sie zog ihn näher zu sich und versuchte wortlos, ihre Wünsche mitzuteilen, er aber hob nur mit leisem Auflachen den Kopf.

Sein Daumen liebkoste ihre von seinem Kuss feuchte Unterlippe.

»Geduld, *tè bheag*. Ich möchte, dass es für dich gut wird.«

Hatte er den Verstand verloren?

»Ist es …«

Er drückte seinen Finger an ihre Lippen.

»Ellie, nicht kommandieren. Soll ich aufhören, oder lässt du es mich auf meine Art machen?«

Sie erwog, ihn auf die Probe zu stellen – sie war nicht die Einzige, die schwer atmete –, wollte dann aber doch lieber nichts riskieren. Sie hatte diesen sündigen Tanz begonnen und wollte nicht aufhören, bis der letzte Ton verklungen war. Sie nickte.

»Braves Mädchen«, sagte er und ersetzte seinen Finger durch seinen Mund.

Er war ein grausamer Mensch. Er quälte sie mit jeder langsamen, bedächtigen Liebkosung, bis sie meinte, vor freudiger Erwartung zu vergehen. Als er schließlich ihre Lippen zärtlich auseinander zwang, ließ die köstliche Wärme seiner Zunge, die in ihren Mund glitt, sie vor Erleichterung aufstöhnen. Obwohl keine Überraschung, war die Empfindung noch immer so neu, dass sie erschauerte. Es war, als würde ihr ganzer Körper langsam zerschmelzen.

Diesmal wusste sie, wie sie reagieren sollte. Als ihre Zunge seine umschlang, wurde sie mit einem tiefen maskulinen Stöhnen belohnt, das sie bis in ihre Zehen spürte. Mehr Ermutigung brauchte sie nicht. Eine Schwäche in seiner Beherrschung erahnend, stürzte sie sich mit allem, was ihr zu Gebote stand, in den Kuss.

Und es wirkte. Mit jeder erotischen Bewegung, mit jedem Streicheln wurde sein Kuss fordernder. Härter. Tiefer. Feuchter.

Sie war so heiß. Die feucht-heiße Saunaluft brachte ihre Sinne vollends durcheinander. Alles fühlte sich so intensiv an. Ihr Körper war ruhelos, empfindlich und glühte vor Leidenschaft. Ihre harten, aufgerichteten Brustwarzen verzehrten sich nach dem Druck seiner Hand oder dem Gewicht seiner Brust. Die weiche Stelle zwischen ihren Beinen war feucht und pulsierte und wollte …

Was … das wollte sie nicht wissen.

Ihre Finger krallten sich verzweifelt in seinen Rücken. Unter dem feuchten Leinen seines Hemdes spürte sie, wie seine Muskeln sich unter ihren Fingerspitzen anspannten. Die Erinnerung an seine nackte Brust war so frisch, dass sie sein Hemd herunterreißen wollte, um ihre Hände an seine heiße Haut pressen zu können. Um ihre Handflächen über seine breiten Schultern gleiten zu lassen, über die runden Muskeln seiner Arme und die flachen Flächen von Rücken und Leib.

Ob er ihr Verlangen spürte?

Sein Mund glitt über ihre Kinnpartie, verharrte an ihrer Kehle, verweilte an der empfindlichen Kurve ihrer Schulter.

Während er an den Verschlüssen ihres Hemdes nestelte, versuchte sie trotz ihres heftigen Herzklopfens tief Atem zu schöpfen. Die heiße Luft an ihrer nackten Brust spürte sie kaum, ehe seine Hand sie bedeckte. Sie schnappte nach Luft ob der rohen Lust, als seine schwielige Hand sie umfasste und seine Finger ihre Brustwarzen zu einer starren Spitze machten.

»O Gott, wie schön du bist.« Sie sah ihn durch halb geschlossene Augen an, verlegen, als sie merkte, dass er ihre Brüste anstarrte, als hätte er noch nie etwas so Spektakuläres gesehen. Als brauchten ihre kleinen Wölbungen den Vergleich mit großzügigeren Rundungen nicht zu scheuen.

»Du hast die kleinsten, rosigsten Nippel.« Er strich zur Betonung mit dem Finger über eine Spitze.

»Ich glaube, sie sind auch die süßesten.«

Sein warmer Atem ließ ihre Haut kribbeln. Sein Mund war ganze nahe. Sie schnappte nach Luft, als er seine Zunge spielen ließ und ihren Blick festhielt, wobei seine Augen sich verdunkelten und ein Ausdruck aus ihnen sprach, den sie nicht gleich erkannte, ehe er sie mit ihrem Mund bedeckte.

Heiße Wonne erfüllte sie, zerbarst in unzählige Splitter. Instinktiv drängte sie sich in seinen Mund und griff mit den Fingern in die dichte, weiche Haarflut, um seinen Hinterkopf zu umfassen, während sie sich nach zusätzlichem Druck verzehrte. Er sog ihre Brustspitze tief in den Mund und rollte sie mit gerade so viel Reibung zwischen den Zähnen, dass sie laut aufschrie.

O Gott, es war unglaublich – als würde er tief aus ihrem Inneren etwas hervorholen. Doch jede von seinem Mund auf ihrer Brust hervorgerufene Empfindung fand ihr Spiegelbild in der empfindsamen Stelle zwischen ihren Beinen. Das Pochen. Die Wärme. Das Drängen.

Aus den Tiefen seiner Kehle kam ein scharfer Laut, er schob sie leicht zur Seite, um seine Hand unter den Saum ihres Hemdes und zwischen ihre Beine zu schieben. Als seine Finger ihren Schenkel streiften, war es wie ein Schock, der sie aus ihrer Benommenheit riss. Sie erstarrte und presste die Schenkel zusammen, sodass seine Hand gefangen war.

»Nicht. Das kannst du nicht.«

Er hob den Mund von ihrer Brust und grinste. »Entspanne dich, Liebes, kein Grund zur Sorge.« Er sah ihr in die Augen.

»Ich werde dich nur mit den Fingern berühren. Es wird dir gefallen.«

Aber es kam ihr so … so intim vor.

Sie biss sich auf die Lippen. Und er hob den Kopf und küsste sie.

»Vertraue mir«, flüsterte er an ihrem Mund und küsste sie so hart und drängend, dass sie wünschte, sie könnte es.

Langsam öffnete sie die Beine und gab seine Hand frei.

Im nächsten Moment wusste sie, dass er recht hatte.

Das erste Streichen seines Fingers ließ sie erzittern. Das zweite ließ ihren Körper nach mehr lechzen. Und die dritte … als er beim dritten Mal seinen Finger tief in sie einführte, stöhnte sie auf und vermeinte, einen Blick in den Himmel getan zu haben.

Er unterbrach den Kuss, und sie hörte, wie schwer er atmete.

»O Gott, wie bist du weich und feucht.«

Sein leises Stöhnen verriet ihr, dass es gut war.

Er ließ seinen Finger in ihr kreisen, seine Handwurzel auf ihren Venushügel gestützt. Hitze brodelte in ihr. Sie spürte, wie sich etwas Hartes und Scharfes in ihr aufbaute. Er ließ den Finger schneller kreisen, fuhr heraus und hinein, und ihre Hüften drückten sich an seine Hand.

Erik kämpfte darum, seines heftigen Herzklopfens Herr zu werden. Ellies Reaktion brachte ihn schier um. Wer hätte gedacht, dass unter der züchtigen, unscheinbaren Fassade das Herz einer glutvollen Verführerin schlummerte? Er hatte insofern recht gehabt, als sie ihre leidenschaftliche Natur unterdrückt hatte, was er allerdings nicht vorhergesehen hatte, war der Umstand, dass sie es so freudig akzeptierte – als hätte sie etwas nachzuholen.

Verdammt, es war fast mehr, als ein Mann allein bewältigen konnte. Gut für sie, dass er der Herausforderung gewachsen war.

Dennoch fiel es ihm verdammt schwer, daran zu denken, dass er sich nicht in sie versenken konnte – zumal sie ihre schmalen Hüften gegen seine Hand drängte, als sein Finger die enge, feuchte Hitze streichelte und ihre leckeren kleinen Brüste sich seinem Mund entgegenwölbten.

Ihre Brüste waren eine Überraschung gewesen. Fast hatte er das Gefühl, er hätte bis jetzt etwas übersehen, da er kleinen Brüsten keine Beachtung geschenkt hatte. Was ihnen an Größe und Gewicht fehlte, machten sie durch ihre perfekte Form wett. Er konnte sich nicht besinnen, jemals zwei exquisiter geformte Wölbungen elfenbeinfarbigen Fleisches gesehen zu haben. Rund und fest passten sie perfekt in seine Hand, und diese verlockenden kleinen Brustspitzen …

Hitze wallte in seinen Lenden auf. Hübsch und rosig erinnerten sie ihn an zwei reife Beeren. Perfekt, um mit den Zähnen gepflückt zu werden. Und sie schmeckten ebenso süß, wenn sie sich an seine Zunge drückten.

Wimmernd drückte sie sich an seine Hand.

Schön. Er beobachtete, wie die Lust über ihr Gesicht huschte, und empfand einen merkwürdigen Druck in seiner Brust, eine intensive Sehnsucht nach etwas, das er noch nie zuvor empfunden hatte. Es war eine andere Art von Lust. Etwas Wichtiges, Bedeutsames. Er wollte sie nicht nur zum Höhepunkt bringen, er begehrte sie mit einer Heftigkeit, die seinen ganzen Körper erfasste.

Allmächtiger. Schweiß trat auf seine Stirn, während er darum kämpfte, nichts zu überstürzen. Aber sie war so feucht und heiß. Ihre Haut so samtig weich. Ihr Körper reagierte so leidenschaftlich. Und ihre kleinen Schreie machten ihn wahnsinnig.

Er konnte sich nicht besinnen, wann er sich jemals etwas so

dringend gewünscht hatte. Sein Schwanz drückte sich an seinen Bauch und hämmerte, dass es fast schmerzte. Blut brauste ihm in den Ohren.

Die Sauna war vielleicht keine so gute Idee gewesen. Die Hitze brachte seine Sinne total durcheinander. Seine Haut stand in Flammen. Alles kam ihm schärfer, heißer und intensiver vor. Der unmerkliche feminine Duft ihrer Haut hüllte ihn ein.

Langsam. Atmen.

Es ging nicht. Seine Brust war schwer und beengt, seine Muskeln angespannt.

Was zum Teufel war los mit ihm? Es lief nicht wie geplant. Er hatte ganz langsam vorgehen wollen, hatte jede Bewegung, jede Berührung in die Länge ziehen wollen. Damit das erste Mal für sie perfekt wurde. Stattdessen fühlten seine Hände sich wie zwei unbeholfene Klumpen an, seine Bewegungen waren zittrig und ungeschickt, und er lief Gefahr, sich wie ein grüner Junge in seine Hose zu ergießen.

Sein Ruf als erfahrener, überlegener Liebhaber erlitt eine herbe Schlappe.

Sie stöhnte nun unbeherrscht, ihr Atem kam in harten, keuchenden Stößen.

»Bitte …«

Ihr leises Flehen um Erlösung rief alle urzeitlichen männlichen Instinkte in ihm wach, sie in Besitz zu nehmen. Er konnte nur noch daran denken, sich und ihr die Kleider vom Leib zu reißen und ihre nackten Körper zu verschmelzen, bis beide schweißnass waren. Bis er tief in ihr war und ihre Lustschreie ihm in den Ohren hallten.

Es war nicht länger auszuhalten.

Er wusste, dass sie nahe daran war. So nahe, dass es keinen Kampf geben würde, wenn sie merkte, was er vorhatte. Egal wie viel es ihn kostete, er wollte dafür sorgen, dass es etwas sein würde, was sie nie vergessen würde.

Ellie schrie vor sexuellem Frust auf, als er seine Hand wegzog. Es war, als wäre sie immer höher gestiegen, etwas Außergewöhnlichem entgegen, nur um im letzten Moment darum betrogen zu werden.

»Keine Angst, Liebes. Es wird nur noch besser.« Sein Ton war beklommen und abgehackt.

»Ich muss dich schmecken.«

Küssen ist gut, dachte Ellie. Alles, nur um die Lust, die sich in ihr so zusammenballte, zu lösen.

Er legte sie sanft auf der Bank zurecht und glitt auf die Knie. Langsam schob er den Saum ihres Hemdes die Schenkel hoch. Er senkte den Kopf. Ein heller Blitz durchdrang den Nebel.

Ihr Herz schlug gegen ihre Brust. Ihr Körper zitterte unter dem Schock – und unter etwas so Schändlichem wie Vorfreude. Nein, allein der Gedanke war sündig. Er konnte doch nicht …

Instinktiv versuchte sie, die Knie zu schließen, zu spät. Er leckte sie, und die Lust war so intensiv, dass ihr Widerstand sich in einer Pfütze flüssiger Hitze auflöste. Lieber würde sie später vor Scham sterben, als ihn jetzt aufzuhalten. Nie hätte sie sich vorstellen können, etwas könnte sich so unglaublich anfühlen.

Seine Hände lagen auf ihren Hüften und hielten sie fest.

»Augen auf, Ellie.« Sie tat, wie ihr geheißen.

»Du sollst zusehen, wenn ich dir Lust bereite.«

Ihre Blicke trafen sich. Seinen Mund so nahe zu sehen … warum weckte es in ihr den Wunsch nach mehr? Warum war es ein so köstlich erotisches und sündiges Gefühl? Sie bebte vor Verlangen. Vor Vorfreude. Nie war sie sich so verletzlich vorgekommen.

Aber irgendwie vertraute sie darauf, dass mit ihm alles richtig sein würde.

Sein Kuss ließ sie dahinschmelzen. Sein Mund war so warm und weich. Seine Zunge glitt in sie und stieß zu, bis ihre Hüften gegen ihn kreisten. Bis sie glaubte, vor Lust zu vergehen.

Sein Kuss wurde rauer. Seine Zunge drang immer tiefer ein. Kreiste. Züngelte. Saugte. Dann benutzte er wieder die Finger. Ihre Hüften hoben sich ihm entgegen. Hier war es richtig. Sie spürte, wie es sich konzentrierte.

»O Gott«, stöhnte sie. Sie konnte es nicht verhindern. Der Druck spitzte sich zu.

»Das ist es, Liebes«, murmelte er an ihr, »jetzt kommst du für mich.«

Sie löste sich auf und schrie auf, als der dichte Knoten von Gefühlen in ihr zerriss. Sie pulsierte an seinem Mund, und er hielt sie dort fest, bis der letzte Wonneschauer aus ihrem Körper abgeebbt war.

Langsam beruhigte sich ihr Herzschlag, und sie konnte wieder klar denken. Er hatte sich von ihr geschoben, hielt aber das Leinen ihres Hemdes noch immer in seinen Fingern.

Sein Kopf war über sie gebeugt, und er hielt sich so steif, dass sie geglaubt hätte, er wäre nicht wirklich, hätte sie nicht seine schweren Atemzüge gehört.

»Was ist?« Sie legte ihre Hand auf seine steifen Schultern, und er zuckte zusammen.

Er blickte zur ihr auf. Sein hübsches Gesicht war starr und angespannt, seine blauen Augen waren dunkel. Er sah aus, als litte er große Schmerzen.

»Nichts«, knurrte er. Seine Schultern hoben sich, als er mühsam durchatmete. Dann sagte er etwas sanfter: »Wenn du als Jungfrau weggehen möchtest, brauche ich eine Minute.«

Ihre Augen wurden groß, als ihr klar wurde, dass er um Fassung kämpfte. »Ach …« Sie setzte sich auf und zog ihr Hemd zurecht. Er war um sein Vergnügen gekommen. War es für ihn ebenso wie für sie? Empfand er das, was sie empfunden hatte, als er seine Hand fortnahm? Sie biss sich auf die Lippen.

»Gibt es etwas … das ich tun kann?«

Sein Kiefer spannte sich, er schüttelte den Kopf.

»Darum kümmere ich mich später.«

Sich kümmern? Wie? Plötzlich ging ihr ein Licht auf

»Nein!« Sie wollte nicht, dass er zu einer anderen Frau ging.

»Bitte, ich mache es. Zeig mir wie.«

Erik blieb das Herz stehen, er wollte seinen Ohren nicht trauen. Es kostete ihn genug Kraft, sich zu beherrschen. Zu sehen, wie sie gekommen war, hatte ihn fast bis zu dem Punkt sinnlosen Verlangens gebracht. An den Rand seiner Beherrschung, wo ihn der kleinste Schubs umhauen konnte. Ihr Angebot war mehr, als er ertragen konnte.

Er schüttelte den Kopf.

»Du weißt ja nicht, was du da anbietest.«

Um Himmels willen, sie war Jungfrau.

Ellie legte die Hand auf sein Bein, und er erstarrte. Sein Blut toste noch wilder. Schweiß trat ihm auf die Stirn, und das kam nicht von der Sauna.

»Ich weiß, dass ich dich befriedigen möchte.« Ihre Wangen röteten sich anbetungswürdig.

»So wie du mich befriedigt hast.« Sie biss sich auf die Unterlippe und blickte unsicher zu ihm auf.

»Wenn es möglich ist?«

O Gott, möglich? Auf vielfache Weise.

Erik schloss die Augen und kämpfte um Fassung, während ihm bewusst war, dass er über den Punkt des Argumentierens hinaus war. Die Vorstellung, ihre Hand – ihren Mund wagte er sich nicht auszumalen – auf sich zu spüren, war zu verlockend.

Sie wollte *ihn* befriedigen. Meist war er derjenige, der gab – ob es Lust im Schlafzimmer war oder Unterhaltung am Lagerfeuer. Es war ihm ungewohnt, dass jemand daran dachte, was er wollte. Aber Ellie handelte nie so, wie man erwartete.

»Sag schon«, drängte sie leise.

Als er ihr in die Augen sah, war sein Körper straff wie eine Bogensehne. Sein Kiefer war so angespannt, dass er kaum ein Wort herausbrachte.

»Ich kann nicht.«

Stattdessen zeigte er es ihr. Er hielt ihren Blick fest, fasste nach ihrer Hand und demonstrierte es ihr.

Er stöhnte unter der Berührung auf – und unter dem kleinen erotischen Laut der Überraschung, der ihren geteilten Lippen entfloh. Sie schluckte mühsam, doch als sie ihre Hand nicht entfernte, dankte er allen Göttern.

Indem er ihre Hand um sich festhielt, kostete er das Gefühl möglichst lange aus. Er lief Gefahr es zu verlieren, wenn sie ihn nur festhielt.

Ganz klar, das würde nicht lange anhalten. Seine viel gepriesene Selbstbeherrschung schien ihn im Stich zu lassen. Ellie stand im Begriff, seinen Ruf zu ruinieren. Zwar würde es niemand glauben. Verdammt, er konnte es selbst nicht glauben.

Ihr Schock war sofort vorbei. Fast wünschte er ihn sich zurück, als sein viel zu neugieriges kleines Kindermädchen sich daran machte, ihn mit schmerzhafter Aufmerksamkeit für Details zu erkunden. Sie liebkoste ihn sanft, als befürchtete sie, er würde den Kontakt lösen, wenn er sich doch nichts sehnlicher wünschte, als die weiche kleine Hand mit festem Griff um sich zu legen und sich streicheln zu lassen, bis er in sinnlosem Vergessen zerbarst. Sie prüfte seine Länge, bewegte ihre Hand hin und her, und dann den Umfang mit einem prüfenden Griff. Ihre Hände aber waren klein, während er es nicht war; sie konnte ihn kaum halb umfassen.

Sie drückte sanft und zog ebenso sanft. Er gab einen rauen Laut von sich, halb Lust, halb Schmerz. Er verkrampfte sich und fing zu pulsieren an.

Sie zog die Hand mit einem Ruck zurück.

»Verzeih. Habe ich dir weh getan?«

Er schüttelte den Kopf. Das Blut toste infernalisch in seinen Ohren. Er konnte kaum denken, so sehr verzehrte er sich nach dem Höhepunkt.

»O Gott, nein.« Er blickte sie mit glühenden Augen an.

»Es ist perfekt.«

Sie lächelte, worauf die Glut in seinem Blut auf seine Brust übersprang. Wieder berührte sie ihn, und er seufzte in ihre Hand. Die Erleichterung war akut. Er lehnte sich zurück und schloss die Augen, bemüht, nicht daran zu denken, was sie mit ihm machte, während er jedes dunkle Gefühl auskostete. Die Wärme. Das zögernde Streichen ihrer Fingerspitzen, als sie von der Wurzel zur dicken, empfindlichen Spitze streichelte. Dann der köstliche Druck, als sie ihn schließlich fest umfasste.

Ihre Hand berührte flüchtig das Gürtelband seiner Hose. Sein Herz schlug höher. Mit angehaltenem Atem betete er wieder zu den Göttern.

Sie mussten ihn erhört haben.

»Soll ich …?«

Er nickte. Sein Körper war wie in einem Schraubstock gefangen, er wartete. Sie machte sich an dem Verschluss zu schaffen. O Gott, wie konnte jemand, der so geschickt war, so lange brauchen?

Schließlich hatte sie es geschafft, und seine Erektion schnellte vor.

Ihre Augen weiteten sich. Unter dem Gewicht ihres Blickes wurde er noch härter. Schließlich wagte sie ihn anzuschauen.

»Du siehst viel kräftiger aus als andere Männer, die ich gesehen habe.«

Er schaffte ein gequältes Lächeln. Er war diesbezüglich wirklich nicht zu kurz gekommen.

»Und du hast eine solide Basis, um vergleichen zu können?«

Sie errötete so heftig, dass er gelacht hätte, wenn er sich nicht in so schmerzlicher Lage befunden hätte.

»Natürlich nicht! Aber ich habe Brüder, und ich habe genug Männer gesehen, die sich im Freien Erleichterung verschafften.«

Er war zu erregt, um sie weiter zu necken.

»Fasse mich an, Ellie.«

Sie sah ihn wachsam an und umfasste ihn zögernd. Er stöhnte unter dem intimen Kontakt auf, und dann, weil er Verwunderung in ihrem Blick las.

»Du bist so weich.«

Wohl kaum. Aber er besaß nicht mehr die Kraft, um über Wortbedeutungen zu streiten.

Wieder erkundete sie ihn. Ihr mädchenhaftes Staunen und ihre kleinen Beobachtungen trieben ihn in den Wahnsinn. Mit zusammengebissenen Zähnen kämpfte er gegen den Drang an, in ihre Hand zu ejakulieren und sich der in ihm tobenden rasenden Lust zu ergeben.

Als sie mit dem Daumen seine Spitze rieb und der empfindlichen Spitze einen dicken Tropfen entlockte, benetzte sie instinktiv ihre Lippen. Es war nicht mehr auszuhalten. Die Zeit der Erkundung war vorüber.

Er packte ihr Handgelenk und sah ihr in die Augen.

»Du bringst mich um.«

Sie sah eine Spur zu erfreut aus.

»Ach?«

Luder. Er legte seine Hand auf ihre.

»Streichle mich, Ellie.«

Er zeigte ihr, wie sie ihn mit der Hand und genau dem richtigen Druck anfassen und seinen Rhythmus finden konnte.

Eines musste man ihr lassen. Sie lernte verdammt rasch.

Ein paar feste Pumpbewegungen, und er spürte, wie der Druck sich am unteren Ende seines Kreuzes steigerte. Seine Hoden strafften sich. Seine Bauchmuskeln verkrampften sich. Er kämpfte gegen den Höhepunkt, weil er ihn hinauszögern, jeden lustvollen Moment in die Länge ziehen wollte.

Er stand kurz davor.

»Das war es«, stieß er mit zusammengebissenen Zähnen hervor. *Allmächtiger.*

Er verspannte sich, als er kurz davor stand, sich zu erleichtern, wie er es unzählige Male zuvor getan hatte. Dann beging er einen Fehler. Er sah ihr in die Augen und spürte, wie er in einer Strömung gefangen wurde, stärker, als er auf See jemals eine erlebt hatte. Sie zog ihn in die Tiefe. Er ertrank in einem Wirbel der Gefühle, so stark, dass er nicht widerstehen konnte.

Auf eine nie zuvor erlebte Weise fühlte er sich mit ihr verbunden. Es war wie ein Urzeiterlebnis. Intensiv. Und stärker, als er es für möglich gehalten hatte.

Es war zu viel. Er kam sich entblößt vor. Als hätte sie einen Teil von ihm erkannt, den er nie zuvor gezeigt hatte. Er wollte sich abwenden, konnte es aber nicht.

Sein Herz pochte heftig. Seine Brust war wie zugeschnürt. Mit einem heiseren Schrei stieß er tief in ihre Hand, als der Druck barst und tiefe, pulsierende Zuckungen sich seinen Lenden entrangen.

Sie hielt ihn fest, hielt die ganze Zeit über seinen Blick fest, ließ ihn nicht los, und entzog ihm jede Unze Wollust. Erschöpft und schlaff brach er zusammen. Er fühlte sich wie nach dem Training bei MacLeod. Als Atmung und Herzschlag sich beruhigt hatten, blickte er auf und sah, dass sie ihn mit einem anbetungswürdigen Ausdruck der Verwunderung anschaute. Sie sah aus, als hätte sie ein erregendes Geheimnis entschlüsselt.

Seine Brust füllte sich mit Zärtlichkeit. Er hob ihr Kinn an und sah tief in ihre leuchtenden, grün gesprenkelten braunen Augen und küsste sie leicht auf die Lippen.

»Danke.«

Sie errötete vor Freude.

»Ich wusste ja nicht …«

Sie beendete ihre Überlegung nicht, aber er wusste, was sie sagen wollte. *Dass es so sein kann.*

So war es nicht. Nicht für ihn. So erregt war er nicht … verdammt, er konnte sich nicht erinnern, jemals so erregt gewesen zu sein. Sein kleines Kindermädchen entpuppte sich als sehr angenehme Überraschung.

Und sie war noch nicht fertig.

»Kann ich es noch einmal machen?«, fragte sie mit dem freudigen Überschwang eines Kindes zu Weihnachten.

Er stöhnte. Wollte sie ihn umbringen?

»Ein Mann braucht eine kleine Ruhepause, Mädchen.«

Als er sie aber in die Arme nahm und sie wieder küsste, seine Hand zwischen ihre Beine gleiten ließ und sie streichelte, dem nächsten Höhepunkt entgegen, zeigte es sich, dass er nicht annähernd so viel Zeit benötigte, wie er gedacht hatte.

Das musste an der Sauna liegen.

15

Am nächsten Tag lag Ellie in Hawks Arme gekuschelt da, den Kopf an die warme, harte Mauer seiner von Leder umhüllten Brust gedrückt, im köstlichen Nachglühen ihrer gemeinsamen Höhepunkte schwelgend. Sie lauschte dem Schlag seines Herzens – für sie das schönste Geräusch, das sie sich denken konnte.

Sie hatte es mit ihm gemacht. Was sich gestern zugetragen hatte, war keine Phantasie. Dass ein Mädchen wie sie einen Mann wie ihn – buchstäblich – in der Hand halten und ihn zu den Gipfeln wilder Leidenschaft führen konnte, war eine schwindelerregende Entdeckung. Die erste Kostprobe sinnlicher Macht hatte sie fast trunken gemacht. So trunken, dass sie wie eine Schlampe am helllichten Tag zur Scheune geschlichen war, zu einem weiteren verbotenen Stelldichein.

Es war sündhaft. Schlecht. Eine Sünde gegen Gott und ein Bruch des Verlöbnisses mit Ralph. Sie wusste es, doch als er im Garten hinter sie getreten war und ihr zugeflüstert hatte, sie solle zu ihm in die Scheune kommen, war ihr Körper von all jenen köstlich dunklen Empfindungen überflutet worden. Gewissen und Verlangen hatten nur ganze dreißig Sekunden miteinander im Streit gelegen. Die Versuchung war jetzt, da sie einen Vorgeschmack bekommen hatte, viel stärker geworden.

Sie beschwichtigte ihr schlechtes Gewissen, indem sie sich einredete, sie richte keinen dauernden Schaden an und hätte diese wenigen selbstsüchtigen gestohlenen Glücksmomente nach Jahren untadeligen Anstands und ständiger Fürsorge um andere redlich verdient. Freilich wusste sie, dass sie nur versuchte, etwas zu rechtfertigen, was man nicht rechtfertigen konnte – egal wie richtig es sich anfühlte.

Und es fühlte sich richtig an. Wenn sie in seine Augen blickte, während er sie berührte – während sie ihn berührte – und sie einander zum ultimativen Höhepunkt brachten, um in ein Reich unvorstellbarer Ekstase katapultiert zu werden, wusste sie, dass sie nie wieder Ähnliches empfinden würde. Es mochte ein Fehler gewesen sein, denn sie würde mit dem Wissen um das leben müssen, was ihr fehlte.

Aber bedauern konnte sie es nicht.

Sie schmiegte sich enger an ihn und seufzte. Sie wollte diesen Moment festhalten, solange es ging. Wer hätte gedacht, dass Lady Elyne de Burgh, eine der reichsten Erbinnen Irlands, sich damit begnügen würde, in einer windschiefen Scheune auf einem Heuhaufen zu liegen, in der Nase muffigen Stallgeruch, von den stählernen Armen eines Piraten festgehalten?

Nie aber hatte sie sich so geliebt und behütet gefühlt – oder so glücklich.

Beinahe gelang es ihr, sich davon zu überzeugen, dass dies etwas Besonderes bedeutete. Dass diese Gefühle, die sie weckten, wenn sie einander berührten, nicht nur Lust waren. Dass er dieselbe ans Herz rührende Verbindung wie sie fühlte, wenn sie in seine Augen sah.

Beinahe.

Mochte es sich auch noch so richtig anfühlen, sie durfte nicht vergessen, dass es nur vorübergehend und nicht ernst war. *Leidenschaft um der Leidenschaft willen*. Doch fiel es ihr immer schwerer, dies im Gedächtnis zu behalten, da ihre eigenen Gefühle so konfus waren.

Sie wusste gar nicht, wie alles hatte geschehen können. Sie hätte ihre Emotionen nicht mit Leidenschaft verquicken sollen.

Sie wusste, was für ein Typ Mann er war – für sie in jeder Hinsicht falsch –, und sie wusste, dass es nur zu Liebeskummer und Enttäuschung führen würde, wenn sie ihre Gefühle an ihn verschwendete. Und doch empfand sie etwas für ihn. Mehr als für sie zuträglich war.

Wäre es nur sein Äußeres gewesen, hätte sie ihm viel leichter widerstehen können. Doch sie fühlte sich zu ihm hingezogen wie noch zu keinem Mann zuvor. Er kostete das Leben bis zur Neige aus, machte alles zu einem Abenteuer. Er rief ihr all das in Erinnerung, was ihr im Leben fehlte – Spaß, Erregung und Leidenschaft. Mit ihm würde das Leben nie langweilig sein.

Angesichts seiner überbordenden, stets auf einem schmalen Grat balancierenden Persönlichkeit konnte der Gedanke an Beständigkeit und Stabilität gar nicht aufkommen. Sie wollte glauben, dass sie ihm nicht gleichgültig war, war aber nicht sicher, ob er zu einer Beziehung fähig war – ob er sich auf jemanden in seinem Leben einlassen würde. So sehr sie seinen Gleichmut und seine Unbeirrbarkeit bewunderte, waren es doch diese Eigenschaften, die ihre Wachsamkeit auf den Plan riefen. Nichts schien an ihn heranzukommen, weder Gefahren noch Menschen.

Aber je mehr Zeit sie zusammen verbrachten, desto stärker wuchs in ihr die Überzeugung, dass an Hawk mehr dran war, als auf den ersten Blick zu sehen war. Hinter dem großspurigen Piraten mit dem herausfordernden Lächeln sah sie etwas Tieferes aufblitzen – einen Menschen mit mehr Ehre und Edelmut, als er zugeben wollte. Er war ein Rätsel. Es war, als blicke man auf ein Puzzle-Spiel, bei dem Teile fehlten.

Sie kannte nicht einmal seinen richtigen Namen.

Und er kannte ihren nicht.

Teils drängte es sie, ihm alles zu gestehen, doch wusste sie, dass alles vorbei sein würde, wenn sie es täte. Sein gar nicht piratenhaftes Gefühl für vornehmes Benehmen würde den zärtlichen

Momenten in der Scheune und den privaten Ausflügen auf der Insel ein Ende bereiten.

Ein spöttisches Lächeln legte sich um ihre Lippen. Vielleicht sollte sie es ihm sagen, damit er sie ihres Reichtums wegen zu einer Ehe zwingen konnte.

Der Gedanke – wenn auch nur im Scherz gedacht – erschreckte sie. War es das, was sie wollte? Ihn heiraten? Am liebsten hätte sie über diesen dummen Gedanken gelacht, aber sie brachte den Humor dafür nicht auf.

So also stand es um ihren Sinn für Humor.

Träge zeichnete er mit dem Finger Kreise auf ihren Rücken. »Woran denkst du?«

Sie zögerte, wohl wissend, dass sie die unausgesprochen zwischen ihnen errichtete Grenze testete.

»Dass ich nicht einmal deinen richtigen Namen kenne.«

Sie spürte, wie er erstarrte. Einen Augenblick lang war nur sein stetiger Herzschlag zu hören. Sie ahnte die Ablehnung voraus, ehe er sie aussprach.

»Ich kann ihn dir nicht sagen. Es gibt Dinge …« Er sprach nicht weiter.

»Es ist kompliziert«, fuhr er fort, »vertraue mir, wenn ich dir sage, dass es besser ist, wenn du nichts weißt.«

Kompliziert – sie waren es nicht. Sie spürte, wie sich in ihrer Brust etwas zusammenballte. *Nichts Besonderes. Nichts Ernstes.*

Ellie versuchte ihre Enttäuschung zu verbergen, doch nach allem, was sie eben geteilt hatten und angesichts ihres Gefühlsaufruhrs war es ein bitterer Brocken.

»Ich verstehe«, flüsterte sie an seiner Brust.

Er hob ihr Kinn an und zwang sie, ihn anzusehen.

»Das alles ist für dich neu, *tè bheag*. Was du empfindest … ist natürlich. Aber du darfst Leidenschaft nicht mit etwas anderem verwechseln.«

Die Güte in seinem Blick traf sie wie ein Dolchstich. Hitze stieg ihr in die Wangen. Wäre sie nicht so beschämt gewesen, hätte sie die Ironie herausgehört. Hatte sie ihn nicht auch einmal beschuldigt, Lust mit Liebe zu verwechseln? Angesichts ihrer eigenen Verwirrung war seine Warnung wie Salz auf einer offenen Wunde.

Das Bedauern, das sie in seinen Zügen las, linderte ihren Schmerz ein wenig.

»Du kannst es nicht verstehen«, sagte er, »aber im Moment muss es so sein.«

Im Moment. Sie versuchte, den Worten keine besondere Bedeutung beizumessen, dennoch schwoll ihre törichte Brust vor Freude.

Ihr Kopf zählte ihr ständig alle Gründe auf, warum es unmöglich war, ihr Herz aber kümmerte es nicht. Aber abgesehen von ihrer Verlobung und dem Umstand, dass sie die Tochter eines Earls war und er ein Gesetzloser – keine unbedeutenden Schranken –, ging es um seine Gefühle für sie. Für ihn war es ein angenehmer Zeitvertreib, nicht mehr.

Aber so fühlte es sich nicht an.

»Und wenn du mich mit einem anderen Namen nennen dürftest?« Der Schimmer in seinem Auge verriet ihr, dass er nichts Gutes vorhatte.

»Vielleicht Gott? Der schien dir zu gefallen, als du …«

»Du bist grässlich«, schmetterte sie ihn ab. Sie hätte sich ärgern sollen, weil er wieder in seinen scherzhaften Ton verfiel, aber vielleicht würde dieser Ton ihr im Ohr bleiben und sie daran erinnern, sich nicht hinreißen zu lassen. Sie sah ihn mit ihrem besten Kindermädchenblick an.

»Du solltest an deine unsterbliche Seele denken und nicht so gotteslästerlich reden.«

In seinen Augen tanzten Lichtpünktchen.

»Meine unsterbliche Seele ist vor langer Zeit schon durch viel Ärgeres in Gefahr geraten.«

»Kann ich mir denken.«

Er seufzte tief und nahm den Arm von ihrer Schulter, sodass beide sich aufsetzen konnten.

»Leider muss ich jetzt zu meinen Männern, und du solltest zurück zum Haus gehen, bevor dein Wachhund dich sucht.«

Sie errötete. Thomas, inzwischen wieder völlig gesundet, hatte kein Hehl aus seiner Missbilligung gemacht, als sie in den letzten Tagen mit Hawk allein umhergestreift war.

»Er ist nicht mein Wachhund.«

Sein Blick verriet ihr, dass ihm dies keine Antwort wert war.

Sie standen auf, brachten ihre Kleidung in Ordnung und schüttelten Schmutz und Stroh ab. Wenn Catherine und Edmond sie jetzt hätten sehen können! Wie oft hatte sie ihre jüngeren Geschwister aus der Scheune gescheucht und sie wegen ihrer verschmutzten Kleider gescholten. Ellie sah aus, als hätte sie sich in Schmutz und Stroh gewälzt – was der Wahrheit entsprach.

Die Aura des Verbotenen wurde durch den Umstand gesteigert, dass sie voll bekleidet waren. Sie konnte nicht riskieren, dass jemand sie ertappte, außerdem war für Hawk die Zeit knapp. Heute war keine Zeit für zärtliche Erkundungen geblieben. Sie argwöhnte, dass sie den Grund kannte. Ihrem Traumparadies war ein baldiges Ende beschieden.

Er schlang seinen Schwertriemen über eine Schulter und griff nach Streitaxt, Schwert und nach dem Schild, das er an eine der hölzernen Boxen gelehnt hatte. Dem Geruch nach mussten sich Schafe darin befinden.

»Wie lange dauert es noch, bis wir die Insel verlassen?«, fragte sie.

Er zuckte zusammen.

»Ach, Mädchen, du verstehst es, dem Selbstvertrauen eines Mannes einen tüchtigen Dämpfer zu versetzen. Langweilst du dich schon mit mir?«

Sie lächelte, ließ sich aber durch seine Neckerei nicht ablenken.

»Dein Selbstvertrauen ist völlig intakt. Also … wann?«

Er seufzte.

»Morgen spätabends.«

Ihr Herz sank erschrocken. Lieber Gott, keine zwei Tage mehr. Sie merkte, wie sie seinem Zauber erlegen war, als die volle Wahrheit sie traf: Sie wollte gar nicht nach Hause, sie wollte ihn. Sie biss sich auf die Lippen und hob den Blick, auf der Suche nach Anzeichen eines Gefühls, doch blieb seine Miene ausdruckslos.

»So bald?«

Er zuckte mit den Achseln und sah sie mit lausbübischem Grinsen an.

»Ich könnte mich ja entschließen, dich zu behalten.«

Ihr Herz tat einen plötzlichen Sprung. Aber er meinte es natürlich nicht im Ernst. Sie brachte ein nichtssagendes Lächeln zustande, um den dumpfen Schmerz in ihrer Brust zu verbergen.

»Das würde meiner Familie nicht gefallen.«

Sie glaubte, in seinem Blick etwas aufblitzen zu sehen, doch es war vorbei, ehe sie es deuten konnte.

»Ich könnte dich zum Bleiben zwingen«, sagte er spielerisch, doch mit sonderbarer Schärfe.

Sie glaubte keinen Moment, dass er es so meinte. Er war viel zu ehrenhaft, um etwas so Brutales zu tun. Das wusste sie jetzt.

»Die Piraten-Spielerei kann mich nicht täuschen.«

Er zog eine Braue hoch.

»Nein?«

Sie schüttelte den Kopf.

»Weißt du, was ich glaube?«

»Ich wage keine Vermutung.«

Sein Sarkasmus konnte sie nicht beirren.

»Ich glaube, dass diese Insel Teil des Landes war, das deinem Clan weggenommen wurde.« Deshalb kannte er sich hier so gut aus. Er durchstreifte die Insel, wie er es jahrelang getan hatte. Die Höhlen. Die Sauna. Obwohl er versucht hatte, sie auf ihren Ausflügen von den Inselbewohnern fernzuhalten, hatten diejenigen, die ihnen begegneten, ihn mit größter Hochachtung behandelt – fast wie einen König.

»Als der alte Mann aus dem Dorf dich *taoiseach* genannt hat, war es kein Irrtum, denke ich.«

Sie wartete auf eine Reaktion, die anzeigte, dass sie richtig geraten hatte, doch blieb seine Miene nichtssagend.

»Ach, schon wieder dieses Thema?« Er schüttelte mit spöttischer Enttäuschung den Kopf.

»Du solltest das Geschichtenerzählen mir überlassen. Ich kann es besser als du. Was immer dir an Träumen durch den Kopf gehen mag, Kleines, ich bin ein Geächteter, ein Ausgestoßener. Vergiss das nicht.«

Sein warnender Ton festigte in ihr die Überzeugung, dass mehr dahintersteckte und er nicht wollte, dass sie es wusste. Ebenso klar war, dass er es ihr nicht sagen würde. Sie würde nie erfahren, ob dies einen Unterschied machte.

Erik war fassungslos. Wie zum Teufel hatte sie die Wahrheit erraten? Nie hätte er ihr verraten dürfen, dass sein Clan sein Land verloren hatte. Er hatte es nur getan, weil er nicht wollte, dass sie sich gekränkt fühlte. Doch genau das war nun geschehen.

Er hätte wissen müssen, dass sie nicht imstande war, es nicht ernst zu nehmen. Ellie gehörte zu den Mädchen, die *alles* ernst nahmen.

Er ahnte die Gefahr – wusste, dass sie zu anhänglich wurde –, doch er konnte sich von ihr nicht fernhalten. Eine kleine Kostprobe von ihr war nicht annähernd genug. Sie hatte nur seinen Hunger nach mehr gesteigert. Nach viel mehr.

Wie es sich gezeigt hatte, war es nicht die Sauna gewesen – seine Beherrschung war heute ebenso dürftig gewesen. Er wusste nicht, was an dem Mädchen es war, das ihn um den Verstand brachte.

Anstatt sich wie ein Junge mit seinem ersten Mädchen für ein paar Momente gestohlener Lust davonzuschleichen, hätte er bei seinen Männern sein, sie auf den wichtigsten Kampf ihres Lebens vorbereiten und die Rückfahrt nach Irland planen sollen, die sie über einen schwer bewachten Seeweg führen würde.

Aber verdammt wollte er sein, wenn es sich nicht gelohnt hatte. Ihre Hand hatte ihm mehr Lust verschafft, als er seit Langem erlebt hatte.

Aber der Lustgewinn brachte Komplikationen mit sich.

Er hoffte inständig, dass er ihr ihre romantischen Phantasien ausgetrieben hatte. Pirat oder nicht, er war ein Gesetzloser und nicht in der Lage, ihr mehr zu bieten, selbst wenn er es gewollt hätte – was nicht der Fall war.

Er hatte nur gescherzt, als er sagte, er wolle sie behalten. Der Stich, den er bei ihrer raschen Ablehnung verspürt hatte, war nur sein Stolz gewesen, mehr nicht.

Er sah zu, als sie ihre Kleider in Ordnung brachte. Falls ihr abgewendetes Gesicht ein Zeichen war, hatte sie die Warnung verstanden.

Sie ging zur Scheunentür, und wieder spürte er den merkwürdigen Druck in seiner Brust wachsen. Das überwältigende – ihn in den Wahnsinn treibende – Verlangen, sie glücklich zu machen.

Sie fasste nach dem Riegel. *Lass sie gehen. So ist es besser.*

»Warte!«, platzte er heraus.

Langsam drehte sie sich um. Ihr kleines Gesicht war fragend zur Seite geneigt.

Sein Herz schlug wild und unregelmäßig. Er wusste nicht, was er hätte sagen sollen. Aber das konnte nicht sein. Er war doch nie um Worte verlegen.

Sie starrte ihn erwartungsvoll an. Er wollte sich durchs Haar fahren und von einem Fuß auf den anderen treten. Schließlich wurde ihm weitere Verlegenheit erspart, als etwas seinen Blick fesselte. Er streckte die Hand aus, zupfte einen Strohhalm aus ihrem Haar und zeigte ihn ihr.

»Dies zu erklären, wäre schwierig.«

Röte stieg ihr in die Wangen. Nie hatte er eine Frau gesehen, die so anbetungswürdig errötete.

»Danke«, sagte sie.

Lange starrten sie einander an, ehe er schließlich den Blickkontakt abbrach.

»Du solltest als Erste gehen.«

Sie nickte und wollte durch die Tür, drehte sich aber plötzlich um.

»Sehe ich dich heute Abend?«

Er wusste, dass er sie meiden sollte – dass dadurch der Abschied erleichtert würde –, doch ertappte er sich dabei, dass er nickte.

Sie lächelte, und die Wärme, die von ihrem Lächeln ausging, hüllte ihn wie eine sanfte Umarmung ein. Total verrückt. Fast war es, als könne er ihre Emotionen so deutlich spüren wie seine eigenen. Als wäre ihm ihr Glück wichtiger als seines.

Er blickte ihr nach, als sie über den Hof ging, und wartete, bis sie im Haus verschwunden war, ehe er selbst die Scheune verließ.

Fast hatte er den Klippenabsturz an der höchsten Stelle des zum Strand führenden Pfades erreicht, als er hinter sich jemanden hörte. Ehe er sich umdrehte, wusste er schon, wer es war. Das zornige Stapfen hatte es ihm verraten.

Hawk musterte den hochrot angelaufenen jungen Ritter, der zum ersten Mal, seitdem er erkrankt war, seine volle Rüstung angelegt hatte. Randolphs Kettenhemd hatte die See besser überstanden als er selbst; es war so blitzblank wie ein neues Silberstück. Randolph andererseits hatte ein wenig abgenommen und schien von der geringen Anstrengung, die schnelles Gehen bereitete, ermüdet. Er atmete schwer, auf seiner Stirn glänzte Schweiß.

»Schön, Euch wieder wohlauf und auf den Beinen zu sehen, Randolph.«

Es sprach für Randolphs Stimmung, dass die vertrauliche Anrede ihn nicht erboste.

»Beim Kreuz des Erlösers!«, rief der junge Ritter aus, den Lieblingsfluch seines Onkels ausstoßend.

»Was habt Ihr vor?«

»Ich will ins Lager. Kommt Ihr mit?«

Trotz seiner Jugend hatte Randolph etwas Eindrucksvolles an sich. Seine straffe Schulterhaltung, der harte Schimmer in seinen Augen und sein eigensinniges Kinn zeigten Erik den stählernen Schatten des Mannes, der er einmal sein würde. Legte er seine Hochnäsigkeit und Arroganz ein wenig ab, würde er einen hervorragenden Krieger abgeben – für einen Lowlander.

»Ihr wisst genau, dass ich nicht das gemeint habe. Was treibt Ihr mit Ellie?«

Eriks Miene verdunkelte sich gefährlich. Er verspürte eine seltene Aufwallung von Zorn. Dass Randolph sich zu Ellies Beschützer ernannte und sich wie ein edler Ritter aufspielte, ärgerte ihn ungemein. Ellie war sein. Seine Verantwortung, beeilte er sich zu ergänzen.

»Das geht Euch nichts an.«

»Doch, wenn Ihr sie entehrt, geht es mich sehr wohl etwas an. Ich habe sie aus der Scheune treten sehen. Was glaubt Ihr eigentlich? Wir haben sie aus ihrer Heimat entführt. Wir hatten zwar keine andere Wahl, doch ist es das Mindeste, dass wir sie wohlbehalten wieder nach Hause bringen.«

Erik zügelte seine aufsteigende Wut.

»Das werde ich.«

»*Ohne* sie zu ruinieren. Was Ihr da macht, ist von Übel, und ich möchte damit nichts zu tun haben.«

Erik kniff die Augen zusammen. Von einem aufgeblasenen hochnäsigen Grünschnabel abgekanzelt zu werden, der sich kaum seine Sporen verdient hatte, wollte ihm nicht gefallen.

»Wozu diese Zurschaustellung von Ritterlichkeit? Ich war zuvor schon mit Frauen zusammen, ohne dass es Euch gekümmert hätte.«

»Ellie ist aber nicht der Typ, auf den Ihr es für gewöhnlich abgesehen habt. Sie ist anders. Sie ist eine Lady.«

Erik zuckte zusammen, instinktiv wies er Randolphs Worte zurück. Sie war nicht anders. Nicht wirklich. Er war gern mit ihr zusammen, weil es ihm Spaß machte, sie zu verwirren. Wenn sein Verlangen nach ihr so intensiv wirkte, lag das nur an den Umständen. Er verschaffte sich ein wenig Ablenkung, das war alles.

»Sie ist vierundzwanzig, ledig, Kindermädchen und kann selbstständig Entscheidungen treffen.«

Teufel noch mal, er tat ihr einen Gefallen.

»Ihr nutzt ihre Unschuld aus«, konterte Randolph.

»Das sieht Euch nicht ähnlich, Hawk.«

Erik ballte die Fäuste. Es juckte ihn, Randolph anzugreifen, weil dieser aussprach, was er selbst zu ignorieren trachtete.

Er zwang seinen Zorn, sich abzukühlen, und ließ ein beiläufiges Lächeln aufblitzen.

»Tommy, Ihr bauscht die ganze Sache auf. Ein bisschen Vergnügen, mehr ist es nicht. Jedenfalls nichts Ernstes. Das Mädchen wird in dem Zustand zurückgebracht, in dem es zu uns gekommen ist.«

Mehr oder weniger.

Randolph sah ihn an, als wüsste er nicht, ob er ihm glauben sollte.

»Dann habt Ihr die Absicht, sie zurückzubringen?«

»Natürlich. Ihr glaubt doch nicht etwa, ich würde sie behalten?« Das hörte sich an, als wäre es die lächerlichste Vermutung der Welt.

»Ich war nicht sicher«, gestand Randolph verlegen.

»Dass Ihr so stark auf ein Mädchen fixiert seid, habe ich noch nie erlebt.«

Erik ignorierte den steigenden Druck in seiner Brust und brachte ein Lachen zustande. Einfach lächerlich. Er war nicht fixiert.

Er liebte sein Leben, so wie es war, verdammt. Da war es völlig nebensächlich, dass er noch nie mit jemandem so hatte reden können wie mit Ellie, dass er ständig an sie denken musste, dass sie die weichste Haut hatte, die er je berührt, die süßesten Lippen, die er je gekostet hatte, dass der schwache Lavendelduft ihrer Haut ihn betörte oder ihr Lächeln ihn glauben ließ, er hätte eben tausend Drachen erschlagen. Sie gefiel ihm, doch war sie nicht die Frau für ihn.

Selbst wenn er an eine Ehe gedacht hätte – was nicht der Fall war – brauchte er jemanden, der Macht und Ansehen seines Clans erhöhte. Ein Kindermädchen kam nicht infrage. Auch war er gegenwärtig nicht in der Lage, sich eine Frau zu nehmen, da eine stattliche Summe auf seinen Kopf ausgesetzt war.

»Zeit und Umstände könnten nicht unpassender sein, Tommy. Ihr könnt doch nicht wirklich annehmen, dass ich mich an eine Frau binde?«

Randolph ließ schließlich ein Lächeln sehen.

»Nein, Ihr mögt recht haben.« Erik hoffte, dass damit das Thema erschöpft war, Randolph aber dachte anders.

»Wann bringt Ihr sie zurück?«

Erik zuckte mit den Achseln, als wäre es unwichtig, als kümmerte es ihn nicht, dass es nur mehr achtundvierzig Stunden bis zum Abschied waren. Es kümmerte ihn *ganz und gar* nicht.

»Auf dem Weg zum Treffen mit den Iren«, sagte er.

»Und Ihr glaubt nicht, dass sie etwas mitbekommen hat?«

Er schüttelte den Kopf.

»Nein, aber selbst wenn es der Fall wäre, wäre es dann ohnehin zu spät.«

»Ihr werdet sie also in Ruhe lassen, bis wir aufbrechen?«, drängte Randolph.

Erik wollte verdammt sein, wenn er sich von einem übereifrigen Sir Galahad zur Rede stellen ließ, der Jungfrauen retten wollte, wo es nichts zu retten gab.

»Keine Angst, Tommy, mein Junge. Ich weiß, was ich tue.«

Er wusste immer, was er tat.

Es war dunkel, als Erik und Domnall nach einem Erkundungsgang zur Südseite der Insel ins Lager zurückkehrten. So kurz vor ihrem Aufbruch wollte Erik die englischen Patrouillenschiffe im Auge behalten und herausfinden, ob ihren Bewegungen ein gewisses Schema zugrunde lag.

Er hatte erwartet, dass die Anzahl der Galeeren sich inzwischen verringert hatte, stattdessen schienen es in den letzten Tagen mehr geworden zu sein. Der Koch hatte recht behalten: Hier ging etwas Ungewöhnliches vor. Ein Glück, dass die Engländer Spoon Island nicht erneut durchkämmt hatten. Trotzdem war es gut, dass ihre Tage hier gezählt waren. Auch wenn dies den Abschied von Ellie bedeutete.

»Ist etwas, Captain?«

Erik merkte, dass er die Stirn runzelte, und schüttelte den Kopf.

»Nein, ich dachte nur, wie gut es ist, dass wir hier bald verschwinden.«

Domnall nickte.

»Sieht den englischen Kötern gar nicht ähnlich, so hartnäckig zu sein.« Er sah ihn an.

»Ich dachte nur, Euch ginge das Mädchen nicht aus dem Kopf.«

»Ich denke ständig an Mädchen.«

Domnall ließ sich nicht hinters Licht führen. »Sie gefällt Euch.«

Erst Randolph und jetzt Domnall?

»Nicht weiter ungewöhnlich. Mir gefallen die meisten Frauen.«

Sein vertrauter Gefolgsmann kannte ihn zu lange, um sich so leicht abwimmeln zu lassen.

»Aber nicht wie diese.« Domnall fuhr wie im Selbstgespräch fort:

»Erst habe ich gedacht, es käme daher, dass es ungewohnt für Euch ist, wenn Euch jemand nicht zu Füßen fällt. Allmählich aber habe ich geargwöhnt, dass mehr dahinterstecken könnte. Das Mädchen ist gut für Euch. Sie lässt sich von Eurer Sprücheklopferei nicht beeindrucken.«

Erik schob einen Zweig beiseite, der im Weg war, und ließ ihn gegen seinen Leutnant zurückschnellen.

»Auch wenn ich Sprüche geklopft hätte, ist das kaum ein Punkt zu ihren Gunsten.«

Domnall ging nicht darauf ein und kratzte seinen Bart.

»Ich weiß, wie Ihr sie anseht. So habt Ihr noch keine Frau angesehen.«

»Mit so viel Gereiztheit?«

Der Alte schnaubte.

»Nennt es, wie Ihr wollt. Aber was wollt Ihr in der Sache unternehmen?«

Eriks Kinn straffte sich.

»Sie wie versprochen ihrer Familie zurückbringen.«

»Ihr wollt sie gehen lassen, einfach so?«

Erik mochte es nicht, wenn er verhört wurde, zumal wenn die Antworten seinen Zorn reizten.

»Was sollte ich sonst tun? Ich habe das Mädchen aus seiner gewohnten Umgebung entführt, sie ihren Eltern geraubt. Ich muss sie zurückbringen. Und im Moment bin ich wohl kaum in der Lage, ihr etwas anderes zu bieten.«

»Ihr könnt dem Mädchen die Wahl lassen. Ihr könntet ihr sagen, dass sie Euch nicht gleichgültig ist. Vielleicht würde sie auf Euch warten.«

»Wozu?«, gab Erik zurück, irritiert über die Wendung des Gesprächs.

»Damit sie meine Geliebte wird? Ihr glaubt doch nicht im Ernst, dass ich ein Kindermädchen heiraten würde?«

»Warum nicht?«, forderte sein alter Freund ihn heraus.

»Ihr macht doch sonst immer, was Ihr wollt. Eure Mutter und Eure Schwestern würden keine Einwände erheben, wenn Ihr glücklich seid.«

Verdammt, er war schon glücklich. Er brauchte ganz sicher keine Ehefrau, die ihn glücklich machte.

»Das ist lächerlich. Ich werde nicht heiraten. Ich kenne das Mädchen ja erst seit zehn Tagen, und in zehn weiteren Tagen werde ich sie vergessen haben.«

Da war er ganz sicher.

Domnall schenkte ihm einen bedauernden Blick, den Erik prompt ignorierte, da sie sich dem Lager näherten. Die Sache wurde unnötig aufgebauscht.

Er stieß einen leisen Pfiff aus – um die Wachposten vorzuwarnen – und hörte als Antwort den Ruf einer Eule. Doch als sie die scharfe Biegung der Küstenlinie hinter sich brachten und die kleine Bucht in ihr Blickfeld rückte, blieb er wie angewurzelt stehen. Ein kleines Fischerboot lief von Osten kommend in den Hafen ein.

Da Fischerei der Haupterwerb der Inselbewohner war und die Bucht einer der zwei Ankerplätze vor Spoon, war dies nicht weiter ungewöhnlich, doch er kannte das Boot nicht. Er bedeutete Domnall zu warten. Hoffentlich hatte der Posten, der die Bucht beobachtete, das Boot rechtzeitig erspäht und die Männer in den Höhlen alarmiert.

Das Ruderboot benötigte einige Minuten, um ans Ufer zu gelangen. Der Vollmond schien so hell, dass man fünf Gestalten im Boot ausmachen konnte. Etwas an einem der Männer kam ihm nicht geheuer vor. Seine Statur … er war viel zu groß und mächtig für einen Fischer. Erik wusste, dass nur eine Handvoll Krieger so kraftvoll gebaut waren.

Seine Spannung wuchs. Dieser Mann war kein Fischer, doch er konnte nicht glauben, dass die Engländer so gerissen waren, eine so subtile Taktik zu versuchen – außerdem waren diese Feiglinge nicht gern in kleinen Gruppen ohne militärischen Schutz unterwegs.

Wenig später sprangen zwei Gestalten über Bord, darunter der Große, und wateten durch das kniehohe Wasser ans Ufer. Obschon mit schlichter Wollmütze und einem groben braunen Plaid um die Schultern wie ein armer Fischer gekleidet, war sein muskulöser Körper unverkennbar jener des stärksten Mannes von Schottland.

Ein breites Lächeln erhellte Eriks Gesicht.

»Sieh an… verdammt will ich sein.«

»Was ist, Captain?«

»Sieht aus, als bekämen wir Besuch.«

Erik trat aus den Schatten der Küstenlinie und ging das Ufer entlang.

»Sieh einer an, was die Flut angeschwemmt hat«, rief er aus.

Der Hüne drehte sich um. Sein granithartes Gesicht blieb ausdruckslos, obwohl sie einander seit Monaten nicht mehr gesehen hatten.

»Wie ich sehe, hat dich noch niemand umgebracht?«

»Deine Enttäuschung ist völlig unangebracht«, erwiderte Erik lachend und schlug ihm auf den Rücken, so fest, dass es fast schmerzte.

»An Versuchen hat es nicht gefehlt. Was zum Teufel treibst du hier, Raider?« Erik wandte sich an den Mann an seiner Seite, in der Erwartung, Boyds Partner Alex »Dragon« Seton zu sehen. Stattdessen sah er zu seinem Erstaunen den Bruder des Königs. Seine Freude wurde etwas gedämpft. Edward Bruce war ein wankelmütiger arroganter Schnösel, der anders als sein königlicher Bruder sämtliche schlechten Eigenschaften besaß, die ein Edelmann nur haben konnte. Von Bruces vier Brüdern war Edward derjenige, den Erik am wenigsten leiden konnte. Seine Verbeugung fiel daher knapp aus.

»Mylord«, sagte er, ehe er sich wieder Boyd zuwandte.

»Wie habt ihr mich gefunden?«

»Das ist eine lange Geschichte. Die sollte man an einem wärmenden Feuer hören.«

Boyd befahl den Fischern, sie vor Tagesanbruch abzuholen.

Erik wies ihm die Richtung zur Höhle.

»Ich freue mich schon darauf.«

Boyd sah ihn mit hartem Blick an.

»Und ich freue mich zu hören, warum Euch die halbe englische Flotte bis in den Arsch kriecht.«

16

Stunden später saßen die Männer im Lager um ein Feuer geschart, nachdem sie sich an Megs kulinarischen Köstlichkeiten gelabt und dazu reichlich dem dörflichen Bier zugesprochen hatten. Edward Bruce war mit Randolph in ein Gespräch vertieft, für Erik die erste Gelegenheit, sich mit Boyd allein vertraulich auszutauschen.

Es tat gut, seinen Garde-Kollegen zu sehen, die Nachrichten, die dieser brachte, waren freilich düster. Nigel Bruce, Christopher Seton und der Earl of Atholl waren hingerichtet worden, und von Viper, Saint und Templar hatte man nichts mehr gehört, seitdem sie mit den Frauen in den Norden geflohen waren, auch nicht von Dragon, seit er sich auf die Suche nach seinem Bruder gemacht hatte.

»Also, wie hast du mich gefunden?«, fragte Erik.

»Glück. Der König hat uns nach Arran geschickt, das wir für den Angriff erkunden sollten, doch als wir zurück wollten, war uns der Weg durch die Blockade englischer Galeeren versperrt. Im Dorf unweit Dunaverty Castle fanden wir Zuflucht, um zu warten, bis die Seewege wieder frei wären, und haben Gespräche mit unserem Freund in der Festung geführt. Als er mir gesagt hat, wie du angekommen warst, konnte ich mir denken, dass du in der Nähe sein müsstest. Edward hat erwähnt, dass er von dieser Insel aus beobachtet hat, wie dir letztes Mal aus Dunaverty die Flucht gelungen ist, also habe ich die Chance genutzt.« Er sah ihn eindringlich an.

»Wie zur Hölle hast du es nur geschafft, de Monthermer so aufzubringen?«

Erik hatte bereits über die Umstände seines Treffens mit den McQuillans berichtet – auch dass er Ellie hatte mitnehmen müssen – und die darauf folgende Konfrontation mit den englischen Schiffen.

»Ich habe seinen Stolz verletzt, das ist alles.«

Boyd schüttelte den Kopf.

»Das glaube ich nicht. Unser Freund in der Burg hat gesagt, de Monthermer hätte einige Tage dort gewütet und die Bediensteten wegen eines Gespenstes eingehend befragt.«

Erik runzelte die Stirn und berichtete von der unerwarteten Begegnung mit dem Jungen in der Vorratskammer, wobei er natürlich verschwieg, dass er einen Stich abbekommen hatte.

Wenn de Monthermer auf Dunaverty gewesen war, war er in der Nähe. Wie hatte der Engländer die Verbindung hergestellt? Erik überkam ein unbehagliches Gefühl. Vielleicht war es gut, dass sie bald verschwinden würden.

»Hat es Ärger auf Arran gegeben?«, fragte Erik.

»Nein. Die Engländer sind letzte Woche auf der Insel gelandet, haben aber nicht sehr gründlich gesucht.« Vermutlich um dieselbe Zeit, als sie auf seiner Insel anlegten, wurde Erik klar.

»Aber sie haben überall auf den Seewegen Stellung bezogen. Wir mussten über Land gehen und uns auf Dunaverty ein Boot schnappen. Man kommt schon mit einem Boot schwer durch, ganz zu schweigen von einer ganzen Flotte.«

Erik blieb unbesorgt. Ihm würde schon etwas einfallen. Auch wenn er die Engländer selbst weglocken musste, Bruce würde nach Arran gelangen.

Sie kamen überein, dass Edward und Boyd nach Arran zurückkehren sollten, um einem Spießrutenlauf zwischen englischen Schiffen auszuweichen und alles für das Eintreffen der Armee vorzubereiten. Da Erik am nächsten Tag nachts aufbrechen wollte, um die Iren zu treffen und nach Rathlin zu bringen, würde er Bruce berichten können, was Boyd und Edward herausgefunden hatten.

»Ihr reizt die Lage wohl voll aus?«, bemerkte Boyd.

»Ihr bringt die Iren im allerletzten Moment nach Rathlin.«

»Der König hat entschieden, dass es zu riskant wäre, Hunderte Männer auf einer kleinen Insel zu verstecken.« Erik lächelte. »Und er weiß, dass ich ihn nicht im Stich lassen werde.«

»Und wenn Ihr nicht durchkommt?«

»Ich werde durchkommen«, sage Erik lachend. »Wir fahren nachts. Die Feinde werden gar nicht wissen, dass wir da sind. Es sind ja nur Engländer.«

Boyd grinste. Von allen Highlander-Gardisten hatte Boyd Grund, die Engländer am meisten zu hassen. Er stammte von der Grenze, einem Gebiet, das der Willkür der Engländer über Jahre hinweg unmittelbar ausgesetzt war.

»Wie ich sehe, hat dein Selbstvertrauen nicht gelitten. Du bist noch immer ein eingebildeter Bastard.«

»Und du bist wegen des Mädchens in Stone noch immer sauer. Man kann ihr aber nicht verübeln, dass sie Schönheit und Charme den Vorzug vor brutaler Kraft gegeben hat.«

Boyd schüttelte den Kopf. Erik wusste, dass er sich nichts aus der hübschen Schankmaid machte.

»Verpiss dich, Hawk. Sie wollte dich ja nur, weil Arrow nicht da war.«

Erik grinste. Boyd hatte vermutlich recht. Betrat Gregor MacGregor einen Raum, vergaßen die Mädchen alle anderen Männer, eine Aufmerksamkeit, die dem berühmten Bogenschützen verhasst war. Eine verdammte Vergeudung nach Eriks Ansicht.

»Wie ich gehört habe, habt Ihr Euch Beschäftigung verschafft«, warf Edward Bruce ein, der mit Randolph auf ihn zukam.

»Hawk, Ihr seid der Einzige, dem es gelingt, mit Eurer eigenen Gefangenen auf einer Insel zu stranden.«

Erik warf Randolph einen Blick zu. Was er wohl Edward Bruce zugetragen hatte? Der Bursche würde nicht lange überleben, wenn er nicht lernte, den Mund zu halten. Eriks Schwestern, die gepetzt hatten, als sie noch klein waren, hatten diese Unsitte aber spätestens mit dem zehnten Lebensjahr abgelegt.

»Sie ist nicht meine Gefangene«, erklärte Erik mit warnendem Unterton. Über Ellie wollte er nicht sprechen.

Edward überhörte die Andeutung.

»Randolph hat gesagt, Ihr hättet Gefühle für das Mädchen entwickelt. Sie muss eine Schönheit sein.«

Eriks Nacken- und Schultermuskeln verkrampften sich.

Edward, dem Eriks Reaktion entging, fuhr fort:

»Weich und süß, mit großen, leckeren Titten?« Er vollführte eine zudrückende Bewegung mit den Händen.

»Wenn Ihr fertig mit ihr seid, könnte ich vielleicht …«

Erik wurde schwarz vor den Augen. Ein dunkler, blindwütiger Zorn, wie er ihn nie zuvor erlebt hatte, erfüllte ihn. Er legte die Hand um Edwards Hals und drückte ihn an die Wand, ehe der noch ein weiteres Wort äußern konnte.

Während das Blut in seinen Ohren dröhnte und sein Herz wie rasend schlug, dachte er nur ans Zudrücken.

»Kein Wort mehr«, warnte Erik in drohendem Ton.

Edward umklammerte Eriks Hand und gab keuchende Geräusche von sich. Vergebens. Eriks Arm war starr und unbeugsam wie Stahl.

»Loslassen«, stieß er gepresst hervor, »du verdammter Barbar.«

Erik drückte fester zu, und Edwards Augen quollen hervor.

»Lass ihn los, Hawk.«

Boyds ruhige Stimme durchdrang den Nebel. Langsam sah Erik wieder klarer. Als ihm bewusst wurde, dass er im Begriff stand, den Bruder des Königs zu erwürgen, gab er Edwards Hals frei.

Mit beiden Händen seinen Hals umfassend, klappte Edward vornüber zusammen und schnappte nach Luft.

»Was bildet Ihr Euch ein?«, stieß er hervor, hochrot und außer sich vor Wut.

»Ihr wagt es, Hand an mich zu legen. Mein Bruder wird davon erfahren.«

Genau dies war Edward Bruces Problem, der nie gelernt hatte, aus dem Schatten seines viel größeren Bruders zu treten. Er war ein ungehobelter, hochnäsiger Kerl, der glaubte, dank seiner hohen Herkunft könne er sagen und tun, was ihm beliebte. Meist ignorierte Erik ihn, doch als Edward Ellie erwähnt hatte …

Sein einziger Gedanke war es, ihn zu töten. Dass Edward eine solche Reaktion bei ihm bewirkt hatte, war verwirrend. Er hatte ja nichts gesagt, was Erik nicht auch schon gesagt hatte – wenn auch weniger grob. Tatsächlich hatte er vor MacLeod einen ähnlichen Scherz über dessen junge Braut gemacht. Sein alles andere als amüsierter Freund hatte ihm damals fast den Kopf abgerissen. Es war das erste Mal, dass Erik aufgegangen war, wie viel MacLeod seine Frau bedeutete.

Aber das war eine völlig andere Situation als seine.

Er spähte zu Edward hinüber.

»Tut, was Ihr nicht lassen könnt, Nummer zwei.« Edwards Augen loderten noch röter bei Nennung des Namens, den Erik vor einigen Monaten im Scherz für ihn geprägt hatte – offenkundig eine Anspielung auf seinen Rang, aber ebenso ein Hinweis darauf, dass er immer der Zweite hinter seinem viel bewunderten Bruder war. Edward stürmte aus der Höhle, und Erik setzte sich auf den Stein, den dieser so überstürzt verlassen hatte.

Erik, der Boyds Blick auf sich spürte, stellte fest, dass sein Wahrnehmungsvermögen unter seinem Tobsuchtsanfall nicht gelitten hatte, im Gegenteil.

»So sieht es also aus, wenn dich die Wut packt? Der Chief hat davon gesprochen, doch muss ich gestehen, dass ich es nicht geglaubt habe«, sagte Boyd.

Erik nahm einen tiefen Schluck Ale. Warum fühlte er sich wie ein Insekt unter einem verdammten Stein?

Boyd stieß einen leisen Pfiff aus. »Das muss schon eine tolle Frau sein. Du hast dir eben einen mächtigen Feind geschaffen.«

»Das hatte nichts mit ihr zu tun. Edward ist ein echter Arsch. Die Szene war schon seit Langem zu erwarten.« Das stimmte, doch war damit Eriks Reaktion nicht erklärt.

Boyd studierte ihn noch sekundenlang und wechselte dann gottlob das Thema.

Die kalte Nachtluft machte Ellies Wangen taub und gefühllos, als sie aus dem kleinen Fenster hinaus in die Dunkelheit spähte. Außerhalb des Lichtkreises der beiderseits des Eingangs zu Megs Langhaus aufgestellten Fackeln konnte sie wenig sehen.

Wo blieb er nur? Hawk hatte versprochen, heute Abend hier zu sein, stattdessen aber hatte er Nachricht geschickt, dass er mit seinen Männern im Lager essen wollte, und hatte Thomas gebeten, ganz rasch zu ihm zu kommen.

Ellie hatte die zwei Männer zuvor streiten gesehen und befürchtet, dass seine Abwesenheit etwas mit ihr zu tun hatte. Sie biss sich auf die Lippen. Vermutlich hatte Thomas sie aus der Scheune kommen gesehen. Was musste er sich denken? Ihre Brust schnürte sich zusammen. Genau das, was sie verdiente: dass sie eine Schlampe war.

Sie kaute stärker an ihrer Lippe und hielt weiterhin Ausschau nach seiner großen muskulösen Erscheinung. Dabei wurde sie das Gefühl nicht los, dass etwas nicht stimmte.

»Na, erwartest du jemanden?«

Rasch schloss Ellie den Fensterladen und drehte sich zu der amüsierten Meg um. Sie schüttelte den Kopf.

»Ich wollte nur den Vollmond bewundern.«

Meg schenkte ihr ein Lächeln, zu gütig, um ihre Notlüge in Frage zu stellen.

»Ich würde mir keine Sorgen machen. Sicher hat er nur die Zeit übersehen. Wenn Hawk gesagt hat, er würde kommen, wird er da sein. Trotz aller Unbekümmertheit ist er der verlässlichste Mensch, den ich kenne. Man kann sich auf ihn verlassen.«

Merkwürdig, aber Ellie errötete.

»So ist es nicht.«

Meg lächelte.

»Ich glaube, es ist *genau so.*« Ihre Augen funkelten.

»Es ist noch nicht lange her, da habe ich auch so Ausschau nach meinem Colin gehalten.« Sie seufzte.

»Ach, das erste Erröten der Liebe.«

Ellie schrak zusammen.

»Ich bin nicht verliebt«, protestierte sie und vergaß die alberne Geschichte, die Hawk zusammengebraut hatte. Sie kannte Meg jetzt so gut, um zu vermuten, dass sie es ohnehin nie geglaubt hatte.

Sie konnte nicht verliebt sein. Entsetzen erfasste sie. Die Luft kam ihr plötzlich schwer und erstickend vor. Sie konnte doch nicht so töricht sein und ihr Herz an einen Mann verlieren, mit dem es keine Zukunft gab. Der nur ihr Herz brechen würde.

Meg tat, als hätte sie nichts gesagt und antwortete mit einem bedauernden Kopfschütteln:

»Nie hätte ich gedacht, den Tag zu erleben, an dem Hawks Flügel gestutzt werden.«

Ellies Herzschlag stockte, um dann umso schneller wieder einzusetzen.

»Wie meinst du das?«

»Er weiß es noch nicht, aber der Bursche ist in dich verliebt.«

Ellies Herz schlug so stark, dass es schmerzte. Meg irrte sich, sie musste sich irren.

»Hast du mich nicht eben gewarnt, dass er Frauen zu sehr liebt, um einer einzigen sein Herz zu schenken?«

Meg tat ihre Worte von zuvor mit einem Achselzucken ab.

»Ich habe Hawk mit vielen Frauen erlebt, aber nie habe ich gesehen, dass er eine so angeschaut hat wie dich.«

Ellies Verstand war kaum imstande, das fast verzweifelte Sehnen ihres Herzens zu beherrschen. Vielleicht hatte sie sich doch nicht alles nur eingebildet? Konnte Meg recht haben?

Ellie zwang sich zur Vernunft.

»Es spielt keine Rolle. Auch wenn es stimmt, wird er mich zu meiner Familie bringen, sobald wir die Insel verlassen.«

Meg nahm ihre Hand und drückte sie.

»Lass ihm Zeit, Mädchen. Im Moment sind die Dinge kompliziert, und Hawk ist nicht der Typ Mann, der sich bereitwillig zu seinen Gefühlen bekennt. Es könnte sein, dass er ein wenig Druck braucht, aber letzten Endes wird er dazu stehen.«

Der Gefühlsaufruhr, der seit einigen Tagen in ihr tobte, drohte loszubrechen. Tränen brannten ihr in Augen und Kehle. Ellie blickte in die gütigen Augen der Frau auf, die ihr zur Freundin geworden war. Der Drang, sich jemandem anzuvertrauen, war überwältigend.

»Ich habe keine Zeit«, flüsterte sie.

Meg zog die Brauen zusammen.

»Bist du verheiratet?«

Ellie schüttelte den Kopf.

»Noch nicht. Aber ich bin verlobt.«

Ein breites Lächeln fegte die Besorgnis aus Megs Miene.

»Dann ist noch Zeit. Du musst nur ein wenig Druck ausüben.«

Aus Megs Mund hörte es sich so einfach an, obwohl es das nicht war. Selbst wenn sie von Hawks Gefühlen überzeugt gewesen wäre – was nicht der Fall war –, musste sie den Verlobungskontrakt berücksichtigen. Wie würde ihr Vater reagieren, wenn sie ihn bäte, die Verlobung zu lösen? Für eine Frau ihres Ranges und ihrer Stellung hatten Gefühle keine Rolle zu spielen. Da sie gar nicht auf den Gedanken gekommen war, zu ihrem Vater von ihren Gefühlen zu sprechen, hatte sie keine Ahnung, wie er reagieren würde.

Ebenso musste sie an die Reaktionen von Ralph und König Edward denken. Wenn Ralph ihr auch keine Gefühle entgegenzubringen schien, konnte er in Zorn geraten. Aber angesichts der Umstände seiner ersten Ehe konnte sie vielleicht auf Verständnis hoffen. König Edwards Reaktion dagegen war unmöglich vorauszusehen.

Ihr Vater liebte sie, und irgendetwas ließ sie glauben, er würde sie nicht in eine unerwünschte Ehe zwingen. Das hieß aber nicht, dass er einen Seeräuber als Schwiegersohn begrüßen würde.

Sie wusste, dass es eine andere Alternative gab. Sie konnte immer mit ihm durchbrennen und riskieren, von ihrer Familie verstoßen zu werden. Aber für ein Mädchen, das immer versucht hatte, richtig zu handeln, das an Pflicht und Verantwortung glaubte, das seine Familie aus ganzem Herzen liebte, war es eine fast undenkbare Vorstellung. Das war etwas, das Matty tun würde – nicht Ellie. Sie war nicht spontan, sie war ernst und …

Langweilig. Zu einem Leben verdammt, das sie nicht wollte – mit einem Mann, den sie nicht wollte.

»Weiß Hawk von deiner Verlobung?«, fragte Meg.

Ellie schüttelte den Kopf.

»Ich glaube nicht, dass es für ihn eine Rolle spielt. Er hat mir klar zu verstehen gegeben, dass unsere … unsere Beziehung nicht von Dauer sein wird.«

Meg hüstelte missbilligend.

»Zwischen dem, was Männer sagen und was sie fühlen, besteht ein großer Unterschied. Du wirst nie wissen, wie er reagiert, wenn du es ihm nicht sagst.« Meg musste ihr die Unentschlossenheit angesehen haben.

»Wenn du sicher bist, dass es das ist, was du möchtest.«

Ellie war sich keineswegs sicher. Wenn aber die Möglichkeit bestand, dass Meg recht hatte, musste sie es herausfinden. Und viel Zeit blieb ihr nicht.

Meg sah sie mit einem sonderbaren Lächeln an.

»Ich wolle eben ins Lager und die Kochtöpfe holen, die ich vorhin hinuntergeschickt habe.«

Ellie runzelte verständnislos die Stirn.

»Hat Duncan nicht gesagt, er würde sie selbst zurückbringen?«

Meg stützte die Arme in die Hüften.

»Ja, aber da Duncan offenbar nicht dazu imstande ist, muss ich sie selbst holen.«

Ellie lächelte.

»Brauchst du Hilfe?«

»Wie fürsorglich von dir«, sagte Meg, als wäre sie nie von selbst auf die Idee gekommen.

»Natürlich brauche ich Hilfe.«

Die zwei Frauen tauschten ein verschwörerisches Lächeln und griffen zu ihren Mänteln. Der Wind hatte aufgefrischt, und die

Fackeln flackerten in der Dunkelheit, als sie vorsichtig den Klippenpfad hinunter zum Ufer gingen. Ellie hatte das Gefühl, sie würden beobachtet. Hawk hatte wohl um die Höhle Wachen postiert. Aber erst, als sie sich dem Eingang näherten, wurden sie von einem jungen Wachposten aufgehalten.

»Leider ist der Captain beschäftigt«, sagte er, unbehaglich zappelnd und von einem Fuß auf den anderen tretend, als wäre seine Kleidung zu eng.

Ellie hört aus dem Inneren der Höhle fröhliches Gelächter. Beschäftigt? Mit Feiern? Ihr Magen sackte ab, als sie an die Frauen vom Abend zuvor dachte. Sie versuchte, über die Schulter des Wachpostens zu spähen, doch war der Bursche groß und seine Brust so breit, dass sie ihr die Sicht auf den Eingang versperrte.

Auch Meg schien überrascht.

»Ich möchte nur die Kochtöpfe holen.«

»Rhuairi wird sie Euch bringen.« Er zeigte auf einen Posten in der Nähe, der ihm einen verstohlenen Blick zuwarf und hastig der Aufforderung nachkam.

Merkwürdige Dinge gingen hier vor. Noch nie hatte man ihnen den Zutritt zur Höhle verweigert, zudem war ganz klar, dass der junge Posten sie loswerden wollte. Gab es da etwas, das sie nicht sehen sollten?

Auch Meg musste es bemerkt haben. Sie hakte Ellie unter.

»Schon gut, Duncan soll die Töpfe später bringen.«

Meg drehte sich mit ihr um, um den Rückweg anzutreten, in der Eile aber passierte es, dass Ellie gegen einen Mann stieß, der hinter ihnen aufgetaucht war.

»Verzeiht«, sagte sie automatisch.

Ellie blickte zu dem Mann auf und erstarrte vor Schreck. Alles Blut wich aus ihrem Antlitz. Sie blinzelte im Halbdunkel, da sie ihren Augen nicht trauen konnte. Er trug die grobe Kleidung der Fischer, doch erkannte sie den gut aussehenden, dunkelhaarigen

Mann, der vor ihr stand: Edward Bruce. Roberts ältester Bruder, ihr Schwager.

Warum …?

Natürlich! In diesem einen vor Schreck erstarrten Moment fiel es ihr wie Schuppen von den Augen. Das letzte Teilchen des Puzzles fand seinen Platz. *Hawk ist auf Bruces Seite.* Er war kein Pirat, sondern ein schottischer Rebell, der mit Robert gegen König Edward kämpfte. Und gegen ihren Vater. Plötzlich verstand sie, warum er nicht gewollt hatte, dass sie den Männern ihres Vaters begegnete.

Das hatte Meg mit »kompliziert« gemeint. Ihre Freundin konnte sich aber nicht vorstellen, wie kompliziert.

Dann traf sie die zweite Erkenntnis wie ein Schlag: Hawk würde nun erfahren, wer sie war. Damit würde alles vorbei sein. Sobald er ihre wahre Identität kannte, würde es keine privaten Momente mehr geben, keine Küsse, keine Lust. Sie würde nie mehr herausfinden können, wie es um seine wahren Gefühle bestellt war.

Ursprünglich hatte sie befürchtet, er würde sie nur wegen ihres Reichtums und ihrer Position heiraten wollen, wenn ihre wahre Identität enthüllt würde. Um alles noch mehr zu komplizieren, kam jetzt auch noch die Tatsache hinzu, dass sie Schwägerin seines Lehnsherrn war. Sie argwöhnte, dass sein angeborener Edelmut ihn zwingen würde, um ihre Hand anzuhalten.

Aber so wollte sie ihn nicht. Das Leben ihrer Mutter war ihr eine Lehre gewesen. Unerwiderte Liebe hatte nichts Romantisches an sich. Da nahm sie lieber Ralph zum Mann.

Mit angehaltenem Atem wartete sie auf den Moment der Enthüllung. Wartete, dass Edward lautstark wissen wollte, warum Lady Elyne de Burgh wie ein Bauernmädchen gekleidet vor ihm stünde.

Aber Edward sagte kein Wort. Der Blick seiner kalten, dunklen Augen glitt ohne Aufleuchten von Interesse über sie, so wie bei ihrer ersten Begegnung anlässlich von Roberts und Elizabeths Hochzeit. Auch mit Schmuck behangen und in üppigen Samt gekleidet war sie damals nicht hübsch genug gewesen, um von ihm wahrgenommen zu werden, umso weniger war sie es jetzt.

Meine Güte, er erkannte sie nicht! Sie wusste, dass sie sich hätte gedemütigt fühlen sollen, stattdessen konnte sie ihr Glück nicht fassen.

Da sie ihm nicht die Gelegenheit liefern wollte, sich doch an sie zu erinnern, wandte sie sich zum Gehen. Aber ehe sie Megs Arm ergreifen und davoneilen konnte, hielt eine schmerzhaft bekannte Stimme sie auf.

Hawk packte ihren Ellbogen und drehte sie blitzschnell zu sich herum.

»Ellie? Was zum Teufel treibst du denn hier?«

Edward Bruces Blick fiel auf sie und musterte sie aufmerksamer, als ihr lieb sein konnte.

»*Das* ist deine Gefangene?«

Ellie hatte den Eindruck, dass sie so gar nicht das war, was er erwartete.

»Ich bin nicht seine Gefangene.«

»Sie ist nicht meine Gefangene«, sagte gleichzeitig Hawk.

Edward begutachtete sie mit einer Aufmerksamkeit, die ihr nicht geheuer war. Einen Augenblick lang befürchtete sie, er würde sie doch noch erkennen. Ein spöttisches Lächeln umspielte einen seiner Mundwinkel.

Schließlich riss er den Blick los.

»Nicht Euer üblicher Typ, Hawk.«

Erik musste sich mit aller Kraft vor Augen halten, dass er den Bruder des Königs vor sich hatte und es keine gute Idee war, dessen abfälliges Lächeln mit der Faust auszulöschen.

Aber es wäre ein verdammt gutes Gefühl gewesen.

Zuerst hatte Edward sich dummerweise den zwei Frauen gezeigt, und mit einer kleinen Möglichkeit, erkannt zu werden, musste man immer rechnen. Und dann war er hergegangen und hatte Ellie beleidigt, indem er sie mit den anderen Frauen verglich.

Warum sollte er sich zu Ellie nicht hingezogen fühlen? Auch wenn sie keine großen Brüste hatte und nicht aussah, als wäre sie vom Olymp herabgestiegen. Jeder Idiot konnte sehen, wie hübsch sie mit ihren grün gesprenkelten braunen Augen, der winzigen Nase und dem frechen kleinen Mund war.

Falls dieser Dreckskerl ihre Gefühle verletzt hatte, würden seine königlichen Beziehungen ihm nichts nützen. Er sah zu Ellie hin. Die trotzige Haltung ihres Kinns und die zwei roten Flecken auf ihren Wangen zeigten an, dass sie die Andeutung sehr wohl verstanden hatte – und wie es aussah, stand sie im Begriff, Edward Bruce gehörig die Meinung zu sagen.

Erik hätte ihre Reaktion voraussehen sollen. Ellie beurteilte ihren Wert – und jenen anderer – nicht nach körperlicher Schönheit. Dies gehörte zu den Dingen, derentwegen er sie bewunderte und warum ihm an ihrer guten Meinung sehr lag.

Aber er wollte sie nicht länger als nötig in Edward Bruces Nähe sehen.

»Ihr habt ganz recht«, sagte er und trat zwischen sie und Edward.

»Ellie ist zu einzigartig, um mit andern verglichen zu werden.«

Er runzelte die Stirn, als ihm klar wurde, dass er es ernst meinte.

Ellie beobachtete ihn mit ihrem viel zu aufmerksamen Blick, der ihn immer zappelig machte. Da er nicht wollte, dass seine Worte für Verwirrung bei ihr sorgten und sie falsche Schlüsse daraus zog, ging er in die Offensive.

»Was willst du hier?«

»Es ist meine Schuld«, wollte Meg vermitteln.

»Ich wusste nicht, dass du beschäftigt bist. Wir wollten die Kochtöpfe holen.«

Erik war erleichtert, als er sah, dass Edward, wenn auch verspätet, erfasst hatte, dass er sich nicht hätte zeigen sollen, und sich in die Höhle zurückgezogen hatte.

Ellie sah ihm nach, und etwas an ihrer Miene verursachte bei Erik ein unbehagliches Kribbeln.

»Ich sorge dafür, dass einer der Männer sie hinaufbringt«, sagte er. Er sah Meg an, dass es ihr leid tat, sie gestört zu haben. Es war nicht ihre Schuld. Er hätte seine Anweisungen präziser geben müssen. Er fragte sich, was der wahre Grund ihres Kommens war. Dass die beiden nur wegen der Kochtöpfe den Weg gemacht hatten, kam ihm wenig glaubhaft vor.

»Es ist schon spät«, sagte er, »ich werde euch begleiten.«

Beide protestierten, Erik aber ließ nicht locker. Meg war wohl gewohnt, nachts den Klippenweg zu gehen, nicht aber Ellie. Wenn er sich vorstellte, wie leicht sie ausrutschen oder in der Dunkelheit einen Fehltritt tun konnte, regte sich bei ihm wieder sein Zorn.

Nur zur Sicherheit hielt er ihren Arm mit festem Griff, als sie den Weg hinaufgingen. Trotz ihrer Zierlichkeit schmiegte Ellie sich höchst angenehm an ihn.

Beide Frauen waren ungewöhnlich still. Kaum hatten sie das Haus betreten, als Meg sich übertrieben gähnend mit Müdigkeit entschuldigte und zu Bett ging.

Erik hatte das deutliche Gefühl, dass die Absicht dahinter steckte, ihn mit Ellie allein zu lassen. Aber Ellie schien ungewöhnlich nervös. Sie brauchte sehr lange, um ihren Mantel abzulegen und machte sich dann umständlich im Raum zu schaffen, bis sie sich entschloss, die Hände vor dem Feuer zu wärmen.

»Wolltest du etwas, Mädchen?«

»Nein«, sagte sie rasch, um sich zu berichtigen:

»Ja.« Sie faltete die Hände im Schoß und blickte ihn an.

»Deine Gäste. Bist du ihretwegen heute nicht gekommen?«

Verdammt. Das hatte er ganz vergessen. Aber das entsprach nicht ganz der Wahrheit. Randolphs Worte lasteten schwerer auf ihm, als er zugeben wollte.

»Ja, es tut mir leid.« Er lächelte.

»Aber erst die Arbeit, dann das Vergnügen.«

Sein Versuch, alles leichthin abzutun, wurde von ihren nächsten Worten zunichte gemacht.

»Du bist kein Pirat, du bist Bruces Anhänger. Deswegen sind die Engländer hinter dir her.«

Er lachte wie über einen Scherz, obwohl er innerlich kochte. Sie musste Edward Bruce erkannt haben.

»Denkst du dir noch immer edle Taten für mich aus? Ich dachte, das Märchenerzählen überlässt du besser mir.«

»Nicht«, sagte sie leise, »mach keine Witze darüber.« Sie hielt ihn mit ihrem Blick fest.

»Belüge mich nicht.«

Er sollte es tun. Er sollte ihr den Rücken kehren und fortgehen. Es war bereits zu kompliziert. Aber er konnte seine Füße nicht bewegen. Er wollte sie nicht belügen.

»Deiner Sicherheit zuliebe solltest du keine Fragen stellen.«

»Was liegt mir an Sicherheit! Ich möchte die Wahrheit wissen. Warum sollte der Bruder des Königs sonst hier sein?«

»Verdammt, Ellie, *mir* liegt daran!« Er strich sich durch sein kurzes Haar, bemüht, seine durcheinandergeratenen Emotionen in den Griff zu bekommen. Verstand sie denn nicht, dass er sie zu schützen versuchte?

»Weißt du, welches Schicksal dir blüht, wenn man argwöhnt, dass du etwas weißt? König Edward wird vor nichts zurückschrecken, um Bruce zu finden. Glaube ja nicht, dass du als Frau vor seiner Rache sicher bist.«

Die Vehemenz seiner Reaktion ließ sie unbeeindruckt.

»Die Königin.« Ängstlich trat sie vor.

»Was hast du über Königin Elizabeth erfahren?«

Er wunderte sich über die sonderbare Eindringlichkeit ihrer Frage, bis ihm einfiel, welche Position sie im Hauswesen Ulsters innehatte.

»Nichts, da sie sich vor ein paar Monaten vom König trennen musste.«

»Ich habe Gerüchte gehört, sie wäre nach Norwegen gegangen, um sich zu Bruces Schwester, der Königin, zu flüchten.«

Er schüttelte den Kopf.

»Ich weiß es nicht.«

Er sah ihre Enttäuschung und fragte sich, ob sie trotz ihrer Stellung im Haushalt Ulsters mit Bruce sympathisierte. Bei Bruces Beziehungen zu Irland hätte es ihn nicht gewundert. Aber es war unwichtig. Sympathien oder nicht, auf Erik war eine Kopfprämie ausgesetzt, und jede Beziehung zu ihm war gefährlich.

»Warum warst du in der Höhle unter Dunluce?«, fragte sie.

»Ellie …«, warnte er sie.

Sie hörte nicht auf ihn.

»Diese Männer, mit denen du dich getroffen hast. Die Iren. Sie sind für Bruce.« Sie schaute zu ihm auf.

»Du planst etwas.«

Mit zwei Schritten durchmaß er den Raum und packte sie an den Schultern.

»Aufhören«, befahl er, von Angst erfüllt. Warum musste sie so verdammt klug sein?

»Keine weiteren Fragen. Vergiss alles, was du gehört hast. Vergiss auch mich.«

Er schrie es heraus – er schrie tatsächlich.

Sie schnappte nach Luft. Endlich schien seine Wut bis zu ihr durchgedrungen zu sein.

»Möchtest du das wirklich?«

Er zögerte nicht.

»Ja.«

Als sie ihren Kopf hob und ihn ansah, spürte er, wie etwas zwischen ihnen aufflammte. Sie begegnete seinem Blick und forderte ihn heraus, die Verbindung zu leugnen.

»Das kann ich nicht.«

Verdammt. Dieses aufreizende, widerspenstige Frauenzimmer. Erik hatte das Gefühl, dass ihm alles aus den Händen glitt. Er wollte sie in die Arme nehmen und sie küssen, bis sie auf ihn hörte. Er wollte sie über die Schulter werfen und sie tragen, so weit es ging. An einen Ort, wo sie sicher war.

Aber Sicherheit bedeutete Trennung von ihm.

Er trat zurück. Sie würde ihn vergessen, so wie er sie vergessen würde. Ein dumpfer Schmerz hämmerte in seiner Brust.

»Ruhe dich aus. Morgen Nacht brechen wir auf.«

Sie machte ein langes Gesicht.

»Aber …« Sie sprach nicht weiter, als hätte sie die Vergeblichkeit ihres Widerspruchs eingesehen. Wieder schaute sie zu ihm auf.

»Werde ich dich morgen sehen?«

Normalerweise hätte er nicht gezögert. Vor die Wahl gestellt, sich zwischen einer leidenschaftlichen Beziehung und seinen Männern, die um ein Feuer sitzend auf den Einbruch der Dunkelheit warteten, zu entscheiden, wusste er, was er zu tun hatte. Auch jetzt kämpfte er mit sich, um sich zu beherrschen. Ihr zarter, weiblicher Duft stieg ihm verlockend in die Nase. Sein Verlangen nach ihr ließ nicht nach, es wurde immer heftiger. Er wollte sie ganz ausziehen, sie an sich drücken und in sie gleiten. Er wünschte es sich so sehr, dass er es sich vorstellte – ständig – und die Bilder ihn in den Wahnsinn trieben.

Er wusste, dass es keine gute Idee war. Es wurde zu kompliziert. Seine Beherrschung wurde bis zum Äußersten beansprucht. Ab morgen würden sie getrennte Wege gehen. Ein sauberer Schnitt war besser. Doch er konnte sehr schwer der Versuchung widerstehen, eine letzte Nacht mit ihr zu verbringen. Sie zu berühren. Zu sehen, wie ihr Gesicht sich vor Leidenschaft rötete, während er sie bis zum Wahnsinn streichelte.

»Ich weiß es nicht«, blockte er ab, »es gibt viel zu tun.« Dasitzen und warten.

»Ach«, sagte sie, ohne ihre Enttäuschung zu verbergen, »ich hatte gehofft, du würdest noch Zeit haben, mir die Höhle – falls es sie gibt – zu zeigen, sobald du am Morgen mit deinen Leuten fertig bist.«

Er lächelte. Ihr feiner Spott war eine wirksame Überzeugung. Es war lächerlich, so viel aus der Sache zu machen. Es war ja nur ein zusätzlicher Tag.

»Ach, es gibt sie. Und versprochen ist versprochen, oder?«

Sie nickte. Ein Lächeln lauerte in ihrem Mundwinkel. Sie wusste, dass sie gewonnen hatte – aber viel hatte der Kampf sie nicht gekostet.

»Wir müssen bei Ebbe hin. Bis du morgens bereit? Morgens für uns.«

Sie schnitt eine Grimasse.

»Sehr komisch. Wann?«

Da Edward Bruce und Boyd einige Stunden vor Tagesanbruch auslaufen würden, würde er ohnehin nicht viel Schlaf bekommen.

»Sonnenaufgang?« Er lachte über ihre entsetzte Miene.

»Wenn du nicht möchtest …«

»Ich werde bereit sein«, grollte sie.

Er konnte nicht anders und drückte einen sanften Kuss auf ihren Mund, ehe er ging.

»Es lohnt sich«, versprach er.

»Das sollte es auch… zu dieser unheiligen Zeit.«

17

Ellie ließ den Blick durch den kleinen Unterwasserpalast aus Felsen gleiten, die in der trüben Dunkelheit wie poliertes Ebenholz glänzten.

»Es ist herrlich«, sagte sie gedämpft.

»Schön, dass es dir gefällt«, sagte Hawk, in dessen blauen Augen es spitzbübisch funkelte.

»Na, hat sich die Schwimmtour gelohnt?«

Um ihren Mund zuckte es. Sie bespritzte ihn mit Wasser.

»Du Schuft. Davon war vorher nicht die Rede gewesen.«

Er schüttelte das Wasser aus seinem dichten, welligen Haar und lächelte ohne Bedauern. »Du hast ja nicht gefragt.«

Ellie hatte erwartet, sie würde es bereuen – oder zumindest bedauern –, als sie entdeckte, dass sie auch noch zur Höhle schwimmen mussten, nachdem sie sich noch in der Dunkelheit aus dem Bett hatte quälen müssen. Anders als beim letzten Mal, als er sie ins Wasser gezwungen hatte, war es kein sonniger und warmer Wintertag.

Kurz nach Tagesanbruch waren sie in einem kaputten alten Ruderboot, das einem Fischer gehörte und kaum Platz für beide bot, aufgebrochen. Trotz Hawks beruhigender Versicherungen staunte Ellie, dass dieser Haufen verzogener, verwitterter Bretter schwimmfähig war.

Der Morgennebel war dicht und nass, als er sie ein Stück um die nördliche Landspitze ruderte, bis zu einem dunklen Felsvorsprung, hinter dem sich eine kleine Höhle verbarg. Er zog das Boot an den steinigen Strand, sodass es unsichtbar war, und sagte, sie könne ihre Kleider im Boot lassen.

Der Gedanke, wieder in das eisige Wasser zu steigen, war ihr zuwider. Sie wollte ihm aber keinen Vorwand liefern, sie wieder zurückzurudern. Es war dies für sie vielleicht die letzte Chance, mit ihm allein zu sein. Wollte sie herausbekommen, ob Meg mit ihrer Behauptung recht hatte, musste sie es jetzt wagen.

Sie zog sich – wieder – bis aufs Hemd aus und folgte ihm zu einer Wand schroffer Felsen, in der sich der Höhleneingang gut versteckt befand.

Es war ein wenig beängstigend, in das Unbekannte zu tauchen, aber er hielt ihre Hand, als sie in das dunkle, eisige Wasser sprangen und er sie etwa in fünf Fuß Tiefe durch eine schmale Öffnung im Fels geleitete. Als sie auf der anderen Seite auftauchten, befanden sie sich in einem seichten Gewässer, umgeben von einer magisch wirkenden, felsigen Oase. Das Licht reichte aus, um die annähernd rechteckige Form der dunklen Grotte zu erkennen.

Er zog sie auf die Beine, und sie staunte, als sie sah, dass das Wasser ihr nur bis an die Brust reichte.

»Hierher kann man nur bei Ebbe schwimmen«, erklärte er.

»Am Nachmittag steigt das Wasser bis zur Decke.«

Da mindestens zwei Fuß zwischen seinem Kopf und der Decke waren, wusste sie, dass die Höhle über acht Fuß hoch sein musste. Unvorstellbar, dass das Wasser in wenigen Stunden so hoch steigen konnte.

Sie schauderte.

»Hier drinnen möchte ich nicht gefangen werden.«

Er führte sie zu einer Felsstufe, die als natürliche Bank diente. Seine Hände um ihre Taille gelegt hob er sie hinauf und stemmte sich neben ihr hoch. Es war das erste Mal, dass er sie an diesem Tag berührte, und ihr Körper registrierte es freudig. Für einen Mann, dessen Hände ebenso kommunikativ waren wie seine Worte, schien er sehr bemüht, seine Hände ruhig zu halten.

Nachdem sie das Wasser aus ihrem Haar gedrückt hatte, zog sie die Füße unter ihr nasses Hemd.

Er fuhr sich mit den Fingern durchs Haar und wischte sich das Wasser aus dem Gesicht.

»Frierst du?«

Trotz ihrer Gänsehaut fror sie nicht, wie sie erstaunt feststellte. Mollig warm wie in der Sauna war es zwar nicht, aber mindestens zwanzig Grad wärmer als im Freien. Sie schüttelte den Kopf.

»Es ist viel wärmer als im Wasser.«

»Und zwar das ganze Jahr über. Ich weiß nicht warum.«

Sie hörte das leise Echo seiner Stimme, und sie horchte auf Geräusche von außen – Wind, Wasser, das gegen Felsen schlug –, aber abgesehen von den Wassertropfen, die von der Deckenwölbung fielen, war es totenstill.

»Es ist so still hier.«

»Ja, wie in einer anderen Welt.«

»Wie hast du die Höhle gefunden?«

»Habe ich nicht. Die Einheimischen kennen sie von alters her.«

»Ein großartiges Versteck. Warst du in deiner Jugend oft da?«

Ohne zu antworten, warf er ihr aus den Augenwinkeln einen Blick zu.

Ihr entging der stumme Wink.

»Ist das der Grund, warum du dich auf Bruces Seite geschlagen hast? Um deinen Landbesitz wiederzubekommen?«

Er schüttelte den Kopf.

»Gibst du dich jemals geschlagen?«

Sie überlegte.

»Nein.«

Er seufzte. Schon glaubte sie, er würde ihr nicht antworten, doch nach einer Weile sagte er:

»Das war teilweise der Grund, der Hauptgrund aber war, dass mein Chief mich darum gebeten hat.« Er sah sie scharf an.

»Frage nicht weiter. Mehr kann ich nicht sagen.«

Sie biss sich auf die Lippen und blickte auf die dunkle Wasserfläche. Sie wollte nicht noch mehr Geheimnisse zwischen ihnen. Sie musste ihm gestehen, wer sie war, erst aber musste sie wissen, was er für sie empfand.

»Kannst du nicht, oder willst du nicht?«

»Beides.« Er streckte die Hand aus und umfasste ihr Kinn. Die sanfte Berührung jagte ihr Schauer über den Rücken. Pflicht war ein schlechter Grund für eine Ehe – zumal mit ihm.

»Es ist zu gefährlich für dich, Ellie. Ich versuche, dich zu schützen.«

Er hatte recht. Es war gefährlich. Das war es, was die Verstrickung mit Bruce so schrecklich machte.

»Und was ist mit der Gefahr für dich?« Ellie spürte, wie ihr Tränen in die Augen stiegen. Trotz der Loyalität ihres Vaters König Edward gegenüber empfand Ellie Mitgefühl für den Ehemann ihrer Schwester, den sie immer bewundert hatte. Aber Mitgefühl mit Bruces bedrängter Lage oder nicht, sie wusste, dass seine Sache verloren war. Bruces Versuch, die Krone zu gewinnen, war gescheitert. Ihm und seinen Anhängern war nur ein Aufschub gewährt worden. Das Blut stockte ihr in den Adern bei dem Gedanken, was der König tun würde, wenn sie ihm in die Hände fielen – was unausweichlich war.

»Wie lange glaubst du der englischen Flotte entrinnen zu können?«

Er senkte den Kopf, seine Kinnpartie verhärtete sich trotzig.

»Solange es nötig ist.«

»Und was geschieht dann? Du lässt dein Leben auf einem Schlachtfeld oder, schlimmer noch, mit einem Strick um den Hals oder unter dem Henkersbeil.«

»Vielleicht«, sagte er achselzuckend, »vielleicht auch nicht.«

Ellie war mit ihrer Geduld am Ende. Nichts drang zu ihm durch. Nichts war ernst. Gefahr schien für ihn nicht zu existieren.

»Kümmert es dich denn nicht, dass du dein Leben verlieren könntest?«

»Der Tod ist Teil des Kampfes. Und genau das tue ich … kämpfen.« Er lächelte.

»Meist bin ich der Sieger.«

Das bezweifelte sie nicht. Sie hatte gesehen, wie er sein Schwert schwang. Mit seiner Größe und Stärke musste er auf dem Schlachtfeld unbezwingbar sein.

»Aber diesmal kannst du nicht gewinnen. Edward ist zu mächtig. Wie stark ist deine Streitmacht … ein paar hundert Mann?«

»Es ist noch alles offen.«

Offenbar hatte er eine Neigung zum Eigensinn, von der sie nichts gewusst hatte.

»Du glaubst, Bruce hätte eine Chance?«

»Mehr als das.«

Aus seinem Ton hörte sie etwas heraus, was sie noch nie gehört hatte. Es war tief, ehrfürchtig und fest. Sie benötigte einen Moment, um es zu erkennen: Loyalität. Plötzlich fiel ihr die Inschrift auf seinem Schwert ein: allzeit getreu.

»Du würdest ihm auf jeden Fall folgen«, sagte sie fast zu sich selbst. Auch wenn es seinen eigenen Tod bedeutete.

Er war nicht unfähig, eine Beziehung zu haben. Wenn er imstande war, für Bruce Treue aufzubringen, war es nicht ausgeschlossen, dass er auch ihr Gefühle entgegenbrachte. Er war ja nicht ihr Vater. Nur weil auch er stattlich und charismatisch war, war es falsch von ihr anzunehmen, er wäre zu tiefen Gefühlen nicht fähig.

Ohne die Voreingenommenheit, die ihr wegen des gebrochenen Herzens ihrer Mutter die klare Sicht nahm, erschien ihr Hawks Verhalten in der letzten Woche in einem ganz anderen Licht. Er hatte jeden freien Augenblick mit ihr verbracht, hatte zu Vorwänden gegriffen, um bei ihr sein zu können. Obwohl es seine Absicht gewesen war, dass sie sich entspannte und sich vergnügte, war sie nicht die Einzige gewesen, die ihren Spaß gehabt hatte. Er hatte ebenso gelacht und gelächelt wie sie. Er hatte ihr Persönliches über seine Familie erzählt – Dinge, die er nur wenigen anvertraute, wie sie vermutete. Und dann die Tatsache, dass er ihrer Familie eine Nachricht übermittelt hatte. Das hätte er nicht tun müssen, und er hatte es mit einem gewissen Risiko getan.

Wenn es um sie ging, handelte er anders als sonst.

Aber es war nicht nur sein Verhalten. Es war ein Gefühl – ein tiefes inneres Wissen –, dass sie ihm nicht gleichgültig war. Die Art, wie sie sein Temperament befeuerte wie keine andere, die Art, wie er mit ihr sprach, die Art, wie sein Körper unter ihren Fingerspitzen erwachte, und der eindringliche, zärtliche Blick seiner Augen, wenn er sie berührte. Das hatte etwas zu bedeuten.

Sogar Meg war es aufgefallen.

Nach einem tiefen Atemzug wandte sie ihm ihr Gesicht zu.

»Ich möchte nicht Lebewohl sagen.«

Er erstarrte. Der Muskel an seinem Hals zuckte. Dann aber zeigte er ein Lächeln, und sie fragte sich, ob sie es sich nur eingebildet hatte.

»Ellie, du wirst bald zu Hause bei deiner Familie sein und vergessen, dass dies alles geschehen ist.«

Sie verspürte einen schmerzlichen Stich und unterdrückte das Gefühl.

»Keine Beschwichtigungen, bitte. Ich weiß, was ich fühle.«

»Das empfindest du jetzt, bald aber wirst du alles vergessen.«

Das klang so zuversichtlich. So sicher. Als hätte er dies schon oft gesagt – zu oft.

Das ist anders.

Sie sah in sein Gesicht, suchte nach Anzeichen von Schwäche, fand aber keine. Ihr Herz hatte Mühe, in ihrer engen Brust zu schlagen.

»Wird es bei dir so sein?« fragte sie leise.

»Wirst du vergessen?«

Er hielt ihrem Blick stand.

»Ja.« Er sagte es, ohne zu zögern.

Sie glaubte ihm nicht. Wenn es ihm gleichgültig war, warum berührte er sie nicht?

Es war, als traue er sich selbst nicht. Und obwohl er es zu verbergen trachtete, war er viel zu angespannt. Er lehnte sich an die Felswand, ein Knie gebeugt. Einen Fuß im Wasser, offenbar völlig locker. Diese vorgebliche Unbekümmertheit konnte sie nicht täuschen. Sie spürte die von seinem Körper ausgehende Spannung wie schwelenden Zunder, der im Begriff steht, aufzulodern.

Meg hatte recht. Er war nicht der Mensch, der seine Gefühle leicht erkennen würde. Er brauchte einen kleinen Anstoß.

Sie nahm ihre Hände von den Knien und neigte sich näher zu ihm hin. Mit verführerischem Gehabe hielt sie sich erst gar nicht auf, da sie wusste, dass sie nur albern wirken würde. Geradeheraus und sachlich, das lag ihr eher.

Es musste seine Wirkung getan haben, da sein bereits angespannter Körper nun vollends erstarrte. Sein Atem schien zu stocken.

»Was machst du da?«

Sein Ton war wachsam, wie sie mit einem Lächeln registrierte.

Bei einem Mann, der Selbstvertrauen geradezu verkörperte, gewiss eine Seltenheit.

»Ich dachte, das wäre klar. Das was wir schon die letzten Tage gemacht haben – ein wenig Spaß haben.«

Er kniff die Augen zusammen. Er wusste, dass sie ihn herausforderte.

»Das halte ich für keine gute Idee.«

Sie zog eine Braue hoch.

»Warum nicht? Es ist nichts Ernstes … oder doch?«

Er gab keine Antwort, vielleicht deswegen, weil er die Zähne so fest zusammenbiss, dass er seine Lippen nicht bewegen konnte.

Ein wenig Druck, nur ein kleiner Anstoß. Leicht machte er es ihr nicht. Steif und mit angespannten Muskeln saß er neben ihr. Halte Abstand, sagte seine Körperhaltung.

Nach einem tiefen Atemzug beugte sie sich zu ihm und küsste ihn, ehe sie ihre Lippen über die salzige Feuchte seiner stoppligen Wangen und über seinen Hals gleiten ließ. Sogar getränkt vom Seewasser roch er gut. Er hatte sich tagelang nicht mehr rasiert. Der dunkle Schatten seines Bartes verlieh seinem nordischen, göttlich-goldenen Aussehen einen harten Anstrich.

Um die Wirkung ihrer Bemühungen abzuschätzen, wich sie ein wenig zurück. Sein Blick bohrte sich heiß und intensiv wie ein Blitz in sie. Sein Kinn war noch immer starr, die Halsmuskeln traten hervor, sein Puls schlug sichtbar.

Er sah dunkel und gefährlich aus – jeder Zoll der Furcht einflößende Highlander-Kämpfer.

Merkwürdig – dies alles versetzte sie in Erregung und machte sie noch kühner.

»Du wirst alles vergessen«, sagte sie herausfordernd, »weil es nichts bedeutet, so ist es doch?«

Er sah sie mit dem kühnen Blick des Raubvogels an, dessen Namen er trug. Sie schenkte ihm jenes eigensinnige und wenig bußfertige Lächeln, das er zur Perfektion gebracht hatte, und streckte die Hand nach ihm aus, um ihn zu berühren.

Ihre Finger glitten über seine Brust abwärts, über die starken Muskeln, die sich auf seinem Bauch abzeichneten und unter ihrer Berührung zuckten. Sie spielte eine Weile mit ihm, lotete die Grenzen seiner Beherrschung aus – zeichnete lockende Kreise auf seinen Leib, bis er sich verkrampfte, wobei ihre Hand sorgfältig der Aufmerksamkeit heischenden Ausbuchtung auswich.

Die ganze Zeit über hielt sie seinen Blick fest, und seine Augen wurden noch dunkler und heißer.

»Und dies?« Sie legte die Hand auf sein heftig schlagendes Herz und sah ihm tief in die Augen.

»Das fühlt sich nicht anders an?«

»Nein.« Das Wort kam wie ein Fluch, hart und schroff.

Er log. Das spürte sie. Doch schien er entschlossen, dagegen anzukämpfen.

Als sie mit dem Handgelenk die Spitze seiner Männlichkeit streifte, entwich ihm zischend der Atem. Durch das dünne Leinen seiner Hose spürte sie pulsierende Hitze. Sie umfasste ihn.

»Sicher wirst du das alles vergessen.«

»Herrgott, Ellie«, stöhnte er. Seine Halsmuskeln waren gespannt wie Bogensehnen.

»Ich will dir nicht wehtun.« Das war zu spät, wie ihr der Druck in ihrer Brust verriet. Er umfasste ihr Handgelenk, sie aber ließ ihn nicht los.

»Ich kann dir nicht geben, was du willst.«

Die Hoffnung, die ihr Kühnheit verliehen hatte, verflog. Sie lockerte ihren Griff und entfernte ihre Hand. *Er will mich nicht. Ich bin ihm gleichgültig.* Schmerz drückte ihr das Herz ab. Sie hatte nicht erwartet, dass es so wehtun würde.

Aber etwas in ihr wollte nicht aufgeben.

Wenn das alles war, was er ihr geben würde, dann würde sie nehmen, was sie bekam.

Mit erneuter Entschlossenheit machte sie sich an den Bändern seiner Hose zu schaffen, aber der Stoff war nass, deshalb kostete es einige Mühe. Als sie sich Zugriff verschafft hatte, hob sie den Blick zu ihm. Sein Gesicht war hart und unnachgiebig wie Granit.

»Was ich will? Das ist alles, was ich will.« Als er nicht antwortete, umfasste sie ihn und verspürte, wie sich Erregung in ihr meldete. Samtweiche Haut spannte sich fest über einer dicken, prallen Spitze.

»Nur ein wenig Spaß, ein letztes Mal.«

Verdammtes Frauenzimmer. Was bildete sie sich ein? Was wollte sie beweisen? Ja, sie hatten ihren Spaß gehabt, dennoch wollte er noch heute spätabends lossegeln und alles vergessen. Beide würden alles vergessen.

Es spielte keine Rolle, wie unglaublich sie sich in seinen Armen anfühlte, oder dass er sie mehr begehrte als jemals eine andere Frau – aber nur, weil er wusste, dass er sie nicht haben konnte. Sein Herzklopfen, die instinktive Anziehung, das primitive Verlangen bei ihr zu sein – alles würde vergehen. Wie immer.

Aber noch nie hatte er so empfunden. Er begehrte sie so heftig, dass er sich zum ersten Mal im Leben selbst nicht über den Weg traute.

Warum musste sie drängen? Warum konnte sie nicht alles so belassen, wie es war? Er wollte sie nicht verletzen. Er versuchte, richtig zu handeln. Doch das Gefühl ihrer Hände auf seinem Körper, die ihn berührten, ihn streichelten … sie machten alle seine guten Absichten zunichte. Er spürte noch immer den verdammten Abdruck ihrer Hand auf seiner Brust.

Er wusste, was sie mit ihrem kleinen Spiel bezweckte, doch würde ihn dies nicht zu einer Änderung seiner Absicht bewegen. Dies bedeutete gar nichts, verdammt. Und er würde den Beweis antreten. Wenn sie Vergnügen haben wollte, würde sie genau das bekommen. Mehr als sie aushalten konnte.

Sie hatte das Spiel begonnen, beenden würden sie es jedoch zu seinen Bedingungen.

Er fasste in ihr nasses Haar, zog ihr Gesicht zu sich und bedeckte ihren Mund mit einem langen, tiefen Kuss. Erleichterung durchströmte seinen Körper in einer heißen schweren Woge.

Er verschlang sie mit seinem Mund, während sie ihn streichelte. Ihre Zungen umschlangen einander, immer tiefer, von dem verzweifelten Verlangen nach Erfüllung getrieben. Und doch vermochte dies nicht den Hunger zu stillen, der in ihnen wütete.

Er hätte sich nicht darauf einlassen sollen. Nicht, wenn ihm so zumute war. Er war wütend und erfüllt von einem merkwürdigen, verzweifelten Gefühl, das er nicht verstand. Er fühlte sich nicht wie er selbst. Etwas Wildes und Unbeherrschtes baute sich in ihm auf. Er spürte den Druck in seiner Brust. Eine Schwere, die sich ausdehnte und keinen Raum hatte.

Er spürte die Gefahr, hörte aber nicht auf die Warnung.

Es ist ja nur Lust. Nicht mehr als Lust.

Doch jedes sündige Streicheln ihrer Hand steigerte seine Raserei. Sein Körper war von ihrer verführerischen Berührung bis an die Grenzen gebracht worden.

Ein letztes Mal.

Und er würde dafür sorgen, dass es sehr wohl zählte. Er schob ihre Hand von sich, ehe es zu spät war, zog sie an sich und bettete sie auf den Stein unter ihm.

Seine Hände bedeckten ihren Körper. Ihre Brüste, ihr Hinterteil. Er packte sie, drückte und presste sie an sich, verzweifelt bemüht, Hunger und gefährliche Emotionen, die sich in ihm aufbauten, zu lindern.

Sie schmolz in seinen Händen dahin, hob sich an und drückte sich an ihn. Jede Zurückhaltung war dahin. Sie begegnete jedem Streichen seiner Zunge, jeder Berührung mit einer wilden, für ihn unvorstellbaren Hemmungslosigkeit.

Aber wie Öl eine Flamme, steigerte es nur das in seinem Inneren tobende Feuer.

Er küsste sie. Berührte sie. Drückte ihren Körper an sich. Hüfte an Hüfte. Brust an Brust. Die harten Spitzen ihrer Brüste strichen über seine Brust, als sie sich an ihm bewegte.

Und doch war es nicht nahe genug.

Er wollte ihre warme Haut spüren. Er wollte sie zum ersten Mal nackt sehen – völlig nackt. Kein Hemd, keinen Kittel, keine Hose, die sich zwischen sie drängen konnten.

Kleidung. Sie musste weg. Er löste jäh seinen Mund von ihr und riss sich das Hemd vom Leib. Ihre Augen wurden groß und erfassten jeden Zoll seiner nackten Brust und seiner Arme. Sie durfte ihn nicht so ansehen. Der unverhüllte Hunger in ihrem Blick machte ihn nur noch heißer.

Als Nächstes kam die Hose, und ehe sie protestieren konnte, schob er ihr das Hemd über den Kopf.

O Gott. Er hielt den Atem an. Er fühlte sich, als hätte ihn ein Beil getroffen.

Sie war schön. Nicht mager, sondern zierlich und zart. Seine Augen kosteten jeden einzelnen Zoll cremeweißer Haut aus. Kleine, kecke Brüste. Schlanke Taille und sanft gerundete Hüften. Und ihre Beine … ihre Beine waren perfekt. Lang und straff, mit glatt ausgeformten Muskeln.

Vielleicht doch keine so gute Idee. Es würde lange dauern, bis er dieses Bild aus seinem Gedächtnis getilgt hätte.

Nicht imstande, noch einen Moment länger von ihr getrennt zu sein, zog er sie an sich und küsste sie, während ihre nackten Körper sich zum ersten Mal trafen. Sein Körper entbrannte unter der Berührung, als Haut auf glühende Haut traf.

Er umfasste ihre Brust, ihr Gesäß. Sie war so verdammt weich, dass er nicht aufhören konnte, sie zu berühren. Alle Zartheit war dahin, er schob seine Hand zwischen ihre Beine, küsste sie, als er seine Finger in die weiche geschmolzene Hitze schob. Er stöhnte, Verlangen durchströmte ihn in einer heißen, schweren Woge und zog ihn hinunter. So heiß. So feucht. Stöhnend drehte und wand sie sich an ihm, drückte ihre Hüften in seine Hand und stieß ihre Brüste härter gegen seine Brust.

Er schob einen zweiten Finger nach und öffnete sie weiter. Doch seine Finger waren nicht genug. Er wollte in ihr sein, wünschte es sich mehr als alles im Leben.

Wieder stöhnte sie, drängender diesmal. Und drückte ihren Venushügel an seine Erektion, um die Reibung zu steigern. Das Gefühl ihrer Feuchtigkeit, die über seinen pochenden Schwanz glitt, raubte ihm fast den Verstand.

So nahe.

Nicht. Er biss die Zähne zusammen gegen den Drang, in sie einzutauchen.

O Gott, wie er es sich wünschte.

Ein letztes Mal. Er konnte das Dröhnen der Worte in seinen Ohren nicht betäuben, das ihn antrieb.

»Bitte, Hawk …«

»Erik«, forderte er. Er wollte, nein, musste seinen Namen aus ihrem Mund hören. Ihre Blicke trafen sich. Er spürte das scharfe Zerren in seiner Brust.

»Erik«, sagte er wieder.

»Erik«, wiederholte sie leise. Das Lächeln, das ihren Mund berührte und ihre Augen füllte, ließ den Druck, der sich in ihm aufgebaut hatte, bersten.

»Bitte, ich möchte es.«

In seinem Kopf drehte sich alles. Ihre unschuldige Bitte brachte seinen Verstand durcheinander. Er wusste, wie gut es sein würde. Wie eng sie sich um ihn schließen würde. Wie ihr Körper ihn erfassen würde.

Er konnte an nichts anderes denken, als in ihr zu sein. Es war das Einzige, was zählte. Es war das Einzige, was richtig war. Das Einzige, was das Hämmern in seiner Brust beenden und seinen wahnsinnigen Hunger stillen würde.

Er legte die Hände beiderseits ihrer Schultern, stützte sich über ihr auf und positionierte sich zwischen ihren Beinen. Ihre Blicke trafen sich und hielten einander fest. Keiner sagte ein Wort, das war nicht nötig. Er gab ihr eine letzte Chance. Sie las die Frage in seinen Augen und nickte.

Er zögerte nicht. Sein Körper hörte nicht mehr auf den Verstand und handelte nach eigenem Gutdünken, stürmte mit nur einem Ziel vor Augen dahin: sie in Besitz zu nehmen.

Mein. Der Instinkt war urzeitlich und unwiderstehlich.

Sein Körper bebte vor Erwartung, als er sich langsam in sie schob.

Ellie wusste, dass sie ihn daran hätte hindern sollen. Trotz des Dunstes der Leidenschaft, der sie beide einhüllte, wusste sie, dass er es tun würde.

Aber sie wollte nicht, dass er aufhörte.

Sie liebte ihn – Erik. Er hatte ihr seinen Namen verraten.

Sie liebte seine kühne Unverfrorenheit. Sein unverbesserliches Grinsen. Sein angeborenes Ehrgefühl und seinen Edelmut, die er hinter der Fassade des Schalkes verbarg. Sie liebte seine Wärme, seine Güte und seine Umsicht. Sie liebte das Gefühl der Freiheit, das sie erfasste, wenn sie bei ihm war. Das Abenteuer. Die Erregung. Aber sie liebte es auch, neben ihm auf einem Hügel zu sitzen und zu beobachten, wie die Brandung gegen die Klippen schlug.

Die Vereinigung mit ihm erschien ihr der perfekte – der einzige – Ausdruck dieser Liebe.

Sie wusste, dass dies etwas bedeutete. Sie war ihm nicht gleichgültig. Es musste so sein. Während er über ihr war, raubte sein Blick ihr den Atem. Wild. Besitzergreifend. Intensiv. Eine unleugbare Forderung.

Sie gehörte ihm und er ihr. Das Schicksal hatte sie an diesen Ort geführt. Es hatte so sein sollen. Er war ihre Bestimmung.

Sie packte seine Schultern, spürte die seidige Spitze seiner Erektion an den empfindsamen Falten zwischen ihren Beinen. Eine neue Welle der Feuchte erfasste sie bei dem unglaublichen Gefühl.

Sie war nicht ganz sicher, wie das klappen sollte. Er war viel zu groß. Aber irgendwie vertraute sie darauf, dass ihr Körper sich an ihn anpassen würde.

Durchdringende blaue Augen blickten sie an, in einem Gesicht, wilder, als sie je eines gesehen hatte. Mit zusammengebissenen Zähnen, die Muskeln hart und angespannt unter ihren Fingerspitzen, schien er gegen einen unsichtbaren Feind zu kämpfen.

Er stieß zu und öffnete sie mit der Spitze seines erigierten Gliedes.

Es war ein Gefühl, das sie nach Luft schnappen ließ. Und dann wieder, als er ein wenig tiefer eindrang.

Merkwürdig und wunderbar. Die Hitze. Die Verbindung. Ihr Körper spannte sich straff. Er füllte sie aus.

Sie spürte, wie ihr Körper weich wurde, sich um ihn öffnete. Feuchtigkeit führte ihn ins Innere.

Vielleicht würde es doch klappen.

Als er glaubte, so weit vorgedrungen zu sein wie nur möglich, hielt er ihren Blick fest und stieß ein letztes Mal zu.

»Verzeih«, stieß er zähneknirschend hervor.

Ein jäher Schmerz ließ sie aufschreien. Ihr Körper verspannte sich unter dem unerwarteten Schmerzgefühl, er aber beschwichtigte sie mit seinem Mund und küsste sie, bis ihre Muskeln sich lockerten und Leidenschaft sie wieder in ihre sinnliche Umarmung nahm.

Wieder überwältigte sie das heiße, wilde Gefühl. Das Gefühl, dass sie sich bewegen und ihn an sich spüren musste.

Ihre Finger umklammerten seine muskelbepackten Arme und Schultern und zogen ihn auf sich. Nach dem Kontakt lechzend stöhnte sie, als ihre starren, schmerzenden Brustspitzen auf die heiße, bronzene Haut seiner kraftvoll geformten Brust trafen. Ein unglaubliches Gefühl, sein Gewicht auf sich zu spüren.

Seine Zunge glitt tiefer in ihren Mund, als sie anfing, sich an ihm zu bewegen, voller Verlangen nach der Reibung, die das unruhige Sehnen, das in ihr tobte, lindern würde. Der heftige Schlag seines Herzens an ihrem trieb sie an.

Er fing an zuzustoßen. Erst langsam. Mit kleinen kreisenden Bewegungen, und dann, als ihre Hüften sich ihm entgegenhoben, mit längeren Bewegungen, bis die Kraft der rotierenden Bewegungen ihren ganzen Körper zu fordern schien.

Sie spürte, wie sich der vertraute Druck aufbaute. Aber er war anders. Intensiver. Bedeutungsvoller. Die Vereinigung ihrer Körper hatte jedes Gefühl gesteigert.

Auch er spürte es. Sein Mund gab ihren frei, als hätte ihn die Mühe der Beherrschung ihm alles bis auf die Atmung geraubt. Er war so angespannt, dass sie glaubte, auch diese Fähigkeit wäre ihm abhanden gekommen.

Er stieß nun fester zu. Tiefer. Härter. Er kreiste mit jedem sündigen Stoß und zwang sie an den Rand.

Sie schnappte bei jedem Stoß nach Luft. Wurde fester. Konzentrierte sich. Sammelte sich in einer heißen, schimmernden Kugel und dann …

Sie schrie auf, als ihr Körper sich zusammenkrampfte und wieder löste. Leidenschaft zerbarst in ihr. Scharfe, heiße Krämpfe der Lust hielten ihn in ihr fest.

Einmal noch stieß er zu und schrie auf. Sein ganzer Körper erstarrte, als ihn sein Höhepunkt mit Wucht traf. Er wiegte sich an ihr, und der heiße Schwall seines Samens mischte sich mit der verebbenden Brandung ihrer eigenen Lust in einer warmen, stürzenden Kaskade. Sie wollte diesen Augenblick auf ewig festhalten.

Überflutet von der Euphorie des erstaunlichsten Moments ihres bisherigen Lebens, staunte sie, als er plötzlich von ihr heruntergIitt. Ohne sein Gewicht auf ihr, ohne seine Fülle in ihr fror sie plötzlich. Ein unbehagliches Kribbeln schlängelte sich in ihr Bewusstsein.

Sie erwartete, er würde sie in die Arme nehmen und sie an sich drücken, wie er es meist tat, stattdessen aber lag er nur da und starrte zur Decke. Seine prachtvoll geformte Brust hob und senkte sich unter schweren Atemzügen.

Unter gesenkten Wimpern hervor warf sie ihm einen verstohlenen Blick zu. Sein Körper war unglaublich. Unbekleidet sah er noch kraftvoller aus.

Warum sagte er kein Wort? Es waren nur wenige Sekunden vergangen, und doch schien die Stille unendlich.

Sag etwas.

»Es tut mir leid.«

Ihr Herz sank. *Nicht das.*

Sein Antlitz war wie versteinert. Er sah sie nicht an.

»Es hätte nie passieren dürfen.«

Sein bedauernder Ton traf sie wie ein Messer in der Brust. Falls sie insgeheim auf eine Erklärung, einen Antrag gewartet hatte, war ihr nun brutal klar geworden, dass ihr eine große Enttäuschung bevorstand.

Ihr Herz krampfte sich zusammen. Sie war eine Närrin. Sie hatte ihre Unschuld aufs Spiel gesetzt und verloren. Bewiesen war nur, dass er sie begehrte. Lust war nicht Liebe. Vielleicht war sie es, die den Unterschied nicht kannte.

Er war ein Mann, der Herausforderungen liebte – der im Wettstreit aufblühte –, und nun war die Herausforderung dahin.

Mein Gott, was hatte sie getan?

Was zum Teufel hatte er getan?

Die Wahrheit traf Erik mitten ins Innere; er hatte den Kopf verloren, hatte seinen Eid gebrochen und ihr die Jungfernschaft geraubt.

Er hatte nie so weit gehen wollen. Es war dumm und anmaßend gewesen zu glauben, er könnte mit dem Feuer spielen, ohne sich zu verbrennen.

Was sollte er jetzt tun?

Heiraten konnte er sie nicht. Sie war nur ein Kindermädchen. Seine Verantwortung als Clan-Oberhaupt erforderte, dass er eine Wahl traf, die Macht und Ansehen des Clans steigerte. Außerdem war er zu jung, um sich an eine einzige Frau zu binden. Er konnte doch all die anderen Mädchen nicht enttäuschen.

Da spielte es keine Rolle, dass er an keine andere gedacht hatte, seit er Ellie kannte. Er war zuversichtlich, dass sich das ändern würde.

Obschon Edward Bruces Reaktion auf Ellie ihn erzürnt hatte, war dies nicht unerwartet. Erik hatte immer eine Neigung zu schönen, sinnlichen Frauen gehabt. Ellie war zwar hübsch, wenn auch ein wenig zickig und rechthaberisch, und er mochte sie, aber sie war nicht sein Typ. Er fand es eigentlich unbegreiflich, dass er sich so heftig zu ihr hingezogen fühlte.

Nun erst nahm er wahr, dass sie nichts gesagt hatte. Er sah zu ihr hin. Ihre bleiche Miene traf ihn bis ins Mark. Ihr Kinn zitterte, in ihren Augen standen Enttäuschung und Desillusionierung.

Zum Teufel. Er benahm sich wie ein richtiges Ekel. Sein eigenes Schuldgefühl hatte ihn so verzehrt, dass ihm gar nicht der Gedanke gekommen war, wie schwierig es für sie sein musste.

Für jemanden, der bekannt dafür war, dass er immer das Richtige sagte, hatte er seine Worte just zu einem Zeitpunkt, an dem es sehr wichtig gewesen wäre, falsch gewählt. Anstatt sich zu entschuldigen, hätte er sie in die Arme nehmen und beruhigen sollen – hätte sagen sollen, wie herrlich es gewesen war und wie schön sie war. So wie er es immer tat.

Doch war er noch nie so überwältigt gewesen, nachdem er mit jemandem geschlafen hatte. Noch nie war er von ihm unbekannten Gefühlen so erschüttert worden.

Er griff nach ihr, sie aber wandte sich ab und griff nach ihrem Hemd.

»Du brauchst dich nicht zu entschuldigen«, sagte sie nüchtern.

»Ich wusste, was ich tat. Ich wollte es.« Sie zog das Hemd über den Kopf und brachte ein Lächeln zustande.

»Danke, es war sehr nett.«

Nett? Verblüfft furchte Erik die Stirn. Es war nicht nett. Gewiss, ihr war dies alles neu, doch war es verdammt spektakulär gewesen.

Sie reichte ihm seine Sachen.

»Wir müssen zurück. Sicher hast du noch viel zu tun, ehe wir lossegeln.«

Unfassbar. War nicht er derjenige, der den Drang davonzulaufen hätte verspüren sollen?

Er packte ihren Arm.

»Das kann warten. Wir müssen darüber sprechen.« Er fuhr sich mit den Fingern durchs Haar. Noch nie war er in dieser Situation gewesen und wusste daher nicht, was er sagen sollte.

»Ich habe dir die Unschuld geraubt.«

Sie rückte ab, als hätten seine Worte sie versengt.

»Bitte, du brauchst nichts zu sagen. Ich möchte nichts von dir. Lust und darüber hinaus nichts, so hieß es doch? Was eben geschehen ist, ändert nichts. Meine Unschuld hat mir gehört, und ich habe sie aus freien Stücken verschenkt.«

Erik konnte es nicht glauben. Sie ließ ihn vom Haken.

Er wusste, dass er erleichtert hätte sein sollen, und doch verspürte er keine Spur von Erleichterung. Er war verdammt verärgert.

Er zerrte seine Tunika über den Kopf und fuhr in seine Beinkleider. Sie hätte wenigstens ein wenig erwarten sollen, dass er sie heiraten würde. Glaubte sie denn, er wäre völlig ehrlos? Sie konnte doch nicht ernsthaft glauben, dass er zu den Männern gehörte, die einem Mädchen bedenkenlos die Unschuld raubten? Sie hatte gesagt, dass sie ihm den Piraten nicht geglaubt hätte – sie hielt ihn für vornehm.

Und was meinte sie mit »nett«? Sie war zwar unerfahren, er aber nicht. In seinem ganzen Leben hatte er nie so etwas empfunden. Es war perfekt gewesen.

Sie konnte es offenbar kaum erwarten wegzukommen und war bereits ins Wasser geglitten. Erfüllt von einer tüchtigen Portion besitzergreifendem Zorn sprang er ihr nach und griff nach ihrer Hand, um sie durch den mit Wasser gefüllten Felstunnel zurück ins Freie zu führen.

Gab sie ganz kampflos auf? Wollte sie ihre Stellung als Kindermädchen wieder einnehmen und ihre Leidenschaft hinter einer züchtigen Fassade begraben?

Sein Magen sackte ab, fast hätte er Wasser geschluckt. Was, wenn sie diese nicht begrub? Wenn er ihre Leidenschaft geweckt hatte und sie sie nun mit anderen teilte?

Nur über seinen Leichnam.

Er brach an die Oberfläche durch, blieb stehen und drehte sie mit ernster Miene zu sich um. Falls sie gedacht hatte, das Gespräch wäre beendet, hatte sie sich gründlich geirrt.

»Ellie, wir müssen darüber reden.«

Sie warf ihren Kopf hoch wie auf dem *birlinn*, und er sah Rot.

»Ich möchte nicht …«

Sie hielt inne. Ihr Blick fiel auf etwas hinter ihm. Angstvoll riss sie die Augen auf.

»Erik, Achtung!«

Er drehte sich um, eine Sekunde zu spät.

Es waren vier. Engländer. Speere. Sie wurden gegen ihn geschleudert. Keine Zeit …

Er wich mit einem Satz seitlich aus, doch traf der Speer seine Flanke und riss ihn rücklings in den dunklen Abgrund.

Ellies Aufschrei war das Letzte, was er hörte, ehe das Wasser über ihm zusammenschlug.

18

»Nein!« Der Schrei kam aus ihrem tiefsten Inneren, aus einem dunklen Ort unvorstellbarer Urangst, die das Blut in den Adern stocken ließ.

Auf ihre Verzweiflung und Enttäuschung konzentriert, bemerkte Ellie die vier Krieger am Ufer erst einen Moment, ehe sie den Speer direkt auf Eriks Rücken zufliegen sah. Ganz langsam, wie ihr schien, doch fühlte sie sich wie in der Zeit erstarrt, unfähig sich zu rühren und den Speer aufzuhalten. Es war der schlimmste Augenblick ihres Lebens, als sie hilflos zusehen musste, wie der Mann, den sie liebte, sterben sollte.

Sie griff nach ihm, zu spät. Er reagierte mit einem Knurren, als der Speer ihn traf und ihn ins Wasser warf. Blitzschnell tauchte sie ihm nach und glaubte schon, seine Hand zu spüren, als jemand sie aus dem Wasser zog, indem er sie von hinten umschlang.

Sie kämpfte wie wahnsinnig, schlug panisch um sich, von dem Gedanken erfüllt, Erik zu erreichen. Ihr Retter brummte ungehalten, als ihr Kopf gegen seinen Unterkiefer stieß – einer der wenigen Teile, die nicht durch Rüstungsteile geschützt waren.

Ein Schrei ertönte. Ein schriller, klagender Laut, der ihren Ohren wehtat.

Eine Stimme durchbrach den Lärm.

»Schon gut, Mylady, Ihr seid in Sicherheit.«

Sie war es. Sie war es, die schrie.

»Loslassen!« Sie wehrte sich gegen den Griff des Kriegers, den Blick unverwandt auf die Stelle gerichtet, wo Erik verschwunden war, und sah eine grausige, dunkelrote Wolke im Wasser aufsteigen. Blut. Panik schnürte ihr Brust und Kehle zusammen.

»Ich muss ihn finden«, schluchzte sie, »er ist verwundet.«

Er hatte nur seine Leinentunika getragen. Nur Haut und Muskeln hatten ihn vor dem durchdringenden Aufprall der Speerspitze geschützt, aber er war stark. Der stärkste Mann, den sie kannte.

»Er ist tot«, sagte der Mann kalt.

»Oder wird es bald sein. Wir müssen Euch zurück auf die Galeere bringen.«

»Nein!« Sie entwand sich seinen Armen.

Der Speer. Erik rücklings stürzend. Das Blut. Was sie gesehen hatte, bedeutete gar nichts. Er war nicht tot, und sie würde ihn nicht einfach so verlassen.

Sie tauchte kopfüber ins Wasser und tastete in der Finsternis blindlings um sich. Der Krieger erwischte sie wieder und brachte sie nach Luft schnappend an die Oberfläche. Er zerrte die Schreiende und um sich Tretende ans Ufer. Diesmal ging er kein Risiko ein und hielt sie, ihre Arme seitlich andrückend, wie ein Schraubstock um die Brust fest.

»Sucht ihn«, befahl er den drei anderen Männern. Zu ihr sagte er:

»Mylady, setzt Euch nicht zur Wehr. Wir wollen Euch helfen.«

Die anderen drei Krieger schienen nicht darauf erpicht, nass zu werden, kamen aber dem Befehl nach. Die Minuten verstrichen quälend langsam, während die Suche vor sich ging. Der Krieger redete auf sie ein, sie aber hörte nicht zu. Tränenüberströmt betete sie um ein Wunder. Erik konnte den Atem länger anhalten als jeder andere. Vielleicht war es ihm geglückt, die Höhle zu erreichen.

Der Mann, der sie festhielt, musste zu demselben Schluss gelangt sein.

»Wo wart Ihr, Mylady? Wir haben das Wasser abgesucht, Ihr aber seid aus dem Nichts aufgetaucht.«

Ellie überlegte rasch.

»Ich bin um die andere Seite der Felsen geschwommen.«

Er machte ein ungläubiges Gesicht, doch näherte sich ihm zum Glück einer der anderen, und er brach seine Befragung ab.

»Nichts, Captain.«

Ellie wusste nicht, ob sie entsetzt oder erleichtert sein sollte. Falls sie seiner habhaft wurden, würden sie wieder versuchen, ihn zu töten.

Der Mann, der sie festhielt, nickte.

»Hol Richard und Will …«

Er brach ab und ließ den Blick über die Wellen wandern.

»Wo ist William?«

Der andere schüttelte den Kopf.

»Suche ihn!«

Ellies Herz schlug bis zum Hals. Es musste sein …

Ihre Zuversicht wurde belohnt, als Erik plötzlich aus dem Wasser schnellte und den Speer, den man gegen ihn geschleudert hatte, in die Brust des Richard genannten Kriegers stieß. Ellie wandte ihren Blick nur einen Moment ab. In diesem Bruchteil einer Sekunde hatte er es geschafft, Richards Dolch dem leblosen Körper zu entwenden und wandte sich nun dem dritten Krieger zu, der sich ihm mit hoch erhobenem Schwert näherte.

Der Mann, der sie festhielt, fluchte und ließ sie zu Boden fallen. Er nahm seinen Bogen vom Rücken und legte einen Pfeil an, den er auf Erik richtete, der gegen die hüfthohen Wellen und die längere Reichweite des gegnerischen Schwertes kämpfte.

Ohne zu überlegen, sprang Ellie auf und stieß gegen die Hand des Kriegers, als dieser den Pfeil abschießen wollte, sodass das Geschoss in sicherem Abstand von Erik landete.

Der Krieger im Wasser hob erneut sein Schwert, und Erik schnellte vor und stieß gegen ihn, als das Schwert niederging. Er hob den Arm, um den Aufprall abzublocken, so kräftig, dass das Schwert durch die Luft flog. Augenblicke später landete es im Wasser. Da der Dolch den Kettenpanzer des Kriegers nicht zu durchdringen vermochte, legte Erik den Arm um den Hals des anderen und vollführte eine harte, hörbare Drehung.

Der Krieger am Wassersaum fluchte und fing an, um Hilfe zu rufen.

Es mussten noch mehr Krieger in der Nähe sein.

Wie ein rasender Dämon lief Erik vom Wasser her auf sie zu.

Der englische Krieger packte Ellie wieder und lief auf eine kleine, mit Gras bewachsene Erhebung zu, die sich im Süden an die Bucht schmiegte. Ihr Gewicht und ihr Widerstand hinderten ihn dermaßen, dass Erik sie einholte, ehe sie das Ufer erreicht hatten.

»Lass sie los!«, dröhnte er. Seine Stimme klang anders. Härter. Barscher. Kraftvoller, als sie ihn je gehört hatte.

Der Krieger blieb stehen und drängte sie hinter sich. Mit gezogenem Schwert wandte er sich Erik zu. Dieser aber griff ihn bereits an. Ungeachtet der Klinge, die über seinem Kopf schwebte, versetzte Erik ihm einen Fausthieb gegen das Kinn und brachte den Krieger aus dem Gleichgewicht. Sie hörte ein Knirschen, als er dem Hieb einen Handkantenschlag gegen das Handgelenk des Gegners folgen ließ – gegen die natürliche Biegerichtung – sodass das Schwert der schlaffen Hand entglitt. Mit einem raschen Tritt beförderte er den Krieger zu Boden und zog den Dolch über dessen Kehle.

Ellie wandte rasch den Blick ab. Krieg, Tod und Blutvergießen waren allgegenwärtig, dennoch würde sie sich niemals daran gewöhnen können.

Und Eriks kalter, effizienter Tötungsstil war etwas völlig anderes. Obwohl in Sekundenschnelle vorbei, war es der brutalste Kampf gewesen, den sie je gesehen hatte. Nachdem sie ihn so gesehen hatte, bezweifelte sie Domnalls Geschichte von den zwanzig Kriegern nicht mehr, die Erik angeblich bezwungen hatte.

Er zog sie von den Klippen und nahm sie in die Arme, um sie fest an sich zu drücken. Sie spürte, dass er seinen Mund auf ihren Kopf drückte. Der Wandel vom erbarmungslosen Killer zum zärtlichen Liebhaber hätte nicht dramatischer sein können.

»O Gott, Ellie, bist du unversehrt?«

Sie nickte, wobei ihre Wange am kalten, nassen Stoff seiner Tunika ruhte. Sein ebenmäßiger Herzschlag wirkte beruhigend.

»Mir fehlt nichts.« Erschrocken fuhr sie zurück.

»Aber was ist mit dir?« Ihr Blick fiel auf seine Seite, wo das safranfarbene Material nun einen großen roten Fleck aufwies.

»Du bist verletzt«, schluchzte sie und drückte die Hände auf die Wunde.

Er fasste unter ihr Kinn und hob ihren Blick an.

»Es ist nichts. Eine Streifwunde, mehr nicht.«

Sie glaubte ihm nicht, bis er sein Hemd hinaufschob und ihr den schmalen oberflächlichen Schnitt an seiner Seite zeigte sowie das Loch in der Tunika, wo der Speer aufgetroffen war und ihn rücklings hatte stürzen lassen.

Mit geschlossenen Augen stieß sie ein Dankgebet aus. Ein paar Zoll weiter, und der Speer hätte ihn zerfleischt.

»Du hast Glück gehabt«, sagte sie. Die Kehle wurde ihr eng, Tränen stiegen ihr in die Augen.

»Sie hätten dich töten können.« Was offenbar ihre Absicht gewesen war.

Er grinste und drückte einen sanften Kuss auf ihren Mund.

»Ach was, um mich umzubringen bedarf es mehr als vier englischer Köter. Ich habe immer Rückenwind, denk daran.«

Sie nickte. Das Glück schien auf seiner Seite zu sein. Sein übertriebenes Selbstbewusstsein hätte sie ansonsten zum Widerspruch gereizt, in der jetzigen Situation aber war sie zu dankbar, als dass es ihr etwas ausgemacht hätte.

»Wir müssen hier fort«, sagte er plötzlich ganz ernst und grimmig.

»Diese Kerle sind nicht allein gekommen. In der Nähe muss ein Schiff sein.«

Ellie neigte den Kopf in die Richtung des gefallenen Kriegers.

»Er hat um Hilfe gerufen.«

»Das heißt, dass sie in der Nähe sind. Lauf rasch zurück zum Boot und zieh dich an. Du musst frieren.«

Sie war zu entsetzt gewesen, als dass sie es bemerkt hätte, aber sie zitterte tatsächlich unbeherrscht.

»Wohin willst du?« Ihre Stimme klang ein wenig panikartig, und nach allem, was eben geschehen war, wollte sie ihn nicht aus den Augen lassen.

Er deutete auf den Hügel.

»Ich will sehen, wo die Übrigen sind.« Er bückte sich nach dem Schwert des Gefallenen.

»Rasch.«

Sie tat, wie ihr geheißen, zog eilends ihr wollenes Gewand, ihre Strumpfhose und Slipper an. Sie hatte eben das Plaid um ihre Schultern gelegt, als er zu ihr trat.

Seine schroffen Bewegungen und die wilde Miene verrieten ihr, dass Gefahr im Verzug war. Ihr wurde ganz elend zumute. Es musste schlimm stehen, wenn seine unerschütterliche Gelassenheit ins Wanken geraten war.

»Was ist? Hast du ihr Schiff gesehen?«

Er zog sich an und bewaffnete sich, während er sprach.

»Ja, hinter dem Hügel – mit etwa einem Dutzend Krieger.«

»Aber nicht das bereitet dir Sorgen?«

Er schnallte sein Schwert auf den Rücken und sah sie an. Sie sah die Wut in seinen Augen lodern.

»Vier englische Galeeren bewachen die Bucht, Rauch steigt vom Strandstück auf.« Er zeigte nach Süden. Sie konnte die grauen Schwaden undeutlich vor dem Hintergrund des ähnlich gefärbten Himmels erkennen.

»Die Engländer haben uns aufgestöbert.«

Die Zeit verging quälend langsam, während Erik wartete, dass die Engländer ihre Jagd aufgaben. Diese aber kannten kein Erbarmen und drehten jeden Stein auf der kleinen Insel um.

Er hatte seine gesamte Selbstbeherrschung aufbieten müssen, um nicht sofort zurück zum Strand zu eilen. Doch das konnte er nicht. Zwei Dinge waren ihm im Weg: Er musste Ellie schützen – sie im Griff des englischen Kriegers zu sehen, war ein Anblick, den er nicht so rasch vergessen würde –, und er musste an seine Mission denken.

Wurde er gefangen, würde Bruce seine Söldner nicht rechtzeitig zur Verfügung haben. Auch hätte er darauf verzichten müssen, dass Erik die Flotte nach Arran brachte. Die Mission stand an erster Stelle. Seine Leute waren gut ausgebildet und konnten auf sich selbst achten.

Aber sich in einer Höhle zu verstecken und nicht zu kämpfen, lief seiner ganzen Natur zuwider. Stunden später war er halb verrückt und fühlte sich wie ein Löwe in einem zu engen Gehege.

Wie zum Teufel hatten sie ihn aufgestöbert?

Da er wusste, dass die Engländer die fehlenden Krieger suchen würden, hatte er das Boot den Strand entlanggezogen und dafür gesorgt, dass im Sand ausreichend Spuren zurückblieben. Die Engländer sollten glauben, dass sie geflohen waren. Sie wussten ja nicht, dass das alte Boot keine fünf Minuten in den starken Strömungen des Kanals überdauern würde.

Er ruderte sie zu der größeren der zwei kleinen, als Sheep Islands bekannten, vor der nördlichen Spitze von Spoon gelegenen Insel. Von hier aus konnte er die Westseite der Insel größtenteils überblicken sowie auch die englischen Schiffe, die die Bucht bewachten, wenn auch nicht die Bucht selbst.

Er hatte Ellie in der Höhle unter einem weiteren natürlich gewölbten Eingang zurückgelassen, während er Posten bezog. Auf und ab laufend, um seine Angst zu zügeln, wartete er, dass die Engländer endlich aufgaben. Und jede Minute verstrich mit quälender Langsamkeit.

Die Zeit war sein Gegner. Die McQuillans erwarteten ihn in dieser Nacht, und das kleine Zeitfenster, in dem sie Arran erreichen und den Angriff starten sollten – in der nächsten Nacht – ließ wenig Raum für Fehler. Mit dem Verstreichen des Tages und der Ungewissheit, was ihn bei der Rückkehr zur Bucht erwarten würde, wurden die fünfzehn Meilen nach Irland immer länger.

Er wusste, dass er nicht anders hätte handeln können – am klügsten war es, sich nicht vom Fleck zu rühren –, und doch konnte er nicht umhin, sich im Nachhinein Vorwürfe zu machen.

Die Spannung war nahezu unerträglich. Als Ellie hinter ihn trat und eine Hand auf seinen Arm legte, zuckte er zusammen.

»Ich wollte dich nicht erschrecken.« Sie spähte durch den trüben, regnerischen Himmel zur Grotte, in der man sie fast entdeckt hatte.

»Sind sie fort?«

Er nickte.

»Vor einer Weile schon.«

Nicht lange, nachdem er und Ellie im Boot geflohen waren, war eine Galeere in der kleinen Bucht angelandet. Sie hatte rasch wieder abgelegt und war kurz darauf mit einem zweiten Schiff zurückgekehrt. Diesmal blieben die Engländer viel länger. Schließlich war vor wenigen Minuten das eine Schiff nach Süden gesegelt, während das andere nach Norden Kurs auf Kintyre genommen hatte. Erik hoffte, dies bedeutete, dass die Engländer glaubten, er wäre von der Insel geflohen.

»Werden sie zurückkommen?«, fragte sie.

»Vermutlich. Aber nicht heute. In wenigen Stunden wird es finster sein.«

»Was ist mit den anderen Schiffen geschehen?«

»Ich weiß es nicht. Sie sind hinter der Bucht verschwunden, ich habe sie aus den Augen verloren.«

Falls die Flotte zur Küste von Ayrshire zurückkehrte, wo die Engländer stationiert waren, würden sie die Südseite der Insel passieren, jener Seite entgegengesetzt, auf der Ellie und er sich befanden.

»Wann können wir zurück?«

Er sah seine eigenen Ängste in ihren Augen widergespiegelt.

»Bald.« Wohl wissend, wie schwer das alles für sie sein musste, zog er sie in die Arme und drückte sie an sich. Es war für beide ein turbulenter Tag gewesen – in vielfacher Weise, doch hatte Ellie Stärke und Widerstandskraft bewiesen, die ihn stolz machten. Ganz zu schweigen von dem Pfeil, vor dem sie ihn gerettet hatte.

Er fragte sich, ob ihr klar war, dass sie sich für ihn und gegen die Engländer entschieden hatte, bei denen sie vor knapp zwei Wochen noch Schutz gesucht hatte.

Sie schmiegte sich an ihn und drückte den Kopf an seine Brust.

Er strich über ihr Haar. Zum ersten Mal seit Stunden war er ruhig.

»Du musst sehr hungrig sein.«

Sie schüttelte den Kopf.

»An Essen habe ich keinen Gedanken verschwendet.«

Er verstand. Wie er war auch sie in Sorge um seine Leute und die Dorfbewohner.

»Glaubst du …«

Sie sprach es nicht aus, aber er wusste, was sie hatte fragen wollen. Er hob ihr Kinn an und drückte einen zarten Kuss auf ihre Lippen. Ein jäher Schmerz machte seine Brust eng.

»Sicher ist ihnen nichts geschehen«, versicherte er ihr mit mehr Zuversicht, als er empfand. Er hoffte, die Engländer würden das Dorf in Ruhe lassen, seine Männer aber waren Ausgestoßene, und das Drachenbanner war gehisst. Wut wallte in ihm auf, aber er zügelte sie. Er wusste, dass er nichts tun konnte – noch nicht.

»Es tut mir leid«, sagte sie, als sie aufblickte und Tränen in ihre großen braunen Augen traten.

»Nur meinetwegen konntest du ihnen nicht zu Hilfe eilen.«

»Nein«, sagt er rau, »ich hätte ihnen nicht helfen können.« Er wollte nicht, dass sie sich Vorwürfe machte. Tatsächlich war es durchaus möglich, dass seine Flucht mit Ellie seine gesamte Mission gerettet hatte, da er andernfalls in derselben Lage gewesen wäre wie seine Männer.

»Ich konnte es nicht riskieren. Ich muss etwas sehr Wichtiges erledigen.«

»Für Robert?« Er sah sie merkwürdig an, und sie lief rot an.

»Die Familie nennt ihn so.«

Darauf sagte er nichts. Obwohl er wusste, dass er ihr trauen konnte, hatte er gelobt, seine Mission geheim zu halten.

Sie aber hatte sich fast alles zusammengereimt und war der Wahrheit sehr nahe.

»Die irischen Krieger …« Sie sprach nicht weiter.

»Du sollst sie zu ihm bringen. Wann?«

»Noch heute.«

Ihre aufgerissenen Augen verrieten ihr Erschrecken. Ihm war ähnlich angstvoll zumute.

»Und wenn du zu spät kommst?«

»Das darf nicht sein.«

Er spürte ihren Blick auf sich.

»Ich verstehe.«

Er wusste, dass ihr klar war, was dies bedeutete. Der Angriff stand unmittelbar bevor.

»Ich brauche dir nicht zu sagen, was auf dem Spiel steht.«

Sie schüttelte den Kopf und verfiel in nachdenkliches Schweigen.

Er wartete so lange, wie er es verantworten konnte. Eine Stunde vor Einbruch der Dunkelheit half er Ellie ins Boot und ruderte zurück zur Bucht, wobei er sich dicht an die Küstenlinie hielt und unübersichtliche Stellen mit größter Vorsicht passierte.

Es herrschte Totenstille, als er das Boot um die Landspitze herum in die Bucht ruderte. Die Feuer, die am Ufer gelodert hatten, glosten noch, tödlicher Rauchgeruch hing in der salzigen Seeluft. Die Bucht selbst war leer. Kein einziges Fischerboot war zu sehen. Er fluchte, da er ahnte, was die Feuer genährt hatte. Seine Situation hatte sich verschlimmert. Die Engländer gingen kein Risiko ein. Solange er sich noch auf der Insel befand, würden sie dafür sorgen, dass er hier blieb, indem sie ihm jede Fluchtmöglichkeit raubten.

Obwohl er wusste, dass es unwahrscheinlich war, dass man seine Leute nicht gefunden hatte, erwartete er irgendwie, Domnall aus der Höhle kommen zu sehen. Verdammt, im Moment wäre ihm sogar Randolphs Genörgel willkommen gewesen.

Aber niemand kam zu seinem Empfang.

Es herrschte gespenstische Stille. Undurchdringlicher Nebel verdichtete die unbewegte Luft zu einer nieselnden Wolke.

Er zog das Boot ans Ufer und wies Ellie an, darin sitzen zu bleiben. Dass sie nicht protestierte, zeigte ihm, dass sie den Grund begriff.

Am Ufer stieß er auf verkohlte Überreste einiger Fischerboote. Die Anzahl der Fußspuren im Sand verriet, dass die Engländer einen ganzen Truppenteil an den Strand gebracht hatten. Seine Männer waren sicher vorgewarnt worden, hatten aber gegen diese Übermacht nichts ausrichten können. Er argwöhnte, dass sie sich in der Höhle versteckt gehalten und gewartet hatten, bis sie einem Angriff nicht mehr ausweichen konnten.

Seine Vermutung betätigte sich wenig später, als er am Eingang der Höhle den ersten Gefallenen fand. Gleich hinter diesem zwei weitere. Der Tod war ihm nicht neu, doch der Schmerz, einen Mann zu verlieren, traf ihn immer schwer.

Er verbiss sich seine Wut und machte sich auf das Schlimmste gefasst, da er ein Gemetzel erwartete. Zu seiner Verwunderung aber fand er keine Toten mehr unter den verstreuten Habseligkeiten seiner Mannschaft.

Was zum Teufel war ihnen zugestoßen?

Auf dem Rückweg zum Strand traf ihn die Schwere der Situation mit voller Kraft. So groß seine Sorge um seine Leute war, musste er doch in erster Linie an seine Mission denken. Er musste schleunigst nach Irland zu dem Treffen mit den McQuillans und hatte keine Männer und kein Boot. Er wusste auch nicht, wann die Engländer zurückkommen und die Suche nach ihm fortsetzen würden. Jedenfalls musste er rasch von der Insel verschwinden.

Ellie beobachtete ihn aufmerksam, als er näher kam. Er las die Frage in ihren Augen und berichtete, was er vorgefunden hatte.

»Was ist mit den anderen?«, fragte sie.

Er schüttelte den Kopf.

»Ich weiß es nicht.«

»Und Meg?«

»Zu ihr gehe ich jetzt.«

»Ich komme mit.«

»Das ist keine gute Idee.« Es war nicht abzusehen, was er vorfinden würde.

Ellie straffte die Schultern und setzte ihr eigensinniges Kindermädchen-Gesicht auf.

»Ich brauche dich nicht als Beschützer.« Angesichts dessen, was sie eben erlebt hatten, hörte sich das lächerlich an, deshalb korrigierte sie sich:

»Nicht davor.« Sie sah ihn flehentlich an.

»Bitte. Meg ist auch meine Freundin.«

Er hielt ihren Blick fest und nickte. Megs Haus war finster, wie sie schon von Weitem sehen konnten, und Erik war nicht verwundert, als sie es leer vorfanden. In der Hoffnung, Meg hätte sich beim Kommen der Engländer ins Inselinnere zurückgezogen, schlug er vor, zum nächsten Anwesen zu gehen.

Meg musste sie gesehen haben und stürzte heraus, um sie zu begrüßen. Ellie hatte Tränen in den Augen, als Meg sie in die Arme nahm. Beide waren sehr erleichtert.

»Gott sei Dank«, sagte Meg, »ich habe schon gedacht, sie hätten auch euch gefunden.«

»Was ist geschehen?«, fragte Erik.

Meg berichtete, dass die Schiffe, bald nachdem sie gegangen waren, eingetroffen waren. Ihrer Behauptung nach mindestens ein Dutzend, die rund um die Insel ihre Positionen eingenommen hatten.

»Fast so, als hätten sie gewusst, dass du hier bist.«

Er war zu demselben Schluss gelangt.

Wie vermutet, hatte es eine Warnung gegeben, die Zeit war

aber zu kurz für einen Fluchtversuch gewesen. Die Engländer waren mit voller Truppenstärke gelandet. Meg hatte vom Klippenrand aus beobachtet, wie sie das Ufer absuchten und schließlich die Männer aus der Höhle abführten.

Erik überlegte. Es sah seinen Leuten nicht ähnlich, sich zu ergeben. Highlander kämpften bis zum bitteren Ende.

Meg musste seine Gedanken erraten haben, da sie sagte:

»Ich habe Thomas mit ihrem Anführer sprechen sehen.«

Randolph hatte sich ergeben? Das ergab Sinn. Meg schilderte nun, wie die Soldaten die Dorfbewohner zusammengetrieben und verhört hatten, um anschließend jedes Haus zu durchsuchen.

»Ist euch nichts passiert?«, fragte er.

Sie verneinte.

»Sie haben keinem von uns etwas angetan.« Ein ratloser Ausdruck huschte über ihr Gesicht.

»Der englische Kommandant war nicht so arg wie die meisten anderen.«

Erik war erleichtert, wenn auch erstaunt. Zurückhaltung sah den Engländern nicht ähnlich, zumal wenn es darum ging, herauszufinden, wer Flüchtige geschützt hatte.

»Und mein *birlinn?«* fragte er.

»Sie haben es mitgenommen.«

Eriks Mund wurde zu einem schmalen Strich. Lieber hätte er es verbrannt gesehen als unter dem Kommando eines Engländers.

»Ich muss sofort ein Boot finden.«

Meg schüttelte den Kopf.

»Es gibt keine mehr. Nicht einmal ein Fischerboot. Alle wurden verbrannt.« Sie schilderte, wie die Fischer von der ganzen Insel sich in der Dorfkirche versammelt hatten, verzweifelt ob der Grausamkeit der Engländer, die sie ihrer Lebensgrundlage beraubt hatte. Erik schwor sich, dass jedes einzelne Boot ersetzt werden sollte, erst aber musste er einen Weg finden, von der Insel wegzukommen.

»Sie haben dich gesucht.« Meg machte eine Pause.

»Und das Mädchen.«

»Mich?«, fragte Ellie mit großen Augen.

»Nicht namentlich«, beruhigte Meg sie, »es hieß nur, Hawk hätte ein Mädchen bei sich.«

Sein Magen sackte ab, als ihm die volle Bedeutung aufging.

»Woher wussten sie das?«

Meg schüttelte den Kopf.

»Einer deiner Männer oder jemand aus dem Dorf muss es ihnen gesagt haben.«

Erik versuchte, seine Wut zu zügeln. Wenn die Engländer von Ellie wussten, konnten sie sie als Waffe gegen ihn verwenden. Eine Erkenntnis, die für ihn ein Schock war. Bei dem Gedanken, sie könnte in Gefahr geraten, stockte ihm das Blut in den Adern.

»Ich glaube nicht, dass sie die Suche nach dir aufgegeben haben«, sagte Meg, »sie kommen sicher wieder.«

»Bis dahin werde ich längst fort sein.« Seine beste Möglichkeit – im Moment seine einzige – war das alte Ruderboot. Um es seetüchtig zu machen, musste er ein wenig improvisieren. Viel Zeit blieb ihm nicht. Es war fast dunkel.

»Ich brauche deine Hilfe«, sagte er zu Meg.

Sie lächelte bereitwillig.

»Sag mir, was ich tun soll.«

Er erklärte, was er brauchte, und Meg ging zurück zum Haus, um Hilfe und Vorräte zu besorgen.

»Und was kann ich tun?«

Er drehte sich um und sah, dass Ellie ihn mit entschlossenem Blick beobachtete. Am liebsten wollte er sie wegsperren – vorzugsweise in einen hohen, uneinnehmbaren Turm –, bis alles vorbei war. Sein Gefühl sagte ihm jedoch, dass sie damit nicht einverstanden sein würde, selbst wenn die Möglichkeit wirklich bestanden hätte. Ihre Miene ließ erkennen, dass sie ihm helfen wollte und sich durch nichts davon abbringen lassen würde.

»Du hast wohl hier in der Gegend nirgends einen hübschen hohen Turm gesehen?«

Sie verdrehte die Augen.

»So leicht wirst du mich nicht los.«

Er bezweifelte es nicht. Das gefiel ihm an ihr. Sie ließ sich nicht so leicht herumkommandieren. Wie hatte Domnall es formuliert? Sie schluckte seine Sprüche nicht.

»Du kannst Meg helfen, wenn sie zurückkommt. Kannst du Feuer machen?«

Sie nickte.

»Ich glaube schon.«

»Gut.« Seine nassen Sachen waren unwichtig, sie aber sollte es warm und trocken haben.

»Sieh nach, ob du etwas Essbares finden kannst.«

Sie kniff den Mund zusammen, als wüsste sie, was er vorhatte.

»Ich bin nicht hungrig.«

»Ich aber«, sagte er, »und ich werde noch hungriger sein, ehe die Nacht um ist. Du tust mir nichts Gutes, wenn du schwach vor Hunger sein wirst.«

Vor ihnen lag eine lange Nacht.

Er führte sie zurück zu Megs Langhaus und sagte, er würde bald zurückkommen.

»Wohin gehst du?«

»Ich muss nachsehen, ob man aus der Höhle noch etwas retten kann, und dann muss ich ein Boot bauen.«

Sie machte große Augen.

»Du wirst doch nicht versuchen, der englischen Flotte mit diesem schäbigen Häufchen Zündholz zu entkommen?«

Er grinste.

»Nicht nur versuchen.« Er drückte einen Kuss auf ihren Mund, ehe sie antworten konnte.

»Bin gleich wieder da.«

Er wandte sich zum Gehen, sie aber hielt ihn auf.

»Du wirst nicht ohne …«

Mich. Er wusste, was sie sagen wollte. Aber abgesehen davon, dass er sie wärmen und sättigen wollte, hatte er sich noch nicht überlegt, was er mit ihr machen sollte.

Er hatte versprochen, sie nach Hause zu bringen, nun aber hatte er keine Zeit mehr. Hier konnte er sie nicht lassen für den Fall, dass die Engländer zurückkehrten. Sie wusste zu viel. Ihr vertraute er, nicht aber den Verhörmethoden der Engländer.

Wenn er es schaffte, das Boot so seetüchtig zu machen, dass es den Kanal überqueren konnte, würde sie bei ihm sicherer sein – solange die Engländer ihn nicht einholten. Allerdings hatte er nicht die Absicht, dies zuzulassen.

Er wollte sie bei sich haben. Damit er sie beschützen konnte, redete er sich ein. Ließ er sie hier zurück, würde ihn die Sorge um ihr Schicksal in den Wahnsinn treiben.

Er war wütend auf sich selbst, dass er sie in diese Situation gebracht hatte, aber das ließ sich nun nicht ändern.

»Ich komme wieder. Sieh zu, dass du fertig bist.«

Es war das erste Lächeln, dass er bei ihr seit dem Morgen gesehen hatte, und er merkte, wie sehr ihn ihre Betrübtheit belastet hatte.

Er konnte nur hoffen, dass er das Richtige tat.

Etwas Ähnliches hatte Ellie noch nie gesehen. Zielstrebig und entschlossen hatte Erik in wenigen Stunden die kleine Nussschale zum Segelboot umgerüstet, indem er aus einem Ast einen Mast machte, aus ein paar alten Planken ein Ruder und aus Betttüchern ein Segel. Die Axt, die auf dem Schlachtfeld mehr Menschen getötet hatte, als sie sich vorstellen wollte, hatte sich in den Händen eines geschickten Schiffbauers als nützliches und vielseitiges Werkzeug bewährt.

Aufgewärmt und satt, in zusätzliche Plaids und einen dicken Pelzmantel gehüllt, stand sie am Ufer und bewunderte sein Werk, während er die letzten Vorbereitungen für die Überfahrt traf.

Wenn auch nicht annähernd so stabil wie sein Falken-*birlinn*, war das Boot dennoch viel eindrucksvoller, als sie es in Erinnerung hatte. Verzogene Planken hatte er repariert, indem er sie abhobelte und zusammenschob. Ersetzt hatte er nur wenige, da frisches und nicht ausgehärtetes Holz für ein Boot nichts taugte. Der Rumpf war schließlich mit einer klebrigen schwarzen Masse eingelassen worden, die das Boot einigermaßen wasserdicht machen sollte, wie Erik erklärte.

Der Mast wirkte ein wenig behelfsmäßig, schien aber seinen Zweck zu erfüllen, wie auch das rückwärts angebrachte Ruder. Das Segel war aus zwei Laken gefertigt, die sie und Meg zusammengenäht hatten. Ein alter Fischer hatte ranzig riechendes tierisches Fett darauf verschmiert.

Erik hatte den Proviant verstaut, den Meg für ihn vorbereitet hatte – zusätzliche Decken, Essen, Wasser und Ale – alles in einer kleinen Kiste, die er im Boot festmachte, damit sie darauf sitzen konnte. Er nahm neben ihr Aufstellung.

»Euer Schiff wartet, Mylady«, sagte er mit einer galanten Handbewegung.

Sie schüttelte den Kopf und sah ihn fragend an.

»Gibt es etwas, das du nicht kannst?«

Er grinste. »Ich wüsste nicht, aber sicher wirst du es herausfinden und mir vorhalten.«

Sie lachte.

»Damit musst du rechnen.«

Nach allem, was sie an diesem Tag mitgemacht hatten, wurde Ellie klar, dass seine Fähigkeit, die Stimmung zu heben, ihre Vorteile hatte. Jetzt war ihr klar, warum seine Leute ihn so bewunderten. In der Hitze des Gefechts war ein Gegengewicht gegen die Anspannung unabdingbar, und Erik war es von Natur aus gegeben, die Kampfmoral zu heben. Dazu kam seine Furchtlosigkeit angesichts von Gefahr und drohendem Unheil, die seine Leute beflügelte und ermutigte. Er war der ideale Mann für knifflige Situationen, wie sie im Kampf unvermeidlich waren.

Unerwartet war für sie freilich seine unglaubliche Hartnäckigkeit und Entschlossenheit. Er hatte eine Aufgabe zu bewältigen und ließ sich durch nichts davon abbringen. Sie argwöhnte, dass er auch schwimmen würde, wenn es keine andere Möglichkeit gab, von der Insel wegzukommen.

Ganz klar, wenn ihm etwas am Herzen lag, nahm er es sehr ernst.

Wenn sie nur dieses »Etwas« hätte sein können …

Mit einem Blick auf das aus einem gebrechlichen Ruderboot entstandene seetüchtige Segelboot schüttelte sie den Kopf und sagte:

»Wieso habe ich den Eindruck, dass du nie aufgibst?«

»Aufgeben liegt mir nicht im Blut. Ich bin Highlander. *Bas roimh geill.*«

Lieber Tod als Niederlage, übersetzte sie. Das Schaudern, das sie durchlief, hatte nichts mit dem eiskalten, schweren Nebel zu tun, der sie umgab.

Ihre Reaktion blieb unbemerkt, da er lächelte, als fände er etwas sehr komisch.

»Was ist?«

»Ich dachte an eine Spinne, die mir kürzlich über den Weg lief.«

Sie schnitt eine Grimasse.

»Du findest Spinnen amüsant? Ich muss dich mit meinem Bruder Edmond bekanntmachen; er tut nichts lieber, als meiner kleinen Schwester Spinnen ins Bett zu legen.«

Er lachte auf.

»Nicht amüsant, sondern ironisch. Diese kleine Spinne hat einen König inspiriert.«

Er erzählte ihr die Geschichte der Spinne, die dem König im Augenblick tiefster Verzweiflung und Hoffnungslosigkeit dank ihres durch Hartnäckigkeit erzielten Erfolgs beim Weben ihres Netzes als gutes Omen erschienen war. Als Omen, das dem erschöpften König für den langen vor ihm liegenden Kampf frische Kraft verliehen hatte.

»Eine wunderbare Geschichte«, sage Ellie.

»Wenn Bruce siegt, wird sie den Ammen über viele Generationen Stoff zur Erbauung ihrer Schützlinge liefern.« Aber angesichts der Quelle sah sie ihn argwöhnisch an.

»Wie viel davon ist wahr?«

Er zwinkerte in der Dunkelheit.

»Glaubst du, ich könnte so etwas erfinden?« Er legte dramatisch die Hand aufs Herz.

»Du beleidigst mich!«

Ihren strengen Blick ignorierend, nahm er ihren Arm und führte sie zum Boot. Die Dorfleute waren herbeigeströmt, um sie zu verabschieden, und Ellie staunte, als viele Frauen sie umarmten und Männer ihr auf den Rücken klopften. Aber erst als sie vor Meg standen, wurde ihre Kehle eng.

Zuerst umarmte Meg Erik.

»Gib schön acht auf dich und das Mädchen«, sagte sie, bemüht, die Tränen zu verbergen, die sie aus dem Auge wischte.

»Wenn ich dir raten würde, nichts zu überstürzen, wäre es vergebliche Liebesmühe. Aber du hast geschworen, mir die Bettlaken bis zum Sommer zu ersetzen, und an dieses Versprechen werde ich dich erinnern.«

Erik gab ihr lachend einen Kuss auf die Wange.

»Du bekommst neue Laken, meine Liebe.«

»Das würde ich dir auch raten«, sagte Meg mit gespieltem Ernst.

»Und bring das Mädchen wieder mit.«

Ehe Erik antworten konnte, wandte Meg sich an Ellie und umarmte sie herzlich.

»Gib acht auf ihn«, flüsterte sie.

Ellie drückte sie noch fester an sich, als wollte sie sie nicht loslassen. Einen Augenblick lang hatte sie das Gefühl, wieder von ihrer Mutter Abschied nehmen zu müssen. Ihr wurde eng ums Herz, in ihren Augen brannten Tränen.

»Danke«, sagte Ellie mit einem halben Schluchzen, »ich weiß gar nicht, wie ich dir deine Güte je vergelten kann.«

Meg ließ sie los und drückte ihr einen Kuss auf die Wange. Ihre Blicke trafen sich in tränennassem Verständnis.

»Werde glücklich«, sagte sie.

Ellie, die kein Wort herausbrachte, nickte nur. Sie wollte es versuchen. Aber nach allem, was heute passiert war, wusste sie, dass es schier unmöglich war. Trotz allem, was sie inzwischen erfahren hatte, war ihr Eriks hartnäckiges Schweigen über die Vorgänge in der Höhle schmerzlich bewusst.

Sie hatte ihm ihr Herz – ihren Köper – geschenkt, und es war richtig gewesen. Für sie jedenfalls.

Er hatte es nachher bereut. Hatte er seine Meinung geändert?

Allzu rasch wurde sie ins Boot verfrachtet, das hinaus ins Wasser geschoben wurde, und dann sah sie die kleine Schar am Ufer in Dunkelheit und Dunst verschwinden.

Ein schmerzliches Gefühl durchfuhr sie wie ein Stich, als ihr klar wurde, dass die glückliche ruhige Atempause auf der Insel vorbei war. Es blieb die Frage, ob alles nur ein Fantasiegebilde war oder ob das, was zwischen ihnen auf dem kleinen idyllischen Eiland aufgekeimt war, in einer Welt harter Realität blühen und gedeihen konnte. In einer Welt drohender Kämpfe.

Sie vergrub sich tiefer in den Mantel und die Plaids, die um ihre Schultern lagen. Der leichte Regen hatte nachgelassen, doch der eisige, kalte Nebel durchdrang sie bis auf die Knochen. Leider war es fast windstill, doch Erik schaffte es geschickt, die Segel gefüllt zu halten, als das kleine Boot seinen Weg aus der Bucht heraus fand.

Auf offener See sank die Temperatur, der Nebel verdichtete sich fast undurchdringlich. Die Sicht reichte nur ein paar Fuß weit, und das Segel erschlaffte, als die leichte Brise sich legte. Erik musste zu den Rudern greifen.

»Wie lange wird die Überfahrt nach Irland dauern?«

Er zog die Schultern hoch.

»Kommt darauf an. Ein paar Stunden, vielleicht auch länger.«

Sie runzelte die Stirn.

»Bei Windstille?«

»Der Wind wird auffrischen«, gab er zuversichtlich zurück, und zog die Ruder völlig gleichmäßig durch das Wasser. Er saß ihr gegenüber, sodass sie bei jedem Ruderschlag das Muskelspiel seine starken Arme und Schultern sehen konnte. Die Flaute hat doch ihre Vorteile, dachte sie bei sich.

»Wie kannst du so sicher sein?«

Er zog eine Braue hoch.

Sie verdrehte die Augen.

»Schon gut. Du hast ja immer Rückenwind.«

Er grinste.

»Endlich begreifst du das.«

Da sich darauf eine Antwort erübrigte, lehnte sie sich zurück und bewunderte die Aussicht, die noch besser geworden war, da er seinen Umhang abgelegt hatte.

Trotz Kälte und gespenstisch wirkendem Nebel wirkten die Bewegung der Wellen und der Ruderschlag erstaunlich beruhigend. Die Augen fielen ihr zu. Die Anstrengungen des langen Tages forderten ihren Preis.

Sie musste eingenickt sein, da sie als Nächstes Regen auf ihren Wangen spürte und ein lauter Donnerschlag sie aus dem Schlummer riss und in einen Albtraum warf.

19

Zunächst fand Erik die Windstille nicht weiter besorgniserregend. Sie hatte auch Vorteile: Falls die Engländer auf der Lauer lagen, würden sie sein Segel nicht sehen können. Sogar er hätte Schwierigkeiten gehabt, einer Flotte englischer Galeeren auf einem zehn Fuß langen Boot zu entkommen.

Er grinste bei dem Gedanken, dass er es zu gern darauf hätte ankommen lassen, hätte nicht seine Mission auf dem Spiel gestanden.

Einer Herausforderung, der er sich nicht stellte, mochte sie noch so aussichtslos sein, existierte für ihn nicht.

Aber die Engländer hatten sich vermutlich auf eine eroberte schottische Burg zurückgezogen und lagen sicher und warm in ihren Betten, anstatt im düsteren kalten Nebel auf einer Galeere nach einem einzelnen Rebellen Ausschau zu halten, mochte dieser ihrem Stolz auch mehr als einmal arg zugesetzt haben.

Er ruderte in der nebligen Dunkelheit, die Westküste Spoons so lange es möglich war als Orientierung nutzend. Waren sie einmal im North Channel, gab es zwischen ihnen und Irland nur mehr die tiefschwarze See. Ohne Gestirne und Küstenverlauf musste er sich bei der Einschätzung der Strömungen auf seinen Instinkt und seine jahrelange Erfahrung verlassen. Der Wind würde ihm helfen, auf Kurs zu bleiben.

Sie waren etwa vier Stunden nach Sonnenuntergang ausgelaufen – kurz nach neun Uhr. Das bedeutete, dass ihm zehn Stunden Dunkelheit blieben, um Irland zu erreichen und mit den Männern die kurzen drei Meilen nach Rathlin zu segeln.

Genügend Zeit, auch wenn er die gesamte Strecke rudern musste. Doch der Wind würde auffrischen. Im Gebiet der Western Isles ging es nicht ohne Kälte, Nebel und Wind ab.

In den ersten Stunden ihrer Fahrt genoss er den beruhigenden Rhythmus der ins Wasser tauchenden Ruder und beobachtete Ellies friedlichen Schlaf.

Für ein so ernstes, sachliches Mädchen sah sie geradezu lächerlich anbetungswürdig aus, wenn sie schlief. Er fand es reizvoll, wie ihre dunklen Wimpern ihre blassen Wangen beschatteten, wie ihre Hände zu Fäusten geballt neben ihrem Gesicht lagen und wie ihre Lippen sich beim Atmen leicht öffneten. Er liebte ihre wechselnden Ausdrücke. Das leise Stirnrunzeln, das hinreißendem Lächeln wich und in ihm die Frage weckte, was sie wohl träumen mochte.

Am verwunderlichsten aber war es für ihn, wie sehr er sich wünschte, sie an seine Brust zu drücken und mit ihr in den Armen einzuschlafen. *Nachdem* er sie geliebt hätte.

Scham regte sich in ihm. Nach allem, was passiert war, hatte er nicht die Möglichkeit gehabt, seine schändliche Reaktion nach dem Liebesakt wieder gutzumachen. Wenn er daran dachte, wie wundervoll sie in den Stunden danach gewesen war, kam er sich noch gemeiner vor. Sie war eine stetige Quelle der Hilfe und immer an seiner Seite gewesen. Ohne Fragen zu stellen, ohne etwas zu fordern, ohne hysterische Weinkämpfe. Immer hatte sie geholfen, wenn es nötig war.

Er hätte eine viel schlechtere Ehefrau finden können.

Eine Ehefrau.

Er hielt inne, gab der Idee Zeit, erstaunt, dass er weder zusammenzuckte noch über Bord springen wollte.

Warum nicht?, dachte er mit einem Grinsen. Ellie würde eine gute Ehefrau abgeben. Sie gefiel ihm – er hatte sie sogar sehr gern.

Sie brachte ihn zum Lachen. Sie forderte ihn heraus wie keine andere, auf eine Art, die merkwürdig erfrischend war. Bei ihr fand er Entspannung.

Und am wichtigsten, wenn er sie heiratete, würde er sie in seinem Bett haben. *Wann immer* er wollte. Und es stand zu vermuten, dass er es sehr oft wollen würde. Die Erinnerungen brachten seinen Körper in heiße Wallung. Die Liebe mit ihr war … intensiv gewesen. Unglaublich. Der Perfektion verdammt nahe.

Schließlich würde sein Verlangen nach ihr nachlassen – das musste es doch? –, doch würde er diskret sein und ihre Gefühle schonen, wenn er sich nach alter Sitte eine Geliebte nahm. Obwohl ihm im Moment der Gedanke an eine andere Frau wenig reizvoll erschien.

Nicht einmal ein wenig.

Etwas beunruhigend war das schon.

Es gab noch eine andere Überlegung, die ihm nicht aus dem Kopf gehen wollte. Ließ er Ellie gehen, würde sie womöglich versucht sein, ihrer Leidenschaft mit einem anderen zu frönen, doch konnte so lange unterdrückte Glut in den falschen Händen insofern gefährlich werden, als es Männer gab, die ihre Situation ausnutzen würden. Ganz klar, sie brauchte einen Beschützer.

Diese Rolle würde wohl er übernehmen müssen. Je länger er darüber nachdachte, desto besser gefiel ihm seine Idee. Domnall hatte ganz recht. Seine Mutter und seine Schwestern würden nichts dabei finden, dass sie nur ein Kindermädchen war, und was die anderen betraf …

Teufel noch mal, es kümmerte ihn keinen Deut, was andere dachten; es hatte ihn nie gekümmert.

Er konnte ihr Reichtum, Stellung und ein Heim bieten. Eigene Kinder, die sie herumkommandieren konnte. Sein Blick glitt über die Schlafende und blieb an ihrem Leib hängen. Fast konnte er sich schon vorstellen, wie sie ihm aus einer seiner Burgen entgegeneilte, um ihn bei seiner Rückkehr von einer Reise zu begrüßen, vor Glück strahlend und sichtlich guter Hoffnung. Bei der Vorstellung, sie könnte sein Kind tragen, zog sich seine Brust unter einem heftigen, ihm unbekannten Gefühl zusammen. Er wollte die Verbindung mit ihr, begehrte sie mit einer primitiven Intensität, die er erstaunlich fand.

Er lächelte. Die Idee gefiel ihm immer besser.

Wie groß würde ihre Überraschung sein, wenn sie entdeckte, dass ihr Pirat ein Nachfahre Somerleds und Oberhaupt eines der ältesten Clans im Lande war? Sie würde überwältigt sein – sogar dankbar. Befriedigung wallte in seiner Brust auf. Ja, Dankbarkeit war gut – und einzigartig, was Ellie betraf.

Mit frisch erwachter Energie zog Erik die Ruder durch die stärker werdende Strömung und die immer höher werdenden Wellen. Ungeduldig wartete er auf ihr Erwachen, da er ihr sofort seinen Entschluss offenbaren wollte. Er konnte es kaum erwarten, ihre Reaktion zu sehen. Zunächst würde es für sie ein Schock sein – zumal wenn ihr aufging, welche Ehre er ihr damit erwies –, dann aber würden zweifellos Freude, Erregung und Erleichterung folgen.

Vielleicht würde sie auch ein paar Tränen vergießen.

Plötzlich war ein Wassertropfen auf ihrer Wange zu sehen. Dass sein Gedanke Realität geworden war, erschreckte ihn, bis er merkte, dass es keine Träne, sondern ein Regentropfen war.

Erik entging sonst nicht die kleinste Veränderung der Witterung – als Seemann hing sein Leben und das seiner Männer davon ab –, doch war der Regen ohne Warnung gekommen. Der dichte Nebel hatte die Anzeichen verborgen, aber plötzlich hatte sich das Wetter von *Innse Gaell* launisch wie Quecksilber rasch verändert.

Passt einem das Wetter nicht, muss man fünf Minuten warten. Die alte Wetterregel der Western Isles hatte sich bewahrheitet.

Zunächst machte er sich keine Sorgen. Der Wind frischte auf, sodass er die Ruder einziehen und das provisorische Segel setzen konnte. Das winzige Boot wurde von einem heftigen Windstoß erfasst, und er legte eine Strecke in dem Bruchteil jener Zeit zurück, die er gerudert hatte.

Doch der leichte Wind und Regen waren nur Vorboten dessen, was kommen sollte.

Er hatte plötzlich hereinbrechende Unwetter schon so oft erlebt, dass er die Anzeichen kannte. Der Regen wurde heftiger. Der Wind wechselte ständig die Richtung und kam in kurzen, starken Stößen. Die See wurde rauer. Der Wellengang wurde höher und steiler. Strömungen wirbelten und zerrten.

Erik fiel es immer schwerer, die Position zu halten. Es gab nicht viel Orte, die schlimmer waren als der North Channel in einem winterlichen Unwetter – noch dazu in einem kleinen Boot, das für eine solche Unternehmung nicht geschaffen war.

Die Luft wurde schwer und brodelte vor Unruhe. Er spürte, wie die Energie des Gewitters sich aufbaute, und er wusste, dass er nichts tun konnte und den Elementen ausgeliefert war.

Seiner Berechnung nach musste es kurz vor Mitternacht sein, und sie hatten die Hälfte der Strecke geschafft, doch war die Nordküste Irlands noch gut sieben Meilen entfernt. Es gab nur eine Möglichkeit: Um dem Unwetter zu entkommen, musste er es zur bis Küste schaffen, ehe es mit voller Wucht zuschlug.

Er wusste, dass ihm ein Kampf bevorstand. Nicht nur um Irland rechtzeitig zu erreichen, sondern um ihr Leben zu retten. Nur mit Aufbietung all seiner Kraft würde er verhindern können, dass Wellen und Regen das Boot volllaufen und kentern ließen.

Er hatte sich eine Herausforderung gewünscht, und es sah ganz so aus, als würde ihm eine begegnen. So aber hatte er sie nicht gewollt, nicht mit Ellie.

Ein merkwürdiges Gefühl beschlich ihn, und er benötigte einen Moment, um es zu erkennen. Es war Angst. Die Erkenntnis traf ihn wie ein Schock. Er hatte sich schon in viel schlimmeren Situationen befunden und noch nie Angst empfunden.

Es war Ellies wegen. Seine Angst galt ihr. Der Gedanke, sie in Gefahr zu sehen, behinderte ihn, machte ihn fast … verwundbar. Und das gefiel ihm gar nicht.

O Gott, was hatte er getan? Er hätte sie beschützen und nicht in Gefahr bringen sollen. Aber für Reue war später Zeit. Im Moment hatte nur ein Gedanke Platz: Wie konnte er sie lebend an Land bringen?

Ein Donnerschlag riss Ellie jäh aus dem Schlaf.

»Was ist?«, fragte sie benommen.

»Eine kleine Schlechtwetterphase, nicht mehr«, beruhigte er sie.

Nichts an seinem Ton oder in seiner Miene deutete Gefahr an, doch konnte er nichts tun, um das heftige Schwanken des Bootes auf den Wellen zu mildern, das Heulen des Windes oder den dichten Regen und den Donner. Jetzt war es schon schlimm genug, doch würde er ihr nicht verraten, dass noch vor Ablauf der Nacht Schlimmeres – viel Schlimmeres – zu erwarten war.

Er las Besorgnis in ihrem Blick.

»Kann ich etwas tun?«, fragte sie.

Dass sie keinen Streit anfing und seine Notlüge schluckte, verriet ihm, wie verängstigt sie war.

Er zeigte auf einen am Bug befestigten Eimer.

»Sieh zu, dass möglichst wenig Wasser im Boot ist, und halte dich fest … es könnte ruppig werden.«

Eine gewaltige Untertreibung, wie sich zeigte. Je schneller er wurde, desto schlimmer und gefährlicher wurde die Lage. Ständig musste er seine Geschwindigkeit im Auge behalten und anpassen, während er riesigen Brechern auswich. Er versuchte, dem ständig wechselnden Wind mit einer Hand beizukommen, und den Bug gegen die heranrollende Welle zu halten, während er mit der anderen Hand das Ruder bediente.

Er wusste, dass er versuchen musste, so lange wie möglich mit Segel zu fahren, um den Kurs besser halten zu können. Er konnte nur hoffen, dass das Boot und der eilig aufgerichtete Mast stark genug waren, um der zunehmenden Gewalt des Sturmes standzuhalten.

Doch das kleine Boot erwies sich als erstaunlich seetüchtig. Sein Rumpf mit dem flachen Boden hielt das Boot stabil, während der Wind sie über die sintflutartigen Wellen trug.

Die nächsten paar Meilen hielt das provisorische Segel stand, während sie sich immer mehr der Küste und damit der Sicherheit näherten. Schon schöpfte er Hoffnung, aber er hatte praktisch die Orientierung verloren und musste sich beim Steuern ganz auf seinen Instinkt verlassen.

Der Überlebenskampf hatte zwar Vorrang, doch dachte er dabei auch ständig an seine Mission. Er musste es schaffen. Zu viel hing davon ab. Der Zeitpunkt des Angriffs war von entscheidender Bedeutung. Monatelange Vorbereitungen durften nicht vergeblich sein. Versagte eine Flanke des Angriffs, war die andere umso verwundbarer, und das Überraschungselement ginge verloren. Mit jedem Tag, der verging, wurde der Hoffnungsschimmer für Bruces Sache schwächer, wie Erik wusste.

Sein ganzer Körper brannte unter der Anstrengung, sie über

Wasser zu halten, während er Ellie nicht merken lassen durfte, dass sie nur eine tückische Woge entfernt von Katastrophe und Tod waren.

Als er ihr bleiches, nasses Gesicht sah, spürte er einen Stich in der Brust. Er wusste, wie groß ihre Angst war, wenngleich sie ihr Bestes tat, sie zu verbergen. Nie hatte er ihre Stärke mehr bewundert als in diesem Moment. Nie würde er vergessen, wie sie jetzt aussah, ein winziges, durchnässtes Ding, das Haar um das Gesicht angeklatscht, pudelnass, ständig bemüht, im Sturm nicht über Bord zu gehen, während sie pflichtbewusst Wasser schöpfte und jede seiner Bewegungen mit dunklen aufmerksamen Augen beobachtete. Aber auch mit etwas anderem – mit Vertrauen und Bewunderung, die er als demütigend empfand.

Er lächelte, obwohl ihm nicht danach zumute war.

»Ein hübscher kleiner Sturm, *tè bheag*«, rief er ihr zu und übertönte das Tosen von Wind und Regen.

Sie sah ihn an wie einen Irren.

»Und was ist dann ein großer Sturm?«

Ungeachtet der Umstände lachte er.

»Das ist gar nichts. Habe ich dir erzählt, wie …«

»Erik«, unterbrach sie ihn erschrocken, als ein starker Windstoß über das Boot fegte. Sie hielt sich am Rand fest, bis ihre Finger erstarrten. Er hatte ein Tau um sie beide geschlungen, sie aber war so schlank, dass er befürchtete, sie würde umgeblasen.

»Könnte ich deine Geschichte später hören? Wenn dieser kleine Sturm vorüber ist?«

Er zuckte unbekümmert mit den Achseln.

»Wie du willst, aber die Geschichte ist gut.«

»Und wird sicher mit jedem Mal besser.«

Er schüttelte den Kopf. Was für ein Mädchen! Nicht einmal mitten im Gewitter verlor Ellie ihren Sarkasmus.

Aber ihre Zähne klapperten, und als es wieder donnerte und blitzte, sah sie so entsetzt drein, dass er sie fast getröstet hätte.

Er hätte alles gegeben, um sie zu beschützen. Aber wenn es nicht genügte? Das Aufblitzen von Zweifel ärgerte ihn. Es würde genügen, verdammt. Das Glück konnte ihn doch nicht so vollständig im Stich lassen.

Als er aber ein lautes Krachen hörte und sah, dass der Mast sich langsam zur Seite neigte, waren seine diesbezüglichen Zweifel beseitigt.

Ellie vernahm das krachende Geräusch und wusste sofort, dass eben etwas schrecklich schiefgegangen war.

»Achtung!«, rief Erik aus, griff nach ihr und riss sie herunter, als Mast, Segel und Takelung über ihren Kopf flogen. In stummem Entsetzen sah sie zu, wie das Segel einige Augenblicke über die Wellen tanzte, ehe das Gewicht von Mast und Takelung es unter Wasser drückte und es in der stürmischen See verschwand.

Wir sind verloren. Ohne Segel waren sie auf der aufgewühlten See praktisch hilflos.

Erik zog sie in die Arme und hielt sie fest an sich gedrückt, während er über ihr nasses Haar strich. Trotz der Schichten von Wolle, Leder und Fell spürte sie sein wildes Herzklopfen.

Durch regennasse Wimpern schaute sie zu ihm auf, erstaunt, dass ihm keine Angst anzusehen war. Unerschütterlich, auch unter den widrigsten Umständen. Wenn überhaupt, schien er sich mehr über den Umstand aufzuregen, dass der Mast ihr fast auf den Kopf gefallen war, als über die Tatsache, dass sie dem Unwetter nun auf Gedeih und Verderb ausgeliefert waren.

Sie legte den Kopf schräg und sah ihn an.

»Werden wir sterben?«

Ihr Blick traf auf seinen und flehte ihn an, sie nicht zu belügen.

Vor Regen triefend umfasste er ihre Schultern und schüttelte sie heftig.

»Wir werden nicht sterben.«

Wie zum Hohn hob eine Riesenwelle das kleine Boot hoch und kippte sie beinahe um, ehe sie wieder auf die harte Wasseroberfläche aufschlugen. Rasch griff er nach den Rudern und benutzte sie, um den Bug gegen die Wellen zu halten, musste aber bald einsehen, dass die dünnen Holzstangen gegen die Strömung nichts ausrichten konnten.

»Ich brauche kein Segel, um Irland zu erreichen«, brüstete er sich, das Heulen des Sturms übertönend.

»Du glaubst doch nicht, dass ich aufgebe?«

Sie schüttelte den Kopf. Er würde nie aufgeben. Er war der beste Seemann, den sie je gesehen hatte. Wenn jemand es schaffte, dann er.

Er sah ihr in die Augen.

»Ich brauche dich bei mir, Ellie. Schaffst du das?«

Sie verdrängte die Woge der Panik und nickte. Sie würde nicht auseinanderbrechen. Sie musste stark sein.

»Was wirst du tun? Im Sturm kannst du nicht rudern.«

»Das ist nicht nötig.« Als er lächelte, wärmte es sie trotz der schlimmen Umstände.

»Da wir unser Segel verloren haben, muss ich mir leider dein Hemd ausborgen.« Er lachte leise, als er ihre schockierte Miene sah.

»Ich muss einen Widerstand schaffen, um das Boot zu verlangsamen. Es wird auch mithelfen, den Bug gegen die Wellen zu richten.«

Vom tobenden Sturm umgeben, nahm sie sich nicht die Zeit für weitere Fragen. Mit einiger Mühe half er ihr, durch die verschiedenen nassen Stoffschichten bis zu ihrem Hemd zu gelangen. Sie zuckte zusammen, als seine nassen Hände ihre nackte Haut berührten, aber er schaffte es, den Leinenstoff säuberlich und rasch an ihrer Taille abzureißen. Er knotete das abgerissene Ende zusammen und machte zwei Löcher nahe dem Saum am anderen Ende. Durch diese führte er zwei Stücke Tau. Er befestigte das Tau am Bug und warf das Hemd ins Wasser.

Es war zu dunkel, um etwas sehen zu können, sie wusste aber, dass es gewirkt hatte, da das Boot langsamer und ruhiger wurde.

»Und jetzt?«, fragte sie.

Er zupfte eine Haarsträhne aus ihren Wimpern und drückte ihr einen salzigen Kuss auf den Mund. Seine warmen und starken Lippen vermittelten ihr eine dringend benötigte Portion Trost.

»Jetzt warten wir und lassen uns von der Strömung durch den Sturm tragen.« Er zog sie hinunter auf den Boden des Rumpfes, sodass sie vor ihm zu liegen kam, an seinen Körper geschmiegt, und deckte sie zu.

Sie waren dem Unwetter völlig ausgeliefert. Der Regen prasselte herunter, und das kleine Boot wurde von den sich gefährlich auftürmenden Riesenwellen hin und her geworfen. Aber kuschelig und warm in der Rundung seiner festen Umarmung, den stetigen Schlag seines Herzens im Rücken, verspürte Ellie einen Augenblick der Ruhe.

Bis die nächste Welle sie traf und Angst ihren Puls in die Höhe trieb und ihr Herz stillzustehen drohte. Sie klammerte sich an ihn, mit jedem Heben und Krachen der Wellen, mit jedem Ächzen des Bootes, wenn es über die Wellen schlug, grub sie ihre Finger in seine Arme. Doch sie spürte seine solide Stärke hinter sich wie einen Anker. Wie er so ruhig bleiben konnte, machte sie wahnsinnig – fast war es unmenschlich.

Eine große Woge hob sie hoch und kippte sie fast um, ehe das Boot mit so viel Wucht auf dem Wasser aufprallte, dass ihre Zähne und Knochen klapperten. »Hast du denn gar keine Angst?« fragte sie mit bebender Stimme.

»Nein«, gab er automatisch zurück und zog sie enger an sich.

»Na ja, vielleicht ein bisschen.«

Seine Angst galt ihr. Das Eingeständnis erfüllte sie mit einem Glücksgefühl. Vielleicht war er gegen menschliche Schwächen doch nicht ganz immun – wenn es nicht um seine eigenen ging. Vielleicht war sie ihm nicht gleichgültig.

Ehe sie antworten konnte, sagte er neckend:

»Aber lass dir nicht einfallen, es jemandem zu sagen. Ich habe einen Ruf zu verlieren.«

Ihr Lächeln wurde zu einem Aufschrei, als die nächste drohende Welle sie auf einen gefährlichen Ritt die steile Flanke hinauf mitnahm und das Boot über die Krone ins flache Wasser dahinter warf. Der ständige Wechsel zwischen Augenblicken der Panik und Erleichterung war anstrengend. Sie spürte es in der Brust. In der Lunge. Wie lange konnte sie es noch ertragen?

Zitternd fasste sie mit der Faust nach dem Leder seines *cotun,* bis ihre Knöchel weiß hervortraten.

»Ich halte das nicht aus.«

Er beruhigte sie mit leisem Gemurmel, das er ihr ins Ohr flüsterte, und mit einer leichten Liebkosung ihres Armes. Ihrer Taille. Ihrer Hüfte. Und dann ihres Hinterteils.

Hitze sammelte sich zwischen ihren Beinen. Ihre Glieder lockerten sich. Ihre verzweifelten, unregelmäßigen Atemzüge wurden langsamer.

Er hörte nicht auf, sie zu streicheln, strich besitzergreifend über ihren Körper. Beharrlich. Und sie schmolz an ihm dahin. Ihr Körper reagierte auf jede Berührung.

Ja. Das war es, was sie brauchte.

Er versuchte sie abzulenken – und es funktionierte. Der nächste Anprall der Wellen fiel ihr kaum auf, als er ihre Brust umfasste und ihre harte Brustspitze zwischen seine Finger nahm. Als die sanfte Liebkosung nicht mehr genügte, bäumte sie sich auf, drückte sich fester gegen seine Hand, sich nach seinem Druck verzehrend.

Ihre Hüften wichen zurück, sie spürte ihn groß und hart an sich. Ihre zum Zerreißen angespannten Nerven waren entflammt. Der Urinstinkt der Angst verwandelte sich sofort in etwas anderes: in Lust.

Sie wollte ihn in sich. Begehrte ihn mit einer Verzweiflung, die sich mit ihrer Angst von vorhin messen konnte.

Sie rieb sich an ihm, ihr Körper sprach eine eigene Sprache, um ihm zu sagen, was sie ersehnte.

Das leise Murmeln an ihrem Ohr wurde zu einem Stöhnen. Es folgten leidenschaftliche Küsse, als sein Mund eine Spur an ihrem Hals hinterließ.

Der Sturm tobte um sie herum und warf das kleine Boot hin und her wie ein Spielzeug.

Das war wahnwitzig.

Doch kümmerte es sie nicht. Die Schutzhülle aus Decken schien den Mahlstrom um sie herum auszuschließen. Wenn sie schon sterben mussten, wollte sie noch ein einziges Mal leben. Und wenn sie den Sturm überstanden, hatte sie vielleicht nie wieder die Chance, Leidenschaft mit dem Mann ihrer Liebe zu erleben.

Sie drehte sich um, ihre Blicke trafen sich in der Dunkelheit. Glut loderte in seinen Augen.

»Mach ein Ende«, flüsterte sie. Sie meinte nicht nur den Sturm, sondern die Rastlosigkeit, die er in ihr geweckt hatte.

Er antwortete auf ihr Flehen mit einem Kuss, der ihr den Atem raubte. Mit einem Kuss, so wild und rasend wie das Unwetter, das um sie herum tobte.

Es hätte bei der ständigen Bewegung des Bootes schwierig sein müssen, doch er ahnte die Bewegungen voraus und nutzte seine Körperkraft, um sie beide gegen die Schwankungen abzusichern. Aber um der Wahrheit die Ehre zu geben, küsste er sie so leidenschaftlich und ihr Körper ersehnte seine Berührung so sehr, dass sie nicht wusste, wie alles kam.

Sie war unter ihm, ihre Röcke waren zur Taille hochgerutscht, die Schnüre seiner Hose waren so weit gelöst, dass die harte Säule seiner Erektion hervortrat, und im nächsten Moment war er mit einem harten Stoß in ihr.

Das plötzliche Eindringen der dicken schweren Fülle entlockte ihr einen Wonneschrei. Ein unglaubliches Gefühl. Diesmal kein Schmerz, nur Lust. Sie wollte dieses Gefühl anhalten, wollte diese Verbindung für immer.

Ihr Atem stockte, als das Boot einen Satz tat und er noch tiefer in ihr versank.

Dann fingen sie an, sich zu bewegen. Als ihre Hüften sich hoben, schienen seine langen, harten Stöße sich dem Rhythmus von Wind und Regen anzupassen. Es war wild und irre. Roh und ungestüm.

Es war Liebe im natürlichsten und elementarsten Zustand. Bei heulendem Wind, prasselndem Regen und einem tosenden Wellengang fühlte es sich an, als wären sie eins mit der Natur.

Immer wieder stieß er zu, als könne er nicht hart oder schnell genug sein. Als wäre seine Leidenschaft für sie so unbeherrschbar wie der Sturm. Nie würde sie vergessen, wie er in diesem Moment aussah, mit angeklatschtem Haar, regennassem Gesicht und wilder und leidenschaftlicher Miene.

Sie schlang die Beine um ihn, wollte ihn näher haben, wollte mehr von ihm. Sie umfasste seine Schultern, hielt sich an seiner Stärke fest, von übermächtigen Gefühlen übermannt.

Es fühlte sich so gut an. Ihr Körper prickelte. Bebte. Zitterte. Sie spürte, wie der Druck sich aufbaute. Spürte, wie Hitze und Feuchte sich stauten. Fühlte Verlangen sich mit jedem köstlichen Stoß festigen und steigern. Ihre Hände glitten über die harten Muskeln seiner Flanken, griffen zu und drückten ihn fester an sich. Gefühl barst in ihr. Ihre Schreie verloren sich im Windgeheul, als ein Krampf voller Lust nach dem anderen sich in ihr löste. Sie spürte, wie er erstarrte, und als Nächstes hörte sie dann sein Wonnestöhnen, als sein Höhepunkt ihrem folgte. Gemeinsam trotzten sie dem Sturm, bis die letzte Woge der Leidenschaft vom Wind verweht wurde.

Als alles vorüber war, hatte sie kaum die Kraft, sich zu bewegen. Ähnlich mitgenommen brach er auf ihr zusammen, sodass sie schon glaubte, zerdrückt zu werden, musste aber erstaunt feststellen, dass ihr das Gefühl, von seinem Gewicht niedergedrückt zu werden, sehr angenehm war.

Gleich darauf rollte er sich seitlich von ihr, breitete wieder die Decke über sie und zog Ellie an sich.

So sollte es nach der Liebe sein, dachte sie. Kein verlegenes Schweigen, keine Reue. Keine Erwartungen. Nur ruhige, gemeinsame Befriedigung.

Eine Weile lagen sie so da, und Ellie fiel auf, dass das Boot nicht mehr so stark schwankte. Der Wellengang war nicht mehr so hoch. Auch der Wind schien nachgelassen zu haben.

»Kommt es dir nicht auch ruhiger vor?«

Er lachte leise in ihr Ohr.

»Nach dem, was hinter uns liegt, würde mir alles ruhiger vorkommen.« Falls er es darauf angelegt hatte, ihr die Röte in die Wangen zu treiben, hatte er es geschafft.

»Viele alte Seebären glauben, dass man die See beruhigt, wenn man ein Unwetter aussitzt und sich treiben lässt.«

Ellie wusste nicht, ob er ihr nur eine seiner Geschichten auftischte, diesmal aber hoffte sie, dass es die Wahrheit war.

»Glaubst du, dass das Ärgste hinter uns liegt?«

Er überlegte einen Moment, als dächte er über ihre Frage nach.

»Ja, es könnte sein.« Er zog sie enger in seine Arme.

»Versuche, Ruhe zu finden, Ellie, du hast sie dir verdient.«

Sie konnte nicht schlafen, nicht im Unwetter. Doch ihre Lider waren schwer, und nach ein paar Minuten schloss sie trotz ihres Protestes die Augen.

Und als sie die Augen wieder aufschlug, war es noch immer dunkel.

Sie fror und war nass und konnte ihre Arme nicht bewegen. Sie musste sich erst orientieren, dann aber fiel ihr alles wieder ein. Das Gewitter. Das Dahintreiben. Ihre rasende Leidenschaft. Sie konnte ihre Arme nicht bewegen, weil sie noch immer in Eriks stählerner Umarmung gefangen war.

»Na, schon besser?« Er lockerte seinen Griff, damit sie Arme und Beine strecken konnte, die – nicht weiter erstaunlich – von ihrer verkrampften Position steif waren.

»Ja«, erwiderte sie. Es war die Wahrheit.

»Konntest du dich ausruhen?«

»Ein wenig.«

Sie warf ihm einen Blick zu. *Lügner.* Jede Wette, dass er kein Auge zugemacht hatte. Plötzlich bemerkte sie etwas und setze sich auf.

»Es regnet nicht mehr!«

Sie hatten es geschafft. Sie hatten das Unwetter überlebt. Er hatte recht gehabt; sie hatten nicht ihr Leben lassen müssen.

Er grinste, als er ihren Ausdruck sah.

»Schon vor einigen Stunden. Kurz nachdem du eingeschlafen warst. Der Guss hat sich so rasch verzogen, wie er gekommen war.«

Sie blickte zum Himmel hoch. Auch der Dunst hatte sich aufgelöst. Zwischen den Wolken lugte ein Stück Mond hervor.

»Wie spät ist es?«

»Zwei Stunden vor Tagesanbruch.«

Sie biss sich auf die Lippen. Den Sturm hatten sie überlebt, aber Erik konnte seine Mission nicht rechtzeitig zu Ende führen. Sie legte die Hand auf seinen Arm.

»Es tut mir leid.«

Er schien verdutzt, bis er begriff, was sie meinte.

»Es ist noch dunkel, Ellie. Wir schaffen es rechtzeitig.«

Niemals aufgeben.

»Aber du weißt gar nicht, wo wir sind. Es können noch viele Meilen bis zur Küste sein.«

»Könnte sein«, gab er ihr gut gelaunt recht, »aber ich glaube es nicht.« Er deutete nach rechts vorne.

»Das müsste die irische Küste sein.«

In der Dunkelheit konnte man nichts deutlich unterscheiden. Sie konnte nur eine große, dunklere Masse vor einem dunklen Hintergrund ausmachen. Er hatte bereits zu den Rudern gegriffen und hielt darauf zu.

Die Masse kam immer näher. Und als die Dunkelheit mit Anbruch der Dämmerung schwand, wusste sie, dass er recht hatte: Es war Irland. Genauer gesagt die Nordostküste. Sie konnte die weißen Kalkklippen ausmachen, die der Landzunge ihren Namen gegeben hatte: Fair Head.

Sie konnte es nicht glauben. Sie hatten es geschafft. Ob es Glück oder Geschicklichkeit zu verdanken war, wusste sie nicht, aber er hatte es geschafft. Sie befanden sich nur zwei Meilen vor der Küste. Aber bis zum Tagesanbruch war es nur eine knappe Stunde. Die ersten Strahlen orangen Sonnenlichts lugten schon über den schwarzen Horizont.

»Hoffentlich bist du bereit, dem König zu begegnen«, zog er sie auf.

Ellie erstarrte.

»Dem König?«

»Da ich mich mit deinem Freund in Irland treffe« – sie verzog das Gesicht, als er den irischen Halunken erwähnte, der sie hatte töten wollen – »muss ich mir etwas ausdenken, um deine gute Verfassung zu erklären.« Seine Augen zwinkerten spitzbübisch, als ginge es um ein amüsantes Geheimnis.

»Du kommst mit mir nach Rathlin zu Bruce.« Er lächelte, als hätte er ihr eben ein ganz besonderes Geschenk gemacht.

Alles Blut wich aus ihren Wangen.

»Aber du wolltest mich nach Hause bringen.«

Er machte ein Gesicht, als hätte sie ihm seine Überraschung verdorben.

»Aber du siehst doch, dass es jetzt nicht geht. Es ist keine Zeit. Außerdem dachte ich, du möchtest es gar nicht.«

Sie wollte nicht. Doch, sie wollte. Er verwirrte sie.

Aber wenn er sie zu Bruce mitnehmen wollte …

Ellie wusste, dass sie es nicht länger aufschieben konnte. Sie biss sich beklommen auf die Lippen und befingerte nervös die Falten ihres Umhangs.

Sie musste es ihm sagen. Obwohl sie wusste, dass sich dann alles ändern würde.

Aber zuvor musste sie ihm gestehen, was sie für ihn empfand, sonst würde sie nie erfahren, wie es um seine wahren Gefühle für sie stand.

»Ich liebe dich«, sagte sie leise.

Er hielt im Rudern inne, einziges Anzeichen, dass er sie gehört hatte. Seine Miene zeigte keine Regung.

Dann aber lächelte er, und ihr Herz brach. Sie hatte nicht geahnt, dass Güte ein Herz zu brechen vermochte. Aber genau dies hatte sein sanftes Lächeln bewirkt.

»Ach, Mädchen, wie mich das freut. Obwohl ich so eine Ahnung hatte … nach allem, was heute Morgen in der Höhle geschehen ist.«

Ebenso gut hätte sie ihm wie eine seiner anderen Anbeterinnen einen leckeren Apfel-Pie schenken können und nicht ihr Herz.

Was hatte sie erwartet? Eine gleichlautende Erklärung seinerseits?

Nein, aber sie hatte auf mehr gehofft als auf stille Akzeptanz und sanfte Bestätigung. Ein Zeichen, dass er etwas für sie empfand, dass das, was sie geteilt hatten, etwas Besonderes war. Ein Zeichen, dass er vielleicht ihre Liebe erwidern konnte. Güte war viel schlimmer.

Ihre Erklärung unterschied sich nicht von anderen, die er unzählige Male zuvor gehört hatte. Er hatte ihre Gefühle erwartet – sie vielleicht sogar geschätzt –, aber erwidern würde er sie niemals.

Nichts konnte zu ihm durchdringen.

Erik fing wieder an zu rudern.

Es war nicht das erste Mal, dass ihm ein Mädchen seine Liebe erklärt hatte, aus Ellies Mund aber war es doch anders.

Erstens hatte sich bei ihm nicht dieses kribbelige, unruhige Gefühl eingestellt, das in ihm immer den Wunsch weckte, das nächstbeste Schiff zu nehmen. (Er hatte es nie wirklich getan, und stattdessen den sanften Rückzug angetreten, indem er das Mädchen überzeugt hatte, dass es ihn *nicht wirklich* liebte.) Bei Ellie gab es dieses Gefühl nicht. Tatsächlich hatte ihre Erklärung, dass sie ihn liebte, ein … erfreutes Gefühl ausgelöst. Mehr als erfreut. Er war stolz, bewegt, demütig und glücklich.

Eine Reaktion, die einen Sinn hatte: Eine Frau sollte ihren Mann lieben.

Das Unwetter hatte ihn überzeugt, dass er die richtige Entscheidung getroffen hatte. Die Glut der Leidenschaft, die sie übermannt hatte, erstaunte ihn. Er war nicht bereit, sie gehen zu lassen. Also würde er sie behalten. Der Umstand, dass sie ihn liebte, würde sie noch glücklicher machen.

Aber glücklich sah Ellie nicht aus. Sie sah aus, als würde sie gleich in Tränen ausbrechen. Das machte ihn kribbelig. Er rückte seinen *cotun* zurecht, das half aber nicht gegen das Unbehagen in seiner Brust. Gegen die schmerzende Enge, die sich steigerte, als er sie ansah.

Er wusste, was sie wollte: dass er ihre Erklärung erwiderte. Wie alle Frauen. Er kannte diese Art der Enttäuschung, was er aber nicht kannte, war der Wunsch, alles zu tun, dass sie verging.

Er hätte sogar ihre Liebeserklärung erwidert.

Der Gedanke war ein Riesenschock. Kalter Schweiß trat ihm auf die Stirn. Natürlich liebte er sie nicht. Die Leidenschaft, das starke, besitzergreifende Gefühl, sein Beschützerinstinkt, die starke Beziehung, die irrationale Furcht, die ihn überkam, wenn er daran dachte, sie zu verlieren. Sie alle rührten daher, dass er sie gernhatte.

Aber Liebe? Ewige romantische Liebe war nichts für ihn. Er hatte sich für immun gehalten, unfähig zu dieser Art von Emotion. Er liebte die Jagd, den Flirt, den Tanz zu sehr.

Oder nicht?

Er war vielleicht nicht imstande, ihr zu sagen, dass er sie liebte, er wusste aber, dass er ihr etwas viel Besseres geben konnte. Sein Heiratsantrag würde den verzweifelten Ausdruck aus ihrem Gesicht fegen. Er würde Tränen zu sehen bekommen, Freudentränen.

Diese Gelegenheit sollte er nie bekommen.

»Ich muss dir etwas sagen.« Ellies Stimme klang merkwürdig distanziert – fast königlich unnahbar.

»Ich war nicht ganz aufrichtig zu dir.«

Er hielt mitten im Ruderschlag inne und ließ dann die Ruder los.

»Inwiefern?«

Sie hielt ihren Rücken gerade, ihr Blick wankte nicht.

»Es geht um meine Identität.«

Er runzelte die Stirn, ohne sie zu unterbrechen. Sie musste vor ihm etwas verborgen haben.

»Ich bin kein Kindermädchen in der Haushaltung des Earl of Ulster.«

»Das bist du nicht?«

Sie atmete tief durch.

»Ich bin Lady Elyne de Burgh.«

20

Erik sagte zunächst nichts, dann lachte er. Er musste sie missverstanden haben.

»Einen Augenblick lang hat es sich angehört, als hättest du de Burgh gesagt.«

Ellie hob das Kinn, ihr Blick traf seinen.

»Das habe ich.«

De Burgh. Er wollte nicht glauben, dass es so schlimm war, wie die Unruhe, die ihn ganz plötzlich erfasste, ihm anzeigte.

»Du bist mit dem Earl of Ulster verwandt?«, fragte er voller Unbehagen und in der Hoffnung, es handle sich um eine unbedeutende Verbindung.

Sie sah ihn unverwandt an. »Er ist mein Vater.«

Erik hatte das Gefühl, eins über den Kopf bekommen zu haben. Er starrte sie an, als sähe er sie zum ersten Mal. Vielleicht traf es zu. Er kannte sie ja gar nicht richtig. Seine Augen wurden schmal, Nacken- und Armmuskeln spielten.

»Du hast mich belogen.«

Sie wich vor der Anklage in seinem Blick nicht zurück.

»Das habe ich.«

Er hatte erwartet, sie würde es abstreiten, Ausflüchte machen und versuchen, ihr Verhalten zu erklären. Ihr offenes Geständnis kam unerwartet. Aber sie hatte sich ja nie so benommen, wie man es erwartete.

Er fühlte sich sonderbar. Krank. Unruhig und schmerzlich. So wie er sich fühlte, wenn er jemandem ein Messer in den Leib stieß.

»Warum?«

»In der Höhle der Nixen hat einer der Iren den Namen meines Vaters genannt. Es lag auf der Hand, dass der Name de Burgh alles nur verschlimmert hätte.«

Dass es noch schlimmer hätte kommen können, war für ihn nicht vorstellbar.

»Und als wir die Höhle verlassen haben?«

»Du meinst, nachdem ich begriffen habe, dass du mich nicht erst schänden und dann töten würdest?«

Ihr herrisches Stirnrunzeln erbitterte ihn noch mehr als ihr Sarkasmus – ob berechtigt oder nicht. Es war genau die hochmütige, erhabene Geste, wie sie von der Tochter eines Earls zu erwarten war. Eine Geste, die ihrem Rang zuzuschreiben war, wie er sich eingeredet hatte.

Mit geballten Fäusten versuchte er die merkwürdigen Gefühle zu unterdrücken, die ihn innerlich befeuerten.

»Du hast gesagt, du wärest ein Kindermädchen.«

»Es schien mir der Wahrheit am nächsten zu kommen. Seit dem Tod meiner Mutter musste ich mich um meine jüngeren Geschwister kümmern. Es war irgendwie ironisch gemeint und hat mich belustigt. Und nachher wollte ich dir nicht die Wahrheit gestehen, weil ich dich für einen Piraten gehalten habe.«

Er hörte den Tadel heraus. Sie war nicht die Einzige gewesen, die ein Geheimnis hütete. Er hatte es so gewollt. Er hatte zwischen ihnen Distanz halten wollen. Aber nie hätte er sich dies vorstellen können.

»Und ich konnte nicht sicher sein, ob du mich nicht zu einer Ehe zwingen würdest.«

Ein echter Pirat hätte genau dies getan. Aber er war zu wütend, um auf rationale Erklärungen zu hören.

Die bittere Ironie war wie ein Stich in den Rücken. Er *hatte* sie heiraten wollen, hatte ihr eine hohe Stellung und Reichtum bieten wollen, in der Meinung, sie würde es ihm danken. Er hatte gedacht, sie brauche ihn. Und nun brauchte sie ihn überhaupt nicht. Eine Tochter Ulsters war eine der besten Partien im Lande. Sie konnte einen viel hochrangigeren Bewerber wählen als einen geächteten Clan-Chief, selbst wenn in seinen Adern uraltes edles Blut floss.

Obwohl er wusste, dass er kein Recht dazu hatte – er hatte nicht einmal um ihr Vertrauen gebeten –, fühlte er sich hintergangen.

»Und als du die Wahrheit wusstest, Ellie – oder sollte ich sagen Lady Elyne –, warum nicht dann?«

Ihr Gesicht war eine ovale Maske aus Alabaster, als sie ihn im Mondschein anblickte.

»Ich wollte nicht, dass es endet.«

Die Lust. Verdammt. Ihm wurde übel, als ihm der volle Umfang der Auswirkungen aufging. Es ging nicht nur um seinen verletzten Stolz, weil das Kindermädchen, das er mit seinem Namen hätte ehren wollen, eine der reichsten Erbinnen des Landes war, sondern um das, was er getan hatte. Er hatte die Tochter des mächtigen Ulsters entjungfert.

Nicht nur Ulsters Tochter. Er packte ihren Arm und verbiss sich seinen Zorn.

»Du bist die Schwester von Bruces Frau!«

Schwägerin des Mannes, dem er vor allem Loyalität schuldete.

Sie gab sich nicht die Mühe, Beschämung ob der Größe ihres Betruges zu heucheln, sondern hielt den Kopf hoch.

»Bruces angeheiratete Schwester, ja.«

»Aber Edward hat dich in jener Nacht gesehen. Warum hat er nichts gesagt?«

»Ich bin ihm nur einmal begegnet. Bei der Hochzeit.« Sie lachte verbittert auf.

»Offenbar konnte er sich nicht an mich erinnern.«

Erik verspürte Übelkeit. Noch nie hatte er eine Jungfrau entehrt, und nun musste es ihm beim ersten Mal bei einem Mädchen passieren, das unantastbar war. Die Schwester seines Lehnsherrn. Bruce hatte sich zwar mit der Kriegführung der Highlander angefreundet, in seinem Inneren aber schlug noch immer das Herz eines edlen Ritters. Er würde diese Beleidigung nie verzeihen – egal, wie die Umstände gewesen sein mochten.

Aber nicht nur Bruces Ehrgefühl würde beleidigt sein. Sehr wahrscheinlich würde Ulster die Schuld für Eriks Tat bei Bruce suchen. Sie würde einen Keil zwischen sie treiben. Einen Keil, der verhindern würde, dass Ulster Bruces Aktivitäten mit anderen Augen sah. Einen Keil, der die westlichen Handelsrouten und damit Bruces Nachschub gefährden konnte.

Falls Ulster ihn nicht tötete, würde Bruce es tun.

Seine Mission hatte die Vergewaltigung von Jungfrauen nicht vorgesehen.

Mein Gott, jetzt fiel es ihm wie Schuppen von den Augen. Deshalb hatten die Engländer entgegen ihrer Gewohnheit die Suche nicht aufgegeben. Sein Griff um ihren Arm wurde fester, als er sie zwang, ihn anzusehen.

»Nicht mich haben sie gesucht, sondern dich.« Da er sie entführt hatte, war die englische Flotte mit voller Schlagkraft gegen ihn vorgegangen.

Die Anschuldigung schien sie zu überraschen – als wäre ihr niemals der Gedanke gekommen. Sie zog die Brauen zusammen.

»Ich hätte nie gedacht …« Sie sprach nicht weiter und schüttelte den Kopf.

»Meine Familie wusste nicht, was mit mir passiert ist.«

Sein Blut wurde zu Eis.

»Zunächst nicht, aber sie wusste es, nachdem ich die Nachricht geschickt habe.«

Seine irregeleitete Galanterie und der Wunsch, ihr zu gefallen, hatte die Feinde direkt auf ihre Spur geführt.

Ellies Magen sackte ins Bodenlose. War es denn möglich, dass die Engländer auf Spoon nach ihr gesucht hatten, als seine Männer gefangen und getötet worden waren? »*Mylady.*« Die Ehrerbietung des Kriegers am Ufer ergab jetzt einen Sinn. Sie hatten versucht, sie zu schützen.

»Es tut mir ja so leid«, sagte sie.

Er würdigte sie keines Blickes. »Wir werden heiraten, sobald ich einen Priester auftreiben kann.«

Ihr Herzschlag setzte aus. *Heiraten.* Das Wort, das sie ersehnte, kalt und gefühllos geäußert. Genau das, was sie befürchtet hatte und weswegen sie ihm ihre Identität nicht hatte verraten wollen. Weil sie wusste, dass sein verdammter Edelmut sein grausames Haupt erheben würde. Sie war Lady Elyne de Burgh, Schwägerin des Königs, Tochter eines der mächtigsten Männer des Königreiches. Er hatte keine andere Wahl, als sie zu heiraten.

Es war unlogisch, aber sie wollte den Mann, den sie liebte, nicht heiraten. Nicht wenn sein Motiv Pflichtgefühl und nicht Emotion war. Über unerwiderte Liebe gab sie sich keinen Illusionen hin. Sie wollte nicht den Fehler ihrer Mutter wiederholen und glauben, sie könnte einen Mann durch Willenskraft zwingen, sie zu lieben.

Innerlich fühlte Ellie sich, als würde sie auseinanderfallen, sich zu einer Kugel zusammenrollen und als Mitleid erregendes Häufchen ihren Kummer ausweinen. Ihr Stolz ließ es nicht zu. Sie war Lady Elyne de Burgh. Er würde nie erfahren, wie sehr er sie verletzt hatte – und wie schwer es ihr fiel, ihn abzuweisen.

»Das wird nicht nötig sein«, sagte sie ähnlich gefühllos, wie er sein »Angebot« gemacht hatte.

Seine Augen waren zu schmalen Schlitzen geworden.

»Muss ich dich daran erinnern, warum es nötig ist?«

Sie gönnte ihm nicht die Befriedigung, sie erröten zu sehen. Sie schämte sich dessen, was sie getan hatten, nicht, und er würde sie nicht dazu bringen, ihre Meinung zu ändern.

»Ich weiß dein großherziges *Angebot* zu schätzen, doch ist es nicht nötig. Ich bin bereits verlobt.«

Falls Ellie gedacht hatte, sie hätte ihn je im Zorn erlebt, musste sie sich eines Besseren belehren lassen. Die Veränderung war so erschreckend, dass ihr der Atem stockte und sie instinktiv zurückwich. Im Halbdunkel des nahenden Tages wurden seine Augen hellblau und eiskalt und gnadenlos. Der hübsche Nordmann war zu einem rücksichtslosen Wikinger geworden.

Er trat auf sie zu. Einen Moment lang empfand sie tatsächlich Angst.

Sie glaubte schon, er würde sie packen, er aber blieb völlig ruhig. Zu ruhig. Sie hatte nicht gewusst, wie bedrohlich er dennoch wirken konnte.

»Wer?« Das einzelne Wort fiel wie ein Henkersbeil.

Ein eisiger Schauer lief ihr über den Rücken, aber sie ließ sich ihre Angst nicht anmerken.

»Sir Ralph de Monthermer.«

In seinen Augen flammte es mit gefährlicher Intensität auf.

»Du steckst voller Überraschungen, Lady Elyne. Ich habe von deiner Verlobung gehört, aber ich muss gestehen, dass ich sie nicht mit meinem entführten Kindermädchen und dem Interesse des neuen ›Earl‹ an einer Nachricht aus Dunaverty in Verbindung gebracht habe.«

Ellie erbleichte.

»Er hat mich gesucht?«

»Sehr eifrig, wie es aussieht.«

Sie fasste seine unbekümmert geäußerten Worte nicht falsch auf. Er war wütend. Wenn es nicht lächerlich gewesen wäre, hätte sie fast geglaubt, er wäre eifersüchtig. Aber Erik war der Allerletzte, den sie sich als eifersüchtig vorstellen konnte – er war zu selbstsicher und unbekümmert, um sich eine solche menschliche Schwäche zu leisten. Antrieb seiner Erregung war die Gefährdung seiner Mission.

»Und was ist mit deiner verlorenen Jungfernschaft? Glaubst du denn, der frischgebackene Earl wird dich noch zur Frau wollen? Aber vielleicht hast du gehofft, ihn in diesem Punkt täuschen zu können?«

Sie erstarrte. Wie konnte er ihr eine solche Falschheit zutrauen? Über Ralphs Interesse an ihr machte sie sich keine Illusionen. Es zählte nur die politische Allianz.

»Das geht dich nichts an. Das ist etwas zwischen mir und meinem Verlobten.«

Da rastete er aus, packte ihren Arm und riss sie hart an sich.

»Den Teufel ist es.«

Ellies Herz raste in ihrer Brust. Unbeherrscht hatte sie ihn nie gesehen. Sein Blick …

Sie schauderte. Sie wusste nicht, was er vorhatte. Sein Gesicht war so nahe, dass sie schon glaubte, er würde sie so lange küssen, bis sie sich unterwarf. Nein, nicht küssen, sondern verheeren.

Was als Nächstes passiert wäre, würde sie nie erfahren. Er blickte über ihre Schulter und erstarrte. Emotionen und Wut schienen wie weggefegt.

»Sieht aus, als würden wir es herausfinden.«

»Was sagst du da?«

Er zeigte hinter sie. Sie drehte sich um, und im weichen Licht der Dämmerung sah sie die unverkennbaren Punkte am Horizont. Segel. Mindestens ein halbes Dutzend, das sich rasch näherte. »Dein Verlobter wird gleich eintreffen, denke ich.«

Ellie sah nun etwas in seiner Miene, das sie nie zu sehen erwartet hätte: das Eingeständnis der Niederlage. Erik hatte beim ersten Blick erfasst, dass es für ihn das Todesurteil war. Ein Entkommen war ausgeschlossen. Die Küste war noch zu weit. Ohne Segel konnten sie weder ein Versteck finden noch fliehen. Auch Eriks ungewöhnliche seemännische Fähigkeiten stießen an Grenzen. Als einzelner Ruderer einer Flotte englischer Galeeren zu entkommen, war unmöglich.

Es würde scheitern. Ihretwegen. Und ein Scheitern würde er nie vergeben.

Ihr Blick flog zur irischen Küste. Sie spürte, wie sich in ihr der Keim einer Idee regte. Vielleicht hatte er doch eine Chance.

Aber würde er sie ergreifen?

Sie verhärtete ihr Herz, wohl wissend, dass sie ihm keine Wahl lassen durfte.

Er würde den König enttäuschen. Das Team. Alle, die auf ihn zählten.

Auch in seinen dunkelsten Stunden während des Sturms hatte Erik an den Erfolg geglaubt. Ein Fehlschlag war ihm unvorstellbar erschienen. Und nun schmeckte er den bitteren Geschmack der Niederlage in seinem Mund.

Vor seinem geistigen Auge ließ er immer wieder die Ereignisse ablaufen, wohl wissend, dass es jener Hochmut gewesen war, der ihn an diesen Punkt gebracht hatte. Hätte er alles ernster genommen – und hätte er sich auf seine Aufgabe und nicht auf das Mädchen konzentriert – wäre er nicht in diese Lage geraten.

Unfassbar, dass er so weit gekommen war und ihm nun in letzter Minute der Sieg vor der Nase weggeschnappt wurde. Zwei Meilen bis zur Küste. Er konnte praktisch die Hand ausstrecken und sie berühren. Aber nie würde er es schaffen, den Engländern zu entkommen – nicht in diesem kleinen Boot –, und er würde auch keinen Versuch unternehmen und sie direkt zu den irischen Truppen führen.

Sie saßen in der Falle.

So rasch wollte er aber nicht aufgeben und zerbrach sich verzweifelt den Kopf um einen Ausweg.

»Du musst fort«, sagte Ellie tonlos, »ehe man dich sieht.«

Seine Stimme war hart wie sein Blick.

»Ich fürchte, das ist unmöglich, falls du nicht Mast und Segel herbeizauberst.«

»Du kannst ja schwimmen.«

Er stutzte, verwarf aber die Idee sofort.

»Man wird nach uns suchen, wenn das leere Boot entdeckt wird. Das kann ich nicht riskieren.«

»Ich schwimme nicht mit.«

Zorn flammte in ihm auf.

»Wenn du glaubst, ich würde dich verlassen …«

Sie ließ ihn nicht aussprechen.

»Mir wird nichts geschehen. Schließlich bin ich es, die man sucht. Ich werde sagen, du wärest im Unwetter ertrunken. Niemand wird dich suchen. Dir bleibt genug Zeit, wenn du jetzt rasch verschwindest.«

Er blickte zur Küste. Sie hatte recht. Er konnte es schaffen. Die Iren würden bis Tagesanbruch warten, wenn er Glück hatte sogar ein wenig länger. Er würde die Überfahrt nach Rathlin und dann nach Arran in einer Nacht machen müssen, aber es war zu schaffen. Bruce würde immer noch zeitgerecht eintreffen, um wie geplant angreifen zu können. Er konnte seine Mission noch retten.

Aber es widerstrebte ihm zutiefst, sie zurückzulassen. Auch wenn sie ihn belogen hatte, war sie …

Was? Was war sie für ihn?

Sie musste sein Zögern gespürt haben.

»Geh jetzt. Nichts hält dich zurück.«

Doch, es gab etwas, auch wenn er es nicht benennen konnte. Unentschlossenheit – etwas, das ihm fremd war – kämpfte in ihm. Er würde sein Mission retten können, aber seiner Beziehung zu Ellie damit ein Ende bereiten.

Welcher Beziehung? Sie war mit de Monthermer verlobt, mit Edwards früherem Schwiegersohn und einem der wichtigsten Flottenbefehlshaber.

Sie gehört einem anderen. Das Wissen fraß sich wie Säure in seine Brust.

Sie saß völlig reglos da. Ihre Miene war hart und spröde wie Glas. Etwas stimmte nicht. Sie war zu gefasst. Zu ruhig. Vor wenigen Minuten hatte sie ihm ihre Liebe gestanden, und jetzt tat sie ihr Bestes, um ihn loszuwerden.

Er nahm ihren Arm, um den eisigen Ausdruck der Unausweichlichkeit aus ihrem Gesicht zu schütteln.

»Was willst du von mir?«

Sie sah ihn an.

»Nichts. Siehst du das nicht? Eine andere Möglichkeit hat es nie gegeben. Geh jetzt, damit ich mit meinem Leben weitermachen und vergessen kann, was geschehen ist.«

Er zuckte wie unter dem Schlag eines Kriegshammers zusammen. Mit glühender Brust zwang er sie, ihn anzusehen und starrte ihr in die Augen. Sie sollte es nicht wagen, ihn anzulügen.

»Sag mir eines: Möchtest du ihn heiraten?«

Sie zuckte mit keiner Wimper.

»Warum nicht? Sir Ralph ist einer der stattlichsten, bedeutendsten Ritter des Landes. Jede Frau würde es sich zur Ehre anrechnen, seine Gemahlin zu sein.«

Erik biss die Zähne unter dem plötzlichen scharfen Schmerz zusammen. Er hätte erleichtert sein sollen. Seine Mission musste an erster Stelle stehen. Jetzt konnte er sie guten Gewissens verlassen. Er hatte sie gefragt. Sie hatte abgelehnt. Er hatte seine Pflicht getan. Seine Ehre war unbefleckt geblieben.

Warum also hatte er das Gefühl, seine Brust stünde in Flammen? Warum war er so verdammt aufgebracht? Und warum verspürte er den Wunsch, Sir Ralph de Monthermer zu töten?

Es war das, was Eriks Vorfahren getan hätten. Er aber war kein nordischer Barbar. Er hatte kein Recht, sie für sich zu fordern.

Der Tag brach an. Die Galeeren rückten näher. Noch fünf Minuten, und es würde hell genug sein, um sie beide auszumachen. Wenn er verschwinden wollte, musste er es rasch tun.

Er sah Ellie an, ehe er ins Wasser glitt. In Plaids und Pelze gehüllt, sah sie klein und hilflos aus. Aber das war sie nicht. War es nie gewesen. Sie brauchte ihn nicht. Dennoch musste er gegen das Verlangen ankämpfen, sie in die Arme zu nehmen und das Gegenteil zu beweisen.

Seine Miene verhärtete sich mit eisiger Entschlossenheit. Nein, so war es besser. Er hatte eine Mission zu vollenden. Sobald er bei Bruce war und der Angriff lief, würde er so viel zu tun haben, dass er sie vergessen würde. Zeit und Umstände, ermahnte er sich. Waren Abenteuer und Erregung gestorben, würde er nicht mehr so empfinden.

Mit einem letzten Blick glitt er ins Wasser und fing an zu schwimmen. Innerlich taub, nahm er die Kälte kaum wahr.

Nur einmal blickte er sich um.

Auf halbem Weg zur Küste hielt er just in dem Moment inne, als die erste englische Galeere das Boot erreichte. Er erstarrte, als er das Wappen de Monthermers erkannte, den grünen Adler auf dem gelben Segel. Gleich darauf sah er, wie Ellie aus dem kleinen Boot gehoben wurde und in den Armen eines großen Ritters in Rüstung landete, auf dessen Wams dasselbe Wappen prangte.

Eriks Lungen fühlten sich an, als würden sie vor Salzwasser brennen.

Sie in den Armen eines anderen Mannes zu sehen, weckte jeden primitiven Instinkt in ihm – Instinkte, von denen er gar nicht wusste, dass er sie besaß. Nun, sie war wenigstens in Sicherheit. Er hatte sie wie versprochen ihrer Familie zurückgegeben. Seine Pflicht war erfüllt.

Er glitt unter Wasser und schwamm mit voller Kraft weiter, ein einziges Ziel vor Augen.

Allein seine Mission zählte.

Als Ralph sie in seine Arme nahm, war es um Ellies mühsam aufrechterhaltene Fassung geschehen. Es kümmerte sie nicht, dass sie von vier Galeeren voller Krieger beobachtet wurde. Alle Gefühle, die sich in ihr gestaut hatten, zerbrachen in einem herzzerreißenden Gemisch aus Tränen und Schluchzern.

Ralph, der ihren Gefühlsausbruch der Erleichterung über die Rettung zuschrieb, konnte nicht wissen, dass ihr Herz gebrochen war, und versuchte, sie mit Worten zu beruhigen. Alles war gut, sie war in Sicherheit. Niemand würde ihr etwas antun.

Er war stabil und warm, groß und stark. Seine breite, feste Brust roch sogar nach Wind und See. Und als er lächelnd auf sie hinuntersah, war sein hübsches Gesicht sanft und besorgt.

Aber Ralph de Monthermer war nicht der Mann, den sie wollte. Er würde es nie sein. Der Mann ihrer Liebe war für sie verloren – wenngleich er nie wirklich ihr gehört hatte.

Die Wahrheit schmerzte, doch schien es, als würde der Schmerz ihr Kraft verleihen. Von dieser öffentlichen Zurschaustellung von Gefühlen in Verlegenheit gebracht, trat sie zurück und wischte sich die Tränen aus den Augen. Zu Hause war genug Zeit für Trauer. Im Moment galt es, Eriks Entkommen zu gewährleisten.

»Verzeiht«, entschuldigte sie sich. Sie wusste, dass Ralph rasch erfahren wollte, was sich zugetragen hatte und wie es gekommen war, dass sie allein und verlassen in dem kleinen Boot gesessen hatte.

»Ihr braucht Euch nicht zu entschuldigen«, sagte Ralph sanft.

»Ich bin nur erleichtert, dass man Euch gefunden hat. Das Unwetter …«

Er sprach nicht weiter und drückte ihre Hand.

»Ein Wunder, dass Ihr nicht gekentert seid.«

Kein Wunder. Das Können eines Mannes.

Ralphs Miene verhärtete sich.

»Aber wo ist er? Wo ist der Mann, der Euch entführt hat?«

Ellie musste nun mit allen Mitteln Ralph zu überzeugen versuchen, dass Erik im Unwetter umgekommen war, aber sie hasste es, ihn zu belügen.

»Er ist weg«, erwidert sie tonlos.

»Ich weiß nicht, wie es dazu gekommen ist. Der Sturm war schrecklich. Es war dunkel. Man konnte durch Wind und Regen nichts sehen. Er hat mir befohlen, mich ganz flach auf den Boden zu legen. Einen Moment stand er noch da und war im nächsten verschwunden.«

»Hawk soll tot sein?«, sagte ungläubig einer der Umstehenden.

Ellie drehte sich nach der vertrauten Stimme um. Ein Mann trat hinter der Schar der Krieger hervor, die sich um sie geschart hatten. Sie wurde totenblass.

»Thomas! Ihr seid unversehrt!« Ihre Erleichterung, ihn zu sehen, war so groß, dass sie ein paar Schritte auf ihn zuging, ehe sie sich zügelte.

»Aber was macht Ihr hier?

Thomas lief rot an, doch es war Ralph, der an seiner Stelle antwortete.

»Sir Thomas ist es zu verdanken, dass wir Euch gefunden haben.«

»*Sir* Thomas?«, wiederholte sie. Sie hatte es immer gewusst, es nun aber zu hören, erstaunte sie dennoch.

Thomas verbeugte sich knapp.

»Sir Thomas Randolph zu Euren Diensten, Lady Elyne.«

Sie benötigte einen Moment, um den Namen einzuordnen, doch als bei ihr der Groschen fiel, wuchs ihr Entsetzen noch mehr.

»Ihr seid Roberts Neffe?«, stieß sie fassungslos hervor.

Der junge Ritter nickte.

Ellie verspürte Übelkeit. Sie konnte noch immer nicht glauben, dass der Mensch, den sie als Freund betrachtet hatte, nicht nur Hawk, sondern seinen eigenen Onkel hintergangen hatte.

Was hatte er sonst noch weitergegeben?

Sie drehte sich abrupt um und wandte sich an Ralph.

»Und wie habt Ihr mich gefunden?«

»Randolph war sicher, der Rebell würde sich nach Irland wenden.«

Lieber Gott, hatte Thomas Ralph den Plan verraten? Ohne Rücksicht auf die Panik, die in ihr hochkam, huschte ihr Blick zu Thomas.

»Hawk hat zu mir gesagt, er wolle Euch nach Hause bringen«, erklärte Thomas.

Sie unterdrückte ein erleichtertes Aufatmen ob seiner Halbwahrheit. Offenbar hielt sich Thomas' Verrat in Grenzen. Ihre Blicke trafen sich kurz, ehe sie sich wieder zu Ralph umdrehte, damit dieser fortfahren konnte.

»Letzte Nacht haben wir im Kanal einen Hinterhalt gelegt,

doch als das Gewitter losbrach, mussten wir uns zurückziehen. Ich war sicher, der Geächtete würde dasselbe tun, Randolph aber versicherte mir, dass der Sturm ihn nicht zurückhalten würde. Sobald der Wind nachgelassen hat, haben wir Kurs auf Irland genommen. Er ist tollkühner, als ich gedacht habe.« Ralphs Miene verfinsterte sich.

»Durch diesen Narren war auch Euer Leben in großer Gefahr.«

Sie legte ihre Hand auf seinen Arm.

»Er hat mir das Leben gerettet«, sagte sie wahrheitsgemäß.

»Mehr als einmal.« Tränen brannten in ihren Augen.

»Was er auch sonst getan hat, ich bin da, und er ist fort. Ich möchte nur nach Hause und alles vergessen.«

Ralph zeigte sich zerknirscht.

»Natürlich. Ihr müsst völlig erschöpft sein. Wir können uns später aussprechen. Eure Familie wird überglücklich sein, Euch wohlbehalten wiederzusehen.«

Sein Befehl zum Wenden veranlasste sie, die Stirn zu runzeln.

»Wollt Ihr nicht nach Irland?«

Er schüttelte den Kopf.

»Verzeiht, ich habe vergessen, dass Ihr es nicht wissen könnt. Euer Vater wurde vom König auf die Burg zu Ayr befohlen.«

Schottland. Nicht zu fassen. Während sie auf Spoon Island gewesen war, hatte ihr Vater sich an der Küste gegenüber befunden.

Ralph setzte sie auf eine Kiste in die Nähe des Bugs, legte noch ein paar Decken um sie und drückte ihr tröstend die Hand.

»Schön, Euch wieder bei uns zu haben, Lady Elyne. Lady Matilda wird erleichtert sein.« Ein seltsamer Ausdruck huschte über sein Gesicht.

»*Alle* Eure Geschwister werden erleichtert sein.«

Er war gütig. Sie hatte es zuvor schon gewusst, doch ihr merkwürdiges Unbehagen in seiner Nähe hatte immer im Weg gestanden. Gewissensbisse regten sich in ihr. Sie musste ihm die Wahrheit sagen.

»Mylord, da wäre noch etwas...« Ihre Wangen glühten.

»Ich muss Euch etwas sagen.«

»Nicht nötig«, sagte er mit Bestimmtheit. Sie wollte protestieren, er aber gebot ihr Einhalt.

»Euch trifft keine Schuld an allem, was geschehen ist. Randolph hat gesagt, dass Ihr mit dem Mann, der Euch geraubt hat ... hm, sehr vertraut wart.«

Sie konnte es nicht glauben. Er wusste es – oder vermutete es zumindest –, und es kümmerte ihn nicht. Seine verständnisvolle Haltung machte alles nur noch schlimmer. Sie durfte ihn nicht in dem Glauben lassen, sie hätte unter Zwang gestanden.

»Ich war nicht unwillig, Mylord«, sagte sie im Flüsterton.

Er sah sie lange an – mehr nachdenklich als anklagend.

»Was immer geschehen ist, ist Vergangenheit. Es zählt nur, dass Ihr jetzt in Sicherheit seid.«

Er machte es ihr leicht. Leichter sogar, als sie es erwartet hatte. Leichter, als sie es verdiente.

»Ruht Euch aus«, sagte er, »reden können wir später.« Er machte eine Pause. Seine markanten, angenehmen Züge wurden ernst.

»Ich fürchte, Euer Vater wird viele Fragen an Euch haben. König Edward kann es kaum erwarten, diesen aufrührerischen Seemann, genannt Hawk, zu fassen. Er ist überzeugt, dass Bruce etwas plant.«

Ihr Blut erstarrte, doch sie zwang sich zu einer gleichmütigen Miene. »Leider bin ich da keine große Hilfe.« Gar keine Hilfe.

Er hielt ihren Blick fest, zu verständnisvoll vielleicht, dann schenkte er ihr ein rasches Lächeln.

»Sei dem, wie es sei, Ihr solltet darauf gefasst sein.«

Sie nickte. Sie wusste die Warnung zu schätzen. Ihr fiel ein, dass Ralph und Bruce einmal eine enge Freundschaft verbunden hatte. Brachte er Robert mehr Sympathien entgegen, als sie dachte?

Er wandte sich wieder seinen Leuten zu und überließ sie der grausamen Einsamkeit ihrer Gedanken. Ihre Trennung von Erik war so rasch und unerwartet gekommen, dass ihr noch gar keine Zeit zum Nachdenken geblieben war. Nun aber, da jede Minute sie mehr von ihm entfernte, setzte der Schock kalter Realität ein. Als die Größe ihres Verlustes sie traf, verspürte Ellie ein überwältigendes Gefühl der Verzweiflung. Die Zukunft erschien ihr öde und einsam. Sie wollte einfach nicht glauben, dass sie ihn niemals wiedersehen würde. Dass Freiheit und Glück, wie sie sie erlebt hatte, verloren waren.

Wie konnte sie in ihr altes Leben zurück, als wäre nichts geschehen? Wie konnte sie ihrer Verpflichtung nachkommen und Ralph heiraten, wenn sie doch einen anderen Mann liebte?

Sie wollte nicht glauben, dass alles so plötzlich vorbei sein konnte, und sie ertappte sich mehr als einmal, dass sie einen Blick über die Schulter warf. Sie wusste, dass er sie nicht holen würde. Er konnte es nicht, selbst wenn er es gewollt hätte. Was nicht der Fall war. Doch der närrische Teil in ihr, der sich mit der Wahrheit nicht abfinden wollte, wollte nicht auf die Vernunft hören.

Wenn es nur nicht so geschmerzt hätte.

Was hatte sie erwartet? Hatte sie nicht gewusst, dass es nur so enden konnte?

Sie hatte sich eingeredet, dass sie ihm nicht gleichgültig war. Dass sie anders war. Dass eine Zukunft zwischen ihnen möglich wäre. Er aber hatte ihr nie erklärt, dass er sie liebe oder mehr wolle als das Vergnügen, das er ihr bot. Sie hatte ihm eine Chance gegeben, als sie ihm ihre Gefühle gestand, er aber hatte sie nicht ergriffen.

Das Einzige, was den Schmerz ihres gebrochenen Herzens linderte, war die Aussicht auf das Wiedersehen mit ihrer Familie. Mit günstigem Wind würde die Galeere die Strecke rasch hinter sich bringen, die sie nur Stunden zuvor fast das Leben gekostet hatte. Nicht lange, und die sandige Küste und die begrünten Hügel von Ayrshire tauchten auf.

Sie zwang sich zu einer aufrechteren Haltung, als sie Thomas – Sir Thomas – kommen sah. Er setzte sich neben sie, und sie tat, als würde sie es nicht bemerken.

»Er ist nach Fair Head geschwommen, so ist es doch?« Er fragte es leise, damit die anderen es nicht hören konnten.

Ihr Puls tat einen Sprung, ihre Miene aber blieb völlig reglos. Ihr Blick hing unverwandt an der Küstenlinie.

»Wenn Ihr vom Captain sprecht, habe ich schon gesagt, was geschehen ist.«

»Ich habe ihnen nichts gesagt, Ellie – Lady Elyne –, das schwöre ich.«

Hitze stieg ihm in die Wangen, aber er wölbte die Brust.

»Es war falsch, wie Hawk mit Euch umgegangen ist. Als ich entdeckt habe, wer Ihr seid, musste ich einschreiten.«

Ellie konnte es nicht glauben. Hawks gesamte Mission hätte fehlschlagen können, weil Randolphs Empfindlichkeit getroffen worden war. Sie blickte um sich, um sich zu vergewissern, dass sie nicht belauscht wurden, und flüsterte:

»Und deshalb habt Ihr Euch entschlossen, die Engländer auf unsere Spur zu setzen? Wisst Ihr denn nicht, was auf dem Spiel steht? Oder ist es Euch wirklich gleichgültig?«

Er wurde noch röter.

»Ich weiß, was auf dem Spiel steht, wenn mir auch die Einzelheiten nicht bekannt sind. In diesem Fall bin ich froh, dass mein Onkel mich nicht ins Vertrauen gezogen hat. Ich habe nicht mehr verraten, als nötig war, um Euch zu finden. Was Hawk betrifft, landet er immer wieder auf den Füßen, das müsstet Ihr inzwischen schon wissen.«

Er schien verzweifelt bemüht, Glauben zu finden, als spiele ihre Meinung eine Rolle, aber so leicht konnte sie ihn nicht freisprechen. Erik war entkommen, aber nur knapp. Und ob er Erfolg gehabt hatte, würden sie noch eine ganze Weile nicht erfahren.

»Und dennoch habt Ihr die Seiten gewechselt?«, fragte sie betont.

Er begegnete ihrem anklagenden Blick, ohne mit der Wimper zu zucken.

»Ich hatte keine andere Wahl.« Als ihre Antwort ausblieb, setzte er hinzu:

»Wäre es Euch lieber, wir wären alle getötet worden?«

Ihr Blick traf seinen.

»Natürlich nicht.«

»Nun, das wäre aber passiert, hätte ich mich nicht ergeben.« Sehr zu Domnalls Ärger, wie sie sich denken konnte. Aber sie konnte es Thomas nicht verargen, dass er alles getan hatte, um ihrer aller Leben zu retten. Auch sie hätte so gehandelt, wenngleich Erik es nicht getan hätte.

»Wo sind die anderen?«

»Im Verlies zu Ayr.«

»Und doch seid Ihr hier.«

Er fuhr gereizt auf, und seine Reaktion deutete Kritik an ihrem Ton an.

»Mein Onkel und ich haben uns lange nicht mehr persönlich gesehen. Ich bin Ritter, nicht Pirat, und ich möchte wie ein Ritter kämpfen.«

Als sich ihm daher die Gelegenheit bot, hatte er sie genutzt und die Seiten gewechselt.

Sie konnte ihn beim besten Willen nicht dafür verurteilen. Ritterlichkeit oder nicht, Randolph hatte das getan, was unzählige andere vor ihm getan hatten. Er hatte in seinem ureigenen Interesse gehandelt, auch wenn er nicht mit dem Herzen dabei war. Der Vorrang von Zweckdienlichkeit über Prinzipen. Viele von König Edwards Anhängern folgten ihm nur, weil es klug war, und nicht, weil sie an seine Sache glaubten. Auch ihr Vater war dieser Kategorie zuzurechnen.

Es gab nur wenige wie William Wallace, die gewillt waren, für ein hehres Ziel ihr Leben zu opfern.

Erik würde es tun. Loyalität, Pflicht, Ehre – wie immer man es nennen wollte –, die Bande, die ihn an Menschen fesselten, an denen ihm lag, waren das, was für ihn zählte.

Lieber tot als besiegt.

Sie schauderte. Als er jene Worte ausgesprochen hatte, hatte sie nicht bezweifelt, dass es ihm ernst war. Sie konnte nur beten, dass es nicht so weit kommen würde.

Hatte er die Iren rechtzeitig erreicht und sie sicher zu Robert gebracht? Würde Bruces verzweifeltem, letztem Versuch, seinen Thron zurückzuerobern, Erfolg beschieden sein?

Es würde eine gewisse Zeit vergehen, ehe sie die Antworten auf diese Fragen bekommen würde. Wenn sie unterlagen, würde sie es nie erfahren. Der Schmerz, nicht zu wissen, was aus ihm geworden war, würde sie in den Wahnsinn treiben.

21

Nach einem langen Tag des Wartens – fast zwölf Stunden, seit er Ellie verlassen hatte – lief Erik MacSorley mit den Bruce versprochenen dreihundert irischen Kriegern in die Bucht an der Westküste von Rathlin Island ein.

Nach allem, was vorgefallen war, fiel seine Ankunft in Fair Head Minuten nach Tagesanbruch merkwürdig enttäuschend aus, wiewohl alles sehr knapp ausgegangen war. Die McQuillans hatten schon begonnen, ihre Schiffe zum Auslaufen zu beladen, in der Meinung, der Angriff wäre aus irgendwelchen Gründen abgeblasen worden. Der irische Anführer behauptete zwar, dass sie am nächsten Abend zurückgekehrt wären, aber Erik war da nicht so sicher. Die Hälfte ihres Soldes hatten sie bereits kassiert, und da sie ihren Teil des Handels eingehalten hatten, war es ein sehr ansehnlicher Geldregen nur dafür, dass sie zur Stelle gewesen waren.

Auf jeden Fall hatte Erik sie rechtzeitig erreicht. Nachdem sie die Schiffe vor englischen Patrouillen versteckt hatten, hatten sie den ganzen Tag nur auf den Einbruch der Dunkelheit gewartet, bis sie nach Rathlin auslaufen konnten.

Als er nun das erste von fünf Schiffen in die Bucht steuerte, hätte er erleichtert sein sollen – stolz, dass er sein Vorhaben trotz der vielen Hindernisse, die sich ihm in den Weg gestellt hatten, ausgeführt hatte. Doch der Erfolg seiner Mission bescherte ihm wenig Genugtuung.

Das letzte Gespräch mit Ellie saß noch zu bitter in ihm.

Der König musste es erfahren. Doch dieses unangenehme Gespräch musste warten. Zuerst musste Erik die Söldner nach Arran bringen, und er wollte sich nach den unangenehmen Verzögerungen der Nacht zuvor dazu möglichst viel Zeit lassen.

Die etwa vierzig Mann, die er vor ein paar Wochen zurückgelassen hatte, hatten sich zur Begrüßung am Ufer eingefunden: der König, seine engsten Vertrauten und die Handvoll von Bruces loyalen Vasallen, die letzten September mit ihnen aus Dunaverty entkommen waren. Doch diese Gruppe hatte sich um weitere hundert Mann vergrößert – dank der zusätzlichen Krieger von den Isles, die sein Vetter Angus Og aufgeboten hatte.

Erik sprang über den Rand des *birlinn* in das knietiefe Wasser und ging auf sie zu.

»Wo wart Ihr?«, wollte Bruce wissen, noch ehe er einen Fuß auf den steinigen Strand gesetzt hatte.

»Ihr hättet schon gestern da sein sollen. Das ist verdammt knapp, auch für Euch, Hawk.« Er blickte um sich.

»Wo ist Euer Schiff? Und mein Neffe?«

Eriks verkniffener Mund verriet seinen Ingrimm.

»Ein paar Stunden, ehe wir auslaufen wollten, haben die Engländer uns auf Spoon gefunden. Wenn wir Arran erreichen, werde ich alles berichten, aber Randolph und meine Leute wurden gefasst.«

Ein harter Schlag, auch für einen Menschen, der so viele Enttäuschungen erlebt hatte. Bruce zuckte zusammen.

»Tot?«

Erik schüttelte den Kopf. »Ich glaube nicht, Euer Gnaden.«

Im Moment wollte er seine Mutmaßungen für sich behalten, der König aber war gewitzt, und Erik argwöhnte, dass er sich dasselbe fragte wie er: wie unwillig Randolph gegangen war.

Der Blick des Königs verhärtete sich. Seine Augen wurden kalt und schwarz wie glänzendes Ebenholz.

»Ich hoffe, Ihr habt eine gute Erklärung, wie das geschehen konnte.«

Erik nickte. Das hoffte auch er.

Er sah den Chief an, der neben Bruce stand.

»Sind alle bereit?«, fragte Erik.

»Ja.«

Der Blick des Captains der Highlander-Garde verriet Erik, dass auch er Fragen an ihn hatte. Aber auch diese würden warten müssen.

Erik beriet rasch mit dem König, wer die irischen Schiffe und zwei der vier *birlinn* der Leute von den Isles befehligen sollte. Ewen »Hunter« Lamont und Eoin »Striker« MacLean hatten die anderen zwei Schiffe mit Bruces Brüdern südlich von Galloway für die zweite Zangenbewegung des Angriffs gegen die MacDowells stationiert.

Da man es mit sieben Schiffen zu tun hatte – fünf irische und zwei seiner Vettern –, entschied man, dass Erik die Flotte von einem der irischen Schiffe aus befehligen sollte. Der Chief würde Captain eines der Schiffe MacDonalds sein, das den König beförderte. Da das meist aus Lowlandern bestehende Gefolge des Königs nur begrenzte seemännische Erfahrung besaß, überließ Erik es den seefahrenden Iren, die anderen Schiffe zu führen. Gregor »Arrow« MacGregor – dem einzigen anwesenden Mitglied der Highlander-Garde – übergab er das Kommando über das letzte *birlinn.*

Eine knappe Stunde später waren sie auf See. Erik machte den Anfang mit den Söldnern und segelte ein kleines Stück voran, um nötigenfalls die anderen zu warnen.

Anders als die vorangegangene war es eine gute Nacht für die Seefahrt. Der Himmel war klar – relativ; man segelte zwischen den nebligen Western Isles, und ein stetiger Wind wehte ihnen von Norden entgegen. Die Insel Arran lag nordöstlich von Spoon, in die Armbeuge der Halbinsel Kintyre und der Küste von Ayrshire geschmiegt, etwa vierzig Meilen von Rathlin entfernt.

Es würden vierzig spannungsgeladene Meilen sein. Erik wusste, dass hinter jeder Welle Gefahr lauerte. Den englischen Patrouillen mit einem einzigen Schiff zu entkommen, konnte glücken, mit sieben aber lag der Fall anders.

Besonders aufmerksam war er, wo sich zwei Seewege kreuzten, wohl wissend, dass die Engländer gern dort lauerten, wo zwei oder drei Wasserstraßen zusammenkamen. Nachdem sie auf Nordkurs gegangen waren und Rathlin umrundet hatten, gab er Befehl an alle Schiffe, die Segel einzuholen.

Eine gute Entscheidung. Er war fast sicher, im Süden, wo der Rathlin-Sund auf den North Channel traf, ein Segel entdeckt zu haben. Lag Rathlin hinter ihnen, war zwischen ihnen und Schottland nur mehr offene See.

Er hielt die Augen nach Schiffen offen, sah aber nur meilenweit dunklen Himmel und das gewaltige Heben und Senken schimmernder schwarzer Wellen.

Nach dem Tumult der Nacht zuvor war es fast zu still – zu friedlich.

Er verdrängte seine Gedanken, ehe sie sich festsetzen konnten. Ellie hatte sich schon zu oft in sein Bewusstsein gestohlen, und er war entschlossen, nicht mehr an sie zu denken. Sie hatte ihn schon genug abgelenkt. Und im Moment rechneten alle damit, dass er sie sicher nach Arran brachte, und diesmal würde nichts dazwischenkommen.

Auch kein herrschsüchtiger, lästiger Zankteufel mit grüngesprenkelten Augen, eigensinnigem Kinn und der weichsten Haut, die er je gespürt hatte.

Er würde vergessen, verdammt. Er würde vergessen.

Je näher die Mull of Kintyre genannte Halbinsel rückte, desto deutlicher spürte Erik, dass etwas nicht stimmte. Obwohl er Gefahr nicht so deutlich wittern konnte wie Campbell, dessen Instinkte geradezu unheimlich waren, lebte er von seinen Ahnungen.

Etwa eine Meile vor dem Mull of Kintyre befahl er, die Segel einzuholen und wies die anderen Captains an, auf ihn zu warten.

Leise befahl er seinen Leuten, zu den Rudern zu greifen, und richtete seine geschärften Sinne auf jede Bewegung in der Dunkelheit. Als ein paar Söldner miteinander flüsterten, drohte er, demjenigen die Zunge herauszuschneiden, der als Nächster den Mund aufmachte. Er musste sie überzeugt haben, da nun Totenstille herrschte.

Das *birlinn* bewegte sich Zoll um Zoll in der Dunkelheit weiter. Auf seine Stirn trat trotz der kalten Winternacht Schweiß. Das Blut toste in seinen Adern, als er den Horizont vor sich scharf beobachtete.

Seine Sinne waren entflammt, in seinen Ohren dröhnte es. Und doch konnte er nichts sehen. Kein einziges Segel …

Da blieb sein Blick hängen. An einem sonderbar geformten Schatten in der Ferne. Leise gab er Befehl, die Ruder einzuziehen.

Verdammt. Das waren sie.

Die gerissenen Halunken lagen auf der Lauer, mit eingeholten Segeln, in der Hoffnung, jede Fliege zu fangen, die versuchte, an ihrem Netz vorbeizusegeln. Piratentaktik. Der denkbar ungünstigste Zeitpunkt für eine Falle der Engländer.

Er zählte mindestens sechs dunkle Schatten zwischen Spoon und der kleinen Insel Alisa Craig, die die Mündung des Firth of Clyde bewachten und höchst wirksam jeden Versuch, Arran zu erreichen, verhinderten.

Erik gab Befehl, auf Gegenkurs zu gehen – vorsichtig, um nicht gesehen zu werden – und kehrte zu den anderen Schiffen zurück. Am *birlinn* des Chiefs längsseits gehend, meldete er dem König und seinem Captain, dass vor ihnen eine Falle aufgestellt war.

Bruce fluchte und schlug mit der Faust frustriert auf den Bootsrand.

»Aber woher können sie es wissen?«

»Ich glaube nicht, dass sie es wissen«, sagte der Chief.

»Wüssten sie von einem Angriff, hätten sie mehr als nur sechs Schiffe zusammengezogen.«

Erik pflichtete ihm bei. Boyd und Bruce waren auf dem Rückweg nach Rathlin in eine ähnliche Blockade geraten.

»Für sie ist es reines Glück, dass sie sich die richtige Nacht ausgesucht haben.«

»Und Pech für uns«, bemerkte der König.

»Pech hatte ich schon genug. Wir müssen etwas tun. Es ist der einzige Weg nach Arran. Könnten wir nicht einzeln durchschlüpfen?«

Erik schüttelte den Kopf. Die Nacht war zu klar und die Distanzen zu klein, um unentdeckt zu bleiben.

»Zu riskant.«

»*Der einzige Weg…*« Bruces Worte ließen eine Erinnerung aufblitzen.

Natürlich! Normalerweise hätte Erik gegrinst, doch seine gute Laune schien ihn verlassen zu haben. Zeitgleich mit dem kleinen Kindermädchen.

»Ich habe eine andere Idee.« Er sah MacLeod an.

»Wir könnten den Weg nehmen, den einst unsere Altvorderen gingen: zu Fuß über Land.«

Bruce runzelte die Stirn.

»Was zum Teufel soll das heißen?«

MacLeods Blick zuckte. Dann wurde sein Gesicht von einem langsam aufblühenden Lächeln erhellt. In einem merkwürdigen Rollentausch war es der Chief, der nun lächelte wie der Teufel.

»Eine schöne Nacht, um auf den Spuren der Wikinger zu wandeln.«

So war es denn auch. Der einzige Weg, nach Arran zu *segeln,* war von Süden her durch den Firth of Clyde, doch gab es eine andere, weniger gebräuchliche Route. Eine Nordroute, die ihre Vorfahren gern benutzt hatten, um nicht den langen Arm von Kintyre umfahren zu müssen.

Wie Magnus Barfuß, König von Norwegen, vor über zweihundert Jahren führte Erik Bruces Armee um die westliche Seite des Armes von Kintyre herum. Sie schleppten ihre Schiffe über die schmale Landenge bei Tarbert, erreichten Arran von Norden her und umgingen so die Falle der Engländer.

Der größte Seefahrer seiner Zeit brachte die Flotte über Land nach Arran.

Aber sie hatten Stellung bezogen.

In weniger als vierundzwanzig Stunden würde Bruce den Angriff auf seinen Ahnensitz Turnberry Castle eröffnen, als Signal seiner Rückkehr nach Schottland und seines letzten Versuchs, den Thron zu gewinnen.

Ayr Castle, Ayrshire

Nach der Aufregung, die ihre Ankunft mit sich brachte, und einem tränenreichen Wiedersehen mit ihrem Vater und ihren zwei ältesten Brüdern John und Thomas, die ihn nach Schottland begleitet hatten, schützte Ellie Erschöpfung vor und zog sich in die Stille ihres Gemaches zurück.

Den Fragen ihres Vaters konnte sie für den heutigen Tag entgehen, doch am nächsten Tag nach dem Frühstück wurde sie in sein Privatgemach gerufen.

Ihr stand eine Überraschung bevor.

Kaum hatte sie die Tür geöffnet, als Matty auf sie zuflog und sich in Ellies Arme warf. Ihre Schwester schluchzte so heftig, dass nur schwer zu verstehen war, was sie sagte, doch waren die Worte ohnehin ohne Belang. Ellies Herz ging auf ob dieses innigen Gefühlsergusses. Sie wusste, wie sehr ihre Geschwister sie liebten, doch war sie bewegt, als diese Liebe so offen gezeigt wurde.

Zumal nachdem ihr eigenes Liebesgeständnis mit solcher Kälte aufgenommen worden war.

Nachdem Mattys Tränen endlich versiegt waren, rückte sie ab und sah Ellie mit feuchten Augen und tränennassen Wangen an.

Eine Falte bildete sich zwischen Ellies Brauen. Ihre Schwester sah verändert aus. Als wären ihr natürlicher Überschwang und Lebensfreude abhanden gekommen. Ihre Abwesenheit hatte Matty stärker getroffen, als ihr bewusst gewesen war.

Matty blinzelte, als könnte sie es nicht fassen, dass Ellie wirklich da war.

»Als Ralph gesagt hat, du wärest unversehrt und heil, habe ich ihm nicht geglaubt.«

Ralph? Ellies Blick wanderte zwischen Matty und ihrem Verlobten, der auf der andere Seite des kleinen Raumes stand, hin und her.

Ihr Vater machte ein finsteres Gesicht.

»Und um dich mit eigenen Augen zu überzeugen, bist du gekommen?«

Zu Ellies Verwunderung ließ Matty nicht ihr strahlendes und beschwichtigendes Lächeln aufblitzen. Stattdessen senkte sie verlegen den Blick.

»Verzeih, Vater. Ich musste kommen.«

Mattys untypisch gedämpfte töchterliche Reaktion schien ihren Vater ebenso in Verlegenheit zu bringen wie Ellie. Sie wandte sich an Ralph.

»Ihr habt Euch nach Dunluce begeben, um meiner Familie die Nachricht zu überbringen?«

Er nickte verlegen.

»Ich wusste, dass sie in großer Sorge war.« Ellie würgte ein Kloß in der Kehle. Wie unfair sie zu ihm gewesen war. Sie war nicht die Einzige, die von dieser durch eine Ehe besiegelten Allianz betroffen war. Ihm fiel es sicher nicht leicht, sich wieder zu verheiraten, nachdem er seine Frau und große Liebe verloren hatte. Ralph de Monthermer war ein guter Mensch, und Ellie schwor sich, seine Güte nach besten Kräften zu erwidern.

»Danke«, sagte sie.

Ihre Dankbarkeit schien ihm peinlich zu sein, und ihr fiel auf, dass sein Blick zu Matty huschte, ehe er den Kopf zustimmend senkte.

Sie spürte ein unangenehmes Prickeln, doch ehe sie der Sache auf den Grund gehen konnte, fing ihr Vater mit seiner Befragung an.

Sie hielt sich nach Möglichkeit an die Wahrheit und schilderte auch, wie sie zufällig in eine geheime Zusammenkunft geraten war – eine Tatsache, die sie bereits von Randolph erfahren hatte. Sie schilderte, wie die irischen Halunken nicht glauben wollten, dass sie nichts belauscht hätte, und wie Hawk sie mitgenommen hatte, um sie davor zu bewahren, von den Iren getötet zu werden. Sie erklärte, dass sie ihn für einen Piraten gehalten hatte. Was sie von Hawks Aktivitäten für Bruce wusste, verschwieg sie.

»Ich habe die Wahrheit erst erkannt, als Edward Bruce eingetroffen ist«, schloss sie.

Er stellte ihr weitere Fragen über die Ankunft von Edward Bruce, sie aber hatte dazu nicht mehr zu sagen. Er schien außer sich, dass der Bruder des Gemahls ihrer Schwester sie nicht erkannt hatte.

»Und dieser Hawk hat dir nicht seinen Namen genannt?«, fragte ihr Vater.

Fast wünschte Ellie, er hätte es nicht getan.

»Ich habe nur gehört, dass er Hawk gerufen wurde.« Es war die Wahrheit, wenn auch ganz fein modifiziert.

»Das hat auch Randolph gesagt«, setzte Ralph hinzu.

»Und dieser Hawk hat nie von seinen Plänen gesprochen?«, fragte ihr Vater. »Was sein Ziel war, nachdem er dich nach Hause bringen wollte? Ob er überhaupt etwas plante?«

»Nein«, log sie, »es tut mir leid.« Sie spürte Tränen in den Augen brennen. Ihren Vater anzulügen fiel ihr unendlich schwer, doch versuchte sie sich einzureden, dass es unbedeutende Lügen waren verglichen mit der Bedrohung, die die Wahrheit für den Mann darstellte, dem sie ihr Herz geschenkt hatte.

Ihr Vater deutete die Tränen der Reue als Kummer über ihr Unvermögen zu helfen. Unbeholfen legte er den Arm um sie und tätschelte ihre Schulter.

»Sei unbesorgt, Tochter, wenn er noch lebt, werden wir ihn finden.« Seine Miene wurde hart.

»Und wenn wir ihn haben, knüpfe ich ihn persönlich auf.«

Ellies Puls raste vor Angst.

»Nein!« Hitze stieg ihr in die Wangen, als sie fünf Augenpaare auf sich fühlte.

»Er hat mir das Leben gerettet. Und in weiterer Folge konnte er nicht anders handeln. Er wusste nicht, wer ich bin, und als ich ihm schließlich meine Identität offenbart habe, war er außer sich. Er wollte sich dich nicht zum Feind machen, Vater.«

Ihr Vater, an sich kein Mensch mit ausgeprägtem Einfühlungsvermögen, bedachte sie mit einem langen Blick, sodass sie sich fragte, wie viel er ahnte.

»Es ist unwichtig«, schloss er.

»Wenn er das Unwetter überlebt hat und König Edward ihn findet, wird er sich wünschen, er wäre umgekommen. Bruces Anhänger haben keine Gnade zu erwarten.«

Etwas an seinem Ton ließ sie aufhorchen, und als sie ihm in die Augen sah, wusste sie, dass ihr Vater zutiefst beunruhigt war. Er erhob sich von seinem Platz neben ihr und trat an ein kleines Fenster, das Ausblick auf den Firth bot.

»Vor einigen Tagen habe ich ein Schreiben des Königs erhalten. Darin berichtet er mir, was deiner Schwester widerfahren ist.«

Im Raum wurde es still. Ellies Herz schlug schwer in ihrer Brust. Sie machte sich auf die dringend erwartete Nachricht von Elizabeth gefasst. Nach der Miene ihres Vaters zu schließen, war es keine Nachricht, die sie gern hören wollte.

»Ist sie mit Roberts Schwester in Norwegen?«, fragte sie hoffnungsvoll.

Ihr Vater schüttelte den Kopf.

»Leider nein. Elizabeth, Bruces Schwestern und Tochter sowie Bella MacDuff – die Countess of Buchan – gerieten vor einigen Monaten in Nordschottland in Gefangenschaft, als sie nach Norwegen entkommen wollten.«

Im Raum herrschte Totenstille. *Gefangenschaft? Du lieber Gott.*

»Wie?« fragte Matty mit hartem Schluchzen.

Der Blick ihres Vaters wurde hart.

»Auf die denkbar schlimmste und infamste Weise. Sie wurden vom Earl of Ross verraten, nachdem sie Zuflucht in der St. Duthus Chapel in Tain gesucht hatten.«

»Ross hat das Asylrecht verletzt?«, fragte Ralph entsetzt.

Ihr Vater nickte, doch war ihm anzusehen, dass das noch nicht alles war.

»Aber warum erfahren wir erst jetzt davon?«, fragte Matty. »Du hast gesagt, man hätte sie schon vor Monaten gefangen genommen.«

Noch nie hatte Ellie ihren Vater so grimmig gesehen.

»Der König wollte vermutlich nicht, dass ich es erfahre, und hat sich erst entschlossen, es mir mitzuteilen, als ich nach Schottland gekommen bin, da er wusste, dass ich es hier ohnehin hören würde.«

»Was hören?«, fragte sein Sohn John.

In den Augen ihres Vaters loderte es auf.

»Hört, wie gemein und schändlich man sie behandelt hat.« Er umklammerte den Fenstersims aus Stein, bis seine Knöchel hervortraten.

»Edward hat alle – auch Bruces neunjährige Tochter – in Käfigen hoch von einem Turm der Burg hängen lassen.«

Ellie ließ ein entsetztes Stöhnen hören, in das die anderen einstimmten. Ihr Erschrecken war so groß, dass sie nicht einmal ein Wort des Unglaubens äußern konnte.

»Der König hat den Verstand verloren«, sagte Ralph. »Gewiss hat er sich besonnen?«

»Im Falle von Elizabeth sowie Bruces kleiner Tochter Marjorie und seiner Schwester Christina tat er es. Aber die Countess und seine andere Schwester Mary Bruce waren nicht so glücklich. Sie haben monatelang in hölzernen Käfigen über den Burgen von Berwick und Roxburgh gehangen.«

Ellies Erleichterung, dass ihre Schwester dieser Grausamkeit entgangen war, wurde von dem Wissen getrübt, dass zwei Frauen, die sie kannte, nicht das Glück gehabt hatten, Edwards barbarischer Form von Justiz zu entgehen. Oder besser gesagt seiner Rache. Für sie konnte kein Zweifel daran bestehen, dass Bella

MacDuff für die Rolle, die sie bei Bruces Krönung gespielt hatte, bestraft wurde.

»Kannst du nichts tun?«, fragte Ellie.

Ihr Vater schüttelte den Kopf.

»Ich konnte ihn überreden, Elizabeth aus dem Verlies in Roxburgh in ein Landhaus in Burstwick zu verlegen, aber was die anderen betrifft, wollte er nichts von Gnade hören. Der König ist entschlossen, diese Rebellion niederzuschlagen und die Verräter auf die denkbar grausamste Weise bestraft zu sehen. Niemand ist sicher. Nicht Frauen, nicht Kinder – niemand.«

Ellie schauderte, als ihr Eriks Warnung einfiel. Sie hatte sich nicht vorstellen können, wie prophetisch sie sein würde und wie zutreffend.

Liebe, arme Elizabeth.

»Der König hat aus der Sache mit Wallace nichts gelernt«, murmelte Ralph.

Er hatte recht. König Edward gedachte Schottland mittels Furcht und Einschüchterung zu gewinnen. Er zeigte kein Erbarmen und tötete mit barbarischer Grausamkeit. Damit brachte er das Land nur gegen sich auf.

Angst, tiefer noch als jene, die sie zuvor verspürt hatte, ließ Ellies Blut erstarren. Sie wollte nicht daran denken, was Edward für Robert und seine Anhänger vorsah, falls dessen Pläne scheiterten.

Gott möge ihn behüten.

Ein Pochen an der Tür unterbrach die beklommene Stille. Der Captain der Garde ihres Vaters trat ein, gefolgt von einem Mann, den sie nur einmal vor langer Zeit bei Hof gesehen hatte, dessen Ruf sie aber besser kannte. Sir Aymer de Valence, König Edwards Befehlshaber in Schottland und bald Earl of Pembroke, wenn seine todkranke Mutter das Zeitliche gesegnet hatte.

Der Pfahl, der das Herz von Bruces Rebellion getroffen hatte, war der Verrat Sir Aymers, der in der Schlacht von Methven sein Versprechen, erst im Morgengrauen anzugreifen, gebrochen und schon nachts losgeschlagen hatte.

Ihr Vater und Ralph waren über seine Ankunft offenbar erstaunt.

Sir Aymer hatte sich nicht die Zeit genommen, Helm oder Umhang abzulegen, die er nun einem Knappen übergab, der hinter ihm eingetreten war.

Er ließ den Damen auch keine Zeit, sich zurückzuziehen, und lächelte, als wäre er Überbringer wundervoller Neuigkeiten.

»Eben hat mich eine gute Nachricht erreicht. Wir haben endlich die Chance, alles endgültig zu einem Ende zu bringen. Unser König Hood ist zurück, Bruce hat Percy bei Turnberry angegriffen.«

Sir Henry Percy hatte Bruces verlorenes Land Carrick erhalten – und seine Burg in Turnberry.

Sie sprach ein stilles Dankgebet. Bruces Angriff war der Beweis dafür, dass Erik es rechtzeitig geschafft hatte. Ihre Erleichterung war nur von kurzer Dauer. Nur mit Aufbietung aller Willenskraft hielt sie sich zurück und stürzte nicht vor, um nach dem Ausgang des Kampfes zu fragen.

Ralph tat es an ihrer Stelle.

»Und?«

De Valence runzelte die Stirn.

»Percy hat Verstärkung kommen lassen. Mehr weiß man nicht. Aber der erste Bericht hat gemeldet, dass Bruce nur ein paar hundert Mann hatte. Percy wird ihn erledigen.«

Ellies Herz krampfte sich zusammen. Ihre Angst um Erik drohte sie zu verzehren. Sie konnte nur darum beten, dass der hochgerühmte Ritter sich irrte.

Erik verbarg sich im dunklen Schutz der Bäume, während er in Erwartung des Signals die alte Kirche nicht aus den Augen ließ, wobei er inständig hoffte, dass diesmal nichts schiefgegangen war.

Nicht wie in Turnberry.

Bruces erster Schlag in Schottland war ein Erfolg gewesen, aber nur knapp. Zunächst lief alles wie geplant. Während Bruce und der Rest der Streitmacht in Kingscross auf Arran auf das Signal warteten, waren vier Mitglieder der Highlander-Garde – er, MacLeod, MacGregor und Boyd – nach Alisa Craig gesegelt, einer kleinen Insel, wenige Meilen vor der Küste von Carrick. Von dort waren sie nach Turnberry geschwommen, um Vorbereitungen für den Kampf zu treffen und dafür zu sorgen, dass sie keine Falle erwartete.

Es war die Art Mission, für die die Highlander-Garde geschaffen worden war: sich mittels unkonventioneller Methoden ungesehen in gefährliche Situationen zu begeben und zu entkommen – mit Betonung auf gefährlich.

Hatten sie das Gelände erkundet und die beste Angriffsweise gefunden, hätten sie auf dem Hügel gegenüber der Burg ein Feuer als Angriffssignal für Bruces Armee entfachen sollen.

Aber Erik hatte nur wenige Schritte an Land getan, als die Katastrophe eintrat. Der Chief fluchte und deutete in der Finsternis auf den Hügel. In der pechschwarzen Nacht loderten orange Flammen wie ein Leuchtfeuer – oder in diesem Fall wie ein Signal.

Irgendjemand hatte ein verdammtes Feuer entzündet, und Bruce und seine Armee hatten sich – sicher oder nicht – auf den Weg gemacht.

Ohne Zeit zur Erkundung hatte Bruce die Burg nicht wie geplant einnehmen können, ein kleiner Sieg aber war ihm vergönnt, indem er die Engländer, die im nahen Dorf lagerten, angriff und ausplünderte. Lord Henry Percy, der Usurpator von Bruces Ländereien, und seine englische Garnison mussten sich in die Burg zurückziehen, um einer Niederlage durch Bruces vierhundert Mann zu entgehen. *Feige Hunde.*

Aber Bruces Truppe hatte Glück gehabt. Verdammtes Glück.

Erik, sein ganzes Leben lang vom Glück begünstigt, hatte keineswegs frohlockt. Er nahm Glück nicht mehr als selbstverständlich hin. In letzter Zeit war nichts richtig gelaufen.

Alles hatte in der Höhle angefangen.

Er zwang seine Gedanken mit aller Kraft fort von Ulsters Tochter – es war besser, wenn er nicht an sie dachte – und konzentrierte sich auf die vor ihm liegende Aufgabe.

In der Woche seit Turnberry hatten Bruce und seine Getreuen sich im Heideland, in den Hügeln und Wäldern von Carrick, versteckt und waren durch ständigen Ortswechsel der Gefangennahme entgangen. Sie wollten die Engländer mit kleinen Überfällen wie mit Nadelstichen reizen, bis man es geschafft hatte, mehr Leute für Bruces Sache zu gewinnen.

Aber so lief es nicht. Seit Turnberry hatten sie nur wenige Mitkämpfer gewinnen können. Die Schotten brauchten mehr als nur einen kleinen moralischen Sieg, um zu riskieren, König Edwards Zorn auf sich zu ziehen.

Seit Turnberry hatte es Versuche gegeben, Nachricht von der Südflanke und dem von zwei Brüdern Bruces geführten Angriff in Galloway zu übermitteln, da sie aber ständig ihren Standort wechselten, waren sie schwer auffindbar – auch für Freunde.

Mit Hilfe eines wohlgesinnten Priesters sollte dies anders werden.

Diesmal war das Signal kein Feuer, sondern der Ruf einer Eule. Als er ertönte, trat Erik aus dem Schatten und schlich vorsichtig bergab ins Tal, in dem die alte Kirche stand. Klein und strohgedeckt hatte sie schon seit Jahrhunderten, wenn nicht noch länger, als Ort der Andacht gedient.

Hinter einem uralten Steinkreuz trat eine vertraute Gestalt hervor. Erik hatte den Mann seit über einem Jahr nicht mehr gesehen, seit dieser die Insel Skye verlassen hatte, nachdem er die letzte Prüfung, die ihn zum Mitglied der Highlander-Garde gemacht hätte, nicht bestanden hatte.

Die Wahrheit war freilich viel komplizierter gewesen.

Als Erik vortrat, lächelte er seit einer Woche zum ersten Mal. Er streckte die Hand aus, und sie umfassten ihre Unterarme in einem herzhaften Händedruck.

»Schön, dich zu sehen, Ranger«, sagte er, wobei er den Kampfnamen benutzte, den Bruce ihm gegeben hatte.

»Es wurde auch Zeit. Hoffentlich hast du seit unserem letzten Zusammensein das Speerfangen geübt.«

Arthur Campbell lachte schallend bei Erwähnung der Prüfung, die er »nicht bestanden« hatte.

Nach jenem angeblichen Versagen hatte Erik erfahren, dass es sich um eine List gehandelt hatte, um Campbell ins feindliche Lager einzuschleusen. Nur der Chief hatte es gewusst. In der Meinung, ihr Freund von ehedem hätte sie hintergangen, waren die anderen Mitglieder der Highlander-Garde empört, als sie erfuhren, wie sie getäuscht worden waren. Es würde nicht wieder vorkommen. Der Chief hatte verdammt dafür gesorgt.

In den letzten Monaten war es vor allem Campbell gewesen, dem sie ihre Informationen verdankten.

»Ach, hau ab, MacSorl…«

Erik schüttelte ihn ab.

»Hawk«, korrigierte er.

Campbell nickte. Er hatte verstanden. Als er das Team verlassen hatte, waren die Kampfnamen noch nicht in Gebrauch gewesen.

»Andere Namen, derselbe Mist«, sagte Campbell mit spöttischem Lächeln. Der berühmte Späher und Kundschafter vergewisserte sich, dass sie allein waren, indem er den Blick rundum wandern ließ.

»Komm«, sagte er, »da ist jemand, der dich unbedingt sehen möchte.«

»Und was ist mit den Nachr…«

Campbell wurde ernst.

»Er wird es dir selbst sagen.«

Erik, der ihm über den Hof zur Kirche folgte, bemerkte, dass Rüstung und Wappenhemd unter dem dunklen Umhang von edler Qualität waren.

»Wie ich gehört habe, hat Edward dich nach Methven zum Ritter geschlagen. Du siehst auch ganz danach aus.«

Aber unter der Rüstung trug Campbell dasselbe Löwen-Zeichen wie sie alle.

Campbell verzog das Gesicht.

»Weil ich ihm falsche Informationen geliefert habe – was auch nichts genützt hat.«

»Du hast getan, was du konntest. Sicher war es nicht einfach.«

Um anzuzeigen, dass er dies für eine Untertreibung hielt, gab Campbell einen scharfen Laut von sich, ehe er die Tür öffnete.

Sie traten ein. Erik kam es vor, als hätten sie eine Gruft betreten, so kalt und still war es. In der unbewegten Luft hing der Geruch nach Moder – als wäre die Tür lange Zeit nicht geöffnet worden. Am anderen Ende erhob sich leicht erhöht ein kleiner Altar, davor standen hölzerne Bänke. Auf der rechten Seite befand sich eine Grabstätte – vermutlich hatten dort einige der Geistlichen ihre letzte Ruhe gefunden.

Kaum hatte sich die Tür hinter ihnen geschlossen, als ein Schatten hinter der Grabstätte hervorglitt.

Durch das einzige Fenster fiel nur wenig Mondlicht, und Eriks Augen mussten sich erst an das Halbdunkel gewöhnen. Als der Mann die Kapuze seines Umhangs zurückschob, stieß Erik einen leisen Fluch aus. Lachlan »Viper« MacRuairi. Sein Vetter und Gefährte aus der Highlander-Garde.

Erik trat vor und umarmte ihn, obwohl (oder weil) er wusste, dass es seinem Vetter unangenehm sein würde. Lachlan MacRuairi war ein kaltherziger Schuft – tückisch und tödlich wie die Schlange, der er den Kampfnamen Viper verdankte –, doch es tat verdammt gut, ihn zu sehen.

»Was treibst du hier?«, fragte Erik. »Wir haben gedacht, du würdest den norwegischen Hof mit deinem sonnigen Wesen zieren.«

MacRuairis Gesicht glitt aus dem Schatten, und Erik wusste sofort, dass etwas passiert war. In Lachlans sonst so ausdruckslosen Augen lag ein wilder, verzweifelter Blick.

Eriks Humor schwand so jäh, wie er gekommen war.

»Wo ist die Königin?«, fragte er. Seinem Vetter war die Obhut über die Königin, Bruces Schwestern, seine kleine Tochter sowie über die Countess of Buchan übertragen worden, als die Damen sich nach der Schlacht bei Dal Righ vom König hatten trennen müssen.

In MacRuairis Augen flammte ein böses Licht auf. Erik wusste, was er sagen würde, noch ehe er es aussprach.

»Gefangen. Wir wurden vom Earl of Ross verraten, ehe wir das sichere Norwegen erreichen konnten.«

Sein Vetter lieferte eine knappe Schilderung der Vorgänge, die zur Gefangennahme der Damen geführt hatten, sowie Ross' Verstoß gegen das Asylrecht.

Durch einige Schicksalswendungen – MacRuairi ließ sich darüber nicht aus – hatte er selbst entkommen können. Die zwei anderen Highlander-Gardisten, die mit von der Partie gewesen waren, nämlich William »Templar« Gordon und Magnus »Saint« MacKay, hatten nicht so viel Glück gehabt.

MacRuairi hatte seither mehrfach versucht, sie zu befreien. Gordon und MacKay wurden in einem Verlies auf Urquhart Castle unter der Aufsicht Alexander Comyns festgehalten. Der sofortigen Hinrichtung waren sie nur entgangen, weil man sie für gewöhnliche Gardisten gehalten hatte. Aber die Frauen … Erik wurde übel, als er hörte, welches Los ihnen beschieden war.

Ein Käfig? O Gott …

Bruce würde vor Kummer außer sich geraten.

Seine Gedanken wanderten zu Ellie, und diesmal ließ er sie kurz verweilen. Er hatte richtig gehandelt. Sie durfte diesem Wahnsinn nicht ausgesetzt werden.

»Wir müssen etwas unternehmen«, sagte MacRuairi. Erik verstand nun den Grund für dessen verzweifelten Blick. Er wollte unter allen Umständen seine Freunde und Gefährten retten.

»Ich werde dich zum König bringen.«

»Leider habe ich noch weitere schlechte Nachrichten«, sagte nun Campbell. Erik machte sich auf Schlimmes gefasst, und es kam noch schlimmer.

»Der Angriff im Süden ist fehlgeschlagen. Es war Verrat im Spiel. Die MacDowells wussten, dass die Flotte kommen würde. Fast die gesamte Besatzung der Flotte hat den Tod gefunden. Nur wenige sind entkommen.«

Nur wenige von fast siebenhundert Mann und achtzehn Galeeren?

Erik spürte, wie tiefe Verzweiflung ihn zu überwältigen drohte.

»Auch der Bruder des Königs?«, fragte er tonlos.

Campbell schüttelte finster den Kopf.

»Er wurde vor ein paar Tagen in Carlisle enthauptet.«

Drei von Bruces Brüdern in ebenso vielen Monaten.

Würde es denn nie enden? Der kleine Hoffnungsschimmer nach dem Angriff auf Turnberry war grausam erstickt worden. Erstickt von dem Mann, der sich Schottenhammer nannte.

»Striker und Hunter?«

»Von denen weiß ich nichts«, antwortete Campbell. Er erstarrte plötzlich, sein Blick nahm den nur ihm eigenen, unheimlichen, entrückten Ausdruck an.

»Was ist?«, fragte Erik.

»Ich weiß nicht recht …« Campbell trat ans Fenster.

»Pferde«, sagte er nachdenklich.

»Ist man dir gefolgt?«, fragte Erik.

Campbells schneidender Blick gab ihm zu verstehen, dass er es besser wissen sollte.

»Sieh zu, dass du verschwindest. Ich kümmere mich um die Sache.« Als Erik widersprechen wollte, setzte er hinzu:

»Man darf mich mit dir nicht sehen.«

Erik nickte. Er hatte recht. Campbells Tarnung musste gewahrt bleiben. Augenblicke später schlüpften Erik und sein Vetter aus der Kirche und verschwanden in der Dunkelheit.

22

Tag des Heiligen Gunioch, 13. April 1307

Ellie stand an einem Turmfenster von Ayr Castle und hielt Ausschau nach einem Schiff, das nie kommen würde.

Es war ein klarer Frühlingstag, der ihr ungetrübten Ausblick auf die schimmernden Fluten des Firth of Clyde gewährte. In der Ferne zeichnete sich die Insel Arran ab, und dahinter – als winzigen Punkt am Horizont – glaubte sie die Felsenklippen von Spoon zu erkennen.

Ein scharfer Schmerz durchstieß ihre Brust, eine Sehnsucht, die auch nach zwei Monaten nicht nachgelassen hatte.

Sie musste sich mit der Wahrheit abfinden. Hätte er sie holen wollen, hätte er es bis jetzt getan.

Als sie von Bruces Sieg bei Turnberry gehört hatte, war ein winziger Funke törichter Mädchenhoffnung in ihr aufgeflammt. Hoffnung, dass er ebenso Schmerz empfand wie sie. Hoffnung, dass Entfernung und Zeit ihn erkennen lassen würden, dass sie etwas Besonderes teilten und er sie so sehr liebte wie sie ihn.

Als aber die Wochen in langer, schmerzlicher Stille verstrichen, konnte Ellie keine Entschuldigungen mehr finden. Er musste wissen, wo sie war – er würde es von Domnall erfahren haben –, und dank Sir Aymers regelmäßiger Berichte, die er ihrem Vater überbrachte, wusste sie, dass Bruce in der Nähe war und von seinem Schlupfwinkel in den Bergen von Galloway aus die Nachschubrouten der Engländer überfiel und die Leute ausplünderte.

Es war Zeit, sich mit der Wahrheit abzufinden: Erik würde keine großartige Erleuchtung bezüglich seiner Gefühle haben. Er würde ihr weder Nachricht schicken, noch würde er kommen und sie holen. Er würde ihre Heirat mit Ralph nicht verhindern. Es war vorbei, und sie durfte nicht hoffen, ihn jemals wiederzusehen.

Das allzu vertraute Brennen erfasste ihre Brust. Aber trotz des Schmerzes bedauerte sie nichts. In ihrer kurzen gemeinsamen Zeit hatte Erik ihr gezeigt, wie man richtig atmete. Sie gelobte sich, dass sie nach der abenteuerlichen und erregenden Zeit auf Spoon nie wieder in das ruhige, gesetzte Leben verfallen würde, das sie zuvor gekannt hatte.

Mit herzzerreißender Endgültigkeit drehte sie dem Fenster den Rücken und ging die Treppe hinunter. Sie wollte keine Tränen mehr um einen Mann vergießen, der sie vermutlich schon ganz vergessen hatte. Ihr Leben musste weitergehen. Sie durfte nicht um einen Traum trauern, dem nie Erfüllung beschieden war.

Das war aber leichter gesagt als getan, da die Jagd nach Bruce und seiner Bande von Rebellen alles um sie herum beherrschte. Ende der Woche würde Matty nach Dunluce zurückkehren, und Ellie beschloss, sie zu begleiten. Sie hatte die Hochzeitsvorbereitungen schon lange genug aufgeschoben.

Da der Juni näher rückte, lief die Zeit der Unentschlossenheit aus. Obwohl ihr ungutes Gefühl in Bezug auf Ralph verflogen war, wurde Ellie das Gefühl nicht los, dass mit ihm etwas nicht stimmte. Aber andererseits konnte sie auch keinen Grund finden, ihn nicht zu heiraten.

Seit ihrer Rückkehr hatte sie sich bemüht, ihn besser kennenzulernen und wurde von der Entdeckung belohnt, dass sie ihn tatsächlich mochte. Natürlich war sie ihm unendlich dankbar, dass er ihrem Flehen um Gnade für Eriks Leute stattgegeben und sie am Leben gelassen hatte. Er hatte sie auch aus dem grässlichen Verlies in ein sicheres Haus im Dorf verlegt. Als zwei Nächte darauf eine unerklärliche Explosion ein Loch in die Steinmauer des Hauses gerissen hatte und die Männer fliehen konnten, hielt ihre Verwunderung sich in Grenzen.

Sie wusste, wer dafür verantwortlich war.

Er war so nahe gewesen …

Sie durchschritt die Große Halle und strebte dem anschließenden Privatgemach ihres Vaters zu, den sie von ihrer geplanten Rückkehr nach Irland informieren wollte, aber sie blieb stehen, als sie Stimmen hörte.

Sir Aymer war wiedergekommen. Trotz ihres Vorsatzes, die Vergangenheit und Erik hinter sich zu lassen, schlug ihr Herz höher. Der englische Befehlshaber hatte sicher Neues von den »Rebellen« zu berichten.

Sie und Matty hatten schon vor geraumer Zeit entdeckt, dass man vor dem Feuer sitzend und still mit Handarbeiten beschäftigt durch die dünne Wand auch bei geschlossener Tür alles mithören konnte. Sie wusste, dass sie sich hätte schämen sollen, doch ihr Verlangen, alles zu erfahren, hatte sämtliche Ansätze von schlechtem Gewissen schon vor Wochen erstickt.

Sir Aymer sprach noch lauter als sonst, und seine offenkundige Erregung ließ ihr Herz vor Angst sinken. Sie hörte, wie Ralph etwas sagte, und dann Sir Aymers verärgerte Antwort:

»Ich bin sicher, dass es diesmal glückt. Ich habe ihren Schlupfwinkel mit eigenen Augen gesehen.«

Ihr schwindelte. Das konnte nicht sein! Sie zwang sich zur Ruhe. Sir Aymer hatte das schon oft behauptet, aber Bruce hatte es noch immer geschafft, ihm zu entkommen.

Ihr Vater musste sich dasselbe gedacht haben.

»Wie könnt Ihr so sicher sein, dass sie nicht weiterziehen, ehe Ihr Truppen in Stellung bringt?«, fragte er.

»Bruce bleibt nie lange an einem Ort.«

»Sie rüsten für ein Fest – einer seiner Leute hat offenbar Namenstag – und lassen aus dem Dorf Mädchen und ein Fass Bier kommen. Heute nehmen sie keinen Ortswechsel vor.«

Frauen. Ihr Herz zog sich zusammen. Nicht vor Angst, sondern aus einem andere Grund. Sie kannte Erik zu gut.

Aber Sir Aymer hatte recht: Wenn ein Fest geplant war, würden sie nicht weiterziehen. Sollte dies die Gelegenheit für die Engländer sein, den nicht greifbaren König Hood zu fassen zu bekommen?

»Wie habt Ihr sie gefunden?«, fragte ihr Vater.

Der mächtige Engländer klang so stolz wie ein Junge, der seinen ersten Fisch gefangen hat.

»Einer meiner Leute wurde eifersüchtig, als ein Mädchen, das in einer Dorfschenke sein Wohlgefallen erregt hatte, zu ungewöhnlichen Zeiten kam und ging. Gestern ist er ihr gefolgt und fast in das Rebellenlager gestolpert. Ich hätte schon eher darauf kommen sollen. Um die Männer zu finden, muss man sich den Weibern an die Fersen heften.«

»Warum greift Ihr nicht unverzüglich an?«, fragte Ralph.

»Sie lagern in einem Tal zwischen zwei Felsabstürzen«, erklärte Sir Aymer.

»Und Ihr kommt dort mit Euren Pferden nicht durch«, schloss Ralph.

»So ist es. Deshalb gehen wir im nahen Wald in Deckung und überfallen sie aus dem Hinterhalt. Eure Männer sollen im Wald unweit des Loch am oberen Ende von Glen Trool zu uns stoßen. Mit MacDougalls aus dem Norden vorrückenden Highlandern und MacDowells Männern, die von Süden her kommen, sowie den englischen Truppen des Königs greifen wir im Morgengrauen an und zermalmen die Rebellen ein für allemal.« Sie hörte, wie ein Faustschlag die Tischplatte traf.

»Aber ich möchte sichergehen, dass er diesmal nicht entkommt.« Er machte eine Pause.

»Habt Ihr treue, verlässliche Dienerinnen in Eurem Haus?«

Eine merkwürdige Frage. Es war typisch für Eroberungsarmeen, sich Einheimische als Dienstboten zu nehmen, und die Engländer waren keine Ausnahme. Nur wenige persönliche Diener wurden in den Krieg mitgenommen – und diese waren Männer.

»Nein«, wollte ihr Vater sagen, dann hielt er inne, da ihm in diesem Moment aufging, warum Sir Aymer gekommen war. Ellies und Mattys wegen.

»Ja, meine Tochter Matty hat eine Magd mitgebracht. Sie ist vertrauenswürdig. Was plant Ihr?«

Fast konnte Ellie hören, wie Sir Aymer lächelte.

»Heute wird noch ein weibliches Wesen mehr das Fest zieren.«

»Eine Spionin?«, fragte Ralph.

»Ja. Sie soll herausfinden, wie viele es sind und wie es um ihre Ausrüstung bestellt ist. Entgegen allen Gerüchten hat Bruce keine Armee von Phantomen. Ich möchte wissen, wer diese Männer sind – nach all dem Ärger, den sie mir machen, habe ich für sie etwas Besonderes im Sinn.«

Ein Schauer lief ihr über den Rücken. Es war nicht das erste Mal, dass sie von Bruces Phantom-Armee hörte. Etwas an diesen Geschichten über mysteriöse Krieger mit fast übermenschlicher Kraft und Geschicklichkeit klang ihr unheimlich bekannt in den Ohren.

»Alice ist ein anständiges Mädchen, keine Hure«, sagte ihr Vater, der seine Abscheu nicht verbergen konnte.

»Natürlich nicht«, erwiderte Sir Aymer zerknirscht.

»Sie wird nur beim Servieren mithelfen müssen. Seid versichert, dass sie für ihre Mühe gut entlohnt wird.«

Die Miene ihres Vaters musste sein Schwanken verraten haben.

»Es wird ihr nichts passieren«, beruhigte Sir Aymer ihn.

»Meine Männer werden sie bis an den Rand des Lagers begleiten, lange nachdem das Gelage begonnen hat. Sie kann sagen, dass sie vom Rest der Gruppe getrennt wurde. Alle werden schon zu betrunken sein, um Verdacht zu schöpfen.«

»Ihr habt an alles gedacht«, bemerkte ihr Vater trocken.

Wie in Trance suchte Ellie das Weite. Unter Herzklopfen versuchte sie, das eben Gehörte sinnvoll zu ordnen.

Eines war klar: Die Engländer hatten Robert und seiner Truppe eine Falle gestellt, und wenn man sie nicht warnte, befanden sie sich in ernster Gefahr.

Sie rannte die Turmtreppe zu dem kleinen Gemach hinauf, das sie mit ihrer Schwester teilte, ohne zu wissen, was sie tun sollte. Sie wusste nur, dass sie etwas tun musste. Sie konnte ihn nicht sterben lassen – nicht, wenn es in ihrer Macht stand, ihm zu helfen. Auch wenn er ihre Gefühle nicht erwiderte, liebte sie ihn.

Außerdem war sie es ihm schuldig. Sobald sie seine Identität entdeckt hatte, hätte sie ihm gestehen müssen, wer sie war. Sie bedauerte nicht, mit ihm Liebe gemacht zu haben, sie bedauerte nur die Schwierigkeiten, die ihm daraus bei Robert erwachsen würden. Zu spät war ihr klar geworden, dass er seine Beziehung zu ihr als Treulosigkeit dem König gegenüber ansehen würde. Und nach allem, was sie von seiner Vergangenheit erfahren hatte, begriff sie, welch große Bedeutung Treue für ihn hatte.

Vielleicht war dies nun die Chance, ihren Fehler gutzumachen. Aber was konnte sie tun?

Verzweifelt riss sie die Tür auf und sah zu ihrer Überraschung ihre Schwester aus dem Fenster starren, wie sie es zuvor getan hatte. Ihre Schultern verrieten ihre Verlorenheit. Matty drehte sich bei dem Geräusch um und lächelte, ihre Augen aber wurden nicht heller. In ihrem eigenen Herzweh so befangen, war ihr gar nicht aufgefallen, dass Matty in letzter Zeit nicht sie selbst gewesen war. Sie schwor sich herauszufinden, was ihre Schwester bekümmerte, aber erst musste sie einen Weg finden, Erik zu warnen.

Die vagen Umrisse eines Planes nahmen Gestalt an. Eines riskanten und mit Gefahr befrachteten Planes.

Matty trat einen Schritt auf sie zu.

»Was ist los?«

Als Ellie dem besorgen Blick ihrer Schwester begegnete, spürte sie, wie die Bürde der letzten zwei Monate sie mit vollem Gewicht traf. Sie hatte ihre Schwester nicht mit ihren Geheimnissen belasten wollen, doch wusste Ellie, dass sie ihr Vorhaben nicht allein ausführen konnte.

Sie atmete tief durch. »Ich brauche deine Hilfe.«

Erik MacSorley, ein Mann, der für seine immerwährende gute Laune bekannt war, war nun ständig verdrossen. Nicht einmal das hübsche Mädchen auf seinem Schoß, das sich bemühte, ihn in Stimmung zu bringen, konnte lindern, was ihn bedrückte.

Er war am Ende gewesen. Behext von einem Mädchen mit seidigem dunklen Haar und blitzenden, grün gesprenkelten braunen Augen, das ihn Tag und Nacht verfolgte und jede verdammte Minute dazwischen.

Er hatte sie nicht vergessen; wenn überhaupt, waren seine Erinnerungen an sie nur deutlicher geworden. Sie hoben sich deutlich von allem ab, das vorher und nachher gekommen war, und ließen alle anderen daneben gewöhnlich erscheinen. Ihm entging die Ironie nicht, die darin lag, dass sein erster Eindruck von ihr gerechtfertigt gewesen war.

Sie war anders gewesen. Besonders. Obwohl er das jetzt klar erkannte, änderte das nichts an den Tatsachen. Sie gehörte ihm nicht, würde ihm nie gehören.

In seinen dunkleren Momenten quälte er sich mit der Frage, ob sie ihren verdammten Engländer schon geheiratet hatte.

Seine Muskeln verspannten sich, und das Mädchen plapperte etwas von Entspannung. Sie liebkoste seinen Hals und flüsterte ihm kichernd zweideutige Vorschläge ins Ohr, er aber empfand nur vage Verärgerung. Wie satt er das Gekicher und das alberne Lächeln hatte. Vor allem hatte er Mädchen satt, die zu ihm wie zu einem unfehlbaren Helden aufblickten.

Er wollte jemanden, der ihm widersprach, der ihn herausforderte und der sich die Mühe machte, unter die Oberfläche zu blicken. Der so viel zu geben bereit war, wie er bekommen wollte.

»*Ich liebe dich.*«

In seinem Kopf hörte er diese Worte immer wieder. Während er sich ihr Gesicht im Mondschein vorstellte, wurde er das Gefühl nicht los, dass er einen Fehler begangen hatte. Dass Ellie ihm etwas Besonderes geboten hatte und er zu blind gewesen war, es zu sehen. Dass die zuvor schon so oft gehörten Worte aus ihrem Munde eine andere Bedeutung hatten. Aber er hatte sie schließlich gebeten, ihn zu heiraten, oder nicht? Sie war es, die ihn abgewiesen hatte. Warum hätte sie ihn nehmen sollen? Er hatte ihr nichts zu bieten.

Er umklammerte den schweren Zinnhumpen so fest, dass der erhabene, mit eingravierten Lilien geschmückte Rand schmerzhaft in seine Finger schnitt.

Was zum Teufel war mit ihm nur los?

Angewidert von sich selbst, versuchte er sich zu entspannen und das Mädchen ein wenig zu ermutigen. Doch das Necken und Flirten wirkte aufgesetzt, sodass ihn das leichte Geplänkel bald anödete.

Er war froh, als sie sich auf seinem Schoß umdrehte und mit der Frau sprach, die ihr Bier nachschenken wollte.

Er nahm einen tiefen Schluck und blickte in dem von Fackeln erhellten Zelt auf die Schar der lärmenden, bereits halb betrunkenen Männer. Auch wenn er ihre Feierlaune nicht teilte, verübelte er ihnen ihr Vergnügen nicht. In letzter Zeit hatte es herzlich wenig Grund zum Feiern gegeben, und die Männer brauchten etwas zur Hebung der Laune. Es war das erste Mal, dass er Bruce lächeln sah, seit ihn die Schreckensnachricht von der Enthauptung seiner Brüder und der Gefangennahme der Frauen erreicht hatte.

Freilich hatte es als kleine Lichtblicke auch gute Nachrichten gegeben. Striker und Hunter waren unter der Handvoll Männer gewesen, die nach dem missglückten Angriff des zweiten Truppenkeils in Galloway entkommen konnten. Auf einer zweitägigen Mission im Norden waren die restlichen Mitglieder der Highlander-Garde – inklusive Alex »Dragon« Seton, der sie kurz nach Turnberry gefunden hatte – in das nur schwach befestige Urquhart Castle eingedrungen und hatten Magnus »Saint« MacKay und William »Templar« Gordon nach Monaten der Gefangenschaft befreit. Und eine Woche später hatten sie Domnall und den Rest von Eriks Leuten mit Hilfe von Gordons Zauberpulver in Ayr befreit.

Diese Erfolge mussten aber gegen die schweren Verluste abgewogen werden, die dieser Krieg gefordert hatte: drei Brüder, Christopher Seton, der Earl of Atholl, eine eingekerkerte Familie und viel zu viele andere.

Bislang hatte Bruces Rückkehr auf schottische Heimaterde an territorialem Gewinn nicht mehr als ein paar hundert Morgen wildes, gottverlassenes Bergland in Galloway gebracht. Seit Turnberry hatten sie gegen die Engländer wenig ausrichten können. Überfälle und kleine Angriffe auf die Nachschubrouten hatten als Anreiz nicht ausgereicht, um weitere Kämpfer um das Banner des Königs zu scharen. Auf der Stelle tretend hielten sie ihre Köpfe knapp über Wasser, um nicht zu ertrinken. Mit der Zeit aber würden ihre Kräfte erlahmen.

Sie brauchten etwas Entscheidendes, um mehr Mitkämpfer zu gewinnen. Diesmal aber zeigte der König Geduld und wollte eine Begegnung mit den Engländern erst, wenn er die Bedingungen diktieren konnte. Erik hoffte, dass dieser Zeitpunkt bald kommen würde. Der Elan, den ihnen der Erfolg bei Turnberry verliehen hatte, verflog rasch im Dreck und Schlamm eines Lebens auf der ständigen Flucht.

Heute Abend aber waren sie fast wieder zivilisiert. Nach Monaten in Elend und Schmutz tat es gut, an einem Tisch zu sitzen. Anders als die englischen Edlen, die mit Wagenladungen voller Hausrat reisten, musste Bruce sich mit leichtem Gepäck begnügen, um beweglich zu bleiben und schnell aufbrechen zu können. Für das heutige Fest hatte die mit dem König verwandte Christina of Carrick unweit Glen Tool, ihrem vorübergehenden Hauptquartier, ein Zelt aufstellen und ein paar Tische und Bänke herankarren lassen.

Als Ehrengast saß Erik am Haupttisch nur wenige Sitze vom König, seinem Bruder Edward, James Douglas, Neil Campbell, MacRuairi, MacGregor und MacLeod getrennt. Aus dem Augenwinkel nahm er wahr, dass sein Vetter mit dem König wieder in Streit geraten war.

Wenn jemand sich neuerdings in Sachen schlechter Laune mit Erik messen konnte, war es MacRuairi. Erik brauchte gar nicht zu hören, worum es bei dem Streit ging. Er wusste es ohnehin. Der König hatte MacRuairis wiederholte Bitte, einen Rettungsversuch zur Befreiung der Damen zu wagen, abgelehnt. Er brauchte sie lebendig, wandte der König ein. Die in englischen Festungen streng bewachten Damen retten zu wollen, kam an diesem Punkt einem Selbstmordkommando gleich. Er konnte nicht riskieren, sie zu verlieren – nicht solange ihre Lage so prekär war. Hatte er seine Basis erst gefestigt, wollte er die Highlander-Garde selbst befehligen.

Aber MacRuairi zeigte sich Vernunftgründen unzugänglich. Er war wie ein Besessener entschlossen, die Damen zu befreien – zumal die zwei, die in Käfigen hingen.

»Ihr scheint Euer Präsent nicht richtig zu genießen«, sagte der links von Erik sitzende MacLeod mit Betonung.

Erik trotzte dem wissenden Blick in den Augen seines Chiefs und legte seine Hand um das runde Hinterteil des Mädchens.

»Ach, ich genieße sie sehr wohl.«

Fast zuckte er zusammen, als das Mädchen kicherte und sich tiefer in seinen Schoß schmiegte, wobei sie ihm spielerisch auf die Hand schlug. Gottlob war sie zu sehr in ihr Bier und MacGregors hübsche Visage zu seiner Rechten vertieft, um ihn wieder mit Aufmerksamkeit zu verwöhnen.

Niedergeschlagen registrierte er, dass in ihm auch nicht der kleinste Funke von Rivalität aufflammte. Halb wünschte er, der gerühmte Bogenschütze würde ihm das Mädchen aus der Hand – oder in diesem Fall vom Schoß – nehmen.

»Es war die Idee des Königs«, sagte MacLeod, der ihn über den Rand seines Pokals hinweg ansah.

»Ich glaube, es sollte wohl seine Art der Entschuldigung sein.«

»Es gibt nichts, wofür er sich entschuldigen müsste«, erwiderte Erik.

»Ich habe seine Ehre verletzt und die Dinge zwischen ihm und seinem Schwiegervater noch komplizierter gemacht. Er hat nicht mehr getan, als ich verdient habe.«

»Ulster scheint es nicht persönlich aufgefasst zu haben«, meinte MacLeod.

»Und was die Ehre des Königs betrifft«, er zog die Schultern hoch, »so denke ich, dass er manche seiner Äußerungen bereut.«

»Ach was, wenn es nach ihm gegangen wäre, hätte er mich an den Eiern aufgehängt.«

Der Chief widersprach nicht.

»Vermutlich habt Ihr recht. Aber Ihr seid zu wertvoll, und das weiß er genau. Außerdem braucht er im Moment jeden Mann, den er kriegen kann.« MacLeod sah ihm in die Augen.

»Ich glaube, Randolphs Kehrtwendung hat ihn tief getroffen. Mehr als er zugibt.«

Erik widersprach nicht. Es hatte alle getroffen. Domnall hatte sie mit Details versorgt, doch war alles so verlaufen, wie Erik geargwöhnt hatte. Auch wenn das Motiv Opportunismus gewesen war, blieb es doch Verrat.

Erik fasste es als persönliches Versagen auf. Randolph hatte seiner Befehlsgewalt unterstanden. Und er hatte geglaubt, eine gute Beziehung zu dem Jungen zu haben. Offenbar ein Irrtum.

»Jetzt ist sein Zorn verraucht«, sagte MacLeod, »und der König sieht ein, dass Ihr nicht allein verantwortlich für das Geschehene seid. Ihr habt nicht gewusst, wer sie war. Ich glaube, viel wütender ist er auf seinen Bruder, weil er das Mädchen nicht erkannt hat.« Ein Mundwinkel zuckte in der Andeutung eines Lächelns.

»Außerdem hat der König noch nicht vergessen, wie es ist, verliebt zu sein.«

Das Mädchen auf seinen Knien war vergessen, als Erik sich mit einem Ruck zu dem Mann an seiner Seite umdrehte und sie dabei fast fallen ließ. Er sah ihn mit hartem Blick an.

»Verliebt?« Er lachte auf. »Heiliger Bimbam, ich bin nicht verliebt.«

Der wilde Krieger sah ihn herausfordernd an.

»Also gibt es einen anderen Grund für Eure Verdrossenheit in den vergangenen zwei Monaten?«

Eriks Mund wurde schmal wie ein Strich.

»Ihr meint, abgesehen von diesem Leben in den gottverlassenen Bergen, gejagt von einer Meute englischer Köter? Ich mochte sie, natürlich, aber ich bin wohl kaum der Typ, der sich an ein einziges Mädchen kettet.« Er zwang sich zu einem Schaudern und versuchte nicht daran zu denken, dass es früher reflexartig gekommen war.

»Nicht wenn man so viel Vergnügungen hat.«

»Das sehe ich«, sagte MacLeod spöttisch und mit einem Blick zu der üppigen Schönen auf Eriks Schoß.

»Ihr scheint Euch ja königlich zu amüsieren.«

Erik wurde zunehmend ärgerlicher und wusste nicht, ob dies MacLeods Sarkasmus zuzuschreiben war oder seiner eigenen verdammten Unfähigkeit, diesen zu ignorieren. Für gewöhnlich ungerührt, wenn es um Frauen ging, war er bei Ellie – diesmal schauderte ihn wirklich – empfindlich geworden.

In dem Bestreben, das Gespräch an sich zu reißen, sagte er obenhin:

»Einerlei. Der König mag es glauben oder nicht, aber ich habe ihr einen Antrag gemacht.« Er hielt dem Blick seines Freundes stand.

»Sie hat mir einen Korb gegeben.«

»Wird auch Zeit«, murmelte MacLeod.

Erik sah ihn finster an.

»Was war das?«

MacLeod zuckte mit den Achseln.

»Ich möchte sie kennenlernen.«

Erik hoffte, dass sie ganz weit weg war. In Irland oder – er schluckte bitter – in England. Zähneknirschend rang er seinen Zorn nieder und trank seinen Humpen leer, um gleich darauf nach dem nächsten zu rufen.

Verdammt, es war der Tag seines Namenspatrons; er wollte ihn gebührend feiern. Dreißig Jahre, dachte er wütend. Neunundzwanzig und drei Vierteljahre war alles glattgegangen. Vergangenes Jahr hätte er laut mitgefeiert, hätte mit dem Mädchen auf seinem Schoß geschäkert und geflirtet und sich auf eine lange vergnügliche Nacht gefreut.

Das Mädchen musste das erneute Aufflammen seines Interesses bemerkt haben, da sie ihre Bemühungen wieder aufnahm, ihn nun kühner küsste und versuchte, die Sache buchstäblich selbst in die Hand zu nehmen. Er spürte, wie ihre Hand sich über die unempfängliche Wölbung zwischen seinen Beinen legte.

»Ach, was für ein großer Mann du bist«, kicherte sie.

»Überall.«

Als ihm darauf nicht einmal eine anzügliche Antwort einfallen wollte, nahm er sich zusammen und versuchte, der Situation etwas abzugewinnen. Versuchte sich zu entspannen und sich auf ihre geübten Hände zu konzentrieren, doch empfand er nur das unangenehme Gefühl, als würden Käfer über seine Haut kribbeln.

Ellie hatte ihn total ruiniert. Hatte ihn zu einem verdammten Eunuchen gemacht.

Schon wollte er das Mädchen unter dem Vorwand fortschicken, sie solle ihm Ale oder Whiskey oder Gott weiß was holen, als unweit der Zeltklappe ein Tumult entstand.

Es war Boyd. Er und Seton hatten heute das Pech, Wache schieben zu müssen. Wie es aussah, war es doch ein Glück. Der stärkste Mann Schottlands schleppte einen Eindringling, den er um die Mitte festhielt, mühsam ins Zelt. Sie – die leichten Slipper, die unter dem Umhang hervorlugten, verrieten, dass es sich um eine Sie handelte – trat in dem verzweifelten Versuch, sich loszumachen, den großen Krieger gegen das Schienbein.

»Lass mich los, du rüpelhaftes Monstrum!«

Erik erstarrte. Sein Herz, sein Blut, alles stockte jäh und mit einem Ruck.

»Robert«, rief sie in jenem herrischen, keinen Widerspruch duldenden Ton, den Erik so gut kannte, »hoffentlich ist dies nicht ein Beispiel dafür, wie man hier Leute behandelt, die Hilfe bringen wollen.«

Erik wollte es zunächst nicht glauben, im nächsten Moment aber wurden seine schlimmsten Befürchtungen bestätigt. Sie warf ihre Kapuze zurück, stieß sich vom verblüfften Boyd ab und marschierte zum Tisch.

»Lady Elyne!«, rief der König ebenso erschrocken aus.

Erik hörte es kaum. Zorn senkte sich wie roter Nebel auf ihn und raubte ihm die Sicht auf alles außer auf die Gefahr, in die sie sich begeben hatte.

Das Mädchen hatte die verhängnisvolle Gewohnheit, zur falschen Zeit an den falschen Ort zu geraten.

Er fluchte. Laut.

Ihr Blick schoss zu ihm, und er sah ihr Erschrecken, dem der Ausdruck der Kränkung folgte. Erst als er aufstand und sie anherrschte:

»Was zum Teufel treibst du hier?«, fiel ihm die Frau auf seinem Schoß ein.

23

Was für eine Ironie. Der Mann, von dem sie Wochen – nein Monate – geträumt hatte, und sie hatte ihn nicht einmal erkannt. Als der muskelbepackte Grobian Ellie ins Zelt gestoßen hatte, hatte ihr Blick instinktiv den Raum überflogen. Sie hatte die üppige Blondine bemerkt, die sich um den verdrossenen Krieger rankte, hatte aber keinen näheren Blick für lohnend befunden. Nichts an ihm war ihr bekannt vorgekommen. Gewiss, da die Frau ihn fast verdeckte, hatte sie ihn nicht ganz sehen können, doch hatte sich seine Sitzhaltung verändert. Die entspannte, völlig unbekümmerte Haltung, die typisch war für den Mann, den sie kannte, war einer mürrischen Teilnahmslosigkeit gewichen, die fast wie eine gefährliche Drohung wirkte, ihm nicht zu nahe zu kommen.

Erst als sie sich beim Klang seiner Stimme umdrehte und dem vertrauten Blick seiner durchdringenden blauen Augen begegnete, spürte sie, wie ihr Herz sich jäh zusammenzog. Er war in Sicherheit. Am Leben. Sie sog ihn förmlich ein und sah nun, dass die Veränderung sich nicht auf seine Haltung beschränkte. Er war anders gekleidet, trug ein schwarzes Kriegswams und ein dunkles Plaid. Sein Haar war lang und strähnig, sein Kinn zierte ein Sieben-Tage-Bart. Sein ganzes Gesicht schien schmaler, und sein Ausdruck war hager und hungrig, passend zu dem harten, humorlosen Starren seiner eisblauen Augen und dem mürrischen Zug um den Mund.

Anstatt des großspurigen Piraten mit dem teuflischen Blitzen im Auge war aus ihm ein Mann geworden, der in einem Zelt voller kampfgestählter Krieger am bedrohlichsten aussah.

Ihre Erleichterung, ihn unversehrt zu sehen, wich bald tiefer Kränkung. Ihr Herz schmerzte. Die Frau hatte ihn geküsst. Ihr Kopf hatte sich an seinen Hals geschmiegt, ihre Hände hatten die harten Muskeln seiner breiten Schultern umfasst. Muskeln und Schultern kannte Ellie sehr wohl und hatte sie törichterweise als ihr Eigen angesehen.

Hatte sie erwartet, er würde sich nach ihr verzehren?

Vielleicht ein wenig.

Auch der Anblick der offenbar vergessenen und auf dem Boden landenden Frau hatte ihren Schmerz nicht zu lindern vermocht.

Ellie, die befürchtete, alle Anwesenden könnten ihre Gedanken lesen, nahm ihren ganzen Mut zusammen, reckte ihr Kinn und drehte mit einer hochmütigen Kopfbewegung dem zornigen, bedrohlich und gefährlich aussehenden Wikinger entschlossen den Rücken.

Es ist aus. Ihr Herz zog sich zusammen. Sie hatte es gewusst. Und jetzt hatte sie es mit eigenen Augen gesehen.

»Bitte, Robert, ich muss mit Euch sprechen. Es ist wichtig.«

»Das muss es wohl sein«, sagte ihr Schwager, aber Ellie erkannte, dass er verwirrt schien – vielleicht auch misstrauisch. Robert Bruce sah den großen Kerl an, der sie gepackt hatte, als sie sich dem Lager näherte.

»Sie ist allein gekommen?«, fragte er.

Der roh aussende Kerl nickte.

»Ja, aber wir haben uns sicherheitshalber vergewissert.«

Robert nickte und kam hinter dem Tisch hervor, um ihre Hand zu ergreifen.

»Komm, Schwester, du kannst mir nun sagen, was dich zu uns geführt hat.« Er blickte über die Schulter und gab dem neben

Erik Sitzenden und dann ein paar anderen ein Zeichen. Ihr fiel auf, dass der erste Krieger gleich wie Erik gekleidet war und ebenso eindrucksvoll wirkte. Groß, muskulös und auf raue Art gut aussehend – wenn auch nicht so auffallend hübsch wie der Mann auf Eriks anderer Seite. Den ersten Mann umgab eine Aura der Autorität, die ihre Neugierde weckte. Ihr Schwager verließ sich offenbar auf ihn.

Auch Edward Bruce hatte sich erhoben, um sich zu ihnen zu gesellen, ebenso ein alter Krieger und ein viel jüngerer. Zuletzt sah Robert Erik an.

»Ihr könnt auch kommen.« Sehr glücklich klang das nicht.

Sie spürte die Spannung zwischen den zwei Männern und hoffte inständig, dass nicht sie der Grund war.

Ellie folgte ihrem Schwager ins Freie und durch das Lager zu einer großen Öffnung in der felsigen Bergflanke, wobei sie deutlich spürte, dass der Mann an ihrer Seite vor Wut kochte.

Erik war nicht erbaut, sie zu sehen. Unter den gegebenen Umständen konnte sie es ihm fast nicht verübeln, aber so viel Boshaftigkeit hatte sie nicht erwartet – nicht von ihm. Hasste er sie so sehr?

Sie hatte ihn nicht hintergehen wollen; sie hatte nur wissen wollen, ob er sie um ihretwillen liebte, ohne das Gepränge und die Verpflichtungen ihrer edlen Abkunft.

Im hellen Fackelschein konnte sie sehen, dass die kleine Höhle als königliches Gemach ausgestattet war, komplett mit einem bäuerlichen Stuhl, Schreibtisch und Matratze. Mit einem Palast nicht zu vergleichen, doch schien Robert in dieser primitiven Umgebung nichts zu vermissen.

Sie hatte den stattlichen Ritter, der das Herz ihrer Schwester Elizabeth gewonnen hatte, immer schon bewundert, nun aber sah sie, dass Robert sich im vergangenen Jahr verändert hatte. Halb hatte sie erwartet, einen geächteten Mann mit dem gehetzten angstvollen Blick des Gejagten zu sehen. Stattdessen sah sie sich einem eindrucksvollen Krieger voller Kraft und eiserner Entschlossenheit gegenüber, der in seiner staubigen verschmutzten Rüstung königlicher wirkte als mit Krone und Krönungsmantel.

Robert bot ihr Platz auf dem Sessel an, während die Männer sich auf den in der Höhle verstreuten Felsbrocken und Steinen niederließen. Ein wahrhaft ungewöhnlicher Kriegsrat.

Sie spürte die Glut von Eriks zornigem Blick auf sich, und der Glanz ihres Erfolgs, in dem sie sich gesonnt hatte, weil sie es ins Lager geschafft hatte, verblasste. Sie verkrampfte die Hände ängstlich in ihren Röcken. Gewiss, als Magd verkleidet als angeblicher Spitzel für die Engländer durch vom Krieg verwüstetes Gelände zu schleichen, war eine sehr gefährliche Sache, doch war es unumgänglich und nötig gewesen.

Robert, der ihre Nervosität wohl spüren musste, sagte leise:

»Verstehe mich nicht falsch, Schwester, wenn ich sage, dass ich trotz meiner Freude über unser Wiedersehen vor allem wissen möchte, warum du hier bist und wie du mich finden konntest.«

Sie konzentrierte sich auf Robert und ignorierte die Wut, die von dem Mann ausging, der an der Wand lehnte, die Hände abweisend vor seiner breiten, mit Leder bekleideten Brust verschränkt. Seinetwegen war sie ohnehin nicht gekommen.

Nun, nicht ganz. Obwohl … sie war nicht ganz sicher, ob sie sich allein aus Sympathie für die Sache ihres Schwagers auf diese extreme Situationen eingelassen hätte.

Seit Kindertagen hatte sie sich nicht mehr heimlich aus ihrem Gemach geschlichen. Und dann mit zwei fremden englischen Soldaten, die sie für eine Magd hielten, durch die Nacht zu schleichen … Und das alles, um einen Mann, der die begehrteste menschliche Jagdbeute des Landes darstellte, vor einer Falle zu warnen.

Falls ihr Vater es herausfände, würde er über ihren Verrat entsetzt und außer sich vor Zorn sein. Aber nach allem, was Edward ihrer Schwester angetan hatte, empfand Ellie keine Gewissensbisse.

Sie atmete tief durch und schilderte das belauschte Gespräch zwischen ihrem Vater, Ralph und Sir Aymer.

Es war nicht das, was sie zu hören erwartet hatten, und sie spürte sofort eine Veränderung an den Anwesenden, als die volle Bedeutung der Information sie wie ein Blitz traf.

Robert stieß eine Verwünschung aus.

»Sie wissen, wo wir sind? Bist du sicher, Schwester? Ist ein Irrtum ausgeschlossen?«

Sie schüttelte den Kopf.

»Ich irre mich nicht. Die Engländer wissen, wo ihr lagert, und wollen im Morgengrauen angreifen. Sie wollten die Zofe meiner Schwester zur Erkundung ausschicken – ich habe das Mädchen überredet, mit mir die Kleider zu tauschen.«

Ohne Matty zu erwähnen, die sie deckte, erklärte Ellie, wie sie von einigen von Sir Aymers Leuten an den Eingang des Tales geführt worden war. Sie warteten nun auf ihre Rückkehr, um sie zurück zur Burg zu geleiten. Da sie ihnen weiszumachen gedachte, dass man sie nicht ins Lager gelassen hatte, musste sie möglichst rasch wieder zurück.

Edward Bruce war weniger taktvoll als sein Bruder.

»Wie sollen wir wissen, dass Ihr uns die Wahrheit sagt? Es könnte ja eine Falle sein.«

Ellie bedachte ihn mit einem vernichtenden Blick.

»Es ist eine Falle, aber eine, die nicht ich Euch stelle. Schickt einen Späher in den Wald am Ende von Loch Troon, wenn Ihr mir nicht glaubt. Fünfzehnhundert Engländer, die dort auf den Befehl zum Angriff warten, sind der Beweis, dass ich die Wahrheit sage. Aber seht zu, dass es vor Tagesanbruch geschieht.« Sie wandte sich an Robert Bruce.

»Du musst das Lager abbrechen und sofort abziehen.«

Bruce strich sich nachdenklich über das Kinn.

»Da bin ich anderer Meinung.«

Ellie konnte es nicht fassen.

»Aber ich schwöre, dass ich die Wahrheit sage.«

Nun lächelte Bruce.

»Ich glaube dir.« Er sah den eindrucksvollen Krieger an, der ihr schon vorhin aufgefallen war.

»Es ist das, worauf wir gewartet haben.«

Sie sah es in den Augen des Kriegers aufblitzen.

»Ja. Ein Ort unserer Wahl für die Begegnung mit dem Feind.« Er kniete nieder, griff nach einem Stöckchen und zeichnete ein paar Linien in den Staub.

»Wenn wir die Männer auf der südlichen Hügelflanke hier postieren« – er zeigte auf einen Punkt auf der linken Seite – »stellen wir den Gegner, wenn er aus der Deckung des Waldes hervorbricht. Die Pferde setzen wir mit Felsblöcken außer Gefecht, Arrow und seine Bogenschützen übernehmen den Rest.«

»Es wird eine Falle geben«, sagte Robert begeistert, »aber nicht für uns.«

Die Männer besprachen nun alles andere und legten die Strategie fest. Nachdem sie sich geeinigt hatten, wandte sich der König wieder an den Krieger, der gleich gekleidet war wie Erik.

»Chief, ruft die Leute zusammen und stimmt sie auf den Kampf ein. Wer zu betrunken ist, den werft ins Wasser des Lochs.« Robert wandte sich an Erik.

»Ich fürchte, Euren Namenstag müssen wir ein anderes Mal feiern.«

Erik zog gleichmütig die Schultern hoch, ohne seinen finsteren Blick von Ellie zu wenden.

»Im Moment ist mir ohnehin nicht nach Feiern zumute.«

Robert trat zu Ellie, beugte sich über sie und drückte ihr einen Kuss auf die Wange.

»Ich weiß gar nicht, wie ich dir danken soll, Schwester. Ich stehe so tief in deiner Schuld, dass ich es dir nicht vergelten kann – jedenfalls nicht jetzt. Wenn ich aber mein Königreich habe, bekommt du alles, was in meiner Macht steht, dir zu geben.«

»Ich möchte nichts«, sagte Ellie, »nur die sichere Rückkehr meiner Schwester.«

Sie sah Schmerz in Roberts Blick aufglimmen. Er nickte.

»Das wünsche ich auch.«

Er drehte sich um und entließ seine Männer. Erik wollte mit ihnen gehen, Robert aber hielt ihn zurück.

»Nein, Ihr bleibt«, sage er in schroffem Ton.

»Dies betrifft Euch.«

Ellie befingerte peinlich berührt ihren Umhang. Sie ahnte, dass das, was Robert zu sagen hatte, nichts mit der Information zu tun hatte, die sie ihm gebracht hatte.

Sein Blick wanderte zwischen Ellie und Erik hin und her.

»So sehr ich deine Warnung schätze, Schwester, könnte ich mir denken, dass du nicht allein meinetwegen gekommen bist.«

Ellie spürte, wie sie unter dem wissenden Blick ihres Schwagers errötete.

»Hawk hat mir berichtet, was geschehen ist«, sagte Robert.

»Ich bedauere, was du erdulden musstest. Unter den gegebenen Umständen aber war es unvermeidlich, dass er dich mitgenommen hat« – er warf Erik einen wütenden Blick zu – »sein Verhalten darüber hinaus war aber unentschuldbar und unehrenhaft.«

Sie sah erstaunt, dass Erik den Mund zu einem harten Strich zusammenkniff. Offenbar hatte er nicht die Absicht, sich selbst zu äußern.

»Nein, Robert«, sagte sie und legte eindringlich eine Hand auf seinen Arm.

»Du irrst dich. Ich wurde mit größter Umsicht behandelt. Ich hätte ihm sagen können – hätte es sollen – wer ich bin, habe mich aber anders entschieden.« Sie lächelte ironisch.

»Ich glaube, ich habe meine Freiheit zu sehr genossen. Für das, was geschehen ist, trage ich ebenso Verantwortung wie Hawk.«

Erik schien ob ihrer Fürsprache nicht erfreut.

»Ihr braucht mich nicht zu verteidigen, Lady Elyne. Der König hat allen Grund für seinen Zorn.«

Robert schenkte seinen Worten keine Beachtung und sah sie mit einem langen Blick an.

»Du hast nicht gelitten wegen deines … hm, Verlustes? Nötigenfalls veranlasse ich, dass er dich auf der Stelle heiratet.«

Fast wäre Ellie in einer Mischung aus Entsetzen und Verlegenheit zusammengezuckt. Sich von einem entrüsteten, wohlmeinenden Verwandten zur Ehe zwingen zu lassen, war noch weniger verlockend als Eriks pflichtschuldiger Antrag.

Sie schüttelte den Kopf.

»Mein Verlobter ist sich der Lage bewusst. Wie ich Hawk zuvor schon gesagt habe, möchte ich ihn nicht heiraten.« Sein edelmütiges Opfer konnte er sich sparen.

Robert schien von ihrer Antwort besänftigt, und als er Hawk anblickte, war sein Zorn schon ein wenig verraucht. Die Erleichterung darüber, dass die unangenehme Unterredung vorüber war, konnte man ihm ansehen. Er lächelte.

»Ich fürchte, du hast den Stolz meines Seefahrers verletzt. Er ist es nicht gewohnt, von Frauen eine Abfuhr zu bekommen. Aber nach allem, was ich von meiner Elizabeth gehört habe, warst du immer schon ein wählerisches Mädchen.« Er lachte über Eriks wütende Miene.

»Siehst du, was ich meine? Er ist seit Wochen unerträglich.«

Robert wurde wieder ernst, da er wohl spürte, dass er zu weit gegangen war.

»Du hat viel riskiert, um mir diese Nachricht zu überbringen. Hoffentlich bleibt unentdeckt, was du getan hast.«

Das hoffte auch sie.

»Sei unbesorgt. Aber jetzt muss ich mich rasch auf den Rückweg machen. Man erwartet mich schon, und ich möchte nicht, dass man mir zu viele Fragen stellt.«

Robert küsste sie wieder auf die Wange.

»Ich gebe dir jemanden mit, der dich begleitet.«

»Nicht nötig«, sagte Erik tonlos, »ich gehe mit ihr.«

Robert sah sie fragend an. Ihr Blick huschte zu Erik. Sie sah seine harte, verkniffene Miene und wollte schon ablehnen, doch wusste sie, dass dies – er – einer der Gründe ihres Kommens war. Ehe sie ihre Heiratspläne mit Ralph vorantrieb, musste sie wissen, ob es noch eine Chance für sie beide gab. Zögernd nickte sie.

Eriks Fassung hing an einem hauchdünnen Faden. Sie hatte verdammtes Glück, dass sie seine Begleitung nicht abgelehnt hatte. Es hatte nicht viel gefehlt, und er hätte seine Hände um ihre schmale Taille gelegt – es hatte ihn in den Fingern gejuckt, seit sie in das Zelt gestolpert war – und sie über seine Schulter geworfen wie der barbarische Wikinger, für den sie ihn zunächst gehalten hatte. Dieses aufreizende Frauenzimmer schien alle primitiven Instinkte in ihm zu wecken, Instinkte, von Generationen von Nordmännern geschärft, die sich nahmen, was sie wollten.

Zum Glück hatte ihr zögerndes Nicken verhindert, dass sein Ansehen in den Augen des Königs noch tiefer sank – es hatte ohnehin schon genug gelitten.

Nach ihrem Abschied von ihrem Schwager machte sie auf dem Absatz kehrt, reckte ihr hochmütiges Kinn und schwebte aus dem Zelt, als wäre sie die Schwester des Königs und er ein Lakai, der sich glücklich schätzen durfte, den Saum ihres Gewandes zu tragen.

Er stürmte ihr nach, mühsam gegen die hitzigen Emotionen ankämpfend, die in ihm tobten. Der Zorn, der schon aufgeflammt war, als er sie erblickte, hatte sich noch gesteigert, als er die Gründe ihres Kommens vernahm. Wenn er an die Gefahr dachte, in die sie sich begeben hatte, stockte ihm der Atem.

Und die entschlossene Wiederholung ihrer Weigerung, ihn zu heiraten, hatte seine Stimmung nicht gehoben. Warum wollte sie ihn nicht heiraten, wenn sie ihn liebte?

Nicht, dass ihm an einer Ehe gelegen war, aber verdammt, es ergab keinen Sinn.

Schweigend gab er sich seinem Unmut hin, da er seinen Worten nicht traute. Feuer und Fackeln des Lagers verschwanden hinter ihnen im Mondlicht. Schon konnte er einige von Boyds Posten ausmachen, die die äußere Begrenzung des Lagers bewachten, doch bezweifelte er, ob sie wusste, wo sie waren.

Als sie schließlich den schmalen Pfad erreichten, der zum Loch Troon führte, entschied sie, dass sie weit genug gegangen waren. Sie drehte sich mit blitzenden Augen um.

»Willst du mich den ganzen Abend finster anstarren, oder möchtest du mir etwas sagen?«

Vielleicht war es ihr Ton. Oder die Hände, die sie in die Hüften stützte. Oder vielleicht der Duft ihrer Haut, den er nach Monaten quälenden Entzugs wieder einatmete. Was auch immer, Erik hatte die Grenze erreicht. Er packte einen ihrer abgewinkelten Ellbogen und zog sie an sich. »Verdammt, und ob ich etwas zu sagen habe. Was bildest du dir ein … dich in diese Dinge einzumischen? Willst du unbedingt dein Leben aufs Spiel setzen?«

Sie zu berühren, war ein Fehler. Als er sie an sich gedrückt hielt, spürte er die Weichheit ihres Körpers, der sich an ihn schmiegte. Wie sie sich anfühlte und roch war unglaublich. Wie er dies vermisst hatte. Wie er sie vermisst hatte.

Das Gefühl ihrer Nähe durchflutete ihn heiß, brachte sein Blut in Wallung, erhitzte seine Haut und ließ ihn erkennen, dass er trotz gegenteiliger Erfahrungen in jüngster Zeit kein Eunuch geworden war.

Jede vernünftige Frau hätte aus Angst vor der Sturmflut der Gefühle, die sie auf sich zukommen sah, gezittert. Ellie aber, die nie so reagierte, wie zu erwarten war, entriss ihm ihren Arm, sah ihn direkt an und stellte sich seinem Zorn.

Sie kniff die Augen zusammen.

»Dumm wie ich bin, dachte ich, du würdest vielleicht Dankbarkeit zeigen« – sie tippte auf seine Brust, um ihren Worten Nachdruck zu verleihen –, »weil ich deine undankbare, viel zu muskulöse, und für dein Wohl viel zu gut aussehende Haut gerettet habe.«

»Dankbar?«, spie er wütend hervor.

»Dafür, dass du dich in Gefahr begeben hast?« Er trat einen Schritt auf sie zu, dem sie klug auswich, indem sie ihrerseits einen Schritt zurück machte. Zum Glück für ihn blockierte ein Baum ein weiteres Zurückweichen. Die Hände beiderseits ihrer Schultern aufgestützt, damit sie nicht entkommen konnte, beugte er sich drohend zu ihr nieder.

»Den Hals sollte man dir umdrehen, weil du gekommen bist.«

Oder sie küssen, so lange, bis der Druck in seiner Brust sich lockerte.

In der Luft zwischen ihnen sprühten Funken. Sein Verlangen wirkte wie ein Magnet. Der Drang, sie zu küssen, war fast überwältigend. Sein Kinn, sein Mund, sein ganzer Körper verspannten sich vor Zurückhaltung.

Sein Blick huschte wie bei einem in die Falle geratenen Hasen hin und her.

»Entspanne dich«, sagte sie unbehaglich.

»Du bist lächerlich. Lass mich los.«

Entspannen? Er? Er war immer entspannt, verdammt noch mal. Er rückte noch näher an sie heran, als könne er sie zwingen zu erkennen, wie groß die Gefahr war, in die sie sich begeben hatte, und wie es um seine Gefühle für sie stand.

»Nein!«

Er wusste, dass seine Erregung nicht angebracht war, aber verdammt, es tat so gut, sie genau dort zu haben, wo er sie haben wollte. Ihm ausgeliefert. Seinem Willen unterworfen.

Er hätte es besser wissen müssen.

Plötzlich hob sie ihr Knie mit aller Kraft, stieß zu und richtete gerade so viel Schaden an, dass er vor Schmerz rücklings umfiel, aber nicht genug, um ihre künftige Nachkommenschaft zu gefährden. Als er wieder imstande war, sich aus der vornübergebeugten Stellung aufzurichten und Luft zu schöpfen, kam ihm sein unbewusster Ausrutscher zu Bewusstsein. Er wich benommen zurück. *Ihre Nachkommenschaft.*

Etwas zog sich in seiner Brust zusammen, als er sie erstaunt anstarrte. Es war so klar – so offensichtlich –, dass er sich fragte, wieso er es nicht schon früher gesehen hatte. Ein Kniestoß in die Eier hatte ihn gezwungen, die Wahrheit zu erkennen, die ihm schon seit langem ins Gesicht starrte. Er konnte sich niemanden anderen als Mutter seiner Kinder vorstellen, weil er sie liebte.

Er liebte sie.

Herrgott, was für ein blinder Idiot er doch war! Die durcheinandergeratenen und intensiven Gefühle, die heftige Anziehung, der überwältigende Drang zu beschützen – zu besitzen. Der Grund, dass er sie nicht vergessen konnte. Der Grund, dass er trotz seines Zornes ihren Anblick förmlich in sich aufgesogen hatte, als sie durch die Zeltklappe geschleppt worden war. Er hatte sie heiraten wollen, nicht weil er glaubte, ihr einen Gefallen zu tun, sondern weil er sie liebte.

Wie hatte er dies geschehen lassen können?

Angebrachter war die Frage, wie es *nicht* hätte passieren können. Sie ergänzten sich ideal. Sie brachte seine ernste Seite zum Vorschein, und er brachte sie zum Lachen. Sie teilten die Vorliebe für Abenteuer. Ellie war die erste Frau, die seine Gedanken teilen wollte. Die hinter sein Scherzen und Flirten blicken und ihn kennenlernen wollte. Es war von Anfang an da gewesen, vom ersten Augenrollen oder vom ersten ihrer völlig unbeeindruckten Kindermädchen-Blicke an. Oder vielleicht lief es auf etwas so Einfaches wie Domnalls tiefsinnige Bobachtung hinaus: Sie fiel auf seine Sprüche nicht herein.

Seine Bewunderung missdeutend, sagte sie:

»Versuch ja nicht, mich mit deinen Muskeln einzuschüchtern. Das klappt nicht. Glaubst du wirklich, ich denke, du könntest mir wehtun?« Sie warf ihm in der monderhellten Dunkelheit einen langen Blick zu.

»Obwohl du aussiehst wie ein gefährlicher Schläger.«

Noch immer wie benommen von seiner Entdeckung strich Erik durch sein zerrauftes Haar. Sah er wirklich so schrecklich aus?

»In letzter Zeit war wenig Gelegenheit für eine Rasur.«

»Ich habe nicht gesagt, dass es mir nicht gefällt«, beeilte sie sich zu korrigieren. Trotz der Dunkelheit hätte er geschworen, dass sie errötete.

»Es lässt dich nur gefährlicher aussehen.«

Er runzelte die Stirn, ratlos ob der Bemerkung. Fast hörte es sich an, als wäre dies nicht unbedingt ein Übel.

»Verzeih, wenn ich dich gekränkt habe«, sagte sie und biss sich auf die Lippen.

»Aber du hast mich wütend gemacht.«

»Ich kenne das Gefühl«, entgegnete er ironisch. Er brachte sein Haar mit den Fingern wieder in Ordnung.

»O Gott, Ellie, als ich dich im Zelt gesehen habe und an die Gefahr gedacht habe, in die du dich gebracht hattest, habe ich es mit der Angst zu tun bekommen und …« Er zog die Schultern hoch.

»Ich muss wohl meine Fassung verloren haben.«

Sie gab einen abschätzigen Laut von sich.

»Nun ja, ich hätte es lieber vermieden, an diesen Ort zu kommen. Aber es gab niemanden anderen. Ich habe getan, was ich geglaubt habe, tun zu müssen.«

Weil sie ihn liebte. Das Wissen, dass sie sich seinetwegen in Gefahr begeben hatte, demütigte ihn.

Der Blick, mit dem sie ihn anstarrte, gab ihm zu verstehen, dass sie keine Widerrede duldete.

»Ich weiß zu schätzen, was du getan hast«, sagte er.

»Du hast heute weiß Gott viele Menschenleben und vielleicht sogar eine Krone gerettet, aber ich möchte, dass du dich aus der Sache heraushältst.«

Im Halbdunkel sah er, dass sie ein langes Gesicht machte.

»Du hast mir nicht verziehen, was ich getan habe.«

»Es gibt nichts zu verzeihen. Ich war schuld.« Sie sah aus, als glaube sie ihm nicht, und er erklärte:

»Erst war ich wütend, weil du es mir nicht gesagt hast, aber sobald ich mich beruhigt hatte, habe ich eingesehen, dass du allen Grund hattest, mir nichts zu sagen. Ich habe dir keinen Grund gegeben, mir zu trauen, auch hatte ich dich nicht um dein Vertrauen gebeten. Was in der Höhle passiert ist … ich habe dich so heftig begehrt, dass es mich nicht gekümmert hätte, wenn du mir verraten hättest, dass du die verdammte Königin von England bist.«

Sie lächelte spöttisch.

»Hoffentlich hat es nicht zu viele Probleme mit Robert gebracht. Mir ist die Spannung zwischen euch aufgefallen.«

»Ach, das ist schon in Ordnung«, tat er die Sache ab.

»Nein, ist es nicht.« Sie wusste, wie viel ihm Loyalität bedeutete.

»Ich hätte es dir sagen sollen. Ich habe dir vertraut, wollte aber wissen…« Sie sprach nicht weiter.

»Was?«

Sie wandte verlegen den Blick ab. Er glaubte schon, sie würde nicht antworten, schließlich aber sagte sie:

»Ich wollte wissen, ob dir an mir persönlich etwas liegt – und nicht an meiner Herkunft oder weil es für dich Ehrensache ist, mich zu heiraten.«

Seine Brust zog sich zusammen, als ihm plötzlich ein Licht aufging.

»Deshalb die Abfuhr…« Nicht weil sie ihn nicht liebte, sondern weil sie wollte, dass er sie liebte. Das war es, was sie ihm geboten hatte. Das war es, was er nicht gesehen hatte. Er hatte ihr aus Ehr- und Pflichtgefühl einen Antrag gemacht, sie aber hatte Gefühl und Liebe gewollt.

»Meine Mutter hat meinen Vater aus ganzem Herzen geliebt«, sagte sie.

»Ihr jahrelanges Bemühen, seine Liebe zu wecken, hat sie ins Grab gebracht. Sie ist an einem Fieber gestorben, aber schon Jahre zuvor war sie innerlich tot.«

Er strich ihr eine lose Haarsträhne aus dem Gesicht und steckte sie ihr hinters Ohr. »Das tut mir leid, Mädchen.«

Sie rückte ab, weil sie den Grund seiner Entschuldigung missdeutete.

»Das sage ich dir nicht, um Mitleid zu erwecken oder weil ich etwas von dir möchte. Ich habe nur gedacht, es würde dir verständlich machen, warum ich tat, was ich tat.«

»Ellie …« Er konnte ihrer beider Schmerz auf der Stelle ein Ende machen. Es wäre so einfach, sie in die Arme zu nehmen und ihr zu sagen, wie sehr er sie liebte. Dass er sich eine Zukunft ohne sie nicht vorstellen konnte.

In seiner Selbstsucht wünschte er sich dies. Mehr als alles, was er sich jemals gewünscht hatte. Für einen Mann, gewohnt zu bekommen, was er wollte, gewohnt, dass ihm das Glück in den Schoß fiel, war es ein bitterer Brocken, den es zu schlucken galt.

Aber er konnte es nicht.

Als er sie ansah, lag etwas in seinen Augen, das Ellie veranlasste etwas zu tun, das sie sich gelobt hatte, nie wieder zu tun.

»Bitte mich zu bleiben«, flüsterte sie.

Einen Augenblick zögerte er. Zumindest sagte sie sich, dass er es tat. Sie wollte glauben, dass ihre Bitte bei ihm einen inneren Kampf ausgelöst hatte, da sein Äußeres nichts verriet.

Dann aber lächelte er, und das Mitgefühl, als könne er sich ihr Herzweh vorstellen, wäre aber gottlob immun gegen den Schmerz, machte jeden Gedanken an inneren Aufruhr zunichte.

»Es tut mir leid, Mädchen. Das kann ich nicht.«

Ellie spürte, wie Schmerz wie weißglühender Stahl sie durchzuckte. Warum tat sie sich das an? Warum öffnete sie ihr Herz, legte es bloß, nur damit er es mit einem Lächeln durchhieb? War sie süchtig nach Schmerz und Demütigung? Es war nur … er hatte sie einen Moment lang so zärtlich angesehen, dass sie gedacht hatte …

Närrin. Er liebte sie nicht. Sie tat ihm leid. Das war ihr jetzt klar. Frauen warfen sich ihm immerzu zu Füßen. Zu ihrer großen Beschämung sah es aus, als wäre sie nicht anders.

Zweimal hatte sie ihm ihr Herz angeboten, und zweimal hatte er es zurückgewiesen.

Sie trat zurück und unterbrach den Kontakt.

Sonderbar. Nach dem ersten schmerzlichen Stich spürte sie nichts mehr. Nur das Verlangen hier schleunigst zu verschwinden.

»Ich muss gehen.«

»Ellie«, sagte er leise, und griff nach ihrem Arm.

»Es tut mir leid.«

Sie rückte von ihm ab.

»Du brauchst dich nicht zu entschuldigen. Ich war dumm. Natürlich willst du nicht, dass ich bleibe.« Sie lachte. Ein hartes Geräusch.

»Du hast schon jemanden, der dich erwartet.«

Er runzelte die Stirn, als hätte er keine Ahnung, wovon sie sprach.

»Die Frau«, sagte sie. *Auf deinem Schoß. Sie hat dich geküsst.*

»Im Zelt?«

Sie hatte den Eindruck, dass er zusammenzuckte.

»Ach ja. Natürlich«, sagte er dann.

Ihre Brust hämmerte.

»Na, dann ist das ein Lebewohl.« Sie wagte noch einen Blick und fragte sich, wie lange es dauern würde, bis die Einzelheiten seines Gesichts aus ihrem Gedächtnis schwinden würden. Die Wölbung seiner Stirn. Die harte Kinnlinie. Die weißen Fältchen in den Augenwinkeln. Der teuflische Zug um den Mund. Die hohen Wangenknochen und die edle Nase. Sein ganzes unwiderstehlich hübsches Gesicht.

Sie senkte den Blick.

»Hinter dem Hügelrücken warten die Soldaten schon auf mich.«

»Bist du sicher, dass du weißt, was du tust? Was ist, wenn sie Verdacht schöpfen?«

»Das werden sie nicht. Ich kann sehr überzeugend sein.«

Sein Blick wurde hart.

»Das gefällt mir nicht. Ich werde dich selbst nach Ayr bringen.«

»Nein«, widersprach sie heftig.

»Ich muss mich an den Plan halten, sonst schöpfen sie wirklich Verdacht. Glaubst du, man würde mir glauben, dass ich den Weg allein zurückgefunden habe? Es muss so sein. Ich weiß, was ich tue.« Sie hielt seinem Blick stand.

»Außerdem bist du nicht für mich verantwortlich.«

Ihre Blicke trafen sich einen langen Herzschlag lang. Einen Augenblick glaubte sie, etwas zu sehen, ehe sein Blick sich rasch verschloss.

Er trat in steifer Haltung zurück. Fast hätte sie glauben können, dass es ihm schwerfiel.

»Sehr gut«, sagte er, »lebt wohl, Lady Elyne.«

Ihr Atem blieb ihr hoch in der Brust stecken. Sie stand nur da und wollte den Augenblick auskosten, da sie wusste, dass es der letzte sein würde.

Aber es musste enden.

»Lebewohl, Erik.«

Sie drehte sich um und wagte keinen Blick zurück. Ein kleiner, aber unvergesslicher Teil ihres Lebens war zu Ende.

24

Johannistag (Mittsommer), 23. Juni 1307

Er hatte richtig gehandelt. Ohne ihn war sie besser dran. So oder ähnlich hatte er es sich in den ersten Tagen nach der Trennung immer wieder vorgesagt.

Er hatte sie bitten wollen, sie solle bleiben, doch liebte er sie zu sehr, um ihr das anzutun.

Liebe war keine Garantie für ein glückliches Ende. Manchmal war Liebe gleichbedeutend mit Opfer. Manchmal bedeutete Liebe, dass man das Glück eines anderen Menschen über das eigene stellte, auch wenn dies Trennung bedeutete.

Er war ein Geächteter. Wäre sie nicht gewesen, hätte er am nächsten Morgen tot sein können. Aber auch mit ihrer Hilfe lebte er noch immer ein geborgtes Leben. Vielleicht wäre es anders gewesen, wäre sie wirklich das Kindermädchen, für das er sie gehalten hatte. Aber sie war die Tochter eines der mächtigsten Männer des Landes, mit einem ebenso mächtigen Mann verlobt, und – am wichtigsten – sie war in Sicherheit. Vor ihr lag eine glänzende Zukunft. Er konnte nicht verlangen, dass sie für ihn so viel aufs Spiel setzte. Er wollte sie nicht in einem Käfig sehen.

Ebenso gut hätte sie ihm einen Dolch in den Rücken jagen und diesen herumdrehen können, so schlimm war der Schmerz. Ihm war, als wäre er in zwei Hälften geteilt, die miteinander kämpften: seine selbstsüchtigen Begierden und das Wissen um das richtige Tun.

Er hatte nur nie erwartet, dass richtiges Tun so schmerzen würde.

Und er kannte Ellie. Spürte sie seine Schwäche, würde sie nicht lockerlassen, bis sie die Wahrheit kannte. Deshalb musste er sie in dem Glauben lassen, dass er sie nicht liebte.

Ihr entschlossener Gesichtsausdruck, ehe sie fortging, verfolgte ihn ständig. Sie gehen zu lassen, war das Schwerste, was er je getan hatte. Dagegen war MacLeods zweiwöchiges Ausbildungstraining, scherzhaft »Vorhölle« genannt, ein harmloses Kinderspiel.

Trotz ihrer Weigerung war er ihr den ganzen Weg zurück bis Ayr Castle gefolgt. Vermutlich wusste sie, dass er da war, aber nicht ein einziges Mal warf sie einen Blick hinter sich.

Fünf Tage nach dem Sieg von vierhundert Mitstreitern Bruces über fünfzehnhundert Engländer im Glen Trool und dem demütigenden Rückzug Aymer de Valences hatte sie auf einer Galeere die Fahrt nach Irland angetreten. Er wusste es, da es ihm einer seiner Beobachter auf der Burg gemeldet hatte. Hätte er erfahren, dass ihr nächtlicher Ausflug ins gegnerische Lager entdeckt worden war, wäre er ihr sofort zur Hilfe geeilt.

Dieser Vorwand hatte sich ihm nie geboten.

Nun aber, nach einem zweiten entscheidenden Sieg gegen Sir Aymer de Valence bei Loudoun Hill im Mai und einem Gefecht ein paar Tage darauf, das Ellies Verlobten zum Rückzug nach Ayr gezwungen hatte, nach der Niederlage Sir Philip Mowbrays durch Sir James Douglas und Boyd sowie der Nachricht, dass der englische König wieder krank darniederlag, wuchs in Erik die Befürchtung, dass er einen kapitalen Fehler begangen hatte.

Das Glück hatte sich gewendet.

Immer mehr Kämpfer scharten sich um Bruces Banner. Praktisch über Nacht wuchs ihre Zahl von Hunderten auf Tausende an. Allmählich festigte der König seine Position im Südwesten und nahm wichtige Stützpunkte der Engländer ein. Aber Bruce hatte von Wallace etwas gelernt: Es war klüger, eine Festung zu zerstören, als sie dem Feind zu überlassen, der sie gegen einen verwenden konnte. Morgen also sollte Ayr Castle nach einem langen nächtlichen Gelage geschleift werden. Zuvor würde man alles von Wert fortschaffen, doch hatte Ulster ohnehin fast alles mitgenommen, ehe er die Segel mit Kurs auf Irland setzte.

Erik, der die lärmende Feier kaum wahrnahm, saß schweigend da. Nur gelegentlich beteiligte er sich an dem Gespräch MacLeods mit Bruce oder bediente sich von den dargebotenen Speisen. Die dunklen Wolken, die über ihm dräuten, seitdem Ellie vor seinen Augen hinter den Mauern dieser Festung verschwunden war, waren nur schwerer geworden. Mit dem Verstreichen der Tage verspürte er wachsende Gereiztheit, die einer Panik nahekam. Zeitweise umgab sie ihn so fest, dass er kaum Luft bekam.

Von Selbstzweifeln geplagt wurde er das nagende Gefühl nicht los, dass er Ellie seine Gefühle hätte gestehen sollen. Dass sie es verdient hatte, vor die Wahl gestellt zu werden.

Mit jedem militärischen Sieg war seine Unsicherheit gewachsen. Er fand keinen Schlaf. Er brachte kaum einen Bissen hinunter. Kämpfen war das Einzige, was er konnte. Daher meldete er sich freiwillig für alle Missionen, je gefährlicher, desto besser. Alles nur, um sich von der Frage abzulenken, ob er richtig gehandelt hatte – und ob es nicht schon zu spät war, sich den Kopf darüber zu zerbrechen.

»Mir sind Klagen zu Ohren gekommen.«

Erik blickte auf, als er merkte, dass der König ihn angesprochen hatte. Er runzelte die Stirn.

»Was für Klagen?«

»Ihr mutet den neuen Rekruten zu viel zu.«

Erik wechselte einen Blick mit MacLeod, ehe er antwortete.

»Sie müssen einsatzbereit sein. Edward hat für Juli weitere Truppen nach Carlisle einberufen. So leicht gibt er nicht auf.«

»Und wir werden bereit sein«, pflichtete Bruce ihm bei.

»Falls Edward sich von seiner Krankheit erholt. Aber man kann Bauern und Fischer nicht über Nacht zu Rittern machen.«

»Ich will ja keine Ritter aus ihnen machen, sondern Highlander. Das ist viel schwieriger und erfordert mehr Mühe.«

Bruce lachte.

»Ja, wie wahr. Ich nehme alles zurück.« Er sah Erik lange an.

»Ich habe eine Neuigkeit, die für Euch von Interesse sein könnte.«

Er sagte es leichthin, und doch spannte sich jeder Muskel in Eriks Körper.

»Es geht um meine Schwägerin«, setzte Bruce hinzu, der nun einen Schluck Wein nahm und Erik über den Rand seines Pokals hinweg beobachtete und ein wenig zappeln ließ.

»Sie wird am Morgen de Monthermer heiraten.«

Erik hatte das Gefühl, ein Kriegshammer hätte ihn mitten auf die Brust getroffen. Sein ganzer Körper rebellierte gegen die Worte des Königs. Die in ihm schwelende Panik brach nun voll aus. Er musste etwas unternehmen, das wusste er mit allen Fasern seines Seins. Er konnte es nicht geschehen lassen.

Er spürte nun mehr als ein Augenpaar auf sich, das seine Reaktion beobachtete.

»Wo?«, stieß er zähneknirschend hervor.

»Auf Dunluce Castle.« Bruce sah ihn nachdenklich an.

»Nach langem Überlegen habe ich eine Mission für Euch gefunden.«

Erik hörte kaum hin. *Sie heiratete.* Die Worte drehten sich in seinem Kopf. Er konnte an nichts anderes denken. Wie konnte sie das nur tun? Ellie liebte ihn, und in wenigen Stunden würde sie einen anderen heiraten. Insgeheim hatte er geglaubt, sie würde es nicht über sich bringen.

Sein Inneres stand in Flammen. Es kostete ihn große Überwindung, ruhig dazusitzen, während er doch am liebsten das nächste Schiff genommen und nach Irland gesegelt wäre.

»Ich halte es für ratsam«, fuhr der König fort, »die Bande mit Irland fester zu knüpfen. Da ich Euch die Aufgabe übertragen habe, die westlichen Schifffahrtsrouten für den Nachschub offen zu halten, meine ich, dass Ihr dafür der Geeignete seid.«

Undeutlich war Erik bewusst, dass der König auf einen wichtigen Punkt zusteuerte. Er zwang sich, aufmerksamer Bruces Worte zu lauschen und nicht auf die wahnwitzigen Stimmen zu hören, die in seinem Kopf tobten und forderten, er solle sich ohne Verzug auf den Weg machen.

»Wusstet Ihr, dass Lady Elyne in Ulsters Herzen eine besondere Stellung innehat?«, fragte Bruce mit Betonung.

Eriks Blick schoss hoch. Er ahnte, worauf der König anspielte.

»Ja«, sagte er vorsichtig.

»Ich glaube, die Lady war ihrem Vater nach dem Tod ihrer Mutter eine große Hilfe.«

Bruce beugte sich vor.

»Ich wette, dass er ihr alles nachsehen würde.« Er ließ eine nachdenkliche Pause eintreten.

»Zwei Töchter mit schottischen Ehemännern könnten aus einem blinden Auge zwei machen. Was meint Ihr?«

Erik saß reglos da. Es war klar, was der König meinte. Die vorgeschlagene »Mission« war eine Ehe mit Ellie – auch wenn sie heimlich geschlossen werden musste. Bruce glaubte, Ulster würde seiner Tochter verzeihen.

Jetzt hatte er Bruces Unterstützung – falls er darauf gewartet hatte.

Aber Erik wusste, dass er auch ohne diese gegangen wäre. Die quälenden Wochen hatten ein Ende. Er hatte einen Fehler begangen; das wusste er. Er konnte nur inständig hoffen, er würde rechtzeitig zur Stelle sein, ehe sie einen viel schlimmeren beging – einen, der nicht wieder gutzumachen war.

Wenn er daran dachte, wie sehr er sie verletzt hatte …

Ein unerträglicher Gedanke, sie in dem Glauben gelassen zu haben, er liebe sie nicht und wolle zu der Frau ins Zelt zurückkehren. Seine Panik meldete sich wieder. Und wenn sie nicht mit ihm sprechen wollte? Ellie konnte stur sein. Was, wenn sie ihm nicht verzieh? Sein Magen revoltierte. Was, wenn sie ihre Absicht nicht ändern wollte? Er konnte nicht zulassen, dass es geschah.

Er lächelte. Sein erstes echtes Lächeln nach langer Zeit. Er musste nur dafür sorgen, dass sie ein Weilchen allein waren, um ihr alles zu erklären und zu beweisen, was er empfand. Und er kannte den geeigneten Ort.

Er wandte sich an Bruce.

»Ich muss sofort aufbrechen.«

Bruce erwiderte sein Lächeln.

»Das dachte ich mir.«

Erik zögerte. Er musste Ellies Eigensinn in Betracht ziehen.

»Es könnte ein paar Tage dauern.«

Bruce lachte.

»Sogar länger. Ich gebe Euch zwei Wochen. Nutzt sie nach besten Kräften.«

Erik grinste.

»Das werde ich – jede einzelne Minute.«

Es war eine Mission, bei der er verdammt dafür sorgen würde, dass nichts schiefging.

Es war ein frischer, sonniger Sommermorgen. Der ideale Tag für eine Hochzeit. Ellie betrachtete ihr Spiegelbild, während ihre Zofe ihr das Haar bürstete.

Sie lächelte, wenn schon nicht glücklich, dann zufrieden, wie ihr Leben sich in den letzten zwei Monaten gestaltet hatte. Sie hatte die richtige Entscheidung getroffen, und sie hatte ihr Leben im Griff.

Sie hatte es sich sogar abgewöhnt, aus dem Fenster zu blicken.

Als die Zofe letzte Hand an ihre Frisur – ein kunstvolles, von einem juwelenbesetzten Reif festgehaltenes Lockengebilde – gelegt und sie in ihr edles dunkel-smaragdfarbenes Damastkleid eingenäht hatte, das sie zur Hochzeit tragen würde, strömte schon das Sonnenlicht hell durch das Fenster.

Ein dunkler Schatten glitt über sie hinweg, und sie blickte zum Fenster hin. Nichts zu sehen. Es muss eine Wolke gewesen sein, dachte sie.

»Noch etwas, Mylady?«, fragte das Mädchen.

Ellie schüttelte den Kopf, voller Bewunderung für das Werk ihrer Zofe. Sie lächelte verschmitzt. Fast sah sie hübsch aus.

»Nein. Aber sieh doch nach, ob Lady Mathilda etwas braucht.«

Das Mädchen knickste und ging hinaus.

Kaum hatte sich die Tür geschlossen, als Ellie von hinten gepackt wurde und eine starke Hand ihren Mund bedeckte, ehe sie schreien konnte.

»Pst«, flüsterte er ihr ins Ohr und drückte sie noch fester an sich.

»Dir wird nichts geschehen.«

Ellies Herz sank, als sie die Stimme erkannte, den vertrauten Duft von Wind und Seife und jede harte Muskelwölbung von Arm und Brust.

Erik.

Aber was wollte er hier? Wichtiger noch, wie war er hereingekommen?

Allmächtiger! Er musste durch das Turmfenster eingedrungen sein – es lag gut vierzig Fuß über dem Klippenabsturz und noch zusätzliche hundert Fuß über dem Wasser.

Dir wird nichts geschehen. Das hatte sie schon einmal zu hören bekommen.

Sie versuchte, sich loszureißen, und stieß ihm wenig wirksam ihren Ellbogen in den Leib. Der steinharte Körper gab keinen Zoll nach.

»Versprichst du, dass du nicht schreist?«, flüsterte er.

Sie nickte, und er ließ sie los. Nur um ihr die Hand wieder auf den Mund zu drücken, als sie schreien wollte.

Er ließ ein leises, vorwurfsvolles Zungenschnalzen hören.

»Ich habe mit deiner Unvernunft gerechnet und bin zum Glück vorbereitet.«

Er ließ zwei dünne Seidenbänder vor ihren Augen baumeln.

»Ich hatte gehofft, dass die Umstände anders sein würden, wenn ich dich wieder fesseln muss.« Ihre Augen wurden groß vor Entrüstung, er aber lachte nur leise.

»Tut mir leid, Mädchen, aber wir müssen miteinander sprechen, und ich kann nicht riskieren, dass du dich Vernunftgründen nicht zugänglich zeigst. Sobald wir hier weg sind, kannst du keifen, soviel du willst.«

Vernunftgründe? Während er zum zweiten Mal versuchte, sie zu entführen? Und von Keifen konnte bei ihr keine Rede sein.

Nachdem er es geschickt schaffte, seine Hand mit der Seide zu vertauschen, band er ihre Hände zusammen. Er wickelte sein Plaid von der Schulter und zog einen Rupfensack aus dem Gürtel, während er sie mit reuiger Grimasse ansah.

»Da wir nicht den Weg nehmen können, den ich beim Eindringen benutzt habe, ist das leider nötig.«

Als sie erfasste, was er vorhatte, und versuchte zurückzuweichen, umfasste er ihre Taille und zog ihr den Sack über den Kopf. Sie drehte und wand sich und trat ihn wie verrückt, er aber warf sie über seine Schulter wie einen ungebärdigen Mehlsack. Dann schlang er das Plaid um seine Schultern, um ihre Beine zu verhüllen.

Ade Frisur und Aufmachung. Von allen …

Sein brutales Vorgehen empörte sie, doch machte ihr auch die Frage nach dem Grund dieses Überfalls zu schaffen.

Nur eine einzige Antwort war sinnvoll, aber sie wollte nicht wieder in diese Falle tappen und sich in dem Glauben wiegen, dass sie ihm nicht gleichgültig war.

Sie wurde tüchtig durchgeschüttelt, während er die dunklen Korridore und Wendeltreppen des Haupttturmes von Dunluce entlanglief. In der Aufregung und dem Durcheinander der Hochzeit schien niemandem der Hüne mit dem zappelnden Sack über der Schulter aufzufallen.

Trotz der ungünstigen Umstände wehrte sie sich tapfer und landete einen oder zwei Tritte, bis er ihr die Hand auf die Kehrseite legte. Die sanften Liebkosungen schickten Wonneschauer durch ihren Körper und ließen sie dahinschmelzen. Als sie wieder zu zappeln anfing, war der Grund ein anderer, und dieser Kerl – dieses verflixte lachende Großmaul – wusste es.

Sie spürte die kühle Luft, als sie aus dem Turm ins Freie gelangten. Als wenig später das Gelände steiler wurde, wusste sie, dass sie die Brücke hinter sich hatten und der Höhle zustrebten. Nun gab sie ihren Widerstand auf aus Angst, ihr Gezappel würde sie über die Klippen stürzen lassen, er aber bewältigte das Gelände wie immer sicheren Schrittes wie eine Wildkatze.

Plötzlich wurde die Luft ruhig und feucht. Sie wusste, dass sie die Höhle der Nixen erreicht haben mussten. Wo alles begonnen hatte. Wenige Minuten später hörte sie das Wasser gegen seine Beine spritzen. Dann spürte sie, wie sie in ein Boot gehoben wurde. Ein zweiter Mann nahm sie in Empfang und setzte sie auf eine hölzerne Bank.

»Diesmal behalte ich Zähne und Ellbogen im Auge, Mädchen.«

Domnall. Sie hätte wissen müssen, dass er mit ihm unter einer Decke steckte. Das war der Dank dafür, dass sie ihm zur Flucht verholfen hatte. Das wollte sie ihm auch zu verstehen geben, er aber lachte nur – zweifellos verstand er, was ihr ersticktes Grollen bedeutete.

Kurz darauf gewann das Schiff Fahrt, und der Sack wurde ihr vom Kopf abgezogen. In die Sonne blinzelnd, sah sie Erik in aller Unschuld dastehen. Klugerweise hatten die anderen Männer ihnen Raum gelassen – soweit es auf dem kleinen Boot möglich war.

Er zuckte zusammen, die Dolche, die ihre Augen schleuderten, richtig deutend.

»Vielleicht sollte ich ihr die Fesseln erst abnehmen, wenn sie sich beruhigt hat«, sagte er zu Domnall, der ein paar Fuß entfernt vor ihnen stand.

Der Ältere zuckte mit den Achseln.

»Ich fürchte, du musst es so oder so tun, Junge.«

Erik musste sich entschieden haben, das Risiko einzugehen, da er sich daranmachte, die Seidenbänder an Handgelenken und Mund zu lösen.

Als sie befreit war, drehte sie sich zu ihm um, in der Absicht, ihrem Zorn Luft zu machen, doch ein Blick auf die Burg im Hintergrund verschloss ihr den Mund. Ihr Herz sank beim Anblick der gewaltigen Klippe. Ein Wahnsinn, den Turm von dieser Seite zu ersteigen. Es hätte ihn das Leben kosten können.

Nun erst konnte sie ihn richtig in Augenschein nehmen, und ihr dummes Herz tat einen kleinen Sprung. Er hatte seinen Stoppelbart abrasiert und nur eine teuflisch wirkende dünne Linie als Backenbart am Kinn stehen gelassen. Der merkwürdigste Bart, den sie je gesehen hatte, doch stand ihm diese Stoppellinie sehr gut. Die Haare waren gekürzt, aber noch lang genug, um ihm in seine durchdringenden blauen Augen zu fallen. Durchdringende blaue Augen, die sie mit sonderbarer, ihre Sinne erregender Sanftheit ansahen. Er trug ein weiches Lederkoller, aber keine Rüstung (vermutlich wegen der gewagten Klettertour). Mit seinen blitzenden weißen Zähnen, die sich von seiner sonnenbraunen Haut abhoben, sah er geradezu unverschämt gut aus, so sehr, dass sein Anblick fast schmerzte.

Endlich fand sie ihre Sprache wieder.

»Was bildest du dir ein? Was soll das, um Himmels willen? Bring mich sofort nach Hause.«

»Ich wollte mich entschuldigen.«

Entschuldigen? Nachdem er ihr Herz gebrochen und es dann, um das Maß vollzumachen, unter seinem Absatz zertreten hatte?

Sie kniff die Augen zusammen.

»Meinst du nicht, dass es dafür etwas zu spät ist?«

Er zuckte zusammen und betrachtete ihre ramponierte festliche Aufmachung. Der Ausdruck jungenhafter Zerknirschung in seinem Gesicht erinnerte sie an ihren Bruder Edmond. Er hatte aber keinen Blumentopf zerbrochen oder ein schönes Stück Glas fallen gelassen; er hatte etwas viel Kostbareres zerbrochen.

»Ich habe erst von ein paar Stunden von der Hochzeit erfahren. Ich bin gekommen, so schnell es ging.« Er zog ärgerlich die Brauen zusammen.

»Wie konntest du nur, Mädchen? Wie konntest du in diese

Ehe einwilligen? Lass dir eine gute Erklärung einfallen, weil ich im Moment nicht weiß, ob ich dir verzeihen kann.«

Ihr verzeihen! Er musste den Verstand verloren haben. Er war es gewesen, der sie fortgeschickt hatte.

»Ich bin nicht …« Sie sprach nicht weiter und kniff wieder die Augen zusammen. Sie schuldete ihm keine Erklärung. Er hatte seine Wahl getroffen. Sollte er doch glauben, was er wollte.

Sie zog eine Braue in die Höhe und reckte hochmütig ihr Kinn, ganz so, dass es ihn wütend machen musste.

»Warum sollte ich?«

Er kniff den Mund so stark zusammen, dass ihm anzusehen war, wie er um Fassung kämpfte.

»Weil du mich liebst.«

Ellies Wangen erglühten, als seine Arroganz ihren Zorn entflammte. Sie sah ihn finster an.

»Ich soll mich also mein Leben lang nach dir verzehren? Nein, kommt nicht infrage.« Sie breitete die Hände aus und deutete auf ihr Gewand.

»Wie du siehst, habe ich beschlossen, mein Leben weiterzuführen. Ich nehme deine Entschuldigung an. Und jetzt bringst du mich zurück. Ich muss an einer Hochzeit teilnehmen.«

Er runzelte die Stirn. Es lief nicht, wie er es beabsichtigt hatte.

»Leider geht das nicht. Ich kann nicht zulassen, dass du de Monthermer zum Mann nimmst. Ich müsste ihn töten, und ich glaube nicht, dass dein Vater oder König Edward mir dies vergeben würden.«

Das Herz schlug ihr wild in der Brust, ob aus Wut oder aus Angst vor dem, was er vermutlich sagen würde, wusste sie nicht.

»Natürlich würdest du ihn nicht töten. Meine Heirat ist meine Sache.«

»Aber ich liebe dich.«

Ihr Herz blieb stehen und setzte dann wieder schnell und unregelmäßig ein. So lange hatte sie davon geträumt, diese simplen Worte zu hören, doch traute sie sich nicht mehr zu, sie zu glauben. Er hatte sie zu sehr verletzt.

»Und was soll ich jetzt tun? Soll ich vor Dankbarkeit auf die Knie fallen? Es ist zu spät. Ich habe dir die Chance gegeben, es zu deiner Sache zu machen, du aber hast abgelehnt.«

Ein Windstoß fegte durch ihr Haar und riss ein paar sorgfältig festgesteckte Strähnen los, die er ihr ins Gesicht wehte. Sanft fing Erik eine mit dem Finger ein und steckte sie ihr hinters Ohr. Dabei sah er sie so zärtlich an, dass sie törichte Regungen in ihrer Brust spürte.

»Verzeih, Liebes. Damals habe ich geglaubt, das Richtige zu tun. Ich wollte dich bitten zu bleiben, aber hätte ich das können, da wir doch einen Kampf vor der Niederlage standen? Ich wollte dich schützen.«

Ellie sah ihn ungläubig an.

»Indem du mir das Herz gebrochen hast? Weißt du, wie mir in den letzten Monaten zumute war?« Ihr Ton wurde immer höher und näherte sich der Hysterie. An sich nicht der Gewalt zugeneigt, fühlte sie sich gedrängt, diese anzuwenden.

»Kaum habe ich mich in meinem Leben wieder eingerichtet, kommst du daher und sagst: ›Tut mir leid, alles war ein Irrtum‹. Behauptest, dass du mich liebst, obwohl alles dagegen spricht, und dass du mir das Herz nur gebrochen hast, um mich in der Not in Sicherheit zu wissen. Und jetzt, wo es besser aussieht, entdeckst du, dass du dich geirrt hast, und beschließt, mich zu entführen, und das just an dem Tag, der mein Hochzeitstag hätte sein sollen, und das alles, *um dich zu entschuldigen?«*

Er zuckte zusammen und blickte zu Domnall, der hilflos mit den Achseln zuckte.

»Klingt vernünftig, Captain.«

Erik fuhr sich mit den Fingern durch sein windzerzaustes Haar.

»Wenn du es so sagst, klingt es nicht so romantisch, wie ich es geplant hatte.«

Sie stieß ein schnaubendes Geräusch aus.

Er warf ihr einen Blick zu.

»Ich konnte nicht riskieren, dass du mich nicht anhören wolltest.«

»Deshalb hast du dich entschieden, mir keine Wahl zu lassen?«

Er grinste ohne Reue.

»Natürlich hast du eine Wahl. Aber ich wollte sicher sein, dass sie auf mich fällt.«

Sie begegnete ungerührt seinem Blick.

»Und wenn ich dich nicht mehr möchte?«

Seine Augen zuckten, als hätte sie ihm einen Schlag versetzt. Der plötzlich unsichere Blick in diesem viel zu hübschen, frechen Gesicht machte fast die quälenden Monate wett, die sie seinetwegen durchgemacht hatte.

Er kniete neben ihr nieder und führte ihre Hand an den Mund.

»Bitte, mein Schatz, gib mir die Chance, es wieder gutzumachen.«

Rührung stieg ihr in die Kehle und machte ihre Stimme rau.

»Warum sollte ich dir glauben?«

Er sah ihr in die Augen.

»Weil du in deinem Herzen weißt, dass es die Wahrheit ist. Ich war es, der blind war und es nicht sehen konnte. Ich schwöre dir, dass ich dir niemals Grund geben werde, wieder an mir zu zweifeln.«

Das klang so aufrichtig, und er sah dabei so ernst aus, dass es ihr Herz erweichte – ein wenig.

»Komm jetzt, Mädchen«, warf Domnall ein, »zeig ein wenig Mitgefühl für uns andere und verzeih dem Burschen. Seit du fort warst, war er unerträglich.«

Sie sah den Alten mit gefurchter Stirn an.

»Ich dachte, Ihr sollt nicht lauschen.«

»Und das verpassen?«, erwiderte Domnall leise lachend.

»Zwanzig Jahre habe ich gewartet, um zu erleben, dass er vor einer Frau zu Kreuze kriecht. Ich gedenke jede verdammte Minute auszukosten.«

»Zu Kreuze kriechen?«, äußerte Erik entsetzt.

»Wovon redest du da? Ich krieche doch nicht zu Kreuze.«

Ellie hob als Widerspruch zu seiner Einschätzung der Lage eine fein gewölbte Braue hoch.

Er warf Domnall einen ungehaltenen Blick zu.

»Und ich dachte, du stündest auf meiner Seite.«

»Tue ich, mein Junge.« Domnall lachte.

»Das tue ich.«

Erik ignorierte ihre Zuhörer und wandte sich wieder ihr zu.

»Kannst du mir verzeihen?«

Ellie starrte ihn hart an. In Wahrheit war sie schon halb dazu bereit, wollte ihn aber noch ein wenig zappeln lassen. Was waren schon ein paar Stunden gemessen an vier Monaten? Herzlich wenig.

Sie hob ihr Kinn und sah ihn mit ihrem besten Kindermädchenblick an.

»Ich bin noch unentschieden. Vielleicht solltest du mich nach Hause bringen, damit ich eine Weile darüber nachdenken kann.«

Er seufzte und schüttelte bedauernd den Kopf.

»Tut mir leid, dass es so sein muss, aber du hast mir keine andere Wahl gelassen.« Er warf Domnall einen Blick zu.

»Ich habe dir ja gesagt, dass ihr mit Vernunft nicht beizukommen ist.«

»Ja, das hast du, Jungchen. Das hast du.«

Ellie blicke zwischen den beiden hin und her. Was für eine Teufelei hatte er jetzt vor? Das schalkhafte Blitzen in seinen Augen verhieß nichts Gutes.

»Was hast du mit mir vor?«

Er neigte sich näher zu ihr und strich mit dem Mund über ihr Ohr. Sie erbebte, heiße Glut lief ihr den Rücken entlang.

»Ich habe vor, dich nach Hause zu bringen und es dir zu beweisen. Immer wieder, bis du mir Glauben schenkst.«

Ellie stockte der Atem. Sie wusste, was er meinte. Die sinnliche Verheißung seines Tones bewirkte ein heißes Prickeln zwischen ihren Beinen.

»Du wirst über mich herfallen?«

»Immer wieder.«

»Diesen Teil verstehe ich.« Sie unterdrückte ein Lächeln. Einmal Wikinger, immer Wikinger. Er wollte sie nach Hause bringen?

»Ich glaube aber nicht, dass mein Vater deine Methoden zu schätzen weiß.«

Er zwinkerte ihr zu. Jetzt hatte er sie.

»Zum Glück für mich wird er sehr weit weg sein.«

Ellie lag ausgestreckt auf seiner Brust, ihr weicher nackter Körper war in einem Durcheinander von Gliedmaßen und Bettzeug an ihn gedrückt. Von einem Glücksgefühl erfüllt, das ihn ganz klein machte, verdrängte Erik den Gedanken daran, wie knapp daran er gewesen war, sie zu verlieren.

Er wickelte eine dunkle seidige Locke um seinen Finger. Dies war dem Himmel so nahe, wie ein Sterblicher ihm nur kommen konnte.

»Ich hatte also recht«, sagte sie, »das ist dein Zuhause.«

Er hatte sie wieder zurück nach Spoon Isle gebracht, zu dem großen Haus, das seinem Vater gehört hatte. Wie versprochen hatte der König ihm seinen Landbesitz zurückgegeben. John of Lorn mochte etwas dagegen haben, aber mit ihm würden sie sich noch bald genug auseinandersetzen müssen.

»Ich habe im Laufe der Zeit gelernt, es als mein Zuhause anzusehen, obwohl ich viele andere Domizile habe.«

Sie blickte lächelnd zu ihm auf, und seine Brust zog sich zusammen. Als Mensch, den das Glück fast sein Leben lang begünstigt hatte, hatte er bis jetzt nie wirklich verstanden, wie viel Glück er gehabt hatte.

»Meinetwegen?«

»Ja.« Er küsste sie auf die Nase.

»Ist der Krieg erst vorüber, baue ich dir die schönste Burg, die du dir vorstellen kannst.«

Sie legte den Kopf auf seine Brust und drückte ihn.

»Alles was ich möchte, habe ich hier.« Sie machte eine Pause.

»Wie lange können wir bleiben?«

»Eine Woche, vielleicht etwas länger.« Er wollte sie möglichst lange für sich allein. Hatten sich erst seine Mutter und seine Schwestern ihrer bemächtigt, würde er keinen Moment mehr Ruhe haben.

»Ich bringe dich nach Islay, ehe ich wieder zum König zurückkehre. Bei meiner Mutter und meinen Schwestern wirst du sicher sein.«

Sie erbleichte.

Er verspürte einen Stich. War sie anderen Sinnes geworden?

»Bereust du es schon, Liebling? Ich weiß, dass deine Familie dir fehlen wird. Ich habe dich gebeten, so viel aufzugeben.«

Sie warf ihm einen schrägen Blick zu.

»Soweit ich mich erinnere, war von Bitten keine Rede.«

Er grinste und drückte sie an sich.

»Ich konnte nicht riskieren, dass du mich abweist. Ich bin es gewohnt, zu bekommen, was ich möchte.«

Sie verdrehte die Augen.

Er sah sie mit spöttischem Stirnrunzeln an.

»Das Zusammensein mit meiner Mutter und meinen Schwestern wird dir guttun.«

Sie rümpfte die Nase.

»Was soll das heißen?«

»Sie werden dir beibringen, dass ich unwiderstehlich bin.«

Sie versetzte ihm einen Schubs. Lachend rollte er sich unter sie und küsste sie, bis die zwischen ihnen brennende Leidenschaft frisch entflammt wurde. Langsam liebte er sie wieder, hielt ihre Hand an seiner Brust und sah ihr in die Augen, während er mit langen, langsamen Bewegungen in sie eindrang und wieder herausglitt.

Er sah, wie die Ekstase ihre Züge mit himmlischem Licht erfüllte, sank ein letztes Mal tief ein und hielt sie an sich gedrückt, als die Liebe, die er für sie empfand, seinem Körper in tiefen, erschütternden Wellen entströmte.

Es dauerte eine Weile, bis er Worte fand. Sie lag wieder auf seiner Brust, und er sah, dass sich zwischen ihren Brauen eine kleine Falte gebildet hatte.

Wieder regte sich in ihm ein Gefühl des Unbehagens.

»Was ist denn, Liebes? Was bekümmert dich?«

»Werden sie mich denn mögen?«, fragte sie.

Er lächelte, erleichterter, als er es sich eingestehen wollte.

»Meine Mutter und meine Schwestern?« Er drückte ihr einen Kuss auf die Nase.

»Sie werden dich so lieben wie ich. Obwohl …«

Ihre Augen wurden ganz groß.

»Was ist?«

Er tat, als würde er nachdenken.

»Meine Mutter ist alten Traditionen verhaftet und würde nicht billigen, wie freizügig und intim du mit mir umgehst – und da ich die Absicht habe, dich nicht daran zu hindern, wirst du mich leider heiraten müssen.«

Sie versetzte ihm einen kleinen Schlag.

»Ekel. Einen Moment hast du mich erschreckt.« Sie sah ihn lange an.

»Ich glaube, ich könnte mich überreden lassen, dich zu heiraten.«

Er grinste und strich mit der Hand über die sanfte Kurve ihres Hinterteils, um sie intimer an sich zu pressen.

»Überreden ist immer gut.«

Sie schüttelte den Kopf.

»Ist das alles, woran du denkst?«

Er beschränkte sich auf ein Grinsen.

Sie verdrehte die Augen.

»Ich habe von ein paar Bedingungen gesprochen.«

Sein Grinsen verschwand.

»Was für Bedingungen?«

»Erstens keine anderen Frauen.« Ehe er antworten konnte, setzte sie hinzu:

»Keine Flirts, Berührungen, Küsse und keine kleinen Klapse auf den Po.«

Er legte in gespieltem Entsetzen die Hand aufs Herz.

»Keine Po-Klapse?«

Sie zog einen Schmollmund.

»Leider muss ich darauf bestehen.«

Ihre Blicke trafen sich, und trotz ihrer spielerischen Stimmung spürte er Verletzlichkeit hinter ihren Worten.

Ohne eine Andeutung von Neckerei hob er ihr Kinn an und sah ihr tief in die Augen.

»Seit ich dich getroffen habe, war ich mit keiner anderen mehr zusammen.«

Er konnte ihr den skeptischen Ausdruck nicht verargen, der über ihr Gesicht glitt.

Er lächelte spöttisch.

»Glaube mir, für mich ist es ebenso überraschend wie für dich. Aber nach vier Monaten, neun Tagen und«, er warf einen Blick zum Fenster und zum Sonnenstand, »etwa acht Stunden bin ich überzeugt. Ich liebe dich, Ellie; du bist alles, was ich möchte, alles, was ich jemals brauchen werde.«

Das Lächeln, das ihre Züge erhellte, traf ihn direkt ins Herz.

»Wirklich?«

»Wirklich.« Er strich ihr über die Wange.

»Ich bin loyal, Ellie. Gilt dir einmal meine Treue, dann ist es für immer.« Er hielt inne.

»Vielleicht sollte *ich* Bedingungen stellen. Nicht ich bin es, der jemanden anderen heiraten wollte.«

Sie verzog das Gesicht, und er staunte, wie sehr es ihn noch störte. Er hatte kein Recht eifersüchtig zu sein, aber verdammt, er war es.

»Ach ja, das.« Sie biss sich auf die Unterlippe. »Ich fürchte, ein wichtiges Detail der heutigen Hochzeit habe ich ausgelassen.«

Er zog die Brauen zusammen.

»Was für ein Detail?«

Ihre Mundwinkel zuckten, als müsse sie ein Lächeln unterdrücken.

»Die Identität der Braut.«

Falls es ihre Absicht war, ihm einen Schock zu versetzen, war es ein voller Erfolg.

»Ich verstehe wohl nicht. Der König hat gesagt, seine Schwägerin würde de Monthermer heiraten.«

»So ist es. Meine Schwester Matty gibt ihm in diesem Moment ihr Ja-Wort.«

»Deine Schwester?«, wiederholte er ungläubig.

Sie nickte und erklärte ihm, wie sie zwischen den beiden etwas gespürt hätte, sich aber keinen Reim darauf machen konnte. Erst nach ihrer Rückkehr aus Schottland hatte sie ihrer Schwester die Ursache ihres Kummers entlocken können. Mit Einverständnis ihres Vaters waren dann die Namen auf dem Verlobungskontrakt einfach ausgetauscht worden.

Erik kniff die Augen zusammen. Dieses raffinierte Biest.

»Und du hast es nicht für nötig befunden, es mir zu sagen?«

Sie ahmte sein reueloses Lächeln nach.

»Ach, ich dachte, du hättest ein wenig Strafe verdient, nach allem, was du mir zugemutet hast.«

Um seinen Mund zuckte es. Vielleicht hatte sie recht.

Sie kniff die Lippen zusammen, als ihr etwas einfiel.

»Ich weiß, dass du gesagt hast, du hättest eine Nachricht hinterlassen, aber ich hoffe, dass mein Verschwinden keinen Aufschub der Hochzeit bedeutet.«

»Das glaube ich nicht. Hat deine Matty zufällig große blaue Augen und langes, gewelltes blondes Haar?«

Sie nickte. »Du kennst sie?«

»Wir sind uns heute Morgen begegnet.«

Nun war sie es, die einen Schock erlebte.

»Ich wusste nicht, welches Fenster deines ist.« Er ließ ein jungenhaftes Achselzucken folgen.

»Ich habe das falsche erwischt. Erst habe ich gedacht, sie würde schreien, dann aber hat sie gelächelt und gesagt, ich hätte mir lange genug Zeit gelassen. Sie hat gefragt, ob ich dich heiraten wolle, und als ich bejaht habe, hat sie mir die richtige Richtung gewiesen.«

Ellie lachte laut.

»Typisch Matty.«

Befriedigt schmiegte sie ihre Wange an seine Brust. Er spürte, wie ihre Finger das Zeichen auf seinem Arm nachzeichneten, und war nicht erstaunt, als sie sagte:

»Es sieht anders aus. Dieses Muster, das sich um deinen Arm windet wie ein Reif, war zuvor nicht da. Es sieht aus wie …« Sie blickte lächelnd auf.

»Ein Spinnennetz! Wegen der Geschichte, die du mir erzählt hast?«

Er drückte ihr einen Kuss auf die Nase.

»Du bist viel zu aufmerksam.«

Wieder strich sie darüber.

»Und das sieht aus wie ein Boot im Netz.« Ja, es war seine Idee gewesen.

»Mir hätte schon zuvor klar sein müssen, was die Zeichen bedeuten: Der aufrechte Löwe ist das Symbol für Schottlands Königtum«, sagte sie, »aber er bedeutet auch noch etwas anderes, so ist es doch?« Er sagte nichts.

»Es ist der Grund, weshalb du deine Identität geheim hältst. Du und dieser Mann im Lager – ihr gehört zu den Phantom-Kriegern, von denen ich gehört habe.«

»Ellie …« Er schüttelte den Kopf. Vor ihr Geheimnisse zu bewahren, war nicht einfach.

»Du machst es einem Mann schwer, sein Gelöbnis zu halten.«

Sie grinste.

»Du hast mir ja nichts gesagt. Ich habe alles erraten.« Sie sah ihn scheu an.

»Aber wenn ich dich heirate, sollte ich doch eines erfahren.«

Er wölbte eine Braue.

»Und das wäre?«

»Meinen neuen Namen.«

Er lachte und küsste sie.

»Das heißt also, dass du mich heiraten wirst?«

»Ich überlege noch.«

»Hmm. Habe ich erwähnt, dass ich Besitzer von mindestens einem Dutzend Inseln bin?«

Ihre Augen blitzten vor Erregung.

»Ach, wirklich?«

Er nickte.

»Ich könnte mich überreden lassen, sie dir zu zeigen.« Er wurde wieder ernst.

»Heirate mich, Ellie. Ich werde dich mitnehmen, wohin du willst. Ich zeige dir die Welt. Du musst nur sagen, dass du meine Frau wirst.«

»Ja«, sagte sie leise. In ihren Augen schimmerten Tränen, »ich will dich heiraten.«

Er umarmte sie fest, halb versucht, sie sofort vor den Altar zu schleppen – ehe sie sich anders besinnen konnte, aber er wusste, dass seine Mutter und seine Schwestern es ihm nie verzeihen würden. Er hob ihr Kinn und küsste sie zärtlich.

»Ich heiße MacSorley.«

Sie lachte glucksend und mit vergnügt funkelnden Augen.

»Sohn des Sommerfahrers. Hätte ich mir denken können. Also doch ein Pirat.«

Lachend nahm er sie in die Arme und zeigte ihr, wie wild ein Pirat sein konnte. Immer wieder.

EPILOG

7. Juli 1307

Robert Bruce, König von Schottland, saß mit zehn Mitgliedern der Highlander-Garde in seinem derzeitigen Kriegsraum in der Großen Halle von Carrick Castle, als ein Bote eintraf.

Da Hawk nun zurück war – verheiratet und nach seinem befriedigten Grinsen zu schließen wieder ganz der Alte – fehlte nur einer der Elite-Krieger. Er fehlte nicht, korrigierte er sich, sondern wartete wie ein tief in das Herz des Feindes versenktes Samenkorn, bereit Wurzel zu schlagen, wenn die Zeit gekommen war.

Bruce winke den Mann zu sich.

»Für Euch, Sire.« Der Bote reichte ihm mit einer Verbeugung das Pergament.

»Aus Burgh-on-Sands.«

Bruce runzelte die Stirn. War das die erwartete Nachricht? Edward, angeblich wieder von schwerer Krankheit genesen, hatte vor einigen Tagen seine Truppen in Carlisle um sich geschart, um Bruce erneut anzugreifen.

Er öffnete das Schreiben, überflog die drei Worte und ließ sich auf seinem Sitz zurückfallen.

»Was ist los?«, fragte MacLeod.

»Ihr seht aus, als wäre Euch ein Gespenst begegnet.«

Bruce sah ihn ungläubig und wie betäubt an.

»Vielleicht ist es das. Aber es ist ein Gespenst, dem ich gern begegne.« Er blickte um sich. Ein Hochgefühl ergriff von ihm Besitz und verdrängte das Gefühl des Schocks.

»Er ist tot.« Er lachte. Langsam ging ihm auf, dass sein alter Erzfeind nicht mehr war.

»Lasst alle Glocken im ganzen Land läuten, von Küste zu Küste. König Edward ist zur Hölle gefahren.«

Die Männer brachen in triumphierenden Jubel aus. Sie zeigten kein Mitgefühl mit dem Toten, von dem sie im Leben so wenig Barmherzigkeit erfahren hatten. Der selbst ernannte Schottenhammer war zur Hölle gefahren, wo er hingehörte, und hatte sein gefürchtetes Drachenbanner mit ins Grab genommen.

Bruce wusste, dass sich mit dem Tod Edward Plantagenets das Schwergewicht der Konflikte von England nach Schottland verlagert hatte. Zu seinen Feinden im Inneren. Auf dem Schlachtfeld würde er nun nicht Edward gegenüberstehen, sondern seinen eigenen Landsleuten: im Süden den mordlustigen MacDowells, die seine Brüder getötet hatten, und im Norden seinen alten Feinden, den Comyns und MacDougalls.

Er lächelte. Die Saat, die er ausgesät hatte, würde bald aufgehen.

– ENDE –

NACHWORT DER AUTORIN

Wie im Nachwort zu »Chief« bereits erwähnt, stieß ich im Verlauf meiner Nachforschungen bezüglich »Spezialoperationen in Kilts« durch einen glücklichen Zufall auf die Erwähnung einer »Kampftruppe« von Inselbewohnern, die Angus Og MacDonald zum Schutze Robert Bruces nach dessen Rückkehr nach Schottland aufgestellt hatte, als dieser zunächst auf den Western Isles Zuflucht suchte. Die Gestalt Erik MacSorleys geht auf Domnal (Donald) of the Isles zurück, einen Sohn Alastair Mor MacDonalds und Vetter von Angus Og, der als Anführer der erwähnten Kampftruppe gilt.

»Eriks« Vater Alastair Mor ist einer der angeblichen Stammväter des MacAlister-Clans, wenngleich dies bestritten wird. Er wurde 1299 (später als bei mir) in einem Kampf mit den MacDougalls getötet.

Da Clan-Namen damals nicht durchgehend gebräuchlich waren, entschied ich mich für den umfassenderen Namen »MacSorley« (Söhne Somerleds), um Erik von seinen MacDonald-Vettern zu unterschieden. MacSorley benennt alle Nachfahren des Somerled: die MacDonalds, MacDougalls, MacRuairis u.a.

Eine Erwähnung von »Eriks« Gemahlin existiert nicht, doch waren Verbindungen mit Irland (und der Isle of Man) unter den Stammesführern der Western Isles üblich. Eine der größten Schwierigkeiten, mit denen ich mich plagte, war die Nähe Irlands zu Schottland und die Bedeutung der »Seewege«. An der schmalsten Stelle sind es kurze dreizehn Meilen von Mull of Kintyre (in Schottland) zur Küste von Antrim in Irland. An klaren Tagen sieht man von einer Küste zur anderen. Per Schiff von Schottland nach Irland zu gelangen war einfacher und schneller, als dieselbe Strecke über Land zurückzulegen. Ein Blick auf die Karte lässt erkennen, warum Kintyre und die Ayrshire-Küste Schottlands, die Western Isles, die Isle of Man und Antrim in Irland in so enger Verbindung standen – politisch und kulturell.

Auf der Suche nach einer passenden Braut für Erik fiel meine Wahl rasch auf eine de Burgh, zumal ich auf einen ausgetauschten Verlobten (so etwas kann man nicht erfinden!) der zwei de-Burgh-Schwestern stieß. Ich wusste sofort, dass sich das perfekt in meine Story einfügen würde. Maud de Burgh war ursprünglich mit Sir John de Bermingham verlobt, dem ersten Earl of Louth, dieser aber ehelichte ihre Schwester Aveline. (Maud nahm später Ralph de Monthermers Stiefsohn Gilbert de Clare, achten Earl of Hertford, zum Mann.) Ellie und Matty sind die Romanversion jener zwei Schwestern.

Die Verlobung mit Ralph de Monthermer (auch als Raoul bekannt) ist auch Fiktion, seine Geschichte aber nicht. Nachdem er heimlich Edwards Tochter Joan of Acre geehelicht hatte, traf ihn der Zorn des Königs, und er musste für seine Schandtat im Tower büßen. Schließlich wurde er wieder gnädig aufgenommen und erhielt zu Lebzeiten Joans die Titel Earl of Gloucester und Earl of Hertford sowie vorübergehend den Titel eines Earl of Atholl, nachdem der vorherige Earl hingerichtet worden war. Später sollte er der erste Baron Monthermer werden. Damals kämpfte er auch in Schottland und wurde wenige Tage nach der Schlacht von Loudoun Hill, wie in meinen Romanen geschildert, von Bruce zurück nach Ayr Castle gejagt. Trotz Ralphs Treue zu Edward soll er es gewesen sein, der Robert Bruce 1306 vor drohender Gefahr von Seiten König Edwards warnte, worauf es zu Bruces Aufstand kam.

Neben dem schrecklichen Los der Frauen im Käfig – das grausige Wahrheit ist – liefert der unselige, nach Methven hingerichtete Earl of Atholl ein weiteres Beispiel für König Edwards Grausamkeit. Der erste seit zweihundert Jahren hingerichtete Earl versuchte auf Grund seiner Verwandtschaft bei Edward Gnade zu erwirken. Edward reagierte, indem er befahl, ihn gemäß seines höheren Ranges von einem höheren Galgen zu hängen.

Eine der bekanntesten Legenden, die sich um Robert Bruce ranken, ist die Spinnen-Story, die ich an den Beginn von *The Hawk* stellte. Von mindestens drei Höhlen in Schottland wird behauptet, diese berühmte Episode hätte sich dort abgespielt, doch scheint die irische Insel Rathlin alle anderen aus dem Feld zu schlagen. Die Geschichte von der Spinne soll Ursprung des Mottos sein, das da besagt »Sich von Niederlagen nie entmutigen lassen«. Trotz ihres Bekanntheitsgrades bezweifelt die Wissenschaft, dass die Legende auf Wahrheit beruht, und schreibt sie Sir Walter Scott zu, der Quelle vieler Geschichten dieser Art ist.

Ob nun Tatsache oder Dichtung, Bruces Lage zu jener Zeit hätte nicht hoffnungsloser sein können. Sein Kampf um die Wiedererlangung der Krone ist eines der größten Comebacks der Geschichte (annähernd vergleichbar mit jenem der Red Sox gegen die Yankees 2004 in der ALCS – tut mir leid, ich konnte nicht widerstehen). Er hatte kein Stück Land, das sein Eigen war, drei seiner vier Brüder und die meisten seiner Vertrauten waren hingerichtet worden; viele seiner Anhänger hatten seine Dienste verlassen, weil sie seine Sache als hoffnungslos ansahen, und schlugen sich wieder auf die Seite König Edwards. Seine Gemahlin, seine Tochter und seine Schwester schmachteten in englischen Kerkern.

Der Mädchensprung (oder Jungfernsprung) ist meine dichterische Darstellung des Eisbärsprungs oder Eisschwimmens. In meiner Jugend unternahmen meine Schwester und ich am Lake Tahoe etwas Ähnliches. Wir liefen durch Schnee und sprangen in einen eiskalten Pool, um sodann in eine heiße Wanne zu hüpfen. Es ist lustiger, als es sich anhört. Heidnische Zeremonien wurden oft in christliche Feiertage einbezogen. So soll der Lichtmesstag die christliche Form des gälischen Festes der Göttin Brighid sein.

Aymer de Valence sollte Ende 1307 Earl of Pembroke werden. Sein unritterliches Vorgehen in der verheerenden Schlacht von Methven könnte der Grund dafür sein, dass Bruce den ritterlichen Ehrenkodex zugunsten einer »Piraten«-Kampfweise aufgab, die sich als sehr erfolgreich erwies. De Valence mochte Grund zu einer persönlichen Rache haben, da seine Tante mit dem Red Comyn, Lord of Bandenoch, vermählt war, den Bruce zu Greyfriars ermordete. (Ein Ereignis, das in *The Chief* geschildert wird.)

Sir Thomas Randolph, der mit Sir James »The Black« Douglas einer der engsten und bedeutendsten Gefährten Bruces wurde, fiel nach Methven in die Hände der Engländer und »wechselte die Seiten« – bis 1309. Berühmt ist sein Ausspruch, in dem er seinen königlichen Onkel beschuldigt, wie ein Brigant zu kämpfen, anstatt in offener Feldschlacht wie ein Gentleman. Schließlich aber wurde Randolph wieder anderen Sinnes und gilt als einer der glänzendsten Heerführer Bruces.

Bruces Truppenstärke für den Angriff auf Schottland ist schwer einzuschätzen. Drei- bis vierhundert Mann in Carrick und etwa siebenhundert in Galloway erscheinen plausibel. Die größere, meist von Iren und Insel-Bewohnern bemannte und unter dem Kommando von Bruces nicht vom Glück begünstigten Brüdern stehende Flotte wurde von den MacDowells vernichtet. Nur zwei Schiffe konnten entkommen. Keine Beweise gibt es hingegen für den von zwei Seiten erfolgten Zangenangriff, wie ich ihn schildere (und der sinnvoll gewesen wäre), und die Niederlage von Galloway ging vermutlich Bruces Versuch in Carrick voraus. Beide Truppenteile sollen von Rathlin aus übergesetzt haben, wiewohl ihr Aufenthalt auf der Insel von kurzer Dauer gewesen sein muss. An die tausend Mann auf einer kleinen Insel zu »verstecken« wäre ungemein schwierig gewesen, zumal praktisch unter den Augen der Engländer.

Wohin Bruce in den vier bis fünf Monaten zwischen seiner Flucht aus Dunaverty und dem Angriff auf Carrick verschwand, ist eines der größten Rätsel seiner Lebensgeschichte. Manche glauben, er hätte sich nach Norwegen zu seiner Schwester, der Königin, geflüchtet, die Mehrheit der Historiker aber hält es für wahrscheinlich, dass er sich mit Hilfe Angus Og MacDonalds und Christina (MacRuairi) of the Isles' auf den Western Isles und in Irland verborgen hielt.

Ebenso ist seine Route von Rathlin nach Arran, um Carrick anzugreifen, Gegenstand vager Vermutungen. Eine Theorie besagt, dass er von Rathlin zum Mull of Kintyre segelte und sodann die Küste entlang nach Arran. Gleich Magnus Barfuß quer durch Tarbert zu laufen, ist eine meiner Phantasie entsprungene Version, erscheint aber plausibel. Die in einem Schreiben König Edwards an den Earl of Ulster Ende Januar zum Kampf befohlene englische Flotte wäre vermutlich im Firth of Clyde ausgeschwärmt. Als ich entdeckte, dass Bruce angeblich bei Lochranza Castle im äußersten Norden der Insel Arran gelandet sein soll, erschien mir die Durchquerung von Tarbert noch sinnvoller, da er damit vermied, das von den Engländern besetzte Tarbert Castle ungesehen passieren zu müssen.

Militärisch war das Gefecht bei Glen Trool – wo Aymer de Valence einen Hinterhalt für Bruce plante, der ihm dann selbst zu Verhängnis wurde – nicht so bedeutsam wie Bruces Sieg bei Loudoun Hill. Aber bei Glen Trool sollte eine Frau in der Nacht vor der Schlacht die Schotten ausspähen. Sie wurde schwach und offenbarte Bruce die Anwesenheit der Engländer und die drohende Gefahr. Sie war es, die Bruce und seinen Männern zum Sieg verhalf. Auch der Wahrheitsgehalt dieser Geschichte wird angezweifelt, sie lieferte mir aber einen plausiblen Grund für Ellies Auftauchen im Lager der Schotten.

Spoon Island, zwei Meilen vor der Küste Kintyres gelegen, hat viele verschiedene Namen und ist heute als Sanda bekannt. »Edward's Point« soll jener Punkt sein, von dem aus Edward Bruce die Küste beobachtete, während sein Bruder aus Dunaverty flüchtete. Spoon war jedoch nicht Teil des MacSorleys-Landes. Es gehörte damals zur Priorei von Whithorn in Galloway.

Die mittelalterlichen Anredeformen stellten eine gewisse Schwierigkeit dar, da sie nicht so standardisiert waren wie heutzutage. Für Bruce gab es verschiedene Anreden, je nachdem, wer mit ihm sprach. Für seine Handvoll Mitkämpfer war er »Sire« oder »König Robert«; für die Engländer, die ihn seines Besitz beraubten (Lord of Annandale und Earl of Carrick) und ihn als Rebellen ansahen, war er einfach Sir Robert Bruce; für andere war er Lord Robert Bruce. Dokumenten jener Zeit ist zu entnehmen, dass es auch Anreden wie »Earl John« und »Earl Malise« gab, Anreden, die heute nicht mehr in Gebrauch sind. Sir plus Vorname scheint Standard zu sein. Wo ich unsicher war, hielt ich mich daran – Ellie hätte Ralph wohl »Sir Ralph« genannt, ich entschied mich jedoch für das familiäre und nicht so sperrige »Ralph«.

Der 7. Juli 1307 markiert das Ende eines der berühmtesten – und unbestritten eines der größten – englischen Könige. Edward I., der selbst ernannte »Schottenhammer«, starb auf dem Marsch nach Norden, den er unternahm, um den schottischen »Aufruhr« niederzuwerfen. Sein letzter Wunsch – dass seine Gebeine bis zum endgültigen Sieg über die Schotten vor der Armee einher getragen werden sollten – wurde ihm von seinem Sohn und Erben Edward II. nicht erfüllt.

Wer mehr von der »wirklichen Geschichte« hinter der Story wissen möchte, informiere sich in einschlägiger Fachliteratur oder gehe auf meine Website: www.monicamccarty.com an.

»Leidenschaft auf hoher See! Heiß!«

Fresh Fiction

480 Seiten. ISBN 978-3-442-37660-5

Die temperamentvolle Sophia Hathaway träumt von einem Leben voller Abenteuer, Romantik und Freiheit. Doch stattdessen steht ihr eine lieblose, arrangierte Ehe bevor. Kurzerhand lässt sie den ihr aufgezwungenen Verlobten vor dem Altar stehen und bucht unter falschem Namen eine Schiffsreise zu den Westindischen Inseln. An Bord der *Aphrodite* trifft sie auf den verteufelt attraktiven Schiffseigner Benedict Grayson, der eine sündhafte Leidenschaft in ihr weckt …

Lesen Sie mehr unter: **www.blanvalet.de**